平静就是幸福

田聂景 著

北方联合出版传媒(集团)股份有限公司

万卷出版有限责任公司

© 田聂景　2023

图书在版编目（ＣＩＰ）数据

平静就是幸福 / 田聂景著 . -- 沈阳： 万卷出版有
限责任公司 , 2023.8
ISBN 978-7-5470-6338-5

Ⅰ . ①平… Ⅱ . ①田… Ⅲ . ①中篇小说—中国—当代
Ⅳ . ① I247.5

中国国家版本馆 CIP 数据核字 (2023) 第 145131 号

出 品 人：王维良
出版发行：北方联合出版传媒（集团）股份有限公司
　　　　　万卷出版有限责任公司
　　　　　（地址：沈阳市和平区十一纬路 29 号　邮编：110003）
印 刷 者：辽宁鼎籍数码科技有限公司
经 销 者：全国新华书店
幅面尺寸：170mm×240mm
字　　数：450 千字
印　　张：24
出版时间：2023 年 8 月第 1 版
印刷时间：2023 年 8 月第 1 次印刷
责任编辑：范　娇
封面设计：王　正
版式设计：赵丽娟
责任校对：刘　洋
ISBN 978-7-5470-6338-5
定　　价：86.00 元

自　序

我的母亲生于二十世纪六十年代初的农村，由于同母异父的原因，我的母亲虽与两个姐姐、一个哥哥一起长大，却因姓氏不同成为那个年代里稀有的独生女。祖辈传宗接代的需求很是迫切，我的知青父亲因爱上了母亲，便顺理成章、心甘情愿地做了上门女婿。

可想而知，我的祖父多么期盼我的父母能为他生下个孙子来延续香火。可在当时计划生育政策的最大宽限下，我的母亲也只是拥有了两个女儿，没能如愿生下儿子。我出生时，祖母望着与母亲同间病房里，另一个连生三个儿子的女人，也曾有过将我交换一子的想法。父亲不仅不同意，还和母亲商量，既然老二还是个闺女，要不就让她随我姓吧。母亲三思后，索性也就答应了。

于是，我与姐姐同父同母一起长大，却一人一姓。

谈不上命运的不同，但成长过程中祖辈们溢于言表的区别对待，着实让姐姐在心灵上经历了与我完全不一样的童年。

谈不上对错，五六十年代的前辈们也曾在青春激昂的岁月里为了爱情，有过山盟海誓，有过奋不顾身。又在之后漫长的婚姻生活中尝过人生百味。

至于幸福还是不幸福，其实人生终究是一场经历。于我而言，内心一直都充满着感恩，尤其在我身为人母之后，更加感恩父母带给我的一切，感恩所有经历过的快乐和苦难，感恩每一个漫漫长夜的等待，也感恩每一个黎明希望的到来！

我作为一名女性，一名也想为家庭传宗接代，弥补父辈没有儿子这一小小遗憾的女性，但终究还是没要二胎。网络媒体将生育率断崖式下跌的原因分析得头头是道，我只能独自怀抱自己的失落，黯然神伤。

完稿之际，我已是一个六岁孩子的妈妈，是一个六十岁妈妈的孩子，亦是一名中国普通的女性。谨以此书，献给我童年时的梦，献给80后、90后有过相似成长经历和同样生活感触的兄弟姐妹们。

目　　　录

半生已蹉跎　何处是出口

　　彭路开着皮卡车，既胖又高的郝教练坐在副驾驶位，后座并排挤着闫主任、春妮、张圆。三位女士怕晒黑。光哥一人甘愿当护花使者，留在地面上。他站在车前，顶着烈日一边倒走，一边瞄着车轮子，不停地打手势。彭路按光哥手势刚往左打了方向盘，光哥的手马上又比画着往右转。

　　郝教练不耐烦地吼彭路："你就看着车最前头那个小反光镜，按照我教你的方法走，错不了。你要看他手势能走对了，那还要我这教练干吗！"

　　大热天，闷热的车厢里，彭路的脸更红了。她眉头紧锁，盯住了小反光镜里的曲线，想着教练说过的：曲线必须能够一直在小反光镜里的同一个位置找到，这样才能保证车开在曲线里，没轧到线，没开出线外。

　　光哥还是尽职尽责地在车前方倒走打手势，彭路把头伸出窗外："哥，你离车头的距离远点哈，要不我心乱！"

　　后排仨女人忍不住偷笑。闫主任年龄最大，说话却最温柔："郝教练啊，这整个驾校的教练，您可是最有责任心的一个，天这么热，还坐在车上陪着我们一圈又一圈地练，真是辛苦你了。"

　　"没办法，人家那车上都是男同志，年轻小伙，十天半月下来，都操作熟练了，偏偏把你们这几个女同志分到我车上来，训你们两句吧，太娇气，受不了，我下去歇会儿吧，你们个个敢给我变'杀手'。"

　　郝教练瞅了一眼车后的张圆，说："你说说，你刚才练到半坡起步的时候，我不吭气，你就挂个倒挡。"

　　张圆无语，悄悄给教练个白眼。

　　闫主任是这辆车上最沉得住气的，也被教练气得脸红一阵白一阵："放十年之前，女人学开车的确实少，可是现在女人开车已经很普遍了，郝教练，你可不能带有偏见啊。我们虽然学得慢些，但每天轮流陪你说说话，聊聊天，不知不觉时间就过去了，我是有些老了，可这三个小美女还年轻啊，你给这几个如花似玉的姑娘当教练，心情必定会跟着年轻美好起来。"

"啧，啧，啧，还是当领导的会说话呀！"郝教练一边咂着嘴一边接着说，"多少女学员在这驾校熬几个月，熬出个证装口袋里，从来也不敢上路。这女人学车啊，说白了，不是你的活你不要干。"

后排的女同志都被郝教练一番话气得恨不得直接开门跳车，彭路一丝不苟盯着小反光镜里的曲线看，双手一点一点转着方向盘。她不在乎郝教练对女同志的态度。郝教练年龄偏大，观念问题，并没有针对谁。

一大片云朵飘来，遮挡了阳光，每一张焦躁的脸都瞬间舒展开来，四个女人一起下车，好暂时和郝教练保持距离，轻松呼吸，自由言语。也好让倒走半天的光哥上车摸会儿方向盘。

"这老头坐在教练的位置上说这样的话，首先这态度就令人发指。"闫主任伸展了腰腿，来到休息椅上坐下。彭路、春妮以及张圆也随闫主任坐下来休息。

"哎，你们看到了没有？"春妮把目光投向另外几辆皮卡车，"其他车上的学员都在轮着给教练买水喝。这么多天了，我们犯什么傻啊，我现在就去买一提矿泉水回来，老郝有水喝了，自然也就不嫌弃我们了。"

"我前几天也想说这事儿来着，可毕竟你们几个都一个单位，我又刚分到这辆车，看你们每天都各自带着杯子，也就不好开口。去年暑假我练车的时候，学员轮着买水喝这很正常，大家都热，水也是必需品，这样随时喝都方便，也省得带了。"

"嗯，这话听着合情合理，人民教师就是不一样，水应该买。"彭路对张圆老师的话打心里认同。

"买水不是事儿，关键是冷漠和嫌弃的态度让人很不愉快。"闫主任依旧没有从刚才的情绪中跳出来。

"闫姐姐，咱是来学车的，别的车上学员怎样做，我们也怎样做，轮流买水吧，不方便喝凉水的时候，继续自带水杯，老郝有水喝了总不会还这态度。否则，我们就告诉他有能耐坐到驾校报名处，拦住所有报名的女同志。"彭路是二十多岁的单身妙龄女，目标感很强，也懒得在意八卦除工作和感情之外的琐碎事情。

"春妮，你买完我第二个啊！"说完起身小跑，径直跑到光哥车头，光哥这直角转弯回回轧线，帮忙指挥着也不行。

郝教练清清嗓子："我坐你旁边你都回回轧线，我不坐这儿你该上墙去了。"

光哥自从开始练车，技术没多大长进，脸皮磨厚了不少，无论郝教练说啥，他都全盘皆收，一个劲儿地笑。他越笑，郝教练越冒火。

春妮抱着矿泉水，大汗淋淋跑到皮卡车的副驾驶位车窗边："来，郝教练，您辛苦了，喝瓶水。"

郝教练睐着春妮捧来的水，故作清高地将自带水杯拿起在窗口晃悠："我这儿有。"说完，神气地拧开瓶盖准备喝，杯子刚到厚嘴唇边，眼神又瞥向春妮，"嘿，正好没了。"

"教练，您看您客气啥啊，我们带的水也都喝完了，这不刚买了一提，全都放在门房那边，喝完再买，这样我们也省得每天带水喝了，一车人都方便。"

"那你拿来放后座吧，李光练完，时间只够练一把了，谁上？快点准备！"

春妮顺杆接着郝教练的话："我上我上，早上多练一把，下午我可以迟会儿来。我先去门房把水拿来。"

李光和彭路站在练车场中间，看着春妮顺利完成倒库，半坡起步还是熄火了，郝教练一手把着方向盘正在讲解。接下来的直角拐弯，曲线行驶，虽然速度慢了很多，但不仅没轧线，还基本行驶在两线正中间。

"不错啊，这车上只要一个人掌握诀窍了，我们大家就都看到希望了。"说罢，彭路朝还在休息的闫主任和张圆挥挥手，"到时间了，撒！"

彭路推开家门，保姆小爱正陪着白韵莲在客厅看电视。白韵莲独自坐在几米长的沙发上甚是投入，兴致盎然，完全没意识到孙女彭路回来。保姆小爱坐在茶几旁的小凳子上，边听韵莲讲剧情边应和。双手也不闲着，帮韵莲剥南瓜子、西瓜子，每剥好几个，就把瓜子仁小心翼翼放到韵莲手心里让她吃。

彭粉蒲在厨房里擀面，满脸的委屈和怒气。

"妈，你怎么又在这儿擀面呢，让那小爱阿姨干就是了。"彭路望着客厅厨房两重天的情景，为粉蒲感到极度不平衡。

"你奶奶说她一个人看电视太孤单，小爱陪着不无聊。还说小爱擀的面不如我擀得好吃。"粉蒲憋着满满的委屈悄悄对彭路说。

"敢情我爸花钱雇个保姆是陪她聊天说话的，你每天还得多做一个人的饭。妈，你没事儿能不能出去找退休的老同事聊聊天，逛逛街啊，别老待在家叫她使唤。"

"我不在家你奶奶也会打电话，一回不顺心她必定挑事，别人家的老人都盼着儿孙平静过日子，你奶奶一辈子挑拨离间，制造矛盾，八十多岁了，还不消停。我还指望她能良心发现吗？"

粉蒲将案板上擀开的面翻过来，重新卷在擀面杖上："你这都工作快一年了，妈就等你找个对象，把家安了……"

彭路知道，粉蒲一直都在为平静的假象隐忍着，只为彭路能在风平浪静的日子里寻觅一个温馨的港湾。

可彭路的内心何时拥有过真正的宁静，奶奶蛮横自私，堪比威力巨大的毒气弹，随时会让全家上下生不如死。父亲愚孝，对奶奶一味地纵容。妈妈任劳不任怨，有干不完的家务活、发不完的牢骚。彭路自幼心灵已套上沉重的枷锁。家是一个让她不得不回却又呼吸困难的地方。

粉蒲动作麻利，面擀得超薄且筋道。

门"吱扭"一声，国庆回来了。他习惯性地关心白韵莲："妈，又看了一上午电视啊。"

"是啊，看看电视，听小爱说说话，时间过得挺快，也不无聊。"

国庆满意地回自己卧室换衣服，他的卧室在家中是一块神圣领土，除了床和衣柜，还有一台厚厚的铁皮保险柜。粉蒲只有在打扫房间的时候进去，夫妻二人分房睡已多年了。

"饭好了！"粉蒲在厨房叫道。国庆换好衣服从卧室出来，直接坐到了餐桌旁。粉蒲盛好了一碗饭，彭路端起，放在了父亲国庆面前。

保姆小爱俩眼瞪得圆溜溜，护主子似的急匆匆叫住彭路："先给你奶奶，先给你奶奶！"声音犀利刺耳。彭路恨不得给自己的耳朵安装屏蔽功能。

"姑姑，你是坐这儿看着电视吃呢还是到餐桌上去吃啊？"小爱想得挺周到，像皇太后身边的奴婢。

彭路心想，这天天姑姑长姑姑短的，攀得是哪竿子亲戚，干脆叫亲娘得了，轮得着你指使我吗？可她当着父亲国庆的面，始终不敢说出来。

"给我放餐桌上吧，高凳上吃饭不会窝着。"白韵莲慢悠悠地从沙发上起身。

彭路将第一碗面放在餐桌上，小爱扶着"皇太后"到餐桌上坐下来。粉蒲示意彭路将盛好的第二碗面端给国庆。彭路理顺了自己的语气，淡淡地说："妈，您辛苦大半天了，您先吃。我给我爸盛，然后我自己煮，您别管了。"

白韵莲和国庆同时睄了彭路一眼。他们母子二人对彭路的态度很是反感，但彭路从小就不善于忍气吞声。身为家中二女儿，父母宠溺得多些，彭路不像姐姐彭纹，总是委曲求全抹眼泪。

一碗面还没捞完，粉蒲已经亲自将第二碗端在了国庆面前。国庆理所当然地吃了起来。

一锅捞三碗，这第三碗彭路捧在粉蒲面前让她吃，粉蒲却坚持要等下一锅煮好再吃。粉蒲从来都把自己安插在一个奉献的角色，家务活几乎是她退休后生活的全部，没人能说服得了她。

彭路满心无奈，低头端着这第三碗，坐在餐桌旁吃起来。

保姆小爱空手干坐，很是尴尬，白韵莲发话："你等等，下一锅煮好了吃。"

"啊，呵呵，呵呵。"小爱笑得很是拧巴，彭路下意识地低头吃饭，她担心一不小心抬头看到那张脸，刚吃进去的东西会吐出来。

"妈，你没事儿出去散散步，别总待家看电视。每天走上半个小时左右，也别时间太长。走不动了随时找地儿坐下歇歇，晒晒太阳也好。"国庆扒拉着面条，对白韵莲讲。

"你这家门口车多，不安全，空气也不好。去公园太远，给彭纹打电话让人家送送吧，就没一回能现叫现到，总得等，要不就让我改时间。她就不明白我这年纪大了，生活是很讲规律的，用人家一次车，我的生活节奏就乱一次。罢了罢了，叫得多了人家也嫌烦。我是真不想给人家彭纹打电话了。"

白韵莲这一番话，彭路知道国庆又要铭记于心并找机会训斥彭纹了。

"奶奶，你每个星期六下午可以到练车场走走，离家六七百米，不远，场地大，还有休息椅，累了也可以坐下歇歇，晒晒太阳。顺便也能看我练车。"彭路插话，为了打断国庆对白韵莲这番话的深度偏离思索。

"万万使不得，你们都是生把式，我进去太不安全。"白韵莲直接拒绝了彭路的提议。

"去了也是呼吸汽车尾气，最好别去。"国庆赞同老母亲白韵莲的态度。

"哎，奶奶，你就不想看看我是怎么开车的吗？可比你看电视有意思多了呀。安全问题你不必担心。我们的皮卡车油门是没用的，只踩刹车和离合器，靠带速缓慢行驶。而且副驾驶位上坐着教练，人家脚下还有个刹车呢。"

无人搭话，于是彭路接着说："爸，要不你有空了进去看看我开车吧，我现在倒库没问题，半坡也能起了步，就是曲线行驶有点困难。至少上了车知道车怎么开了。"

"你奶奶愿意的话她去吧。什么时候能上路开车才行，驾校里总有教练坐旁边，还不踩油门，那不能叫会开。"国庆一脸严肃地说。

午休时，像往常一样，小爱和白韵莲睡，彭路和粉蒲睡，国庆单独睡。

"妈，你可以去学跳广场舞，很简单，可以保证每天有一定的户外活动时间。"

"不去了，人家跳广场舞的都身心清闲，家里没有烦心事儿。我看见家里这仨人就头疼。你爸出了名的愚孝，只要跟他妈有关的话，不分青红皂白，谁说跟谁有意见。这家里气氛每天都让人神经紧张，呼吸不畅，我哪有什么心情去跳广场舞呀。"

"那你就找退休老同事聊聊天，逛逛街吧，你都说了你看见他们仨就头疼，你还非要待家里看。而且这家里不用每天打扫，挺干净的。"

"你爸这辈子习惯吃现成饭了，耽误一顿，脸能拉长好一阵子，谁家的男人有他舒服啊，家务从来不碰一下，竟然还不知足，动不动就没事找事。"

"都是你惯的，你走出去，建立一个除了家庭以外的小圈子，不仅可以愉悦心情，打发寂寞，还可以让我爸明白你也有你自己的生活，你不是用来孝顺他和我奶奶两个人的仆人。他俩都有手有脚，身体倍儿棒的，还请了个保姆，你不做饭他们还能饿死不成。"

"你还不知道你爸，就爱吃个面，还非要吃手擀的，超薄又筋道的，除了我，没人能给他做成这标准。"

"那他吃不上了便会想起你的好来。你这天天端到他面前，他反倒觉得你离不开他。"

"盖好睡吧，妈现在唯一的心愿就是你能快点定下来一个对象，别再精挑细选了。你个子小，这是明病，咱只要求对方有个好工作，个子中等，别太低，就行了。房子车子这些有没有都无所谓。咱家没儿子，谁娶了你，妈都会当亲儿子待的。今年你二十七，明年就成二十八的老姑娘了。你是不是还总觉得自己是个小孩儿呢！"

"行了，妈，睡会儿吧，下午还要接着练车呢。"

火红的太阳当空烤，刚从床上被迫醒来，出门就要晒在太阳下，迷迷糊糊朝驾校走。什么时候握到方向盘，什么时候方能清醒。

依旧是女同志先练，练完一齐下车，坐在休息椅上聊心得。闫主任感叹自己倒库时好时坏，这个样子上考场完全没有把握。春妮问彭路："你呢，这次曲线行驶找到窍门了没有？"

彭路两只眼睛瞬间锁定在驾校大门口的两个老太婆身上。一个胖乎乎、圆溜溜，手里拎着个闪闪发亮的木拐杖，一个瘦且干练，双手搀扶胖婆婆，眼神盯着胖婆婆脚下，满身的使命感。

"彭路，你看啥呢？那俩老婆婆怎么进来的？你认识他们？"

"我奶奶。"

"哪个？左边那位还是右边那位？"闫主任、张圆也一齐朝两位老婆婆看去。

"胖的那个。"

"那旁边那位是你什么人啊？"闫主任好奇地问。

"照顾我奶奶的阿姨。"说罢，彭路起身。

"奶奶，我在这儿。"彭路正朝白韵莲方向跑过去。工作人员已经拦住了两位老人。

彭路告诉工作人员："这是我奶奶，过来看我练车。"

"老人行动不便，这里不安全，最好别让老人来。"

"好好好，我知道了，她俩就坐在门房边的凳子上看会儿。一会儿她们就回家了。"

工作人员见白韵莲这么大年纪还来看孙女，也不忍心多说什么。

"奶奶，我刚练车下来，再次上去得等好大一会儿，你就坐这儿歇着别动。"

"行，一辆车上这么多人轮着上啊，这什么时候能考试？"白韵莲问。

"我们平时没时间，所以和驾校商量好星期天过来练，最快也得熬够三四个月才能预约考试。"

白韵莲将拐杖竖在身前，双手搭在上面："考试的时候得稍微开快点吧，都这么慢能考过吗？"

"不要求速度，只要车轮没停下来就行，我们考的是……"

一大片乌云迅速遮挡了头顶，白韵莲抬头一看，顾不上听彭路把话说完，已催促身旁的小爱："我们快走，小心一会儿下雨。"小爱刚反应过来，白韵莲已经起身走出去了几步。

"姑，你慢点，我扶着你……"

彭路看着话没说完头也不回的白韵莲，又仰头看看头顶的乌云。她深呼吸，微笑着朝闫主任他们走去。

"彭路，你奶奶一看就不是普通人家的老人，从面相和穿戴来看，生活得很滋润，而且看起来身体很不错啊，人家虽胖，可比身边的阿姨还要利索。"闫主任聊到彭路的奶奶，眼神中满是羡慕。

"彭路，你奶奶应该和我妈年纪差不多，但相比之下，我妈的身体就差很多。老人家腿疼，完全不能出门的。"闫主任接着说。

"那老人该有多寂寞呀，不过，八十多岁的老人，像我奶奶这样的真不多。"和同事聊起自家奶奶，彭路只拿值得骄傲的事情来讲。

"你奶奶有八十多啦，看起来可就七十来岁的模样，这身体够硬朗。感觉不需要找保姆啊。"春妮插话。

"我妈七十八了，我还以为你奶奶没我妈大呢，你爸爸给你奶奶找保姆，一定是为了给你妈减轻负担，好几个人的饭，每天做起来是很辛苦的。"闫主任又说。

彭路默不作声，没有任何表情。

"闫主任，那你妈妈跟谁住呢？谁给老人家做饭呀？"春妮问。

"我大哥、二哥做生意，条件都还行。我妈腿不方便，他们就在一个小区里给买了一套地下室的房子。一楼比地表高，要上几个台阶，不过地下室也要下几个台阶，半截窗户露在外面，采光不太好，屋里有点潮，但是房价相对一楼来说便宜很多。饭我妈能自己做，别看她身体不好，她可经常做很麻烦的饭菜，然后一个一个给我们打电话叫着过去吃。大哥、二哥常常忙得去不了。我时间比较固定，去的次数也最多。"

"奔五的年龄，孩子在外读大学，还有老妈妈常常叫着过去吃饭，你真幸福！"彭路发自肺腑地对闫主任说。

"没错，很幸福，老妈妈一片心意，不去，担心老人孤单寂寞。去了，又总是有听不完的唠叨，说我穿得少，说现在不听话以后腿会疼，还非要拿她的秋裤让我穿上。确实比较烦，但我也是妈妈，能理解的。所以她说什么，我也不违抗，按她说的做，让她高兴就是了。"

"当妈的无论多老都挂念着自己的孩子，天下母亲都一样。"春妮说着，硕大的雨点噼里啪啦砸了下来。

"天哪，真下雨了，我们都没带伞！"

"彭路，你奶奶走的真是时候，这会儿肯定到家了，待会儿就给你送伞来了。"春妮不停地说。

"要不你打个电话让你奶奶多拿几把……"闫主任接茬道。

彭路淡淡地说："那么大人了，她没被雨淋着就谢天谢地了。待会儿雨不停的话，我去我姐姐家给你们拿几把，我姐家离这里也很近。"

大雨倾泻了半个多小时，终于停下来喘口气。

"今天天气原因，继续练车很不安全，大家早点回去休息。"

郝教练以及其他车上的教练们纷纷转告自己的学员。

大家趁老天喘息的工夫，匆匆散去。

周一的早上，工作异常繁忙，手机叮叮两声，彭路收到一条短信："李昊，27岁，公务员，身高173厘米，派出所民警，父母国企退休。与你同岁，不知你认不认识，你愿意见见吗？"

短信是国庆发来的，彭路感觉到了父亲的认真和尊重，在家庭事务中，习惯了一人专政的国庆，很少用商量的语气说话。

"爸，不认识，可以见见。"

回复完信息，身边同事又催着彭路忙工作去了。

不到十分钟的时间，彭路又收到一条短信："你好，我是李昊，中午方便一起吃个饭吗？"

"爸，他刚发短信给我，约我中午吃饭。"与父亲国庆沟通，要特别地讲究有反馈，及时清楚。

国庆收到彭路的这条短信。心里瞬间踏实了很多。他开始构想自己女儿和这位民警李昊见面的场景。他甚至想到自己家里今后多一位警察也挺不错。

一早上的工作忙完，彭路习惯地拿起遮阳伞，大步往家赶。推开家门，朝着厨房喊："妈，今天什么饭啊？"

"当初呀离家乡，告别杨树庄，妈妈送树苗对我轻轻讲……"国庆闻声从卧室出来，一首《小白杨》正唱到高潮竟戛然而止，手中的肩锤停了下来，很失落地问彭路："什么情况，不是说中午李昊约你吃饭吗？"

彭路这才想起，早上收到的那条短信还没回。她眼珠子转了两圈，然后告诉国庆："快下班的时候李昊又发来短信说中午加班，晚上一起吃饭。"

国庆的脸色显然不再有光彩。他是个说一不二，很有自己一套原则的人。对于第一次就失约的人，他自然不很看好。

午饭过程中，彭路悄悄低头回复短信给李昊："早上忙，中午又要加班，实在不好意思，不知你晚上下班是否方便。"

"没关系的，我中午临时出警，到现在还没吃饭呢。晚上下班，一有时间我一定联系你。"

彭路的心情像国庆的面庞一样黯然失色。这个李昊居然真的失约了，而且没有提前通知她。

白韵莲边吃饭边问："这孩子老家是哪儿的呀？父母都做什么工作？城里有房吗？"

"奶奶，还没见呢，见了感觉可以继续了解的话再问这些。"

粉蒲起身进了卫生间。

白韵莲见缝插针地对国庆讲："要是条件不好的话就招到咱家来。"

"你那老思想已经过时了，这事儿你别管。"国庆任何时候都顺着老母亲，这次却斩钉截铁阻止白韵莲发言。

白韵莲从未在国庆面前有过挫败感，国庆的果断，让她猝不及防："这本就不是我的事儿，我当然能不管。不过话说回来，你辛辛苦苦置办这些房子图个啥，家里没有儿子，俩闺女以后不能没人在身边管你。"

"你吃完了去睡，别瞎掺和。"国庆显然有些不耐烦。

粉蒲打开卫生间的门，白韵莲瞬间放下碗筷，躺在了卧室床上。行动之敏捷，彭路都惊讶白韵莲是怎么走到卧室的。

小爱见势不妙，竟然很有眼色地收拾起碗筷来。

彭路从电脑旁拿起手机，五点五十分，再过十分钟就下班了，不知这位李昊同志那边什么情况。彭路心想，倘若六点还没有消息，那么这个李昊也就没必要见了。

五点五十九分，李昊来电，有点诧异，两个即将相亲的年轻人在见面之前要直接通话，彭路心头掠过一丝小紧张。不过，接起电话后马上装作镇定。

"喂，你好！"

"你好，是彭路吧，我是李昊，不好意思，我还有一点点工作马上处理完。你能不能稍等我一会儿。"

"大概需要多长时间呢？"

"最多半个小时。"

"好吧，那我在我们单位对面的吉康超市逛逛，你过来响个电话。"

"行，待会儿见。"

超市不大，彭路束手转了两圈有点不好意思了。于是推来了购物车，开始选择商品。

安业爱吃零食，安旭和彭纹喜欢各种调味品，彭路顺着这两样货架挑挑拣拣往购物车里拿，不知不觉装满了整个推车。这下有些犯愁，一会儿见面，这么多东西该往哪儿搁。

结账之前，彭路和超市工作人员商量，结账之后所有物品打包放在角落里，晚一点过来拿，工作人员欣然同意。

终于松了口气，一看手机已经半个小时零五分钟。这时电话响起，接起之后，李昊说话带着喘息。

"我到你单位门口了，你在哪儿？"

"我刚从超市出来，这就过去。"

彭路朝单位门口走着，二十米开外，一个年轻的小伙子穿着有些皱巴的白色短袖朝超市方向张望。

很快，李昊也看到了彭路。

"让你久等了，想吃点什么，我们找个饭店坐下来，边吃边聊。"李昊的手张开合上，偶尔握着拳头，偶尔上下挥动。

近距离对话，彭路已然心生排斥。可出于礼貌，这顿饭总得吃。

微风吹过，彭路精心扎起的头发在后脑勺飘起，裙摆也随风摇曳。美好的年华，美丽的心境，却总未遇见那个心动的人。

"随意一点吧，我平日里晚餐都很简单。"

李昊抬头搜索着街道两旁的餐馆招牌："就这家吧，羊蝎子，你尝过没？"李昊指着羊蝎子的招牌，很开心的样子。

"前面那家面馆也不错的。我们同事经常在那儿吃。"

"第一次请你吃饭，怎能吃面，别犹豫了，进去吧。"

彭路很为难，又不好再次拒绝。她已然觉察到眼前这位男生完全不了解女生的心思。第一次见面，就让女生拿着骨头坐对面啃，多尴尬的场景。

在父亲的格式化教育下长大，彭路总是处处为别人考虑，她顺着李昊走进羊蝎子餐馆，那么多人戴着一次性手套，啃着硕大的骨头，看起来着实很有滋味儿。

可是该如何不把油渍溅在新买不久的裙子上呢？这身裙子浅粉纯色，粉色是彭路最喜欢的颜色，纯色也是彭路一贯的穿衣风格。一不小心弄脏了，会很显眼，很难看，很不淑女，也很不得体。

对面坐着的李昊完全看不懂彭路的心思，稍不自在就用催菜的方式来掩盖紧张。

一大盆羊蝎子被服务员端上桌。紧接着服务员又发给彭路和李昊两双和别人一样的一次性手套。这种手套不分号，谁戴着都足够大。彭路人小手也小，戴这么大手套反而很不方便。

她内心在劝慰自己，给对方留点面子只吃一个，然后就说吃饱了。正想着，李昊已经戴好手套挑出一块肥硕肉厚的大骨头放在了她面前的盘子里，热气腾腾。

"开吃吧。"李昊看着彭路的眼睛说。

彭路犹豫的眼神让李昊明白了些什么。李昊马上和服务员要了块儿大餐巾示意彭路铺在腿上。这个举动居然让彭路很意外。

李昊拿起羊蝎子边啃边说："你平时有什么爱好没有？"

彭路抬头，很认真地看着李昊："有啊。"

"比如呢，你下班都做些什么？"

彭路感觉气氛稍稍放松了些，面前的羊蝎子被空调吹得也没那么烫了。她一边戴手套一边对李昊说："我喜欢看文学类书籍，也喜欢写作，我有记日记的习惯。我将自己的生活用文字记录下来的时候，会对生活有更深刻的理解。"

"哇！这个爱好真好，改天给我看看你写的东西吧。我很有兴趣。"

改天，如何确定我们还有改天？彭路心头掠过的第一反应，当然不可以说出口。

"只是一些记录生活琐事的流水账，或是自己某一阶段的心情，并没有成型的稿子。"

"那你哪天有可以公开的稿子一定让我欣赏一番。"

彭路微笑，轻轻点头。眼前的这位男生，居然对自己写作这一爱好颇有兴趣。彭路的内心顿时不那么排斥了，但以对象论处，还是坚定的不可能。

"除了写日记，你还有没有别的爱好？你不可能一下班就窝在家光记日记，其他什么都不做吧。"李昊完全没有刚见面时的紧张，反而启动了一套自来熟的本领。

彭路紧一紧手套准备掰开羊蝎子使之变成小块儿，吃起来方便些。可手套太滑，羊蝎子太坚硬，完全掰不开。

李昊又从锅里拿出一个掰成两半，递给了彭路。

彭路有些小感动，接着话题与李昊聊："我偶尔去游泳，也喜欢跳舞，刚毕业那会儿报过一个交谊舞培训班。当时 24 岁，是培训班里最小的，其他学员几乎都在 40 岁以上，还有 60 多岁的。像我这种身材小，记动作慢，既没天赋，又没有后天条件的人，跟年龄大很多的叔叔阿姨在一起学，反而没有压力，很是开心。"

"你这些爱好都挺积极向上，说明你这个人很有正能量。"李昊像下定论一样脱口而出。

李昊说话的语气，已然让彭路感觉到警察断案的职业语气。

彭路沉默，这样的语气让她感觉些许不适。她小心翼翼地啃起了羊蝎子。

李昊不以为然，越聊越起劲儿。接着问起了彭路："平时工作忙吗？会不会经常加班？通常情况下节假日能不能保证正常休息？"

"基本可以。"

李昊很满意："加班加点不是家常便饭就好，女孩子，还是得顾得了家。"

"家不是一个人的，现在女孩子也都要工作，为什么女孩就该比男孩多顾家呢？"

李昊没有回答彭路的问题，而是继续问："那你们平时值班频繁吗？"

"还好，大约两周一次。"

"哦，呵呵，一般情况下我每半个月休息两天，工作时间每天都要出警 N 次。"

"啊？我觉得咱这县城治安挺好，也没什么坏人，你们出警都为些什么事儿啊？"

"什么事儿都有！"

"哦！我身边的亲人朋友里没有警察。我只知道你们这职业忙，还有危险性，但从未有过切身感受。"

"你微信用的是这个手机号吗？"李昊问彭路这个问题时，他的盘子已经堆不下吃剩的骨头架子。

彭路一个还没吃完，使劲咬一口，几滴油渍切切实实溅在了裙子领口边上。她赶忙卸下手套，拿抽纸擦拭，然后很礼貌地对李昊说："不好意思，我去趟卫生间。"

她将卫生间里的抽纸稍稍浸湿水，然后使劲儿地吸附领口的油渍，好让其淡化。再用干净的抽纸吸附领口的水分，好让其快点干掉，免得尴尬。

回到座位上，李昊一边示意彭路加他微信，一边又夹了些锅底的蔬菜给彭路。彭路感到小惊喜，她没料到这锅羊蝎子不光有羊蝎子。

微信加上了，菜也吃好了，彭路对李昊讲："谢谢你的晚餐，我父母有规定的回家时间，再晚点他们就该打电话了。"

"那我打车送你回家吧。"

"也好，刚才下班在单位对面超市买了些东西，还寄存在那儿。你顺便帮我拿到车上去。"

"没问题！"

打好了出租，彭路带李昊到超市入口取东西。

李昊一脸茫然："一次买这么多呀，超市搬回家岂不更方便。"

彭路汗颜，无语，只剩沉默，她先坐进了出租车后座。

"呵呵，开个玩笑。"两大袋东西放进了后备厢，李昊手机突然响起。

不到一分钟，李昊便挂掉了电话，扳着车门对彭路讲："所里有事，领导叫我回去，今晚不能送你了，路上小心。"

彭路点头表示理解："好，你先忙工作，注意安全！"

"师傅，凤凰小区！"

关上车门，彭路心里有太多的别扭，她多么期待一个一见如故、心灵相通的人出现在这个合适的岁月里。然后满怀憧憬，携手走进婚姻。

彭路给司机师傅付了钱，将东西拿下车，然后给姐夫安旭打电话："哥，我给安业买了零食还有一些你和姐姐爱吃的东西，你下来拿上去吧。"

"这个点儿你还没回家，吃饭了没，没吃的话直接上来。"

"吃过了，我拿不动呀，而且还有给家里买的东西。"

"那行，你稍等，哥这就下去。"

"买这么多，刚发工资吧。"

"哥，你猜得真准，昨天刚发的。哥，这一大袋你拿上楼然后送我回去吧。"

"另一袋放哥车上，一起上楼坐会儿，待会儿哥再送你回去，不着急。"

彭路随安旭进了家门，手机响起。

"喂，妈，我在姐姐家呢，待会儿安旭哥送我回。"

"好，不要太晚啊！"粉蒲挂掉了电话。

天气预报、女儿回家时间，是粉蒲每天必须关心的最重要的事。

"彭路，姐今天烤了面包，味道很棒，你也尝一个。"彭纹轻声细语，生怕吵到卧室里做作业的安业。

彭纹的家处于一个老旧小区，房间面积小，也不隔音。唯一的好处就是住着住着，竟然成了学区房。彭纹将面包放在了茶几上。自己拿了小凳坐在一旁。

"姐，我刚吃过饭，吃不下了，就尝一小块儿。"彭路坐在沙发上撕下一小块儿面包细细品尝。

"味道棒极了，姐你可以去开面包店了。"

安旭拿出三百块现金放在了茶几上，嘱咐彭路："一会儿回家的时候拿上。"

"哥，我现在都挣钱了你还给我钱，我不要，没钱的时候我会跟你说。"彭路朝安旭嘟囔着，瞅着安旭和彭纹老把自己当孩子的眼神。

"也是，她工作也快一年了，工资虽不多，但一人挣一人花，也该学着自己计划了。"彭纹讲给安旭听，也讲给彭路听。

"听说你们这么大的年轻人都是月光族，你呢，这一年有没有多少留点？"安旭半开玩笑地问彭路。

"哥，月光那都是好的了。我第一个月的工资报答爸妈三天就完了，第二个月的工资给自己全身上下换了新衣服，也基本完了。以前跟妈要个钱确实困难，好不容易自己能挣钱了，于是每次发工资之前就已经给工资安排好了出路。花光之后的二十多天里，会遇到很多不在计划内，但又必须用钱的地方。"

"咯，咯，咯……"安旭和彭纹一起笑了。

"现在好多了，我每个月都会先拿出二三百压书里不动，其他的花光以后也就不想着花钱了，老老实实单位家里两点一线，不过这二三百也从未攒下来，同学结婚或者朋友聚餐什么的，不仅要动用这部分储备资金，还经常需要妈再给补点。"

"死工资肯定不够花，不过眼下你应该先结婚！"彭纹把话题拉回了刀刃上。

"哥，送我回吧，妈在家也闷得慌，我回去还可以陪她说说话。"

"行。"安旭起身，一手拿起车钥匙，一手把钱塞进彭路口袋里。

"哥，我不要，我没钱的时候会跟你说。"

"妈在家还好吗？劝她多出来走走，别老在家待着，以防抑郁。"彭纹嘱咐彭路。

"我一直都这样跟妈说来着，她不听，还老给奶奶他们做饭。"

姐妹俩一提起这话题总是很揪心。

"前几天奶奶给你哥打电话来着。"彭纹说。

"她干吗呀？"彭路眉头一紧。

"她说感觉双腿没有从前麻利了，需要去医院看看，你哥厂里活多，走不开，问人家第二天一早去行不行，人家立刻就是一番埋怨，之后必定又在爸那里恶人先告状了。你哥第二天一早开车在楼下等人家，人家在电话里说起了西洋话：'我哪敢指望你们啊，用你们一次车太难了，指望你们做点什么，我心里完全没底的。'然后人家就把电话挂了，也没说去还是不去，你哥就跟傻子一样继续在楼下等着。后来上楼叫人家，人家说爸已经跟人家去过了。"

"走走走，哥送你回家，以后姐妹俩在一起聊点开心的事儿，提她干吗呀。睁只眼闭只眼得了。"

坐上安旭的车，彭路依然想着彭纹刚才的话，说："哥，奶奶下次再给你打电话，你直接告诉她，爸抽不出空的时候还有大伯呢，大伯家儿子叶果也有车。"

"这样说话不是成心找乱子吗？"天生一副好心肠、好脾气的安旭，说话做事总爱讲慈悲，而很少论是非。

"哥，你个孙女婿，这事儿本就不该你管，她大儿子那边的孙女婿，估计见着她都不熟悉。大伯一家子一年也就看她一回，她见了人家反而知道什么叫有礼有节，相敬如宾。我们不反对爸把她宠上天，但我们就别跟着爸一起无底线地纵容她了。"

"这样的结果你想不到吗？爸又该对我和你姐有意见了。"

"说到底都怨爸，真没办法。"

五分钟的车程，很快就到了。

"哥，你把东西帮我拿电梯里，你就别上去了，早点回吧，奶奶知道我买了东西先跑你们那儿了，又该动歪脑筋了。"

"好，每天别想那么多，自己该怎么做就怎么做，别老瞻前顾后总被左右。"安旭把东西放进了电梯。

"哥先走了啊。"

"嗯，哥，你路上小心。"

进了家门，国庆独自坐在客厅沙发看《晚间新闻》，白韵莲和小爱习惯早睡，粉蒲像往常一样躺在卧室床上追古装剧。彭路换好鞋，提着东西往厨房送。

"都买了些什么啊？"国庆望着直奔厨房的彭路问。

"都是些做饭用的，我把东西放进厨房。"彭路将瓶瓶罐罐挨个拿出，各归各位。

"来跟爸说说今天和派出所李昊见面的情况。"

彭路慢慢走到沙发旁坐下来："爸，就吃了个饭，没什么感觉。"

彭路对父亲国庆询问相亲情况总是很抵触，因为回答父亲没感觉的次数多了，父亲总会让她在自己身上找问题。

"两个陌生人见第一面能有什么感觉，只有多了解、多相处，才能看出这个人的性格、人品。李昊个子怎么样？"

"一米七三七四的样子吧。"彭路有气无力应付着国庆的询问。

"能行，你一米五几的个子，找个一米七以上的就行，太高了走在一起也不相称。"说罢，国庆眼珠子转了个圈顺便观察到彭路漫不经心的态度。

"什么学历？"国庆虽察觉到彭路内心的烦躁但还是要把重点问完。

"忘记问了，不知道。"

"那你们这顿晚餐都聊些什么？"

"都是人家在问我有什么兴趣爱好，还有我的工作情况。"

"彭路啊，爸跟你说过很多次，一个人适不适合处对象，是否合适结婚，需要了解多方面，不能见一面就果断否定。而且你挑人家的同时，人家也在挑你。是不是这个道理？"

彭路不作声，硬着头皮听。

"以前呢，进事业单位需要县长签字，单位里大多都是领导子女或者领导亲戚，现在不一样了，新时代扭转了这不公平不合理的历史性问题。逢进必考，社会大环境越来越阳光。所以我们也要改变一些陈旧的思想，不要用老观念去讲究所谓的门当户对，不要戴着有色眼镜去看那些家境不如你的人。一个男人，如果没有真才实学，他老子就是地委书记，也没办法把他安排进机关单位了。哪怕人家父母都是农民，只要人家肚子里有墨水，通过考试，一样进好单位，一样前途无量。话说回来，你没编制也怨不得爸，爸多希望你能考上，哎……"

国庆一声长叹，彭路自觉理亏，毕竟同龄人里，只有寥寥几个赶上了安排工作的末班车，不是所有的父母都有这样的能力。事实上，无论什么样的编制，或者没有编制，只要有份收入，能经济独立，彭路都挺知足。她虽也被父母这代人"铁饭碗""唯编制是王道"的思想深入灌输了二十多年，虽然她目前除了这每月一千多块的微薄收入之外，暂时还没有打通一条出路来证明自己的价值，但她的内心一直都潜藏着一种强烈的渴望，那就是"以醉在其中的方式，尽享此生"。这跟编制没有一丝一毫的关系。

"这孩子哪里人，你有没有问？"国庆接着问彭路。

一个哈欠满载着睡意袭来："不是城里的。"

"我问你哪人，你说不是城里的，你这话一出口就摆明了你对人家有成见。一个有涵养的人，是不会这样说话的。"国庆虽面相平静，却已难以掩盖内心的怒火。

"爸，那我该怎么说呢，我只能听出口音不是城里的，到底哪个村的我也分辨不出来呀。"彭路满肚子的委屈，她难以接受父亲国庆评论自己的涵养问题，这让她感觉父亲高高在上，并没有与自己平等的沟通。

首先，你是我亲爸，为什么我和你说话老得打草稿，老得讲究措辞。其次，养育我的人是你，你现在质疑我的涵养问题，是不是首先应该扪心自问。你如此理直气壮，怨气撒向我，实则冲我妈，那我是不是可以反问你，我妈教得不好你干吗去了？正因为我很有涵养，我也真的很爱你，所以这话我不跟你较真了。这样的想法，瞬间在彭路心头转了很多圈，却永远都不敢说出来。两代人观念不一，说出来不会有理解，只会更伤害。

"我看出来了，你压根就没上心，但我提醒你，和人家多处一处再决定合不合适对你没坏处。"国庆说完关掉电视起身走进卫生间洗漱。彭路一人坐在灰白色的沙发边上，暗红的地板，暗红的实木电视背景柜，配上金黄色的水晶吊灯。彭路感觉极其压抑，可这是父亲国庆喜欢的风格，父亲曾说这样的风格显得厚实、庄重，适合年龄大些的人居住。

彭路打开卧室门，粉蒲正在边看电视边等她，电视几乎没有声音。

"彭路啊，妈听见你爸刚刚和你的对话了。你心里怎么想的啊？跟妈说说刚见的这个男孩子长得帅吗？"

彭路躺在粉蒲旁边："不帅，而且衣衫不整，也不很干净。"

"妈跟你说啊，男人在穿衣搭配，讲究卫生方面，婚后可以慢慢改。长得不帅也不要紧，不难看就行，关键要看这个人性格好不好，是否幽默，有没有趣，自不自私。妈可坚决不同意你找你爸这样的……"

"行了，烦死了，现在说我的事，你又扯我爸那儿去了，你们俩毛病都不小！"彭路每每听到父母提及对方的不是，条件反射般立刻屏蔽。凭什么别人都是父母爱情的结晶，而自己从小到大都是父母不幸婚姻的垃圾桶。

"不敢呛你爸，总拿妈出气。"

"什么什么什么呀！哪儿跟哪儿啊。"彭路烦透了。

"行了行了，妈不说你爸了，你跟妈说说这孩子家里就他一个呢，还是有兄弟姐妹。"

"妈，不知道，我见他第一面，就认为我和他完全没有可能，我还有必要问这些问题吗？"

"妈还是建议你多处一段时间，目前咱这小县城的实际情况就是有好工作的女孩多男孩少，而且农村的女孩子要比城里的女孩子好找得多。你也不小了，再犹豫别人都结婚了，适龄的男孩子就没了。"

"妈，我相信总有一个让我心心相吸，让我渴望走进婚姻的人。我不要看大多数人是不是已经结婚，我只要努力去找只属于我的那一个。妈，我困了，关电视睡吧。"

粉蒲也心疼女儿上班累，下班还要背着相亲的大石头。于是关掉了电视。

　　彭路如往常一样，一早在白韵莲和小爱的吃饭和谈话声中醒来，无力改变的现状，只能尽可能地适应并将其忽略。意识清醒的一瞬间，赶忙在脑海里搜索自己的衣柜，今天穿哪条裙子会使心情变美丽。

　　单位门口碰见了邢主任，赶忙问候："主任，早上好！"

　　"昨天下班没按时回家呀！"说罢，邢主任笑笑，彭路反应过来的时候，邢主任已经进了单位大门。

　　彭路一头雾水，昨天下班相个亲，今天一早怎么就成新闻了。彭路走进办公室，心神不宁地坐下来开始工作，她在反复思索邢主任是怎么知道的。

　　对面桌的张顿看出了彭路心不在焉："今天这是怎么了呀？"

　　两秒过后，彭路才从思考的沼泽中回过神来："顿子，你刚问我什么来着？"

　　"我问你是哪位帅哥让你神魂颠倒都听不见哥说话了，要不要哥帮你把把关啊。"一丝坏笑挂在张顿的嘴角，邪气掩盖不了他的纯粹，像所有善良的人一样。

　　"顿哥，有个问题我百思不解，你说我昨晚上相个亲，邢主任今天早上见我就说我昨晚没有按时回家，他也忒神了吧，他究竟是怎么知道的？"

　　"呵呵，呵呵呵……"顿子的肩膀上下不停地抖。

　　"怎么个意思？你笑什么，难不成你也知道啊？"彭路急了。

　　"我这不刚知道嘛。"

　　彭路白了张顿一眼，抿起嘴生闷气。

　　顿子开心地笑了，笑得很天真："哥跟你说吧，你下次进邢主任办公室的时候，往那落地窗外望一望，看看附近大街上哪块儿是死角，然后你记住，下次就不至于见个小朋友还现场直播了。还有，主任经常加班，所以下班时间最好也离远一点。"

　　"是哦，昨天晚上忘记考虑这一点了，以后确实得注意。"

　　"哥帮你解了一大惑，再给你个机会去主任办公室往外看看。这几份表，拿去主任那边盖好章，然后送去政府。"

　　彭路瞪大了眼睛望着张顿。张顿抢先一句："咱们关系这么好，'谢'字就不必说了。"

　　"顿哥，章我可以去主任那里盖好，政府还是你去吧，我不会骑车，走个来回我的活肯定干不完了。"

"行行行，那你先去盖章吧，哥得复印几份文件。"

主任盖章时，彭路从落地窗往超市望去，超市虽在单位斜对面，但门前行人车辆确实很清晰。她将盖好章的资料交给张顿，抓紧干起了自己的工作。

一天的时光，不过弹指一挥间，彭路和同事们收拾东西，准备下班。

手机响起，田娟来电。

接起电话，田娟声音低沉："彭路，我俩又冷战了，找个地方，陪陪我，我不想回家。"

"行，你想去哪儿？"彭路和田娟是多年的闺密，彼此从来都随叫随到。

"你就在单位等我，我骑车过去接你。然后我们一起去找个能吃饭和聊天的地方。"

彭路站在单位门口，老远看见漂亮的田娟骑着摩托风尘仆仆驶来，风将短发呼啦啦吹向脑后，却未能吹散她的一脸愁容。

一声刺耳的刹车声，田娟停在了彭路面前。"彭路，上车！"

彭路注视了两秒田娟的脸，白皙的皮肤和大大的眼睛遮不住满脸的憔悴。

彭路稳稳地坐在了摩托车后："娟，我们可以走了。"

"路，吃麻辣香锅怎么样？"

"行，我都行。"

来到一家麻辣香锅店，田娟直接要了两瓶冰镇果啤，麻利地启开瓶盖，握住举起，仰头对接，一瓶果啤顷刻间顺流直下，空瓶子咣的一下返回到桌子上。

"路，真想喝口白的，可惜你不会骑车，你要是能把我送回家，我就可以借酒消愁了。"

"送你回家不是问题，我不会骑车会打车呀，但是你一口气喝这么多冰镇果啤，再接着喝白酒，胃肯定受不了，你就别自虐了，心里不舒服跟我倾诉倾诉，我不一定能帮上什么忙，但至少我可以倾听，可以陪着你。"

"对哦，你还可以打车，我摩托放这儿明天再来骑也行。服务员，拿瓶白酒！"

田娟说这话的样子，像个失落的男人，十足的女汉子。

"娟，这究竟是为什么啊，别光想着喝酒了，你要真醉了，上出租下出租也得有个人扶着吧，我一米五几，你一米六几，就算我拖得动你，咱俩女孩子大晚上打出租，还有一个醉着，想想也挺害怕的。你把自己交给我你放心吗？"

说着，彭路的电话响起来。

"哪位帅哥啊？告诉他我今晚是预定好的，不许和我抢。"田娟终于露出一丝坏坏的笑，像极了霸道又失落的老公主。

"可惜是我妈，要真是个帅哥叫过来一起，你心情兴许会好点。"

"行了，快接吧，别让阿姨等着急了。"田娟催促着。

"喂，妈，我和田娟在外面吃饭呢，顺便聊聊天，晚点回去，忘记和你说了。"

"哦，妈以为你又加班呢，那你不吃晚饭的话妈就放冰箱里了，记住不要太晚啊。"

"放心吧，阿姨，彭路和我在一起呢，回的时候我送她，您别担心。"田娟把脖子伸得老长，凑到彭路这头对着手机大声讲，生怕电话那头质疑她的存在。

"放心，放心，你们玩儿，我不打扰了啊。"说完粉蒲挂掉了电话。

"酒怎么还没上，忘了刚才聊哪儿了。"说这话的时候，田娟显得很可爱。完全不像女汉子。

"我说你比我高大那么多，把自己交给我你放心吗？"

田娟无奈地望着彭路："你要长我这么壮我就放心了，今天要换你买醉，我一定能当个合格的保镖。"田娟显然动摇了喝白酒的打算。

"美女，你要的白酒。"服务员礼貌且温柔地将白酒放在了桌子中央。

麻辣香锅也端上来了，香辣味儿直冲鼻尖，很是诱人。彭路递给田娟筷子："吃点吧，白酒就别喝了。"

"彭路，我想离婚了。"

一语惊人，彭路将递出去的筷子轻轻搁在了田娟的小碗上。

"他同意吗？"彭路小心地问，她不知道该对此刻的田娟说些什么。

"他不会同意，对他来说，婚姻能够给他提供一个必要的生活保障。婚姻在，房子车子就在，孩子吃穿玩用一切开销他从来不管。他每天下班后的生活就是和他的狐朋狗友吃吃喝喝，我睡着之前能见着他都纯属偶然，大清早我还得早早起床给他做早饭。"

田娟不禁对自己的婚姻现状摇起头来，短发随之摆动，遮住了眉眼，她用手直接撸起，面色显得更加苍白，眼神中满满的无奈。

"娟，你还是想想他的好吧，回想一下当初你为什么可以不顾家人的阻拦执意嫁给他，你当初做这样的决定一定有自己的理由，一定不会只是看上了他长得帅。"

"对，当初看上他很会来事儿，上到领导以及领导的领导，下到他的同龄人甚至比他小很多的社会青年，他都能应对自如，博得认可，建立友好的社交。他朋友多，大是大非面前有担当，够爷们儿。他大我七岁，出身农村，而且生活和工作能力都很强，但那会儿我太小，没有过任何感情经历，从认识他开始就一直很仰视他，他稍稍为我做点什么，我就以为那是爱情，越陷越深不可自拔，谁的劝都听不进去。"

说完，田娟启开白酒，用一个小酒盅，咕嘟一口喝下去，面容扭曲，咔咔咳嗽，不停地用手拍打喉咙和胸口，眼泪顺着泛红的面颊往下流，低头的瞬间短发遇见了泪水，贴在脸上，遮住了半边脸。

"彭路，真巧，你也在这儿吃饭啊？"笑脸问话的是彭路单位的一位男同事。话音未落，田娟已趴在了桌子上，将脸埋在胳膊肘下。

"对，晚上和朋友出来吃个饭。"彭路回应同事。

男同事看出了彭路的尴尬，简单地问候之后走开了。

田娟抬头："彭路，你帮我看看刚和你说话的那位一起吃饭的都有谁？"

"对哦，我们单位一群年轻人经常和你老公在一起。等下，我去看看。"

彭路装作上卫生间，仔细扫描了男同事桌上的每一个人。

"放心吧，没有你老公，我一个都不认识。"

田娟慢慢抬起头，倒满酒盅，又一口下去，饮黄连一般痛苦。

"娟，谈婚姻我没有经验，但论相亲的经历比你多。两三年了，我依然没有碰到让我心甘情愿与之走进婚姻的人，随着年龄的增长，可选择的范围越来越小。照城就这么大，随便打听一个熟人，'你们单位还有没有未婚男士？'得到的回答大体一致：'这几年单位没进新人'，'去年有一个刚结婚了'，'我们单位有好几个条件不错的女孩子还没找下婆家。'一个人这样说，两个人这样说，听多了我都不抱什么希望了。我觉得一个人逍遥自在没什么不好，可身边人的追问和父母亲人的压力不好承受。"

"呵呵，是啊，听起来你也挺难的。要说你这工作虽然没有编制，但收入也还稳定，你父母也都有工作，经济上只会帮到你，不会连累你。你姐你哥就更不用说了,人家俩能力强,条件好,对你方方面面都那么照顾。你就找个跟你家情况相似的,并且懂你心疼你的,以后小日子必定甜甜美美,不用为钱生气。"

"娟,孤单久了,我还真羡慕你!"

"羡慕我?我和你一样,孤家寡人,还拖着个孩子,想潇洒,就得把孩子送我妈那儿,钱不够花了,还得找我爸,老公仅仅是在外人面前用来充面子的,你羡慕我什么呀?"

"羡慕你婚前认准你老公的坚定和走进婚姻的勇气。羡慕你嫁给他时的心甘情愿。你可知道,'心甘情愿'四个字,对于感情来说,值千金。"

"你说得有道理,我父母那会儿也郑重其事地对我讲:'爸妈该说的话都说了,爸妈拗不过你,只好依着你,将来遇到坎儿,你也没得埋怨了。'这确实是我自己心甘情愿的,我活该!假设当初我能多听劝,多见几个,多等几年,我就有机会去比较,并且在年龄增长的过程中逐渐清晰和明确自己想要的究竟是什么,什么是真正适合自己的。"

"娟,生活,就是一场没有彩排的戏,所有的感悟都是在经历之后得出和领会的;命运,就是一双无形的手掌,将你推向你无法左右的人生之路。其实,这辈子,你会遇到什么样的人,过什么样的生活,经历怎样的幸福和痛楚,冥冥之中,已有定数。他既已成你老公,又不存在出轨这些不可原谅的错,你何不把心态放轻松些,把两个人相处的模式调整一下,比如,要做到经济共同体,家庭支出要共同分担,遇到问题要一起想办法,而不是你一味地单方面付出,有了问题直接只找自己父母。你这样做对他不也是种纵容吗?"

"好像有点道理,那除了经济,还有哪些方面?等等,我有点晕,我得跟服务员要张纸和笔,记下来,等回去清醒了好好捋一捋。"

田娟从服务员那里拿来了纸和笔。

"彭路,你刚才说经济方面的时候怎么说来着,要实现什么?"田娟似醉似醒,两眼迷离。

"要做到经济共同体,家庭和孩子的各项支出要共同承担。"

田娟果真拿起笔一字一句记了下来。

"好了,你接着说。"田娟抬起头,微微泛红的面颊上,无助的双眼里,只有求教,没有期待。

"好吧，你真要记下来我就给你总结几点。第二，家务活要一起分担，最好分工，让他了解你的辛苦，也让他对家庭有所付出，只有他亲自付出了才能懂得珍惜。比如你做饭，他接送孩子；你扫地，他拖地。这样的安排合情合理，他没有任何理由不执行。"

田娟记得很努力，却又感觉力不从心。

"第三点，你也有驾照，你也要上下班，还要买菜接送孩子，偶尔也要和朋友出来聚聚。最重要的是，哦，不光你，我们都是年轻爱美的女人，夏天怕晒，冬天怕冷，关键你单位比他单位离家远多了，凭什么你开回车就这么难呢？都是为这个家在奔波，两个人谁需要谁开对不对？"

"车他开我也没意见，他一个男的，身边有领导，有朋友，办个事儿还是开车方便。这点我觉得没必要专门讲出来吧……"田娟轻易地就将彭路这条建议忽略掉了。

很显然，但凡田娟老公能有一点点似乎合理的理由，田娟就不敢再有任何奢望。

"娟，你们之间的感情以及你们俩的相处模式只有你们俩懂。我提到的仅仅是我个人的看法。我觉得你们结婚之前那么多的障碍和阻力都坚持下来了，现在有房有车有稳定工作，还有可爱的孩子，已经是很多同龄人可望而不可即的美好了，应该珍惜才对。放弃婚姻很简单，将它经营好才够智慧。你说呢？"

"我知道你会劝和不劝离，我们都是太过传统的女人，咱们这小地方，离个婚太丢人，我多少次想，我要是离了婚，就把工作辞掉，一个人带着孩子，换个城市生活，过简单的日子，一心一意照顾好孩子。遇到追求和爱慕者，我依旧会开启恋爱模式，但年老之前不会再选择婚姻，更不会再跟任何一个男人生孩子，一定要让自己来去自由，无牵无绊，像年少时一样潇洒快活。"

"你说得真好，我这没结过婚的都很向往，可现实生活哪有你说得那么轻巧，你感觉潇洒了，你父母必定会满脸愁容紧逼在后让你找个归宿，好让他们安心。你看着那两张日渐衰老的容颜，你忍心任性吗？你潇洒得起来吗？你只会陷入一个沉重的思考——'是对得起父母重要，还是按照自己的意愿过好后半生重要'。你一边在不被理解的孤独中忍受心灵的寂寞，一边在沉重的抉择中徘徊挣扎，用不了多久，你就会在周围人异样的目光和闲言碎语中不堪重负，终究会向父母那边投降，切身体会什么叫身不由己。"

"是啊，身不由己！"田娟端起酒盅，"彭路，待会儿我就交给你了，今朝有酒今朝醉吧，明天会发生什么，谁也不知道。"

"娟，今天确实有点晚了，待会儿送你回家，你老公会不会已经回去了？"

"一般情况下他都是一两点才回去的，不用太担心，待会儿出租车到我家楼下的时候，要是楼上有灯，我就自己下车，你直接走。"田娟太了解自己的老公，她知道彭路在担心什么。说完咕嘟一声，又一大口酒咽下去，夹杂着千头万绪。

"娟，别喝了，我送你回家吧。"

"行，忘了你还没结婚，这么晚回去阿姨该等着急了。"

两人一起起身，田娟毫无征兆咣的一下又坐了回去，彭路吓了一跳，情况似乎并没有聊天时看起来那么好。

"娟，你能走吗？我扶你。"彭路有些紧张。

"彭路，我想吐，我很难受。"那一头短发凌乱地挂在垂向地面的头上。

"我这就扶你去卫生间，你支撑着啊。"

一阵肝肠寸断地呕吐之后，田娟涨红的面颊上铺满了纵横扭曲的泪，眼泪汪汪甚是绝望。彭路看在眼里，很是心疼。曾经多么阳光洒脱的女孩，怎么就被婚姻折腾成这般模样。

彭路将田娟扶在卫生间旁的一个座位上坐下，结了账，又扶起田娟，两人跟跟跄跄走出饭店大门。

昏暗的路灯下，无尽的夜色里，彭路用小小的身躯支撑着闺密田娟，担负起了作为朋友应尽的责任。

彭路很费力地用两手抱着田娟的腰，田娟的头垂在彭路的肩膀上，偶尔出租车驶过，彭路都没办法看清是不是空车，只管抬起一只手招呼。不知过去了多少辆，也不知出租车里是不是都载有乘客，抑或是人家见势不妙，不愿意载她们。等了好久好久，终于有一辆出租车停在了她们旁边。

"娟，车来了，你清醒一下，我们先上车。"彭路认认真真在田娟耳边讲。

"好！"说完田娟猛地抬头，转过身，脚步不稳却很是坚定地走向出租车。彭路赶忙小跑，打开车门，田娟紧紧抓住彭路的一条胳膊，用一丝若隐若现的理性意识支撑着自己，准确无误地对准车厢，进入后排座位。

乘车路程并不长，大概十分钟的时间。田娟侧靠在后座的角落里，一声不吭，她要面子，怕自己出洋相，喝酒之后也一样。

车停在了田娟楼下。彭路仰头一看，田娟家的窗户亮着灯。彭路心头一紧："娟，你老公在呢。"

田娟一听，像睡梦中被惊醒的孩子："彭路，你别下去了，我自己能行。"

说完，田娟稳稳地下了车，并告诉出租车："掉头走吧，把彭路送回去。"然后头也不回地向自家大门走去，走得缓慢而沉重，几乎看不出喝过酒。

进去以后会怎么样，彭路很是揪心，却不得而知。出租车司机已掉头驶向彭路家的方向。

田娟究竟为何事而产生离婚的想法，她没有说，也说不明白。甚至她有没有足够的勇气离婚，能不能做得了这个决定，离婚后该怎么办，她自己也不是很清楚。多少年的朋友，彭路对田娟的婚姻最是了解，基本上可以简单概括为"累了""疲惫了""不幸福"或者"感觉不到幸福"。

忙忙碌碌，看似精彩的生活，背后承载着多少无以言说的酸楚和无奈。

彭路下车，从楼下望向五楼的窗户，粉蒲卧室亮着忽隐忽现的微弱灯光。彭路知道，粉蒲又将所有的灯关掉，把音量调到最小，看着电视画面打发时间，静静地等她回家。

彭路轻轻打开门，卫生间里简单洗漱，然后光着脚踩在咯吱作响的实木地板上，比猫走得还小心翼翼。终于走到了卧室门边，她轻轻开门，轻轻关上，松了口气。

躺着看电视的粉蒲见到女儿回来，也大松一口气："彭路啊，以后早点回来，太晚了妈担心你，睡不着。"

"妈，你什么时候能不担心啊。"

"等你结了婚，妈就放心了，就不管你了。"

"我上高中那会儿你还说上了大学就不管我了呢，结果上了大学还是每天一个电话。我都不知道这辈子做你俩的女儿，什么时候能有自由。"

地板又传来咯吱咯吱的声音，国庆起来了，彭路和粉蒲清晰地听见，国庆走到大门旁，打开灯，又关掉，然后返回卧室。

"你没回来你爸也睡不着，不好进咱们卧室，跑去门口看是不是你的鞋子，他确定你回来了，才能睡得安心。也行，心里有没有我无所谓，有你就行。"

"妈，你光说我爸心里有我就行了，何必啰唆那么长，本来我爸这一举动挺感动我，我心情挺好。"

粉蒲很纳闷地白了女儿彭路一眼："我说什么都不对，你们都对。"

"行了,你们都放心了,关掉电视睡吧。"

窗外大雨滂沱,办公室里异常安静。立秋时节,大雨肆意倾泻,阻挡了很多事务的有效进行,也在提醒忙碌的人们,停下来歇一歇,聆听雨声,冲洗一下疲惫不堪的灵魂。

"彭路,哥要去趟政府,这几份文件放你这儿,待会儿局长下乡回来,记得拿给他签字。"顿子只要和彭路开口讲话,总喜欢称自己是哥,事实上他只比彭路大一岁,又是同事,之所以总感觉彭路是个小妹妹,主要还是因为彭路长得小。

"你怎么去呢,雨下这么大,要不我去帮忙问问谁有伞,你等会儿。"

彭路正准备起身,顿子已经跑出楼道:"哥谢谢你啊,不用借,哥摩托车里有雨衣。"

都没去问呢,就收到感谢了,彭路看着跑远的顿子,不由得微微一笑,心想跟这个"哥"在一起工作,心情还不错。

张顿回来后,原本帅气的发型完全贴在了额头上。

"你不是有雨衣吗?"彭路望着落汤鸡似的顿子实在不知该说什么好。

"骑得太快,帽子吹后脑勺去了。"张顿拨弄着头发,露出了几分尴尬。

下班的时候,彭路伫立在单位大门里犯起了愁,门外哗啦啦不知疲倦的雨水挡住了她回家的路。个别同事打伞步行,路远的一些主动拼起车来。摩托车站姿一致,队列整齐排列在风雨里。

"没伞的话打这个回家吧。"一把黑蓝色的雨伞雪中送炭般出现在眼前,递伞的人不是别人,是邢主任。邢主任不光是领导,更是一位有温度的长辈。

"不行的,主任,我用了您的伞,您怎么办呢?"彭路内心超温暖,却坚决不接主任的伞。

"我中午加班,不回家,在对面随便吃点,不要紧,出去凑在他们伞下几步路程就有饭店。拿着,路上小心。"

彭路接过伞,望着和其他同事共用一把伞的邢主任,他正踮着脚,乐呵呵地走在湿滑的马路上,老当益壮的他依旧童心未泯。

用感恩的心撑起伞,伞下自有一片温暖。

进了家门,客厅里空无一人。白韵莲卧室的门紧闭着,轻推开一拳头,彭路看到她和小爱已经躺在床上了。

国庆的卧室门敞开着，里面没人。

彭路直接打开粉蒲的卧室，眼前的一幕却很是诡异：国庆和粉蒲一前一后坐在电脑旁。无比专注又极度伤心地看着电脑，粉蒲不停地抹着眼泪，国庆不时地托起老花镜，揉揉眼睛。

坏了，一定又吵架了，彭路一看到这样的状况就条件反射般的有一种黑云压城城欲摧的无助感。

彭路头晕脑涨。轻轻叫了声："妈……"

"啊，回来啦！"粉蒲转过那张鼻子眼睛通红的脸，显得有些尴尬。

粉蒲边朝厨房走边说："外面下雨了，你一直没回来，妈本想出去给你送把伞，又想万一你打的回来，就碰不着面了。"

粉蒲的话在彭路耳边嗡嗡响，彭路不自觉地朝电脑旁的国庆凑上去。

"爸，你这看什么呢？"

国庆带着无尽的哀伤郑重其事地告诉彭路："毛主席追悼会。"

彭路恍然大悟，噌的跑到餐厅："妈，你们都吃过饭了吗？"

"妈还没吃，等你呢。"

吃饭的时候，彭路望着餐桌对面的粉蒲，揪紧的心暂时放松下来，似乎好多年了，彭路从来没有见到过父母这样近距离地坐在一起，互不相斥地对待同一件事情。她很少看到，父母的内心，也有共鸣。

彭路的饭吃得差不多了，国庆从粉蒲的卧室出来："我先睡了，你们吃完也赶紧睡会儿。"

"你先睡吧，我们马上就完。"粉蒲积极回应。

国庆与粉蒲和谐的两句对话，彭路很是欣慰，仿佛身处沙漠，突然看到泉水般幸福，不知有多久，父母连这样最基本的沟通都很少有了。

午休时分，粉蒲没像往常一样对彭路啰唆，而是带着一丝久违的舒心，很快睡着了。

彭路望着天花板，心想：妈妈是多简单一个人，她需要的很少很少。却又永远和父亲之间隔着一条无法逾越的鸿沟。父亲为何像不食人间烟火的圣人，在外铁骨铮铮着实让人敬畏，在家又何必高高在上，与每一个人都保持着距离呢？难道他始终无法习惯人间最平凡的亲情吗？

雨后的下午，国庆坐在公园的小木屋里向窗外望去，不由得喜形于色。绿树红花，青草枝芽，经过雨水均匀地灌溉，显得分外精神、活泼。数十载的绿化工作，使得国庆对这些绿树花草有一种独特的情感。

忆往昔，自己在工作中敢讲话，讲实话，有担当，有作为，挺直了脊梁不惧小人和骂名，确实得罪了不少人。五十出头那年，正是经验丰富，能量无穷的时候，却仕途受挫，不被重用。

经历了大约半年之久的自我调节，不断地有年轻同事向国庆提出专业知识和技术方面的请教。再后来，机构重组，领导换届，赏识和认可又频频而来，终于在一次县重点绿化项目中，领导亲自找到国庆，希望他能像当年一样高标准、高效率地完成此项目。

国庆很好面子，他打内心里感激这位年轻领导的知遇之恩，更佩服此领导为了工作，放下身段的高姿态。

国庆披星戴月，废寝忘食数月，此项重点绿化项目最终受到了人民群众和县委县政府的高度赞扬，国庆内心甚是欣慰，他觉得不愧对领导亲自找他的那份信任，足矣。

一只喜鹊从窗外飞过，叽叽喳喳甚是动听。国庆走出小木屋，驻足远眺，一草一木，都是他当年最珍贵的作品。一对幸福的新人洋溢着彩虹般的笑容，正在摄影师的指导下拍摄婚纱照。

但愿我的小女儿彭路，也能尽快找到她中意的另一半，幸福甜蜜。国庆在内心默默祈祷。

下班时分，彭路拿着伞等在邢主任办公室门口，门敞开着，最后一个办事人员离开后，彭路恭恭敬敬地将伞还给了邢主任，道谢回家。

一路上边走边想，自己想要的另一半，应该与自己有大体一致的生活节奏，有同样规律的作息时间，上班可以送自己一程，下班可以接自己回家，晚上可以依偎在一起聊聊工作和生活。相爱相惜，一起享受平静而又简单的幸福。

一如既往地，粉蒲在家等着彭路。

粉蒲说："今晚村委有唱戏的，小爱带着你奶奶早早出去看戏了。你爸爸回不回家、吃不吃饭从来不打个电话交代，总得我打过去问。"说着，手机又拿起来准备打。

彭路夺过粉蒲手中的手机："别打，不怨我爸，你惯的。他什么时候回家什么时候吃，凉了自己热，你该干吗干吗去。别把所有人都当你儿子闺女养。"

粉蒲听到彭路这样的语气难以接受，却终究没再多说什么，坐在沙发上看起了电视。

夜幕降临，彭路躺在床上翻看手机。

一条未读微信消息："干吗呢？"消息来自李昊，时间，下午四点半。

呵呵，彭路有些小意外，朋友圈从来不更新的人居然有空想起自己，还发一条微信过来。可惜当时自己正忙，没有及时回复。

"下午忙，刚看到，正无聊，躺在床上看手机，你呢？"

发送出去，彭路继续浏览网页，李昊随即来电。

接起电话的瞬间，彭路顿觉脑中空荡荡，哑口无言，不知该聊些什么。

"干吗呢？"

"躺在床上看手机呢！"

"没出去玩儿啊？"

"没有，在家陪陪我妈。"

"今天上午雨下得超大，你猜我这一天都在干吗？"

"冒着大雨抓小偷啊。"两人的对话瞬间被引进一个话题。

"我盯梢来着。"

"就是秘密行动抓小偷吗？"

"你这概念里，一提警察，就破折号，抓小偷对不对？"

"我还知道重大刑事案件会出动刑警和特警。别卖关子了，说说你的秘密行动吧。"

"简单地说就是我们在一个嫌疑犯必经的出口等待他出现。"

"什么嫌疑犯啊，抓到了吗？"彭路突然起了好奇心。

"这个目前不方便透露，我们是配合刑警办案。最终结果以官方发布为准。"

"好吧，那我也不问了，你辛苦了。"

"我想去洗把脸，我们微信聊会儿天，好吗？"

"行行行，我等着你，快去洗脸吧。"

李昊放下手机，拿起脸盆哼着小曲朝洗手间走去，这下终于可以放松一下紧张的神经了。

"李昊，刚接到报案，南街烧烤摊上有人打架。"

李昊嗖地一下返回办公室，放下脸盆，拿起警服和手机，和两位同事一起，飞奔上警车，朝南街驶去。

彭路挂掉电话，打开微信，依旧不知该换个什么样的话题，不知从何说起。

十分钟过去了，这李昊用洗面奶洗三遍脸也该洗完了吧，还没说话，是等我先说吗？

来个表情"微笑"吧，免得尴尬。彭路打开表情包选择了左上角第一个笑脸。笑不露齿，端庄可爱，简单得体。

又一个十分钟过去了，依旧没有任何消息。彭路心想：这不对呀，即便有事情耽搁了，也应该发过来一句话说明情况，顾不上打字也还有语音呢。他要是真心想和我处朋友，怎会有如此低级的失误。哎，看来完全不靠谱。

彭路放下手机，来到客厅，陪粉蒲看起了电视。

一串钥匙碰撞开门的声音，国庆回来了。与往常一样，国庆夹着公文包，一脸庄重。换好鞋直接往他自己卧室走，边走边说："和你妈回卧室看电视吧，你奶奶马上回来，她要早早休息。"

彭路关掉电视，立刻起身朝卫生间走去，她受不了父亲唯奶奶独尊的说话方式，却又无法反抗。

"晚上汤面，我去给你热一下。"粉蒲起身问道。

妈妈怎么就这么没出息呢，不问他还怕他饿一顿不成？彭路听到粉蒲对国庆无底线的关心很是窝火，她强压着对父母失衡关系的极度不满，却又无处发泄。

"吃过了，吃过了。"国庆不耐烦地敷衍回应，走进自己的卧室开灯关门。

粉蒲习惯性地朝国庆卧室扔去一个白眼，然后回自己的卧室继续看电视。

彭路很清楚，对待父母之间的关系，只能用一种平静就好，维持现状就罢的态度来面对。多少次矛盾之后的全家动员，苦心化解，动之以情，晓之以理，对这俩人而言，从纸婚到银婚，从而立之年到知命之年，从未真正有过效果，也从未见他俩彼此为婚姻做过任何改变。

洗漱完毕，无奈地看看镜子，去睡吧，没办法。

蒙上头，哪怕只有被子里那么一小块儿自由空间也弥足珍贵。

"你不看电视啊，陪妈看会儿吧。"粉蒲看着蒙在被子里的彭路说。

"你看吧，我睡了。"彭路恨不得下一秒就睡着，远离纷扰。

"你不看我也不看了，可现在睡觉有点早，要不陪妈说会儿话吧。"

"说了也白说，还是别说了。"彭路语气平缓，她深知粉蒲很不容易，她也深爱着粉蒲，她不忍心用过激的言语来伤害她。曾经任着性子说过，但每次都后悔，终究不再说了。

"什么事情会说了也白说，白说也可以讲给妈听听。"粉蒲反倒好奇女儿是不是有些什么小秘密。

"我刚回来就跟你说了呀，别打电话，别惯我爸毛病，他自己饿了自己有手。你听了吗？我说的有用吗？"彭路语气稍有些急，立刻又冷静了下来，接着对粉蒲说："我先睡了。"

粉蒲没再吭气，关掉电视，背对彭路，陷入了无尽的委屈中。酸楚的泪涌上心头，却没有出口。拿被角拭去泪水，深呼吸，提醒自己，睡吧，彭路虽不能理解，却也是为我着想。

被子里黑洞洞，憋不了很长时间就缺氧。彭路轻轻将被子打开一个小口，空气还不是很流畅，但她清晰地听见粉蒲呼吸均匀，她想妈妈应该睡了。

用被子挡着光线悄悄打开手机，笑脸之后，再无任何消息。既然这样，又何必浪费一丝一毫的时间和感情，将手机放置于床头柜上，盖好被子，睡觉。

夜已深，彭路睡得很沉。微信语音突然很短暂地响了一声，立刻又恢复了平静。

彭路迷迷糊糊翻了个身，这个点被吵醒，把骚扰电话的人拖出去斩了的心都有。

冷静几秒后，想到可能是李昊，还是拿过手机来确认一下。

"刚出警回来，出了点小意外，这个点儿不知你睡着没有，睡了就不打扰了。"发信息的人正是李昊。

彭路有意识地看了一下时间，十一点四十。就算是出警，也该告知一声，也不至于让人傻等半天。要谈的是感情，感受不到在乎和默契，说多少都是废话，还浪费时间。

想到这里，彭路果断将手机关机，放回原处。

接着睡吧，闭上眼睛，辗转反侧。

一个自己问另一个自己："究竟是什么意外？会不会是我太任性了呢？"

另一个自己回答："你本就抱着试一试的心态，甚至你都没有希望过这段感情有结果，为什么要求别人的言行完全忠诚于你呢？"

一个自己又说："女人不就是想找一个最最在乎你的男人吗？切身的感受才是最真实的，诚实地面对自己的内心吧，你需要的是一个能让你感觉到舒服和心安的人，而不是让你内心纠结不休的人。"

这些纷乱如麻的想法为何一股脑儿地涌现出来，头大，睡不着睡不着。

索性坐起来，睁大眼睛感受夜的黑。

彭路又一次拿起手机，开机后将亮度调到了最暗。回复过去吧，沟通之后兴许能踏实地睡个好觉。

"大晚上出警，发生什么事儿了？"一条消息发出去，彭路轻闭双眼，缓冲困倦。

"我以为你睡了，真不好意思，让你等到现在。"李昊瞬间被深深感动了，"今天我值班，晚上接到一个报警就立刻赶去现场，没来得及告诉你。"

"你刚才说发生了点小意外，什么情况呀？"彭路再一次问。

"啤酒摊上几个醉汉打架，我在制止他们的过程中，不小心脖子被抓伤，留下了几道血淋淋的痕迹，警服也在拉扯中被撕开了一道口子。"

"天哪，这是袭警啊，伤口严重吗？有没有做处理。这几个人现在在哪儿？"

"还好，同事帮忙搽了点消毒水，过几天应该就没事了，这几个人喝得烂醉，先带回来了。"

彭路轻手轻脚从床上下来，小心翼翼走出卧室，穿过餐厅，来到厨房。然后给李昊拨过去电话。

"Hello，一看你给我打电话过来，我好开心，说明你关心我。"李昊激动得蹦起来。

"当时是你一个人上去制止他们打架的吗？"

"两个，还有一个同事，后来又打电话叫来了协警。"

"哦……"彭路有些惊吓，不自觉地紧张起来，一时语塞，不知该说什么好。

"你……你以后……"彭路吞吞吐吐，话到嘴边，又不好意思说出口。

"呵呵，别不好意思，我这竖着耳朵听呢，我以后怎么样？"

"你以后要多加小心，要懂得保护自己。"彭路终于说出来。事实上第一次见面之后谈不上任何感觉，微信上也没聊过几句，这一句关心，不说显得太过生硬冷血，说出来也有些奇怪，并不那么合适。

既然说了，就不仔细琢磨了，普通朋友之间关心问候也是合情合理的。彭路这样为自己的不安自圆其说。

"嗯！嗯！我记住了，我会的。"李昊的内心瞬间注入一股暖流，发乎于心地对彭路深深感激。工作太忙了，解决个人问题的时间都很难挤出来，更不用说有个人能在电话那头给一句关心和问候。

"那赶紧睡吧，这么晚了，你也累了。"彭路潦草将此次通话结束。

"好，你也赶紧睡，你先挂，我再挂。"李昊等彭路先挂掉了电话。

彭路又小心翼翼地返回到卧室，轻轻地在熟睡的粉蒲身旁躺下。

准备关机的时候，微信消息提示，李昊消息："晚安！再加一个蓝色的月亮。"

彭路回复了晚安，指尖放在了关机键上又停了下来。她再次打开微信，查看了李昊朋友圈的所有照片。更新最近的一句"三天没洗脸了"，时间已是半年前。再往下翻是一些公安部门对市民公告类的链接，寥寥几条。继续往下，终于看到照片了，警校宿舍里，舍友集体照，还有各种训练时候的照片。其中一张，几个同学身穿警服，双手持枪，摆出了一个很威武的阵势。彭路双击，放大，很是欣赏，也有几分畏惧。心想，这平时训练拿的枪应该不是真的吧，要是真的那该多危险啊。

哈欠连连，自己这是怎么了，这么晚了还翻着人家朋友圈不睡，不看了，不看了，关机睡觉。

夜更深了……

一间昏暗的屋子里，一个坏蛋一手拿枪顶在李昊头上，一只胳膊肘套在李昊脖子上，彭路在一旁心急如焚，李昊在挣脱中用眼神暗示彭路赶快报警。彭路全身发抖寻找出口，只要出去就可以有报警的机会了……

找到门了，门居然可以打开，千钧一发的时刻，彭路回头看着坏蛋"嗷"的一声大叫，噌的起身，发现自己坐在床上。

天哪，这竟然是一场梦。

还好，还好这只是一场梦。

回过神来，拿过手机，开机看时间。离闹钟响起还有十分钟。

平时闹钟响了彭路会关掉接着再睡会儿，今早彭路毫不犹豫地起床了，她担心一躺下闭上眼那些可怕的画面再次出现。如此恐怖的梦应该是第一次做吧，彭路一边拉开窗帘，一边思索着。

"今天不用妈叫就起床啦？饭好了，蔬菜拌汤，妈这就去给你盛好。"粉蒲见到女儿突然早起惊讶又开心。

早起十多分钟，感觉时间宽裕很多，彭路一改平日里紧张的节奏，慢悠悠走到卫生间门口。门半掩，未关，彭路顺手推开，白韵莲坐在马桶上正扯着卫生纸，一股刺鼻的氨气味肆意袭来。

彭路瞬间本能地关上门，刚刚难闻的气味以及那肥硕的大屁股毁掉了整个早晨的清爽和美好。

"奶奶，请你以后上厕所务必把门关上，把厕所窗户打开。"彭路冲着卫生间的门大声说。

粉蒲刚盛好饭，听到彭路对白韵莲这样说话心突然一揪，果然还没换好衣服的国庆从卧室出来，对女儿彭路说："你先去干别的事儿，别站在这儿催你奶奶！"话平稳却严厉，目光投来狠狠的压制。

几乎和国庆同时，保姆小爱也从白韵莲的卧室跑了出来："彭路啊，作为小辈，你不能这样嫌弃你奶奶，她年纪大了，家里也没有外人，关不关门不要紧，但是窗户不能开，万一着凉了怎么办，平常你奶奶起得要比今天早些，每次都是她出来以后我进去开窗户。一般情况下和你们的时间是错开的。今天例外，哪知你会这么介意，以后你可不能这样。"

"彭路，过来，你先吃饭。"粉蒲叫道。粉蒲生怕彭路不懂退让，点燃了这一个屋檐下，另一个部落的人。

"我还没有刷牙洗脸，没法吃饭。"彭路语气坚定，态度从容地坐到了沙发上。

方便完毕的白韵莲竖着耳朵听得一清二楚，继续坐在马桶上一动不动。

国庆很了解彭路的脾气，刚刚对彭路说的话显然理亏，但依然对彭路的不懂退让一腔怒火。他终于换好了衣服，拿起他的公文包，从彭路身边经过："今天如果你迟到了，怨不得任何人。"然后换鞋离开。

"你妈叫你吃饭呢，你该不会没听见吧，赶紧去呀。"小爱俩小眼珠子滚来滚去，像极了一只凑热闹的地鼠。

"分内的事情你装懒虫，不该你管的事情你像一只跳蚤。你懂什么叫自重吗？"彭路表面平静，内心却极其忐忑地对小爱扔出这句憋在她心头很久的话。

小爱愣了一秒："老人的话你不听，那你随便。"然后一脸无所谓的样子回卧室叠被子。

白韵莲终于出来了，彭路做好了跟她对付到底的准备，哪知白韵莲一脸沉寂直接回到她和小爱的卧室并关上了门。

白韵莲一边帮着小爱整平床单，一边说："国庆把这小闺女惯的，想说什么说什么，你别往心里去，她是说给我听的。一会儿你该干吗干吗，等国庆回来，我心里都有数。"

"看你说的，姑，要说彭路也不小了，可毕竟没结婚，我不跟她计较。"

彭路捏着鼻子进到卫生间，按下换气扇，打开窗户，关上门在门外默数十下。然后再次进去，为了节省时间，还是忍受着难闻的气味开始刷牙洗脸。

一边洗漱，一边心想：小爱，你年纪也不小了，要说你也算是长辈，我是真不想给你难堪的，可你着实太过分，非逼我把话说出来。

洗完脸望着镜子里的自己说："你没错，值得你尊重的是一个人的人品，而不是她的年龄。不为这些不值得的人坏了大清早的好心情。"

从卫生间出来，一看表，七点四十五了，起床到现在近一个小时就洗了个脸，刷了个牙。

小爱扶着白韵莲从卧室出来慢悠悠往餐厅走。

彭路端起粉蒲盛好的那一碗，狼吞虎咽喝了几口："妈，我没时间了，不吃了，先走了。"

"好好好，手机、钥匙都放包里了吗？路上注意安全。"

"知道了，妈，放心。"彭路冲出家门，一路快跑。

还好单位离家近，没有迟到。满头大汗，喘着粗气，浑身冒火。

吃过早饭，小爱陪着白韵莲在小区附近的一条小路上散步。

白韵莲两手不停地在肚子上按压转圈，口中轻念："饭后悠悠走，能活九十九。"每念一遍，双手在肚子上画两个圈，正好一个响嗝打上来。

小爱跟在其后一手拿着水杯,一手模仿,很是疑惑:"姑,你这还挺有节奏感,我照你这样做,十下八下也打不出嗝来。"

白韵莲依旧享受在自己的节奏里,丝毫不理会小爱。

终于,白韵莲停了下来:"小爱,找个地方歇会儿。"

"姑,那边独家院门口背光处正好有两个凳子,我们就坐那儿吧,那儿凉快。"

"行。"

白韵莲走过去之后没有立刻坐下,而是叫小爱把其中一个凳子放到阳光照射的地方,背朝太阳,沐浴在阳光中。

"姑,我看你微微出了些汗,你不热吗?"

"这你就不懂了吧,正因为有汗,身子热,才不宜直接到背光处凉快。等会儿汗干了,再换阴凉的地方才合理。出汗的时候毛孔张开,中医上讲容易被风寒之邪气侵袭。"

"姑,你有文化,是个讲究人,我在农村待久了,习惯了随意随性的生活。"小爱拧开水杯,递给了白韵莲。

白韵莲接过水杯:"唉,这可不对,人世间走一遭,好好活也不过数十载。随便活,愧对爹娘,也愧对自己呀。"白韵莲对着杯口左右摇头,轻轻一吹,很自如地喝起了保温杯里刚带出来的开水。

"姑,你会说话,理儿也是这么个理儿,不过人啊,都是跟着奈何走呢,你出身好,又有我国庆哥这样的好儿子,有能力,又孝顺,你说得起这话。多少家庭,老的顾不住老的,小的顾不住小的,兄弟姐妹多了,生不完的闲气。国庆哥一人养着你,一人孝敬你,不知道人家心里怎么想国忠哥,不过从来也没听人家提起过。"小爱自顾自话,却也话里有话。

白韵莲脸上一贯自带的傲气瞬间变得僵硬且凶煞。她用鄙夷的目光打量了小爱的嘴脸身手:"歇的也可以了,扶我起来,回家。"

小爱这才意识到白韵莲眼珠子里冒着火。肚子里还有一大堆推心置腹的话,想了想还是闭口。小心翼翼地扶起身边的这位老佛爷:"姑,你慢点儿。"

白韵莲打开家门的时候,尽管已接近十点整,但她看到儿媳粉蒲依然在使足力气马不停蹄地忙家务,突然意识到自己回早了。

家里人全都吃完饭的时候还不到八点,粉蒲洗碗、清理厨房、清理卫生间、整理卧室、抹灰、扫地、拖地,没有休息一分钟,现在地刚拖第二遍,突然看到老太太这么早回来，还一脸冰霜，心想这下坏了，早上的事情，老家伙又要没完没了了。

粉蒲心跳加快，她已料到会有这么一劫，只是没想到如此之快。她决定无论老家伙如何将音量跋涉在底气雄浑的气场里，也无论老家伙如何蛮横不检点，都一定要忍，为了最终的平静，为了不耽误彭路找对象成家。

粉蒲继续拿着拖把拖着，尽管毒蛇就在门口。

白韵莲换好了鞋，径自往自己的卧室走去，小爱将换下来的鞋放进鞋柜，也赶忙跟了进去。白韵莲侧身躺下，小爱坐在床边问："姑，要是累了你就休息会儿。"

"捏会儿腿。"白韵莲吐出四个字，语气和那张脸一样冰冷沉重。

小爱尽心尽力地揉起白韵莲那两条粗短的腿，心想："好歹是说了句话，我也没说错什么呀。哎，搞不懂，莫非姑姑她不愿意提起大儿子国忠吧。"

"脚也得捏，刚走完酸胀。"白韵莲又加上一句。

"哦，行，姑，哪儿不舒服你只管说。"

粉蒲停下了手中的拖把，静静听白韵莲和小爱在卧室说些什么，这样的安静很是异常，让人莫名地发慌。

来不及细思量，分针已指向二十。粉蒲涮干净拖布，并习惯性地将涮完拖布的水倒在一个大脸盆里，冲厕所备用。紧接着赶忙刷牙洗脸梳头换衣服，快马加鞭跑下楼去买菜。她要赶在十一点前，准备好午餐食材。

忙完了一个早上的工作，国庆带好公文包，几个同事相互道别。国庆独自走在回家的路上。想起彭路从幼儿园开始，他就倾尽全力去教育，中华孝道、尊老爱幼、严于律己、宽以待人，这些从小就扎根于心底的道理，为什么彭路在自己奶奶这里却做不好。彭路和粉蒲走得近，粉蒲在其中一定没有起到好的作用。这个念头总在遇到任何家庭矛盾的时候都轻易闪现在国庆的潜意识中，以至于他对自己老婆粉蒲的怨恨越来越深。

彭路下班后，独自走在回家的路上，她想到大清早极度邋遢自私，故意拖延时间看她笑话的白韵莲。

伴随着内心的灼痛，彭路想起了十多年前初二那年暑假，奶奶和她约好一起到一个环境不错的私人洗浴中心洗澡。这家洗浴中心要比普通的澡堂贵三块钱，妈妈从来没带她去过，她欣然同意。当天一路好心情搀着奶奶的胳膊到了洗浴中心,奶奶拿出一沓零钱却只买了一个人的票,并嘱咐售票员:"这小闺女不进去洗,她就坐在换衣间等我,我搓背的时候叫她。"说完,奶奶麻利地将脱下来的衣服锁进柜子里,丢下她,一个人进去了澡堂。那一刻,一直抱有一丝期待的亲情和她开了个玩笑,澡堂里的人都向她投来异样的目光,她的自尊散落一地,很想走掉,又有诸多担心。父亲从小教育她尊老爱幼,要把尊老放在首位,即便老人不对,也要有胸怀去包容。她不知道这一走,售票员以及那些用异样目光看她的人会怎么评论她,不知道奶奶会如何恶语相加,把所有的不道德推向她这里。更重要的是,一旦走掉,奶奶必定会和父亲恶人先告状。而父亲,永远都只会站在奶奶那一边,不是一番不分是非严厉的批评教育,就是板着脸冷落她和妈妈,对她们母女俩施加冷暴力,只要她让父亲不顺心,妈妈永远都是被抱怨和记恨的对象。

内心挣扎很久之后,彭路还是走掉了。

在白韵莲对彭纹、彭路以及粉蒲的恶意行为中,这件事情不过只是凤毛麟角,不必一提。但彭路从此知道了,坏人永远改不掉坏的本性,不值得她抱以任何希望。

回家后,白韵莲和小爱刚吃完饭准备午休。粉蒲又煮了一碗面,彭路着急拿个碗等在锅边,早上没吃几口的她早已饥肠辘辘。

粉蒲告诉彭路:"你爸应该快到家了,这一碗他先吃,你等下一碗吧。"

彭路乖乖放下碗,回卧室等着。早上的事情还悬着,现在还是听话点儿,不多事儿了。传统的观念、习惯早已在父母这一辈根深蒂固。彭路不认可,却不得不接受。她不想坐在餐厅然后面对父亲国庆进门后那张潜藏怒火的脸,她也不想再让妈妈粉蒲为难了。

果不其然,粉蒲刚把一碗面捞好,放上餐桌,国庆正好板着脸进门,那张脸的凝重,足以使家里的整个空气凝固。国庆走进卧室放好了包,坐到餐桌旁开始吃饭,眉头突然紧锁:"拿空碗,挑出去,每次都弄这么满,看着就噎得慌。"

粉蒲赶忙拿来一个空碗,挑出些面条,国庆才开始吃。粉蒲很不合时宜地叫了声:"彭路,你过来先吃着这半碗,下一锅煮好了再加。"

我的亲娘呀,刚才非要让我等,然后又在这个时候叫我吃,吃个饭有这么重要吗?为什么不能等我爸吃完再叫我呢?搞得我顶着如此大的压力去吃饭，难不成你一到关键时刻脑袋里就装满了糨糊？

摊上个这爸，又摊上个这妈，真没辙了。彭路勉为其难地来到餐桌旁，看到喷香的面条，瞬间轻松了很多。何不开开心心享受美餐呢，谁板着脸，我就不看谁，我完全能够为自己的心情做主。

国庆很快扒拉完一碗面，粉蒲赶忙拿过碗给他捞上第二碗，国庆起身，朝卧室走去。粉蒲端着碗，轻声说："那一点不够，吃饱再去睡。"

国庆不理睬，砰地关上了卧室的门。

"妈，行了，你自己吃饱去睡觉。"彭路很无奈地劝粉蒲。

"知道了，你再来点，妈吃不了。"说罢，粉蒲又给彭路加了满满一碗。

午休时刻，彭路又强压着内心的不平，语气平缓地劝粉蒲："妈，你有工作，现在退了也有退休金，长得又天生丽质。你好好梳妆打扮自己，买几件差不多点的衣服，培养点兴趣爱好，丰富下自己的内心和生活。别总舍不得吃，舍不得穿，连袜子都要缝缝补补好几遍，日复一日把自己纠缠在永无止境的家务里，我爸要能理解你，也算你值，关键是你不但不被理解，还常常被欺负和埋怨，你何苦要把自己搞得比窦娥还冤呢。"

"妈想好了，等你结了婚，我就没事儿了，到时候我就怎么开心怎么活，穿漂亮的衣服，戴漂亮的首饰，常常旅游散散心，你爸要是再惹我生气，我就不管他了，让他一个人灰不溜丢过。"

"我爸你不管我也会管的，人家压根就不会因为你不给做饭就活不下去。也别老拿我结婚说事儿，似乎我在家多待一天，你就多一天负担似的。我睡了，跟你聊天除了对牛弹琴，就只剩被逼迫的感觉了。"

和每一个上班族一样，周一到周五渴望悠闲的周末时光，周末来临时却发现不得不做的事情还有很多。

秋风起，白云飞。这个周六，教练重点给学员们示范讲解如何在考场上放平心态，一气呵成。

"硬性规则，固定口诀，只要你将速度控制到最慢，心清眼明，一般情况下都能过去。"郝教练在驾驶座上，熟练地操作着每一个动作，讲解着每一考点需记下的要领。光哥坐在副驾驶位，彭路、闫主任、春妮还有一名新成员坐后排。

一圈转下来，郝教练要求每个学员独自上车操作，模拟考试，其他学员则坐在休息区，依次排队。

光哥压力颇大，搓着手心，朝女同志们滑稽一笑，接下来在几个女人视线的焦点里，顺利完成了这次模拟考试。下车的时候，光哥笑得更滑稽了。彭路第二个上去，春妮第三个，都很顺利。闫主任示意新成员先上，她最后一个。结果，闫主任看到大家都过了，心情一紧张，第一项倒库就轧线了。

新成员凑到彭路耳边说："你们闫主任多大年龄，看起来挺年轻。"

彭路友好地微笑："她是我们的副主任，芳龄四十八。"

"天哪，比我还大两岁，保养得这么好。"新成员的眼神中流露出羡慕。

"你以前在哪辆车上呀？"春妮问新成员。

"哦，我是去年学的，第一次考试紧张没过，就没再来学，我家住农村，来回不方便，这次又预约了考试，准备练几天直接去考。"

彭路向新成员竖起了大拇指："勇气可嘉。"

新成员笑得前俯后仰："这有什么可嘉的，我家有个小工具车，我每天开着它拉玉米、拉庄稼，开了好多年，都是老司机了。"

"好多年？没被交警逮住过吗？你这可是无证驾驶呀！"彭路简直惊呆了。

"哈哈，田间地头哪有什么交警。你看，你们闫主任曲线行驶轧了好几次线了。"新成员用下巴往闫主任的方向指去。

前后两句话跨度太大，彭路还没回过神来。

"闫主任只记住慢了，其他全忘了。"李光说完，春妮下意识地朝郝教练望去。

郝教练摆摆手，意思是："不，你们闫主任还不能参加考试。"

安旭开车行驶在市中心返回县城的高速上，后座载着老婆彭纹和儿子安业，副驾驶位上载着钢琴陪练老师。路途奔波，儿子安业已然靠在彭纹肩上睡着了。这样的往返已坚持了两年，尽管身心疲惫，同行的家庭却日渐增多。每逢周六，陪练老师都会跟着课程安排时间最早的孩子先到市里，再同最后一位上完课的孩子一起返回县城。

就在这一天，国庆找到了当地职工医院的白医生，白医生四十大几，两人并没有很深的交情，但白医生口碑极好，医德很高，又是同年龄段里少有的科班毕业。多年来国庆每次找白医生，内心都怀揣着对他医德医技的敬仰和信任。

这一次，国庆依旧坐在白医生的办公桌旁："白医生，你看我这肝硬化多年来没有改善，有没有好点的药能帮助治疗，贵点也没关系，关键得有效果。"

白医生依旧给国庆开了治疗肝硬化的常用药物，叮嘱他还是得从生活方式和饮食上注意，坚决不能喝酒，少盐少肉，多吃菜，锻炼身体，改善肥胖体质。

国庆拿着白医生开的药回家，刚出医院，碰到本家妹夫沈学文开着车，顺道搭了一段儿。

"学文兄弟，你这当领导的，把司机都省了，我不行，压根就不敢碰这玩意儿，怕……"

"老哥，你有驾照没？现在的车都自动挡，握住方向盘加上油门就能跑。还是自己开更方便啊。"

"都说了怕这玩意儿，哪会有什么驾照。"

"那就不好办了，开车不难，难的是考驾照，以前还好，现在严格多了。"

"那太好了，就应该这样，连驾照都能糊弄，岂不是拿生命开玩笑。"

"看来你是真不知道，这考驾照和开车上路就好比谈恋爱和过日子，是两回事儿，考试那都是固定模式，教练把口诀教给你，然后耐着性子慢慢磨。有工作有家庭的一般没那闲工夫，再说拿上驾照不等于会开车，从驾校出来还得趁热打铁，抓紧上路练习，否则驾照拿回来闲置一段时间，手就生了。"

国庆边听边想着自己的女儿彭路。起初完全不认为彭路能开得了车，更不支持她学驾照。但目前大形势好像都在学，万一彭路要是考过了，也要继续支持她上路练习，毕竟她还小，靠自己总比靠别人强。再说自个儿也奔六的人了，万一哪天腿脚不那么灵便了，靠女儿也比靠女婿好很多。

"那考完驾照开车上路还得练习多久呢？"国庆颇有兴趣地问。

"如果从驾校出来直接上路练习，悟性高的也就一两个星期，不过独自应对各种路况，包括高速，需要两年。"

国庆的目光里散发出期许的光芒："学文兄弟，我在前面的路口下车，你忙，就别专程送我了，走上一小段，正好活动筋骨。"

"也好，国庆哥，您慢点下车，有事儿电话联系。"

和学文兄弟挥手道别，国庆兴致高昂地走在回家的路上。脑海里已经在搜索单位里懂车的年轻司机。

到家楼下等电梯的工夫，国庆左手提着药，右手拇指在中指和食指上来回搓，这是他思考问题时惯有的动作。电梯终于落下来，小爱正搀扶着白韵莲准备下电梯。

"妈，你这是要去哪儿？"

"你那老同学刘洋的妈妈给我打电话，说家里没人，儿子儿媳都出差了，一个人孤单，约我过去陪她聊聊天。"

"虽不远，但天已经快黑了，你俩去回都要注意脚下的路，千万当心。不然这样，回的时候打电话，让彭路过去接你们一下。"

"她不给我添堵就不错了，你回吧。"

电梯门关上的瞬间，老母亲的话也深深刻进了国庆的大脑。本计划着和年轻司机探讨一下女孩子适合开什么车，兴致瞬间被浇灭。国庆和往常一样板着脸走进家门。然后习以为常地坐在餐桌旁享用粉蒲已为他盛好的晚餐。

米羹是国庆的最爱，配上刚炸好的油圪朵，能喝下三碗。

一碗下肚，粉蒲及时把刚盛出一会儿，温度正好的第二碗给国庆端上。国庆一改往常，眉头紧锁，筷子"啪"一声放在碗上："说了多少次少放盐，少油炸，你就是记不住，病从口入病从口入，所有的毛病都是被你做的饭给吃出来的！"

国庆越骂越气，索性站了起来，指着厨房里的粉蒲质问："你是故意的对不对？！"

电梯叮咚一声开了门，彭路插上钥匙，家里的争吵声立刻形成条件反射，使她心跳加快。

"你以前一直都是这样吃的，今天犯什么神经了。"粉蒲怼了回去。

"爸，先不说饭做得好坏，我妈她没功劳也有苦劳，我在门口听你说她是故意的，这话太让人伤心了。"

国庆坐下来，强烈的绝望和孤寂未能冲淡隐忍已久的怒火："对，你妈有的是苦劳，洗澡水要攒着抹灰，洗抹布的水要攒着拖地，涮拖布的水还要攒着冲厕所，卫生间全让她摆满了存脏水的脸盆。我用得着她给我省几个水钱吗？水费让她交过吗？一进卫生间就看着恶心！还有，偶尔买块肉回来从不敢奢望你妈能给做，她必定要放回冰箱里冷冻个一年半载，我没办法只好看着你妈那脸色自己动手，还是不行，人家摔锅扔瓢，外加骂我'一肚子吃完着急去死啊'。"

彭路一听到水费就头大，这俩人一扯到钱上，就没完没了。彭路坐在沙发上无能为力地看着国庆和粉蒲吵架，从小到大，鬼知道她有多煎熬。

粉蒲不出所料像被突然惊醒和激怒的母狮，情绪立刻激动起来："彭路上高中开始你就没交过工资，彭纹那时候小厂子办在家，只要一加班，所有工人的吃喝我一个人做。彭路大学毕业两年没有工作，学费、生活费，你管过吗，家里油盐酱醋哪样不花钱，我不省着日子怎么过，你摸摸你的良心，我省下来的，有花在我自己身上的吗？"语调高涨，语音刺耳，语速之快，猝不及防。这番话犹如离弦的箭，彭纹和彭路谁在谁被刺。心脏滴着血，眼里含着泪，眼前是最亲的父母，脑海里是无尽的空洞和迷茫。

"我没管，难道这房子是你买的吗？彭路现在已经能养活自己了，油盐酱醋一个月能花几个钱，那橱柜里放的瓶瓶罐罐，不用看都知道是超市里最便宜的货。"

"嫌我买得不好，怎么没见你买过呀，你一天回来嫌这嫌那的，也没见你自己动手做过一顿饭，洗过一件衣服啊。我告诉你叶国庆，彭路大了，该找婆家了，我不想影响她谈对象，但我还是要警告你，警告你们，老天爷都看着呢，别太过分了……"

"你多嫌我妈，我知道，我也告诉你，我妈我管定了，压根就没人稀罕你管，不情不愿做个饭，我吃着比不吃还难受，你快别做了。"

"啪！"粉蒲拿起玻璃锅盖毫无顾忌地将其砸向厨房地面，锅盖的封边条随着那一声惊恐中剧痛的哀鸣断裂开来，随之如被抛弃的陀螺般在地上打战。

"姐，爸妈吵起来了，妈把锅盖摔了，你赶紧过来。"彭路向彭纹发出了救急短信。

刚下高速的彭纹看到短信，心跳突然加快，大脑像上紧发条的闹钟，紧到不知该如何回旋。钢琴老师正在认真地对安业今天的学习给予点评。睡醒的安业在见缝插针地和彭纹商量回家后可不可以看集动画片。安旭在匀速开着车，很愉悦地和钢琴老师交流着……

无助的彭路好想一走了之，她不想当国庆和粉蒲吵架的观众，但她更舍不得将这两个失去理性的亲人丢下，置之不理。

送走了钢琴老师，彭纹追着安旭赶快把安业送回家。

"安业，爸爸妈妈现在需要去爷爷奶奶家一趟，可能会晚一点回来，你自己上楼回家。八点半的时候如果爸爸妈妈还没有回来，你就自己洗漱。最迟九点我们会回来陪你休息的。"彭纹匆匆叮嘱儿子安业。

九岁的安业不解地问："你们去爷爷奶奶家为什么不带上我呢？"

"妈妈改天会带你去，今天我们只谈大人的事情，你就听话，先回家，好吗？"

"算了，反正老奶奶也不喜欢我，我也不喜欢她。不去就不去，不过你们要答应让我看两集动画片，我就自己回去。"

"行，中间记得休息眼睛，爸爸妈妈最迟九点回来。"

彭纹和安旭两人看着安业独自上楼，自家窗户亮起了灯，便赶忙朝景苑驶去。

门铃响了，彭路慌忙跑去开门，彭纹背负着沉重的责任感踏进家门，安旭跟随其后。

"爸，妈，你们这是怎么了呀？"安旭向来和善，说话必带微笑，谁都很难对慈言悦目的人发起脾气来，何况是自家女婿。

彭纹直接坐在了彭路旁边，准备先问问彭路怎么回事儿。

国庆先开口了："你妈她动不动就摔东西，你看锅盖都摔地上了。"国庆的面容语气基本平和，看起来气已经消了大半，没事人一样，说完坐回了餐凳上。

"妈，有事儿咱好好说，摔东西解决不了问题，摔坏了还得买。"安旭的话语里，总是绵柔且带着温度。

粉蒲却始终难以平静，情绪如海浪般一句比一句更急："你刚进来你知道什么呀，天天好吃好喝给你爸他们供着，今晚上你奶奶出去了，他就好赖不分，摔筷子嫌饭不能吃了，表明了嫌我碍事儿，想撵我走了。"

"睁着眼睛说瞎话，彭路还在这儿呢，我就赤裸裸被诬陷了。当着孩子们的面都好意思编瞎话，还有什么道理可讲。"国庆说着又站了起来，面容顷刻间变得狰狞。

"行了行了，你俩都别说了，消消气儿，年纪都不小了，别总带这么大劲儿。哪个气着了，都得靠另一个管，何必了。"彭纹上前让国庆坐下，又到厨房里捡起被摔坏的锅盖。

"你爸他恨不得我赶快死，靠他管我，简直天方夜谭！"粉蒲情绪的波澜完全不受任何人的控制，包括她自己。

"平时你妈除了盐啥都省，发起疯来别说锅盖，要不是楼上楼下有人，估计房子都被烧了。"

"爸，妈，说了不说了就先不说了。来，妈，您先坐下。"安旭连哄带拽将餐桌的椅子拉出让粉蒲坐了下来。

彭纹转身向沙发走过来，并给了彭路一个眼神，示意彭路看一看她的手机。彭路拿起彭纹刚刚放在沙发上的手机，一条编辑好未发送的文字："爸妈因为什么吵架，谁不对？"

信息看完了，彭纹坐在旁边等彭路编辑好文字告诉她。彭路输入，删除，再输入，再删除。终于写好一句："不是看到的这么简单，说不清谁对谁错。"

彭路将手机递给彭纹，彭纹看完像瞅废物一样给了彭路一个白眼。

彭纹来到厨房，也叫彭路一起过来坐下。

"安旭，你拧开饮水机，热壶水，给爸妈倒上。"彭纹尽可能地使每一位家人都平息下来。

"妈，你都五十多岁的人了，以后有什么事儿咱说什么事儿，遇到什么问题咱解决什么问题，别再耍性子摔东西了。不管你俩因为什么吵架，摔东西这点你都不对。"

"你爸他这些年不摔了，年轻的时候，多少次听上你奶奶的挑拨离间回家张牙舞爪，你们忘了吗？那会儿日子穷，家里总共也就几样东西，哪样不是他摔坏的呀。"

如万丈深渊一般让人摸不着头绪，彭路一听粉蒲提起过去，内心世界便开始在一片黑暗混沌中自由落体，那种黑暗中深不见底的恐惧，不如上刑场来得痛快。

"以前的事过去了，不说了，咱就说今天晚上究竟怎么回事，怎么吵起来的。"安旭及时打断了丈母娘粉蒲翻陈年旧账。

"我也纳闷呀，别说今天晚上，我日复一日，一日三餐，哪顿饭不是想法做合他们胃口的。我从来没有考虑过我自己，彭路这孩子也不挑剔。之前一样样的饭你爸喝三碗，谁知道他今天哪根神经搭错了。"

"爸，我妈提到这儿我也得说说你，哪顿饭做得不合适了可以和我妈沟通，我妈她确实不太会说话，但她也是一心一意为这个家付出的。你态度好些，她再给你做一份，甚至两份三份都是任劳任怨的。"彭纹心平气和地对国庆讲。

国庆先是低头沉默，后又抬头面对彭纹和安旭微笑："做一份能凑合着吃就行，就个家常便饭，少放油盐，晚上别让我吃油炸的。现在人人都有健康意识了，搞不懂你妈为什么就不改变。"

粉蒲一听这话更来气了："当着孩子们的面你冠冕堂皇，背过孩子们你就鸡蛋里挑骨头，淡了咸了油多油少你都嫌。"

安旭从饮水机里抽出热水壶，目光在餐桌上寻找国庆和粉蒲二人的水杯，彭路赶忙从茶几上拿来国庆的不锈钢保温杯，掀开滤网，加上国庆喜欢的普洱，放在了餐桌上。

安旭正准备倒水，又犹豫这个杯子冷得太慢，在家用不很合适。

"彭路，这杯子是出门用的，拿个口大的，玻璃的、瓷的都行。"安旭吩咐彭路。

彭路从厨房拿来了粉蒲的瓷杯子："我再去找，你先给妈倒上。"

彭路刚走进国庆的卧室，听到咚的一声闷响以及粉蒲高亢的发泄声："你压根就没安好心！"彭路像受惊的猫一样又立刻跑了出来。

国庆的保温杯在那一瞬间，被粉蒲狠狠地砸在餐桌上，弹起在国庆一侧的墙壁上，墙壁的阻力，使杯子斜落在国庆的嘴唇上。

彭纹、安旭、彭路都傻眼了。

国庆本想老母亲也该回来了，不了了之吧，淡定地摸了下嘴唇，却看到手指上殷红的鲜血。

"天哪，爸，你嘴唇破了。"彭纹突然站起来，唰唰唰地抽出抽纸轻轻按在国庆嘴唇上，"妈，你太过分了，安旭，走，赶紧送爸去医院看看，那杯子那么重，伤得肯定不轻。"

国庆甩起胳膊抡开彭纹的手，说："让开，我先去卫生间看看。"

彭路一时间又被这不受掌控的局面弄得昏头涨脑，她也着实担心起国庆的嘴唇来。

国庆从卫生间里出来，像只被激怒的雄狮："彭纹、安旭，你们谁都别再劝我一句，你妈说了一辈子离婚，今天我成全她，这婚离也得离，不离也得离。"说完打开了家里最神秘的保险柜，拿出了户口本、结婚证。

"要不是为了俩女儿，这婚早跟你离了。当初要生个儿子，你还敢这样在家里要横？"粉蒲气势不减，彭纹、彭路一起将她拉到沙发边坐下。

国庆将刚拿出的证件往粉蒲面前一扔："要真有个儿子，还有个人主持公道，容不下你这么嚣张。"

"爸，你们能不能都别冲动啊，大晚上的，咱先去医院看看吧。"

"别打岔，先离了再去看。"

"民政局的人也要星期一才上班啊，现在听话，先去医院。"彭纹焦急万分，可又束手无策。

"吱扭"一声，门开了，国庆有意识地背对着大门在餐凳上坐下来，粉蒲一脸不屑面无表情倚着沙发。彭路知道那个称作她奶奶的人进来了，却一点都不想抬头看一眼。

保姆小爱弯腰将拖鞋给白韵莲摆好，换下来的鞋放回鞋柜。白韵莲一边换鞋一边用余光横扫家里，她很诧异彭纹、安旭都在，很快又下意识地将余光收回，卸下围脖帽子，示意小爱收拾起来。

"奶奶，回来啦，今晚你们出去散步了？"彭纹身为老大，总是身挑重任，周全全家。

"嗯，到点了，我该洗洗睡了。"说完极不耐烦地问彭纹，"你们是马上就回呢还是过会儿才回呀？小爱给我洗脚也就二十分钟。我需要说明一下这门外面那手柄松了，有点问题，你爸让尽量别提起手柄关门，所以从外面关只能硬碰，声音太响。我担心我睡了以后你们走时不注意，把这门碰得老响，吵醒我。"

彭纹听着这话面容都气得打战，数秒钟之后又恢复了平静，从小到大，她已经习惯了，她只求父母之间能平静就好。

彭路一听这话就忍不住要冒火，她真想站起来指着老家伙的鼻子说："怕被吵醒你就别睡呀，你是不是觉得地球人都该围着你转啊。"然后拿起桌上的结婚证拍在老家伙脸上，"拜你所赐，这个家马上就散了，你明天是该散大步晒太阳呢，还是该哼着小曲儿陶醉在你才是主谋的这场戏里呢。"

彭路终究没有站起来，父母这里已经够让人头疼的了，老家伙又完全不是个善茬。

"哦，你先洗吧，我不耽误你睡觉。"彭纹声音低沉，作为一个亲孙女，一个四处是朋友，善良宽容的好人，在这个有着血缘亲情的老人面前，从没有尊严可言。

"国庆!"一声恶毒浑厚的声音响彻家里的每个角落。国庆真的就在这个时候抬起头转过身朝老母亲白韵莲望了一眼,又闭上眼睛无奈地转了回去。

"国庆!这就是你闺女,你听听人家怎么跟我说话呢,你长你短称呼都省略掉了,你瞧瞧人家什么态度。再瞧瞧你这彭路,从进来到现在跟我有句话没有。你们一个个脸黑得跟锅底似的,给谁看呢。我话可放这儿了,谁的脸我都不看,在家都三五不懂,少调失教,出去社会你们也难成气候。"

"你家儿子调教得好,一年家里派一个代表,拿巴掌大的猪头肉看你一回,还是看在他兄弟我爸很在乎这个事情而且我爸对他们也有用的分儿上。你软的欺,硬的怕,我伯父那一家有个理你的人吗!你怎么不朝他们吼去呀!"那一刻,彭路用尽全身力气,打着哆嗦将这些话爆发出来。

"妈,起来,我们走,我奶奶在这儿,我们永远都不得安宁。"彭路拉住粉蒲的手臂,粉蒲借助这一支点不再犹豫,起身去卧室收拾东西。

"嗨!彭路,我可告诉你,你妈也给我听着,我住我儿子家,说破天也是天经地义,还雇了人不用你们伺候我,就这你们都容不下,你们会遭雷劈的!"

彭路放下刚帮粉蒲拿起的衣服,准备冲出去和白韵莲叫板,粉蒲拉住彭路:"啥都别说了,妈听你的,跟你搬回丽苑旧房去。"

"我儿子娶媳妇就是让她伺候我的,哪家的婆婆生儿子能连媳妇一起生出来呀,我要有那本事,还要你干呀!"

彭纹看了安旭一眼,两个人同时无奈地摇头。彭纹又看了国庆一眼,国庆依旧背对着白韵莲沉默。彭纹心想,这辈子,也不指望叶国庆能在白韵莲面前为这个小家庭说句话了,何况今天粉蒲又无意中伤到了国庆的嘴唇。

"妈,你先去睡。"国庆终于开口了。白韵莲斗志昂扬的激情一下子收了回去,比汽车的刹车还敏捷。

"可不是,被你们耽误得睡觉的点都过了。小爱,把洗脚水给我弄好。"

卧室里的小爱嗖的一下像兔子一样跑出来:"姑,我这就去。"

"安旭,你带爸去趟医院吧。"

安旭走到国庆身边:"爸,走,我先带你去医院。"

"不用了,你们也回吧,我待会儿自己去。"

"我开车送你快一点。"

"我可以自己打车,行了,回吧。"

安旭看着彭纹，两人无奈地对视。

"你去看看妈收拾好了没有，给她拿到车上去吧。"

安旭进到卧室吓了一跳，粉蒲站在高凳上从顶柜往下拿夏天的毛巾被和短袖衣物。安旭轻轻掩上门："妈，你这是准备干啥呀，夏天都过去了，拿几件这两天穿的衣服得了，其他的放回去吧。"

"旭啊，妈已经伤透了，走了就不准备再回来了，你今天晚上就多等会儿，把妈所有的东西都搬过去。"粉蒲吃力地往下拉着衣物。

安旭用目光告诉彭路，叫粉蒲少拿点。

彭路回应："劝过了，没用，没一个省心的。"

国庆起身，穿好外套，不言不语，开门离去。

"爸，安旭陪你一起。"彭纹话音未落，门已关上了。

彭纹推开卧室门："安旭，你先去送爸，他刚走，你快点。"

安旭扭头拿起车钥匙，乘电梯到楼下，国庆已经走到了小区门口。

安旭发动车，追过去，缓慢地在国庆身旁停下："爸，上车，我送你。"

"说了不用，回吧。"手一挥，头也不回，径自朝前走，安旭没有再跟上，他知道岳父国庆是个很要面子的人。

路口处，国庆顺利地拦下一辆出租。

安旭返回家中，推开门的时候，白韵莲正好从卫生间大摇大摆、若无其事地出来，小爱赶忙跑进卧室铺好被子，白韵莲嘴里念叨着："今天这时间被耽误得只能捏三十下腿，明天早上早点起你再给我捏会儿。"

安旭朝白韵莲点头微笑，白韵莲像看陌生人一样扫了安旭一眼。

安旭坐在了彭纹身边，用理解和心疼的眼神看着彭纹。

"爸走啦？"彭纹问。

"嗯，打了个出租。"

"你和彭路把妈收拾好的东西一起拿到电梯上吧，今天晚上，妈住我们家，丽苑的房子，明天再收拾吧。"

"行，我们先拿着看。"

彭路和安旭将粉蒲整理好的大包小包全部放进了电梯。

"这些车里肯定放不下。要不拿一半，剩下的明天再说。"安旭看着满满一电梯的包袱发愁。

"哥，事已至此，怎么利索怎么来吧，千万别未完待续，更别自找着看那些冷血的面孔了。"彭路声音低得完全是在说悄悄话，她太知道卧室里面那只经久不衰的耳朵和她的主人有多厉害了。

"哥，你就先把这些东西塞到车上，后座副驾驶都塞满，应该差不多，我这里有丽苑的钥匙，你先送过去。接下来妈需要拿的东西如果不多，我们就打车去你家，如果多的话你就放下以后再回来接我们一趟。"

"怎么就还需要回来一趟呢，妈，平日里必须用的东西你拿上就好了，干吗搞的跟搬家一样，这些枕巾、毛巾从我记事起就有，用不着就别来回搬了，你收拾这些东西干吗呀！"彭纹很不理解地问粉蒲。

"这些都是我年轻时候单位发的，款式旧了些，但东西是顶真的，质量没得说。彭路结婚的时候，这些都可以拿出来用。"

彭纹听着这话，用寻求同伙的眼神瞅着刚从电梯里返回的彭路。她以为彭路会亲自反驳粉蒲的这种腐朽的观念。但是彭路没有。

"姐，随她吧。"

独自去医院的国庆，单独在家的安业，一车子拉不完的旧衣烂褛，依旧在没完没了收拾的粉蒲，彭纹已如坐针毡般烦躁却又无力说服和改变。

彭路认同彭纹的观点，但彭路也理解母亲粉蒲。彭路尽力地帮母亲粉蒲打包，她希望这个晚上能快点平静下来，早一点结束。

彭纹手机响起，安旭打来的："这边东西都放下了，我现在过去接你们吧。"

"真拿妈没办法，人家还在收拾乱七八糟没用的东西。说了也不听。不行咱俩先回，安业一个人在家也不知道睡了没有。眼看十点了。"

"你别急，到了我上去接你，先挂了。"

"娃一个人在家你们怎么不早说呀，这儿基本也没什么了。"粉蒲把掀起的床板盖好，再次将床底另一侧的大抽屉一个个拉开，确认没有落下一块布。

"彭路，你先把这几个包袱拿到电梯口。稍等妈一下。"

"嗯！"彭路顺从地拿起包袱往电梯口放。

粉蒲三步并作两步，心急火燎来到卫生间，拿出一个塑料袋装上自己的毛巾牙缸和牙刷，一看抹脸油，用完了，扔掉。这几样东西就是粉蒲全部的洗漱用品。

安旭上来了，帮忙把所有东西放进了电梯，粉蒲也跟着进去了，彭路和彭纹路过白韵莲卧室的时候，清晰地听见里面鼾声起伏。

彭路停下脚步望着彭纹，彭纹干脆利索地来一句："走！"彭路跟在其后，默默进了电梯。

电梯下行的过程中，彭路望着身旁的粉蒲，粉蒲呼吸沉重，表情却异常坚定。彭路好担心母亲粉蒲，这种担心让彭路疲惫，也让彭路感觉多余。

彭路转动眼珠看看一旁的安旭和彭纹，彭纹仰头望着电梯顶上的灯，面容呆滞，却也悄悄看着粉蒲。姐妹俩目光不小心交集在一起，又迅速撤离。

所有的东西安置上车，粉蒲和彭纹勉强挤了进去。粉蒲望着车下的彭路："妈下去陪你走，让你姐他们先回去看看安业。"

"妈，别下去了，彭路都这么大了，她自己能照顾得了自己。"说完，又对着车门旁的彭路轻声说："你就待家，担点儿事儿，爸回来有需要的时候你也照顾照顾爸，你能干什么就帮他干点什么。努力让他消消气。回吧，有什么事你再给姐打电话。"

"嗯，行！"

车子走了，彭路流下两行泪，无尽的孤独与无助笼罩着她，她很想知道父亲国庆现在怎么样了，她好想在此刻给予父亲国庆一丝温暖，拿着的手机却始终没能拨打出去，不知多少年了，国庆与粉蒲之间只讲对错不讲爱，而且错全在对方。彭路和彭纹总是被亲生父母申诉和撕扯，实在无力充当裁判，也真的扛不动百年老窖的旧事和新的矛盾重重叠加之后的重压。

初秋的夜晚，已然很冷，回吧，冻咳嗽了，只会雪上加霜，连烦恼都没有栖息之地了。

彭路转动钥匙，开门进屋，空气在安静中暗藏隐患。不知道接下来的日子会怎样，又该如何度过。

躺下吧，此刻好像什么都做不了。

终于可以单独住一间卧室了，可却没有彭路期待中的简单和美好。

"不行，得把卧室门打开，不然，爸爸回来会以为我睡了，爸爸现在需要心灵上的支撑。"

刚躺下的彭路慢慢起身打开了卧室门。

然后又一次躺下。

"妈妈刚才摔了锅盖，然后姐姐捡起来放哪儿了？如果放在厨台上，爸爸回来再次看见该没办法消气了。"

彭路又噌的起身，跑去厨房，那锅果然放在厨台上，破损的锅盖静静地盖在锅上，彭路赶忙将其移至橱柜里。又观察了餐桌，国庆未吃完的晚餐还放在餐桌上，彭路将稀饭倒掉，油圪朵放回冰箱。灶台上粉蒲做的饭确实是白韵莲和国庆最喜欢的晚餐，剩下了一半还没有彻底冰凉。可是此刻，两个多小时，一切全变了。

彭路内心酸楚，仰头深呼吸，即将喷发的泪水靠意志强忍了回去。她深知此刻，流泪无用。

彭路终究坐在了沙发上，看着窗外漆黑的夜，还有对面楼里亮着灯的人家。每一个家庭都是那么平静和谐，只有自己的家庭这般煎熬。

她起身驻足于窗前，努力踮起脚往院子里看，时间过得好慢，始终没有出现父亲国庆的身影。

彭纹和安旭带着粉蒲回家。彭纹一进门就冲儿子安业喊："都几点了你还不去刷牙洗脚，你居然还在这里看电视！"

"都几点了你们才回来，还好意思说我。"安业一边犟嘴，一边拿起遥控关掉电视，起身朝卫生间走去。

"不怨娃，你别跟娃吼，安业啊，你先刷牙，奶奶帮你准备洗脚水。"

"别别别，妈，你去看看彭纹给你准备哪条被子合适，安业交给我。"安旭夺过粉蒲手中的洗脚盆。

"我盖哪条被子都行，我无所谓。"

"那你去歇歇也行，安业洗漱完他就去睡了，我把这些东西整理整理，他洗完你就可以用卫生间了。"安旭平时大，关键时候却总是很温暖。

"安业，奶奶从进门到现在大半天了你连句话都没有，你懂不懂礼貌啊。"彭纹撑着被子朝卫生间的儿子安业喊。

安业瞬间朝粉蒲露出坏坏的笑："奶奶，你这次来我家住几天啊？别走了好不好。"

"奶奶就住这一晚上。明天走。"

"为什么啊，要回去给爷爷做饭呢？"

"赶紧洗完了去睡！"安旭及时打住了儿子安业刨根问底。

"没事儿，你要想见奶奶，奶奶就经常过来。"

说完，粉蒲鼻子酸、眼眶红，安旭陪着洗漱完的安业进了卧室。

"妈，床单被子枕头都给你准备好了，你看还需要什么？"彭纹朝愣在卧室门边的粉蒲看过去。

粉蒲像受委屈又不服气的孩子一样抹了两把眼泪，然后故作坚强又略带任性地对彭纹说："不需要任何东西了，你们该干吗干吗，我去洗漱，洗漱完我就去睡。"

都说父母的家永远是子女的家，而子女的家永远不是父母的家。可多少年来粉蒲的生活，只有和女儿女婿在一起才能感受到亲情的温暖，回到女儿女婿的家中，方才感觉这里是唯一能够静心驻足的港湾。

听到钥匙开门的声音，眺望于窗前的彭路回过头来，是国庆。

"爸，你回来了？"彭路很小心地问，亦小心地观察着国庆的脸色，尤其是国庆的嘴唇，忐忑地揣摩着国庆的心情。

"嗯，回来了。"国庆的眼神中，立刻流露出对彭路站在窗台边等待的理解，紧接着是无法掩盖的尴尬与沧桑。

尽管如此，好强固执的国庆依旧放不下作为父亲以及男人的面子，骨子里依旧支撑着如大山一般的庄重和威严。

彭路就这样默默地看着国庆脱掉沉重的外套，再走到沙发上坐下来。彭路始终喉咙哽咽，终究欲言又止。

"你晚上吃了饭了没有？"国庆先和彭路开口，目光平静而不失温度。

"吃了。"彭路立刻回应了国庆，眼泪也不听话地夺眶而出。这般简单的话语，这样慈祥的目光，唤醒了久违的父女深情。彭路早已觉察到自己的肚子真的饿了，但她不敢说饿，她怕父亲国庆记恨母亲粉蒲，更怕父亲国庆在她面前抱怨母亲粉蒲。

"爸，你晚上没吃多少，你还想吃点什么吗？要不我出去给你买点可以用管子吸的粥。"彭路语句平稳，措辞谨慎，生怕触动国庆的痛点。

"不用买，不需要。"说着，国庆起身走到储物柜旁，打开柜门。

"这不，家里还有牛奶，咱俩一人喝一个。"国庆很利落地拿出两盒牛奶，双手捧着往厨房走。

这一刻彭路眼中的国庆，像极了孩子。

"爸，我来热吧。"彭路上前接过国庆手中的两盒牛奶。找了个小点的平底锅，接上水，将两盒牛奶直接放入其中，开火加热。

国庆坐在餐凳上不知所措地等着。不光是因为彭路从小到大很少干家务，而是国庆独立高傲的家长风范，从未有过依靠彭路的习惯。

很快，牛奶热好了，彭路倒掉热水，小心地将管子包装袋撕开一半，用手指捏在包装袋外，将管子拉伸到最长。她懂得父亲国庆是个有品位的讲究人，注重生活中的每一个细节。

"爸，温度正好，可以直接喝。"彭路将其中一盒牛奶递给国庆。

"好，你也喝吧。"

国庆抿住吸管又放开的瞬间，彭路清楚地看到两条黑红渗血的缝合线。

"爸，你慢慢喝，把两个都喝了。"

国庆不语，小心适应着吸管，直到喝完。

"好了，爸已经饱了，不喝了。你喝完去睡吧。时间也不早了。"

"好的，爸，那你也早点睡。"

这个夜，彭纹躺在安旭的怀里，断断续续诉说着深入骨髓的童年伤痛。

"小时候，我经常挨我奶奶骂，骂的恶声毒语，她一骂我，爸就打我，不管她骂得对不对，只要奶奶不高兴，我和妈总有一个会遭殃。我上二年级的时候，我和爸妈还有彭路都还挤在奶奶房子外面的那间小屋子里，四口人，两张小床，一个很小的旧布沙发，一个低矮的小茶几，窗户边垒起个炉台可以烧火做饭，屋子好像也就十平方米的样子，我还经常在炉子上写作业。有天放学回家，炉子上堆满了东西，我拿起作业准备去奶奶家做，妈劝我别去，担心奶奶找事儿。我觉得我写作业是正事儿，肯定不会有事儿，我没听妈的劝，拿着作业就跑奶奶院子里了，奶奶问我什么事情，我说奶奶，我在您这儿写会儿作业，虽然那会儿小，但奶奶瞬间拉长的脸也足以使我内心不安。我当时想啊，还是别进屋子里了，我怕天黑之前写不完还得开灯，奶奶就真要找茬了，邻居家院子里有单独一间敞开的大厨房，没门，厨房里有个平时用来擀面和放菜的青石台面，我就把书本放在那上面开始写作业，而且是站着写，个子小，坐下够不着。我刚写了三行生字，奶奶就叫我去倒污水桶，那会儿用的都是黑胶桶，本身桶就大还很重，里面装的还是烂菜剩饭和洗碗水。我压根就不敢说自己提不动，更不敢有不去倒的想法。我告诉奶奶等等作业写完我就去……"彭纹突然哽咽流泪。

安旭安静地帮彭纹拭去眼泪："然后呢？"

彭纹捋了一下耳际的头发："然后，然后奶奶突然像头母狮子一样怒吼：'你这闺女了不得了，会顶嘴会犟了，我看你那妈把你教得都长不成个人，你回去问问你妈那腰后村的人都这个样子吗？她们村当孙子的是不是都这样和老子说话呀，让你倒个桶你都敢跟我顶嘴，你还写什么作业，别把老师和学校名声给坏了……'"

安旭苦笑："我小时候在村里，条件相对你们城里更差，我奶奶吃的穿的都跟你奶奶没法比，但是很慈祥，偶尔有一点好吃的，自己也舍不得尝尝，一定要等到我们几个放假回家让我们吃。记得有次我奶奶给我攒了两个橘子，等我回家拿给我的时候，已经坏掉了。"

安旭想起自己的奶奶，脸上挂起了幸福的、淡淡的微笑："你奶奶数落完你，你委屈地提着比你还重的污水桶往垃圾堆走，是不是？"

"她骂了很久，只记得连我农村的爷爷奶奶也骂了，我不知哪来的勇气，默不作声地抵抗，那是唯一的一次抵抗。骂的过程中爸回来了。奶奶更是士气高涨，冲着爸吼道：'国庆，你看看你这女儿，养得成问题了，连我都使唤不动，我就问问你，我这当老的以后还敢不敢使唤你闺女了！'爸居然二话不说，狠狠给了我两巴掌。要不是做作业那块儿台面挡着，那两巴掌会直接让我趴倒在地上。我不敢再有任何辩解和抵抗，滴下两行泪，把那污水桶靠在一条腿上，硬是晃荡着挪到了灰渣点。"

彭纹擤了擤鼻涕，抹掉了眼泪，"后来，我拿着作业哭着回了家，奶奶依旧不依不饶跟着出来，指着我的背和家门骂。妈闻声出来，抱着流泪都不敢出声的我问：'怎么了？'这一问，爸也从奶奶家院子里出来了，爸从奶奶身边走过的时候奶奶使劲叫唤着：'回去给我好好收拾这娘儿俩！'爸就真的拽住我和妈一起拉了回去。妈问爸：'孩子就去写个作业，这又怎么了？'爸对着我愤怒地训斥：'以后犯懒病、犟嘴还要吃打，记住了吗？'妈当时没再多问，妈也不敢问，家里太小，还有彭路在，连个单独说话的空间都没有，直到晚上爸出去上厕所，我才有机会告诉妈是因为倒污水桶的事情。妈听后一边抹着眼泪一边训我说：'人家不待见你，以后你记住没事儿少往里面跑。'那个晚上，我和往常一样躺在爸的身后，听他熟睡的声音，悄悄地流泪。慢慢用枕巾擦拭眼泪的时候，妈在另一张床上呵斥我：'快睡觉！'我不知道自己泪流了多久，也不知道什么时候睡着的，只是第二天醒来的一幕让我一辈子也忘不掉……"

安旭怜惜地望着怀里的彭纹："那么多年前的事儿了，能忘记就忘记，能不提就不提吧，免得伤心。"

"不遇事儿谁想提起，忘记又谈何容易，我清楚地记得，那天早上，妈打开屋门，准备带我到院子里扎辫子，不足五平方米的小院里，很显眼地躺着一小堆煤灰，堵在院门底缝边，那门什么样儿，你每年去贴对联也看到了，破木板做成的单扇小门，下面缝大得足够塞进去簸箕。妈的第一反应是邻居家小孩恶作剧，要么就是哪个要饭的或者疯子干的。妈赶紧叫爸出来看，爸出门打探了一番，然后直接去了奶奶家，回来之后只是叫妈清理干净，却只字未提。我们就很清楚是奶奶指使爷爷倒的。"

"也有可能是你奶奶自己倒的呀？"安旭瞪大眼睛，很是惊讶，他很认真地听彭纹将往事讲完。

"我爷爷你了解得少，一辈子稀里糊涂、装聋作哑，却在该傻的时候变精，该精的时候变傻。他本质不坏，就是没脑袋，只要我奶奶发号施令，他便像可怜的小丑一样，雄赳赳气昂昂无条件执行。"

"呵，看来大家小家都是你奶奶一个人说了算啊，一个人当家也不是不行，关键是得当个正经老的，得讲道理。刁难儿媳的婆婆不在少数，但是对亲孙女这样的还真不多见。哎，怎么说呢，人家怎么当老的是人家的事儿，人家好坏都是长辈，我们尽我们的心，做好我们自己，其他的也管不了那么多，顺其自然吧。"安旭给彭纹一个充满爱意且温和的微笑。彭纹失控的心情顿时有了着落。

"你就是心太好，别人家当孙女婿的才不会去理这样的老人。"彭纹并非在抱怨，她的内心对安旭满是感激。感激安旭多年来对自己的理解和爱护，更感激他对自己原生家庭种种不和谐因素的积极妥善对待，以及发乎于心的真诚和宽容。

粉蒲躺在床上，紧闭双眼，依然停止不了杂乱如麻的思绪，她预感天亮以后必定会有新的麻烦，她的大脑里是坚决抗争到底的信念，却未承想过究竟该怎么做，她想要什么样的结果。偏头痛又犯了，衣服口袋里翻出随身携带的去痛片，一颗不行，再来一颗，辗转反侧，直到筋疲力尽。

　　彭路这个晚上很孤独，孤独地听空气从耳边飞过的声音，孤独地和白韵莲同住一个屋檐下，孤独地去理解国庆的孤独，却又感觉国庆遥不可及。她双手合十于胸口，祈祷老天给她平静的日子，她害怕每一个未知的明天。她从小就在这种敌对的亲情关系中战战兢兢长大，她脑海里浮现出九岁那年的一幅画面，父亲国庆望着她的眼睛，坚定地告诉她永远都不会和母亲粉蒲离婚，一家人永远都不会分开。

　　那年一家人住在川上独门小院里。一个中午，吃着午饭国庆和粉蒲就吵了起来，彭路不记得为什么吵，只知道粉蒲提到了离婚，说彭纹姓彭，她要带走，而彭路姓叶，得跟着国庆。当时姐妹俩痛哭流涕求粉蒲别离婚，哭了很久才发现国庆不见了。

　　下午上学的时间到了，邻居家一个班的小男生来叫彭路一起上学，粉蒲嘱咐彭路："别哭了，上课的时候认真听讲，别考虑爸爸妈妈的事情。晚上，妈妈会去学校接你。"

　　彭路和小男生相伴着走在路上，小男生兴高采烈，彭路却沉默不语。

　　小男生问她："彭路，你怎么了，为什么哭呢，是因为你爸爸今天没有送咱俩吗？"

　　瞬间彭路的眼泪止不住地流："我爸爸妈妈吵架了，我爸爸走了。"

　　小男生听后对彭路说："我也很替你难过，但是我嘴笨，不知道该如何安慰你。"

　　"那如果是你爸爸妈妈吵架了，你会怎么办呢？"

　　"感觉太烦人了，有次他们吵架我直接走了，然后他们就顾不上吵架了，找了我半天。这招管用，要不你试试。"

　　"那多伤爸爸妈妈的心呀，我可不要。"

　　"彭路，你爸爸！"小男生满脸惊讶，凑到彭路身边低声说。

　　彭路抬起低垂的头，看到父亲国庆将摩托停在马路边等着她。她伤心地来到父亲国庆身边，国庆示意小男生一起上车，小男生摇摇头走了。国庆蹲下身来帮彭路擦拭掉泪水，注视着彭路的眼睛，一字一顿像许下诺言一样告诉彭路："爸爸永远是你的爸爸，永远都不会离开你，爸爸先从家里出来，只是为了平息一场无谓的争吵，爸爸妈妈也永远都不会离婚。以后妈妈再问你们姐妹俩跟谁的时候，绝对不可以选择，更不能同意。一旦同意了，家就散了，我们永远都不能分开。"彭路使劲儿地点头，她好感谢父亲国庆的这一番话，她感受到了深沉而坚定的爱。"我们永远都不能分开"这句承诺给了彭路莫大的安全感，伴随彭路在一份踏实中体会到了童年的幸福。

可此刻，这些话国庆可否还记得？

"缠绵思尽抽蚕茧，宛转心伤剥后蕉。"如果白韵莲是一个正常的老人，如果国忠有十分之一国庆的孝心，如果国庆和粉蒲的脾气能稍微改一改，能用理性去思考一次亲情与爱。这个家该有多温馨……

"找个对象结婚，我就可以有一个全新的家庭环境，好像是个解脱的途径，但留下妈妈一个人，她又怎是奶奶和父亲的对手？我又怎能安心？明天妈妈就要搬到丽苑住了，我要真定下来个对象，又该如何去和别人解释我分居的父母呢？"这些问题在彭路脑海不停地盘旋。

生活　是一团麻

太阳缓缓升起，不管你是否打起了精神气。就像深夜来临时，从不会去问你有没有甜蜜的梦。

国庆早早起床，简单漱口，整理头发。彭路不很熟练地整理好床铺，来到国庆身边："爸，你稍等我出去给你买点豆腐脑，很快就回来。"

"不用，真的不用，我一会儿出去顺便在早餐店就吃了，别来回麻烦。你想吃什么也自己出去买点。爸先走了。"

"哦。"彭路待在原地，不知还可以和国庆说些什么。

"国庆哥，你这就走啦？"小爱顶着一头凌乱的头发慌慌张张从卧室里出来。

"对，走啦。"

"不吃点饭再走？"

"不了，你做你和我妈两人的就好了。"

对话的瞬间，国庆对小爱的不修边幅不太适应，甚至有些反感。国庆下意识地低头穿鞋，突然发现自己忽略小爱在这个家的角色很久了。

"人家都有正经事儿，指定是来不及等你做饭吃了，咱也不耽误他们，都这么大人了，哪个也饿不着。做咱两个人的饭也简单，你去做吧，我先去洗漱。"白韵莲慢悠悠地从卧室出来，直接悠进了卫生间。

国庆穿好鞋闭门走人。彭路站在原地，像极了快要蒸发干净的一丝水迹。

彭路终于回过神，赶忙换上衣服，前往驾校。

粉蒲象征性地吃了一点点早餐，匆忙帮彭纹洗了碗，着急换衣服出门。

安旭一边接着生意上的电话一边喊："妈，你别急啊，稍等我一下，我送你过去。"然后轻闭卧室房门继续听电话。

正打扫房间的彭纹停下手中的笤帚："妈，你都这么大人了，就不能让人省点心吗？安旭他就接个电话，说完就走，你别追得他话也说不完行吗？"

"我哪有追他，我走小路又没多远，安旭他有正事儿让他忙，我这没什么要紧的，自己走过去就行了。"粉蒲坚定地关好门，执意步行。

彭纹无奈地摇头叹气："真没办法呀！"

粉蒲抄小路往丽苑旧房走，步伐无力却坚定。这时，迎面走来一位红光满面的老太太，她冲着粉蒲笑，粉蒲却径直往前走，完全没有注意。

擦肩之后，老太太转身试问："这是粉蒲吗？"

粉蒲驻足，回望这位八旬有余的老太太："姨，是您啊，我这光顾着走了，您这是要去哪儿啊？"

"周末了，做了些孙子爱吃的排骨，给他送去。孙子今年考上了市里的公务员，只有周末才能回来，我从周一到周五，天天盼着他回来呢。哦，对了，房子也在市里买好了，就差个对象，有合适的帮忙给牵个线，姨先谢谢你了。"老太太喜气洋洋，精神头十足。

"这是好事呀，姨，您孙子可真是争气。您甭操心，这么优秀的小伙姑娘们稀罕着呢。"

"哈哈哈哈，我就是希望他能早点结婚，我要是有寿数，还能抱抱重孙子呢！"老太太憧憬在美好的愿景中，两眼放光，眼角笑出了深深的、幸福的褶子。

粉蒲原地望着老太太温暖而慈祥的脸，可如此平凡的喜悦离她从来都很远很远。

老太太笑着笑着，突然放下桶锅，解开外套和扣子将手伸了进去。

粉蒲很是诧异，忙问："姨，您这是怎么了，需要我帮您吗？"

老太太扭扭捏捏将身子转过去，背对着粉蒲，拿出一块儿手绢包好的东西再次放进了上衣里，重新系好扣子，羞答答地转过身来："呵呵，衣服里面兜浅，钱差点掉出来，这是我这几个月的退休金，又凑够一万块了，一会儿见了儿子，我就把钱给他，让他花。呵呵呵，你回去可别告诉你家国庆，你家国庆和我儿子一个单位，我那儿子要面子，不想同事笑话他。"

"做老人的不都这样吗？挣多挣少都是为了儿女。姨，你放心吧，我还有事儿，就先走了。"

"好闺女，给我孙子介绍对象的事儿记得放在心上啊！"

国庆这个早上，包里装着银行卡，步行前往中国银行，一路思索着，自己五十大几的人了，依然只相信银行定期存款，并且潜意识里，始终认为中国银行最最安全，这样的观念，莫非有些滞后了？他开始庆幸两年前的春天，侄儿叶果多次对他苦口婆心的相劝，才使得他有勇气通过中国银行购买了人生的第一份理财保险，以至于今日准备离婚的时候，能够顺理成章保住这部分财产。

那年春天，国庆在女儿彭纹和女婿安旭的帮忙下，筹备了很多天老父亲叶有亮三周年祭祀的相关事宜。日子临近，各家亲戚已通知完毕，彭路却突然想起，一个已报名的招聘考试，时间和爷爷叶有亮的周年祭日冲突。

国庆向来把这些仪式看得很重，他对彭路很是失望，他训斥彭路没有家庭责任感，连考试日期都心里没数，去了考场也是滥竽充数。

粉蒲当时多了句嘴："就个周年，孩子去不了也不要紧，考得上考不上，都应该去试试。"

国庆内心当然支持彭路去参加考试，只是妻子粉蒲的这句话让他心生不满，满腔怒火，最终引发了争吵。

这段时日叶果不合时宜地频频出现在国庆身旁，看起来叶果是真心为叔父难过："叔啊，我是真觉得你这日子没法过呀，我也是设身处地替您着想，为您计划呢。依我看啊，您晚一天跟我婶婶离婚，您这日子就多一天不舒心。何苦硬撑呢？彭纹人家生意越做越大根本不用您操心，彭路也大学毕业了，您完全有理由过几天自由洒脱的日子。我给您介绍一款理财险，完全没有任何风险，您只需要交够五年，到第十个年头等着分红利就是了，利息要比银行高。当然了，叔，我婶婶要是能痛改前非，你们的日子能往好了过，当然最好。我是担心万一哪天，你绷不住了，提前以保险形式办个理财，它只属于你个人，也算是自己给自己留条后路了。"

叶有亮三周年祭日当天，叶果再次趁机凑到国庆身边："叔，前几天跟您说的那事儿，我觉得您有必要好好考虑一下。咱叶家就我一个孙子，我也是个顶天立地立门户的爷们儿，我不会骗您。我就是看您大半辈子了，日子还过不消停，我心里难受。而且这款理财确实不错，就是为保守型人群量身打造的。再者，这跟我们证券公司没有任何关系，它是通过中国银行购买的，所以，您可以卸下任何顾虑，放心理财。"

"咱叶家就我一个孙子……"这话确实触动到了国庆，但即便是在叶老爷子做周年这样的场合，国庆也没有因这句感人肺腑的话而完全失去理智。国庆很清楚，保险行业是有任务有回扣的，如此反复用心地劝说定是无利不起早。

办完了叶老爷子三周年祭奠活动，国庆思考了整整一个晚上。"咱叶家就我一个孙子，我也是个顶天立地立门户的爷们儿"，这句话在国庆脑海里几经周旋。

多年来国庆和大哥国忠之间的关系很是淡漠，几乎没来往，但叶果是叶家唯一的香火这点没错。至于自己的婚姻，大半辈子都过去了，余下的日子，善待自己的同时，也要把握二女儿彭路成家立业的方向，帮衬彭路把日子过得像模像样，尽到一个父亲的责任，方才安心。对于侄儿叶果，或许有一事可以托付，那便是百年之后，能将自己安葬于叶家坟墓。如此，便无遗憾了。

次日，叶果再次打电话劝说办理理财保险一事时，国庆同意了。他与侄儿叶果约好了中行附近的茶馆见面，并郑重其事地对叶果说："你是叶家后代里唯一的男儿，叔一直有个心愿，不妨和你讲一讲：日后闭眼离世时，叔是要埋葬回叶家墓地的，多年前，叔用了近三年的时间，才给你爷爷奶奶选下了现在这个坟地，叔之所以如此用心，首先是为了尽孝，其次，也是为自己百年之后做打算。"

叶果诧异了片刻，国庆望着侄儿叶果惊讶的神情，精神世界在恍惚中渴求支点。

"叔，你在我心里，是个真爷们儿！"叶果竖起了大拇指。

国庆僵硬的面容如雨后晴空雄鹰的翅膀，立刻舒展开来。

"叔，这事儿我记下了，我作为叶家孙辈里唯一的男子汉，有责任担当起你的身后事，必定尽全力了你心愿。"

掷地有声，铿锵有力，国庆听后，热血沸腾，身后事如何谁又晓得，但活着的时候能按照自己的思路望见光明，已倍感欣慰。

就这样，从不相信任何理财和保险的国庆，选择相信侄儿叶果的一腔赤诚，并于当日通过叶果的朋友购买了理财险。

可是如今这部分理财险刚交了两年，还有一部分定期存款该如何安置，此刻成了灼眼的问题。太仓促了也安置不妥，还是先取现，随后再说。

　　一路上国庆只顾低头思考，不觉已到中行，于是立刻切断了思路，走进了中行大门。

　　"您好，请问您办理什么业务？"大堂经理热情地问道。

　　"取钱。"

　　"先生，如果您只需取钱，无需办理其他业务的话，请您到隔壁自助取款机上自行办理，这样也可以节约您的时间。"

　　"我取的是定期，还没到期。"

　　"先生，提现十万以上需要提前预约，您是否已经预约过。"

　　"没有，忘了，那你现在给我预约下吧。"

　　"好的，请您提供一下您的姓名和取现金额。"

　　"嗨！叔！叔！这儿呢！"

　　国庆闻声望去，不远处的一个自助业务机旁，围着几个人，叶果正被围在中间，忙着点击操作。一只手高举过头顶，示意国庆他在，稍等。

　　"先生，已经帮您预约好了，您后天带上身份证和银行卡直接过来就可以了。"

　　"行，我记住了，后天上午我就过来。"说罢，国庆坐在了等候区等待叶果。

　　叶果急匆匆地跑过来："叔，过来有事儿吗？需要办理什么，我帮你。"

　　"哦，我已经办理好了，你不待在单位好好上班，怎么跑银行来了呢？"

　　"是这样，叔，今天周末，本该休息，可明天不是星期一吗，有几个客户想投资股票，还想专门办张卡来绑定，怕明天没有时间，今天就先过来开户办卡，明天人家实在顾不上的，我就可以上门办理。所以呢，今天也就是跑过来帮帮客户的忙。叔，你这办理完还有别的事情吗？"

　　"我没事儿了，你忙吧，我走路回家，顺便还能锻炼锻炼身体。先走了！"

　　"我这也很快就结束了，要不这样叔，你在附近的茶馆稍等片刻，完了我送你回可好？"

　　"也好，那你先去忙，我在茶馆等你。"

　　此刻的茶馆几乎没有人，国庆孤单地坐在里面，心中虽有等待，却依然倍感孤独。很多年了，这种孤独感已然成为国庆内心世界的常态。左手掌撑着额头，继而从眼角滑下，掠过鼻梁嘴唇，那一丝未愈合的伤，隐隐在痛。

轻触下巴微微冒出的胡茬，想到人生苦短，是时候从错误婚姻的煎熬中解脱出来，给自己一个全新的晚年生活了……

叶果终于结束了一阵子的忙乎，却没有结束忙乎时候的满腹热忱，他三步并作两步走向茶馆，远远透过茶馆的落地窗，给叔父国庆传递过去一张斗志昂扬的笑脸。

国庆望着这张朝他奔来的笑脸，顿时，没个儿子的遗憾浓重地涌上心头。

国庆起身，结账。侄儿叶果推门进来，望着正在给国庆找零的老板。

"老板，别找了，我这儿有零钱。"叶果说着，同时急匆匆地掏着一个又一个口袋。

国庆见老板犹豫，很干脆地对老板说："喝这口茶就是为了找零，你找就对了。"

两人从茶馆出来，国庆直接上了叶果的绿皮 QQ 车。

"叔啊，没想到今天跑来中行一趟还能遇见你，真是太开心了。要不，我陪你吃个饭吧。"

"不用了，直接送我回吧。"

"哦，也好。"

叶果两只眼睛悄悄往副驾驶位瞅着，感觉叔父国庆似乎不很开心，嘴唇明显有些肿，心想叔父应该是上火了不想多讲话吧。

路上几处拥堵，国庆索性闭目养神，叶果很识趣地安静下来。

二十分钟后，叶果朝国庆轻声说："叔，到家了！"

"行，我下去，你回，路上小心。"接着，是一声干脆利落的关门声，一个简单客气的挥手，还有一个头也不回的背影。

叶果感觉到一丝灰溜，但更多的是好奇，他想发展叔父国庆成为自己的客户，可国庆完全不沾股票，始终找不到可以说服的切入口。叶果掉头回家，一路琢磨着今天的国庆为何感觉有些奇怪。

此时驾校里，一个早上的模拟科二考试已完毕，只有张圆因半坡起步又挂了倒挡而没有通过。春妮和李光由衷地替张圆感到可惜。

"你还是去找教练再给你一次机会吧，要真等下次考试，又得两三个月。"春妮看着同年龄的张圆，真心为她着急。

"哥觉得啊，你去跟教练说说好话，想想办法，他也不是不能让你去考试，名单上加个名字的事儿。正式考试掉链子，那是真没辙了，这就是个模拟。"李光也一起为张圆想办法。

"你们的好意我领了，不过我自己的水平自己心里有数，模拟考试心理素质都不过关，正式考场上更不行，我还是继续踏踏实实练吧，练到十拿九稳再参加考试。我也不会因为你们都可以参加考试，只剩下我一个而感到难过，相反我看到了自己的不足，以后才能更好地加强练习。"张圆面带微笑，一腔镇定。

"我的天，真不愧是个老师，这话说得真长呀，我听累了，得先走了。"彭路本也想安慰张圆，可心情烦闷的时候，这么啰唆的话听起来就是让人觉得矫情。

"喂，彭路，你走着回呢？"张圆喊道。

"不然呢，我还飞着回去呀！"

"等等等等，我有铁驴，正好跟你顺路，载你一段。"张圆笑呵呵的，不仅不和彭路抬杠，语气里还有着十足的耐心和信心。

张圆这样一说，彭路立刻为自己刚刚的烦躁态度羞愧起来："你知道我家很近的，你今天是怎么了，非要对我这么好。"

"你看你，咱俩好歹也是同届同校的老校友，又能在驾校同一辆车上相遇，缘分不浅。我怕你过两天考试通过了，就少有机会再见到了。"张圆又啰唆了几句。

彭路这次觉得张老师挺可爱，说得也挺有道理。于是主动拉起了张圆的手，走出了驾校门口。

"呵呵呵，感觉你特别像个小朋友，走路还要拉着手。"

"还不是被你刚刚煽情煽的呀，又是老校友，又是驾校同辆车上的学员，又是缘分啥的，我只有拉起你的手，才能表示我对这份缘、这份情的珍惜和在乎。"

"酸死了，怎么感觉你把我当男朋友了。"张圆斜视着彭路，坏坏地笑。

"你还别说，我觉得找个女朋友搭伙生活要比找个男朋友过日子轻松得多，除了生不出孩子。"

"哈哈哈哈，我也这样想过，真是不谋而合。"

走出驾校大门，彭路上了张圆的摩托。

"抱好我，准备走啊！"

彭路将手轻轻放在张圆腰间，似乎掐住了张圆的整个腰。

"天哪，你这腰也太细了，要真做我男朋友，一点安全感都没有。"

"呵呵，我的腰比你的细吧？"

张圆抛给身后的彭路这样一句话。彭路不作声，不回应。

"彭路，问你个事儿，听说元方林是你哥，你俩究竟什么关系啊。"

"嗯？哦！我们是表兄妹啊，他爸是我舅，你为什么问我这个问题，什么情况啊？"彭路心里已经很清楚，自己这哥，从毕业工作至今，当地单身且工作正式的女孩儿几乎见了个遍。必定是有人介绍这俩人认识。

"嗯，一年前有个朋友介绍我和元方林见了个面，见了之后我感觉和他没有可能，所以他后来联系我我直接拒绝了。这些天又有个同事给我介绍对象，我一听又是他，并且他又给我打电话了，他在电话里提到他妹妹也在学车，还说跟我一般大，一问居然就是你。"

"好了，好了，我就这里下。"彭路赶忙提醒张圆，怕张圆把自己带远了。

张圆慢慢刹住车："离你家还有多远，要不我把你送家门口吧。"

彭路已经从车上下来："不用了，再走三两分钟就到了。"

"那我把车停在路边，我们就在这儿聊几句吧。"张圆很认真地跟彭路说，并将车推到了路边停好。

"行。"彭路知道张圆想聊什么，但又觉得毫无意义。

"彭路，你详细跟我说说元方林的家庭吧。比如，他家里有几口人，各自都做什么工作？"

"我舅舅也是个老师，退休了，妗妗（舅母）没工作，元方林还有个姐姐，一直都在我姐姐厂里工作。"

"那你舅舅以前在什么学校当老师啊？教哪门课？是正式的吗？你妗妗有没有在哪儿打个零工什么的？"

"张圆，你喜欢我哥吗？还有，你确定我哥现在还喜欢你吗？如果你们彼此都有处对象的意愿，我觉得你靠自己的判断去了解他就够了，听别人说没用，尤其是我，因为我是他妹妹。依我看，你停下车来应该和我聊些学校那会儿的事儿，或者聊聊同学也行。因为第一眼就觉得完全不可能的人以后也不会有可能。结婚是一辈子的事儿，总不能因为对方父母做什么工作，条件好不好而决定。你嫁的是那个人，而不是其他。"

"话虽这么说，但我们毕竟都不小了，父母每天都在催，我爸我妈已经给我下死命令了，今年必须找个对象结婚。"

"看来你是在可选择范围内全都已经比较过了。那你爸妈知道我哥这人吗？他们什么意见？"

"我提起过，我爸妈一听身高不到一米七，坚决不同意。我爸妈觉得一米八的和我站在一起才匹配，一米七五的都不行。我爸妈还说得找个有房的。要不以后嫁过去会受罪。"

"那你在这儿跟我聊不是纯粹浪费时间吗？找对象这事儿还真得顺其自然，随缘。"

"呵呵呵……"张圆苦笑，"感觉你一天到晚天真快乐，你有遇到合适的吗？你爸妈有没有追你结婚啊？"

"会问，但没下命令，除了工作，他们什么要求都没有，可能他们觉得是个男的都行。可我自己一心想找个高高大大，有责任心，有担当，有学历，有内涵并且对我很好很好的人。"

"物质方面呢？"张圆问。

"我父母在物质方面没要求，我也觉得别人有没有都是婚前的状态，跟我没关系，可是一想到婚后还会产生下一代，又觉得男方的成长环境、家庭背景以及家庭成员的各方面能力都挺重要。可是现实情况不可能那么完美，更何况人生无常，料不到的事情太多，想复杂了反倒画地为牢，不如回到初心，简简单单，找个自身优秀，真心对自己好的就行。"

张圆沉默了好一阵子，终于直面彭路："你说得对，得找个对自己好的，一旦结了婚，那可是要过一辈子的！"

"这么简单的道理还需要顿悟吗？"彭路对张圆的反应着实有些纳闷。

"好了，彭路，不耽误你回家的时间了，我加你个微信吧，以后我们可以随时在微信上聊天。"

"可以，你回去用我手机号可以直接添加，我会注意接受通过，你路上注意安全。"

张圆一拧油门，很快走远了。

彭路困在原地，竟不知该回哪个家。她不知道小爱有没有给自己做饭，但她很确定回景苑必定没有一张好看的脸。彭路还是想和母亲粉蒲在一起，虽然丽苑离这里还有一段距离。她迈开脚步准备往旧房丽苑走，又想中午不回景苑父亲国庆也许会担心。前进的脚步终于在不知所措中停了下来。彭路蹲下身，从未有过的狼狈和自怜像一盆凉水，从头灌下，她像失去方向的一叶扁舟，在寒风中瑟瑟发抖。

终于，彭路拨通了粉蒲的电话："妈，你在丽苑吗？"

"在，你现在在哪儿？"

"我早上去驾校了，现在在回去的路上。"彭路努力保持语气的平和，却连自己都觉得僵硬。即将回去的地方，隐约是平日里每天都回去的地方，又似乎不是。

"走到哪儿了，要不妈在丽苑等你，中午咱俩出去吃点。"

"好啊，妈，那你等我，我这就过去。"

彭路挂掉电话，一路小跑了起来，跑过了景苑家门口，一路喘息，却感觉得到了暂时的解脱。她迫不及待地奔向有母亲粉蒲在的家，她内心很清楚母亲粉蒲此刻需要她，而她也需要妈妈。

终于跑回了丽苑，彭路在院门上轻敲两声，粉蒲便把门打开了。

粉蒲看着彭路进门，似乎迎来了精神世界唯一的依托。彭路娇小的身形以及对粉蒲的依恋让粉蒲在一瞬间感觉到一种带着缺憾的温暖。"若当初生的是个男孩子，这么大的年纪必定能独当一面，替我顺口气了。"这个遗憾此刻又反复地在粉蒲的潜意识里打转。

彭路跨进门的瞬间，对视到了粉蒲的双眼和面容，又立刻躲开了这一切。

粉蒲的眼睛里，满是风霜雨雪，还暗藏着一种坚定与迷茫。

太过复杂，太难解读，与今日的现状相交融，变成了一张无奈的考卷，彭路措手不及接过来，认真地屏住呼吸，依然无从作答。

"妈，这东西都还堆在圆桌上，还有地上，你也刚过来啊？"

"过来好一会儿了，只是还没有心情收拾。"

话音未落，手机响起，粉蒲接起电话："彭纹，什么事儿？"

"妈，我做好了铁锅炖菜，让安旭去接你过来，吃完饭，睡会儿午觉再回去接着收拾。"彭纹在厨房拎着锅勺，打着电话。

"彭路过来了，我正准备和她出去吃点。"粉蒲有些拿不定主意了。

"已经做好啦，做了一大锅，彭路在，你俩就一起过来。你们稍等几分钟，安旭马上就到了。"

粉蒲挂了电话："走吧，咱俩出去路口等你哥，别让他再进来跑一趟了。"

母女俩锁好了大门，彭路伸手挽起了粉蒲的左臂，她不敢再看粉蒲那副坚定而迷茫的面容，只管随着粉蒲往前走。

手机再一次响起，这一次彭路将手伸进口袋："妈，肯定是我哥快到了。"

拿出手机，却是国庆来电，彭路刚才还有在想，不回去应该和父亲说一声的，只是，还没有来得及，也真的不习惯。

"你爸啊，那你接吧。"粉蒲望着彭路。

"喂，爸。"

"嗯，快回来了吧，我让小爱给你准备饭。"

"爸，中午我和朋友约好了在外面吃，正准备打电话告诉你呢。"

"那行，我知道了。"

彭路还准备说些什么，国庆已经挂掉了电话。

"你爸叫你吃饭呢？"粉蒲惊讶地问。

"他问我是不是快回来了，可以让小爱给我准备饭了。"

"真稀奇，真稀罕哪。居然还知道考虑你吃饭的问题，猴子从石头缝里蹦出来了。那今天晚上你就回去吃饭，好不好吃你都别吭气，吃完你回卧室睡就行了，你试试小爱做的饭他能吃几天。"

彭路默不作声地听着母亲粉蒲唠叨发泄，直到安旭的车停了过来，彭路才赶忙打开车门让母亲粉蒲先坐了上去。

"怎么，彭路，你没回呀？"安旭没料到彭路也在这儿。

"本来我叫彭路过来一起去外面吃点，结果正好彭纹打电话了。"粉蒲没等彭路自己解释，她说话做事都总是抢先一步。

"彭路，哥觉得你要是不回去也和爸说一声，别让爸觉得一下子都走了。"安旭和声和气地劝彭路。

"是他和他那妈横行霸道，不操好心，谁都容不下！他们要像个正常人谁还走，你爸把他那个妈当成了太后，人家妈放个屁都是圣旨，干脆让人家俩过得了。"

"妈，你今后也得注意一下自己说话的方式，本来错主要不在你，别因为说话太直接，一开口就让别人反把矛头指向了你。"

"你奶奶昨天怎么撺你和彭纹走的，你忘啦。这会儿你说我说话直接，你们昨天晚上被那老家伙气得都快憋炸了，当着人家的面你们什么都不敢说，回头说我挺有一套。"

"哎，妈，你知道我不是那意思……"

"行了，行了，好好开车吧。妈这辈子就是没个儿子，所以自打你跟彭纹结婚妈就一直把你当儿子看，指望着你给顶个门。关键时刻你也敢发个飙，说句公道话，你说你啥时候都没个脾气，能行吗！"

"什么事儿都总有解决的办法，再说我压根就不怎么会发脾气，学也学不来。"

粉蒲笑了，好多天她都没有这样发自内心地笑过，女婿安旭的踏实和善良总能在关键时刻感染到她，使她觉得纷杂的事情突然变得简单，可以暂时放下忧愁和烦恼。

彭纹一家三口，加上粉蒲和彭路，五口人围坐在客厅的茶几旁享受美味的铁锅炖菜，彭纹和安旭不停地给粉蒲夹菜，给彭路夹菜，也往儿子碗里夹。

热气腾腾，美味诱人，亲情浓浓，彼此温暖。生活本该就是这般模样，可在粉蒲和国庆的婚姻生活中，却似乎很难很难。

吃过午饭，彭路赶忙收拾碗筷，安旭将锅端去厨房，粉蒲拿着抹布笤帚清理桌子和地面。彭纹这时凑到彭路身边："你别洗，姐自己洗。下午练完车回景苑去，不会做饭就给爸倒杯水也行，你都这么大了，学着担点事情，帮忙解决些问题。"

"下午不练车了，下星期直接考试。"

"那你睡会儿，下午跟妈去丽苑收拾收拾东西。晚上回景苑。听话，别每天云里雾里瞎晃荡。"

"我知道了。"

彭路躺在床上，一块巨石压在胸口，她感觉彭纹把最困难的一线任务交给了她。不过仔细想来，彭纹说得也确有道理，这个责任自己必须担起来。

下午，彭路陪粉蒲来到丽苑旧房子里。露天的院子积满了厚厚的尘土，还有零星几片枯黄的树叶，想必是起风时刮进来的。

粉蒲打开客厅的门，彭路跟着进来，两人同时感觉胸闷气短，粉蒲赶忙捂住口鼻，依次打开窗户，彭路也走进卧室，拉开满是灰尘的旧布窗帘，开窗通风。

"妈，还是住楼上吧，楼上装修过，东西都是现成的，可以直接住，楼下连张床都没有，霉潮味儿这么重，墙皮都快掉光了，没法住。"

"妈想想，当初你姐买了新房之后，妈记得把两张旧床放你姐家地下室了，后来听你姐说给我扔掉了一张。我现在给你哥打个电话，让他这几天找辆车给我拉过来，我那床还好着呢，还能用。"

话说着，电话已打了过去。

"安旭啊，妈现在考虑着还是住楼下方便，厨房也在楼下，这天慢慢儿越来越冷了，万一冬天下个雪上下楼也不方便。妈之前往你们地下室放的床，你有空找辆车给妈拉过来，那床还能用。"

"妈，楼上装修得整整齐齐，干干净净，住着多好，干吗非要住楼下呀？"

"我就是觉得住楼下方便，你帮我搬床就是了，其他的别管了。"粉蒲任性地挂掉了电话。

厨房在院子里，从单独的门进出，彭路找到抹灰布，洗净之后拿到客厅认真地擦起玻璃和窗台。

粉蒲叫住彭路："还没扫地，擦什么玻璃，擦完一扫又沾上灰尘了。"

"好吧，你好好说就是了，我去拿笤帚。"

"你别扫，你扫不干净，你去厨房帮妈接盆水，洒些在地上，要不这水泥地扫起来灰尘扬得厉害。"

彭路转身又进厨房，刚拿起盆，电话又响了，李昊来电。

"喂。"彭路一手接着电话，一手将盆放在了洗碗池里，打开了水龙头。

"在干吗呢？"

"哦，跟我妈打扫屋子呢。"

"我还以为你又练车了呢，正准备叫你晚上吃个饭。我这周正好休息，有时间。"

换作平日，彭路也许会答应，可此刻，这个电话很不合时宜，彭路没有一丝心情。

"不知道我妈待会儿还有没有别的安排，这样吧，去不去我晚饭之前都打个电话告诉你，好吧？"

"行，那你干活吧，别太累了哦。"

"好，我知道了。"

挂掉电话，水已经即将溢出脸盆。彭路小心翼翼端起，端进客厅放在了地上。

"闺女呀，再去拿个盆，少端点，才能一手拿盆，一手洒水，你端那么满，你告诉妈那怎么洒？"

彭路听着粉蒲一遍一遍的唠叨真心有些烦。但还是摁住情绪又去拿了一只盆，按粉蒲说的倒一点水，端起往地上洒。

刚洒了三五下，电话再次响起，田娟来电。

"彭路，晚上出来陪陪我吧，你想吃点什么我先订个地方。"

闺密的电话，彭路从来都没有拒绝过。可这会儿家里乱，心里更乱，出去吃喝良心会不安。

"娟，今天家里有点事情……"

刚说完一句，粉蒲便把彭路手里的盆夺了过去："还是我自己来利索点。"

"哦，没事儿，有事情你就先忙，咱俩改天再约也行。"

"那就先这样啊。"

"好的好的，拜拜。"

三两句话的工夫，粉蒲已经基本将客厅和卧室的地面上洒遍了水。

彭路看着这速度有些发愣，粉蒲又火速发出命令："再接一盆水去。"

彭路迅速将手机塞进口袋，拿起盆跑厨房接水。

这次接得少，关掉水龙头赶紧端过去客厅，走进卧室，准备着从里往外再往地上洒一遍水。

粉蒲像气球漏气似的扯得老长："闺女呀，这地上洒一遍水就够了，这盆水是让你用来抹灰的，妈扫干净了屋子你就可以抹灰了，明白吗！"

"你一句话能说清楚的事情干吗老说半句让我猜啊！"彭路顿觉自己尊严扫地，完全是一个被指挥来指挥去的木偶。

"你压根心就不在肝上，只顾着想晚上和谁去哪儿吃饭呢，我还不知道你啊！"

"是有人叫我出去，但是我压根就没同意，还不是考虑你一个人在这儿干活，我爸一个人在家嘴唇还没好吗。就打扫个屋子，你说清楚需要我干什么，我干就是了，你既不说清楚，又要埋怨，你对我最起码的尊重在哪里？"

"谁家闺女二十大几了，都快三十了还分不清楚抹灰扫地的头尾，你说养活你这么大有什么用，我现在能干得动，我都能干，可你有没有想过以后你过上自己的日子，怎么办？"

"这个世界上就没有因为围着家务转而幸福的女人！"彭路很不屑地将自己内心信奉的真理脱口而出。

说完后连自己都感觉这完全就是在针对粉蒲。

"对，对，对，你说得对，妈也希望你比妈强，不用像妈一样一辈子伺候人，到头还不落好。"

彭路内心稍稍感觉平衡了些，听粉蒲这番话又多了几分内疚，默默拿起抹灰布，在粉蒲刚扫干净的卧室擦起了玻璃。屋子里，一时间只听得见抹灰扫地的声音。

大门咣啷一声被打开，安业直接走进了院子里，彭纹紧随其后。

"妈，我听安旭说你让他搬地下室的旧床呢。"

未见其人，先闻其声，粉蒲停下手中的笤帚望向院子，彭纹已经打开客厅的门走进来。

踏进客厅的瞬间，彭纹用惊讶且疼惜的眼神仔细打量着旧屋的每一个角落，这一切在彭纹眼中既那么熟悉，却又似乎早已远去。当初客厅放两台机器，卧室摆两台电脑，雇用几个工人，加上自己的努力便初步成就了彭纹的创业之梦。如今厂子越办越大，老屋却尘封已久。

知女莫若母，粉蒲一下子看出了彭纹的心思，也随着彭纹的脚步里外打量了一番。

"妈是觉得那床还很结实，还能用，这楼下用新的也不搭调。"

"那就干脆住楼上得了，楼下不如租出去。"彭纹是真觉得这楼下没法住。

"厨房在楼下，难不成我做好了饭再端到楼上去吃啊。我既然要住，就不往出租，我一个人清净点儿。"粉蒲显得很不乐意。

"那你就在楼下吃完收拾完，然后上去看电视睡觉。"

"楼下冬暖夏凉的，我干吗非得上楼上睡呀，还是有张床舒服，你们给我搬过来就是了。"粉蒲显然又不耐烦了。

安旭这时候不声不响地从门外进来。温和的笑容打破了粉蒲和彭纹之间僵持的尴尬。

"你怎么才进来？"粉蒲问。

"停车去了。"安旭的笑脸盯在了彭纹的愁容上。

"没钱的时候住个破房子，有钱了还住个破房子，一辈子也不知道图了个啥，五十多了还想不通。"彭纹看着安旭说。

安旭认真思索着彭纹的话，笑容随之变成了深思。

"我一个月就那数得着的死工资，你爸又没给过我一分钱，我能有钱吗？"粉蒲很较真地质问起彭纹来。

"得得得得得，有没有我爸你都把这几句话挂嘴上，听多了能不烦呀。"

"你不愿意听我也没非让你听啊，你非要说我有钱，谁有钱不会花。"此刻的粉蒲又显得特委屈。

彭纹一时又无法与之沟通下去。

"你俩都先别说了，想住楼下咱就想住楼下的办法，要住就好好住，要我看，就把楼下再做个装修，这样住起来至少干净舒适。"

"这独家院的房子装修起来，需要改动的地方太多了，可不是一两句话那么简单。三五万都不一定能搞定，再说了，我也不想费那心力了。"

"妈，你只要同意装修，一切就都交给我们好了，钱我们来出。"

彭纹看安旭的眼神顷刻间放光，一脸愁容烟消云散。

彭路手中的抹布停了下来，眼眶差点溢出暖流，内心满满的感动和感激。彭路想，父母能有安旭哥这样的女婿，应该比有个亲儿子还知足，难道他们自己体会不到吗？

这一刻粉蒲的心也柔软了许多，泪花闪烁，异常平和而知足地指着电线、水管、墙皮说："当时办厂子用的是三相电，后来也没改，水管需要通到客厅或者卧室来才比较方便，否则冬天洗个手还得跑出去，院子里楼梯下的卫生间淋浴也坏掉了，还有这墙皮都鼓起来了，得掀下来再抹一遍水泥。还有窗框，以前这种木头的漏风，都得换。真要弄，是会很麻烦的。"

"麻烦不要怕，你既然决定要长期在这儿住，那就想办法改好，以后别再凑合。"安旭果断地说。

"行了，那既然决定装修，楼下就暂且别收拾了，安旭明天找个懂装修的，妈你想好怎么改，然后一起碰个头做个大概的预算，开始干就是了。"彭纹的一头乱麻顿时峰回路转。

"行！"安旭的脸上又挂起了笑容。

"就这么说定了啊，妈，走，今天晚上你重回我那边住。"安旭很是轻松愉快。

"不了，我今天晚上就住这儿了。你找来装修工人我也得看着他们弄好，你们又顾不上看。"

"安业呢？光顾着说话了，怎么就没注意他去哪儿了？"彭纹问安旭。

"我怎么知道，跟你一起先下的车，要不我出去喊喊看。"

"刚才晃了一眼，是不是上楼上去了。"粉蒲提醒彭纹。

"楼上连电视都不能看，他上去能坐得住？"彭纹认为安业一定是去找邻居家同学玩儿了。

安旭站在院子里喊："安业！安业！"

无人应答，赶忙出去找。

彭路飞奔上二楼，打开门，安业正躺在沙发上拿着粉蒲的手机斗志昂扬，激动万分地玩手机游戏。

"你爸叫你几遍了，你听见没有！"彭路训斥安业。

"知道了，这局就快完了。下去别告诉我妈我在玩手机啊。"双手依然抱着手机没有停下的意思。

"你快点吧！"彭路很是生气。

"姐，安业在楼上呢，告诉安旭哥别找了。"彭路从楼上往下喊。

安业噌的一下跑出来："下来了，下来了！"同时不忘给彭路一个会意的眼神，意思是保密。

彭纹和安旭带着安业走了，剩下粉蒲和彭路。

冲洗了抹布，彭路端着盆到厨房换水："妈，能够得着的地方基本上都擦过了，我出去买个擦玻璃神器，回来接着擦。"

"别买，你擦不了我擦，我能够得着。"粉蒲斩钉截铁，恨不得每个字都用上感叹号。

彭路知道辩解无效，哪怕是直接买回来都会被要求退回去，也就保持沉默，不多做无用功了。

"你姐来之前我听见有人给你打电话了，有人约你，你就去吧，该干啥干啥，打扫屋子妈一个人就能行，关键是要你也没多大用。"

"好吧，那你晚上想吃点什么，我现在去给你买点。"

"还早呢，不觉得饿，饿了我自己去附近小卖部买个方便面。别操心我，你走吧。"

彭路终究是出来了，平静地走了十多米，大脑便飞速地搜索回景苑的一路上可能经过的饭店以及有啥香软易嚼的食物。脚步也随着心境奔走起来。

顺路看了几家饭店的菜单，都没有很特别的，眼看就要到家了，彭路又返回其中一家餐馆打包了一份馄饨，心想着如果父亲国庆能将其吃完也是不错的。

担心馄饨凉掉，彭路一路飞奔。终于乘上电梯，彭路开始深呼吸，使得自己逐渐平静。

拿出钥匙的那一刻，屏住了呼吸，却依然底气不足。

打开门的瞬间，家里出奇安静。沙发上没人，电视也闲着，脱掉鞋，静静地往里走，卧室门敞着，厨房里空锅冷灶。

一时间彭路感觉有些奇怪，犹豫了片刻还是拨通了国庆的电话。

国庆一声"喂！"

彭路很谨慎地问："爸，你在哪儿呢，我给你买了馄饨，回来家里却没人。"

"哦，我在外面有点事情，一会儿回。你奶奶也不在家吗？"

"嗯，都不在。"

"行，我知道了，不用等我。"

"可是馄饨……"

电话那头已经传来"嘟……嘟……"声。

彭路失望地望着被挂断的手机，心里空落落的。坐在餐凳上无聊地打开微信未读消息：

"不能光干活不吃饭啊，快到饭点儿了，出来吃饭吧！"五分钟之前李昊发来的。

彭路这次并没有忘，只是没有来得及主动打电话而已。

"好的，二十分钟后，丽苑路口见。"彭路回复。

彭路提起馄饨，选走经过丽苑的小路。

粉蒲诧异："跟谁吃饭呢，这么快就回来了？"

"没有，先给你买了，这才准备去呢，已经不烫了，你赶紧吃，别凉了。"

"馄饨啊，正想喝口汤呢，行，你去吧。妈晚上吃了这个就行。"

彭路一脚刚踏出门，随即听见粉蒲接起了彭纹的电话："彭路给我买了碗馄饨，你们别操心了！"

热气腾腾的鸳鸯火锅，彭路希望自己能够专注于此刻生动的美食，藏起头顶的大乌云。

李昊透过升腾的白汽郑重其事地对彭路说："我们也认识一段时间了，

不知你的父母对我们的关系是否认可，我想我应该找个时间去见见他们。"

彭路藏在身后的乌云像即将要露馅儿似的尴尬，好在彭路很理性地回应了李昊的问题："我们仅仅是认识了很短的一段时间而已，加上第一次见面，我们这才见第二回，我们彼此还不够了解，父母又怎么能轻易表态呢？"

"那你认为怎样才算了解，或者，你还需要了解些什么，我们现在面对面坐在这儿，你想了解的，尽管问吧。"

"如果没有中间的火锅，你说话的语气无疑就是一名正在工作的警察，而我感觉自己更像是被你审问的嫌疑犯。"

李昊对彭路的这番话很是诧异，笑着摇头掠过一丝无奈："怎么说呢，你们女孩子都挺敏感，换句话说叫神经质。"

说着，捞给彭路熟透了的羊肉片："我对你可比对嫌疑犯好太多了。"

勺子放下，李昊接着说："其实了解一个人的品性，通过一两次认真的谈话，足够了。谈话的过程中，谈吐举止以及眼神的交流都能够传递出一个人本质上的很多信息，通过这些信息足以判断一个人的内在品性。比如你，通过第一次的沟通，我已经了解到你是个相对单纯，敏感细腻，传统保守而且又热爱生活的女孩。消费方面，你现在不是很有节制，不过也算正常，反正结婚以后，百分之八九十的钱都一定会花在孩子身上。"

良好的素养使彭路没有直接打断和反驳李昊的观点，她将自己内心的极度不适和本能的排斥都化作高傲而不屑的微笑。

这个微笑，反倒使李昊有一种成功说服的快感。李昊借着得意豪爽地吞下两大口食物。

"这家火锅味道真不错！"李昊抽出两张纸巾。

彭路依旧微笑："吃好了的话，我们就撤吧。"

"行，早回早睡，明天又要打起精神上班了。"

彭路起身结账，李昊不紧不慢提起椅背上的外套。

"服务员，结账。"李昊终于穿好了衣服，一手掏着钱包。

"门口那位女士已经结过了。"服务员礼貌地回应。

李昊走出门口："打个车送你回家吧。"

"不用，刚吃过饭，就当散步了。我陪你拦辆车，然后你早点回去，我家近，没必要。"

"拦辆车先送你回家，再送我回家不是更好吗？"李昊不解地问。

"也是哦！有道理。"彭路一时间因为感觉上的相斥头脑都短路了。

进了家门，国庆的鞋，白韵莲的鞋，还有一双，应该就是小爱的了，三双鞋歪歪扭扭躺在鞋柜边。

彭路拿起国庆的鞋放进了鞋柜，又将白韵莲和小爱的鞋踢放整齐。

小爱陪白韵莲在卫生间洗脚，一个坐在小板凳上弯腰捏腿脚，一个坐在高凳上享受被按摩的舒爽。

彭路轻敲国庆的卧室门，想对父亲国庆说声她回来了，里面却没有吱声。

彭路轻推开门，看见父亲国庆正在窗边对着手机通话，看她进来，国庆眼神紧张恍惚。彭路意识到打扰了父亲国庆，又赶忙将门轻轻关上。

彭路走进厨房，灶台上放着半锅没有吃完的米淇，还有已经干掉的、做饭时溅出的米粒。洗碗池里的碗还没有洗，不过只有两只碗和两双筷子。

国庆匆忙挂掉电话："彭路，晚饭吃过了没有，在哪儿吃的？"

"哦，爸，刚才回来你不在，正好李昊约了今天晚上一起吃饭，我就去了。"

"这也认识一段时间了，几乎没听你主动提起过，爸也不好多问，给我的感觉是不温不火，没有年轻人谈恋爱的热情。"

说到彭路心坎处，被理解的彭路给国庆投过去一个感激的眼神。

"我分析主要原因很大程度在你，你一开始已经在无关紧要的方面对人家产生了偏见。谁也不傻，人家必定也不敢太上心。你说是不是这么回事？"总是很武断的国庆这才抬起眼神观察了一眼彭路的脸色。

彭路无奈且沉默，因为话不投机，百口莫辩。

国庆很快意识到了自己的交流方式欠妥，马上峰回路转："当然了，爸也只是从家长的角度提出一些自己的观点和建议。相亲本身就是一个相互了解的机会和相互选择的过程，毕竟终身大事，来不得半点勉强。"

彭路听国庆这样说，心情稍微好些。

"不过切记，无论和谁相处，都不花人家的钱，第一次见面吃饭男方付钱显得绅士，你礼貌相让就好，但如果有第二次第三次，咱宁可多付钱，也决不占便宜。这样才能体现出咱作为女孩子的自尊自爱。若相处之后感觉不合适，也干脆利落，咱谁都不欠。"

"这是当然，今天和李昊吃饭就是我付的钱，人家看起来也是理所当然的样子。用理性的态度相处没有错，但我从第一次见面的细节就能明显感受到他难以接受正常的消费理念。"

"你是如何判断的，讲给爸听。"国庆终于沉下姿态和彭路进入了深层沟通。

"第一次见面因为人家突然要加会儿班，单位附近除了吉康超市之外没有地方可以去，进去顺便往家里买了些东西然后存放在超市，吃完饭后他帮忙往出租车上放的时候，还多开了句玩笑'你干脆把超市搬回家得了'。"

"第一次见面他就这样说吗？呵呵呵！"国庆出乎意料的同时也为李昊的这句话感到好笑。

"这一次吃饭人家聊得更直接，跟警察断案似的，说我在消费方面不是很节制。并且补充一句'不过结婚之后百分之八九十的钱肯定都花在孩子身上'。"

彭路朝父亲国庆的眼神望去，她在等待父亲听完这番话的态度。

"目的性太强，自我自私，完全不会为对方考虑，结了婚只会更计较。"国庆的脸色认真严肃起来，"所以说相亲就是一个了解和选择的过程，不要轻易许诺，更不要轻易拒绝。能成了是缘分，成不了也很正常，咱这小县城，抬头不见低头见，合不合适都平常心对待，给别人留有余地，也是给自己留有余地。"

"嗯，我知道了。"国庆的话，终于使彭路在这件事情上舒展很多。

"爸，那你今天下午去哪儿了？你晚饭吃的什么呀？"彭路希望能将这次成功的沟通继续下去。

国庆从沙发上起身："我下午有点事情。"接着用目光提醒彭路去看墙上的钟表，"你洗漱洗漱也就到休息的时间了。"

说罢，国庆回到自己卧室戴上眼镜，翻看公文包。

沟通戛然而止，十分钟前，白韵莲和小爱刚去睡。钟表的时间不过才八点五十。

彭路失落地起身，准备洗漱。

安业睡了，彭纹守在安旭身边，两人一起商量着丽苑的房子该如何装修，是承包出去省心，还是一项一项找工人划算。彭纹建议安旭打电话给几个懂装修的朋友咨询报价，也好比较一番。安旭翻着通信录询问了几个朋友，承包出去的价格基本都在三万块左右。两人商量后决定，还是承包出去省心，粉蒲住在丽苑，每天也能盯着进度和材料。

　　可即便承包出去也没有想象中简单。最快也要等到半个月以后开工，原因是工人紧缺。本地干木工活的几乎没有年轻人，都是五十出头的老人，近几天的工期都已排满。

　　彭纹考虑了再三，和安旭说："半个月时间虽长了些，但既然决定了要干，就先跟人家工头定下来吧，让他得空过去看下房子。门窗发货慢，尺寸量好先定上，还有地板砖、水泥、油漆、管线需要备多少，得列个详细的清单，然后明确了价格和责任，就可以签合同了。"

　　"能行，那我这就跟我朋友说，让他这两三天尽快跟工头约个时间过去看看房子。"

　　彭路独自躺在大床上，她想念起母亲粉蒲来。母亲粉蒲这一生，干净利落，勤俭持家，连个麻将都没碰过。天生丽质，却从无二心，一退休就把所有的精力和时间都花在家人和家务上。这不就是传统意义上的贤妻良母，很多男人理想中的好女人吗？可母亲粉蒲为何总是凄楚，少有幸福呢？这一辈子如此的付出值得吗？

　　而父亲国庆，年轻时每天抽烟喝酒，还好这些年全都彻底戒掉了。父亲国庆本性是一个铮铮铁骨、说到做到的汉子。工作上有勇谋能力强，讲作风有原则，生活上懂情趣、有品位，能唱歌、能吹笛，会游泳、会打球。彭路想到自己从小到大，多数同学的家长都说不好普通话，而父亲国庆适应新思想新潮流的能力丝毫不比年轻人差。国庆一直都是让彭路仰慕和崇拜的父亲，可这样一个如此优秀的男人，为何经营不好自己的婚姻和亲情呢？

　　彭路试问起自己的内心，倘若身边出现一个与父亲国庆相似的男人，自己有没有勇气去选择。

　　首先想到的是不会，因为彭路没有办法接受一个男人在共同生活里的专制，亦不能接受一个男人的愚孝以及过分的大男子主义。

　　倘若将来的老公不会做饭，也从不拖地，天哪，那他拿什么来证明他爱我。倘若所有的家务都由我一个人来做，呵呵，怎么可能，姑奶奶才不伺候祖宗。不过，如果将来的他是个干大事业的大忙人就另当别论，那我也甘愿小鸟依人，撑起家中一片天，反正家务就是天底下最不需要智商的事情。

　　转个身，心想不对，干大事业的人会挣大把的钱，找个保姆就行了，更不需要自己老婆做家务了。

还是不对，再转过身来，这个小县城里，二三十岁的男人考个铁饭碗的工作，就是万花丛中一点绿了，哪有什么一步登天的人啊，就是有，也压根不会跟自己有任何关系。还是脚踏现实吧，否则白白浪费脑细胞。

彭路辗转反侧，接着思考：假若真的遇到一个像父亲国庆一样的人，自己也不会像母亲粉蒲，也许相处的模式会是另一番模样吧。自己会仰望着那个铁骨铮铮、一身正气的男人撒娇，会陪着他看风景，倾听他的内心，会将生活的点滴作成浪漫诗句将他融化……

想到这里，彭路突然明白，其实国庆和粉蒲之间最最不可调和的是三观。只是作为女儿，无论父母何种方式的爱都已深入骨髓，都是一样的亲情。

"刚刚我爸妈又在逼我找对象了。"微信消息，来自张圆。

接着又是一条："差点大吵一架，你说照城就这么大，按照他们的要求上哪儿去找。我也着急，关键是找不上啊，找不上啊，找不上！"外加一个表情"火大！"。

彭路回复："别跟父母顶撞，他们是拿你当宝贝，才要求高的。我爸妈除了工作就要求是个男的，好像我是捡来的一样。"

"咱俩情况不一样的，我家有弟弟，所以我爸妈得让我找个有房的才能安心，要不然婚后靠死工资贷款买房，还要养活孩子，那日子怎么过。我爸妈也没有稳定工作，老了还要指望我呢。"

"有道理，你是个有责任心的好女儿。我还没有想过这么多。"

"你哥刚才又给我打电话了，我一开始没接，可他一直打，只好接了。他太执着，我都不知道该说啥。"

"我觉得你俩待在地球估计都找不着对象，要不结伴到月球去看看？"

"哈哈哈哈，没发现你还挺幽默吗！"

"温馨提示：你若选择我哥，欢迎并祝福，定下来之后通知我即可。你若觉得不合适，正常，我理解。我们作为老校友，有很多的话题可以聊，做个纯粹的同学和朋友，可好？"

"刚刚还挺可爱，立刻又一本正经起来。行吧，我知道你自己也烦着呢，一边是哥哥，一边是同学，不想搅和进来，不过我跟你哥也不会有啥，就是跟你说说，没啥哈。"

"没啥最好，他找你也不太合适。"

"无奈""尴尬""火大"，好多个表情并列着。张圆真不知道这样的聊天如何继续才好。

"虽然天冷，不过还是建议你喝碗绿豆汤下下火。然后，晚安哦！"彭路终于放下了手机，呼吸顺畅，发泄的感觉好爽。

这个晚上，粉蒲一人住在丽苑的二楼，脑海里一半是从前生活在这里的片段，一半是此刻现状的孤苦。

多年前，全家人都住这里，粉蒲还没有退休，每天下班一到家便忙着做饭，而国庆一回家则直奔二楼，打开 DVD，装上光盘，拿起话筒陶醉在歌声里。饭好了，粉蒲就站在院子里叫国庆，喊多大声国庆都听不见，粉蒲还得跑楼上去叫。

那些年因为彭纹干起了厂子，粉蒲和国庆两人工资也大幅上调，家里经济慢慢有了起色。再后来彭路上了大学，粉蒲、国庆开始期待每个周五的晚上亲家把小孙子安业送来。粉蒲做饭的时候，国庆会陪着安业玩儿，有时也教安业唱歌。国庆说，孙子安业给他带来了欢乐。

一晃孙子安业长大了，二女儿彭路也到了成家的年龄，粉蒲的婚姻似乎在将就和坎坷中又回到了原点。眼看国庆已是往六十数的人了，心思还是不能踏实地放在四口之家上。当初年轻时，若能听老父亲的话，不与国庆结婚，那么这辈子，哪怕一直都生活在农村，日子也定和大多数家庭一样，至少平静正常……

夜已深，月光陪伴着无奈与哀伤的三个女人。

一早，国庆起床喝了一碗小爱做的拌汤，味儿还行，但口感真不那么习惯。

彭路自己盛了一碗，坐在餐桌旁陪着父亲国庆一起吃。

"吃完去上班吧。"国庆对彭路说。

"嗯。"

一碗饭的时间，两人就这一句对话。

饭后，国庆回自己卧室关上门准备去银行需要的证件。

彭路背起包走在去单位的路上。从没娘在的房子里走出来，彭路感觉自己心神不宁，时不时地检查自己衣领有没有翻出来，手机和钥匙有没有落下，再看看时间，确定一下今天是周一，走到单位还来得及。

国庆收拾好证件，跟单位请了假，拿起公文包也出了门。这次打车走，想着早一点去中行，尽量不排队。这周一的大早上，叶果怎么也该先去单位一趟吧，早点过去也省得见了面麻烦。

很快，中行到了，国庆付钱下车迈向中行大门，刚准备伸手推门，一只手抢先抓住手柄将门推开。

"叔，我老远就看到您了，您先进。"叶果推门的架势，让门口的保安看起来，就是一个特小号版的保镖。

国庆差点以为，叶果会隐身术，突然在他身后现身了。

"叔，上周不是办完了吗？今天需要办什么？"

"哦，今天简单，你去忙，不用耽误工作。"国庆讲话简明扼要，表达明确。

习惯见风使舵的叶果自然能明白国庆的意思。识趣地待在一旁等待自己的客户，两只小眼不停地在那扁平的小脸上放光打转，国庆取钱的整个过程，叶果可是和银行柜台一样清楚。

包好钱，国庆提着现金袋不回头，不打招呼直接走人。叶果像瞬间离弦的箭冲到门口，帮国庆打开玻璃门。

"叔，您慢点走，我有客户要过来，就不送您了。"

"好，你先忙！"国庆抬手致谢，示意留步。

叶果合上门又回到了等待客户的地方，开始琢磨国庆取那么多现金究竟会有什么大动静。

返回家中，国庆将刚刚落笔的离婚协议又重新斟酌一番，然后小心地放进了公文包。他想，按照昨天见到的那位从事过法律工作的熟人提供的几点建议，以及参考了几个相似家庭的协议内容之后，他写的这份，应该也算是合情合理的。

这个中午，加班之后的彭路躺在办公室沙发上很快睡着了。

"国庆和粉蒲不知什么原因又在吵架，粉蒲一气之下离家出走，彭路跑遍了很多地方去找粉蒲，筋疲力尽的时候，在一间陌生且简陋的小屋发现粉蒲躺在床上，彭路喊'妈妈'，粉蒲没有动，彭路摇动粉蒲，粉蒲依然没有动，彭路紧张害怕起来，将手指放于粉蒲鼻子下，粉蒲已经没有了呼吸。彭路瞬间崩溃，哭成了泪人：'妈！妈！你醒醒，你还没有看到我结婚生子，我还没有让你放心，我还没有为你尽过孝，我不能接受你离开……'"

顿子轻推了彭路两下，彭路睁开眼后依旧在极度悲痛中流泪。

"路，你做什么梦了，哭得这么伤心？"顿子问。

彭路听顿子问到梦，下意识地看看办公室的一切，想起刚才还在加班，逐步确定自己刚从梦中醒来。可是心跳依旧超快，想着母亲粉蒲现在一个人待在丽苑。彭路慌忙颤抖地拿起手机，拨通了母亲粉蒲的电话，每一秒的嘟嘟声，都让彭路愈发紧张。

"喂，彭路，打电话有事吗？"正在收拾床单被套的粉蒲接起电话。

听到了母亲粉蒲的声音，彭路断断续续将一口长气出完，心情一下子平稳了好多，可身体还没有办法很快放松。

"没事，妈，我就想问问你现在在做什么。"

"我在重新整理拿过来的包袱，整理好的就放回柜子里。你中午在家吃的什么饭啊？"

"哦，中午加班，和同事一起，在饭店吃的，没回家。"

"这样啊，不想回景苑的话妈晚上给你做饭吃，早上妈刚出去买了些米面。"

"不是的，妈，中午就是因为……因为工作。"

"好了好了，也快到上班时间了，你别操心妈，好好上班。"

"嗯，知道了！"

下午下班后，彭路先回了丽苑。打开院门，轻喊一声"妈"，无人应答。从楼下的窗户望进屋里，只有灰暗和空洞。彭路飞奔上二楼，慌忙开门，茶几上、沙发上处处是破布旧衣，粉蒲站在高木凳上，蓬头垢面，衣衫褴褛，正往顶柜里塞打包好的包袱。

粉蒲看到彭路，眼睛里突然有了神采："妈基本上收拾完了，剩下的那些不留了。"

"太好了，妈，扔掉以后，家里的柜子也会变轻松很多，我帮你。"说着，彭路将茶几上的衣布卷成一团抱起。

"放下，不是让扔的，谁让你扔了。"粉蒲急得从高凳上下来，把彭路抱在怀里的破衣烂布重新放回了茶几上。

"妈，你要这些东西还有什么用，怪占地方。"

"这些衣服虽然没人穿了，但我都洗得特别干净，你看，这块儿格子布是我跟你爸结婚的时候我爸爸买给我的，样式是有些过时，但质量没得说，现在要买这种质量的布料，价格可要比那时候贵很多倍。我计划着把纯棉的浅色布料做成一块儿一块儿的尿布，以后你生了孩子可以用。布块大的可以拼起来做两床褥套，反正褥子上还会铺床单，不美观也不要紧。特别小的可以直接当抹布用，布料不好的、零碎的，可以剪成条做拖布，专门用来拖院子。过日子啊，就是得这样计划着，一辈子长着呢，该省的不省，就是铺张浪费。"

"天底下人都像你这样省，那真要坑死生意人，超市里的东西都不知道该卖给谁了。勤俭节约本是优良传统，但你别时时处处都把生活的重心放在节省上，别一边省，一边负累，东西是省下了，可时间浪费了，还有你的体力消耗、健康成本，这些问题你从来都不考虑，怎么就绕不过这个弯儿呢？"彭路真的希望自己能在某个时刻点醒粉蒲，使粉蒲做个有正常生活理念，懂得善待自己的人。

"那我闲坐着不更是浪费时间吗，什么都花钱省劲儿，我怎么把你和你姐养大，不会干活倒挺会说，跟你爸一样。"说着，还不忘给彭路一个白眼。

彭路沉默。

"行了，妈下楼去做饭。吃完你早点回，天黑了你回去太迟我也不放心。"

彭路先一步下了楼。

吃过晚饭，彭路走在暮色里，独自回家。电梯在五楼打开，家门口放着一双瘦版的男士皮鞋，显然不是国庆的，家里还会有谁呢？

打开门，茶几上放着一小袋水果，沙发上坐着国庆和叶果。

"彭路回来啦！"叶果热情得像是这个家的主人。

"嗯！"彭路很反感地吱了一声，压根就没张嘴巴，更没有一丝友好的笑脸。

国庆太了解自己的女儿彭路，总是情绪脸，常常使家人很没面子。

"小叶，又在外面吃的饭吧，我叔正想着你怎么还没回来，这就回来了。"叶果依旧笑容满面，不减热情。

彭路一听这话，加速走进了卧室并关上了门，心想："这人真是内心强大脸皮厚，还'我叔想着你没回来'，你叔再厉害他也是我爸，诚心本末倒置，总在我爸面前装出一腔赤诚，明显打探内情来了，以往除了过年，也没见来过。"

彭路趴在床上一边翻着手机一边思索，一定是白韵莲泄的密，活到老了都唯恐天下不乱。仔细一想好像也不一定，白韵莲这人跟谁都不亲，她很清楚国忠一家对她什么态度，内心精明得很，她不会把国庆和粉蒲分居的事主动说出去让人家一家人对她评头论足。

难道是父亲国庆自己告诉叶果的吗？他那么要面子的人，铁定是不会的。还是冷静下来，听听他俩在外面聊些什么吧。

"今年啊，我们单位条件好的越挣越多，像我这样没啥钱的也起色不大，股市向好，有本钱的投得多，赚得也多，没本钱的就只能小打小闹，看着别人挣干着急。"

叶果的声音忽小忽无，要不是白韵莲和小爱已经睡了，彭路很难听得清楚。

"你们年轻人头脑转得快，能随机应变，我都往六十数的人了，不行了不行了，这辈子我从来都不碰任何高风险的玩意儿，玩不起，更输不起。不光是不会买，听人介绍都觉得多余，别人挣再多我也不心动，不往那条路上想。"国庆把话讲得干脆利索，态度坚定明了。

彭路心想：父亲国庆最让人佩服的，莫过于他身上自带的强大气场以及他从不含糊的做人方式。

"叔，你这年龄段的人一听都这态度，我爸他不怎么会表达，但想法和你的一样，我完全能理解。只不过我干的就这工作，跟你坐下来也就随便聊聊。既然你不感兴趣，那我记住以后不聊这个话题。"

国庆不作声，一个哈欠打上来，努力地眨了几下眼睛。

"叔，你困了，早睡是个好的生活习惯，我再聊下去，就影响你休息了，我先回。"

"平时睡得也不早，今天中午没休息好，现在不到时间就困了。"

叶果起身，换好了鞋，进电梯前依旧不忘说长辈最喜欢听的话："叔，奶奶睡着了，我就不打扰她了，平日里你们需要我做什么，随时给我打电话，我随叫随到。"

国庆只是目送叶果进电梯，没有语言的回应，目光却瞬间变得柔和。不管叶果出于什么样的目的，这话都暖到了国庆的心。

国庆对叶果的拒绝，让彭路稍稍把心放下。可进家门之前，叶果和国庆聊了些什么，彭路却不得而知。但粉蒲不在家，这是个事实，彭路断定叶果回去后必定会和他心机多端的妈幸灾乐祸，说三道四。

想到这儿，彭路倍觉无力，只能以错不在自己来自我慰藉。

国庆关灯躺下，合上眼却无法安下心，内心的怒火在漆黑的夜里燃烧得愈发猛烈，国庆的内心在挣扎中思索着：余生还有二三十年的光景，是时候按照自己的心愿安排自己的晚年生活了。丽苑的房子留给粉蒲，粉蒲从不舍得花钱，靠退休金足以维持生活。两个女儿都大了，无须自己太多牵挂。好聚好散，无声无息地把婚离了，周围人也不至于很快知道。三四年后，自己也就退休了，可以带着自由与尊严正式开启一段美好的生活。或早或晚，相信最终孩子们能够理解自己的决定，倘若不被理解，也不强求，人世间就这一遭，自己对自己负责最重要……

叶果一路哼着小曲，开着车，两只小眼睛贼溜溜地转，突然把车停靠在了路边。想了想，还是拿起手机，拨通了自家妈曾花英的电话。

"喂，儿子，妈正准备睡呢，有事儿吗？"曾花英正趴在床上享受着丈夫叶国忠的按摩。

"妈，有件事儿我想单独和你说一声，我爸在你旁边吗？"

"你爸正给我按摩着呢，今儿打了一天麻将，颈椎腰椎都难受。"

"那，妈，我微信上跟你说吧。"叶果立即挂掉了电话。

"妈，我叔要离婚了，应该是真的，昨天在银行见他提现了好多钱，刚刚去他家，我婶婶也不在。"叶果迫切地将文字发送出去。他一点都不担心父亲国忠看到，因为国忠从来都不用微信，拿着最便宜的老年机，连短信都不会看。

曾花英刚看完其中半句，噌的爬起来："行了，不按了，不按了，我得加件衣服再出去活动活动，你把我昨天换下来的秋衣秋裤洗了，等我回来一起睡。"

"行吧，你穿厚点，当心着凉。"说着，国忠将厚外套披在了花英身上。

走出屋子，叶二爷儿子叶明家的灯还亮着。可爱的星光洒进老叶家的四合院，曾花英只管握紧手机，低头往外走。

叶明老婆月花听到院子里有动静，悄悄拨开窗帘窥视："这曾花英成天到晚能得跟颗豆似的，这么晚了，又要出去，鬼里鬼祟的。外面那么冷，这国忠哥又披星戴月洗衣裳呢，真是可怜。"

"行了，咱过咱的，人家过人家的，一起在这院子里多少年，曾花英什么德行，谁家心里不清楚啊，不过现在这院里就剩她和我们两家了，你没事儿最好别老窥视她。首先她不是什么好人，其次，你也别给自己找事儿。"

走出大院一段距离，曾花英拿起手机给儿子叶果拨了过去，激动之余，不禁打了个寒战。

"喂，妈，怎么打过来了呢？"

"我一个人出来了，你详细跟我说说具体情况。"

"妈，刚才我在我叔家里，他亲口告诉我日子过不下去，决定不再将就了，而且昨天我亲眼看见我叔去银行提取现金。今天晚上，我婶婶也不在家，看样子是正式分居了。"

"你叔真这么说？他还说什么了？"

"还说彭路也大了，一半年之内成个家，也就都安置妥当了，他该有自己的生活了。"

"那你叔有没有提到财产怎么分割？"

"这个没说。"

"你现在在哪儿？"

"开着车在马路边靠着，这不正准备回家呢。"

"那你先回吧，路上注意安全。"

花英挂掉了电话，拨通了自己哥哥兆英的电话。

"哥，你帮我介绍一个免费的或者便宜些的离婚律师呗。"

"六十多的人了，胡闹个啥呀，遇到什么事儿了，你跟哥说说，哥帮你想办法。"

"不是的，哥，是国忠他弟国庆要离婚，这不是托我跟你说一声想让你帮个忙吗。"

"哦，是他要离啊，国庆跟他弟之间不是从不联系吗？怎么这会儿想起找你帮忙来了。"

"是啊，也不是多大事儿，既然说出来了，也不好意思不管不是。"

"那好，我先跟律师沟通一下，一会儿把律师联系方式发你手机上。你让国庆本人亲自和律师沟通。"

"还是哥好！"

花英挂掉电话，攥紧了外套往回走，推开院门的时候，丈夫国忠正将洗好的秋衣往绳上搭。

"回来啦，你看满天星宿，明天又是个好天气。"国忠边搭衣服边对花英讲。

"再好你也够不着，冷死我了，搭完赶紧回来睡。"曾花英在叶国忠面前，永远都是个不折不扣的女王。

国忠仰头望向夜空："我说明天是个好天气，你偏要说我够不着星星，这本来就不是一回事儿嘛。"国忠自言自语，弯下身接着洗秋裤。

夜深人静，身边的国忠睡得深沉。花英辗转反侧，想着如何才能让国庆将离婚事件起诉到法院，将事情搞大，使之夫妻关系彻底决裂。粉蒲这女人既然招入了上门女婿，又生不出儿子，过日子还嘴不饶人，落得个这般下场真是活该。回头国庆还欠我个恩情，叶家就我叶果这么一个男儿，国庆自当全力相助。

吱吱两声，微信消息发来，花英匆忙打开微信："牙律师，手机138××××6868。明早可以直接联系，收费减半。"

曾花英开心地回复："收到，谢谢哥。"

高冷的月光照进叶家小院，照进千家万户，照透了人世间苦乐哀愁。

黎明的天刚蒙蒙亮，国庆终于被满脑子的愁绪压得疲惫不堪，轻轻地睡着了。

国忠起床倒完了便壶，开始准备早餐。

花英洗漱完毕，披上了厚外套，坐在床前思索了片刻，又往院外走去。

"饭马上就好，用不用给你盛上？"国忠望着往外走的花英问。

花英似乎没听见，径直走出了院门，她拨通了儿子叶果的电话，彩铃响了好一阵子。

"这么早谁的电话呀？"叶果老婆彩霞迷迷糊糊问叶果。

叶果睁开惺忪的睡眼，摸到手机，拿起一看，立刻接起："喂，妈……"接着悄悄起身走进了卫生间。

"听到我电话你才醒吧，就知道你们天天睡懒觉，你现在给我发过来你叔的手机号，发微信上。"

"妈，你要给我叔打电话呀，你准备跟他说什么。"

"你别管了，电话发给我就是了，迅速一点。"

"哦，好的好的，妈你稍等。"

不到二十秒，花英收到了儿子叶果发来的手机号码，直接拨了出去。

刚睡着不久的国庆又被惊醒，他最讨厌休息时被打扰，一看陌生号码，直接挂掉。

胳膊刚伸进被子，手机重新响起。国庆无奈地眨了眨眼睛，努力让自己清醒，再次拿起手机，仔细地看了两遍来电号码，实在没有印象。

来电很执着，国庆稳妥接起，用不带一丝睡意的声音讲话："喂，你好！"

"国庆啊，自家人，不用这么客套，我是花英。"

"哦……"国庆很是惊讶，太多年没有联系，"嫂子"这个称呼已然生疏了。

"国庆啊，妈最近身体还好吗？"

"挺好，一直都挺好。"

花英能想起老母亲，无论为了什么这都是好事，国庆心想。

"那我就放心了。不过，你的事情，昨晚叶果顺口提了一句，看得出来，叶果很难过。我也替你揪心，昨晚为你这事儿考虑了一宿，这一大早醒来，还是惦记着亲自给你打个电话。平日里，我们都各自忙着自己的生活，可遇到事儿的时候，我们毕竟是一家人。"

这番话，那么轻易地暖到了国庆的心，自己的老婆孩子，似乎从来都没有这样主动、温暖地和自己沟通过。国庆没有说话，只是听着。

"粉蒲这人，口无遮拦，还习惯翻旧账，我就担心你《婚姻法》了解得不够，后患无穷。在给你打电话之前呢，我特意咨询了一位律师朋友，关系很好的那种，她可以帮助你把握细节，少走弯路，尽可能地按照你的想法，帮你争取到利益。"

"找律师啊，这样事情反而复杂化了。"国庆还真没往这个方向想过。

"可事情往往你想简单，它越不简单，未雨绸缪，周全计划总是好的。这样吧，我随后发给你个律师的联系方式，你跟她当面做个沟通，无须有任何顾忌，之后再做决定也不迟。"

"我刚才听你说你已经和律师联系过了，是吧。"国庆问。

"对,我和律师简单沟通了几句,你可以直接找她。"

"行,既然你跟人家已经提过我的事儿了,那我理应买你个面子,请你介绍的律师坐下来吃个饭,总之,还是感激你为我的事情操心,谢谢了。"

"自家人,不言谢,怎么帮都是应该的。"

挂了电话,曾花英小人得志,信心满满拨通了牙律师的电话……

国庆已毫无睡意,坐在床边冷静了片刻。"遇到事儿的时候,我们毕竟是一家人。"这话说得,有理性、有温度、有涵养。跟粉蒲过了三十年,她但凡能说出一句这样的话,还有什么过不去的事情。国庆绝望地摇摇头,起身洗漱,准备上班。

"今天起得早啊,正好,我让小爱摊了蔬菜饼,味道还行,你过来尝尝。"已在餐厅吃饭的白韵莲叫国庆吃饭。

"我先洗个脸,放着吧。"

彭路早已醒来,闻声酸楚,为母亲粉蒲的不值,也为自己此刻的尴尬。

起床来到餐厅,白韵莲抬起眼睛从彭路身上扫过,放下眼神接着吃饭,不动声色。

国庆从卫生间出来:"彭路起来啦,那就彭路先吃,小爱再给我做一个。"

"哦。"小爱吱声的同时赶忙观察了白韵莲的脸色。

"爸,要不我等等,你先吃。"

"不用,我先喝口稀饭,你也盛上稀饭一起吃,吃完早点去上班。"

"哦,好。"彭路坐下吃了起来,小爱打开电饼铛,摊上了又一张饼。

一个人的下午,粉蒲并没有闲着,裁剪了几床破旧床单后,又用起了结婚时娘家父母买给自己的海棠牌缝纫机。戴上花镜,穿针引线,对接布块,双脚轻轻摇起了踏板,嗒嗒声均匀地提速,又在布块尽头戛然而止。

接近下班的时间,曾花英雪中送"车"的恩情还被国庆端在心头,明知负累,但首先要领情和感恩。"车"在眼前,坐上去兴许能通往远方,也有可能面临失控,冒险的事情万万做不得。国庆斟酌良久,终于决定拨通牙律师的电话,约定好饭店,以此方式来给足曾花英面子,表示感谢。

国庆提前十五分钟到达饭店,这是他一贯的作风。十分钟之后,牙律师来了,一起来的,还有曾花英。

国庆先是觉得意外，马上又很能理解，想着花英也是尽心帮忙，必定是担心他和律师初次见面，有些话不方便直说。

至于牙律师，着装随意，五十左右的样子，面容也看不出知识女性的沉淀。并不是国庆概念里律师的样子。

"你好！"国庆起身帮二位女士拉开了凳子。

"你好！我和花英认识多年，所以你有什么想法和需求都尽管说。作为一名受理过多起离婚案件的职业工作者，我会从保障你的个人利益出发，为你提供有利的法律依据。"

"这样，我们先吃饭，想吃什么尽管点。"国庆将菜单递给了牙律师。

牙律师接过菜单的同时，与身边的花英擦出会意的眼神。

"那就先点菜吧，也到饭点儿了，我们边吃边聊。都是自己人，谁都别不好意思。"曾花英很自信地缓解了尴尬。

"也好，叶先生大可不必有任何顾虑，办理离婚案件久了，怎样的离婚案件我都见过，各个年龄阶段的都有。只不过，一旦谈及离婚，几乎没有能好聚好散的，大到房子车子，小到家电，生活用品，只要是能分的，离婚时都会两不相让，争得面红耳赤。当然，叶先生这个年龄段的离婚人士从法律上来说不会牵扯到孩子，相对要简单得多。"

国庆很淡定地喝下几口水，没有表情。

曾花英翻开牙律师手中的菜单，用笔勾出了几道硬菜，指给牙律师看："还真不知道这事儿要麻烦你多久，今晚可不能亏待了你。不知我点的这几个菜合不合你胃口，你再加点。"

"够了够了，交给服务员吧。"

"那好，先吃着，不够再点，这样也不浪费。"曾花英叫服务员拿走了菜单。

"要说呢，我这兄弟家也就两套房产。至于存款，就好办多了，可以及早做个转移。"曾花英看着国庆的脸色，斗胆亲自和律师开了个头。

"两套房都是婚后财产吗？"牙律师问。

"咱这代人婚前能有什么，什么都没有。"曾花英抱着自己的水杯嘀咕着。

"两套房都是婚后财产。"国庆终于开口了。

"房子是大产权吗？是在个人名下还是夫妻共有。"牙律师又问。

"不管谁名下，房子都得一人一套，三十多年的婚姻，两个孩子都这么大了，分开就是了，没必要太过分。"说这话的时候，国庆坚定中带着沮丧。

服务员敲门上菜，打断了片刻的安静。

"叶先生，你的想法我大概了解了，你希望夫妻双方各留下一套房子，用来保障各自今后的生活。想简单分开，不愿太拘于小节，是这样吗？"

国庆点头表示认可。

"如果你能确定你太太也完全愿意按照你的思路将婚姻解除的话，当然，你们直接协议离婚就可以了。"

牙律师话音未落，国庆心里已犯起了小慌。粉蒲和自己抬了一辈子杠，早已习惯把离婚挂在嘴上，从不示弱的粉蒲也决不会在这个时候打退堂鼓说不离。彭纹这孩子，对待我做出的决定，还未有过直接明朗的反驳，可是彭路会有什么样的反应，还不好说。毕竟这次是离婚，不仅仅是吵架那么简单。

牙律师自觉动起了筷，往碗里夹菜。

"国庆，趁牙律师在这里，你还是多听听她的意见为好，人家见得多，可以帮助你全面地分析。离婚注定是有伤害的，不会什么都好商量，你现在要做的就是对最坏的结局要心中有数，否则很可能反被粉蒲拿捏住，使自己被动起来。"

花英的话句句刺耳，却不失理性。让国庆扎心的同时也清醒地明白，现实就是这么回事儿。

"叶先生，你太太名下有多少存款你是否清楚？"牙律师放下了手中的筷子。

"不会有多少，都是挣死工资的人。"国庆直接回应了牙律师，说完才意识到，自己只知道粉蒲很节省，不爱花钱，却从来没认真地算过粉蒲的开销和结余。

"看样子叶先生你并不清楚你太太的储蓄状况，你这样的情况我还是建议你以法律途径起诉离婚。"

国庆微微摇头表示没有这样的打算。

"你不用着急做决定，你只需要把我的话听完。"牙律师拿起公勺，舀进碗里一勺汤。

"首先，你应该提起诉讼并申请法院财产保全，这样，你才能及早掌握你太太名下的储蓄情况，做到心中有数。如果你太太不同意你对财产的分配计划，你也好有筹码应对。其次，倘若你们都不愿意张扬，财产方面能够达成一致，最终选择和平分手，也就是协议离婚，那当然更好，在一切商量妥实之后撤回诉讼，毫无影响。"

"递给法院的诉状还能轻易撤回来？那不是和法院开玩笑吗？"

"叶先生怎么会有这样的想法？看来您从来没有跟法院打过交道。拿起法律武器讲公平与放下法律武器讲道德都是自由的。当然，法院也不是让你白折腾的，提起诉讼要交诉讼费，中途撤回诉讼，诉讼费是不退的。"

"律师也要收律师费，这我知道。那万一撤回了诉讼，律师费怎么退？"

"律师一旦收取费用，就要从各个方面开始为你做充分准备，所以律师费也是不退的。"牙律师越来越坚定自信。

"对，律师费从来都不退，收费也是按照标的额的比例收取的。不过，牙律师是我认识多年的老朋友，她这次纯粹是为了帮忙，象征性地收取一些，不会按标的额去计算的。"曾花英说这话的时候，洋溢着满脸的骄傲。

牙律师轻轻抿下一口汤，频频点头，表示曾花英说得没错。

国庆虽话语不多，但明显已经在权衡利弊，思考起了律师的建议。

这个时候，国庆考虑的当然不是律师费、诉讼费的问题。他压根就没想去法院，他只是想快点从婚姻的桎梏中解脱出来。律师的分析国庆认为有一定的道理，起码可以让粉蒲和两个女儿明白他是认真的，家里绝不会有人同意去对簿公堂，那么协议离婚自然就容易接受得多。绕这么个圈子，也给了花英面子，不欠她为好。以后，就没必要再与花英多打交道了。

"牙律师，律师费需要多少，我付给你。"国庆问完，内心如一股巨浪掀过，有一种强烈的不安。

曾花英如打胜仗般一脸笑意："这个好说，事情解决得圆满才是关键。"

"作为法律工作者，请你放心，我会尽全力。"说着，牙女士给曾花英夹了块儿鱼。

这个晚上，彭路和田娟坐在西餐厅的一个角落里。

"彭路，上次你帮我想出的那几个改变婚姻模式的办法，你还记得吗？"

彭路心不在焉地听着："记得，回家执行了吗？"

田娟摇摇头："我先是把你给我总结出的那几点背了下来，然后又很正式地叫我老公坐下来，心平气和地进行了一次沟通。没有吵架，但沟通无效。"

彭路向田娟投去诧异的目光："怎么会呢？"

且听我慢慢道来："第一点，要做到经济共同体。我跟他说了，别人家都是老婆管钱，孩子和家庭的支出也需要两个人共同承担。他说工资卡可以给我，但是他要的肯定比工资卡上的数额多，我要是拿他工资卡，多出工资的这一部分也得给他，如果不拿，多的这一部分他自己解决。"

"然后呢？"彭路问。

"我还要什么，拿上他的工资卡意味着还得把我的工资也倒贴进去。"

"那他自己又是如何解决多出工资的那部分开销呢？也就是说，这部分钱，他从哪儿来呀？"

"我只知道他那些狐朋狗友都是做小生意的，估计他会帮点小忙，多少拿点小回扣吧。不过这些都是我猜的，到底怎么回事儿我也不清楚，你别问我为什么不问他，问了人家也不会告诉我。"

彭路长叹一口气："好吧，那第二点呢？"

"第二点是照顾孩子以及家务劳动要共同分担。我提出来以后，他很爽快地答应我只要有时间，这些他都可以做。然后次日早晨，他真的有一百八十度的大变化，早早起来做好了早餐，我陪孩子洗漱完毕，喂孩子吃了饭，他立刻把孩子送去了幼儿园。那个早上，我真的觉得好轻松，上班的路上都感觉天空变蓝了，生活又看到希望了。"

"说明沟通还是起到了作用，这不挺好吗？"彭路听田娟说到开心的事儿，心情也跟着愉悦起来。

"可是除了那一天，之后又是一如往常，这样的幸福再也没有重来过。"田娟无奈地垂下头。

彭路也摇摇头："真没办法，看来家家都有本难念的经啊。车子的事儿，你有跟他提吗？"

"当时没提，后来在一次吵架的时候，他准备扬长而去，我拽住他的胳膊，叫他把车钥匙给我放下。然后他重重地将车钥匙摔在地上，走了。"

彭路想到了婚姻中男人的责任，女人的尊严。她想说些什么，终究还是把话压在了心底。多少亲友曾一次次劝解自己的父母，到头来还不是一切依旧，谁都没有改变。

彭路摇头叹气，目光下垂，随意翻了下手机，看到微信里有多条未读消息。

张圆："在吗？

"你哥今晚抱了一大束玫瑰放在我家门口，发短信告知我然后就走了。

"我爸妈也知道了，搞得我好尴尬，不知如何跟我爸妈解释。

　　"找个合适的好难啊，你最近有相中的吗？"

　　李昊："忙什么呢？

　　"怎么也不见你出来冒泡。"

　　"彭路，今天感觉你情绪比较低落，要是相亲过程中有什么不顺心的，也可以跟我讲讲啊，我虽然没相过亲，但我现在很清楚什么类型的男人更适合婚姻。"田娟对彭路讲。

　　彭路勉强挤出一丝微笑："娟，跟相亲没关系，是我爸妈又吵架了。这一次，他俩分居了，我妈又回丽苑旧房住了，我每天下了班先去看我妈，再回景苑陪我爸，好几天了，在单位、在路上、在只有妈的家和只有爸的家，时刻都不安心，感觉快要精神分裂了。"

　　"天哪，叔叔阿姨都这么大年纪了，我实在想不出还会因为什么问题吵到分居。"

　　"他俩吵了大半辈子，都有对错，具体的我说不清楚，也不想说，毕竟爸是亲爸，妈也是亲妈。可是自己真的好可怜，你们都是父母爱情的结晶，婚姻的纽带，我却什么都不是，尤其是人家俩吵架的时候，从来不会考虑我的感受。他们每一次互不相让的争吵，都会让我觉得自己在亲生父母面前卑微到了尘埃里，觉得自己无用且多余，好像生下我的目的就是为了有个人去见证他俩一辈子如何结怨生恨相互撕扯。我真的宁愿去死，可是我想到死的时候，还很清楚地知道，我不能对自己的生命不负责任，不能对身边的亲人不负责任，活着都无法让他俩平静，死了更不行。"

　　手机铃声响起，彭路一看："我妈，今晚下班没回去，所以又打电话问情况了。"

　　"你快接呀。"田娟催彭路。

　　"喂，妈，今晚下班和田娟一起在外面吃饭呢，你吃过了吗？"彭路的语气瞬间平稳有力，不带有一丝伤感。

　　"哦，那你一会儿早点回家，注意安全，回家后打个电话告妈一声。妈今天这右眼皮一直在跳，你做任何事情都切记要小心。"

　　"我知道了。"母亲粉蒲的话瞬间让彭路的心情平添了几分阴霾，重压下的彭路似乎呼吸都有罪。

　　"娟，我爸妈还有我姐一直都觉得我小，没心没肺，什么事儿都不往心里搁，都认为我只会坐享其成，享乐生活。他们每个人都习惯把我当成传话筒，我妈更是把我当成了哀怨回收站、情绪发泄箱，任何苦恼和不安都恨不得我切身体会。他们每个人都有资格指使我这样说那样做，我也一直都在毫无条件地'听话'和'服从'，不惜压抑自己内心的想法，我心甘情愿在家人面前假装万事无忧的'傻瓜'。我觉得这是我在这个家庭里唯一的用处，也只有这样，才有可能让他们少为我担心。"

田娟看着彭路，一脸的心疼和着急，却又不知该如何安慰。

"彭路，我所有的不幸都是在婚后。我爸妈几乎没吵过架，偶尔拌个嘴也是因为我爸嫌我妈太懒，不收拾家。我没有过你这样的经历，给你想不出好的办法，也不知道该怎样安慰你，但是我能感受到你很难过。"

说着，田娟起身坐在了彭路旁边，张开怀抱拥抱了彭路。

彭路久久地靠在田娟肩头，脸颊上滑下两行涩泪。

"感觉好点了吗？"田娟轻拍彭路的背。

"有你真好！"彭路发自肺腑地对田娟说。

"你好，你们要的鸡翅好了。"一个看起来二十岁左右的服务生用极其纯净的声音提醒田娟和彭路，并将鸡翅放在了她俩面前的桌上。

彭路注意到了小姑娘匆忙且柔弱的背影，立刻从田娟肩上移开，并拭去了脸上的泪痕。

"娟，刚刚那位小姑娘，看起来也就二十岁左右。"

"是呢，估计是勤工俭学吧。"

"咱这儿，勤工俭学的都是在暑假，寒假都很少，这个女孩儿，一定已经正式走入社会了。"

"你分析的有道理啊。那这么说小姑娘还挺不容易的，换我们当初，都还在学校里自由自在，衣食无忧呢。彭路，你看，其他几个服务员也是差不多的年龄，以前我们都没注意到呢。"

"是啊，谁的生活没有点难处，咱俩谁都没有吃过没钱的苦，不开心了还有时间有闲钱出来吃喝倾诉。作为女孩子，父母不仅极力为我们创造良好的生活条件，还为我们买车买房，提供物质保障，让我们有底气、有尊严地去面对自己的生活和选择，相比这些早早就被生活所迫的孩子，我们已经在事实上幸福太多了。"

"彭路，你说得真好，我瞬间把婚姻里乱七八糟的事情都抛到脑后了，只剩下幸福的感觉。"

　　"对，我们应该知足，应该珍惜已经拥有的一切。尤其要理解我们的父母，他们不完美，但他们一直都在努力，从未安于现状。他们虽有让我们痛心疾首的地方，但那也许正是他们人生中难迈的坎。我们贪婪地享受着父母的奋斗成果以及他们全部的爱，却未曾想过我们能回报他们多少慰藉和温暖。今后，我不抱怨了，也不纠结了，面对就是了。"

　　"你能这么快把心情调节过来，简直太好了，换作我，遇到难过的事情就会沉陷其中很久也不知该怎么办。"

　　"哦，对了，你的事情刚才讲到一半，后来呢？"

　　"我刚才讲到哪儿了？我忘了。"田娟抱着比天气还冷的冰镇可乐，一脸茫然。

　　"你刚才说，你老公给你扔下钥匙，走了。"

　　"哦，对！"如梦初醒的田娟又回到了一脸惆怅。

　　"他走了，我把钥匙捡起来，钥匙壳被摔掉一块儿，我跑出去对着车子使劲按，没反应，坏掉了。结果还是没开上车。"

　　"你可以找备用钥匙呀。"

　　"不备用的我都第一次见，拿到手里就是坏的，我哪知道什么备用钥匙啊。"

　　彭路摇摇头，真不知该说什么了。

　　"后来我拿着坏掉的钥匙去修，人家说没法修了，只能买新的，新的一个得八百块，没舍得买又回去了。回家后我把破钥匙放在客厅茶几上，冷战了半个月，半个月之后，他又把车开走了。"

　　"行了，娟，事实证明谁也改变不了谁，所以我们只能改变自己。这周六我就要去考驾照了，祝我好运吧！"彭路端起自己的热奶茶碰在了田娟手中的冰镇可乐上。

　　"你一定能够通过的，接下来我们赶快把这些好吃的消灭掉，然后我送你回家吧，今晚我们只顾得聊天了，都没怎么吃。"

　　"没问题！"

　　两个闺密在一起，忧伤和快乐都是自由放松的。无奈终要分开，各回各家。

　　下车的时候，田娟提醒彭路："记得打电话告诉你妈妈，你安全到家了。"

　　彭路用力点头："你到家以后，也发个微信告我一声。"

　　回头，彭路拿起了手机，打给了母亲粉蒲。

田娟打开家门，将疲惫的身体摊放在沙发上，这个家多么像个旅店。

夜深人静，旁边卧室传来父亲国庆轻微的鼾声，想着独自待在丽苑的母亲粉蒲，她右眼皮跳着一定又在胡思乱想，彭路不禁忧心忡忡。

随意翻开手机，才想起张圆和李昊的微信还没回，有心回复，却又不知说些什么。

"晚上陪闺密玩儿，没及时回复，见谅。"发给张圆，然后复制，再发给李昊。

关掉灯，祈祷日子就这样在得过且过的状态中安稳平静。

转眼星期六到了。天还未亮，彭路、春妮、闫主任还有李光已经早早等候在了驾校院子里，准备统一乘坐驾校大巴前往市里，参加科目二考试。

彭路和大家的心情一样，一路小兴奋，一路小忐忑，兴奋是因为几辆大巴车上的学员为着同样的目标，浩浩荡荡驶向不同于教室的考场，且对结果抱有胜利的憧憬。而忐忑更多是源于第一次考试的各种未知和猜想。

紧张的考试开始了，每一位学员都竖起耳朵听喇叭里叫到的姓名和准考证号，一批又一批，出去了好多人。

不知等了多久，喇叭上终于呼叫："李光到2号入场口准备考试！"

喇叭上刚叫完第一遍，李光已经飞快地朝2号入场口奔去。

彭路的心情随之紧张起来，喇叭上紧接着又呼叫："彭路到2号入场口准备考试！"

彭路的心咯噔一下："春妮，你再等等，我过去了。"彭路和李光一起等在了2号入场口。

相邻的1号入场口，等候考试的也有几个人，其中一个拄着拐杖，一个坐着轮椅，他们看起来更加紧张。

李光轻声地问其中一个拄着双拐的中年男人："你们考的这车也是踩油门的吗？"

"不是，我们是用手操控。"中年男人用颤抖结巴的声音回答。看得出这个考试对他以及和他一样参加考试的残障同胞来说，意义重大，他们参加考试的压力以及对结果的迫切渴望要比正常人更大、更强烈。

中年男人回答得简单，李光并没有听得很明白，不过李光还是用充满敬意的眼神望着中年男人："确实不简单、不容易，佩服你们！"

中年男人没再做任何回应，目光中闪烁着必胜的笃定。

李光终于奔上了考场，不一会儿，喜笑颜开地从车上下来。

彭路上车后，先是直角拐弯轧线，心一慌，第二圈曲线行驶也轧线了。

走出考场，饿得直打报告的胃也没有好心情陪着进食了。

"光哥，恭喜你，我好想再争取一次机会，可今天已经不可能了。"

"哥也就是运气好，后面还有科三科四呢。你也别气馁，哥回去找人帮你问问。看能不能让你跟上最近一次考试的车再练练。"

"不去了，你光帮我预约考试时间就好了，回去我找个私人教练每天早上六点去练。"

"何必了，又多花一份学费，你技术又没问题。"李光劝彭路。

"就是得一鼓作气完成，我不喜欢拖拖拉拉，拖着一直是个事儿。"

"那好，哥回去就找人问问下次考试时间是多会儿。"

回程的路上，顺利通过的考生都很顾及没考过的同伴们的心情，把兴奋压在了心底。车上的气氛显得有些沉重。与彭路一起的四个人，没考过的有三个。

就在彭路考试这一天，彭纹、安旭带着包工头与粉蒲协商，定下了基本的装修色调和风格。

安旭把包工头单独叫到一边说："具体的选材只需要让我妈看样式，别和她讨论价格，最后找我结账。"

大巴车开回照城站的时候，天色已晚。彭路下车后直接回丽苑找母亲粉蒲。

粉蒲闻声从客厅出来打量着一身疲惫的彭路。

"考完啦，还没吃饭呢吧？妈有给你留的，稍等妈去给你热一下。"

彭路有些不适应，长这么大，头回考试回来不被追问结果，反倒不知该如何开口讲。

粉蒲将香喷喷的炒米饭还有热牛奶放在了彭路面前，米饭的香味那么轻易地使彭路鼻子泛酸。

"妈，今天怎么一改往常，不做米羹和下米淇（当地一种家常菜）了？"

"你哥你姐刚走，他们不喜欢喝稀饭。妈知道你们都喜欢吃炒米饭，住这儿不用考虑你奶奶和你爸，你们想吃什么妈就给你们做什么。"

在吃饭问题上，彭路很少有被重视的感觉，此刻感受到了重视，却感受不到家的统一。

"妈，我需要八百块钱，我想找个私人教练。这样可以每天早上早起去练会儿车。"

"没考过啊，你爸对你考驾照还挺期待的，可你从上高中到现在，就没一次考完试笑着回来过。这次，你爸肯定又要说你了。"

彭路不吭气，只是吃饭，这样的考试后模式永远无法习惯，却又始终改变不了。

回景苑时，粉蒲给了彭路八百元现金："及早去报名吧。"

现金放在包里，彭路一路上只有一个念头，那就是不管父亲国庆怎么说，她接下来都要坚持早起练车，尽快补考！

推开家门，国庆神情凝重地坐在沙发上，电视播放着中央综艺频道节目，却是静音模式。

"爸，看电视怎么不放声音呀？"彭路怯怯地问。

"我和你妈离婚的事情不知道你妈考虑得怎么样了？"国庆的语气很生硬。

如一声惊雷让人掩耳不及，彭路的头嗡的一声："我妈都过去丽苑住了，你还要咄咄逼人？"

"看来你们根本没有把我的话当回事儿，爸是认真的。弹指间，爸也是快六十的人了。跟你妈从年轻到现在，很少有谈得来的时候，家里一遇事情必定要吵。后来为了避免吵架，只好各办各的事情，各拿各的主意。可尽管如此，依旧避免不了矛盾的屡屡发生。"

国庆停顿了片刻，彭路心想：你都快六十的人了还不明白矛盾的发生不是我妈单方面的错吗？

国庆一个眼神滑过彭路满是恨意的脸："你奶奶有寿数，爸作为儿子很骄傲，我不仅要赡养她，更要尽我所能给她高质量的晚年生活。你伯父一年来看你奶奶一回，还很勉强，所以给你奶奶尽孝这事儿，爸也压根就没把他列在计划内，我一个人赡养没任何问题。说到这里，爸也希望你能记着，所谓'孝顺'，'孝'了才能'顺'，所谓'舍得'，'舍'了才能'得'。爸这辈子花的闲钱不少，但也从来没见花穷过，反而工作事业越来越顺。你伯父一辈子省吃俭用，也没见省出几个钱来，就是因为他在孝顺老人这件事上没有尽到本分。"

彭路内心有一股亟待爆发的声音：你要跟我妈离婚，你要伤害我们，你还要我记着孝顺你，你好自私！

可心中的怒火，在不怒自威的父亲国庆面前未能发泄，取而代之的，是咬牙切齿、握拳呼吸以及愤怒的目光。

国庆早已预料到彭路的反应，他依然平静地说："往后还有二十年的时光，幸运的话再活个三十年也说不准，我渴望晚年过的日子能平静祥和。我和你妈分开对彼此来说都是解脱。都知道爸是个好面子的人，我也不想听别人在背后说老叶这么大年纪了还要离婚。可是一辈子眨眼工夫就到头，实在没办法的时候，也没必要太在乎别人怎么看怎么说，爸就是想顺顺气气活几天。"

"我和我姐还年轻，日子还长，你顺气了，我们怎么顺气。"彭路憋了一肚子话，终究眼泪先滚下来。

"我不同意！"彭路起身，用尽力气颤抖地说出四个字，然后转身回卧室关上门。

国庆看到无助的彭路心中泛起一丝酸楚，但这些都是他能够预料并做好心理准备的。

国庆来不及叹息，起身打开彭路卧室的门："爸已经找好律师，也写好了离婚协议，劝你妈签了吧。如果她同意，财产分割还可以再商量，起诉状还可以撤回，能不去法院最好。若真要去法院，即使你妈不同意，分居半年之后，法院还是会判离。爸这次想透彻，也下决心了。你跟你姐或早或晚，总会理解爸的。好了，你睡吧。"

卧室门关上了，彭路心痛到无法呼吸。她恨父亲国庆，恨国庆的无情，恨国庆的自私，恨国庆从来都只考虑白韵莲，不惜牺牲小家庭每一个人的幸福。此刻的彭路甚至开始怀疑国庆对自己的亲情，亲情在此刻又算得了什么。彭路反复地擦拭双眼，潜意识里在提醒自己坚强，她需要拿起手机给姐姐彭纹发个信息，可眼泪如决堤的洪水一泻不止，始终占据彭路的眼眶。她提醒自己深呼吸，努力让自己平静。她打开床头的台灯，告诉自己心怀希望，总能遇见光明。她也开始试着去想最坏的结局，如果父亲国庆要将这样的选择坚持到底，那么就劝母亲粉蒲尽可能洒脱地放手吧。牺牲奉献、忍辱负重了三十余年，最后必须做到平静地放下，高傲地离开，还自己一分尊严。

"姐，爸刚刚又说要离婚，已经找好律师到法院起诉了。"在每一次闭眼睁眼的瞬间，依靠含糊的视线和颤抖的双手，彭路完成了这条消息的发送。

彭路躺下，盖好被子，轻闭双眼。小时候常听父亲国庆唱的一首歌在脑海中响起：

生活是一团麻
那也是麻绳拧成的花
生活像一根线
也有那解不开的小疙瘩呀
生活是一条路
怎能没有坑坑洼洼
生活是一杯酒
饱含着人生酸甜苦辣
……

"安业，早点关灯睡觉，可别明天又起不来。"彭纹在安业卧室门外督促。

"知道了，就睡了！"安业不耐烦地回应。

说完，彭纹接着回自己卧室和安旭商量装修丽苑房子的事情。

"我在手机上收藏了几款家具，大小尺寸放在丽苑家里都合适，不知道妈喜不喜欢，我先打开给你看看。"

"好啊，好啊！"安旭很感兴趣地等着。

彭纹的面容却由晴转阴。

"怎么了？"安旭也随之皱起了眉头。

"爸起诉离婚了。"彭纹声音低沉。

"什么？不能吧？谁说的？"安旭也一脸惊慌。

"我对爸太了解了，我早已想到这一次他不会轻易罢休，而且这一次首先是妈不对。那天晚上爸把三十年前的结婚证都拿出来了，我跟彭路包括妈都是第一次见，也是第一次听爸自己提出离婚。可是我怎么也想不到他会去

105

法院，这是要跟我们都断绝关系吗？这也未免太过分了！"

安旭从床上坐了起来，拉过气得发抖的彭纹坐在了自己身边："手机给我，我看看。"

看完，安旭也一脸茫然，两人在床边沉默了足足三分钟。

三分钟后，安旭起身，给彭路拨过去了电话。

"喂，姐。"哭得晕乎乎的彭路鼻子堵得没法正常发声。

"彭路，是哥，你姐看到你发的信息了，你跟哥说说爸是怎么跟你说的。"彭纹抬头望着安旭手中的手机，安旭打开了免提。

"哥，我不同意，我不能接受。"彭路哇的一声又大哭起来。

彭纹一听彭路的痛哭，一时也难以自控，两行泪滑落，赶忙抬手拭去。

"你先平静下来，咱们先沟通，完了再商量，不用哭，好吗？"安旭语气沉稳平和，他满怀理解，一边耐心等了好一会儿电话另一头的彭路，一边递给彭纹纸巾。

"哥，爸说他找好了律师，写好了离婚协议，让我劝妈签字。"

"嗯，还有什么？你慢慢说。"

"他说分开对他俩来说都是解脱，还说如果妈不同意的话，分居半年后法院也会直接判离。"

"那爸的意思是协议离婚还是去法院？"

"他说最好不去法院，如果妈同意的话财产分割还可以再商量。"

"别的还说什么了没有？"

"说了，说他要一个人赡养奶奶，要给奶奶有质量的晚年生活。"

"嗯。"

"还让我记着要孝顺。"

"还有吗？"

"基本就这些。"

"那你有没有跟爸说说你的想法。"

"他没有商量的意思，我也没法说，我只说了一句'我不同意'。但是毫无意义，我恨他！"

彭纹听着，又咽下一肚子辛酸泪："他要去法院以后就让他一个人过吧，他都不认亲情了，还谈什么孝顺，七老八十躺床上的时候叫他别找咱们！"

"好了好了，你俩别哭了也先别说了。要我看不至于去法院，咱们的态度都很明确，都不同意离，但是也得跟妈坐下来好好聊聊。这两三天找个都有空的时间跟妈好好谈谈，妈也得有个明确的态度，妈不对的地方得改。当然，爸也有不对的地方，一个一个聊。爸就你们俩亲闺女，放心，你们俩的想法和意见他不会不考虑。"

"他没有跟我们商量的意思，他是在直接通知我们！"

"好了，生气也没用，去睡，明天哥还要去厂里，明天晚上也跟包工头约好了要见个面。不然咱们就后天一起去跟妈聊一聊，后天下了班一起过去，好吧？"

"好，哥，你们睡吧。"

挂掉电话，安旭想对依旧坐在床边的彭纹说点什么，又担心彭纹晚上睡不好，于是只为彭纹铺好被子，劝彭纹早点休息。

这个夜，彭纹和彭路姐妹俩，感觉是那么长。

天还未亮，彭路已起床，迎着冷风步行来到离家很近的一家私人练车场交钱练车。因私人地盘有限，只能练倒库和直角拐弯。教练跟学员们说，今天正好周末，下午可以带几个近期要参加考试的学员到乡下一个废弃的练车场地练习曲线行驶和侧方位。彭路请求教练也带上她。

这一天在反复从皮卡车上上下下，又反复转动方向盘的过程中，彭路想明白了一个道理：父母的婚姻，决定权在父母自己手里，谁都有选择幸福的权利，自己又何必跳入痛苦的泥潭苦苦挣扎。她不想继续做父母选择的障碍，更不想被父母的是是非非纠缠其中。一个女儿能做的、该做的，自己尽力而为，就够了。青春本该是绚烂奔放的，何不放下烦恼，对自己的青春、自己的快乐负责。

彭纹做好了晚餐，等着安业做完作业，安旭也正好下班回来。共用晚餐之后，彭纹答应安业在邻居同学家玩会儿，她则随安旭去见了包工头，确定一些装修细节之后，预先支付了包工头一万五千元。

"爸，我今晚值班，不回家了。"彭路没有给国庆打电话，只是发了短信。

值班室里，彭路拿起手机，写下一篇日志：

自驾校报名以来，生活有了短期的小目标，日子紧张而充实，累并快乐着。时常忘记自己还是一个人，习惯了这样的自由和幸福。

只是，本想一鼓作气，却未能一气呵成。从一腔热情拿起到迫不得已再次拿起，心情的落差只有亲身经历才能够体会，事实证明，学车一定是一个需要足够时间去熟能生巧的过程。

因为年轻，我们对未来有太多的遐想，但命运是否会朝最初认定的轨迹驶去，终究不得而知。我想牢记最初要去的方向，勇往前行，可是前方好远，越走越累，时而迷茫。是否，该放下那遥不可及的目的地，随遇而安，享受眼前的风景，在对的时间，为孤单已久的心安一个家。

曾有老人说人的一生在呱呱坠地时都已注定。那既然无力改变，是否该欣然接受？

如果，你真的是我前世的注定……

写完之后，给日志拟上标题《睡不着》。而前世注定的那个人究竟是谁，一边用心感受，一边等老天安排。

值班的日子，总是起得很早，彭路在单位卫生间简单洗漱后，去附近早餐店买了早点。早餐过程中收到老朋友凤仙发来的几张婚纱照，唯美可人，让人禁不住赞美，并由衷地送上祝福。

"凤仙，好美，好幸福，祝福你们，婚期定在什么时候？"

"还没定，前天和昨天有空，刚拍了婚纱照，这是未经处理的，先发几张给你看。"

"你俩在一起兜兜转转这么多年，终于修成正果。此刻我看着你们的婚纱照，感动到想流泪。"

"啊？你也太善感了吧，可我自己为什么一点没觉得感动，只觉得麻烦和累呢，还有一点将要被婚姻束缚的恐惧。"

"你俩在一起这么多年，感情基础是没问题的，你应该觉得无比激动和幸福才对。"

"彭路，你的恋爱经历太少了，爱情和婚姻是两回事儿。感情基础也是完全靠不住的，人都会变，不然婚后为什么那么多人出轨呢？"

彭路摇摇头，本想好好分享凤仙即将结婚的喜悦，却很诧异凤仙在这么美好的时刻竟然说这样的话。

　　早餐吃完，彭路回到单位，开始了一天的工作。

　　十点来钟，粉蒲刚做完清早的家务，一个陌生的座机号码莫名打来。

　　"喂，你好！"粉蒲随意地接起电话，心想一定是搞产品推销的。

　　"喂，是彭粉蒲吧，我是县人民法院，叶国庆是你丈夫吧？"

　　"是呀！"

　　"那请你尽快到法院拿一下你们离婚案件的传票。"

　　粉蒲愣在原地好一阵子："嗯，我知道了。"

　　大约十一点，彭路正拿着文件让领导签字，粉蒲疯狂地拨来电话，彭路赶忙将手机调成静音。签字结束，彭路又赶忙躲在楼道的角落接起电话。

　　"妈，什么事儿？我正忙着呢。"

　　"你爸把我起诉了，要在法院跟我离婚，法院刚才通知我去拿传票。我现在拿上了，你要是有空的话就在单位门口等我，我坐公交过去找你。"

　　"妈，我没空，再一个小时就下班了，你先回家，我中午回去再说好吗？"

　　"行，那你中午回丽苑。"

　　下班路上，彭路脚步走得匆忙，内心却感觉举步维艰。活着，究竟有多少不愿意面对的事情必须要面对，费尽多少努力，只为争取至亲至爱的父母一丝丝改变，可终究还是徒劳。

　　边走边拿出手机，打给了彭纹。

　　"姐，情况有些始料不及，早上妈已经收到了法院的传票，我现在正准备……"

　　"你回来吧，我就在丽苑。"

　　"哦，好的。"

　　彭路的心瞬间有了一丝依托，有彭纹第一时间在粉蒲身边，彭路的压力小了很多。

　　一进家门，家里出奇安静，安旭和彭纹一脸的无奈，粉蒲坐在椅子上噘着嘴，板着脸，目光中传递出一缕坚定的让人寒战的信念。

　　"她宣泄也好，她冷静也好，她此刻怎么样都完全可以理解。她只是一个女人，她为了这个家付出了自己的所有，她更是一个妈妈，在逆境中不屈不挠，坚强而伟大的妈妈。我不允许任何人伤害她，包括父亲。无论妈妈做什么样的决定，我都将坚决地支持她到底。"彭路面对粉蒲的这一刻，内心中积压了对国庆沉重的愤恨，又为粉蒲感到不甘和心疼。

彭路主动地、默默地从粉蒲手中拿起已经空掉的水杯，重新倒上，递给了粉蒲。

粉蒲接过水杯，很豪爽地喝下去几口，胸口随着呼吸，起伏明显，彭路感受到了，并且似乎听到了粉蒲的心跳。

"你姐你哥都是过来劝妈的，他俩认为这回是我不对，让我去找你爸谈。你认为呢？你也说说你的意思，妈听听。"粉蒲终于开口讲话了。

"我觉得你俩性格不合，相处不来是历史问题。不过最近这些年的突出矛盾在于我奶奶完全依靠咱家生活，却又不能像一个正常的老人，在家庭生活中从未能起到一丝正面的作用，她还和年轻时候一个模样，并没有因为年龄大了，需要依靠我们而有一丁点儿的改变。"

"现在咱就光说爸和妈，光说这次吵架谁对谁错，不提以前，扯太远又扯得没底。也别提奶奶，人家就那样人，人家这年纪靠儿子生活，无论在家起多坏作用，在外人看来，当儿子的赡养妈都是理所应当，不提人家还好，一提，有理也成没理了。"彭纹开口便是压制的口吻。

"光说爸和妈的话，我当然不希望离婚，不过关键是妈您怎么想，我也不小了，我跟我姐都能够自己照顾自己了，您也到了可以放下一切，为自己而活的年龄了，如果您心里已经拿好了主意，我是没有意见，完全支持的。"

"行了，彭纹你和安旭回吧，不然安业老待在邻居家会影响人家午休。彭路的话你自己看，想回你就回，不想回你出去买两袋方便面自己煮着吃，我不太舒服，我要去休息会儿。"

"吃什么方便面啊，走，都出去吃点，吃完回来你们俩休息。"说着，安旭拿起车钥匙，走近粉蒲并从粉蒲手中拿出水杯放在桌上。

"走吧，妈，去换身衣服。"安旭接着说。

"我不去，我要休息。"粉蒲斩钉截铁，语气生硬。

"那你想吃什么，我们给你买回来。"彭纹补充道。

"说了不吃还一直问什么！走吧！"说完，粉蒲带着一肚子愤恨的怒火走进卧室，躺在了几天前安旭刚为她买回的简易钢丝床上。

"你留下吧，我跟你哥出去买两份给你和妈打包回来。"彭纹和安旭看着卧室里已经躺下的粉蒲，内心也充斥着强烈的痛苦和无奈，且夹杂着对粉蒲的不解与担心。

彭路默默坐在客厅椅子上守护着粉蒲，等着安旭和彭纹。

此刻有一种令人窒息的压力叫"妈妈的绝望"。

三十分钟后，安旭把打包好的烩面炒饼丝送了回来。彭纹交代彭路："你叫妈起来吃点，我们要回去了，安业还在邻居家里。"

"嗯，知道了。"彭路答应着，心里却很清楚自己做不到。

回家路上，彭纹在车里不停地感叹："妈都五十多的人了，一点都不内精。爸那么好面子的人，妈任何时候都不懂什么叫温柔，更不懂得维护男人的尊严，一遇到问题，找这个，喊那个，发脾气，宣泄情绪，永远不知道自己到底要干什么，更不知道事情该怎么办。"

"自己的日子自己不想着如何过好，自己把自己穿得跟抹布一样，除了洗衣做饭就是省水省电，还见不得别人正常开销、正常生活，谁待在她身边都只会被盯着节省和听不完的埋怨。遇到多少问题都不从自身找原因，自己非把自己搞得苦兮兮的，还觉得整个世界自己最委屈，光任劳不任怨。"

"你少说两句吧，我这开车呢。"安旭听得头皮发麻。

彭纹权当没听见："谁家做父母的这么任性，天天让孩子给解决老夫老妻两口子的矛盾。哪家都是老的操心小的过不好，到咱家反倒成咱们天天担心他俩吵架离婚了。安旭，要我说就是咱俩一切都顺着爸妈，什么都管，才纵容他俩老找事儿。今天晚上你去告诉爸，或者下午你给爸打个电话，就说你要跟我离婚，你看他俩还顾得上闹吗……"

刺耳的急刹车声吓到了彭纹，她的话戛然而止。

"你安静一会儿，别说话行吗？"安旭抹了一把冷汗。

"妈，有炒饼丝，有烩面，你起来先把饭吃了，行吗？"彭路坐在粉蒲床边小心翼翼地对粉蒲讲。

"不吃。"粉蒲一动不动，只回应了两个字。

"那我给你放窗台上，你什么时候感觉饿了就起来吃。你躺好我给你按按头吧。"彭路知道，粉蒲一遇事情，就会犯偏头痛的老毛病。

粉蒲没有拒绝，将侧着的身子躺平。彭路赶忙从另一个卧室搬过来个小凳子，坐在床头认认真真给粉蒲按起了头。

粉蒲始终闭着眼，不说话，深深的眉间纹好似生活的一道道坎，夹杂着太多心酸和无奈。

才十分钟不到，"行了，别按了，你去吃饭，吃完你去上班。"粉蒲闭着眼睛说完，又侧躺了过去。

彭路愣了数秒，肚子开始咕咕叫。她端起窗台上的烩面，轻轻拿起凳子，将饭端进了厨房，不忍心对正在休息的粉蒲有一丝一毫的打扰。

正吃着烩面，手机响起，来电人，李昊。

有一种关键时刻老打岔的感觉，彭路毫无心情地接起电话："喂，什么事儿？"

"必须有事儿才能打吗？"彭路的态度让李昊很是惊讶。

彭路长叹一声气。

"呃，不过今天还真有事儿。本来呢想给你个惊喜，后来又想太唐突了也不妥，还是提前跟你打声招呼为好。"

"给我惊喜，我怎么听着挺茫然的。"

"我下午要过去你单位，办点儿公事，你开心吗？"

"我就是个小虾米，我可什么事儿都给你办不了。"

"听你这么说感觉你不愿意和我交朋友了。"

"没有，朋友一直都是。"

"你科二没考过，心情不好，我能理解。我太忙，没及时关心到你。"

"你是怎么知道我科二没考过的？"

"我学过心理学，你要是考过了，现在必定是兴奋开心，心情大好啊。你此刻和我说话的语气出卖了你。"

"夜郎自大！"

"呵呵，这么说我猜对了，不要紧不要紧，正好我下午过去你单位，可以当面安慰安慰你。"

"我可以给你沏茶、倒水，但我不需要安慰。"

"别老这样说话，我听着心堵。先这样，下午见哈！"

彭路轻轻关上门，前往单位上班。

粉蒲睁开眼，眼前是一望无尽的黑洞，彭纹和彭路两个亲生女儿，都不能在关键时刻给予她真正的力量。每每这时，粉蒲都会深深地遗憾，此生没有一个能为她顶门立户的儿子，养俩女儿，又有什么用。

工作中的彭路依然放心不下粉蒲，于是打电话给彭纹："姐，妈一个人在家，你要是不忙就过去陪陪她。"

"中午妈又跟你说什么了没有？"彭纹问。

"什么都没说，也没吃饭。"

"这么大人了，也不想清楚跟谁置气呢。"

"姐，你也理解理解妈，换谁谁也受不了，爸也确实太过分了。"

"行了，你上班吧，我今晚腾出空和你哥过去景苑跟爸谈谈。你下班回丽苑陪妈。下午不行，都有工作。"

"好吧。"

彭路挂掉电话回到办公室，张顿问："刚有个穿警服的男的问你在不在，我跟他说你刚出去了。那男的谁呀？"

"别问了，吃喜糖的时候你就知道了。"李光坏坏地来一句，闫主任笑得眼睛眯成了缝。

"那他人呢？"彭路弱弱地问。

"盖完章然后就不见了，应该走了吧。"李光表情夸张，着实让彭路有些尴尬。

"人家没走，人家是出去找彭路了。"顿子一本正经地给李光挤眼睛。

李光嘻嘻嘻偷着笑。

粉蒲起身拿水杯，倒水，喝水，倒水，喝水。她感觉只有水能使她的心脏稍微好受一点。

粉蒲拿起手机，给七十多岁的表姐夫拨了过去。

"喂，天命哥，唉……"

"你这多久不打一个电话，好不容易打个，还没说呢，怎么就唉声叹气的。"

"哥，能睁只眼闭只眼瞎过的时候，就不想说出来让人笑话，前段时间跟国庆吵架，一气之下摔了保温杯，没想到杯子竟然碰破了他的嘴唇。他扬言要离婚，孩子们怕他跟我没完，就让我过来旧房住了。可是没想到，今儿早上，居然收到了法院的离婚传票。"

"什么？都过了三十年了，吵个架至于把事儿搞法院去？这男人啊不能条件一好，就忘了当初穷的时候，结发之妻是怎么陪伴他走过来的。国庆他人在哪里？算了，我给他打电话叫他出来，我问问他还有没有良心。"

"天命哥，你别着急打电话，不瞒你说，我这次搬过来旧房住，也就不打算回去了，一个人过，自在些。"

"话说得容易，可彭路正是找婆家的时候，人家女婿总要见老丈人和丈母娘，你让彭路怎么办，这不是让孩子犯难吗？"

"已经这样了，只能走一步看一步，一直都忍着，就是不想影响到彭路。唉，这也由不得人。"

"国庆这样做太过分了，我得好好说说他。我知道他这些年在单位里依然凭着实力把工作干得很出色，在单位还是很有威望的，不过我一个七十多岁的老头又用不着他给我干啥，绝不会求到他名下，他好好跟你过，我认他是亲戚，他要昧良心要横，我也要让他掂量掂量后果。"

"天命哥，这个时候你能站在我的立场替我说话，我至少在精神上还有一点支撑。俩闺女不比儿子，被国庆吓唬得连声响话都不敢说。要是有个儿子撑腰，他指定不敢这么放肆。"

"还真就是你说的这么回事。这样，哥先想好怎么跟国庆说，然后再叫他出来当面谈，他要是不出来我就直接去家里找他。你该干吗干吗，都老大不小的人了，把自己气着了不值。"

"知道了，天命哥。"挂掉电话，粉蒲站在窗前一阵沉思，最终决定给自己哥哥元社会打个电话。

"哥，国庆把我告到了法院，要跟我离婚，今天早上法院通知我拿了传票。"

"你说啥？好好的他就把你告法院了，你俩是又因为什么斗气了？"社会一着急，拿着手机的手习惯性发起抖来。

"电话里一句两句也说不清楚，你现在在家吗？"

"在家，就我和你嫂子两个人，你过来吧。"

粉蒲将法院传票以及附带的起诉状、应诉通知书一起放进了包里，前往哥哥元社会家中。

嫂子是个农民，一辈子只主内，外面的事情几乎不懂。元社会是一名乡村退休教师，是粉蒲同母异父的哥哥，同样关系的还有两个姐姐，全都务农。粉蒲虽与哥哥姐姐并非同一生父，却从小一起长大，感情很好。

到了哥哥社会家，粉蒲讲起了近些天家里发生的事情，情绪几度失控。嫂子在旁边不停地倒水安慰，社会在另一旁听着，一脸的愁容。

彭路想给粉蒲打个电话，拿起手机却又放下。

顿子似乎看出了些什么："想他就给他打呀，咱又不是高中生早恋，都多大了，还是直截了当来得干脆。"

李光听完，两只眼睛透过厚厚的镜片看好戏似的盯着彭路。

一秒，两秒，三秒……

李光把疑惑的眼神抛向顿子。

顿子清清嗓子："彭路，主任叫你呢！"

"哦！"彭路赶忙起身，李光笑了。

彭路恍然大悟，退了回来，情绪低落："你俩别开我玩笑了。"

彭路抓紧干起手中的工作，并对顿子说："我今天需要早点回家，下班的时候坐你车捎我一段。"

"没问题。"

从顿子车上下来，彭路几乎是飞奔回家。跑到家门口，彭路用一秒钟的时间将喘息平静下来，然后着急推门。

门已锁，无法推开。大冷的天，彭路的两腮像突然被火烤一样发烫。她从包里抓出钥匙，紧张中彭路暗示自己要冷静，门打开，彭路轻声呼喊"妈"，脚步却飞快走进客厅，并用目光扫视了各个房间。粉蒲午休的卧室里，炒饼丝依然放在窗台上。

彭路迅速掏出手机拨给了母亲粉蒲，三步并作两步跑上了二楼，每一间屋子都是空的，手机正在响铃中，彭路闭上眼睛，在祈愿中焦急等待。

"喂。"粉蒲接起电话。

彭路的心瞬间落地。

"彭路，妈在你舅舅家，你自己弄点吃的，妈晚点回去。"

"好，那你回来之前给我打个电话。"

社会伸出手，示意粉蒲把电话给他："喂，彭路，你姑姑有做的饭，你过这儿来吃，舅舅也正有话要对你讲，你过来吧。"

"好，我一会儿就到。"

安旭和彭纹刚下班到家，为省时间给安业打包了汉堡，两人直接煮了速冻饺子。

彭纹边吃边对安旭讲："一会儿到了爸那儿，一定要问他，他这样跟妈分开，以后上了年纪，需要人照顾的时候，他打算怎么办。"

"这话你能说，我是女婿，不合适。"

"也是，我说就我说。"

彭路来到舅舅社会家，客气地关心这个点方林哥怎么还没回来。

社会告诉彭纹，方林写起材料来，常常通宵加班。

吃过妗妗给做的家常饭，彭路被社会叫到卧室里关上了门："你爸要离婚这事儿，你怎么想？"

"舅，我当然不想他俩分开，但是我更希望我妈能遵从她内心的选择。毕竟他俩过在一起总不开心，以后的路还很长，他们应该以一种能够感受到幸福的方式去生活。"

"你这番话说得太脱离现实，你要明白你爸妈离婚首先受损失的就是你和你姐，尤其是你，还没结婚，影响更大。"

"我想到了，结婚这件事情我不会强求，能对我全盘接受的才值得我选择。"

"话可以这么说，可道理并不是这么讲，无论男方女方寻找配偶，去参量对方的家庭这都很正常。其次，一旦你爸妈离婚，财产分割就直接关系到你和你姐的利益。"

"财产是我爸我妈的，我和我姐都没有想法。"彭路认真地说。

"你说的是傻话，那最终就应该是你和你姐的。法律讲究公平对等，一人一半，但事实上，你爸很多年来的经济收支你妈并不了解。起诉状上你爸也只写了丽苑房子归你妈，至于存款，谁都不得而知。这明摆着坑你妈呢，你们作为女儿，绝不能纵容他这样对你妈。"

彭路听到财产分割的时候，始料不及的蒙圈。彭路认为如果父亲国庆坚持要分开，母亲粉蒲就应该高傲地离开，不在所谓的物质上做丝毫纠缠。母

亲粉蒲有退休金，生活无须依附任何人。可是此刻，彭路知道她的想法不会
得到任何人的支持，只好沉默。

彭纹和安旭安排安业独自在家做作业，并告知安业，如有需要，可以找
对门阿姨，顺便和对门打了招呼。之后，两人心情沉重地去景苑找国庆。

路上，彭纹让安旭停车，照惯例买了几种上好的水果，不是想在这个时
候向父亲国庆示弱，而是不希望家中白韵莲在关键时刻火上浇油。

社会接着对彭路说："我下午和你妈大致算了一下，第一，你爸三十多
岁时，你奶奶已经把她和你爷爷名下的房产，以及你祖爷爷留给你爷爷的房
产立了字据分了家，其中分给你爸的这一部分，也有一半是你妈的。第二，
你们小时候住的旧城上的小屋子，也就是挨着你奶奶屋墙的那两间，是你爸
你妈结婚后自己修的。多年来，那两间房一直出租在外，租金是你爸一个人
收的。第三，买丽苑房子的钱完完全全是你爸妈卖掉川上房子的钱，而川上
那套房子，是你腰后爷爷拿出所有积蓄，还和老战友借了一部分，才给你爸
妈凑够了百分之八十。换句话说，丽苑的房子本来就是你妈的。第四，你姐
没办厂子之前，你们一家住在丽苑楼下，楼上出租在外，房租也是你爸一个
人收的。第五，你姐从办厂子到结婚生了安业，这四五年里厂子的利润丰厚，
钱全交在你爸手中。第六，就是你爸目前的存款，他不可能没有，他不可以
独吞。"

彭路听着感觉好复杂，以前，彭路以为只有母亲粉蒲一个人喜欢这样算
旧账，不料如今，舅舅社会算起来也是这样的。彭路不明白这些完全说不清
楚的陈年旧事说出来又有什么用。

彭纹和安旭按响国庆的门铃，国庆开门看到彭纹和安旭的刹那间，几分
愧疚和不安溢于言表。

"你们过来啦，坐吧。小爱，去给彭纹和安旭热壶水。"

坐在餐桌上的白韵莲一听儿子国庆这回说话态度谦和，睁大的眼睛又随
之朝下微眨了几下，朝着安旭放在茶几边上的水果看了几眼。

国庆没等安旭和彭纹开口，先一步说："妈，你跟小爱回卧室去。"

白韵莲因国庆生硬的语气犹豫了两秒，然后望着小爱说："把这几盒

坚果拿到卧室剥去，不然闲着也没意思。"

小爱抱着坚果，白韵莲关上了门。

"爸，你跟妈过了三十年了，以前的事情过去了，就不提了，这一次呢主要是我妈不对，但尽管不对，也不至于非要离婚，还要闹到法院去吧？"安旭开口了。

"让小爱倒的水呢，没倒吗？"国庆没能直接进入谈话主题。

彭纹很少见一身硬骨、不怒自威的父亲国庆这样心虚过。

"应该热好了，我去倒。"

"我也不想去法院，确实没必要，就两套房，一人一套，随她挑，和平分开就是了。如果你妈同意，我可以撤诉。"

"爸，你起诉我妈是为了要挟我们去劝我妈，让她按照你的意思同意和你离婚，对吧？"彭纹压制着自己的情绪，却没有办法做到真正的平和。

"这是我的真实想法，怎么能叫要挟，我以为你是长女，并且经历了婚姻，能对爸多一点理解。"

"我们对你的理解还少吗？从我记事起，这个家什么事情都是你一个人说了算，我们从来都是无条件服从，包括现在安旭也是，你还有什么不满意的。别人家里都是老的操心小的，生怕小的不能过，我跟安旭没给你制造过一丁点儿忧虑吧？"

"彭纹，你不要这样跟我讲话，我辛辛苦苦给你办起了厂子，打下了江山，到头来你却说什么事情都是我一个人说了算，办厂子是你自己要求办的，我尽做父亲的责任扶持你站起来，没想到今天还会落下埋怨。"说这话的时候，国庆的语气和态度又一如往常。

国庆拿办厂子的事情来压制彭纹，使得彭纹深深叹了口气，一旁的安旭也一时语塞。气氛顿时陷入了尴尬。

"那么爸，你有没有考虑过彭路，你让一个做女儿的去转达和奉劝她妈妈离婚的时候，你想没想过她有多受伤、多痛苦，她现在正是找对象成家——人生最关键的时候，她需要父母和家庭做后盾，多一些机会和选择，而你们在此刻却给她添上了一堵心墙，挡住了她寻觅幸福的路。"

国庆沉默了片刻："彭路，我根本不需要你妈管，我全权负责她出嫁。"

"爸，你跟我妈都五十多的人了，这样闹下去把哪个气着了都不值得，还不得另一个管吗，当儿女的再孝顺也不比老伴伺候得好。"

"谁先倒下那是谁的命，真到身不由己的时候，养老院要就去，不要就用退休金请保姆，你们做孩子的能在闲暇时看看我，我就很知足了。至于我和你妈相互依靠，就谈不上了，现在每天回来人家都没有好脸色，等到躺床上，只怕她会想方设法使我死得快些。"

社会用颤抖的手将烟头在烟灰缸里摁灭，继而抬头望着彭路："傻闺女呀，话说得直白一点，你爸你妈一旦离了，你妈的财产还是你们的，你爸的就必然要四分五裂了，他一辈子那心病就是老感觉自己是倒插门，不甘心。他现在五十多岁，还年轻着呢，再找一个，人家图他房图他钱那是必然的，再说这么大的人谁没个一儿半女，你爸能当得了家的时候你俩要防着他后老婆。有个病有个灾的，你俩还要一起对付后老婆和人家的儿女。真睡床上起不来了，还是你姐妹俩伺候他呢，没有血缘的，人家只认钱，没人会管他。一旦离了，这后面只会越来越乱，麻烦事儿多着呢。所以说，你跟你姐无论想什么办法，这婚坚决不能离。"

彭路紧绷的心弦突然断裂开来，哇的一声号啕大哭，像个精神崩溃的可怜孩子。

粉蒲闻声进来，一把抱住痛哭中的彭路："你为什么要哭？别哭！"说着，粉蒲也泪如雨下。

"我不能接受你们离婚！"彭路在哽咽中努力表达清楚了这句话。

社会面对相拥而泣的母女俩，心中的怜惜和怒火来势汹汹，起伏翻腾。

妗妗给彭路递过来纸巾："孩子，别哭了，唉，也不知道你爸这么大人了，还折腾啥呀？"

"舅舅告诉你，你是你爸的亲闺女，又随你爸的姓，你去跟他谈，这事儿最容易解决。"

"我不要跟他谈，我不想见他，我恨他！"

"你听话，有三点你必须亲自跟你爸提出来。第一，他和你妈暂且分开住着，互不干涉；第二，撤诉，不能去法院，影响不好；第三，在你结婚成家之前，不可以离婚。"

彭路听着，感觉这三点句句稳妥贴切，但她又深知父亲国庆不是一个轻易改变主意的人。

"舅舅，只怕说了也没用。"

"为什么说子女是婚姻的纽带，这个时候就是需要你们从中调和化解。有没有用，你得去试试，你爸心里要还有你，这事儿就能先缓一缓，等一等总会有台阶下。他要六亲不认，一条道走到黑，那我们就必定要支持你妈奉陪到底，要让他知道这娘家人还没死光呢。当然，舅舅知道当你面说这样的话不太好，他毕竟是你亲爸，可真要到了法院，舅舅也只能这么做了。"

"就按你舅舅说的，明天回去找你爸谈，你不想单独跟他谈的话就跟你姐商量一下俩人一起去。"粉蒲用手中的纸巾帮彭路擦干净泪水。

"爸，彭纹和彭路……"

安旭刚开口，国庆的手机响起，他认真一看，是许久不联系的天命大哥，国庆犹豫了几秒，已然心中有数，起身走到卧室并关上了门。

"喂，天命哥。"

"国庆，你在哪儿？我想找你谈谈。"

"天命哥，我这儿不方便，有事儿就在电话里说吧。"

"那我们约个地方出来坐坐。"

"不好意思，手头还有点事。"

"你不是没时间出来，你是不敢见我，也罢，那我就开门见山，不绕弯子了。"

"好。"

"三十多年前，你跟粉蒲刚结婚那会儿，她跟你在城里是租房子住的，后来你俩在你妈门外修了两间屋子，其中一间巴掌大住三个人，后来住四个，而另一间也就是搭了个顶棚，养了十来只鸡而已。这一住便是八九年。你在川上买房的时候，粉蒲爸给你出了多少钱你不会忘记吧，你急得四处筹钱，我拿给你两千八，你住进去六年以后才还清我。老哥今天重提这些事儿，是因为你把过去的苦日子忘了。粉蒲多年如一日，勒紧裤腰带，陪你把最艰难的岁月渡过去，你开始嫌弃她，有别的想法了。话说糟糠之妻还不下堂呢，何况粉蒲会自己赚钱，长得还天生丽质。做人做事要真昧了良心，是要遭因果报应的，你晚上躺床上的时候，把手放在胸口，好好想想哥说的话，还有你们走过来的路。你想明白了，一切都好说，你要坚持执迷不悟，以后出门可要当心了。"

电话瞬间挂断，多少年来国庆都不曾经历这样一段灵魂的考问和尊严的挑战。平静的表面下，心跳已然在加速。国庆万万没有料到原本想简单处理的事情会在这么短的时间内如此惹怒一个表姐夫。

国庆顺手拿起杯子，倒了些热水喝下去，压压惊。心想这去法院本就不是本意，现在看来也确实不可行。

国庆从卧室出来，没有坐在沙发上，而是站在茶几旁，拿起一番居高临下的架势对安旭和彭纹说：

"爸不是非得去法院，事实上我更愿意和平解决，都这么大人了，希望你妈能考虑到你们姐妹俩，你们回去把话给你妈带到，只要她同意离婚，两套房子随她挑，法院我可以立马撤诉。"

"你要是能考虑到我和彭路，你一开始就不会去法院。"长这么大，彭纹几乎是第一次，带着埋怨和父亲国庆讲话。

"彭纹，你作为老大，要能起到好作用，你管，起不到好作用，你也可以不参与，我不指望你这当闺女的能理解我，但至少你不要来给我添堵。行了，你们可以走了。"

说完，国庆转身回卧室并将门带上。

彭纹气得发抖，白韵莲在卧室鼾声阵阵，安旭没想到情况会如此糟糕，一声叹息之后，拉起彭纹回家。

社会老婆给彭路和粉蒲准备好了洗漱用品和被子。

社会说："天黑了，走回丽苑太远，你俩今晚就住这儿吧。明天彭路打个车去上班就可以了。"

安旭和彭纹到家，安业已经睡着了。

彭纹问安旭："你看出来了没有，爸并不想去法院，可不想去的原因并不是因为我和彭路，而是他很担心妈跟他纠缠起来对他不利，他明白到法庭上就不是一套房子那么简单。我跟彭路只是一个筹码，以此来威胁妈拿上一套房子，悄无声息地走人。"

"不知道妈怎么想，其实想开了，分多分少都无所谓，少生气是关键。"安旭无奈地说。

"妈她根本就没头绪、没目标好不好，她就知道叫完这个叫那个，她根本就不清楚她究竟要干什么。她但凡能有点主意，我和彭路还会被她拖在身后受累又受气吗？"

彭纹拿起手机，给彭路打了过去。

"喂，姐。"

"你今天晚上就住丽苑，不回了吧？"

"我跟妈都在舅舅家，刚睡下。"

"怎么又跑舅舅家去了？还俩人都去了呢？"彭纹又是一阵头大。生怕粉蒲把家事宣扬出去，亲戚们一插手事儿越搞越大，更难收场。

"姐，明天再说吧，我跟妈都躺下了。"彭路不想躺在母亲粉蒲身边和彭纹在电话里沟通这事儿。

"好吧，那你们睡吧。"彭纹明白了彭路的用意。

"你姐打电话说什么呢？"粉蒲问彭路。

"没说什么，就问我晚上住哪儿。睡吧，妈。"

准备关掉手机的那一刻，彭路看到了李昊下班前发来的微信消息："下午去你单位没见到你，打你电话你正在通话中。从认识你到现在也有几个月了，不知什么时候能看到你写的日记，若是日记中有提到我，那我就太庆幸了。"

看完消息，彭路内心有种错觉：不一定这个人就不合适，也有可能是因为自己从未试着敞开心扉吧？

"教练，你好，因家中有事明天早上不能去练车，后天继续，谢谢。"彭路先给教练发短信请了假。

"满足你的心愿，这周专门写篇文章给你看。"彭路回复李昊微信。

台灯亮着，幽柔的灯光在此刻给彭纹和安旭平添了几分无力感。

"我明天还得再去找爸，我带上彭路一起去，我就跟他说，妈愿意让法院来判个公道。不然，爸真以为妈是个软柿子任他捏了。"

"明天咱俩还是先去跟妈沟通一下，这毕竟是人家俩的事儿，你至少得让妈知道实际情况。"

"也行，那明天一早我就过去，你中午下班回丽苑就行了。唉，你给我按按头吧，连续几个晚上被这事儿给折磨得睡不着，头疼。"彭纹靠在安旭身上。

　　清早的时间总是很匆忙，安业背起书包上学，安旭拿起车钥匙出门工作，彭纹麻利地收拾碗筷，清理餐桌。紧接着给母亲粉蒲拨去电话。

　　"喂，妈，你还在我舅舅家吗？"

　　"没有，你舅舅骑车送我回呢，快到了。"

　　"知道了，我一会儿过去。"

　　彭纹骑着踏板摩托，很快到了丽苑。粉蒲一个人在家，社会有事已经走了。

　　"妈，昨晚我跟安旭去找我爸了，我爸希望最好不去法院，他说你同意离婚，他就撤诉。我不知道你怎么想，可我认为……"

　　"你爸既然起诉了，不如就到法院解决吧，多年来你爸的存款我都没有插手过，但是心里大致也有个数。还有旧城上的房子他在起诉状中也没有提到，按照法律分我多少我都认，法院不可能判给我一套房子就完事了。"粉蒲平静且坚定地表了态。

　　"妈你说得对，我爸的话我已经听出来了，他还要为自己的以后做打算呢，他的目的是协议离婚。你若不同意协议离婚，也不怕去法院，他反而骑虎难下，没辙了。"彭纹很意外地发现母亲粉蒲这回竟然不糊涂了。

　　"晚上，彭路过去景苑跟你爸说几句话，到时候，你陪她一起过去。"

　　"我早上专门过来跟你沟通，就是想征求完你的意见再去和我爸谈。就这么定了，晚上我和彭路一起过去。"

　　一天的时光，又在灰暗与不安中迎来了夜幕降临。彭路下班后随粉蒲吃过饭，与彭纹联系决定在景苑的路口相见。

　　彭路一路小跑，为了不让彭纹等她。

　　彭纹骑上摩托如离弦的箭一般驶去，为了不让彭路等她。

　　两人几乎同时出现在路口。

　　彭纹停下摩托，问彭路："妈让你去跟爸说些什么？"

　　"姐，是我自己想和爸说几句我个人的想法，不代表妈的意思。"

　　"哦，我今天就是要告诉爸，妈不同意协议离婚。事实上爸很清楚去法院对他很不合适，爸一边考虑着为自己的将来留条后路，一边又要先起诉妈，先让我们都害怕。我们就是得让爸知道妈不怕，妈已经做好了跟他死磕到底的准备，得让爸打消如意算盘，绝不能让爸无底线地欺负妈。你说姐说得对不对？"

其实从小到大彭纹说什么彭路都认为是有道理的，因为彭纹是姐姐，一个很理性也很成熟的姐姐。但处理事情的方式，彭路的内心总是自有一套想法，尽管很多时候，仅仅是想法而已。

"姐，你分析得有道理，但是爸也是吃软不吃硬，死要面子的人。"

"你说得也是，但顾不上纠结那么多了，是他先起诉的妈。谁家做孩子的能像咱俩这么听话，咱家任何事情只要爸做了决定咱们没说过不。咱们这么尊敬他，他还想怎么着，这次就得坚决地站好我们的立场，不能再由着他了。"

电梯里，彭纹又开始絮絮叨叨："昨天晚上我跟你哥已经来过了，回回来都买东西。不吵架的时候担心人家俩吵架，吵了架更担心矛盾升级，不买东西奶奶会第一个出来挑衅，买了东西也没一人替咱做晚辈的考虑考虑。说到底都是极其自私的人，咱再怎么付出都打动不了奶奶和爸。今天我不计划买东西了，就这样进去。"

彭路很认真地听着，却沉默不语。

彭纹正准备按门铃，彭路直接掏出钥匙。

国庆从卧室出来，一脸惊讶："你俩过来什么事情？"

白韵莲和小爱继续坐在沙发上边嗑瓜子边看电视。

彭路还没想好这次谈话如何开头，她习惯了彭纹打头阵，于是她不作声，只是从鞋柜里拿出拖鞋给彭纹换。

"爸，你的意思我已经转达给我妈了，我妈愿意通过法院判决来解决你们之间的事情。"彭纹毫无顾忌地开门见山。

如此直截了当，彭路把拖鞋放在地上的瞬间脑袋嗡嗡作响，彭纹今天是怎么了？

彭纹的出其不意着实使国庆的神情中写满了措手不及。

继而，国庆又带着火气冲彭纹问："我的意思？我什么意思？"

"就你昨天晚上说的，我跟我妈都说了。"

"你说了个屁！我告诉你彭纹，你作为老大，在处理家庭矛盾上根本没有起到任何好的作用。"国庆突然情绪失控，语调高涨。

"彭纹，你有什么话不能好好跟你爸说吗？一进门你就呛你爸，你是老的还是他是老的呀，没大没小的。"白韵莲那双镶嵌在胖乎乎圆脸下的眼睛顿时发射出满是敌意的光芒。

"奶奶，你是老的，我们都是小的，那你儿子要离婚这事儿我想听听你怎么看。"彭路给彭纹挡住了那双恶毒的目光。

"我压根就什么都不知道，你们有谁跟我说过这事儿？现在你们姐妹俩横冲直撞，不怀好意地来质问我，我告诉你们，要真有这事儿，你们还真得问你妈去，问我，问不着。"

"小爱，你陪我妈回卧室去。"国庆轻轻一句，都不用抬头。

白韵莲很听话地拉着小爱的胳膊起身，摇摇晃晃如企鹅一般慢中有快地往卧室走，边走边问小爱："你昨天给我洗的那条秋裤应该干了吧？干了就收起来。"

国庆转过茶几坐在沙发上，拿起遥控将电视关闭："彭纹，关键时候，你不仅让我失望，也很让我寒心。我今儿是看明白了，在你眼里，爸不过是一层社会关系而已，亲情的成分很淡薄。"

"爸，让全家人失望和寒心的人是你，是你把我妈起诉到法院要离婚，又让我们去劝我妈跟你协议离婚，我妈她是个有思想有情感的大活人，不是你想怎样就怎样，任你拿捏的器具。"彭纹伤心委屈气愤颤抖，眼泪终于在国庆面前任性了一回。

彭路也跟着彭纹流下了感同身受的泪水。

小爱一边叠着秋裤，一边说："姑，可不敢让国庆哥离婚，都这么大人了，离了让外人看笑话，再也不会有一心的人了。"

"我猜他们也就说说嘴吧，我都这么大了，吃好穿暖活一天乐呵一天，老话说'儿孙自有儿孙福'，我才没空去掺和他们的事儿。"

"彭纹，通过这件事情，我已经彻底把你看得透透的了，以后你爸的事情不会再麻烦你，也省得你带着怨气跑过来，我还得听你对我发泄不满。你的话若讲完了，你就可以走了，没讲完，我也不想听了。"

"你撵我走呢！"彭纹突然情绪失控站了起来，"我从小就是在你的呵斥打骂下成长，我也从未真正感受过什么叫父爱，别人依偎在爸爸怀里撒娇的时候，我在被你嫌弃这个不行那个不行，我小时候刻在记忆深处的话就是'你学习不好，以后干什么都没人要'。我在这个家战战兢兢长大，看到你就觉得害怕，怕你打，怕你骂，也怕你和我妈吵架。至今，为了这个家能够平静，在你面前我都从未说过一个'不'字，可没想到你欺人太甚，居然能把我妈起诉到法院去。爸，你都快六十了，为什么依然不明白亲情的重要，为什么依旧要伤害陪伴你大半辈子的妻子和你的亲生女儿。我姓彭，彭路总姓叶吧！"彭纹已泣不成声。

"够了！你和你妈是一样的水平、一样的逻辑，你妈一开始就灌输你们一个姓叶一个姓彭，姐妹俩不一样。我可从未说过一句这样不负责任的话。你不要借机在这里胡搅蛮缠，不讲道理。你回吧，跟你讲不通道理，以后遇事情也不会再指望你。"

彭路拉住彭纹的胳膊将彭纹重新按回沙发上坐下。

"爸，这就是我们的家，你让我们去哪儿？即使你跟我妈离婚了，这儿也还是我们的家。你跟我妈也永远都是我跟我姐最惦念的至亲。"

彭路的话将气头上的国庆拉回到了平缓状态。这一刻，国庆的眼睛里似乎多了些亮闪闪的液体。

"爸，没有一个孩子希望自己的父母离婚，你也有过童年，有过青春，你可以换位想一下，若是当年爷爷以这样的方式对待奶奶，作为儿子，你心里什么感受？"

彭纹仍在彭路旁边擦眼泪。

彭路看着国庆的眼睛，接着说："爸，我不想去评判你和我妈谁对谁错，我认为时间就是感情，岁月就是见证，要离要过，决定权当然在你们俩手里。但是从我个人角度出发，我想提出三点建议。"

"哪三点？你说！"国庆终于开口了。

谈话的氛围缓和了下来。

"第一，不要去法院。咱这小县城，一出门都是熟人，不要因为你们的决定使我和我姐以后出去难堪。"

"我也不想去法院，能不去法院最好。那第二点呢？"国庆问彭路。

"第二，要离也要等到我结了婚再离。"

国庆沉默，继而抬头，又稍作思索："这一点我慎重考虑，闺女大了，正好在这谈婚论嫁的年龄，提出这个要求合情合理，不过分。做父母的，可以做出时间的退让，来配合你寻找一个好的归宿。爸答应你，这是第二点，那第三点呢？"

"第三，你和我妈暂时就这样分开住着，她住丽苑，你住这儿，互不干涉，各自生活。"

国庆掰着手指头："第一，不去法院；第二，你结婚后我们再离；第三，你妈住丽苑，我住景苑。就这三点，对吧？"

"嗯！"彭路点头。

"简明扼要，至少还算是解决问题的办法。爸可以答应你，不过你也得跟你妈达成一致，不能等到你结婚了她又不离了。"

"我妈那儿，我也一样和她讲这三点。"国庆的话彭路听得很不舒服，但彭路还是极力稳住这样的谈话氛围。父和女，谁都不愿再回到刚刚撕心裂肺的模式中。

"那好，爸明天一早就先去撤诉，说到做到。你安下心来，好好找个对象。"

"我要说的说完了，我晚上回丽苑跟我妈住，节假日我和姐姐都会过来看你，平时你需要我们的时候，随时打电话。"

"你们也都忙，我不会轻易打搅你们。"国庆说这话的时候，有一种浓重的失落感。

"爸，那我跟我姐就先回去了，你一会儿早点睡。"彭路和彭纹一同起身准备走。

"走吧，路上注意安全。"国庆并没有起身，目送两个女儿出门。

彭纹送彭路回丽苑的路上，天色已晚，两人全程没有一句交流。彭路坐在彭纹身后稍稍松了口气，但充当人质的感觉并不好受，从景苑出来感觉自己重新憋了一口长气，好似一个死刑的囚徒从立即执行变成了缓期。这一刻，永远都不结婚的想法不经意间掠过彭路的脑海。她实在不敢想象父母离散是怎样一种概念。

三五分钟的路程，很快到了丽苑，彭路下车后目送彭纹离开。然后整理心情，暗示自己要轻松地对母亲粉蒲讲刚刚的事情……

轻轻打开门走进院子，黑洞洞的客厅里从卧室门缝透出一道微弱的灯光。

彭路走进这间只有一张钢丝床的卧室："妈，你怎么不到楼上去睡啊？"

看到彭路回来了，粉蒲坐了起来："妈想你应该会回来，所以就躺在这儿等着，你姐呢？她回去了吗？"

"她把我送到门口，刚走。"

"你们跟你爸谈的怎么样？"

"我舅舅让我提的那三点，我爸都答应了。以后我跟你住这儿，节假日再过去看我爸。"

"这话是你爸说的吧？"

面对母亲粉蒲这种避之不及的猜疑，彭路又稍有烦躁："我说的，你一个人住这儿我不放心，我跟我爸住景苑，没有你，那家里也冷冰冰的，所以我才这样说。"

粉蒲的眼里瞬间噙满了泪花。她的情绪总是在眨眼间起伏变化，彭路常常始料不及，又不得不接纳。

"你姐跟你爸说了些什么？"

"她不是跟你商量好才去和我爸说的吗？"

"我知道，我就是问问你他们是怎么说的，你爸听了是什么态度。"

"我光知道我爸并不想去法院。哦，对了，我爸明天早上就去撤诉，我明天还要早起练车，我想早点睡。妈，你什么都没必要多想，光考虑接下来把楼下变成你喜欢的样子就行了。"

"这都是要花钱的，简单点能住就行了。我又不是你爸，只知道享受。"

好多话在耳边从小听到大，彭路只想躲开："妈，我去睡了！"

彭路跑上楼去，刚躺下一分钟，内心里又开始担心母亲粉蒲："妈，你也快点上来睡！"

"这就上去了！"粉蒲回应道。

这个夜里，躺在已熟睡的安旭身边，陪伴彭纹的，只有悄然流淌的泪水以及无处言说的凄凉。

国庆看看手机，凌晨一点了，多少年来感受不到家庭的温暖，却也从未真正想过离婚。终于决定给自己一个重新来过的机会，却又举步维艰，四面楚歌。等天亮了，先去撤诉，然后从内心深处和过去的生活告个别。生命只有一次，余生弥足珍贵，趁时光不老，要认真爱自己。

太想解脱　却又作茧自缚

清早的匆忙，总是让每一个奔波其中的人们不自觉地戴上了坚强的面具。

单位楼梯上，李光拿着文件夹一步三个台阶往上赶。碰见彭路，习惯性地微笑，脚步却未停下："补考驾照的事儿哥给你问过了，到时候提前通知你。"

想到考驾照的事情很快又有希望，彭路突然觉得，只要太阳依旧升起，一切都会继续。

国庆撤诉，虽没离婚，但想到已然明确和粉蒲分居，整个人都感觉被自由之神笼罩，迫不及待地想潇洒一番。热衷旅游的国庆仔细想了一下，祖国的大好河山基本游览过了，但至今还没出过国，两年前办理的护照还搁在抽屉里，从未用过，不如直接到美国去看看，了却出国的心愿。

国庆火速与旅行社联系，旅行社工作人员详细介绍了去美国需要办理的各项手续以及公职人员需提供的各项资料。

这一问，手续的烦琐虽没打消国庆出国的热情，但自己单位一些必走的程序又让国庆意识到实在没必要这么高调。

要不就再等个三年吧，三年后也还年轻，拿个退休证就可以免去单位这些不必要的程序了。

那么当下，就找个自己喜欢的地方，尽情享受几天无拘无束的自由吧。

身处北方的冬天，首先想到的便是四季如春的昆明。抓紧订票，说走就走，国庆习惯性地拿起手机准备给彭纹打电话，正要拨出去又放下。除了彭纹和安旭，谁还能帮忙在网上给定个票呢？从来也没靠过彭路，这次出行也不希望和俩女儿通气。

国庆沉思了片刻，想到了叶果。感觉这样举手之劳的小事儿也不算麻烦他，于是给叶果拨过去了电话。

"喂，小果啊，你知道网上怎么订票吗？"

"知道的，叔，您需要订什么票微信告我一声，我这马上就下班了。下班后我给您打过去。"

"行，那你先忙。"

国庆编辑好微信："需购买荣州到昆明机票一张。近一两天的都行。"

半个小时过去了，国庆依旧在等叶果电话。心想彭纹和安旭任何事情都不会让他等这么长时间没回话，下班时间也到了，这叶果怎么就没把我说的话当回事儿呢？

这个时候电话响起，正是叶果。

"喂，叔，我在您家楼下呢，您吃过晚饭了吗？"

"还没呢，你过来了就上来一起吃。"

"别了，叔，还是您下来我带您去一家地道的面食餐馆，重温一下家的味道。"

有一点小惊喜，国庆爽快地答应了。

叶果开着他的奇瑞 QQ，载着国庆来到他单位附近的一家饸饹面馆。

进去后，小店的嘈杂使国庆稍有些不自在，不过，想起自己年轻的时候经常在比这更简陋的小店酒足饭饱，逍遥快活，反倒怀念起远去的岁月来。

叶果望着失神的国庆："叔，您是要豆角肉丝的，还是要酸菜肉丝的？"

"要酸菜的，我们这辈人，就爱吃酸菜。"

"老板，来一份豆角肉丝，一份酸菜肉丝。"叶果提高音量报完饭，似乎明白了国庆的心思。

"叔啊，你一定好久没来过这种小餐馆享受晚餐了吧，难得有机会在这样的地方回味一下曾经的味道，你可一定要吃好。家里做得再棒，跟这儿的相比，味道总差一点。"

吃饭很讲究的国庆，在面食方面，还是最喜欢老婆粉蒲亲手做的。至于饸饹面，国庆也只喜欢吃老式饸饹床压出来的，粗细合适，口感正好。叶果的一番话，国庆只是客气地点头，不表态度。

"叔，这家面馆我经常来，知道这儿的肉用的是正经肉，味道正宗，所以今天特地带您来，就是希望您能尝一尝。"

"机票订上了吗？多少钱？我给你。"国庆将话题转回。

"不急，叔，我这就打开手机，约您出来也是想让您亲自过目一下出行时间和价目表，一次性买得合合适适的。叔，您一个人去昆明，是有什么事情吗？"

"一个人出去散散心。"国庆简单回应。

"哦，叔，您看，明后两天的航班时间和价格都在这里了，您看哪个班次合适我就给您买哪个。"

国庆接过叶果的手机："网上看得这么清晰简单、一目了然啊，还有优惠，这手机上的操作麻烦吗？"

"不麻烦，叔，不过得下载个专门的 App，然后直接操作就可以了。"

国庆掏出手机递给叶果："需要下载什么你给我下载好，我试试能不能够独立操作。"

"叔，换作我爸人家压根就不想跟这些新事物沾上边儿，您跟得上潮流，没问题的。"

没几分钟的时间，一碗热气腾腾的饸饹面端上了桌，酸香扑鼻，豆角肉丝面也随即端来，国庆已经自己订好了机票。

叶果兴奋地拿起筷子将菜肉面拌匀。

"要知道这么简单，早学会了，连打电话给你们年轻人的时间都省了。好了，吃饭！"国庆突然很得意自己又学会了一项新技能。

饸饹面入喉的刹那间，国庆不禁想起自己的女儿女婿，好像从来没有谁能和他单独坐下来，闲话家常，吃一碗简单的饸饹面。

想到这里，一阵荒凉又瞬间熄灭了刚刚的得意。

"叶果啊，叔看你每天忙得不亦乐乎，月薪应该比叔多不少吧？"

"怎么可能啊，叔，您在单位那是元老级的人物了。我在单位里，也就是个打工的。工资一个月也就三两千而已。"

"是吗？那你这星期天都忙着拉客户就没点提成吗？"

"提成当然有，但是也没多少，只有工资才能算靠谱的收入嘛。我们这种金融类的企业，压力很大，无休止地推销产品，就为了能多完成一点任务。我自己也买了些股票，近来行情还行，赚了一些。"

"你们内部人员应该能提前掌握股票走势，赚钱的概率相对大一些吧？"国庆问。

"叔，还有人求我泄露些机密呢，事实上我们和所有股民都一样，都要面对风险。不过单位有规章制度，不允许工作人员开户炒股，我私下也是用我妈的身份证开户操作的。"

"很遗憾，叔对炒股是一窍不通，也完全没有兴趣，帮不了你。叔闲下来的时候，就喜欢一个人唱唱歌，出去旅旅游。"

"叔，快别这样说，您这回还真有能帮得着我的地方。"

"哦？"国庆很不适应这种拐弯抹角设套的方式。

"叔，我们公司目前和中国银行联合推出了一款理财产品，保本的，投资期限可以自己定，最少一年。换句话说，您的钱还存在中国银行，我们公司则根据您的投资期限，以及您需要保本的这些要求，为您提供量身定做的金融服务。我这里有份刚和客户签的代理协议书，这位客户也在机关工作，人家一下子投了五十万，定期三年。预期收益要比银行定期存款至少高出七八个点。叔，这是协议书，您看一下，上面中国银行和我们公司都有盖章。"

国庆伸手挡住："小店嘈杂，叔也没戴老花镜，不在这儿说这些，面凉了就不好吃了。"

叶果举在半空中的协议书被墙壁上的摇头电风扇吹得簌簌响，尴尬之余，只好收回。

"叔，要不要加点菜？"

"不用了，这面中午吃正好，晚上吃量有点大。"

"叔，要不我再给您手机上下载个美团吧，您到了昆明可以在美团上订酒店、订餐，很方便的。"

"下载多了就乱了，订餐不需要，酒店的话任何一个景点旁边都有，这些都不算个事儿。"

一大碗饸饹面下肚，国庆先一步掏出现金结账。

"叔，我来扫码。"叶果忙着掏出手机。

服务员已找零给国庆。

送国庆回去的路上，叶果再次劝国庆："叔，投资理财这事儿真能干，几乎是不存在风险的。当然，也能帮我完成个任务，一举两得，咱俩都受益。"

"明天下午我就去昆明了，随后再说吧。"

"行，叔，您先玩儿好，这个不急。回来的时候，记得提前给我打个电话，我去接您。"

回家后，国庆独自在卧室准备出行需要的衣服、充电宝、望远镜等物品。三十多年来，这些事情几乎没有自己动过手，春夏两季的衣服，找遍了柜子才发现整齐地叠放在顶柜上。粉蒲收拾家，每个角落都是这么井井有条，国庆突然发现自己已经习惯且很享受这样干净整洁的家。挑出两身衣服装进背包里，想想还差个水杯，接着去客厅找，此时国庆注意到脚下的地板，虽然一早小爱已经拖过了，但并不像粉蒲在家的时候那样明净光亮。打开柜子看到那个砸伤自己的保温杯时，刚刚温暖的心又瞬间冰冷。

这样的冰冷迅速蔓延于身体的每一根毛发，激起国庆强烈的痛恨，恨意不可控制地抵挡了理智，这一刻国庆觉得：叶果好赖都是叶家的一份子，是叶家唯一的孙子，信任叶果是应该的，帮叶果也是值得的。今后很多忙里忙外的小事，还要靠叶果搭把手跑个腿。

想到这里，国庆当即拿出手机给叶果打了过去："明天早上你过来吧，叔拿出十五万，给你完成这个任务，不过咱得先说好，必须保本。"

"您同意了，叔，太好了，您就放心吧，我明儿一早就过去，很快就可以办理完，不耽误您到荥州乘飞机。"

通话结束，国庆有一种大义凛然的豪横，更有一种报复粉蒲的心理平衡。

开心来得太突然，叶果抱起老婆彩霞在卧室里转了个圈："亲爱的，不到一个月就年底了，等着老公我给你抱着奖金提成回来，我们欢欢喜喜过个年！"

"能拿多少啊？你开心成这样。"彩霞将期待的眼神投向叶果。

"工资奖金提成加起来，今年的总收入应该能突破二十万。"

"真的！"彩霞开心得跳起来，"那我们是不是应该请你叔吃顿大餐呀？"

"不用不用，他才给完了多少任务呀，这事儿你就别管了，你先睡，我得给我叔还有另外一个客户发一下明天需要准备的资料。"

"行，那我先睡了，你别太晚啊。"

叶果走进卫生间，拨通了母亲曾花英的电话。

"喂，妈，我叔今天打电话给我，说要去昆明旅游，让我帮忙买机票。"

"买个机票也好意思麻烦你给他买呀，他养的那俩闺女干吗用的，是摆设吗？妈跟你说，以后这种事情你可不能答应他，搭钱搭时间的，你图个啥呀。牙律师，哦，不，牙女士昨天给妈来电话说，你叔又撤诉了，这费了半天劲，人家又不离了。你说你再给人家白服务，你姓傻呀！"

"不是，妈，没白服务，我这也寻思着订机票的钱随后我叔给我的话我也不太好意思要，就把我叔约出来吃了碗面，结果他自己要求学着买，当时就学会了，面钱也是他出的。这前前后后我都在推荐他投资我们公司的一些债券基金类固定收益理财，他都不怎么搭话，完全不上钩，结果刚刚冷不丁给我打电话说明天一早往我这儿投十五万。妈，你说我叔这是咋回事儿，我完全摸不清啊。"

"你都四十多的人了还看不明白个这，以前买票这种小事儿他有主动给你打过电话吗？"

"没有。"

"说明这次他不得已才给你打电话，一定是跟家里人闹掰了，既想出去散心，又跟谁都张不了口了才找你。你在他情感脆弱的时候求他完成个任务，他自然很容易就答应了。"

"妈，还真是你说的这么回事儿，不过我从没发现我叔有情感脆弱的时候。"

"他就是个普通人，你还把他想得多神秘。他既然答应往你们公司投钱，你就趁热打铁，明天抓紧办。"

"妈，这就不用您教了，我心里有数。"

睡前，彭纹突然想起装修的日子就定在明天："安旭，明天工头就带着工人过去丽苑干活了吧？"

"对，我明天会早点过去，一切都交给我，就别让妈操心了。"

夜深人静，彭路打开电脑，登录QQ，想要写篇日志，梳理心情。刚打开QQ空间，意外地看到了最近来访里出现了曾经最最熟悉的头像。没错，是他，怎么会是他？为什么是他？原本平静的心情来不及防备，便已被记忆的旋涡吞噬。泪水不打招呼已滑落脸颊，毕业至今三年了，他的网名依然没改。彭路掩面镇定，理性的声音在提醒自己：把未来交给希望，拥有希望的生活才充满美好。

拭去眼泪抬头，那个头像不见了。

"愿你安好！"彭路面对电脑显示器，在心底默默地祝福。

"累了一天，终于躺下了，每每这个时候，好想静静地读一篇你写的文章，然后再睡。"李昊发微信给彭路。

"满足你的愿望，不过你若想早一点看到的话，明天就早点起。"

"真的！那估计我今天晚上都睡不着了。"

"别啊，你上班那么忙，该睡睡。写好了我会发在你邮箱里，你随时都可以看。"

"我太期待了，我还是定个闹钟叫自己起床吧。"

彭路抱着手机笑了，内心定不下来的事情，就交给命运来安排吧。双手落在键盘上，盯着忽闪忽闪的字符，脑海里一片空白。未曾真正相处，何来内容可写呢。突然想到所有嫁给警察的女同胞们，在婚姻的大多数时间里，都要独自面对和解决家庭的各种问题，内心该有多么强大呀。思索中，彭路敲下了文章的题目：嫁给孤单。

　　这样的题目的确有些凄凉，但我总在不经意间会被一种莫名的孤独感围绕。

　　一个人的时候，可以享受自由的快乐，可以变得独立坚强。两个人的时候，独立和坚强折射出的便是牵挂和忧伤。

　　我从不奢望幸福的眷顾，但我始终能感觉到幸福，因为我追求和享受生活中最真实的情感，我感恩生活给予我的一切，尤其是出现在我生命里的每一个人。

　　缘分，多么奇妙而又值得期待，它让我们相识，没有任何预兆。

　　我清楚自己是个被动慢热的类型，在这个把婚姻与房车金钱画等号的现实年代，追求理想和爱情的人难免显得脱节和慢拍。尽管已经慢到剩，我依然没有勇气走进没有爱情的婚姻。

　　我常常设想未来的生活，有一个疼爱甚至溺爱我的老公，他的胸怀可以接纳包容与我相关的一切，他的肩膀可以挑起家庭的责任，是我随时随地、不离不弃的依靠。

　　我希望在这个小城市我和他彼此有稳定的工作，有大体一致的作息时间，倘若他上下班可以接送我，我会陶醉在这样的小幸福里无比快乐。我希望下班后可以一起分享美食，交流工作，交换心得。一起在节假日看望双方父母，吃他们做的可口饭菜，享受家人在一起的天伦之乐……

　　相信每一个孩子打小就对警察顶礼膜拜，这个职业崇高神圣，穿警服的都是万能的好人。遇见你，设身处地感受到警察这份工作有多忙多辛苦，你百忙之中问候的电话常常让我感动，偶尔也让我无奈。我很明白，我必须选择理解和支持。你对待我的耐心，对待朋友的真诚，对待工作的认真，为人处世的谨慎，让我愈渐对你认可和信任起来。

我始终是一个依赖心比较重的人，尽管成长教会我如何独立和坚强。我还是会在下班后一个人回家的路上感到孤独，会和朋友在一起的时候想知道你在忙些什么，不希望晚上睡不着的时候永远都是闺密在陪我聊天，我担心主动牵挂和分享我喜怒哀乐的人始终不是你，我担心很多时候你无暇关心我在做什么、想什么，我怕这些担心日积月累让我误以为你忘记了自己另一种责任和身份，忘记了我。我不知道事业、朋友和爱情在你看来哪个更重要些，但我又不忍心打扰已经很忙很累的你。就是这样纠结，典型的双鱼，多愁善感，爱幻想，又有点不切实际。白羊会在想，双鱼可不可以别那么神经兮兮……

我喜欢写作，是因为这样的方式可以梳理心情，可以整理生活，亦能记下点滴美好，当把生活变成文字，一遍遍浏览回味，会顿悟生命的意义，品味生活的味道。

缘有天意，用心对待，且行且惜！

写完之后，彭路从头浏览了一番。她不仅谨慎兑现了答应李昊的事情，更诚实地面对了自己的内心。打开 QQ 邮箱，发送，然后，在被窝的柔软里彻底放松，感受着最踏实的温暖进入梦乡。

凌晨四点半，黎明前的黑暗中，一家煤矿电缆线被盗，熟睡的李昊又接到出警任务并立刻出发。

待到有一刻喘息的时间，已是傍晚六点，这一天里，李昊还没来得及洗脸，下午一点半的时候，就着白开水随意吃了包干脆面。此刻，李昊刚在自己的休息室里躺下，便已睡着了。

里里外外，安旭在丽苑忙活了一天，工人将鼓起的墙皮敲掉，屋里空气中布满了刺鼻的石灰味儿，客厅地面堆起了水泥，还有工头刚买回的油漆。

下班路上，彭路边走边想：也许李昊今天早上已经被闹铃叫醒，打开了 QQ 邮箱，他看到这样的文字也许会很失望，因为自己憧憬的简单生活他给不了。又或许，他觉得这些心声对他来说不是重点，文字太过虚浮而无实际意义。怎样都好，因为表达真实想法之后的自己实在是太轻松了。

推开家门看到安旭灰头土脸，头发肩膀上都顶着一层薄灰，眼前的一幕突然截断了彭路美好的想象。我的天，家里怎么突然间变成了这样？

国庆此刻已在候机楼等待登机。

叶果打来电话问候："叔，马上就该登机了吧，注意安全，旅途开心。"

"叔知道了。"

"用得着我的时候，随时打我手机。"

"好的。"

国庆言语虽少，内心却很温暖。他很清楚叶果的关心是早上的定期理财换来的，可是依旧很暖心。

到达昆明，国庆打车在酒店住下。上网搜索了本地深度游景点，计划着次日前往宜良县九乡风景区。

每一次旅行，国庆都精力充沛，早起晚睡，生怕错过美好的风景。五点多钟的昆明，天还未亮，国庆已退了房卡，询问酒店工作人员并记下了乘车路线。

第一次到荫翠峡，国庆穿好雨衣登船，风凉水湿，水丝不时地冲溅在脸上，清凉至极。两岸古崖苍苍，浓荫摇曳。国庆沉醉在如诗如画的景观中，纠结的心舒展开来，尘世的烦恼随之远去。

紧接而来的，是惊魂峡的激流逝涛，跌宕轰鸣，惊心动魄的立体景观。

蝙蝠洞倒悬垂挂的钟乳石，让国庆好奇而惊叹，他跟在一名导游身后认真了解，得知这些神奇景观是因为空气流向不同而形成的。

一天的游玩畅快淋漓，国庆与几个游客协商好一起拼车赶往丽江就宿。

粉蒲为了让工人把活干仔细，先是闲话家常，沟通感情。接着又忙完午餐忙晚饭。安旭多次提醒粉蒲，跟工头说好的全包，不管饭。粉蒲依然坚持己见，且尽心尽力。

工人也确实感觉省了碗饭钱，粉蒲提的要求无论是否合理都先含含糊糊答应下来。

辛苦了一天，安旭回家后洗衣、冲澡。

彭纹充满感激："今天安顿好了，明天就没必要再过去了吧，你来回跑太累了，妈也在，她看着就行。"

"妈才是最累的，一边指手画脚，一边嘘寒问暖，中午晚上都给工人做了饭，告诉她什么都别管，她就是不听。"安旭无奈地摇头。

彭纹啥也不说拿起手机拨过去。

"我洗着碗呢，你要说什么快说。"粉蒲带着喘息声匆忙接起电话。

"你给工人瞎指点还给人家做饭了是不是。一切都是跟人家工头说好的，你别瞎掺和，别说了你不听，最后还有一堆埋怨。"

"谁埋怨你了彭纹，我做饭是自愿的，工人们家里既有念书的，又有看病的，都不容易。我做饭既给他们省钱，也给他们省了时间，可以把活干仔细些，有什么不对？"

"你要觉得人家不容易你可以事先跟人家说好，活按标准干完，咱都满意，私下再多给人家二百块工钱便是。你又何必每天做饭呢？"

"行了，你别管我，到底是做饭划算还是一人多给二百块钱划算，我心里没数吗？你这话要让别人听见了，指不定会以为你钱多的没地儿花呢。"粉蒲挂掉了电话。

"真没办法，说不得，改不掉，我行我素，永远认为自己是对的。俩人都一样。"彭纹跟安旭说完，垂头叹息。

彭路在期待着什么？一个打电话问候的人？或是看过邮件后李昊有何感想？

彭路终究把电话打给了田娟。

"娟，人为什么要在这样的年纪迫于压力，为了结婚而结婚呢？"

"突然说这个，什么事情让你突发感慨啦？这个年纪不就是最适合结婚的年纪吗？"

"这个年纪只是最适合生育的年纪，但又最不适合谈爱情。真正美好的爱情就是在情窦初开的大学时期，或是在别无所求的退休之后。"

"天哪，你可不敢有这样的想法，你擦亮眼睛找个人品好的、能使你温暖的人，会过得很幸福的。"

"放心吧，我的内心还没有强大到能抵御外界各种力量的挤压，依然不妥协不罢休，也就跟你说说而已。"

"跟我怎么说都可以，对象该找还得找，从明天开始，我只要见了熟悉的朋友同事，就让他们好好想想身边有没有靠谱的帅小伙，一旦发现好的资源，立刻介绍给你。"

"哈哈哈，娟，咱俩在一起之所以这么快乐，估计是因为咱俩都挺傻。"

"当然了，心机太多的人，凭咱俩这智商累死也斗不过人家。"

"我在高中的时候就想过，下辈子当个大熊猫多舒服，不愁吃喝，无忧无虑，一生下来就是国宝。"

"说得是啊，等等，我妈给我发视频呢，肯定我儿子又想我了，我待会儿给你打过去啊，彭路。"

"你赶紧接吧，不用打过来了。"

盖好被子准备睡，微信又来新消息。

李昊："睡了吗？"

"没呢，刚和闺密聊天来着。"

"羡慕你，还有聊天的时间，我刚出警回来。"

"辛苦了，你早点休息吧，否则身体吃不消。"

"习惯了，提前告诉你个好消息，这周末我可以休息两天，一天回家，洗洗澡，睡个觉。还有一天可以用来陪你。"

"好啊，那你可要提前想好你的观后感。"

"什么观后感啊……给我提醒一下？"

"你先睡觉，睡醒了打开邮箱就知道了。"

"哦，想起来了，看我都忙忘了，我现在就去打开电脑。"躺着的李昊噌的从床上蹦起，跑到工作室电脑旁。

"那，我先睡了，周末见。"

"晚安！"

"安！"

周末来临，本该是睡到自然醒的日子，彭路却早早地在练车场练起了车。休息间隙，看到手机上有光哥的未接来电，赶忙回拨过去。

"彭路，你考试时间定了，就在下周日。要抓紧时间练习，需不需要哥跟驾校教练说一声，再给你分辆车练习几天？"

"不用了光哥，我现在正练着呢，周日我自己去考场，这一次，谢谢你帮忙。"

"客气了，哥相信你这回一定能过。加油！"

"我会尽力的。"

挂掉电话，看到李昊发来了中午就餐地址，彭路随即和教练说明有事，打车前往餐厅。

几天下来，粉蒲不仅为工人忙活午饭和晚饭，还跟着当起了小工，拌水泥，兑油漆，只要感觉自己能干的都不可阻挡地干了起来。关键还不听工人劝，为了省材料不按常规来，一意孤行，把工人搞得不知如何是好。

八宝、木美、诺邓古村、宝山石头城、普者黑、抚仙湖、沙西、坝美，一路结伴一路醉，景美人美心情美。国庆由衷地感叹，大好河山、壮丽秀美，世界这么大，又何必把时间和心情浪费在不愉快的人和事上。

彭路到了餐厅，才发现已经就坐的不止李昊一个人，还有李昊关系不错的同事两口子。男的身材魁梧，谈吐浑厚有力，女的正在孕期，笑容幸福滋润。彭路先是有些尴尬，后又觉得都是同龄人，多认识几个朋友没什么不好。

服务员将一大锅虾端上桌，几只眼睛一齐盯向浓香扑鼻色泽诱人的鲜虾，垂涎欲滴，唯独彭路依然端庄坐姿，细心地观察每一个人的神情举止。

"来，先戴上手套。"李昊的同事第一个给彭路发手套，递到彭路面前却不知如何称呼。

"李昊，还是你先来介绍一下。"男同事说。

"好的好的。"李昊五指并拢，手心向上，绅士地指向对面的男同事，"这位是我的同事，海鸥，在刑警队工作。"

接着指向海鸥身边的女人："这位是海鸥的老婆，白鸽，在银行工作。"

彭路面带笑容，频频点头。李昊略有腼腆又郑重其事，最后向对面的二位介绍："彭路，小我一岁，我们认识四个多月了。"

"怎么认识的？讲给我们听听。"白鸽好奇地问。

李昊显得有些不知所措。

"相亲认识的，还在相互了解阶段。"彭路淡淡地回答。

李昊细心地剥了两只虾放在彭路盘子里。

"你也吃，我自己来。"有人为自己剥虾本是很幸福的事情，可彭路每次与李昊见面，却总感觉生疏。

"要说相处四五个月，时间也不短了。李昊，打算什么时候请我们吃喜糖呢？"海鸥边吃边问。

李昊神情慌张："还没有探讨过这个问题，也没有见家长呢。"

"相识到现在是有四五个月了，但相处的时间全部加起来也就一两天吧。所以……"彭路欲言又止。

"李昊，你有没有给人家彭路解释清楚啊？人家可是对你有意见了。"海鸥讲话的声音，绝对能镇得住犯人。

"没有没有，你们的工作性质决定了你们时间有限，这我知道。只不过相互了解也需要时间，而且是很有必要的。"彭路先解释了起来。

"彭路，那我先给你敲个警钟，提个醒啊，你看我这怀孕都五个月了，基本上是我妈在陪我，他能陪我的时间少得可怜。正常一个星期休息两天，他们半个月也不一定能休息两天，五一、十一假期，好的情况下他们能休息一半儿，他们的工作真的身不由己，晚上回家，饭不能保证吃完，觉也不能保证睡到天亮，手机一响，说走就走。我目前依然处于很没有安全感的状态中。做决定之前，你要把这些问题想清楚了，因为婚后，这些就是你不得不接受的生活常态。"

"确实，我老婆怀着宝宝我都没能尽到作为老公应尽的责任，我很愧疚。"高大的海鸥在怀孕的白鸽面前吐出"愧疚"二字，瞬间让人心酸。来电铃声不合时宜地打断了海鸥的话。

彭路随着白鸽和李昊的神情也不自觉地紧张起来。

海鸥起身，进入一间没有客人的包间接听电话。

"会不会海鸥一出来我们就得立刻走？"彭路问李昊。

"不知道，有可能。"李昊职业性地警惕和认真起来。

白鸽开朗的笑容难以掩盖内心的纠结："我们快点吃，等他出来极有可能就来不及享用这桌美味了。"

包间的门终于从里面打开，白鸽紧张地脱掉手套、提起包，李昊起身询问情况，只有彭路依然坐着等待结果。

"不用这么敏感，继续吃。"海鸥说完坐回了原位。

"队里有事儿吗？"李昊问。

"不是，外地的刑警问我案件进展情况呢。"

彭路听得一头雾水，疑惑地看着李昊，但没问。

饭局结束，李昊很主动地结账，四个人打了出租，挨个回家，彭路和以前一样跟李昊说回景苑。

"你发给我的邮件我看了好多遍，写得真好，文采不错，可以多写一些，投稿给杂志社。"李昊坐在后排中间，对身边的彭路说。

"彭路擅长写文章啊，现在哪个机构都缺写材料的。"另一旁的海鸥补充道。

"厉害！"白鸽坐在副驾驶位称赞。

"我只是写些自己喜欢写的文字。"彭路回应大家。

车子在家门口停下，彭路和李昊以及李昊的朋友们挥手道别。

越往家的方向走，大气压就似乎变得越强大，彭路转移注意力，提醒自己不愉快的事情已经过去了，父亲一定在家等着我回来看他。

拿钥匙打开门，白韵莲站在门里吃惊地看着门外的彭路。

"你怎么来了？"

"我爸呢？"

"他不在。"

"那他去哪儿了？"彭路进门坐在了沙发上。

"说是出差，要去好几个地方。"

"他什么时候回来？"

"你有手机你问他就好了吗，问我我哪知道。"

"也是，那我走了。"

"刚收拾了碗筷，冰箱里还有菜，要不我给你盛点米饭热一下？"小爱从厨房走了出来。

"不用，我吃过了。"说完，彭路径直往门外走。

"以后你过来按门铃给你开门，冷不丁地过来一趟，听见钥匙的声音我们也不知道是谁。家里就我跟小爱两个老婆子，受不起惊吓。"

"那你可以去我伯父那里待几天啊，一年见一回，你们不想念啊？"

"我知道我就是你的眼中钉、肉中刺。你想撵我走，可你爸是我生的，我住自己儿子家，说破天也是天经地义。"

"奶奶，你说谁要撵你走？我可没说，你别忘了我伯父也是你生的，你要真忘了也没关系，但他不能忘了你这个娘啊，你说对不？"

"谁家房子大，谁家装修适合老年人的品味，我就跟谁住，我养俩，我就有这个选择。"

"那是，你选择的真好，哪怕这好房子里就剩你一个人了，你也可以住得心安理得。"

"你这话说的什么意思……"

"打住，我是过来看我爸的，真没心情跟你浪费唾沫，走了！"

门啪的一声关上，小爱用看热闹的心情望着气急败坏的白韵莲。

"这闺女从小刁蛮，这么大了还这模样，不然也不至于眼瞅着二十七了还找不着对象。"

彭路走在回丽苑的路上，感觉大气压又正常了，何必要顾虑那么多。与其憋坏自己，不如发泄出来爽。

周末还剩半天，李昊电话里说好的要陪彭路一天，结果见了面也只是吃了个午饭。好像电话里是童话，见了面就是现实。这样的感觉从彭路脑海里闪过，彭路立刻决定下午继续练车。

"爸，出门在外，注意安全，回来告我一声，我再过去景苑看你。"彭路没有和国庆互加过微信，一直都是短信交流。

"好！"国庆回复彭路。

一周一周，时光如流水，转眼间到了补考科二的日子，彭路提前一晚到达，租了间民宿。

考试当天，彭路摸黑起床，试车之后胸有成竹，考场上心无旁骛，很顺利地通过了。

回城的班车上，彭路发微信给李光："光哥，我考过了，谢谢你。"

出来游玩十天了，香格里拉游刚刚结束，国庆依旧兴致不减，不亦乐乎。最后一站，国庆计划省点心力，报个当地的旅行团，跟着导游到美丽的西双版纳体验不一样的民俗风情。

　　野象谷的大象表演，国庆之前看过一次，趁团友们观看的时间，国庆被大象驮着转了两圈，且与大象拍照留念。

　　大巴车终于开往国庆期待的下一景点，基诺山寨。沿路高山林立，河水潺潺，石崖纵横，植被繁茂，汽车在蜿蜒曲折的路面上行驶，醉人的美景使游客们透过车窗感慨万千。

　　参观了原始氏族社会痕迹，了解了基诺族史诗，感受了独具特色的凉拌茶文化，品尝了基诺族煮茶。国庆快乐得像个孩子，进一步与基诺族茶农聊起了当地的传统风俗。

　　直到导游催着大家集合上车，国庆才恋恋不舍地道别离开。去往下一站的路上国庆总感觉有种意犹未尽的缺憾，恍然想起，茶香如此令人回味，竟然忘了买些茶叶回去。他找导游倾诉了这一遗憾，希望导游能帮忙购买，并留下了邮寄地址，这才了却心结。

　　不足半个月的工夫，丽苑一楼的装修已大体完成，地暖地板砖都已铺好，吊顶完毕，窗户也焕然一新，只剩下几扇门还未发过来，灯得另外去选。包工头催着结清费用，粉蒲提出：客厅的两三块儿地板砖站上去晃晃悠悠，扑哧扑哧往外喷灰，没有固定牢固。

　　安旭和彭纹带着工头确认了这一事实，可工人反映是粉蒲为了节省水泥沙子，自己将这几块砖涂抹之后铺上去的。

　　彭纹很生气，把粉蒲叫到一边："专门告诉你全包了，啥都别管，你非要给我们找事儿？"

　　粉蒲完全想不通，自己出于好心帮忙，结果工人不领情还把责任推到自己身上。

　　"这账不能结，再买一次砖色泽纹路都有差别，问题这么大，你得给我解决了才能把钱给你。"粉蒲对工头说。

　　工头恼羞成怒，一个人对粉蒲、彭纹还有安旭三人理论了大半天，粉蒲完全站在自己的是非观里毫不让步，且气得不轻。

　　最终，安旭一手搭在工头肩上："你们既然是专业的，还是尽量想办法弥补一下，毕竟这几块砖是在客厅，又在桌子沙发都堵不住的地方，很影响生活，再买，肯定有色差，铺上也不好看。至于工钱，你完全不必担心，咱们彼此都有合同，该给你的，一分都不会少。"一边说着，一边顺势将工头引到了院子里。

私下里，安旭接着对工头说："我妈也是好心肠，闲着想给工人搭把手，你是承包方，反过来埋怨她，就这一点肯定你不对。我认为咱们别再互相指责推卸责任，想办法解决问题才是关键。你说对不对？"

工头一听，点头认可："有道理，不过我确实第一次遇到这样的问题，我可以问问同行，有办法就解决，实在没办法，你们也理解理解我。"

国庆终于返程，第一时间发短信告诉彭路：爸回来了，而且休假尚未结束。

很快，彭路也通过了科三路考。开心地报告母亲粉蒲，然后，买了父亲国庆爱吃的坚果，带去景苑。

一路上提着坚果，彭路倍感庆幸，似乎未来又多了一丝展望，多出了一片光明。走进景苑家门的那一刻，电视开着，国庆孤单地坐在沙发上，无论电视里节目如何欢喜热闹，都掩盖不了国庆从头到脚的惝惶。坚果还未放下，好消息还未说出口，彭路已经强咽下一股辛酸泪。

"爸，这是我刚买的坚果，拆开吃点。"

"好。"国庆挑出两袋并撕开其中一个先尝了一口，然后又放回了茶几上。

"你晚上吃的什么饭？"国庆问。

彭路听到这个问题很是敏感，也许国庆只是随口一问，但并不排除他挑剔的胃口想念粉蒲做的饭了。

"米糊。"彭路回答国庆。彭路知道粉蒲在景苑的时候从来不做米糊，因为国庆不喜欢。

"在外面买的吗？那又不好吃。"国庆问。

"不是，我让我妈给我做的，我喜欢吃。"

国庆沉默。

彭路知道聪明的国庆很快会悟到些什么。

这样的冷场不宜过久，彭路岔开话题："爸，我科二过了，科三也刚过，只剩下科四，元旦前就都可以考完了。"

国庆频频点头，对此结果很是意外，从微微上扬的嘴角可以看出，国庆的内心划过了一丝光亮。

"一考过就可以拿到驾照吗？"国庆问。

"不知道，没问过教练。"

"都说一考过就得趁热打铁，赶紧上路练习，不然手就生了，驾照考下来长时间不碰车胆量就变小了。"

"道理是这样讲，但车最好不要随便借别人的用，何况我还是新手，等结了婚有了车慢慢就会了。"

国庆再次点点头，似乎对彭路的这些话表示赞同且很是满意。

"爸，你晚上吃的什么？怎么家里就你一个人呢？"

"我在外面喝了口米羹饭，村委这几天晚上有唱戏的，你奶奶跟小爱早早就去占地方了。"

"哦。"这一瞬间彭路好想给父亲国庆做口他喜欢的饭，可惜从未下过厨，什么都不会。

彭路拿起茶几上的水杯，帮国庆倒上水。起身朝卫生间走去。

推开门的刹那，一股臊臭迎风吹来。卫生间窗户是开着的，洗脸池、洗衣机、马桶以及窗台上满是灰尘，还有污水干掉的痕迹。勉强方便完，彭路拿起已经干硬的抹布，放在盆里，接起了水。

"爸，你先看着电视，我收拾收拾卫生间。"

"行，你收拾吧，也不知道这小爱每天在家干些什么。"国庆有些难为情，不光是因为家里卫生让人难以接受，更因为彭路几乎没有做过家务，今天却迫不得已主动动起手来。

彭路干起活来，一开始着实是手忙脚乱，浪费水和力气，也浪费时间。半个多小时后，慢慢有些头绪，可也发现了更多需要清理的地方，洗衣机的侧壁、墙壁、拖布桶、镜子、脸盆、脚盆、地面，好一个复杂了得。

仅仅一个卫生间，清理完毕已满头大汗，时间整整用了一个多小时。

国庆望着头发贴满额头的彭路，将热水壶拿起放在了彭路旁边："喝点水歇歇。"

这简单的一句关心，让彭路温暖且知足，彭路自己倒上半杯水，摇两下，吹一吹，三口两口喝完："爸，我回丽苑了，太晚了我妈会担心。"

"行，你走吧。记住走大路回。"

"知道了，爸。"

元旦前三天，丽苑客厅的地板砖问题依旧得不到解决，工头反复要账，话越说越难听。安旭和彭纹私下商量，还是决定息事宁人，将装修的费用给工头结清。

彭路终于考完了科四，和驾校说再见的感觉是如此轻松。

想到凤仙的婚期应该不久了，想象着凤仙盘起长发，穿上婚纱的样子一定很美，作为凤仙从小到大的闺密，彭路想为凤仙送上最最诚挚的祝福。想想看，毛笔字写不了，画画更不行，还是写句祝福的话，然后一针一线缝制出来，这样可以珍藏。可是缝制又谈何容易。

有了，买个十字绣，看着教程边学边做，在学校的时候那么多人都学会了，我应该也不至于太笨。这样想着，彭路直奔商店，找到了卖十字绣的商家。

"你要什么样的？"商家问。

"要特别大的，上面要绣上一句话，然后可以裱起来的那种。"彭路认真地说。

"要绣什么话呀？我数数几个字，看看有没有够大的。"

"'树缠树绕树，相拥到耄耋。'十个字，中间还得空一格。"

商家明显听晕了，不过需要绣十个字还是听明白了的，随即找出一条宽大的。彭路比量了一下，上下绣两行，也是不错的。满意地付了钱，开开心心拿着回家。

路上手机响起，一看是国庆，彭路赶忙接起。

"明早九点你过来景苑。"国庆说。

"好的，爸……"

"那就这样。"国庆没等彭路问清楚情况，已经挂了。

整个晚上彭路都在猜想，相亲的可能性最大，可为什么非要是早上，大家都要上班啊。莫非有比相亲更神秘的事情？

第二天一早，彭路请了半天假准时到达景苑。

国庆已背好公文包："走，一起去汽贸公司看看。"

"哦，"彭路跟着国庆走进电梯，"爸，去汽贸公司做什么？"

"我昨天已经到市里看过了，车价和县里都差不多，今天带你去看看，咱就在县里买，你自己挑一款你喜欢的车。"

彭路听完，顿时被父亲国庆深沉的爱震惊了。从小到大，父母给予的，总是超乎自己的想象。

到了汽贸公司，彭路放眼望去，只看得出每辆车的颜色不同和大小区别。

彭路完全不懂买车需要考虑哪些方面。

大众的销售人员跟在国庆身旁介绍："如果您想选款私家车，十万左右的话大众安全系数就很高。"

国庆本想到旁边的另一家汽贸公司瞧瞧，一听安全系数高，便直接锁定了大众。

"你看看喜欢哪辆，就上去试试，以试得合适为主，咱个子小，座椅不合适的，会直接影响你驾驶。"国庆对彭路讲道。

展厅里的汽车，个个高端大气，彭路感觉自己一米五的身材完全驾驭不了。销售人员看出了彭路的心思，建议彭路试一试斯柯达晶锐。彭路坐到驾驶座上，座椅拉到最前，很轻松地踩到了油门刹车。

国庆打开车门，看到这辆车座椅还行，没有往后下方凹，提醒彭路再看看车前方，视线怎么样。

"爸，视线还行，不过车头太大，还有一点看不到的地方。"

国庆听彭路讲完，没有回话，而是拿起手机，走出展厅打了个电话。

一分钟后国庆转回身，要不你下来试试这几辆三厢车。

彭路很听话地下来，又重新试了明锐、昕锐等几款三厢车。

试着试着，突然发现叶果出现在了展厅里。彭路突然心生厌恶，心想如果父亲不知道怎么选择，也应该问问安旭哥，干吗叫叶果来呢？

"叔，要买你就买个三厢的吧，或者你挑个越野车也行，颜色就选黑色，你去考个驾照然后就能开。"

"往驾校交的学费都退两回了，我天生就学不了车。彭路刚考过驾照，需要赶紧练习上路，我以后年纪越来越大，有什么事儿彭路帮着跑一跑就是了。"

叶果两只小眼滴溜转了两圈，心想：还以为国庆叔天赋高，买个车用来学习，学会了方便照顾奶奶的。

"要是彭路开的话，得问人家喜欢哪款。"叶果对国庆说。

"彭路刚刚试了晶锐，感觉还行，可是不知道该买什么配置，多大排量，所以叫你过来参谋参谋。"

国庆走到晶锐汽车旁边，依着车身转了一圈："还不错，底盘够高，长得跟路虎差不多。"

"叔，我上去试试。"叶果像模像样地当起了参谋。

"挺棒的，这就是经济实用型的，小女生开正好。比我那车强多了。"说着，从车上下来，关上了车门。

"听，这关车门的声音都挺厚重，相比之下我那车就清脆多了。"叶果接着说。

彭路没说话，也没正视叶果一眼。

"叔，你也上去试试，你要是坐上去感觉也很舒适的话就可以定下来，现在车都自动挡，简单得很，能开得了碰碰车的，就都能开得了小汽车，我是真担心你买回去用不了几天学会了，后悔买成女士车了。"

国庆坐上车感受了一下："就是刹车和油门哈，这挡我可不会挂。"

"叔，D 是前进，R 是后退，你都认识，一遍就记住了。"

"你看买多大排量的合适？"国庆从车上下来，言归正题。

"哦，叔，您真要买这辆我觉得买个 1.4 的就行，排量大了费油。天窗也没必要要，咱这里灰尘大，天窗也难清洗。座椅就要布的，以后要想换皮座还可以换，你看呢？"

国庆问销售员："1.4 排量的自动挡，不要天窗，真皮座椅，需要多少钱？"

"先生，裸车十万八。外加保险、购车税，我们有自己的汽车装潢店，如果在我们店里装潢，还有优惠。"

"也就是说总共得交十一万多吧？行了，你先登记一下，下午我过来付款。"

"好的，先生。请您留下您的姓名电话。"销售员拿着纸和笔。

"叶果，谢谢你专程跑一趟，快十一点了，你先忙，不能再耽误你时间了。"

"叔，一家人，没必要这么客气，我开着车，我先送您回。"

"不用了，中午有阳光，不冷，待会儿我和彭路一起步行回家，锻炼锻炼。"国庆拒绝了叶果。

叶果开车离开。

"彭路，你去登记，写你的名字和电话。"

"嗯。"彭路跟着销售员走进办公室。

登记之后，刚走出汽贸公司，国庆停下来对彭路说："要不是钱不够，刚刚就直接付款了。爸得找个关系近点的朋友，看看能不能凑点。"

说罢，拿起了手机当着彭路的面儿打了两个电话。

第一个电话，对方说没钱，国庆挂掉了。

第二个电话，对方可能是答应了，国庆也忙说周转一下，尽快就还。

"你看，借个钱多难，爸正好这段时间手头紧张，否则也用不着找人说这废话。"

彭路索性将计就计："爸，真要困难的话就别买了，我同学朋友都是等订婚后男方送上彩礼才买的。这样既不用留下男方的钱，车也算作女方的婚前财产。"

"各自是各自的，到时候彩礼也是个形式，咱一分也不留。只是买车这件事情，爸不知道你姐会不会有什么意见，人家的车可是自己买的。不过你俩年龄相差大，再加上你结婚迟，你姐结婚到现在都快十年了，行情变了，现在结婚都陪车，你姐应该能够理解。"

"爸，我姐才不会因为这种小事儿有什么意见呢，你想多了。"

"好了，你回吧，下午交了钱我打电话告诉你。"

"那，爸，我回去了。"

"回吧。"

这个中午，彭纹和安旭正好都在丽苑，粉蒲手里拿着卷尺，测量沙发需要买多长，衣柜需要买多宽，以及电视柜、茶几，等等，都分别做了记录。

彭路进门后，想起父亲国庆刚说的话，便没有提起早上看车的事情。

上班时间还没到，彭路刚准备起床，手机响起，接起以后，是汽贸公司的销售员。

"您好，叶女士，您的父亲叶国庆刚才已经交了斯柯达晶锐这款车的所有费用，外观要求白色，但没有要求内饰颜色，他已经走了，所以我们需要再和您确认一下……"

通话结束后，彭路待在床边发愣，彭路在想：买了就买了吧，今后父母有需要的时候也多个方便。不过这些钱如果能和彩礼钱加在一起，再多给我个二三十万，我就可以拥有一套属于自己的房子了。如果男方没房子，那他出钱装修，如果他有房子，那我出租也多了一份收入，这样才更合理划算。就算父母觉得没必要再买房了，那加上彩礼钱也可以买个更好一点的车呀。真搞不懂为什么那么多的家长都在给女儿陪车，怎么就算不过来这笔账呢？

　　元旦假期到了，丽苑的房子在安旭和彭纹二十多天的努力下焕然一新，和景苑家里相似的红木沙发是粉蒲挑的，尽管安旭和彭纹一再建议换种风格。茶几、衣冠镜、电视柜虽然选得都很便宜，但色彩温馨不古板，而且也很实用。电视又买了新的，床也是新的，简简单单的装修和几样新的家具，便使得整个家的面貌摆脱了多年的简陋不堪。

　　彭路侧躺在新的沙发上，抱着抱枕，心想生活若能永远这般平静该多好。静静地感受点点滴滴的幸福，静静地度过每一天、每一分钟，静静地体会亲情的温度。

　　唉，算了，父母两人如此的生活状态，何以谈得上亲情的温度？也许，老天真的不能把所有的美好都赐予我们，我依然应该心存感激，知足于家的完整、父母的健康，还有姐姐的婚姻美满，以及自己的衣食无忧。彭路翻来覆去想。

　　上楼去拿十字绣，彭路看了半天说明书，不是很直观，于是手机搜索教学视频，马上便看清楚了针线规律。一边开始，一边计划着假期里先绣出前半句。

　　两个小时过去，"树"字的"木"字旁刚刚完成，歪歪扭扭，像极了幼儿园小朋友刚学习握笔写出的汉字，实在拿不出手。再看看背面，纵横交错，乱七八糟。心灰意冷的时刻，彭路决定给凤仙打个电话，确定一下结婚日期，好让自己有时间安排，万一婚期已临近，就得放弃十字绣，换个同样有意义并且拿得出手的礼物。比如，幸福树，对，买个幸福树送给凤仙，寓意也是很美好的。

　　电话拨出去的瞬间，彭路的内心无比激动，想到闺密的幸福时刻指日可待，突然有种对往日简单自由友谊的不舍，又渴望凤仙能嫁给幸福，拥有美满的小家庭。

　　"喂，彭路，有事儿吗？"凤仙有气无力，声音忧郁。

　　"也没什么事儿，好多天过去了，你还没有通知我婚期。"

　　"我……我出了些小状况。"凤仙吞吞吐吐。

　　"怎么了，能有什么状况？"彭路着急问。

　　"不是好消息，还是你先说吧。"

　　"哦，我想在你结婚的时候为你送上特别的祝福，可是不知道具体婚期，所以想和你确定一下，方便安排时间好好准备。"

"真的，你想送给我什么，好想知道。"

"提前说就不惊喜了！"

"好吧，该我跟你说了，我俩分手了，婚纱照也不准备去影楼拿了，不要了。"凤仙轻描淡写，不屑一顾，似乎刚刚的忧郁是装的。

"啊？这是怎么回事儿，为什么呢，你跟他领结婚证了没有。"彭路觉得难以理解，也无法接受。

"当然没领结婚证。谈到彩礼的时候，我妈要八万八，明确了要全部留下，因为我俩都在市里工作，以后肯定要在市里买房，可是现在他家的现状就是结完婚连首付的钱都没有。所以我妈提出彩礼留下，以后买房的时候再给。但是他父母不同意，这事儿谈不妥，所以就掰了。"

"你们八九年的感情，至于因为八九万的彩礼而分手吗？你是独生女，这钱留不留结果不都一样吗？只要好好过，你们家的一切最终都是你们俩的呀。"

"对呀，可是人家家里人不这样想，他本人也没有据理力争，说到底还是感情不到那一步。无所谓，散就散了吧，再找就是了。"

彭路长叹一声气，难过得说不上话来。

"你肯定觉得不可思议，我当时也确实很难受，不过一个晚上过去就好了，完全没事了。你之所以难以接受，是因为你的恋爱经历太少。我跟他听起来相处了八九年，但是中间断断续续长时间的分手，也相处过好几个别的对象呢，有几个你知道的，还有几个你不知道的。现在面对分手，真不觉得这是多大个事儿，那么多人结了婚生了孩子还要离呢，这又算得了什么。"

"你没事儿就好，我虽突然间难以接受，但理性分析，没有领证分开还是好的。整理好心情，等待下一个缘分吧。"

"嗯嗯，我们一起！"凤仙在电话那头淡淡地笑了。

挂掉电话，彭路躺在床上看了很久天花板。爱情，本该坚定美好，可现实中，似乎又最最不靠谱。这样的年纪，既然目的明确，就是为了结婚，那么结婚证领到手之前，又怎敢轻易动真情。

一个陌生的外地来电惊醒了发呆中的彭路，彭路毫不犹豫地挂掉，这样的骚扰电话已经司空见惯了。

"彭路，我是青青，接我电话呀。"随之收到短信。

原来是大学舍友青青，彭路赶忙回过去电话："青，你的手机号怎么又换了？"

"嗯，之前那个号已经不用了，现在我正式通知你，腊月二十二我和我对象要结婚啦，你提前安排一下时间，一定要来哦。"青青开心地对彭路讲。

"哇噻，修成正果啦！爱情和婚姻双丰收，羡慕你，真好。"彭路突然又激动起来。

而青青所指的对象，是在大学时期给她邮寄情书表白爱意的高中同学，彭路清晰地记得青青坐在上铺床上悄悄地看过一封信后，很多天里与宿舍姐妹交流时都会不自觉地脸红。后来才知道，那是青青第一次收到男生的表白，内心无比忐忑，完全不知道该如何回应这封信。直到很多天后，男生鼓足勇气，以不知道青青有没有收到信为由，试着给青青打电话，羞涩之中，青青委婉地答应了做该男生的女朋友。两人彼此初恋，很是纯粹，如今即将牵手婚姻殿堂，不免让彭路这个当初同宿一室的舍友热泪盈眶。

"咱姐妹几个天南地北的，我就是想着早点通知你们一声，方便你们提前安排时间,结婚前几天我会再通知你们一次,这样你们就不用担心忙忘了。"

"亲爱的，还好你日子定在大年前一礼拜，要定到腊月二十八，咱姐妹几个估计都得陪你婆婆一起过年了。"

"彭路，你呢？打算什么时候结婚呢？你可是咱姐妹几个里最大的。"青青关心地问。

"遥遥无期，唉，有句话叫'恋爱中的女人智商为零'，我还是原谅你这个被幸福砸晕的小女人吧。我活得很清醒，你就别再提醒我咱姐妹几个谁是最大的了，好吗？"

"哦，我记住了，姐姐。"青青坏笑。

"我也记住了，腊月二十二，一定到！"彭路开心地承诺青青。

世间仍有真爱，但它又很稀有，真心加珍惜才配拥有。彭路整理好十字绣，高搁于柜子的角落里。

假期第二天临近中午，彭路虽已醒来很久但始终不舍得离开床。手机突然响起，彭纹来电。

"元旦假期，按惯例都是咱一大家人出去吃个饭，今年爸妈这样，姐也不知道能不能叫得动人家俩。"

"姐，肯定不行，你也别为难自己了，要叫就分开叫。吃两顿。"

"那过大年的时候呢？一边一个，我们还得跑两边吗？你说说妈，让她过年的时候跟我们一起到景苑过，过完年她想回来再回来。爸很重视传统佳节，又那么要面子，妈得学会示弱，给爸个台阶下，慢慢儿爸心里也就没那么大气了。"彭纹语重心长地给彭路讲。

"你觉得能说得通的话你就去说呀，你觉得妈应该怎样做女人，怎样面对爸，你直接教她就是了，干吗让我去沟通这么难的事儿呢。爸他一个大男人，干吗总要惯着他，为啥要妈去给他台阶下呀？这段时间不用担心他俩吵架，不挺好的吗……"

"行了行了。"彭路还没说完，彭纹已经挂掉了电话，长叹一口气，"唉，这彭路还小，考虑问题太简单。"

"彭路，饭好了啊，下来吃饭。"粉蒲在楼下叫彭路。

"哦，就下去啦！"彭路跑下楼去。

长长的拉面，慢慢地嚼。

"妈，元旦了，明天我们一起出去吃个饭吧。"

"不想去。"粉蒲潦草地回答。

"去吧，是我姐叫你，我爸他去不去你都别考虑那么多，吃完我再陪你回来就是了。这样我姐、我，你这俩闺女心里都舒服不是？"

"妈能理解你们的心情，可是叫你爸，就必定也得叫上你奶奶，妈一个都不想见。今年过年，妈就一个人在丽苑，你们到景苑跟你爸过年就是了，妈一年到头总有忙不完的家务活儿，今年过年，谁都不用伺候，正好能歇歇。"

彭路抿紧嘴巴，觉得粉蒲说得不无道理，只是如此一来，日后很多事情，真的会愈发难以解决。眼下能想到的就是定下对象以后该如何带对方见自己的父母。

彭纹拨通了父亲国庆的电话："爸，过元旦了，我和安旭商量着带您和奶奶出去吃顿好的，您看咱是定在今天晚上还是明天中午呢？"

"往年也不知道过元旦的时候单位同事会不会聚餐，反正从来也没人叫过我。今年头回有人约，还不止一个，科室的小年轻人说今晚大家一起吃跨年饭，局领导打电话说明天中午我们几个老家伙聚聚，说是迎新年。你们该去去，叫上你公公婆婆，爸就不去了。"

挂掉电话，彭纹收到了彭路的微信："姐，跟妈说了，可她不想去。"

于是，2013年的最后一天，国庆陪着白韵莲，彭路陪着粉蒲，各自冷清。

新年头一天，一个并不熟悉的邻居敲开了粉蒲家的门："你好，我家住对面银行家属房，最近路过的时候，看到你在装修房子，你这家里收拾得可真干净。"

"是的，刚装修过，家具也是新买的。"粉蒲看着眼前的女士很面熟，但并不相识，更不明白女士为何而来。

"面积虽小，不过卧室足够多，楼上楼下格局是一样的吗？"女士问。

"对，一样的，您看房是为了……"粉蒲终于提出了疑问。

"哦，正要跟你说，我在银行工作，我们单位新招了一批年轻人，有几个家不在城里，还有几个家不在本地，行里正想着租个宿舍给源源不断的年轻人们用，这一片的房子离我们银行最近，我看了好多家房子，你们家最整洁最干净，而且楼上楼下加起来卧室足够多，很符合我们的需求，听说你在景苑还有套房子，不知你是否愿意把这套房子租给我们单位用？"女士很真诚地聊起她看房子的用意。

"不好意思，我装修这房子就是用来住的，没有计划租，您可以到别家问问，看有合适的没有。"粉蒲和颜悦色、温柔得体地回绝了女士。

女士很遗憾地离开，临出门时又对粉蒲说："我们还是互留一个电话，我理解你刚装修过有所顾虑，不过我们是公家单位，不会亏了你个人，价钱好商量，我还是希望你能再考虑一下。"

粉蒲礼貌地给女士留了手机号码，然后如往常一样收拾了家："彭路，今天跟妈去逛逛灯具市场吧，中午就咱俩人的饭，什么时候回来什么时候吃，妈也不用着急着做，想陪妈去吗？"

"妈，你好不容易想明白做饭没那么重要了，我当然愿意陪你出去逛逛，咱俩中午就在外面吃好不好？你看你一年都不吃一次我们照城的杂格（当地美食），今天我请你，你也回味一下杂格的味道。"

粉蒲扑哧一声笑了："行，那妈就满足你这个小心愿，中午陪你吃碗杂格。"

彭路开心地陪母亲粉蒲逛了两家灯饰，选中了一款客厅的水晶吊灯，还有三个别具创意的卧室顶灯。交了定金，留了地址电话，和商家约好次日安装。

从灯具市场出来，两人步行到照城老字号杂格店坐下来，对这家杂格店的记忆从彭路上初中开始，因为离家近，常常一有时间就拿着两元零花钱跑来吃一碗。后来物价上涨，杂格变成了两块五、三块，大学毕业那年，突然很难接受一直都两三元的杂格，怎么就突然跳跃性地涨到了五元，商家为了抚慰一穷二馋的年轻人和学生，精明地搞起了三元半碗的营销策略，这样一来，只要你路过，总能习惯性地掏出三元解解馋，吃不饱，加个煎饼，加勺汤，七八分饱刚刚好。滑而嫩的宽粉条、鲜而薄的萝卜片，配上香浓的羊油辣椒，筷子稳稳挑起晶莹剔透的粉条，嘴巴便寻到了美味，迫不及待地张开。粉条滑入肠胃之后，整个人瞬间精神抖擞，不得不说，美食不仅能给人以满足感，也同样会让人感觉到幸福。

"老板，来两碗杂格，两个煎饼。"彭路开心地报了两份。

"不需要两碗，一碗就行。"粉蒲赶忙朝老板纠正。

彭路瞬间枉然："妈，不是说好的吗？"

"是说好的，妈这不是陪着你呢，你吃就行了，妈觉得外面的饭都没有家里的好吃，你吃吧，吃完妈给你掏钱。"粉蒲自圆其说。

"你不吃我也要两碗，我吃得下。"彭路赌气说。

"那就别要煎饼了。"粉蒲担心彭路撑坏了胃。

"都要，谁说我不要。"

显然，彭路吃不完两碗杂格两个煎饼，粉蒲不忍心浪费只好吃了一碗杂格。但是好不容易一起出趟门的好心情已荡然无存，这碗杂格，实在是吃不出满足和幸福，有的只是满满的失落和不被理解的痛苦。

回家路上，粉蒲走在彭路身后："彭路啊，肚子肯定吃撑了吧？你看哪个女孩子能吃一碗杂格俩煎饼，以后吃不了可别硬撑。"

"妈，你自己喜欢吃苦，你还要全家人跟着你一起受罪，你跟我爸过成这样，你难道就只考虑过付出之后的委屈吗？你无论跟谁在一起都会因相似的问题而出现分歧，你难道不应该找一找自身的原因吗？"彭路义愤填膺，但依然拿捏着自己的表达方式。

"你觉得你爸好，你就跟你爸住景苑，妈又不强迫你和我住丽苑。"彭路的不理解，让粉蒲很是窝火。

彭路觉得此时的粉蒲简直不可理喻，一个人头也不回地快步回家了。

家门口坐着一位邻居阿姨："彭路，你妈呢？我过来两趟了，一直没人开门。"

"阿姨，我妈马上就回来了，你先进屋坐。"

粉蒲进门，看到邻居老姐妹，面容立刻大晴："香姐，知道你要过来我就不出门了，怎么不打个电话呀？"

"是这样，早上我们单位现任的主任突然打过来个电话，问我认不认识你，我一说咱俩多年的老邻居，领导就拜托我过来跟你谈谈，她想租你的房当宿舍用。让我问问多少钱你愿意租。"

"香姐，要说公家给的价钱肯定合适，可我这刚装修完，装得简单但也都是新的。过了年彭路就二十八了，一找下对象肯定要马上结婚，万一找个没房子的，她住这儿也现成，我暂时就是这么考虑的。"

"房子那是男方考虑的事情，你就别操这心了。家具趁新的还有人要就卖出去。我们主任说了，除了床，其他的都不用你准备。她很大可能是长期租呢，可不像之前那些做生意的个体户，这么好的机会找上门来，你可不能错过。"

这么一说，粉蒲有些拿不定主意了："香姐，那你说她一年能给多少钱？"

至于房租你得自己先说个数，我再去跟主任沟通，但是她一定会代表单位和你履行正规手续，签订正式合同。我能听出来我们主任特别中意你家的房子，不光是位置好、户型好，还有个原因就是你家这房子有房产证，方便她们履行手续。"

"这样啊，香姐，平时我这房子租个做小生意的，一年也就一万三到一万五的样子，而且还是没装修的时候，你说现在租多少合适呢，最少也不能低了两万，你说呢？"粉蒲一边犹豫着，一边考虑起了价钱。

"两万就两万，姐去给你说。"香姐恨不得粉蒲能立刻敲定此事。

"香姐，总之年前肯定不能租，我得跟家里人商量一下，还有我这家具也不是一下子就有人接手。"

"我听主任的意思开年租也行，不过年前，最好是这两天你能给她个准话，如果能行的话，她就不再到处找房子了。"

"好吧，那我尽快给你个答复。"

香姐走后，粉蒲一个人呆坐了好一阵子，显然，粉蒲又为一笔房租动心了。

粉蒲拿起手机，跟彭纹讲了这件事情，也希望听一听彭纹的意见。

彭纹对粉蒲说："妈，装修房子的目的是让你住得舒服，不是为了租的，不过长期租的话也合适。我新买的房子也闲着，你和彭路也可以住那儿，你自己决定。"

"你要这样说，那妈就答应人家租了，这些家具帮妈找个地方先存放起来，以后住的时候再摆出来用。"

"好吧，我让安旭给你想想办法。"

没等开年，粉蒲已经和银行拟好了租房合同。

彭路遵照粉蒲的意思和国庆要出了丽苑的房产证，并答应国庆用完之后再交还给他。

安旭舅舅新家刚装修好，安旭推荐舅舅接手了除床之外的整套家具。

粉蒲不愿意到彭纹的新房去住，因为地理位置相对偏远，她更愿意和彭纹住在一起，单独揽下所有的家务，让孩子们毫无后顾之忧地出去打拼。

彭路也随着粉蒲住进了彭纹家。

三间卧室，彭纹一家人睡最大的一间，粉蒲睡一间，彭路睡一间。两平方米的小卫生间，五个人轮着用。

住进彭纹家的第一天，彭路最大的感受不是面积小人多挤得慌，而是期待已久的踏实和温暖。

这个晚上，彭路不由得将父亲国庆和安旭做起了比较，安旭哥若像父亲那样唯我独尊，高高在上，那无论母亲多么不惜付出，我也难以跟着母亲安心地在这里住下。而此刻父亲虽然知道我跟着母亲都挤在姐姐彭纹的家，也依然不会放下面子叫我们回去。奶奶眼睁睁看着父母矛盾升级，家人分居，却从未有过一丁点儿正经老人的姿态，更没有一丝做母亲的对儿子本能的心疼。

阳历已进入 2014 年，本地习惯讲虚岁，也就是说，进入这个年度，彭路已经是不容置疑的大龄未婚女青年了。

新年后的第一个周末，汽贸公司来电话通知可以提车了。这次国庆并没有找叶果，而是专门找了单位一位年轻的司机陪彭路去提车。喜上加喜的是，彭路在这一天也领取了驾照。

车开回家的时候，彭路开心得像一朵盛开的花儿。自己就是个连一千块存款都没有的成年人，突然名下有一辆超过十万元的车，瞬间变成一个有点小资产的人啦。房子叫固定资产，那么车子是不是应该叫移动资产呢？一时间有种腾云驾雾的感觉……

国庆一样心血来潮，满怀期待，放弃了从不间断的午休时间，请年轻司机吃饭，好让人家抓紧时间陪彭路练车。

于是，比考驾照更紧张的高强度训练开始了。

第一天，年轻司机坐副驾驶位，国庆坐后排，路段选在城边人烟稀少的乡村路段。

国庆两手各扒一个前排靠背，头伸在两个座位中间，虽不懂车，却一刻不停地提醒、警告、提要求，咋咋呼呼，很让彭路头疼。

年轻司机高度警惕，直冒冷汗，干着急不好插话，话全让国庆说了。

彭路腰背僵硬，酸痛难忍，且心烦意乱，受不了父亲国庆的高压态势。

晚上，彭路将买车一事告诉了母亲粉蒲。

粉蒲对国庆这一举动有些吃惊，更多的是满意，不过一听是两厢车，还是忍不住说了句："再加个两三万买个三厢的多好。"

第二天，国庆让年轻司机独自跟着彭路去练习，原因是国庆通过第一天的了解，判断出彭路真正学会开车还是件遥遥无期的事情。既然一下子看不到成效，还是摆正心态，他先正常午休比较好。

彭路依旧很紧张，不过车上少了父亲国庆，压力就减轻了许多，这一天练车结束，司机哥哥对彭路竖起了大拇指。

国庆听到这一消息又重新抱起了希望，决定第三天再跟着瞧瞧。

这一天回家，吃晚饭的时候彭路将买新车这一事实告诉了安旭和彭纹。

安旭很认真地想了一番，并对彭路说："晶锐那款车就适合女孩子开，不过为什么不直接买个三厢的呢，结婚后一家人用起来空间会稍微大点。"

"你选的还是爸选的？"彭纹问。

"你这问的，当然是爸和彭路一起选的了，是吧，彭路。"安旭抢先说。

那一瞬间，似乎彭纹在思考着什么，彭路不太有勇气直视彭纹的脸色。

"哦，对了，谁跟你们把车开回去的，爸怎么也没叫我？"安旭接着问彭路。

"爸找了个单位的司机。"彭路淡淡地回答。

安旭似乎明白了什么，目光扫过彭纹僵住的面容，无处停留，又垂头看鞋。

彭纹起身收拾碗筷，彭路赶紧帮忙。

晚饭习惯吃很少的粉蒲，早已将洗衣机里的衣服全部拿出，一件一件搭在了晾衣架上。

躺下的时候，彭路在想，还好我没有提叶果，父亲这件事情做得好让我为难。

第三天，国庆果然看到了彭路的进步，年轻司机如释重负。

第四天，赶上过礼拜，年轻司机陪练了一个多小时之后有点急事儿，离开了，国庆提醒彭路熄火休息，然后国庆下车边打电话边朝公厕走去。

彭路趴在方向盘上还没休息够十分钟，满是白汽的车窗玻璃外传来使劲拉门的声音，彭路赶忙给国庆解锁开门，开门后看到的却是叶果。

"你爸一个电话，我立刻骑着我的驴子飞奔过来，还好我就在这附近，冻死我了，你爸呢？"

"不知道，下车了。"

话音刚落，国庆开门上车，彭路完全没有看到国庆从哪边过来的。

车子重新启动，叶果在副驾驶位上详细地讲："叔，你看，这儿是空调，这儿是风向，打开车子里就不冷了，玻璃也清晰了。脚下，一个油门，一个刹车，简单得很，握着方向盘就能跑，这路上车少，要不你上去试试，保证一学就会。"

"我这两天基本看明白了，应该不难。彭路先学，我随后有时间了也可以试试。"

"这就对了，叔，车都买上了，你又这么热爱生活，喜欢到处旅游，不学着开，我都觉得可惜。"

国庆依旧趴在前排两个座位中间，没有回应叶果的话，却听得很认真。

临近中午，国庆叫彭路换下来，让叶果将车开回家，且通知叶果和彭路，下午继续。

彭路整个中午都闷闷不乐，吃完午饭，彭纹和安旭都休息了，彭路回到自己的卧室给父亲国庆打过去电话："爸，你单位的司机哥哥顾得上的时候我再练车吧，你早点告诉叶果下午别来了，我不喜欢他陪我练车。"

"放着现成的人你不用，单位人用完爸是要还人家人情的，懂吗？"国庆语气有些生气。

"那我哥不也现成吗？我还可以找我同学陪我，会开车的人多得去了。"

这个下午，当彭纹问起彭路为什么待在家时，彭路和彭纹讲了从买车到练车的整个经过。

彭纹听完之后对彭路说："叶果嘴甜人勤快，这是人家的优点，这件事情是爸心机重，想得多，怨不得人家叶果，咱们都是一心一意对爸好，他是我们的亲爸，为什么要和自己的亲女儿记仇，买个车还神神秘秘。咱俩什么时候都不会想到要图爸什么，姐更是自食其力，绝不会去争，可是爸眼里只有奶奶和叶果是亲人，自己的老婆女儿，反而总是防着。所以说，你无论找条件好的还是条件差的，也无论爸和妈对你讲什么，记住，千万别招在家里。嫁出去，以后孩子就姓男方的姓，该是什么就是什么，招不招在家一点都不重要，孩子姓什么也无所谓，没有什么比婚姻和谐、孩子快乐成长更重要的了。"

这席话，彭路清楚是彭纹的真实感悟，彭路点头不做反驳，表示对彭纹经历和感受的理解。但彭路并不认同彭纹的全部观点。

姐妹俩小时候常见母亲粉蒲羡慕别人家有可以顶门的儿子，也常听父亲国庆一边说着姑娘儿子都一样，私下里却悄悄和只有女儿的同事一同感慨，咱们都是没有儿子的家庭。

长大后彭纹结婚，粉蒲要求把彭纹招在家里，国庆却以这个年代的上门女婿都是想不劳而获为借口，拒绝了此事。

而就在两年前，一位家在城边的公务员曾追求彭路。那段时间，国庆曾对彭路讲："你不用去考虑条件，人合适就行，婚后爸可以给你买套房子，孩子姓咱个姓就可以了。结婚形式上男方娶、女方嫁，既让人家有面子，也免得你妈搅和。爸跟你说这些你心里有个数就好，跟谁都别提，尤其你妈，要让你妈知道，这事儿准办不过去。"

从那以后，国庆的话成了彭路心中的一个梗，让彭路犯难的并不是和将来未知的丈夫争取孩子姓氏的问题，而是原本父亲国庆就是上门女婿，而如今国庆又在想尽一切办法颠覆这一事实。作为女儿，彭路固然愿意去为父亲了却此桩心愿，让父亲感受到后继有人，老来更有奔头。但是这样无疑背离了父母婚姻的初始轨道，只会深深地伤害母亲粉蒲。所以，在没有一个孙辈随母亲粉蒲姓彭之前，彭路又怎么可以心安理得地让自己的孩子姓叶呢。

后来，彭路没有选择这位公务员，恰恰因为这个公务员的婚姻观念里，多了些怎么都行的随意。

身边不少独生女，或者姐妹俩的家庭，彭路经常会不自觉地向她们了解父母对她们婚姻的态度和要求。

这些没有儿子的家庭中，大约有一半家庭的女孩从小就被父母灌输长大以后不要出嫁，招在家里陪父母。而另一半家庭，父母未曾在女儿年幼时灌输过任何想法，到了女儿成家的年龄，也是跟着实际情况考虑，不牵绊女儿的幸福。但倘若心仪的小伙条件不如自家，也会提出将对方招上门的想法。

这么看来，传宗接代的传统思想是刻在父母这辈人骨子里的神圣责任，并不难理解。

腊月二十一清早，彭路乘坐大巴去往青青所在的城市。直到这天晚上，宿舍六个人到了五个，剩下一人因路途遥远，只能短信祝福。

次日，喧哗的锣鼓声中，青青穿上了洁白的婚纱，彭路忍不住笑着流下了感动的泪水。一个在父母身边被宠爱二十多年的女孩，为了幸福，嫁给了她深信不疑的人。

婚礼过后，大家在青青的新房合影留念，各自根据自己的时间，陆续返程。回程大巴上，彭路在 QQ 日志里写下了这样一段话：

毕业三年之后，507 宿舍的姐妹们千里相聚，一起为青青的婚礼助兴喝彩。

离开大学的日子越久，越能体会曾经的美好在记忆中的珍贵。这样的相聚在毕业后的日子里，是多么难得的一次。

"珍惜"两个字总是在失去以后才懂得。

祝愿青青新婚大喜，祝愿所有已婚的同学们都婚姻幸福，家庭美满。祝愿所有未婚的同学们都能找到踏实而温暖的归宿。姐妹们，一定要相信，我们有多真诚和勇敢，未来就有多美好和惊喜！

人生兜兜转转　何处才是归宿

过年前夕，国庆请来家门口附近一家餐厅的厨师，到家里炸好了肉，备好了粉条、下锅菜。国庆只等彭纹、彭路到了之后，煮在一起，就是一锅喷香的老川汤。

彭纹的公公婆婆，和往常一样亲自做好了猪皮冻、猪头肉，并叫安旭送到景苑，给国庆和白韵莲尝尝。

单位放假，大家都开开心心回家过年，彭路心中惦念着住在景苑的父亲国庆，脚步却走向有母亲粉蒲在的地方，彭纹的家。

腊月二十九的中午，彭纹的公婆带上做好的年味到彭纹家来，大家围在一张桌子上吃饭。那一刻，彭路觉得自己是一桌子人里，唯一多余的一个。

彭纹的公婆饭后着急要走，想把除夕的时间留给彭纹和安旭到景苑去陪伴国庆。

彭纹、彭路还没来得及与母亲粉蒲商量要不要一起到景苑去，粉蒲已经拿出准备好的压岁钱给安业。

"妈，安业还没给您拜年，明天再给吧。"彭纹对粉蒲说。

"让孩子拿着吧，一会儿你们过去景苑，要是你爸不想让你们回来，你们就住那儿。明早亲戚们都要去看你奶奶，我不在，你爸必定很尴尬，你们就留在那边帮忙招待招待亲戚。要是亲戚们问起来，你俩别多说什么。"

彭纹没再劝粉蒲一起到景苑过年，她虽希望一家人团圆，但更担心粉蒲勉强过去之后，两人过着大年又吵起来。

此时的小爱，正为自家老头子准备着美食："开年后啊，我就不再出去给别人家当保姆了，我守着家，你也能吃上热乎饭。"

老头子沉思片刻："家里也确实需要你，过完年，你早点跟人家国庆说，别耽误人家再雇别人。"

　　国庆亲自将备好的肉菜粉条煮进了锅，并认真按照厨师交代的先后顺序放入了各种调味品，火候也把握得很到位。门铃一响，国庆兴致勃勃地跑到门口打开门。

　　目光急速环视捕捉，并没有看到粉蒲，习惯被迁就的国庆感到一丝意外，马上又坦然放松起来。

　　"爸买了上好的糖果和巧克力，过年了，让安业多吃几个。还有现成的牛肉、猪肝、猪耳朵，还在冰箱里。川汤在火上，怕做得早了粉条煮过了，再等十分钟正好。"说罢，国庆又扭头返回厨房。

　　"爸，交给我和安旭，你去沙发上歇着。"彭纹换好了鞋赶忙跑进厨房帮忙。

　　看到坐在餐桌旁的白韵莲，彭纹忙说："奶奶，我也有给你买的坚果，一会儿拆开你尝尝。安业，过来给老奶奶拜年。"

　　本就吃着坚果的白韵莲说话了："她们都来了就让她们干，你忙了一下午，去坐下歇会儿。"

　　"你吃你的，别管。"国庆破天荒地怼了老母亲一句。

　　白韵莲继续吃，看起来并没有生气。

　　彭路坐在沙发上拿起一瓣切好的橙子看着新年新闻，没有主动说话。不想客套，更不想讨好谁。团圆的日子，白韵莲的模样仿佛从不曾与粉蒲相识，关于粉蒲，不提起只言片语。彭路为母亲粉蒲感到不值和心酸。

　　"老奶，新年好。"安业边说边往卧室跑，坐在电脑旁准备打游戏。

　　安旭将大堆的东西拿进家里，该放冰箱的放冰箱，该放柜子的放柜子。

　　很快，饭好了，彭纹先盛一碗端给白韵莲。

　　白韵莲嚼着坚果说："给我放到茶几上去，我到沙发上看着电视吃。"

　　安旭顺手将饭端到了茶几上，白韵莲起身，用余光扫了一眼彭路，然后直通通走到沙发旁坐下吃起饭来。

　　安旭从冰箱里拿出各种肉类，拆开袋在厨房切起来。

　　国庆从厨房出来，擦了把汗。

　　"爸，你坐下，我给你端。"彭路这才起身。

　　"安业，饭好了啊，别玩儿了，出来吃饭。"彭路叫道。

　　大家围在摆满各种美食的茶几旁坐了下来，国庆突然又起身。

"差点忘了，冰箱底下放了一大盘饺子，我专门找人做的馅儿。你奶奶包的。过年不吃饺子怎么行。"

彭纹又跟着进了厨房，并叫国庆先去吃饭。

"安业，那游戏有多好玩儿，你一进来就跑里面去。"白韵莲朝卧室喊。

被打扰的安业很不耐烦地走出来："你又不懂。"

"那是因为没人教我，你这么大的孩子都会它能有多难。你这也放寒假了，接下来不走亲戚的时候就在这儿教老奶奶学习电脑吧。"

彭纹和安旭被逗笑了："奶奶，你都这么大了，学那玩意儿干吗？"

安业一甩头："我可教不了你。"

彭路一口橙子咬下去，差点儿惊讶到掉出来。

"老奶奶跟你开玩笑呢，你还当真了。"国庆对安业说。

"诶，我可不是开玩笑，这段时间小爱回家过年，你只顾忙着上班，我一个人在家都没人说话，无聊得很。要是能学学电脑，跟你们一样在上面找个网友聊聊天，时间也能打发得快点。"白韵莲一本正经地对国庆说。

"过完年小爱就回来了。"国庆简单回应了一句，接着一边看电视，一边聊起了彭纹的生意和彭路的对象。

聊到生意的时候，彭纹兴致高昂，和国庆坦露近一两年来业务量增大，相比过去的很多年来说，收入也接近翻倍。活钱多了，她便投资了一项收益可观，提取方便的理财产品——流金。还称靠这款理财的利息，也基本能够维持日常开支了。

国庆听得两眼放光，满心的喜悦和希望。心想彭纹小时候调皮捣蛋不听话，还总是被老师叫家长，没少挨他打骂。可这会儿却能在从商的道路上悟出些门道，能在同龄人中奋斗出模样。国庆渐渐开始对大女儿彭纹刮目相看。

彭路对彭纹生意上的话题完全不感兴趣，不过一桌子的美食足够彭路闲不下来。

安旭将热气腾腾、香浓可人的饺子端上桌。

彭纹突然将话题转换，当着国庆的面问彭路对象谈得怎么样了。

彭路享受美食的心情瞬间一扫而光。面容晴转大雾，实在很排斥家里人将自己的个人问题作为焦点来讨论。

可是彭纹不依不饶，毫不理会彭路挣扎的内心："派出所这个李昊也处了一段时间了，有机会你叫人家到家里来玩玩儿，让爸帮你看看人，没什么大毛病的话，就早点定下来结婚。"

国庆听着直点头，大女儿彭纹直接痛快地帮国庆讲了他想说的话。

"这过了年，多大来着？"国庆向二女儿彭路抛去疑问，摆明了揣着明白装糊涂。

"我吃饱了，去床上躺几分钟，晚会开了叫我。"白韵莲起身回了卧室。

沙发正中央空出好大一块地方，国庆往中间移动了些，接着问沙发侧面的彭路："虚岁二十九了吧？"

"二十八啦，周岁二十七，还早着呢，我不急。"彭路有些被激怒了，总感觉大过年的，谈这么沉重又隐私的话题，不吉利。

"二十八了还小呢，再不结婚就三十了，别人一听年龄还以为你有问题。再说女孩子耽搁大了，还去哪儿找合适的男的呀，今年得赶紧结，往后拖就只剩二婚的了。"彭纹毫不遮掩，句句如针。

国庆微微转头看了一眼彭路的表情："不过这找对象也确实讲究个情投意合，强扭的瓜不甜，毕竟结婚是要在一起过一辈子的。"

"爸，话是这么说，但事实上只要家道正、人品不错的孩子，再有份稳定的工作，以后都能好好过日子。婚姻是靠经营的，不是什么都让你百分百满意了才结婚。"彭纹谈起婚姻，像极了一位津津乐道的婚姻专家。

国庆依旧频频点头。

"你看我跟你哥，结婚的时候比你现在还小几岁，什么都没有，也什么都不懂，这慢慢奋斗着就一天比一天好了。过得时间长了，就会越来越懂得相互体谅和珍惜，这就是亲情。"彭纹字里话间，流露出一个女人最骄傲的幸福。

安旭目不转睛地盯着电视看，仿佛没听见。却突然露出了腼腆而知足的笑容。

国庆不再点头，眼睛盯着电视，却在思考着什么。

彭路听着彭纹这话感觉以点盖面，漏洞百出，父母的婚姻不就是个活生生的例子吗？再说了，彭纹的厂子是父母帮衬办起来的，虽然后来全家人确实因为厂子过上了宽裕一些的生活。彭纹婚后房子也是父母帮助买的，这不能叫什么都没有，把话说得这么感人究竟是说给谁听的。

春节晚会马上就要开始了，安业刚刚吃了一点点就跑回卧室接着打游戏。

"妈，出来看晚会了！"国庆叫道。

"安业，别玩儿了，出来看春节晚会啦。"彭纹喊着安业，安旭直接走进卧室去叫。

白韵莲慢腾腾地又摇摆到了沙发正中央。坐端正后，指使彭纹去给自己倒杯热水。

彭路拿起手机，拨出母亲粉蒲的电话："妈，晚会马上开始了，你别误了看。"

"知道了，妈看不看都行，你们看吧。"

"饺子吃过了吧？把各种好吃的都拿出来，边吃边看晚会，我陪我爸看一半，回去再陪你看另一半。"

"别急着回来，玩儿到几点就几点，妈看不到一半就睡了。"

"十一点以后，鞭炮声就噼里啪啦起来了，与其睡不着，不如吃喝看节目，通宵尽兴。"

"行了，不用担心妈，妈不觉得孤单，挂了吧。"粉蒲匆匆挂掉了电话。

彭纹紧张地盯着彭路，给了彭路一个警示的眼神，又慌忙失措地瞟了一眼国庆和白韵莲："开始了，开始了，彭路，帮姐把这些碗筷收拾起来，换成零食，咱们边吃边看。"

除夕的夜，国庆一改往常严肃刻板的脸，与俩女儿、小孙子一起，共享春晚，谈天说地，一开始的别扭慢慢被欢声笑语取代。是啊，谁不想看到自己的家人笑，谁不想其乐融融欢聚一堂。晚会看到一半的时候，为了让孩子们振作精神不瞌睡，国庆拿准备好的烟花下楼给安业放，彭路知道，父亲国庆希望自己和彭纹能待得久一些。

彭纹、彭路打足了精神，一直陪国庆到十二点。白韵莲早已睡着，国庆希望安业能留下来，安业犹豫了好一会儿还是决定要回家。

彭纹私下问彭路："要不你留下？"

彭路摇摇头："妈还在家呢。"

这个除夕不乏丰盛的年夜饭和欢声笑语，但在彭纹和彭路的心中，没有母亲粉蒲一起的年夜少了许多温暖，刻下了一份缺憾。

大年初一头一天，按惯例所有的晚辈和亲戚都会到景苑看望白韵莲。国庆一家则负责好好招待大伙。

而每年的初一，彭路都会莫名地感觉到压力，这样的压力来自诸多方面：

其一，国庆很敏感彭纹一家人是否早早到了景苑，给白韵莲带的东西是否体现了足够的重视。却从未考虑安业这天也很想和小朋友一起玩耍，彭纹、彭路也有朋友需要聚。

其二，国庆很介意彭纹一家人以及彭路，在这一天是否从头到尾陪着亲戚，若中途离开，国庆必定会生气。

其三，彭纹和彭路在所有亲戚面前说话需要特别谨慎，要特别讲究让白韵莲高兴开心，稍有不慎国庆会很计较。

其四，这一天招待的亲戚也包括国忠，国忠常常是一个人来，却比亲戚们更早离开，因为国忠和亲戚们交流甚少，与白韵莲以及国庆也很生分。有时只派叶果一家子来，有时也会提前或退后一天来。而叶力，就更说不准正月里哪天会来。这本正常，只是不明白为何作为父亲国庆的女儿就不可以。别人来去自由，而彭路和彭纹，却在顶着压力完成任务。

"粉蒲怎么没在？"初一这天，年龄最大的堂哥叶明问起了国庆。

"她今天有点闲事儿。"国庆眼神恍惚，很没底气。

都知道国庆是个特要面子的人，一年形式主义一次，自然也就不去探究国庆有意回避的话题。

果良平日里和国庆打交道最多，关系也最为亲近些。这个上午果良和亲戚们热闹的同时，也在察觉着国庆以及彭纹和彭路的神色。待到午饭后亲戚们陆续离开，彭纹收拾碗筷送往厨房的时候，果良主动帮忙端起盘子跟进了厨房，并借此片刻在厨房简单和彭纹了解了大概情况。

彭路进厨房拿抹布时看到了这一幕，瞬间觉得自家的伤痛已经赤裸裸暴露在亲戚们面前，这种感觉，无异于一个考砸了的学生，成绩还要公之于众。

"咱待客呢，怎么能让果良进厨房呢，叫人家出来，彭纹和彭路收拾就是了。"白韵莲提醒心不在焉的国庆。

国庆这才回过神来，赶忙叫果良回沙发上来坐。

都说大年初一吃喝玩乐不干活，可没有粉蒲在的这个初一却是彭纹和彭路一整年里身心最累的一天。

晚上回到家，彭路问彭纹："姐，你和果良叔说了什么？"

"爸和妈的关系，其实果良叔心里都清楚，人家站出来问，是真心关心我们家，我就简单如实地告诉人家这次爸妈吵架爸提出了离婚，所以妈和爸分开住了。"

"然后呢？"彭路接着问。

"果良叔心如明镜似的，人家说碰到合适的机会，会跟爸好好聊聊。"

接下来的几天，彭路慢慢开着车跟在安旭车后走亲戚，只有粉蒲敢坐在副驾驶位，母爱的力量在此刻坚如磐石。

记忆中，小时候过年总是嗨很久。大人们担着扁担，挑着馒头，小孩们穿上新衣裳踩在雪地上，走一家亲戚住一晚，领五块十块的压岁钱，还要存着不停地数。

如今，亲戚们都搬到城里来了，后备厢里塞五箱牛奶，一天就能跑完五家亲戚。自己虽回不去领压岁钱的年纪，不过看着小孩们手中的大票子，一点没觉得比自己小时候的一沓零钱数得有趣。

不过完元宵，总感觉年就没有结束，可是年没过完，工作就开始了，心还在年里，身体却不得不上班。

财务股一位五十出头的王大姐，头一天上班就给彭路打电话，把彭路叫到了财务室。

昏头涨脑的彭路完全没有想到王大姐是要给她介绍对象。

"小叶，今年多大来着？"王大姐笑眯眯地问。

"王姐，我今年二十八了。"

"那得抓紧结婚了，有谈的男朋友吗？"

"还没有。"彭路有些尴尬。

"那正好，前两天走亲戚时，我老姨同村的一家邻居让给她儿子介绍对象，我就想到了你。这家人条件差了些，不过儿子挺争气，考上了市委的公务员，走亲戚时间比较匆忙，我也不确定你有没有对象，所以就没问更多详细情况。我估计他这条件就算买房也肯定要背债的。还有一点就是他在市里，咱在县里，不知道你是否介意这些。"

"王姐，没有房子不要紧，我和我的父母都没有物质上的要求，人家能考到市里证明人家有才学。工作两地似乎不那么合适，不过我愿意先见见人。如果彼此喜欢，客观问题也能共同慢慢解决。"彭路诚恳地表明自己的态度。

"你说得太对了，给别人一个机会，自己也多了个机会，那姐就把你手机号和微信发给他，帮你们牵个线搭个桥，然后你们自己沟通了解，你看如何？"王大姐很爽快地说。

"可以的，谢谢王姐关心。"彭路眼睛里散发出满满的感激。

邢主任召集办公室人员开会，先给同志们拜个晚年，问候大家年过得可好，亲戚有没有走完。

闫主任说："今年在首都北京过的年，大城市，玩儿得就是开心，此刻，心还在北京呢。"

李光说："中午下班，还得走家亲戚。过年就是让孩子过得开心就行。"

顿子说："结了婚得走两头亲戚，还有在外工作的同学朋友回来叫着聚会，实在累得慌，从除夕到初七，都没好好休息，盼望回归正常的生活节奏，好好补补觉。"

彭路说："我在期待最热闹的正月十五，到那天既有街头文艺，又有彩灯和烟花。"

大家扑哧一声都笑了。

"街头文艺可看不上啊，元宵节不放假，得认真工作。"邢主任严肃了态度，对大家讲。

闫主任解释道："彭路没结婚，没被生活琐事和责任缠身，正常。"

接着，邢主任明确了新一年的工作任务，并给办公室成员分了工。彭路负责接收所有股室的档案，并按档案局要求，统一整理。

接下来的日子，各股室先后移交了档案，足足放满了四间办公室。

望着压力山大的彭路，邢主任鼓励说："这么年轻，别发愁，撸起袖子加油干。"

彭路笑着听主任说，心里却在想：就算不吃不睡来整理这些档案，等完成之后也猴年马月了吧，哪里还有时间谈恋爱结婚呢。

加班加点忙了半个多月，终于理清大的类别。别说元宵节的街头文艺，就连彩灯和烟花都忘记了关注。

一个人值班的晚上，彭路打开QQ日志记录了这样一段话：

因为年前爸爸送给我的新车，我高兴了好久，也辛苦了司机哥哥冒冷汗陪我练习，好在每日有所进步，我没有让他们白费工夫。

新年伊始，新的工作也即将开始，我有信心解决好可能面对的相关问题，把工作做好。

最重要的是我的个人问题，面对月老许下愿望，愿能遇见一个懂我爱我的人，让我的心感到温暖和踏实，一起牵手走进婚姻，陪我孝敬父母，抚养子女，一起承受生活的风风雨雨，共同品味生活的酸甜苦辣。

我很庆幸，随着年岁的增长，终究明白自己真正需要的是来自对方内心的真实和自我内心的踏实。幸福很简单，我曾对一位老朋友说"平静就是最大的幸福"，他说这句话真好。

生活难免会有一些小无奈，笑着面对吧，长大的心，需要渐渐淡定下来。没有十全十美，我们只能尽力而为！

有些纠结和犹豫逐渐消失了，你一定不很完美，但你一定会在对的时间出现。

我还希望，父母家人能够平安健康，希望安业学习进步，希望你会来……

落笔之后，回味自己零散的文字，顿感生活中所有的不如意只有自己能懂，又何须出现在日志里，去敏感他人。积极向上，不懈努力才是生活该有的态度。

手机响起，陌生号码。

"喂，你好。"

"你好，是彭路吗？我叫王曲星。是王阿姨介绍我们认识的。"曲星积极温和地对彭路说。

"嗯嗯，我知道，大概二十天之前她和我提起过。"

"是吗？昨天刚通知我的，可能她得先联系到她老姨，然后找到我妈，得知我的联系方式之后才能直接联系到我，老人们效率慢，让你久等了，真不好意思。"

"没关系，这不还是联系上了吗？"彭路被曲星谦和的语气和温暖的声音感染到，也认真柔和起来。

"不知你现在在干吗？可否加个微信？这样我们聊起来更方便些。"

"好啊，可以通过手机号直接添加。"彭路欣然同意了。

这个晚上，彭路和曲星第一次聊天。从一开始相互发文字，到后来直接发语音，从个人兴趣爱好聊到对未来家庭生活的畅想，从目前工作聊到个人前途方向。曲星坦言自己没房没车内心自卑，不少人给介绍对象，女方多半会提出招女婿的要求，自己内心抵触，于是至今也没有女朋友。彭路也很真诚地谈到，自己并不介意房车，但也从未考虑过异地，不过既然有幸认识，就认真对待和相处，若碰到了对的人，一个小时的车程又算得了什么。两人聊得畅快舒服，聊到眼皮打架，仍意犹未尽。

带着淡淡的甜蜜和期待入睡，冷清已久的心似乎看到了一丝希望。

次日，统计档案类目一直忙到晚上八点，肚子咕咕叫才想起大家都下班了。档案上的灰尘落在头上、脸上、衣服上，简单洗了手，抹把脸，拿起包回家吃饭。

"彭路，去哪儿呢？"一个陌生的声音却以很熟悉的方式叫来，彭路停下了匆忙的脚步。

一个阳光自信的男青年朝彭路走来，彭路突然想起，这不是初中同学崔伟吗？

"怎么是你？我刚下班，正准备回家呢。"彭路偶遇老同学，很是惊喜。

"你在哪儿工作？好多年没见过你。"崔伟问。

"在规划局，你呢？"

"我在国土，兄弟单位，留个联系方式。"崔伟拿出了手机。

"这么近，之前怎么从没见到过你？"彭路边往崔伟手机上输着号码，边问。

"刚回单位不久，之前不在城里。"崔伟拿回手机，给彭路响了个电话。

"原来是这样啊，好了，我存着了。"

"你早点回家吧，路上小心。我约了个朋友，也得走了。随后电话联系。"

"好的。"

初中同学，如今遇见，依旧天真无邪，几句简单的问候，也能带给人快乐和美好。

回家放下包，准备先洗个澡再吃饭，粉蒲着急把饭菜热好，一定要彭路先吃完再洗。

刚拿起筷子，手机响了，高中同学高乐来电。

"喂，彭路，你现在有对象吗？没有的话给你介绍一个，有的话就算了。"高乐还和当初一样，问话总让人猝不及防，直截了当。

"你说说看，你给我介绍个什么样的？"彭路问。

"我今天在单位遇见咱学习委员了，这几年虽然见得少了，但还是亲咯滴滴亲啊。他说他还没对象，我一下子就想到了你，别说，你俩还挺有夫妻相，都矮矮的，胖胖的，肉乎乎的。性格呢也都一本正经，一个乖乖女，一个书呆子。多好，太好了太好了，你觉得行不行？行的话我就跟咱老学委给你挑明算了。"

"高乐，还好咱俩是同学，是朋友。你说话能不能过过脑子呢，你这说话方式多摧残我的自信，多使我尴尬呀。"

"尴尬个屁呀，做人还是实在点好，我说你长得亭亭玉立，你也还是一米五几，变不高啊。你就说行不行吧，利索点。"

"这么多年跟老学委的关系一直都是同学和朋友，我都没想过这个问题，何况老学委也不一定有这意思，你能靠谱点吗？"彭路有些急了。

"那算了算了，不跟你多扯了，回家带娃是正事儿。"高乐毫无耐心地挂了。

"有人给你介绍对象了？"粉蒲问。

"没没没，同学打电话开玩笑呢。"彭路搪塞粉蒲。

吃完饭，洗完澡，安旭和彭纹还在厂里加班没回来，彭路给安业检查完作业，早早躺下来，斟酌起高乐的话。

提起老学委，彭路的第一感觉就是信任。信任他高尚的人格；信任他有能力对自己和身边的人和事负责；信任他能朝着正确的方向奋斗出光明的前途；信任这么多年来，自己与老学委之间的友谊纯洁深厚，似如亲人。除了信任，还有踏实，老学委是一个成熟稳重、满腹经纶、文质彬彬的男青年。想想这么多年的友谊，尽管从未摩擦出爱情的火花，却有一份实实在在的感情基础。而婚姻中最重要的正是这种品质和这份踏实，而非一瞬间的火花。

想到这里，彭路不禁反问自己："你苦苦寻觅的，不就是一个踏实的归宿吗？"

曲星发来微信，打断了彭路的思路："非君不见思，所悲思不见。"

"星期天就可以见呀，你们星期天也忙吗？"彭路问。

"不好说，连夜写材料、周末加班都是常有的事儿。"

"我有个表哥也跟你一样的工作，他写的材料我看过一些，文笔大气严谨，领导常常拍案叫绝，而且，他还是个理科生。"

"理科生还会写材料那不简单，你哥现在至少是个副科级了吧？"

"没呢，他才三十二岁。"

"我们的副科是自己本单位选拔和提名的，这些年国家注重培养年轻干部，因此三十岁左右正是升职和发挥个人能力的黄金时期。"曲星有意暗示彭路市里工作的优势。

"对于男人来说，前途很重要，但对于一个女人来说，好的婚姻最重要。"彭路有意扯开话题。

"对于男人来说也一样。"曲星明确了婚姻在自己心中的重要性。

彭路很满意曲星的这句话，于是接着问："可当今社会感情似乎又是最不靠谱的，离婚率连年升高，单身的恐婚，结了婚的又有那么多出轨，你怎么看？"

"遇到能聊得来的，能让你憧憬到婚姻里的人，就大胆去结婚吧。倘若走进婚姻后才遇到真正适合自己的人，那就坦诚面对自己的伴侣，谁都不愿意蒙受欺辱，但每个人都有追求幸福的权利。"

言谈能有如此高度的男人不多，彭路瞬间被曲星折服。这才是当代年轻人该有的爱情观，摆脱了传统观念的道德绑架，轻松上阵，不惧纠缠。

彭路久久没有回复，她在想如果曲星的工作地点就在照城，该有多好。如果老学委是个公务员，那么自己眼中的学委该有多完美。可是如果他们都变成自己理想的类型，又是否会有缘分在一起？彭路不自觉地想象和比较，也在一遍遍倾听自己内心的声音，老学委才是自己最了解，也最了解自己的那个人。

和曲星互道晚安后，彭路拨出了高乐的电话。

"乐，给我介绍老学委是你自己的意思还是老学委的意思呢？"

"我自己的意思呀，你是不是觉得挺好，要不我现在就给老学委打个电话跟他说一下。老学委要是觉得没问题的话，你俩赶快结个婚，我还能省一份份子钱呢。"

"天哪，你怎么会有这样的想法？好奇葩，算了算了，当我今天晚上没有给你打过这个电话。老学委也不是不认识我，他要真有想法，他自己会说。"

"也行，随便随便，不过我还是挺希望你们俩能在一起，虽然我的出发点有点自私。"

"乐，这么多年的同学情，我们又是如此要好的朋友，你知道这份友谊的可贵，怎能在我和老学委之间开这样的玩笑。如果我们有意要确定男女关系，那就意味着一定是完完全全想清楚了，一定不会因为任何原因而发生一丁点儿的动摇，否则，这么多年的友谊也会付诸东流，你明白吗？"

"也是哈，听你这么一说，我自己都觉得我目光短浅，那这事儿我还是不掺和比较好。我正给我儿子洗鞋洗衣服呢，不说了，先挂了啊。"

电话那边的嘟嘟声久久回荡在彭路耳边，心烦意乱的彭路辗转反侧，难以入眠。内心一个声音在一遍遍反问："我都不奢望偶遇、一见钟情、感天动地、童话般的美好。只想要一个简简单单的合适，怎么这么难？到底谁才是那个携手一生的人？寻找和等待的过程好煎熬。"

刚开年几天，就阳春三月，就算立刻定下一个对象，也得处上几个月才能结婚。眼看五一是不行了，那就争取十一，必须得把婚结了，再不结就离三十太近了……有种急迫的声音萦绕在大脑顶部，彭路完全不晓得自己是在深夜几点睡着的。

找档案局工作人员编写分级类目号，指导整理细节和方法。与各股室沟通协调，确定移交规格。白天马不停蹄的工作可以让彭路暂时忘却背负的压力，可是一躺下，急促追赶的声音就如万马奔腾般袭来，让她几近崩溃。

"我在回照城的大巴上，大概二十分钟后到达省运车站。"曲星在电话里，轻声细语地对彭路说。

这是周末的早上，彭路在美容院刚躺下不到二十分钟，补水面膜还没有贴，挂掉电话后便提醒服务生："全都省略掉吧，我有急事，要马上离开。"

开车前往汽车站的路上，彭路心跳加速，不知现实中见到电话里心仪的那个人是什么样的感觉，是会尴尬，还是会一见如故。

还好没有迟到，按下车窗向外望去，搜索朋友圈照片里的那个人。曲星身着黑色外套，面带微笑，像个老朋友一样朝彭路走来。

"上车吧。"彭路很热情地对曲星说。

曲星只是微笑，坐在了副驾驶位，并无言语。

"接下来我们去哪儿呢？"彭路问。

"找家饭店坐下来边吃边聊吧。"曲星开口讲话，显得很害羞。

"这个点去饭店太早了些，要不我们先开着车兜兜风，遇到不错的饭店再停下来，你看如何？"

曲星先是使劲点头，后又挤出一个字"行"。

彭路很是被动，和电话里完全相反的感觉。但彭路更愿意相信初次见面彼此需要适应，暂时不可以妄下定论。

车子慢悠悠绕着县城转了一大圈，彭路从一开始的热情到后来为了尊重曲星，为了不冷场而开口，时间过得漫长且难熬。

两人终于停留在一家饭店门口，决定进去就餐。彭路想好了，曲星专程从市里过来，这顿饭得由她来请。

"你来点菜吧。"彭路礼貌地给曲星递过去菜谱。

曲星半起身，推回了菜谱，绅士地讲："当然是你先来，我其后。"

彭路看着曲星一脸真诚，温文尔雅的样子没再拒绝，浏览了两页菜谱，直接点了两个简单熟悉的素菜。

"好了，我就要这些，点个你喜欢的吧！"彭路将菜谱再次递给曲星。

曲星毫不犹豫地点了三个荤菜，彭路赶忙提醒，多了吃不了，曲星仍执意要点。

彭路心想，曲星虽然条件不好，但人真的好实在。

接着彭路聊起了照城这几年的变化，曲星并没有太多共鸣。他告诉彭路自己只在县城里念过三年高中，后来上了大学就很少再回来。

彭路又向曲星问起如何看待异地恋。

曲星很坦诚地对彭路讲："能找到同城的最好，但是身边愿意给介绍对象的人很有限，少有机会能接触到未婚女性。可今年若不结婚，来年就三十了，所以，碰到有人介绍异地的，也想处处看，要是遇见对的人，也许就什么都不是问题了。"

这话说得很现实，和电话微信里那个细腻诗意的曲星判若两人。彭路顿时觉得之前电话里那么多天的聊天，如幻影一般，并不真实。

两人的用餐过程气氛很闷，曲星并不像电话里那样侃侃而谈，而是显得内向腼腆，神情也很不自然。

彭路问曲星："午餐后计划去哪儿呢？"

"我对照城不是很了解，看电影、逛公园都可以，你来定。"

彭路一下子犯了难，正巧这时手机响起，国庆来电。

"喂，爸。"彭路语气不自觉地比平时温柔很多。

曲星听到彭路正在接父亲电话，眼神里立刻多了十分慎重。

"你一会儿到龙腾驾校接一下爸，把我送回家。"

"你报驾校啦，为什么报那么远呢？"

"私人驾校有贵宾班，一人一车一教练，还管接送，今天第一天，刚才为了多练几把，让接送车先走了。"

"可我这边有个朋友……"

彭路正准备拒绝，曲星挥挥手示意彭路马上去接。并离开座位忙着去结账。

"好的爸，你稍等会儿，我马上过去，注意接收短信。"

彭路挂掉电话赶忙跑到吧台，曲星已经结账完毕。

"走吧，别让叔叔等太久。"曲星说。

"好的。谢谢你理解。"彭路拿起手机发出短信：单位同事给介绍了个对象，市委工作，29 岁，老家照城岭村，刚吃过饭，一起过去接你。

车开到龙腾驾校门口，彭路告诉曲星："休息椅上坐的那个就是我爸。"随即给国庆按响了喇叭。

国庆朝彭路走过来。曲星立刻下车，一手给国庆开着副驾驶位的门，同时问叔叔好。

"你好，我坐后面就行，前面你们坐。"国庆笑容灿烂，很客气地对曲星讲。

"别别别，叔叔，您坐前面。"

国庆没再推让，很自然地上了车，曲星礼貌地给关上门，自己坐到了后面去。

国庆彰显家长风范，关心地询问了曲星的工作单位、毕业院校，且适可而止，并没有深聊。车子开到了家楼下，国庆扭回头看着曲星说："你们接下来如果没有安排，也可以先到家喝喝茶，休息会儿。"

国庆干脆利落的说话方式让曲星瞬间折服。

彭路想，父亲既然说出来了，不如回家，既可以表示我们的诚意，又可以避免两个人独处的无聊和尴尬，还可以减少曲星的花销，这样自己心里可以稍微平衡些。

曲星很开心地随国庆和彭路上了楼。

白韵莲见彭路带男孩子回家，立刻笑脸相迎，紧接着问起了曲星哪里人，父母都做什么的。

国庆叫道："妈，你去给孩子们拿点坚果，水果也拿出来，我去切。"

"叔叔，我们刚吃过饭，你和奶奶别忙乎了。"曲星礼貌地说。

白韵莲很识眼色地凑进厨房。

国庆轻声说了句："刚见第一面，他们自己聊。"

白韵莲心领神会，将坚果拿到桌子上："你们聊，奶奶去休息。"

国庆端来水果盘，很细心地看到白韵莲的卧室门敞开着。不动声色地走过去，轻轻关上，然后坐在曲星身边。

"曲星，刚听你说你是岭村人？"国庆问。

"对，叔，我老家岭村的。"

"说起岭村来叔还是很有感情的。16 岁那年，叔曾在岭村插过队，整整待了两年。"

"是啊，叔，这么说您和岭村还是挺有缘分的。"

"可不，我插队那会儿还在岭村结拜了个干兄弟呢，遗憾的是，叔那会儿没好好念书。你们现在好啦，逢进必考，公平阳光，只要有真才实学的年轻人，就拥有属于自己的天地。"

"不，叔，学历只是一方面，相比阅历和能力，我们跟您是不能相比的。"曲星很谦和地对国庆说。

"单位里，我们这么大岁数的都没什么文凭，有也是后来搞的。稍比我小个十岁八岁的，就有几个本科生了，还有不少大专、中专生。工作上遇到问题的时候，很明显，学历高的办法多、效率高，让人不得不佩服。年轻人想要有光明的前途，没有真才实学是不行的。我常常也对彭路讲，对于一个男人来说，条件好坏不重要，好的人品和学历是基础，有责任有担当能支撑起婚姻，就必定差不了，一生很长，根基扎稳，路走正，该得势的时候自然是水到渠成。"

"叔，您眼光独到，讲的都是真理，不愧是阅历丰富的长辈，让人敬佩。"曲星讲这些话的时候，满眼放光，却又战战兢兢。激动之余，又担心讲过了会被误解为奉承。

"叔不多说了，你们聊，我吃口饭，休息会儿，到点接送车就来了。"

"爸，一会儿我也可以送你，顺便我们也能出去玩玩儿。"

"不用，坐接送车，和别的学员聊聊心得也挺好，我们这车学员里，有个当奶奶的，计划着学会开车以后接送孙子能方便些，57 岁，仅比我小一岁。

剩下的学员，就没有超过 55 岁的了。”

“你是最大年龄的学员啊？”彭路问。

“叔叔精神可嘉。”曲星说。

“那可不，我事先就跟教练说：‘十多年前就往驾校交学费，交了退，退了交，不光人笨，还不能受气，如今这么大了，赶上了贵宾班，又来了，你好好教，多点耐心，可不能嫌老同志学得慢。’教练也说：‘理解理解，别说老同志，对待年轻人我们态度也好着呢！’”

彭路笑了，曲星也笑了，国庆乐呵呵地走开了。

随便看了半个多小时的电视节目，彭路送曲星先到汽车站买了两个小时以后的票，又将车开到公园旁边，随意聊聊眼前景象。

两个小时后，曲星走了，路途中又开始不停地和彭路发微信。彭路确信，她和曲星微信电话里的沟通是很舒服自然的，换句话说，两个人心有灵犀，思想情感是可以碰撞出火花的。可同时彭路也明白，婚姻生活更多的时候需要面对面的沟通。或许，第一次见面，还是生疏，需要适应吧！彭路这样给矛盾的事实找理由。

一瞬间的工夫，五一劳动节到了，明媚的阳光洒在匆忙的街道，彭路的内心却多了几分焦虑，时间这东西，无论你如何拖着让它慢点走，都于事无补。

果良到安旭厂里办些业务，也借此机会和安旭提起了国庆。

“你爸这人要面子，又固执，一些话我不能多问，也不便深说。不过从我个人的观点来看，你们最好也劝劝你妈，有个台阶下的时候，还是应该往一起过，长时间分开住，算什么，外人怎么看。你爸着重强调的就一点，就是你妈和你奶奶的关系，你奶奶是我的姈姈，从小到大，我还能不了解吗？可是谁都有老的一天，你妈也是做奶奶的人了，该忍让的忍忍就过去了，一家人和和美美在一起多好，你说叔说得对不对？”

“叔，谢谢你为我们家的事儿费心，你说得没错，确实是这么个道理。彭纹提起这事儿也总是失眠头疼，要我说，外人怎么看那是外人的事儿，我爸妈都五十多的人了，吵吵闹闹半辈子，他们要是觉得分开住过得平静舒心，分开也行，要能念起彼此的好，过不了多久自然会在一起。要真不愿意待一起，那我和彭纹多想想怎么能更好地照顾他们俩就是了。”

果良越听越觉得离谱，感觉安旭还是太年轻，刚刚的话都白说了。

崔伟近些天来总是和彭路套近乎，却若即若离，并没有捅破窗户纸的意思。

不由得想起三月底时高乐曾打来的一个电话，当时高乐在电话里对彭路说："老学委告诉我他内心很纠结，他和你之间感情基础是没得说的，可他就是觉得你俩更像亲人，他担心自己内心转换不过来。"

而当时彭路在电话里也对高乐说："咱们几个的友情，仿佛冬天里洒入尘间的雪花，晶莹剔透，洁白无瑕，既不忍心踩上脚印，也不忍心捧着融化。"

不久前，四月底时高乐又打来了电话："老学委说他决定向你表白了，还说让我给他加加油、鼓鼓劲。我简直太高兴了，你懂的，真的不只是因为一份份子钱。"

那一次，彭路异常冷静且认真地对高乐说："看来缘分待我不薄，我会很认真地面对老学委的表白。"

五月迎来了艳阳天，一头乱麻的工作已有部分理出了头绪。每个清晨彭路都带着希望起床，认真地穿衣打扮，一丝不苟地对待工作，疏远了身边所有男性的暧昧，用最坚定和端正的态度，准备接受一颗心的告白，迎接年轻岁月里最神圣的时刻。

一天，张圆打来电话："彭路，有空吗？晚上我想请你吃饭！"

"有什么事儿你直接说就好，不用请我吃饭，无功不受禄，我吃了也怪难为情的。"彭路这样开张圆玩笑，是因为已经料到了张圆的醉翁之意。

"真没什么事儿，咱们老校友，突然想起你，给你打个电话，哪知你这么不给面子。"

"唉，你要这么说，我还真不能不去了，不过今晚上我真有事儿，我得先确定一下能不能往后推，等我几分钟，随后回电告诉你，如何？"

"这还差不多，那我等你电话啊！"

彭路随即挂掉电话，给方林哥拨了过去："哥，你最近和张圆还有联系吗？"

"你问这干吗？"方林警惕性很高。

"她刚给我打电话了，说晚上要请我吃饭，我很诧异，觉得先问问你心里比较有底儿。"

"是这样啊，她没说为什么请你？"方林疑惑了起来。

"没有。"

"其实，我一直都联系着张圆，去过人家家门口，也去过人家学校。她虽然没接受我，但至少还接我电话，年后张圆到省城培训过两个月，我专门找朋友开上车，载着我去看过她两回，那时候看得出张圆挺感动的，有次还专门请了半天假送我和朋友离开。可上个月我到张圆学校看她的时候，她又不怎么理我了，我坐在她宿舍等她下课，她下课后抱着饭盆进来，吃饭的时候接了个电话，然后告诉我她男朋友一会儿要来，并且把手机给我让我和他男朋友通话了。回来以后，我难过了好多天，我想电话里的男的很可能是她找的托儿，不过人家话都说到这份儿上了，我再努力也没有意义了，给自己留点尊严，这俩礼拜，没再联系了。"

"天哪，哥，你这榆木脑袋什么时候开窍的？我从来不知道你会追女生，还追得如此疯狂。"彭路着实感到意外。

"你可别出卖我，不许和你舅舅妗妗讲，也不许告诉你妈，这事儿已经过去了。"

"好好好，我不说，可我觉得张圆突然要请我吃饭，不会什么事儿都没有，该不会你十多天不联系她，她又想你了呢！"

"你是说她还有回心转意的可能？"方林突然很惊喜地问道。

"人家都没跟你好过，怎么能叫回心转意呢。按我的理解她已经习惯身边有人给她当备胎备着，突然没有了，她心又慌了。她内心并不接受你这一点是肯定的，所以，即使她如你所说'回心转意'了，咱也别再上心，该相亲相亲，该找找，好马不吃回头草。"

"她叫你吃饭，你就去，你别提哥，也别问这事儿，听听她怎么说，回头告哥一声。"

"看来你还是没有放下。"彭路摇摇头。

晚上，张圆选择在一家大排档吃米线。饭还没上来，张圆就开始问："彭路，你现在有处的对象没？"

"怎么说呢，有相亲认识的正在了解阶段的，也有老同学若即若离，相互试探的，但是没有一个明确关系，能定下来相处的。"彭路讲得很随意，不带有一丝着急结婚的压力。

"你工作地点在县城里，父母又都有工作，选择的范围比我大很多，现在的男人都很现实，既要考虑女方相貌、工作，又要看家境背景。"

"我不这么认为，我觉得男的挑女的主要是相貌、工作还有家风家教，女的挑男的可能考虑的稍微复杂一点，但我个人也没考虑那么多。"

"那是因为你身边相对都是条件好些的，所以你不了解很多单身男士除了工作一无所有，恨不得攀龙附凤，把婚姻当跳板的现实。当然，还有连工作都没有的，那不属于咱们的考虑范围，也就不提了。"张圆带着愤世嫉俗的腔调讲。

"能攀龙附凤，那既是本事也是人家生来自带的福气，不过如今的婚姻，我一点都不觉得找个什么龙啊凤的值得羡慕。能携手一生，为孩子创建一个稳固、完整、有爱的家，才是真理。没钱的年轻人也是暂时没有，比如你，你爸妈没有稳定工作，听起来确实没有我爸妈的收入更轻松稳定些。搁几年前，咱俩一起毕业回来这小县城，我可能真比你占优势，我爸虽然本事不大，好歹也在单位混了大半辈子，求爷爷告奶奶好赖也能给我搞个编制，让我端个饭碗踏实吃饭。但如今是越来越公平阳光的新时代，只要你有才能，就有机会和平台。你看，你现在是堂堂正正凭自己本事考上的全额事业编人民教师，而我只是和单位签订劳务合同的合同工，能一样吗，要不是我心态好，你说我天天混在一群正式工里还常常被区别对待，我早哭死了我。"

"哈哈哈，哈哈哈，哈哈哈哈哈。"张圆笑得前俯后仰，不能自已。

"我的个天，我都怀疑此刻听我说话是你有生以来最开心的时刻了。注意形象啊，周围还那么多人呢，再笑别人以为你是个疯子。"彭路给了张圆个白眼，挑起嫩滑的米线吃起来。

彭路一碗米线都快下肚了，张圆才好不容易收拾起自己那张大笑的脸，抽出纸巾擦拭因激动而溢出的泪水和花掉了的眼影。

"彭路，不好意思，我不是故意的，但是你说得好真实，说到了我的心坎深处，听你这么说，我觉得我内心平衡了好多，瞬间知足幸福了。不过我跟你说的也都是真话，前段时间我单位同事给我介绍了一个警察，说是三十多岁了，公务员，个子高，一表人才。见面之后人家也挺诚实，告诉我人家父母都是身负重病的农民。我听着挺可怜，觉得谁的生活都不容易，回家后想着发个短信给人家鼓鼓劲、加加油。结果人家赤裸裸地回复我说：

'你不能在事业上助我一臂之力，帮我奔向美好前程，所以咱俩不合适。'我当时就想，怪不得这人三十多了找不到对象，活该。"

"不会吧，一个男的直截了当说这样的话，他会不会有病？"彭路表示怀疑。

"是真的，我短信还没删呢，我拿给你看。"张圆义愤填膺地去包里掏手机。

"算了算了，我不看，你赶紧吃饭。"彭路用眼神指向张圆那碗还没来得及动的米线。

张圆终于吃了两口，可好像有心事，欲言又止。

"彭路，咱俩今年都二十八了，眼看前半年又要过去了，你不急吗？"张圆问。

"怎么可能不急，可是干着急有用吗？去年有天中午我睡在办公室沙发上做了个梦，梦见我找不到我妈了，等我找到她的时候，她已经没了呼吸。我万般懊悔，满心的愧疚，恨自己没能早点成个家，让妈妈了此心愿，放心地走……"

说着，彭路的眼里噙满了泪水，张圆的眼圈也红了。

"不考虑工作和家庭，如果现在有两个男人，一个特别喜欢你，一个只是貌似合适，你选哪个？"张圆问彭路。

"我当然选择喜欢我多一些的，结婚不是恋爱，女人就应该找个爱自己的人，而男人就应该找个自己爱的女人。彼此相爱当然更好，但太难了。"彭路很认真地说。

张圆听得也很认真，茅塞顿开似的盯着彭路说："好像是这么个道理。你哥方林也说过这样的话。"

彭路微笑，不搭话。

张圆转移话题："我和一个乡镇学校的体育老师处了四五个月了，他家兄弟两个，还没买房，我试探过他有没有买房的打算，他希望结了婚贷款买，家里还有弟弟，不想让父母负担太重。"

"体育老师，身高应该很让你满意吧？"彭路直戳重点问。

"一米八五，我这身高刚到他肩膀。可我爸妈要求他婚前必须买上房，婚后买的话，我这一辈子就陷在房贷里了，再养个孩子，还谈什么生活，再加上两个人都在乡下工作，孩子今后也没人照顾。"张圆依旧是一脸的不满，满心的纠结。

"人不能什么都想要，你得思考明白你所有想要的东西里最重要的是哪一样，然后好好占一样就好了。唉！也不知为什么，跟你们比起来，我老感觉我是我爸妈充话费送的，他们从来就没觉得自己女儿应该找个有这有那的，好像有人要就不错了。"彭路劝过张圆，又感叹起自己。

"其实，你哥除了个子低，各方面都挺不错，尤其是对我真的很好，我感觉挺对不住他的。他最近好吗？有没有再去相亲？"张圆终于说出了憋了一晚上的话。

"咱这么大都是奔着婚姻去的，不合适很正常，没什么对不住的。我哥他找个合适的很容易，只不过他这么大了都还没有过一次真正的恋爱经历，没有过初恋，所以老钻在对爱情的幻想里不可自拔。谢谢你终于击碎了他的梦，使他认清了现实。"

张圆充满了愧疚："彭路，你内心是不是在替你哥恨我呀？"

"我要是恨你，我还出来陪你聊天啊，每个人，都要经历这个过程，才能成长。我哥都三十二了，他很清楚自己接下来该做什么，放心吧。"

这时，张圆电话响了，掏出手机一看："是我对象，我接个电话。"

挂掉电话后，张圆胡乱扒啦了两口米线："彭路，我对象叫我过去他家，我们今天就聊这么多吧，你吃好了吗？"

"好了，你去吧，我自己打车回家。"

"我可以捎你一段，到了他家门口，你再打车，这样可以便宜点。"张圆又说。

"你不当数学老师可真亏。"彭路对张圆开玩笑。

大街上的一个胡同口，张圆停下了摩托，和彭路挥手告别后，朝胡同里走去。

彭路刚到家，拿出手机，方林哥的微信已有好几条：

"吃完饭了吗？"

"吃完告诉我一声。"

"记住回家以后别和你妈说，一定要保密。"

彭路放下包，来不及歇会儿，赶忙回复："刚回来，稍等。"

紧接着换好睡衣、刷牙洗脸，手机又吱吱吱响个不停。

终于躺下来，看着方林哥发来的微信："你们晚上在哪儿吃的饭？聊点什么？"

"你怎么不说话？做什么呢？"

"睡着了？"

看来一个人无论多大，一旦陷入爱河，都会立刻变傻。彭路叹声气，索性给方林哥打过去了电话。

"哥，咱既然决定放下了，就干脆利落，别一步三回头，总犹豫了。人家有对象，也是个老师，刚刚吃完饭人家就去对象家里了。"

"我知道，教体育的，住在花园大酒店旁边的小胡同里，张圆和我说过。"

"那你还不死心。"

"他要真在那儿有套房还愁没对象吗？那房是租的。"

"你打听的，还是张圆告诉你的？"彭路很疑惑。

"我哪有闲工夫打听，都是张圆自己说的。"方林语气里，流露出一种内心的笃定。

"哥，要你这么说，张圆动机不纯，而且还这么多手段，你可千万不能再联系她了。绝不能继续耗在张圆这儿浪费时间。"

"她有没有跟你提起我？"方林问。

"基本没有，哦，她说你对她是真心好，她感觉挺对不住你。"

"好了，哥先不跟你说了啊，张圆给我打电话了。"

嘟……嘟……嘟……

没出息的，以后这种事儿别叫我管，彭路气不打一处来。

次日一边忙着工作，内心又为方林哥打抱不平，下班路上，彭路还是没忍住拨出了张圆的电话。

"喂，彭路，我正拿上饭盆准备去食堂呢，你有事儿吗？"

"张圆，你不喜欢我哥，你没错。可你利用他对你的喜欢，在他的世界里徘徊不定，欺骗他的感情，浪费他的时间，处心积虑让他甘愿做你的备胎，我就不得不说你人品有问题了。我哥已经半个月没联系你了，你干吗回过头来再打扰他？你觉得玩弄感情很刺激吗？不合适你就干干脆脆走，没人拦着不让你找合适的，你自重一点行吗？"彭路义愤填膺，语气越说越重。

"这个电话是你……是你个人的意思，还是你哥的意思？"张圆急得语无伦次。

"这件事情我们整个大家庭都知道，你问是谁的意思有意义吗？"

"彭路，我们好歹是老同学，昨晚刚请你吃完饭，你今天怎能把话说得这么决绝？"张圆始料未及，束手无策。

"你还知道你我是同学呀，知道你还这么不地道，不知道该更过分了，对吧？单纯和我论同学友谊，我不反对，对我哥，请你收起自以为是的小聪明，坦坦荡荡，光明磊落一些。"彭路果断挂掉了电话，捅破阴谋算计的感觉真爽。

刚刚仗义执言，硝烟仍待平息，来电铃声随即又响起，以为会是张圆要极力为自己解说，以为是方林哥要为张圆辩解，但张圆告状也需要时间呀。

怎么都不会想到，打电话的人居然是社会。

"喂，舅舅，有事儿吗？"

"彭路啊，下班了吧。你方林哥找媳妇儿这事儿我和你妗妗急得实在是没辙了，前两天你哥回来连个笑脸都没有，我俩也不敢问。今天早上看得出来你哥他心情不错，可也还是不知道什么情况，你们平时微信啊，QQ啊，聊得比较多，舅舅就想让你帮忙探探你哥的话，问问他现在到底有没有找的，好让我和你妗妗心里有个数啊。"社会很小心地问彭路。

"舅舅，我那同学张圆，人家压根就不愿意考虑我哥，我哥差点就一棵树上吊死了，前段时间好不容易断了念想，决定放弃了，昨天晚上张圆又主动给我哥打了个电话，人家都明确自己有对象了，我哥还剃头挑子一头热。真搞不懂我哥怎么老要把精力放在不值得的人身上。"

"你知不知道这个张圆她家住哪儿，要不我和你妗妗找个媒人去她家先探探口气，要能行就早点定下来结婚，不行咱就不在她这里耽误时间了。总之我们老人不参与，你们年轻人就是搞不成。"

"天哪，舅舅，你可千万别这样做，人家张圆都没到家里玩儿过，你和我妗妗连人都没见过，找什么媒人，提哪门子亲啊。再说我哥能同意你这样做吗，怪不得我哥专门强调不能和你们透露任何消息呢。"

"呵呵呵，你说得对，我这不是病急乱投医嘛。唉，你哥都三十二了，你说我能不急吗？"社会语气中蕴含着满满的焦虑。

"舅舅，我哥好工作在那儿摆着，不愁没对象，你和妗妗不用把整个忧虑放在这一件事情上，搞得我哥也压力很大，不愿意和你们沟通。你看我二十八了，不也没对象吗？没结婚的还多着呢，现在成家普遍都晚，你们就别追着他了，等他自己定下来了，一切就都顺理成章了。"

"话是这么说，可做老人的哪个不急啊，你是闺女，你等着男方上门找你就是了，你哥他不一样啊。你们平时微信聊天的时候，你多提醒提醒他，让他别一根筋按他想象中的标准去挑，差不多合适的就带回来让我和你姈姈看看。早点把结婚这个任务完成，我和你姈姈才能踏实心安。"

"任务？结婚也可以叫完成任务？"彭路不能接受社会的说法，反问道。

"对，就是任务，我们辛辛苦苦把他养这么大，给他置办房子，准备聘礼，他就该娶妻生子，传宗接代，不然要他干吗？"社会越说越急，越急越气。

"好了好了，舅舅，我会多提醒我哥，让他早点定下来一个给你带回去。你消消气，我正走在回家的路上，先挂了啊。"

这一路上，彭路为社会传宗接代的观念感到极度不平衡。多少养儿子的家庭，娶媳妇就为了传宗接代，那只有女儿的家庭就必须承受后继无望吗？当下，有太多独生女家庭，不缺房子不缺车，又有几个父母愿意把自己儿子送到女方家里去给人家传宗接代呢？谁说女人就稀罕房子车子呢？

午餐结束，粉蒲收拾碗筷，擦拭餐桌。

"妈，我舅舅今天给我打电话了。想从我这儿打探方林哥谈对象的消息。他说养活方林哥就是用来传宗接代的，不然要他干吗？"

"呵呵，老人们传统思想大都是这样的，现在虽然多数人不把这话挂嘴上，但事实依旧是这么回事儿。老话说得好，人留儿女树留根，有了后人，活在世上才有奔头。"

"那么多的独生女家庭，又该如何解决传宗接代的问题呢？"

"夫妻一方是独生子女的，政策允许婚后生二胎。男方父母要是通情达理，婚后两个孩子一人一个姓，这个问题就解决了。但主动权还是在男方家里，养女儿的家庭去提这样的要求，不硬气。"

"孩子是女人生的，凭什么女人做不了主。我觉得硬气得很啊，男方不同意就让他自己去生好了。"

"行了行了，去睡吧，别一开口就不知道天高地厚。你要是个儿子，咱家哪愁找媳妇。反倒是养个女儿，明摆着倒贴都难遇个好婆家，唉！"粉蒲垂头丧气摇摇头。

"那我就直接给你招个女婿回来吧，可是以后我的孩子是姓叶还是姓彭呢？"彭路带着义不容辞的责任感问粉蒲。

"当然是姓彭了，这还用得着问。"粉蒲斩钉截铁地讲。

"姓彭的话我一家三口仨姓啊。"彭路认真考虑着这个问题。

"那就随人家男方姓好了。"粉蒲又来了一句。

"唉，想为这个家做点什么，可是好难呀，你宁可告诉我以后孩子姓别人家的姓，也不让我孩子姓我和我爸的姓。你当初要是也让我姓彭，如今我不就不这么为难了吗？"

"都怪你爸。怀你的时候，你爸和我商量，要是个儿子就姓彭，要还是个闺女就随他一个姓。我就想啊，反正还是个闺女，就随他一个姓吧，后来听他和同事聊天，说给你起名字时有意起成三字名，为的是今后有机会时，给你姐名字前也加上叶字，你俩一个叶彭纹，一个叶彭路，姐妹俩就连起来了。真后悔当初心软，上了你爸的当。"粉蒲又开始翻旧账。

"你跟我说这些还有意义吗？我都姓叶快三十年了，我还是去休息吧。"彭路好害怕粉蒲再将陈年旧事一股脑儿地全倒出来。

刚走进卧室，手机响了，来电人是方林哥。彭路的心先是咯噔一下，转念又想，正义何惧邪恶，方林哥应该足够明白我是为他好，于是底气十足地接起电话。

"喂，哥，刚安慰完张圆吧？"

"嗯，呵呵。张圆说之前只知道你单纯可爱，善解人意，结果你今天一个电话气得人家午饭都没吃。"

"她做人不地道，吃不下饭不是活该吗？哥，你该不会还不明白，妹妹我是在为你两肋插刀。"

"你打这个电话，对哥来说是很有好处也很有帮助的。不过你要答应哥就这一回，以后别再这样说张圆了。"

"你的思想又被她俘虏了吗？她可是有男朋友的，昨晚我亲眼看到她朝她男朋友家走去。你觉得这样的女人还值得信任吗？值得你为她来给我打这个电话吗？"

"她昨晚找那个男的，是去当面提出分手的。她事先也有跟我讲，只不过我觉得这是人家的私事儿，所以就没和你说。"

"这么说她答应做你女朋友了？"

"关系很快会朝这个方向发展的，她这么做已经表示默认了，但话得哥来说。"

彭路愣了半天，原来自己根本就不完全了解真相，自己都觉得自己可笑。

"怎么不说话了？彭路，哥给你打电话就是想跟你说清楚真实情况，你打给张圆的电话，也起到了激将的作用。她再次做出决定以后，也不至于随便动摇了。等关系稳定下来，哥带着张圆请你吃饭，好吗？"

"好吧，我只有半个小时的午休时间了，我得睡会儿。"彭路终于挂掉了电话。

闭上眼睛，心头不停地敲响警钟提示自己："管好自己的事，别多管闲事！管好自己的事，别多管闲事！"

五月二十日，彭路表面专注于工作，实则心有所盼，盼望忽隐忽现的老学委能有一个意想不到的告白，期盼爱如所愿，不负等待。

手机终于响了，崔伟在电话那头如往日一样："下班后打台球怎么样？"

"我光看，又不会打，不想去了。"彭路婉拒。

"那就去吃点饭吧，你想吃什么？"

"改天吧，改天我请你，今天正好家里有事儿，我哪儿都去不了。"

"这样啊，那有我能帮忙的地方你吱声，我随叫随到。"

"谢谢你！"

等待的人似乎总是遥遥无期，背起包，准备下班，内心已蒙上了一层失落。拉开办公室的门，手机再次响起。

好想多听一会儿来电铃声，生怕看到来电姓名不是心中惦念的那个人。

"唉！彭路，我刚偷跑出来等了会儿公交，结果领导又打电话叫我回去，计划了好久 520 这一天直接回到照城给你个惊喜呢。"曲星在电话那头很是沮丧。

"年轻人的个人问题也是大事儿啊，你提醒一下你们领导，领导一定能理解并且支持你的。"彭路在想，能够见到曲星，她也很开心。

"我一个小科员，咱不这样开玩笑，行吗？"曲星边跑边说，气喘吁吁。

"那你得给我……"

"先挂了，微信上说。"曲星仓促挂了电话，轻敲领导办公室的门。

彭路一声叹息，锁上门，回家。

家里茶几上摆着一捧鲜艳的玫瑰花。彭路眼前一亮，心情瞬间愉悦。

没等彭路问玫瑰的来处,粉蒲已抢着数落:"看你哥闲不闲,买这么多花能当饭吃吗?也不知道这又得花多少钱。做好了饭也不吃,俩人都走了,安业去同学家了,今晚又得咱俩把饭吃完。"粉蒲言语里,太多的舍不得。

玫瑰美,彭路的眼睛却再无光彩。

吃完饭,粉蒲在客厅看电视,彭路在卧室看手机,这时彭纹和安旭回来了。

安旭瞄了一眼卧室的灯,以为安业在做作业,慢慢推开轻掩的门。

"找对象的好时候,你怎么还待在家?别人今天可都在外面。"安旭一脸惊讶地问彭路。

彭纹闻声走进彭路卧室:"今天没人约你呀?"

"嗯,市里工作的那个曲星刚才打了个电话,说晚上要加班。"彭路知道彭纹是出于关心,但真的不想多说。

彭纹也不好多问,正准备走开,彭路的手机响了。

"累了一天了,还没喝口水,刚闲下来,想起今天520,赶紧给你打个电话。"说话的是李昊。

"哦,累了你就早点休息呀。"彭路的语气没有任何波澜。

"想陪你出去走走,可又赶上我今天值班,唉,真没办法呀。你能不能轱辘着你的车轮子来我这儿坐坐?"李昊幽默地问彭路。

"不了,我很少晚上开车,而且到你单位去,也不大合适。你辛苦一天了,难得歇会儿。"彭路回绝了李昊。

"那好吧,你若没事儿的话,我们就微信聊会儿。"

"行。"彭路挂掉了电话。

"谁的电话?"彭纹迫不及待地问。

"就那个民警李昊。"彭路回答。

"我听他叫你过去,是不是他很忙啊?"

"他值班呢。"

"那你就过去呗,没什么,都是谈对象的年龄。我们单位有个女孩找的也是警察,当初谈恋爱确定关系以后,经常是她自己坐公交去男的单位。该主动的时候也得稍微主动一点,有点积极的表示,否则人家老觉得在你这里看不到希望。"彭纹温和地对彭路讲。

"姐,我们始终都没有确定关系,我自己感觉性格也很不合适,在一起挺别扭的感觉。开年以后到现在快半年了,只有偶尔微信联系,很淡很淡。"

"其实要姐看，这个李昊就要比市里的曲星合适。婚姻不是炫耀个好工作就可以望梅止渴的。再说李昊也是公务员，也很不错，毕竟人家在照城，你们组成家庭以后可以过正常的日子。而你和曲星，明摆着以后所有的生活压力都得你一个人来扛，人家一星期回来两天，你还得好吃好喝伺候。要想多见几面，挣的那仨瓜俩枣就全消费在高速路上了，过日子不像谈恋爱，你得考虑得实际一些。你今晚要是去陪陪李昊，人家心里会温暖一点的。给人家一点精神的力量，人家才有勇气再向前迈进一步。"彭纹耐心地劝说彭路。

"可我已经拒绝了。"彭路突然觉得彭纹的话也有道理，虽然自己还不能接受。

"那你就说哥哥姐姐正好要出去玩儿，顺便送你过去。"彭纹帮彭路出主意。

于是，彭路按彭纹说的给李昊打过去电话。彭纹叫上安旭一起，开车去送彭路。

一路上，彭路都在想，老学委终究是食言了。

李昊很开心彭路能来，先让彭路在自己办公室坐下，接着又忙着倒水，收拾桌子，然后激动地在彭路面前来回走。

"你为什么不坐下来呢？晃来晃去搞得我莫名的头晕，水这么烫，我一下子也喝不下去呀。"彭路盯着眼前的李昊说。

"哦,好的,我坐下。"李昊在斜对面椅子上坐下来,看起来更加不知所措。双腿不停地抖,接着又翘起二郎腿,毫不雅观,像极了一个吊儿郎当的大孩子。

"你坐稳当些吧。"彭路有些无语。

李昊不好意思地放下了二郎腿，终于不动了，只剩一脸傻笑。

"李昊！李昊！"从楼道传来同事急切地呼叫。

刹那间，李昊拔起屁股走人，只留给彭路一个不确定的眼神。

两分钟后，李昊打来电话："我又要出警，不确定多长时间，如果半个小时我没回来，你就先回，对不住了。"李昊满是歉疚。

一个人失落地走出这间陌生的办公室，走在车来车往的大街上，百无聊赖，一次次拿出手机看时间……

二十五分钟过去了，彭路已然不再抱任何希望，打开微信将此刻的心情发表在了朋友圈："爱情的归宿是命运的安排。"

闭上眼睛坐在出租车后排，插上耳机反复听《终于等到你》的前半部分："到了某个年纪你就会知道，一个人的日子真的难熬，渐渐开始尝到孤单的味道，时间在敲打着你的骄傲，过了某个路口你就会感到，彻夜陪你聊天的越来越少，厌倦了被寂寞追着跑，找个爱你的人就想托付终老。能陪我走一程的人有多少，愿意走完一生的更是寥寥。是否刻骨铭心并没那么重要，只想在平淡中体会爱的味道……"

歌曲在第二遍循环中被来电铃声打断。

电话那头传来曲星的声音："刚刚查资料翻了下手机，看到你发的朋友圈，本想接着写材料却不能安下心来。于是决定提前告诉你，明天521，又逢周六，无论如何我都会回到照城，陪着你。"

"那我等你。"彭路温柔地说。

"呵呵，睡了吧？"

"没呢，在反复听一首歌。"

"歌名叫什么，说来我也听听。"

"终于等到你！"

曲星感动到再无言语。

"你怎么不说话了呢？"

"此时无声胜有声……"曲星一字一顿地对彭路讲。

周六的早上，彭路首先来到景苑，告诉父亲国庆今天曲星要回来照城。

国庆讲："一路颠簸回来，就快中午了，要不就让人家到家来，吃饭休息都方便。"

"我也是这样想的，可上次人家来我妈就不在家，这次我妈还不在家，我该怎么解释？"彭路问国庆。

国庆沉默了好一阵："这样，你去车站接曲星，先接到这里来，然后中午爸跟你们一起到你姐家吃饭。就说你妈在你姐家帮忙就可以了。"

"今年也不知怎么的，这保姆这么难找，来一个走一个，要不然这时候也能给孩子们做点吃的，不会让人家来了觉得家里没人招待，冷冷清清的。"卧室里传出白韵莲的声音，紧接着，白韵莲摇摇晃晃走出来，坐在了国庆旁边。

"曲星这孩子不错，第一次见面就觉得文质彬彬，有礼有节，工作又好，学历又高。只不过你选择了他，就明摆着两地生活。这两三个月来，曲星有没有提出带你去见他的父母？"国庆问彭路。

"没有，一直都是靠手机联系，还没处到那个程度。"彭路回答说。

"爸是觉得靠人家的学历、工作以及光明的前程，人家完全可以在市里面找到有车有房还有稳定工作的女孩，而且事实上，人家在市里找就是要比找你合适得多。也很有可能人家在市里有相处的，只是没有确定下来关系，你不知道而已。"国庆说完，等着彭路的反应。

"爸，我明白你的意思，我不会非谁不可，来去都看得很淡，顺其自然就是了。"彭路平静地回答国庆。

国庆点点头，似乎放心了。

"再二十分钟就到了。"曲星发微信给彭路。

"好，那我到车站等你。"彭路回复。

彭路起身去往车站，白韵莲趁机对国庆说："这孩子要真是一点家底都没有，你就问问他愿不愿意招到咱们家，他在市里上班，咱承诺市里给他置办一套房子就是了。"

"这不是问题的关键，再说当下，农村的父母尤其不愿意把儿子给招出去。人家响当当的好工作，你提那要求不现实。彭路找对象这事儿我一个人把关就够了，你别瞎操心。"

彭路在车站附近停下车，先给粉蒲打过去电话，告诉粉蒲多准备几个人的午餐，也包括国庆。

粉蒲边忙着准备边叨叨："一想到要见你爸，心情就烦躁。"

叨叨完又拿起手机，给彭纹打电话："中午都回家吃饭，彭路要带男朋友回家。"

"哪个？那个警察吗？"彭纹激动地问。

"不是，市里那个。"

"行吧。"彭纹觉得哪里不对。

曲星一定要买些东西再和彭路回家。于是两人一起到超市挑选了水果。

彭纹很重视彭路的事情，立刻跑去买了鱼，还有各种新鲜蔬菜水果早早回家，和粉蒲一起准备午餐。

曲星进门后，国庆洋溢着笑脸，热情相迎，白韵莲也嘘寒问暖，表示关心，气氛很是愉快融洽。

　　大家一起吃着零食看着电视，国庆很自然地将话题转向了重心："对于男人来说，工作和前途固然重要，但若成了家，排在第一位的就必须是家庭。"

　　"叔，您这话说得太对了，家庭经营好了，工作才有意义，工作的动力，来源于家庭的支撑和责任。而男人，担当起家庭的责任才能担当起更多的社会角色。"曲星讲话，丝毫不张扬，静中有韧，给人以踏实感。

　　"你和彭路之间，唯一的问题就是两地，不知你如何看待这个问题？"国庆问曲星。

　　"叔，现在交通越来越方便，一个小时的车程并不算远，相比大城市，可能就是人们每天上下班家与单位之间的距离。而且成家以后，工作也许还有机会变动，一旦有机会，就抓住机会往一起走。"曲星说。

　　"你能这样想我很高兴，但彭路工作变动的可能性不大，而你的优势就在于考哪中哪，只是市里考回县里，又感觉不大合适，亏了前程。"

　　"叔，我了解您的想法，如果结了婚，就必须考虑到家庭的琐事，对孩子的成长负责，所以考回来没什么不可以，没有什么比家人在一起更重要，这个问题我已经在考虑。"

　　国庆满意地点点头："彭路姐姐家离这儿不远，她妈妈已在那边备好了饭菜，我去换身衣服，然后我们一起过去。"

　　彭路敲开了彭纹家门，彭纹笑脸相迎。粉蒲待在厨房随之出来，带着笑脸打量并欢迎曲星，眼神掠过国庆的时候，马上又由晴转阴，冰冷无情。

　　国庆坐在沙发上憋鼓着满肚子火气，眉眼间又故作镇定。彭路细心留意国庆的神态变化，又跑进厨房特地交代粉蒲注意态度。彭纹忙前忙后端茶端饭，不忘对曲星寒暄问候。安旭匆匆带着一脸春风回来，坐下来与国庆、曲星聊起时事，还有工作，不一会儿便吹散了所有人心头的阴霾。

　　午饭后，安业要去找同学玩儿，国庆便在安业卧室躺下休息。彭纹提议："天气不错，我们几个带上鱼竿，带上桶，去县城外的河边玩儿吧。"

　　彭路听了甚是开心："无论去哪儿，只要出去玩儿就好，曲星，你看呢？"

　　"可以啊，我都行。"曲星显得有些不自在。

　　安旭把车开到了城外的泥河旁，一路上曲星几乎没有主动说话，安旭、彭纹还有彭路的热情很快被曲星的一言不发给浇到窒息。

　　这个下午的玩耍，彭纹颇有一种"襄王有意，神女无心"的感叹。

　　如此气氛彭路很是尴尬，她觉得曲星太过木讷，不够随和，也不够礼貌。

她想曲星这样的性格放到婚姻里去，作为另一半必定会很痛苦。顿时内心有种强烈的声音在警醒自己："不合适，不合适！"

将曲星送进了车站，彭路叹气："跟这种特别闷的人相处，想想都瘆得慌。"

"可能他只是不善于表达吧，内心一定也是温热的。"彭纹简单地一说，更多的是为了平复彭路失衡的内心。

安旭只是开车，没再开口。

回家后，微信连续传来消息。

第一条："车子出发了，期待下次相见。"

第二条："有乘客着急上卫生间，车子停进了服务区，你到家了吗？"

第三条："你妈妈做的饭真好吃，叔叔阿姨、哥哥姐姐都让我觉得特温暖、特感动。"

彭纹问彭路："谁的信息？"

彭路将手机递给了彭纹。

"你看，我没说错吧，有些人本就内向，不善沟通，再加上人家也是第一次见我和你哥，熟悉以后自然会好的。"

粉蒲淡淡地问了句："曲星走了？"

"嗯，走了，妈你觉得曲星怎么样？"彭纹很认真地问粉蒲。

"看彭路吧，她觉得好就行。"粉蒲依旧淡淡地说。

"要我看，李昊更合适些，毕竟人家在照城。跟曲星以后长期两地跑，可不是一回事儿。"彭纹又一次在彭路面前重复自己的观点。

"我也这么觉得。"粉蒲淡淡地回应了一句。

彭路不作声，独自进了卧室，关上了门。

七月，又一个夏天如约而至。

国庆刚拿到驾照一个多月，开车技能却比彭路要娴熟很多。

一天清早，国庆路过彭路单位时，看到彭路从一个男孩儿车上下来，挥手再见后，走进了单位。

晚上，国庆以刚买了新鲜荔枝为由叫彭路到景苑品尝。

新来的保姆将荔枝端上了餐桌。国庆马上吩咐："给我妈拿一些到卧室去。"

父女俩边吃边聊，国庆说："爸开车是因为爸单位远，你单位步行也就十来分钟，还锻炼身体，你说呢？"

"嗯嗯，我走走挺好，开车反而麻烦，单位附近也没地方停。"

"爸今天早上路过你们单位，看到你坐别人的车上班，心想你要是需要车的话，就把钥匙给你。"

"哦，你看到的那个，是我的初中同学。他接送我上下班有一段时间了。"

"怎么从没听你提起？这个时候，你应该让父母及时了解你的各种情况，好让我们心中有数。"

彭路不吱声，心想，我自己都没数，怎么让你们心里有数。

"初中同学，那他在哪个单位？什么学校毕业？工作是自己考上的吗？"国庆紧接着问。

"在国土局下属的一个自收自支事业单位工作，他爸以前是个干部，他应该是靠家里给安排的，大专毕业，什么学校我忘了。"

"他爸是不是干部不重要，自收自支事业人员其实跟你这性质没什么两样，存在被改革以及倒闭破产的风险，你姐的单位就是个例子。"

国庆话音刚落，白韵莲立刻从卧室出来："你这个同学他爸是哪个单位的干部？他家住哪儿？老家是城里的吗？"

"我只知道他家住东关，他的父母以及他的老家我都不清楚。"

"家道好，以后孩子们两头都有帮衬，当亲家的坐下来也能聊到一起。国庆啊，撇开房、车不说，人家也是值得考虑的。回头让彭路问问这孩子老家在哪儿，要祖辈就是城里人的话就更好了。"白韵莲讲道。

新保姆刚来几天，国庆不好意思直接让白韵莲回卧室去吃，而是下意识地叫彭路进了卧室："曲星有没有和你表示结婚的意向呢？"

"自从他上次走后，就很少再联系我，我也从未主动联系他。"

"照你的意思就是说现在又没有可选择的对象了吗？"国庆的语气里瞬间满是焦虑。

"李昊还联系着，但我觉得我自己都过不了自己这一关，你也就别抱希望了。"彭路直言。

"那你这个同学他父母在哪个单位？告诉我我打听一下他父母的为人再说。"

"爸，我也没觉得我这同学合适。不过在一起总感觉要自在很多，一样环境下长大，沟通起来轻松愉快而已。但他也有致命的缺点，异性朋友太多。"

"那你还不趁早远离他。结了婚要是面对这些问题会让你很痛苦，你明白吗？"

"爸，那还不是因为我了解吗，相亲认识的那些我并不真正了解。婚前喜欢拈花惹草，婚后却全心全意顾家的男人也不是没有。反倒那些条件差的，看起来似乎只差一个平台就可以奔向美好前途，但等柳暗花明的时候他们又会怎么样真的不确定。我没觉得我这同学很合适，也没觉得很不合适，他既然没捅破窗户纸，就先备着也是可以的。"

"哦，对了，爸差点忘了，我一个朋友说派出所还有一个年龄稍微大点的，爸考虑到和李昊一个单位不适合见，所以就没及时和你说。你要想见的话我再给你问问。"

"我一个当老师的同学已经见过了，之后这男的给我这位女同学发短信，大致意思是两个人不合适，因为女方家庭没有实力和背景，不能助人家一臂之力、帮助人家奔向光明前程。"

"还有这样的人？首先出发点就不对。既然你听说有这么回事儿，咱就不见了，咱这家庭也没什么背景，找个作风正派、品行端正、一心一意过日子的最重要。"

"爸，我觉得我的一位老同学对我还是有考虑的，他的想法也有和我们共同的朋友提起过。他甚至鼓足了勇气决定表白，但又由于多年要好的朋友关系很难转换，欲言又止。目前，在我心里，他就是人品最正，最靠谱最踏实的人选。"

"你这个同学他在哪儿工作来着？"国庆问。

"在一家煤矿上班，个子也不高，父母有工作，但具体情况我并不很清楚，家里条件也很一般，如果他愿意考公务员的话我认为他一定能考上。"

"不是公务员，个子也不高，你看上他什么了？"国庆很纳闷地问彭路。

"人品和灵魂的高贵，还有他肚子里的真才实学。我考虑了很久，我没有一丝的冲动，他是我相处的异性朋友里，唯一一个让我真诚仰视和踏实信任的人。"彭路坚定地对国庆说。

"既然你这么说，那爸就无条件地支持你。可你得明白年龄放在这儿，不能再等了。你若看准了这个人，你主动表白也不是不可以。"

"我不要，我是很喜欢，但主动的必须是他。"

"如果你一直等，他还是没有表白呢？"国庆问。

"那就宁可错过，命运自有安排。"

"要不这样，你不方便说爸来帮你开这个口，事实上这也没什么。"

"千万别，爸，万万不可，否则做朋友都会觉得尴尬。"

"那你计划等到什么时候？"国庆无奈地问。

"等的过程中，有合适的我也会考虑的。"

国庆最终选择尊重女儿彭路的想法。

中元节前两天，彭纹、安旭与彭路一起陪粉蒲到腰后爷爷奶奶墓地上坟。可爷爷奶奶生前当儿子看待的国庆，却很多年都没来过了。

上坟结束，四个人如来时一样拨开茂密的玉米秆，在其中穿行，好不容易走到了土路上，也不过一人宽。粉蒲感慨并吩咐："再过几年，你们帮妈把你爷爷坟地的杂草给清理掉，还有这小路一边的野草，以及没人要的酸枣树，统统清理干净。日后我和你爸下世的时候，你们也得有条路通往坟地。"

"日后的事情谁料得到呢，我爸人家都把自己的坟地给选好了。"彭路半开玩笑地讲。

"那你们就把你爸埋到他选的那坟地，把妈埋到这儿。总之他们家那坟地，妈是不会去的。"粉蒲很认真地边走边说。

"活着，我爸说啥是啥，霸道惯了。死后，可由不了他，他埋哪儿，决定权在我和彭路，谁还敢替我们做这个主。我爸想和我城里爷爷奶奶埋一起，除非临了之前他自己先睡进棺材里。"彭纹显然在以开玩笑的方式发泄持久压抑在内心的不满。

粉蒲被逗笑了。

彭路却听得很不舒服。可转念一想，彭纹和自己虽生于同一家庭，却因为姓氏不同，童年的境遇也大不相同。自己没有经历过彭纹的苦，也就不去评判彭纹此刻的对与错。

粉蒲的大姐粉团，每年的春、夏、秋三季都还住在村子里。粉蒲每次上坟后，都会带着彭路和彭纹去看望大姐粉团。而每年的秋收季节，粉团也会摘许多地里新鲜的蔬菜给粉蒲和孩子们带到城里去。

此次回村里，粉团又开始张罗着给彭纹和彭路做饸饹面吃，也许是童年的美好感觉印刻在了记忆里，彭路总迷恋生炭的炉子传递出的温暖和烟火气息，觉得这样的炉子做出的饭菜更有家的味道。

粉蒲帮着大姐粉团做饭，彭纹坐在与炉子相连的炕上聊起小时候的事情。彭路坐在大炉子旁，看着粉团和粉蒲忙活，听她们讲从前的故事。

聊到村里老刘家闺女还未结婚时，粉团突然问："彭路今年多大来着？"

"姑，虚岁二十八，不急。"彭路对着粉团笑。

"傻闺女，眨眼的工夫再过个年就二十九啦。我们像你这样大的时候都生仨了。差不多找个，懂得过日子就行，不要挑到最后把自己给耽搁了。你看你方林哥，差点没把你舅舅妗妗急出病来，好在前几天听你舅舅说，过了鬼节令，就选个日子给方林订婚呢。姑听了也松口气，终于了了一桩大事。"

"什么？方林哥要订婚了，跟谁呀？张圆吗？"彭路很是惊讶。

"我还没听哥说，不知道这事儿，最后定下来的是哪个闺女？"粉蒲问。

"好像说是在哪个乡镇上教书的。你嫂子已经给这闺女做了好长时间饭了，你哥提起来乐得合不拢嘴，对这儿媳妇可满意了。"粉团开心地对粉蒲讲。

"彭路，你哥都结婚了，这可就光剩你了，得抓紧了。"

九月，最让彭路压力山大的一天里，接到三位同学的电话，分别通知结婚日期。

月初参加的是一位高中同学的婚礼。婚礼上，老同学坐一桌，多年不见，大家相互问候，关心最多的一句无非是："结婚了没有？"

得知彭路还没有结婚，一位叫浩南的同学问起彭路想找啥条件的。

还是那一套格式："本科学历，自己考上的事业人员或者公务员，身高不低于一米七。"

"真的对家庭条件没要求吗？"浩南投来质疑的目光。

"真的没要求。"彭路坚定地回答。

当天晚上，浩南发来短信："吴鹏，我的发小，在兽医站工作，毕业后自己考上的，而且家里有房，身高一米七八，你愿意见见吗？"

"谢谢你，可以见见。"

这个回复仅仅是为了尊重浩南同学的关心和好意。彭路对短信中提到的人并无兴趣。

彭路在朋友圈写下这样一句话："心，留在原地，路，脚下匆匆，你若懂，你会来！"

　　然后，默默期待！那个牵挂于心的人，当他划过自己的朋友圈时，可会停留问候？

　　手机在此刻响起，并非彭路要等的人。

　　"你好，我是吴鹏，是浩南给我你的联系方式。"

　　"你好，浩南和我说过了。"

　　"今天有点晚，明天一起吃个饭吧。"

　　"好的。"

　　"那我们先加个微信吧，方便联系。"

　　"可以。"

　　加好了微信，彭路放下手机，翻看杂志，有篇文章中写道："爱情好比生长在悬崖峭壁边缘的花，想要摘下，就必须有勇气！"

　　这句话似乎给了彭路无穷的力量，彭路终于将手机通信录定格在了老学委，却又迟迟没有勇气拨出去。

　　终究，彭路退而求其次拨出了高乐的电话。

　　"彭路，啥事儿？"高乐接起电话就问。

　　"你是一个人吗？说话方便吗？"

　　"我妈帮我看着孩子呢，有什么事你说吧。"

　　"嗯……其实，我想说……"彭路支支吾吾半天。

　　"我的个天哪，你到底要说啥，别磨叽了，直接说。"

　　彭路长长舒了一口气："我说不出来，你知道的。"

　　"那我挂了啊，我还要给我儿子洗鞋呢。"

　　"别啊，你怎么这么冷血呢？"彭路急了。

　　"无语，真是温室里长大的娇娇女。行，我认真听，你有屁快放。"

　　"你这样说话我多伤心呀，你还让我怎么跟你说嘛。"高乐的态度让彭路瞬间难过起来。

　　"哦，哦，哦，大小姐，你请讲，这样行了吧？"

　　"乐，是这样，我不知道该听从命运的安排，还是该跟着心走，勇敢地表达自己的想法。我们这么多年对老学委的信赖和认可，你和我都是一样的。也许，还有和老学委一样靠谱和优秀的人，但在很短的时间内，又怎么可能建立起信任，甚至是感情。我和老学委之间，这么多年的同学情，如此纯粹的友谊，虽不是爱情却简单真实。我不是没有勇气去表白，只是太在乎这么多年的友谊，而他也很意外地对我动摇过。所以……"

"明白了，我给他打个电话，再给他一次机会，行不行让他给个痛快话。"

"别别别，你应该先问问人家有对象了没有。如果有了，就什么都别说了，如果没有，再以你的方式提示他一次。"

"我知道了，你把心放肚子里吧。"

挂掉彭路的电话，高乐立即给老学委拨了过去："喂，老学委，最近忙啥呀？"

"忙工作，还能忙啥。"

"彭路快要结婚了你知道吗？"说完高乐捂紧手机咯咯咯地笑。

"什么！呃，彭路通知你了吗？婚礼定在多会儿？她都没有告诉我。"老学委此时像一个丢掉糖的孩子。

"婚礼的时间还没定，不过快了。我说老学委，你这晃荡了大半年，究竟定下来个媳妇没有。"

"有在微信上聊天相互了解的，不过断断续续，顶多算得上普通朋友。"

"要我说呀，都这么大了，称心如意的都被别人挑完了，你和彭路谁也别嫌弃谁，合七合八得了，哪有十全十美的一对，你说呢？"

"你不是说彭路马上要结婚了吗？"

"哈哈哈哈，她还没领证呢，加油，哥们儿！"

这个晚上，老学委整夜未眠，想到最多的就是自己和彭路这么多年的友谊。

天亮后，老学委拨通了高乐的电话："乐，我和彭路是有感情的，中午我请你俩吃饭。"

"好嘞，榆木脑袋终于开窍啦，我能省一份份子钱啦！"

"呵呵，一会儿，我给彭路打电话。"

刚刚踏进单位的大门，彭路接到了老学委的来电，那一刻心情澎湃到了嗓子眼儿，接起电话的瞬间，又如往日一般亲切平和："老学委，什么事儿？"

"中午我请你和高乐吃饭，有空吗？"老学委带着十足的诚意邀请彭路。

"好啊，你发给我地点，我中午过去。"

"中午我开车去接你。"

"那我先挂喽，今年工作量特别大，而且我得独自完成。"

"那好，你别太累了。"

这个早上，彭路感觉整个世界都在向自己张开怀抱，连呼吸都是幸福的。

下班的前几分钟，彭路重新整理了头发，并照了照镜子，然后朝着内心所向，走出单位的大门。

有高乐这个开心果，这顿饭自然吃得开心有趣。饭后，老学委提出："彭路喜欢吃辣，改天我带你俩去新开的一家重庆火锅店过过瘾。"

"那说定了啊，就这个星期天吧。我只有星期天有时间，今天还是麻烦我妈给我看孩子我才出来。"高乐迫切地说。

"一言为定。"老学委很爽快，又用不确定的眼神望着彭路。

"我没问题，随时都有空。"彭路递给老学委一个兴奋且确定的眼神。

这个下午，彭路回味着午餐时光老学委和高乐的每一句话，还有老学委每一分钟的神情。彭路明白，没有十全十美的另一半，老天对她的厚爱，在于为她匹配了最最契合的灵魂。

当然，出于诚信，彭路并没有失约吴鹏的晚餐。

吴鹏将就餐地点选在彭路单位附近一家体面的酒店里。大鱼大肉，餐桌上很是丰盛，可彭路见到吴鹏的第一眼，就已确认这是最最多余的一次相亲。

黑红的肤色，斜视的右眼，偏远山区的成长背景，毫不斯文的吃相，完全没有共鸣的话题，且一开始就强调自己有房，房子买在靠近城边的村子里，已付了首付。出于尊重，彭路很礼貌、耐心地听吴鹏讲话，直到用餐结束。

吴鹏一定要骑着既脏又丑的弯梁摩托送彭路回家。路上短暂的堵车过程中，彭路看见了顿子，顿子正骑着他精致的小电动车迎面驶来，擦肩而过的时候顿子有意放慢了速度，和彭路打招呼。

彭路在家附近的路口下车，并不希望吴鹏了解她的实际住址。

这个晚上，吴鹏不停地给彭路发微信，彭路一心只想着，该如何拒绝。

"浩南，你帮忙介绍的吴鹏我今晚上见过了，我和他不合适，但又不好意思直接对他讲，希望你能帮忙转达，预祝你新婚快乐！"彭路编辑好短信，发给了浩南。

"谢谢，我会帮你转达，并祝你早日找到合适的如意郎君。"浩南回复。

这个晚上，彭路做了个梦，梦里她和高乐还有老学委一起坐上大巴，准备来一场说走就走的旅行。

一天过去了，两天过去了，一个星期过去了，两个星期过去了。老学委始终没有再次打来电话。

彭路坐在沙发上："爸，老学委上次说好的，要带我和高乐去新开的一家饭店吃饭。他这人很有信誉，从来不这样，这次真的出乎我预料了。"

"说明你判断有误，高估了他的同时，也高估了你在他心中的分量。从今起，打消对这个人的念头，他已经浪费了你整整大半年的时间，做人不能朝秦暮楚。我坚决不会同意这样的人进咱家的门，爸的态度你清楚了，接下来他再有反复无常的举动，你应该明白自己该如何做了。"

《非诚勿扰》《爱情保卫战》，彭路反复地看情感类节目，来填补内心的失落和空洞。

终于，彭路鼓足勇气给曲星发了一条微信："最近好吗？好久没有你的消息。"

随之，曲星打来了电话，称两个多月来，确实很想念彭路，找到一个有冲动携手步入婚姻殿堂的人很难。但他内心并不愿意考回照城，还是希望在市里发展。

彭路也表示，自己父亲要的只是一个态度，并非一定要曲星考回照城。

曲星说："这个星期，我再回照城看你。"

"好的，等你回来，我也陪你去看望你的父母。"彭路是在努力揭开谜底。

"其实去不去都行，我自己的事情我自己做得了主。"

"这是正常路数，也是我对你父母的尊重。"

"有件事情想跟你说但又担心你会介意。"

"你说。"

"我的父亲不是我的亲生父亲，而我的妈妈是个特别要强的女人。我还有三个舅舅，都在村里，却没有一个愿意赡养我的姥爷。姥爷他患上了精神病，一直是我妈妈一个人在照看。"曲星吞吞吐吐地说完，自己也不知道究竟要表达什么。

"我不会介意的，你多想了，继父养你多年，我们更应该尊重和感恩。"

曲星无话可说："那好，我和家里沟通一下，然后再做决定。"

周末，曲星回来了，彭路到汽车站迎接。曲星却表示这次不想再到彭路家里了。

饭店的包间里，曲星心事重重，脸色很是难看。

"我家的情况不好，为此我也很自卑。曾经有个女孩和我照了婚纱照，到我家后又悔婚了，我内心也因此有了阴影，所以，到我家去这个步骤就取消吧。"

彭路没再据理力争，只是明白曲星一定有难言之隐。

这顿饭吃得好艰难，自始至终曲星没有一个笑脸。饭后，曲星搭了出租车，匆匆赶往汽车站。

看着曲星乘坐的出租渐渐远去，彭路被一种前所未有的无助感围袭，初秋的风藏在夏末的骄阳里，仿佛在向彭路诉说，这是一个分手的季节。

张圆骑着摩托经过，在彭路身旁稍作停留，看着彭路被泪水打湿的眼眶，张圆问："彭路，你怎么了？"

"可能失恋了，也可能是一种挫败感，又或许，只是因为吹过的一丝凉风。没事儿的。"

"你哥在家具市场挑了个梳妆台着急叫我过去定，'十一'就要结婚了，还是感觉什么都没准备好，每天都在忙，回头我再给你打电话啊，先走了。"张圆加大油门，疾驰而去。

彭路孤零零地站在原地，似乎在一瞬间自己就变成了这个城市里唯一的剩女。

"田娟、高乐都已婚，她们无法理解此刻我的心情。整个手机通信录，只有凤仙与我一样，可她在市里，不能在此刻给予我陪伴。"彭路内心闪过这些思虑。

拨出去吧，电话里倾诉一下也好。

"喂，彭路，怎么了？"

"凤仙，我心里难受，你在普城吗？"

"不，我在照城，不过待会儿马上就要去普城。你为什么难过？和我说说吧。"

"可以晚点走吗？我现在过去你家，好久没有见到你了。"

"我在我对象时默家。"凤仙淡淡地对彭路说。

"你为什么在他家呢？这怎么回事儿啊？"彭路简直不敢相信这是事实。

"呃，我猜你知道了也一定很惊讶，我们又决定在一起了，准备婚前半个月再通知亲朋好友，婚礼定在十一月中旬，现在时默就在我身边呢。"

"哦，等你结了婚，我们还会像从前一样，是无话不说、天真烂漫的好闺密吗？"

"当然是了，你这问题好奇怪，你究竟怎么了？"

"原本你是独立的个体，我随时随地可以找你玩儿，然后毫无顾忌地疯，毫不避讳地聊。可现在突然得知你有了归属，是两个人了，与你聊天，我的思想瞬间不那么自由了。"

"呵呵呵呵，好像也有道理哈，可在这个小城市里，我们都得尊崇传统的生存模式，几乎无一例外。你最近什么情况？差点忘了问你。"

"很恓惶，不多说了，正走在回家的路上，你结婚我一定去，先这样吧！"

"好，你也不必太难过，缘分来的时候，挡都挡不住的，等我再回来的时候单独去找你聊啊。"

这天晚上，国庆叫彭纹和彭路一起到景苑去，说中午已经找厨师做好了馅儿，晚上一起包饺子吃。

彭纹带着一家子，彭路一个人。白韵莲忙着从冰箱里往出拿馅儿，彭纹一进门就跑进了厨房，安旭仰着一张帅气的笑脸跟在其后，彭路坐在沙发上看起了电视，安业直奔卧室在电脑旁坐下打起了游戏。

"奶奶，我都能干，你去歇着吧。"彭纹对白韵莲说。

"那行，你能干你就干！"白韵莲从来不客气。

"妈，你出来吧，她们都这么大了，她们干就是了。"国庆在沙发的另一边叫道。

彭路想，说的好像我们小时候她给干过啥似的。

"彭路，这么大了有点眼力见儿，去给你姐搭把手，俩人干快点。"

于是，彭路也走进了厨房："姐，我擀皮吧。"

"面和好还得会儿，先出去吧。"彭纹边和面边说。

于是，彭路坐在了餐厅凳子上。

关于彭路谈对象方面的进展情况，国庆心急如焚。却又担心开口问惹怒了彭路，影响到一家人在一起的气氛。

"彭路，你和那个叫李昊的认识也快有一年的时间了，人家有没有向你提出结婚啊？"彭纹问彭路。

国庆的双眼立刻目不转睛地盯着彭路等待答复。彭纹很及时地替国庆问了他差点憋到爆炸的问题。

彭路没有马上回答。

气氛瞬间凝固了数秒。

"选择咱照城这个民警，还是选择市里的曲星，关键在彭路，爸都支持。"国庆表态说。

"爸，市里发展前途是好些，可婚姻毕竟得先考虑现实，眼下曲星的情况，很可能操办婚礼都得咱家出钱出力给他们张罗。婚后在孩子的问题上，彭路面临的就是自己生自己养，等到曲星仕途光明，毕竟就是以后的事儿了，再说彭路这工作明摆着不好调动。结婚是要日复一日过日子的，不是拿着一个好单位的招牌听名声的。"

彭纹一席话，国庆听得很认真，并加以了深度思索。

"彭路，爸总认为有人就有一切，但你姐的分析确实很有道理，爸的观点也有欠缺的地方，也许你应该多考虑一下你姐的建议。你说呢？"国庆就这样巧妙地开启了嵌入型谈话模式。

"我自始至终都觉得李昊不合适。至于曲星，我认同我姐的看法，所以也无所谓合不合适。"彭路压抑着内心的煎熬，不屑一顾地对国庆和彭纹说。

安旭诧异地抬起头望向彭路。

"眼看三十了说话还这么没谱，照你这么找下去到退休也找不到你理想中的人，你得让爸给你定做一个。"彭纹话中带刺，却自然布局。

前半句听完，国庆表示坚决赞同，整句话听完，国庆瞬间神情凝重，闭口不言了。

彭路平静的面容下翻江倒海的委屈，可是转念一想，似乎长这么大，但凡父母能帮忙解决的，他俩都全力以赴了，要真能给定做一个男朋友那就完美了。

面和好了，安旭拉了个凳子坐在案板旁边，一手拿擀杖，一手转面皮，一副功底十足的架势，一张张边薄心厚、圆而均匀的饺子皮源源不断地供给彭纹。

彭路在一旁看得出神入化，这完全就是一套灵魂契合的流水作业。

“你别傻看，过去帮忙！”国庆坐在客厅的沙发上发号施令。

“我是两只手擀皮，擀出来的可不像我哥那样中间厚，边缘薄。经不住煮，烂了你别怨我。”彭路边说边起身从安旭手中拿过擀杖。

“擀皮很关键，都煮烂了可不能吃。”正在卧室打电话的白韵莲把头探出客厅，提醒国庆说。

国庆一声长叹之后来到厨房：“你这么擀不行，不会就跟着你哥你姐学，擀个饺子皮有多大技术含量，都快三十的人了还做不好，你说别人娶了你能干啥？”

国庆这番话让彭路听得极其别扭，彭路正想怼回去一句：“我妈给你洗衣做饭半辈子又能怎样！”可话未出口，泪水已堵上了鼻喉。

彭纹本能地心疼起彭路的委屈，手把手耐心地教起彭路擀饺子皮。

安旭则站在锅旁不停地点水，调火，确保每一个饺子都不被煮破。

一会儿的工夫，彭路居然就真的更新了二十多年未改变的擀皮方法，学会了单手擀皮，擀出的模样和安旭的不差上下，除了速度稍慢些。虽然是被迫掌握了一项做饭技能，但依然为这个突然而来的进步感到开心。

很多时候，真的是忠言逆耳利于行。

安旭捞出了一盘又一盘喷香诱人的饺子，吃饭过程中，大家终于转移了话题，彭纹和安旭向国庆聊起了这一年来的生意。三个人聊得很投入，国庆不时地指点迷津，鼓励安旭明察善断，紧扣当下顾客需求，敢决策、敢行动，把生意做大做强。同时也不忘强调，任何时候都要切记诚信和德行是做人的根本，更是生意人的根本。

彭路已将《非诚勿扰》调到了最低音量，看到有趣的环节，还是咯咯咯笑出声来。

“这儿说正事儿呢，把电视关掉，要不你换个新闻或者晚会也行。”国庆冲彭路说。

“我就喜欢看这个，声音这么小，又不影响你们。”彭路噘起了嘴。

“上这种节目的，无非两种人，要么学业有成，要么事业有成。有学历又有阅历讲出的话自然就有一定的涵养和格局，一集看完你就该明白，台上那些人再怎么说得天花乱坠，最终考量的还是个人综合实力。”

彭路内心泛起了嘀咕，原来我爸也知道找对象要看经济实力呀，可怎么从来也没认为我该找个有车有房的呢。哦，可能我爸觉得我既没学历，也没事业吧。算了，想这么多干吗，你们都在脚踏实地赚钱，我作为家里一份子在经济方面一直都挺有安全感的。我挣的够我零花就挺好，需要花大钱的时候，你们个顶个顶上去，我不当拖油瓶便是。结婚后我继续靠着未来的老公，我要优雅地享受生活，才不要为了拼事业、为了挣钱把自己搞得那么累。

临睡前，想到国庆和彭纹都在催促自己做出选择，彭路在朋友圈写下这样一句话："十字路口，该往左还是往右，这本不是个值得纠结的问题。向前走，是唯一的选择。"

次日，阳光静好的正午，张圆约彭路在单位附近的一家小西餐厅共进午餐，两碗意面，两杯果汁。

彭路举起果汁："恭喜你即将步入婚姻殿堂，欢迎你加入我们这个大家庭。"

张圆一脸踏实地微笑："总之再也不必听父母无休止的唠叨，亲戚朋友问起何时结婚的问题，也不用再尴尬了。现在只是一心想着你哥的好，希望婚后能一起攒钱，把日子过好。"

"钱是挣来的，不是靠攒的，再怎么攒必要的开支也不能少。"

"我 2013 年年初上班，不到两年的时间攒了五万多。其中一万多是上班之前打工挣的，你呢？"张圆自豪地问彭路。

"我 2012 年年底上班，加上绩效工资总数和你差不多，可我完全攒不下，报驾校的钱包括同学结婚上礼，都是另外和我妈要的。"

"你把钱都花哪儿去了？"张圆惊讶地问。

"美容院、生活用品，还有衣服鞋包，每个月的工资最多两个星期就花完了，也有给父母和哥哥姐姐买的，但他们给我花得更多。"

"好吧，反正你家里都是挣钱的，你也没必要攒。我爸妈都靠苦力挣钱，弟弟还在读大学，对于我来说，需要钱的地方太多了。前几天到市里订车，你哥提出车写他的名字，我当时跟你舅舅讲，写谁的名字都是两个人用，无所谓。可是万一有一天他们都不喜欢我要撵我出门的时候，我就光秃秃一个人，啥都没有了，要是现在车写我的名字，到时尽管旧了，我好歹也能开着走。你舅舅和你哥一听觉得我挺可怜，就把车写到我名下了。"

"订了个多少钱的车啊？谁出的钱？"彭路问。

"裸车十三万，上完户十五万。算我爸妈给我的嫁妆。"

"那就该写你的名字。"

"你哥觉得车是用彩礼钱买的，上户钱是他自己掏的，他这么想我也能理解。"

彭路两手捂住眼睛，深深呼出一口气，自家的哥，自己也不好多说啥了。

"彭路，那天你在路上掉眼泪，也没顾得上问你究竟怎么了。跟我说说，我帮你提些建议吧。"

"那天，我之前的一个相亲对象从市里过来看我，以前来过两次都很开心地到家里去，这次不愿意去了，因为我提出到他家里看望他的父母，他百般推托并不希望我去，加上天气突然转凉的原因，情路坎坷的我看着他决然离去的背影不由得感伤起来。"

"这就是他的问题，我可劝你别再做公主梦了，结婚是要实实在在过日子的，你今后要和男方一家人打交道，所以无论你对这男的有没有好感，你都要到他家里去看看。"

"没有好感的也要看吗？看啥呀？不是多此一举吗？"彭路疑惑地问。

"看他的父母呀，你咋这么傻，对方父母是不是喜欢你，你能不能接纳他的父母，这都很重要。看完以后再综合考虑，而不是只看对方他一个人，就决定合不合适，明白吗？"

"我不是太明白，但我可以这样试试。"

"你今年就见了这一个呀？还有别的选择吗？"

"还处了个警察，从去年处到今年了，听起来时间挺长，但见面的次数少得可怜，每次见面时间也很短。而且我自始至终也没有一丁点儿想和他结婚的想法，他应该也一样，彼此心照不宣保持着若即若离的关系，好给自己留条后路，可事实上连做朋友都不合适。前几天一个高中同学又给我介绍了一个，既黑又丑，体态笨拙，用老态龙钟形容也不为过。一只眼睛还严重斜视，不仅穿着不搭调，还话痨。见第一面，就让人难以接受，这种人你一见就感觉他和所有年轻人都不生活在一个世界，更让人始料不及的是，他像一个情窦初开的野孩子，自己与周围人现实的差距并没有很清晰的概念，非常勇于表达和追求，既让人觉得单纯，更让人觉得幼稚。"

"他哪个单位的？多大年龄？"张圆托起眼镜问话的样子，像是把彭路当成了学生。

"比我小一岁，兽医站工作。"

"彭路，换作我，这三个人里我会选择警察。你听我给你分析，工作在市里的那个你们将会面临异地，再说你只知道他家境差，究竟什么情况，你并不清楚，他都不敢让你到家里去看看，你就没必要再犹豫了。兽医站这个，首先他比你小，你也不喜欢，其次相对警察来说，前途你可想而知。你虽然对这个警察也没感觉，但是他的职业性质对于婚姻来说优点显而易见，警察一身正气，你不用担心他的品行，婚后也不必担心他出轨。警察工作忙，家里一切你做主，真要结了婚，都没有时间用来吵架，爱情也能长久保鲜。还有就是他的工资，他忙得都没时间花，不都交给你来管理吗？"

"天哪，你想得可真周全，可心里这关过不了，还谈什么以后呢。咱俩真正想要的东西不一样，出发点也不一样。"彭路沮丧地说。

"我一开始也觉得跟你哥不可能，可是最终还不是面对了现实。不过我还是很幸运的，因为我最终选择了对我最好的人。"张圆微微一笑，低头吃完了自己盘里的意面。

又是一个周一，多个紧急要查的档案，响个不停的工作电话，一群着急办理查阅和借阅手续的人员。彭路正好赶上了生理期，硬撑了整整一上午，下班之后，瘫坐在凳子上。筋疲力尽的彭路，喝口热水的力气也没有了。

千头万绪的哀伤填不满深不见底的迷茫。彭路拿起手机，在朋友圈发出："累到差点晕过去。"然后将手机装进包里，坚强地起身走出办公室。

崔伟来电："快到你单位门口了，下来吧。"

"中午有事儿，不回去了。"

"有事儿啊，是去相亲吗？"崔伟用开玩笑的方式掩盖内心的小波澜。

"对啊，相亲去。"彭路也以玩笑回答。

"那，我先回了！"

"好！"

彭路躺在家中床上心情始终焦虑，未能午休。

"头痛欲裂……"犹犹豫豫发出了这条朋友圈，内心对曲星仍抱有一丝希望。

"别硬撑，出去买点药休息会儿。"发来问候的是被遗忘掉的吴鹏。

下午，面对沉重的档案，顿子在查阅过程中顺便帮彭路搬挪了几摞："彭路啊，眼看过中秋了，你这对象选好了没有？"

"顿哥，现在有一个在市里工作的，还有一个是在咱县里工作的，你说我应该选哪个？"

"怎样开心就怎样选呗，不过哥觉得你还是选照城的比较靠谱，你自理能力不强，依赖心又重，婚后事儿多，你一个人肯定不行。"

"那前段时间我们在路上相遇时，你看到的那个男的怎么样？"

"我没见你在路上跟过男的呀！"

"那天你骑着摩托迎面驶来，我们还打招呼来着。"

"是啊！"顿子一下子记了起来。

"骑车带我的那个男的，你看怎么样？"

"哥以为你打了个摩的，压根就没看啊，难道他就是你找的那个警察吗？"顿子很诧异地对彭路讲。

"顿哥，你查完资料就去忙吧。"彭路显然不开心了。

顿子一脸无辜地拿着复印件走了。

下班时，彭路打开朋友圈，只有几个闺密的问候，曲星从未出现。

崔伟打电话："等我过去捎上你！"

"不用了，晚上约了闺密。"

"你这一天还挺忙，中午相亲怎么样？中不中意？"崔伟这回把玩笑开得很认真。

"人还需要了解，但各方面条件，都符合我的要求。"彭路故意这样回答。

"你啥要求呀？说来我听听！"

"身高、学历，还有工作得是自己考上的。"彭路深知这样子讲话很不合适，可又不知该如何与暧昧不清，又是老同学的崔伟划清界限。

"你这要求没错，但事实上家庭条件和成长背景尤其重要，改天找机会，我给你好好补上一课。晚上跟你闺密玩儿好，如果可以的话带上我也行。"

"得了，我闺密已婚，你去了也没戏。"

"开个玩笑，我先回了。拜！"

彭路走出单位门口五十米的地方，吴鹏从他脏兮兮的大摩托上下来，递给彭路一盒药。

彭路不知所措地望着吴鹏，迟迟没有接过药。"你这干吗呀？我不能要你的东西。"

"缓解头痛的，病了就得吃药。你上车我带你去吃点晚餐吧，吃完送你回家休息。"

"不了，我妈已经在家做好了。"

吴鹏的面容一阵尴尬："那我送你回家吧。"

彭路不好再拒绝，只好又坐上了脏兮兮的大摩托。

小区楼下，彭纹正在和几个年轻女人聊天。看到彭路回来，赶忙上前和彭路要钥匙："妈今天不在，姐没带钥匙，你回家开下门。"

彭路费力地从大摩托上下来。

吴鹏朝彭纹恭恭敬敬地叫了声："姐！"

彭纹望着这一身奇怪的行头，礼貌微笑却一头雾水，迟疑后答应了声"嗯"。

彭纹没等走回家，就急着问彭路："这娃哪儿的呀？你们怎么认识的？"

"同学介绍的，兽医站工作，半个月前见过一面，我明确拒绝了，可他脸皮厚，我在朋友圈发了个头痛，下班他就送药来了。"

"呵呵，那人家是真喜欢你，这就叫近水楼台先得月。你看你一有需要人家十分钟就到，可曲星在普城这些小事儿他就做不到，远水解不了近渴。"彭纹小心翼翼地边说边看着彭路脸色。

"你没看到他多黑多难看吗？我的事情我心里有数，你跟爸别着急发表意见，别瞎激动，别烦我行不行？""啪"的一声，彭路摔上了卧室门。

粉蒲从乡下老家回来，带回了粉团摊好的金黄色煎饼，还有地瓜、茄子等好多蔬菜，满载而归很是开心。

"谁在家呢？帮妈把这些东西拿到厨房去。"粉蒲边换鞋边向屋里张望。

彭纹迅速从厨房跑到门口，和粉蒲挤了挤眼。粉蒲一声不吭地随彭纹进了厨房，并关上了厨房的门。

"这周日是中秋节，我想提前一天去看望你的父母，你同意吗？"微信有新消息提醒。

彭路刚刚的怒气瞬间变为了紧张，一时间又不知该如何是好。

总得面对，无论粉蒲给不给这个面子，都得及时告知她，好让她有个心理准备。

彭路从卧室出来，正准备打开厨房门，听见彭纹在劝说粉蒲："找个机会你好好跟她说说，不敢纵容她这样任着性子把自己给耽搁了……"

彭路闭上眼睛将门打开："李昊说中秋节想到家里去看看你和我爸。"

彭路没有对粉蒲抱有希望，确切地说彭路更害怕看到粉蒲的偏激反应以及承受粉蒲一发不可收拾的坏情绪。

"好啊，好啊，中秋节妈回去景苑准备点好饭，姐到时候也过去。"彭纹没等粉蒲反应过来，已抢着答应了。

"李昊说提前一天来，也就是这周六。"彭路望着粉蒲紧皱的双眸，凝重的脸。

"那也行，要不姐周六做一大锅老川汤端到景苑去，这样就省得妈过去忙活了。"彭纹一边洞察着粉蒲的脸色，一边望向彭路。

"这就不是你操心的事儿！"粉蒲终于开口了，语气强硬且激动，似乎在努力按捺内心席卷而来的怒潮。

彭纹努力控制着焦灼的心情，脸上却流露出无尽的烦躁。她轻轻放下手中的活，生怕一不小心，成为迁怒粉蒲的导火索。静静地，彭纹走进客厅，拿起手机，似乎浏览起了网页。

如此气氛，彭路迟迟得不到粉蒲的回应，悄然回到卧室书桌旁坐下，回复李昊："我和我爸妈欢迎你到家里来。"

"本来想中秋节当天去，可我中秋又要值班。"李昊在此条微信的最后，加上了一张痛哭的表情。

"周六早上我去买点东西，中午过去，可以吗？"

彭纹也从客厅发来微信："啥都别说了，让妈冷静地想想，无论如何不可以拒绝人家到家里来，你先提前跟爸说一声。"

隔着一扇门，彭路回复："知道了。"

"当然可以。"彭路给李昊发送过去。

拨通了国庆的电话："爸，李昊提出，中秋前一天中午到咱家看望你和我妈。"

"早该走到这一步了，爸准备饺子怎么样？你跟你妈说了没有。"国庆满满的激动夹杂着一缕踌躇。

"还没呢，我想先和你说，然后再问我妈。"

"行，那你跟你妈沟通好，就这样。"提到粉蒲，国庆迅速掠过，挂掉了电话。

这天的晚饭，粉蒲始终眉头紧皱。安旭和彭纹时不时地讨论近来的生意，安业全神贯注在动画片里。彭路突然意识到，彭纹和安旭的生活本是温馨甜蜜的，多出自己和粉蒲太久，真的好不合适。

临睡前，粉蒲敲开了彭路卧室的门，看样子，粉蒲的心情已然平静了下来。

"妈可以过去，但饭得你爸准备，我过去以后什么都不做。"粉蒲站在彭路床边，气息沉重。

"行，我让他准备，你早点睡吧。"彭路好担心一分钟的平静之后是抽泣中漫无休止的抱怨牢骚。

"让你爸托着良心想想，那家里怎么就只剩他和你那霸道惯了的奶奶两个人，人家保姆也不愿意去吧，谁还能像我一样伺候他们。让他俩把家里清理干净，臭气熏天别人去了会嘲笑，连我进去都恶心得要吐……"

彭路不作声，以最大的包容心承载了粉蒲强加于她的精神痛苦。

"妈一想起要见他娘俩妈就心酸头痛，浑身不舒服……真是你到结婚的时候了，要不然……"粉蒲唰的一下流起了苦泪，抱怨声不出所料地浸泡在了哭腔里。

"你别去了！这总行了吧！我结不结婚扯淡！我去死都比听你在我面前掰扯你无边无际的痛爽多了，我受够了！"彭路掀起被子，冲着粉蒲大吼。

"你翅膀硬了你跟你爸过去，你成天跟着我干吗？我缺人跟我大吼大叫吗？盼着看你那张臭脸吗？你可真不愧是你爸的闺女，跟你爸一个德行。你现在就走，去景苑跟你爸过！"

安旭和彭纹闻声过来，安旭扶住粉蒲的肩膀，边往出推边哄孩子一般问："妈，你干啥呢？跟彭路有啥可杠啊？"

彭纹问彭路："妈跟你说什么了？怎么就吵起来了？"

"姐，你带妈去医院看看吧，她情绪失常多年了。"

彭纹狠狠给了彭路一个白眼。

"她又不是我一个人的闺女，她也是你爸的，让她跟你爸生活有问题吗？"粉蒲冲着安旭，气不打一处来。

"妈，我等你把气撒完，撒完就舒服了。水给你倒好放这儿，凉凉再喝，喝完都去睡。安业也到时间，该关电视了。"说完安旭握着拳头捶自己的头。

彭纹关好彭路的门走进客厅，瞅着安旭问："你的头怎么了？"

"哎，头疼呀！"安旭腼腆一笑坐靠在了沙发上。

扑哧一声，粉蒲被逗笑了："你别头疼，这不关你的事儿，妈就是一提起你爸就觉得可恨。"粉蒲笑着又流下两行泪。

"头疼还不早点去睡？"彭纹反问安旭。

"你们都没睡我能睡吗，一会儿仨人吵起来我越发头疼了。"

扑哧一声，彭纹和粉蒲都笑了。

彭路窝在被子里破涕为笑，心想，我这哥比定做的还要好。

周五晚上，彭路下班后花了整整三个小时打扫景苑家中卫生，国庆和白韵莲见势分别出门，结束时彭路顿觉腰酸腿软直不起腰。

周六的早上，彭路先到景苑家，帮着白韵莲擀饺子皮。临近十一点时，接到粉蒲电话："你到楼下接我。"

于是乎，粉蒲与最熟悉的两个陌生人相见了。

"奶奶，你去歇着吧，我妈包得快。"

"去给我倒杯水喝，我走一路累了。"粉蒲指使彭路。

白韵莲适时地摇摆大粗腿，离开了厨房。

十一点一刻，门铃响了，彭路赶忙开门，李昊提着大包小包进来，国庆和白韵莲各自从卧室出来迎接。

李昊紧张地问好、换鞋，然后坐在了沙发上。

粉蒲从厨房出来："你们先看会儿电视，阿姨给你们包饺子吃，马上就好。"

"阿姨，不着急，早上起得迟吃得也迟，现在一点都不觉得饿。"李昊笑盈盈地说。

国庆打开电视，坐下来与李昊闲话家常，也不忘问起和李昊一个单位里自己老同学的近况。

白韵莲明察秋毫，谈话间仔细打量了李昊的衣着和谈吐。兴许是李昊的随意和自我，都让白韵莲感觉不到她想要的唯我独尊，又或许李昊给白韵莲的第一印象，谈不上一丁点儿的喜爱，三言两语之后，白韵莲悄然回了自己卧室。

饭好了，粉蒲盛好饺子，国庆捣好蒜，大家坐下来一起享用。

"味道怎么样？"国庆问李昊。

"香，平时回家少，工作日里吃饭的点又不靠谱，所以单位食堂基本不做饺子。"李昊说着，已经吃下了大半碗。

"好吃你就多吃点，再来一碗吧。"彭路准备再给李昊盛。

"有新下锅的，还得煮个七八分钟。"粉蒲提醒彭路。

国庆为了避开尴尬，刚动筷又放下，来到锅旁用勺背轻推饺子。

白韵莲望着李昊已经吃光的碗，忍不住可笑，又很及时巧妙地在笑容里装进了作为长辈的疼爱与包容。

"煮好了，来，阿姨给你捞上。"粉蒲伸手去拿李昊的碗。

"不用，我自己来。"李昊自己端起碗，走进厨房。

"叔给你盛。"国庆伸手接碗。

李昊伸手拿勺："没事，我自己可以。"

李昊丝毫不拘束，狼吞虎咽又是一大碗。吃完感觉还能再加几个，自己动手，汤都能喝个够。

粉蒲客气地问李昊："吃好了吗？"

李昊来不及答话，忍不住一个悠长的饱嗝。

"这说明饺子是真香，你吃好了我们都开心。"国庆帮李昊解围。

饭后沙发上小憩一会儿，李昊知趣地表示要回家了，不影响大家午休。

李昊出门不到十分钟，粉蒲也收拾包走了。

彭路留了下来，希望午休之后能听一听父亲国庆对李昊是个怎样的看法。

这一觉直接睡到了下午，起床后国庆已经出去了，彭纹打电话说马上过来。彭路伸伸懒腰，望向窗外，莫非自己真的要与一个谈不上半点喜欢的人结婚？

晚餐之前，国庆回家，彭纹和安旭提着大包小包，带着安业也一起来了，还端来了一锅热气腾腾的老川汤。

白韵莲闻着老川汤的香味儿走出卧室，对安旭和彭纹一贯的冷脸消融了许多。

安旭拿出了碗筷，彭纹给每个人都盛好了饭，安旭又拿出一个大盘子，用来盛放仍旧热乎的泡沫面馍。

"爸，你中午见完李昊，感觉怎么样？"彭纹迫不及待地问。

"呵呵，第一次到家里来，丝毫不把自己当外人。不过古话说得好：'男怕入错行，女怕嫁错郎。'男人做执法人员，入警察这一行，职业是没的说的。关键还是得尊重彭路的意思。"

彭路听得出，对于李昊，国庆看上的仅仅是工作。

"工作性质决定他见多了形形色色的人，在这个社会，沉闷内向的人远没有自来熟的人适应得快。对了，前几天看到一个男孩送彭路回家，光知道是兽医站的，也不了解其他情况。"彭纹说话的声音越来越小。

"怎么从没听彭路提起过？认识多久了？身高咋样？"国庆一脸好奇地问彭路。

"就见过一次，已经明确表示不合适了，身高一米七八。"彭路机械地回答。

"那你认为你和李昊目前的关系考虑结婚是否成熟？"国庆郑重其事地问。

"从来没有想过。"彭路的回答很认真。

国庆脸上立刻蒙上了一层冰冷的霜，气氛瞬间变得让人窒息起来。

"谁都会有这样那样的不足，你自己也一样，倘若你身材窈窕，工作又好，按你想象的找也许还有可能，你在选择别人的时候，也要看到自己的不足。"彭纹平和地讲。

白韵莲、安旭包括安业一齐看向彭路，唯独国庆低头吃饭。

这顿饭彭路吃得坦然，因为自己说了真话。

饭后，彭纹刷洗了碗筷。节假日期间，厂里工人放假，彭纹陪着安旭到厂里去加班。

前脚刚走，安业就跑电脑旁打起了游戏。

白韵莲舒坦地倚靠在沙发上："这锅老川汤味儿可真不错，浓淡适宜，正合我的口味。没有保姆，好长时间也没人给正儿八经地做个饭了。"

"想吃还不好办，哪哪儿都有卖的。"国庆对白韵莲说。

"唉，出去吃来来回回不方便，让你给我买你能记得几回？"

彭路一心只看电视，不多言语，她知道此刻没人想听她说话。

突然，手机铃声响了，一看，是吴鹏，彭路条件反射般地按下了静音键，装作若无其事的模样继续看电视。一分钟后，用余光望向手机屏，响铃终于结束了。

国庆想问些什么，又决定不问。

丁零零……手机再次响起，彭路出乎意料被吓了一跳。

"谁的电话你故意不接？"国庆终于按捺不住提出了疑问。

彭路不得不接起电话。

"喂，彭路，你能出来一下吗？"听得出吴鹏在努力给自己的声音打气，却依然底气不足。

"这么晚了，就不出去了，有什么事儿就在电话里说吧。"

"还是希望你能出来一下，我在你家楼下，就五分钟，行吗？"吴鹏恳求道。

"你是怎么知道我家地址的？"彭路诧异地问。

"你忘了我上次送你回家，还碰到了咱姐姐。"

"哦，不好意思，那是我姐姐家，我不住那儿。晚上天凉，你先回去，有事儿微信上说，好吗？"

"你家在哪儿我现在过去，只需要五分钟，我有东西要交给你。"吴鹏试图用自己的执着来感化彭路的心。

"好吧，那你到景苑小区门口，我现在出去。"彭路不是因为感动，只是为了尊重。

小区门口，吴鹏穿着薄薄的外套等候在月亮之下。

看到彭路出来，吴鹏激动地拿出准备好的礼物给彭路。

彭路接过包装精致的手提袋："这是什么呀？"

"送给你的礼物，回家再看吧。还有这个，拿着。"说罢，又递给彭路一个心形包装巧克力盒。

"对不起，这些东西我都不能要。"

"我不会拿回去的，你若实在不喜欢，也不要当着我的面扔。"吴鹏的面容很是尴尬，声音开始颤抖。

彭路拿着礼物不知该说什么好，吴鹏的眼睛里投来了满满的真诚和挫败的惶恐。

几秒过后，彭路还是软下心来，以礼相待："到家门口了，要不进去坐坐？"

吴鹏一个扭头跑进了身后的小超市，提了箱牛奶意气风发地跑出来："走！"

"你这是干吗呀！"

"哪个单元？走吧，中秋佳节，这是带给叔叔阿姨的。"

彭路蒙圈，一会儿的工夫竟越欠越多。

进了家门，吴鹏很不自然地换了鞋。

"叔，在家呢！"

国庆戴着花镜微笑点头，吴鹏毫不搭调地穿着打扮，还有一脸黑红的乡土气息，以及身高马大、结实笨重的身躯着实让国庆感觉这次相见很是意外。

在餐厅喝水的白韵莲默默瞅了大半天客厅里坐着的这小子。

吴鹏不经意间发现餐厅还坐着个老人家。

"她是我奶奶。"彭路说。

"奶奶好，看起来身体挺硬朗，多大年纪了？"吴鹏主动和白韵莲搭起了话。

"你猜我多大？"白韵莲反问吴鹏。

"不知奶奶可有七十岁？要我说，您这身体可比我们村里五六十的老婆婆们看起来要好得多。"

八十岁的女人也依然喜欢听奉承之言，白韵莲笑得两眼眯成了缝："你哪个乡的啊？"白韵莲适时地问起了重点。

"我鹤岭的，奶奶知道不？"吴鹏调侃了起来。

"都是照城人，怎么会不知道，鹤岭之前可是咱照城出干部比较多的地方。可是近年来县城周围的乡镇个个变化都特别大，鹤岭基本还是三十年前的老样子，我说得对不？"

"奶奶，看来您对鹤岭乡以及整个县城的发展都挺了解。鹤岭地处偏远山区，常年干旱，除了红苗谷和土豆，基本也没什么产业。拿我们村来说，年轻人基本上都走出了村子，留下的一年比一年少，目前常住村里的，没几户人家了，可要说变化，多少还是有的，变化不大而已。"

国庆为彭路和吴鹏各沏了杯茶："你们聊！"然后回卧室看起了报纸。

白韵莲眨眼的工夫就看明白了国庆的意思，也随之起身："你们年轻人聊天，我就不打扰了，我到卧室看电视去。对了，我今年八十多了，你猜得可不准。"

这下子，彭路和吴鹏单独坐着很是尴尬，吴鹏不停地在找话题，彭路强颜露笑，脑子却在嗡嗡嗡地响，吴鹏究竟说了什么，彭路大都直接排斥在了耳朵附近。脑海中循环滚动着一排排相同的字幕：没人坐下来陪你说话，该走了吧！

见彭路不怎么搭话，吴鹏话确实少了很多，可还是会坚持着一副亢奋的笑脸，时不时地评论电视节目和演员。这一坐，就是整整一个半小时。

彭路看看表："九点多了，你住单位，门房不会锁门吧？"

"没事儿，我有钥匙。"吴鹏还真理解为彭路在关心他。

"天哪，我该怎么办？"彭路内心烦躁了起来。

安业唰的一下打开卧室门，纵身一跃跳到了沙发上。

"哇，这本领高强，一般人可做不到。"吴鹏夸赞起安业来。

深受鼓舞的安业跳得越发来劲儿。嘻嘻哈哈蹦跶了好一阵子。

"安业，自己去卫生间洗脸洗脚。洗完你爸妈就该回来接你了，省得你回家再洗浪费时间，明天还要早起去上钢琴课呢！"

这回吴鹏兴许觉察到了些什么："再坐个五分钟，我也回，不影响叔叔和奶奶休息。"

"我奶奶每天晚上八点多就睡了，这会儿早睡着了。"彭路淡淡地说。

"那我去和叔叔打个招呼再走。"

"嗯，好，我爸他还没睡，在他卧室看报纸呢。"

吴鹏轻轻推开国庆卧室的门："叔，不早了，我回了，你们早点休息。"

国庆一脸客气的微笑："好，天黑了，路上注意安全。"

刚送走了吴鹏，门铃便响了，彭路拿起接听筒按下了开锁键，国庆抱着暖手宝坐在了沙发上，等着彭纹和安旭上楼。

"彭路，刚走的这小子多大来着？"

"小我一岁。"

彭纹和安旭回来了："彭路，我刚看到那天送你那男孩下去，你不是说拒绝人家了吗？怎么还让人家来。"

"姐，我真懒得搭你话，要你这么说不来的就是我不让人家来了吗？"

"来了的说明人家有意愿跟你更近一步，从而考虑结婚，不来的你想也没用。一过中秋，离过年就不远了，我看你就在这俩人中间选一个，赶紧把婚给结了。"彭纹对彭路说话，总是这么直接。

"一个人本性的好坏基本上见一面就能看出来个七近八，今天见的这俩孩子我认为都很踏实质朴，大的方向上都没问题。要说选择，一个是公务员，一个是事业人员，这还用选吗？"

"你们看上了谁你们自己去跟他过，别把你们的意志强加在我身上！"没等说完整句话，彭路已经泣不成声了。

彭路毫无预兆地痛哭，国庆着实被吓到了，彭纹和安旭都傻眼了。

国庆在这一瞬间突然意识到拿编制、发展前途这些太过死板的框架来定义彭路的爱情确实显得无情，没有从彭路的意愿出发考虑彭路的真实感受。刹那间，国庆陷入深深的自责中。

"爸，不管公务员还是事业人员，总之收入都是稳定的，要说前途，以后谁会怎么样真的不好说，男人被死工资捆绑也不一定是好事。隔行如隔山，兽医这行也一定有人家的发展空间，只是我们不了解。就眼下来看，成家后人家至少能按时上下班，兼顾工作和家庭。所以各有利弊，谁对彭路好，彭路就选择谁。"彭纹一番话，安旭频频点头表示认可。

"你说得对，强扭的瓜不甜，彭路自己来做决定，咱们的建议仅供参考。"国庆话语里饱含了对彭路的歉意。

彭路情绪渐渐平稳了下来。

"安旭，去叫安业别玩儿了，明天还得早起去普城上钢琴课。"彭纹又开启了叨叨模式。

"把精力放在文化课上才是正道，学个钢琴还跑市里，时间浪费得不少，也不过是个兴趣爱好。"国庆对彭纹和安旭讲。

安旭看看彭纹的脸色，彭纹不动声色，以示坚定不移。

"彭路，你别走了，晚上就住这儿，安业明天一早的课，上完我们早些回来，中午大家一起出去吃。"彭纹安排完彭路，转头将不确定的眼神望向国庆。

"行吧，出去吃的话尽量早些，回来还能睡会儿。"国庆答应了。

彭纹开心激动："安旭，那你一会儿回家先预约好餐厅再睡，要不明天准没位子。"

"行！"安旭给安业穿着外套，掷地有声地回应。

这个晚上，淅淅沥沥的秋雨打破了夜的宁静。国庆迟迟不能入睡，他明白彭路更希望能找个既看得顺眼，又聊得来的人，不考虑现实因素，曲星也许是个不错的人选，但大女儿彭纹的观点，还是更切实际一些。作为父亲，他不求自己的女儿荣华富贵，只希望女儿能与一个真心疼爱她的人结合。在女儿彭路抉择的关键时期，国庆计划找个时间和彭路认真地沟通一次。

辗转反侧的彭路，在朋友圈发出四个字："窗外好烦！"

中秋聚餐，安旭定在离家很近的一家酒店，国庆和粉蒲没坐在一起，且自始至终无一句交流，但彭路却比任何时候都感觉幸福和知足。安旭提议全家人举杯庆祝的瞬间，彭路悄悄拿起手机，记录下了这珍贵的一刻。

曲星微信祝福彭路："中秋快乐！"

彭路回复："你我共此时，同乐！"

好长时间的消失，偶然间四个字的祝福，彭路不明白，这是朋友间的问候，还是情人间的思念，彭路已没有力气在这种难以名状的沉默中消耗了。

中秋的晚上，彭路破釜沉舟在朋友圈发了这样一段话："没有陪伴和交流，没有沟通和理解，没有时间，一切从何谈起！我似乎看到了电视剧中的情节，一段离奇的故事，遗憾的是，男主人公自始至终都没有勇气表达自己的想法，终究只能独自流泪……你可知道，你要的是面子，你丢掉的是真实！"

朋友们纷纷发来评论："求细节。""什么情况？""恋爱的节奏！"

彭路始终没有等到曲星的任何回应。每条朋友圈都必定点赞的吴鹏却将这一条空过了。

中秋已过去三天。昼，一天天变短。夜，越来越长。

国庆在下班时间给彭路打电话，约彭路晚饭后陪自己散步。

作为女儿，陪父亲散步是多么幸福的事情，可这些美好的画面几乎全都停留在童年时光的记忆里。不知从何时起，亲情的陪伴变成了种种不理解以及针锋相对催化而来的煎熬和尴尬。

国庆亲自开车，载着彭路来到了森林公园。

"从左边的坡上去，绕一圈返回，一路快走，来回需要两个小时，爸试过多次了，你能坚持下来吗？"国庆问彭路。

"你行我就行，走吧。"

"这一年来我们没住在一起，爸和你之间也没有深入的沟通，在你找对象这件事情上，爸了解情况也不够及时，你更不愿意主动和爸沟通。所以呢，爸今天想借此机会，认真地了解你内心的真实想法，也从过来人的角度给你一些忠告和建议。"

这样的开场白使彭路颇受感动，彭路分外珍惜国庆的良苦用心，她仔细聆听并思考着国庆讲的每句话，头顶有星空笼罩，身边有绿树环绕。最重要的是，此刻的亲情平静而温和，话语间充盈着理解、尊重和包容。彭路做回了幸福的孩子，感受着父亲国庆深沉的爱。散步的行人彼此路过，不经意间总有目光的交集，彭路暗自骄傲，自己身边有最爱自己的父亲。

"爸，我知道结婚这件事情不能再拖了，但我也确实没有遇到真正喜欢的人。只有和曲星在电话里还聊得来，但几次见面，感觉他的内向也确实让我很累。我考虑过家庭条件，但多数人的条件差距只不过在一套房子范围之内，条件特别好的，也不会关注我这种其貌不扬的。我们这代人，只要有真本领真技术，几十万一套的房子并不难实现，所以着眼于当下是否有房有车，未免目光短浅。我也知道公务员稳定，前途相对来说更光明些，但倘若没有一个良好的道德操守，是走不长远的。想到这些，我难免担心贫寒家庭长大的孩子，在仕途的路上，经不起功利的诱惑。而我自身，更看中一个男人的修养和担当，希望在婚姻里，能够获得长久的心安，也给未来出生的孩子，营造一个平静温馨的避风港，让孩子在静好的岁月中快乐成长。"

"你考虑的有一定道理，但谁的一生都不可能风平浪静，都会遇到挫折坎坷，失意在所难免，眼下还是要做出选择。"

"爸，小时候老师调换座位，我总希望能自己选同桌，后来发现，自己选的同桌彼此都对对方抱有很高的期望值，相处不久往往大失所望。而老师直接安排好的那些同桌，最后大多开出了友谊之花。既然人心是善变的，世事是无常的，不如顺应命运的安排，谁在对的时间适时出现，就选定谁。"

国庆沉默了好一阵子来咀嚼彭路的这一番话。有些酸楚，却又耐人寻味。

许久，国庆追忆起了自己的年轻时光："那年，爸在岭村插队的时候，处过一个家境不错的女孩，我和宿舍队友们出去劳动的时候，她经常跑去给我们几个做饭，洗衣服。有一次中途回宿舍，远远地看到她打好一大盆清水准备刷洗几个人的裤子，挑挑拣拣挑出了副县长儿子的那条先放进了清水盆里。从那以后，爸便再没有主动和她搭过话，也从未提起过此事。"

"爸，如今是相亲时代，多数人注定要经历相互选择的过程，我明白你的意思，但没有确定关系之前，都只是普通朋友，仅此而已。"

国庆点头表示赞同。

"有很多方面，你是需要向你姐学习的，比如做事的态度、做人的胸怀。人家能把婚姻经营得美满，生意蒸蒸日上，靠的不光是吃苦耐劳的精神，更多的是让人放心的人品和海纳百川的胸襟。"

"最重要的是她遇到了值得的人，倘若安旭哥脾气像你一样固执暴躁，他俩还谈什么和谐美满。"彭路试探着讲出了这样的话。

国庆沉默了片刻，待到行人很少的一段路上，接着向彭路说："我和你妈这辈子缘分已尽，往后余生还有二三十年的时光要各自生活。你们也都要照顾自己的事业和家庭，有空了多去看看你妈，也来看看爸，没空的话打个电话问候一声也可以。对你妈好点，毕竟她是你们的妈妈，但是爸和你妈之间，早已如陌生人一般相见无言，往后的岁月里，也希望我和你妈能井水不犯河水。哪天爸老了，只要生活还能自理，你们就把我送养老院去，倘若瘫痪在床，需要人照顾了，爸很清楚，花钱雇保姆最多也就能做个饭扫个地，尽管这样，也绝不让你妈来伺候我，爸个人吃喝拉撒，就只能麻烦你们姐妹俩亲力亲为了。"

这一席话，彭路感觉遥远而酸楚，她加快速度，不想再听下去。

国庆叹声气，将心情稍作调整，追上了彭路。

"彭路，你现在身边都是临近三十的大龄青年，个个都很现实，没有人会在看不到希望的人身上浪费时间。所以兽医站的这个男孩，在你明确拒绝之后依然愿意放下面子继续追随，说明他是真心喜欢你。这个行业听上去有些边缘化，但好处在于他能顾家，你在家务方面能力欠缺，婚后的家庭琐事也是需要人来打理的。"

"爸，我们都不是十七八岁的懵懂少年，喜欢就是喜欢，不喜欢就是不喜欢，谁还会被巧克力、小礼物所打动。他的这些行为，你不认为很幼稚吗？"

"也是，你这样分析也有道理。总之，你已经到了需要果断做出决定的时候了。爸特别担心由着你的性子耽误到三十岁，到那时可就真的没有选择余地了。爸今天晚上跟你讲这些，就是希望你能慎重考虑，对自己负责，尽快做出决定。"

这个晚上，晚安前彭路在朋友圈发出了这样一段话："心情不好的时候，总把脾气冲最亲的父母发，之后还理所当然等父母给自己台阶下，独立面对生活之后，身边的人还会给我这般宠爱吗？"

即刻，吴鹏发来微信："见你第一面，我就认定你是我要娶的人，我爱你，我愿意给你一生的宠爱和依靠，相信我，嫁给我吧。"

看着微信，彭路淡淡一笑。心想：吴鹏这小子，真是自不量力。不过有勇有谋，果断表白，虽说鲁莽，却也像个爷们儿。彭路决定，自己也干脆一些，还他一顿大餐，给他的父母也送箱牛奶，然后把所有礼物折合成人民币，统统还给他，这样就不欠他什么了。

"十一"假期的第一天，李昊邀彭路出来玩儿。

出门前彭路准备了一箱牛奶提前放进了后备厢。路过李昊家门口时，彭路主动提出："我进去看看你的父母吧。"

李昊慌忙给自己妈妈打电话。

这样的见面有些唐突，第一次见到李昊的父母，感觉他们算得上干净利落之人，家里也整齐有序。李昊妈妈为没有准备好饭菜招待彭路而满怀歉意。李昊父亲则坐下来问彭路一些家长里短。

只是这一问，彭路好不自在，本只是想来还一份人情，却发现李昊父母早已把自己家从老到小，所有的直系亲属全都摸清了底细。

当李昊的父亲问起彭路"你爷爷的父亲是做什么的"时候，彭路真的尴尬无语。

好在两人着急去玩儿，彭路终于摆脱了盘问。

在去往景点的路上，李昊问彭路："你爸妈平时应该沟通很少吧？"

"此话怎讲？"彭路诧异且本能地排斥起来。

"那天在你家吃饭的时候很容易就能看出来，我是当警察的，善于研究和分析人的心理，而且十拿九稳错不了，你要是觉得我说得不对可以反驳。"

彭路沉默。

"我们没有讨论过关于婚姻方面的设想，我想知道你认为恋爱谈到什么程度可以结婚？"李昊望向彭路。

"恋爱到什么程度？我们充其量只能叫作相互了解好不好，并且是正在了解。我们见面的次数加起来一共也不够三个白天，这叫恋爱吗？"彭路无奈地反问。

"可是全国上下的警察都这样，只要进了这个系统，没一个不忙的。我也想朝九晚五，我也想过节假日，可是没有办法，你怎么就不明白呢？"

"我不仅明白，并且能够理解，可你却在假装不明白。谈恋爱需要发乎于心的真诚，细微之处的关心，心照不宣的默契，而婚姻也必须建立在这些基础之上，才能有勇气携手，从而迈向远方。"

李昊一脸的失落。直到今天他才明白，彭路想要的并不只是他公务员的身份和保障。而他要娶的，也必须是一个独立自主，能够担当起家庭重任的女人。

这天晚上，吴鹏打电话约彭路一起吃晚餐。

彭路异常奇怪："放假了你怎么还在单位？你不回家吗？你爸妈该想你了，明早坐上班车回吧。"

吴鹏支支吾吾，尴尬了半天不知说啥："那……那……我们先一起吃个晚餐吧。"

"我已经吃过了，不好意思，我还有事儿，先挂了。"

安旭下班回来，推开彭路卧室的门："一直待在家干吗？手机有啥好看的？跟小对象出去吃饭约会看电影才是正事儿！"

"哥，你告诉我对象在哪儿呢？"彭路反问。

安旭一脸蒙。

"你坐到家，躺床上，他就有了。"说话的人是彭纹。

"她自己不上心，咱们说啥都没用，别管她。"彭纹冲着安旭喊。

彭路一下从床上坐起，摔门走人，开车绕着县城吹冷风，不知哪里才是目的地，最终又将车停在了和父亲国庆散步的公园旁。卓依婷的《曾经最美》、张栋梁的《当你孤单你会想起谁》、江美琪的《那年的情书》，音响里循环播放着当年校园里的流行歌曲，想到如今尴尬的年龄，不由得趴在方向盘上失声痛哭。

咚咚咚，驾驶座车窗玻璃被敲击的声音。彭路抬头，零零点点的水珠像眼泪一般从玻璃上滑落，只见车外一个人影快速跳转到风挡玻璃前，彭路这才看清楚是吴鹏。

凌乱地抹去泪痕，打开门："上车吧，你怎么会在这儿？"

"每天早、晚，我都会坚持在公园跑步。刚刚下雨了，准备回，看到车里像你，但不确定，在玻璃一角看到挪车电话是你的，瞬间觉得激动和兴奋。"

"我送你回吧。"彭路说。

吴鹏受宠若惊地望着彭路："我一个大男人，这点雨算什么，这首《当你孤单你会想起谁》是我们高中那会儿听的歌啊。"

"是呢，你喜欢吗？"

吴鹏毫不犹豫地说："你喜欢，我就喜欢。"

"那就一起听吧。"彭路将音量调大，继续趴在了方向盘上。而吴鹏，盯着彭路的发际，看了好久好久。

回家时，吴鹏坚持坐彭路的车送彭路回家，然后再自己冒雨跑回单位。

"细雨绵绵，每首歌都婉转而美妙，谢谢你陪我聆听。"睡觉前，彭路更新了朋友圈。

次日一早，吴鹏打电话约彭路一起吃早餐。

"我妈给我做好了，要不这样，你自己先吃，我起床洗漱完给你打电话，然后我开车送你回去。"说完，彭路伸伸懒腰起床，默默地告诉自己：坚持原则决不相欠，顺便按照张圆的办法试一试。

吃过饭，彭路告诉粉蒲出去玩儿了，然后和昨日一样出门买了箱牛奶放进了后备厢。

吴鹏因彭路的出其不意而喜出望外，匆匆吃过早饭，紧张地等在路口，慌忙拿起手机给老家二姨打电话："姨，给我准备一麻袋新谷子，再给我准备一编织袋核桃，有急用，只好麻烦你了，我现在开车回去拿。"

"早上刚和你妈通过电话，她没说你要回来呀？"吴鹏二姨大大的嗓门将大大的疑问拉得很长。

"我这就给她打电话告诉她。"吴鹏仓促挂掉电话。

此时彭路已经将车开到了吴鹏身旁按响了喇叭。

吴鹏上车后，彭路问他："你家有多远啊？我从来没去过鹤岭。"

"差不多二十五公里路程。"吴鹏回答。

"我对公里没概念，你告诉我车开到你家得多长时间。"

"路不太好走，你开慢点，好在我们那儿从来不堵车，最多也就一个小时。我给你指路，你放心走，今天我带你鹤岭一日游。"

"噗……"彭路差点笑喷了出来，出于尊重，及时憋了回去。

不经意间，吴鹏悄悄拿起手机："妈，在家吗……你去卫生院干吗……哦，没事儿，我一会儿回呢……两个人，回去说。"

"你妈不知道你要回呀？"彭路问。

"这不刚刚打电话了，她输液着呢。"

"阿姨她怎么了？"

"没事儿，可能有些不舒服吧。"吴鹏毫不紧张却又支支吾吾。

一个小时，一路紧拐弯，车子终于驶进了鹤岭乡。

"时间还早，先去家里还是先去玩儿呢？"

"先去看看阿姨吧，你妈妈正在输液呢！"

"我妈就在前面二十米处的卫生院，你真决定要去啊？"

彭路开门下车，从后备厢里拿出了牛奶："走吧。"

走进病房，已经输完液的两个女人分别躺在床上。

吴鹏走到自己妈妈身边："这是彭路，人家来看看你。"

吴妈妈一脸害羞，在床上稍稍扭动粗胖的身体，并不言语。另一床的女人像看外星人一样死死盯着彭路。

"阿姨，听吴鹏说你不舒服，特地过来看看你。"

吴妈没动嘴唇，含混不清地"嗯"。似乎有意微笑，却又故作端庄地收回了微笑。害臊一般坐起了身，目光注视着自己穿着花袜子的脚，脚趾不停地动一动，以此来掩饰内心的空虚和场面的尴尬。

"我们输液，是因为轻度脑梗，每年都输点液挺舒服！"邻床的女人自言自语道。

"啥？"彭路诧异地望向吴鹏。

"妈，你歇会儿回去做点饭，记得买点肉。"吴鹏黑黑的脸颊下瞬间泛出了羞红。

"彭路，走吧，我带你去玩玩儿。"

既然吴鹏叫着走，彭路索性对吴妈说："阿姨，那我们走了。"

吴妈坐在床上点点头。彭路和吴鹏就这样走了。

鹤岭山脚下，吴鹏要彭路停车。然后火速下车买了箱牛奶，跟彭路说："你等等我。"

彭路好奇地随之下车："这儿就是你家吗？"

"不是。"吴鹏边往里走边回应着。

于是彭路停下了脚步。她完全搞不懂吴鹏在做什么。

两分钟的工夫，一位五十左右的瘦高男人扛着一个特大号的麻袋走出来，吴鹏扛着一个小些的编织袋跟在其后，并指着车对彭路说："把后备厢打开。"

彭路赶忙打开后备厢："这是你们要捎往城里去的东西吗？"

"是拉回城里，不是捎。"吴鹏一脸诡异。

"哦，行，只要车里放得下，你们尽管放。"彭路望着被压矮了半截的车子，一脸茫然。

一个女人匆匆追了出来："等会儿，叫这闺女进来，姨中午给你们做饸饹面，吃完再走。"

"不了，姨，我让我妈回家做了，我们上山上玩玩，然后下来回家吃。"吴鹏说。

"那玩回来先在姨家吃点，然后再回你家吃。"

"别麻烦了，二姨，回吧。"吴鹏站在车门旁边说。

"我们走了，阿姨。"彭路礼貌地再见。

"去玩儿吧，这闺女真漂亮！"二姨笑盈盈的脸上散发出喜悦的光芒。

鹤岭山上，吴鹏忙着给彭路介绍和拍照。彭路则一心感受大山的厚重之美，仔细浏览每一处角落，力争做到不虚此行。

下山之后，彭路第一次走进了吴鹏的家。

外观上看，两层小院，外墙新刷的粉色，在绿树的辉映下别具一格。

进去之后，彭路惊呆了，屋子中央放着暗淡掉漆的红色八仙桌，两旁配有椅子。桌后并没有按惯例摆上条案，墙上也无中堂。一张崭新却已过时的大理石餐桌是这个家唯一的现代化家具，一台模糊于彭路四五岁记忆的老式二十寸彩色电视，一张边框粗糙用蓝漆粉刷的木床，就是这间屋子全部的家具。白色地板砖是新铺的，凌乱的脚印看得出多日未曾打扫。窗台上、桌椅上、电视机上处处都蒙着一层厚厚的灰尘。彭路简单打量之后，凑合地坐在了床边。

吴鹏将电视打开，遥控器递给彭路。

吴妈在隔院相望的厨房里做饭，吴鹏过去帮忙。

彭路不想手上沾灰，始终没动遥控器。一个人坐在床边，心想，这个地方居然还是二十年前腰后村村民的生活水平啊。

门帘突然被掀开，吴妈进来了。没有热情，没有笑脸，那神情像极了一个被动完成任务的孩子，双手背后，靠墙，一字一顿地对彭路说："我们这里条件不好，不过你们以后不住这里，住城边的上今村。"

彭路原本洋溢着笑脸表示尊敬，可吴妈的面容并无亲近可言，再加上这样无头无尾、横刀直入的通知式聊天实在让彭路无言以对。

一时间，彭路收起笑脸，继续看电视，表示吴妈通知错了人，这完全是误会一场。

吴妈通知完毕，像完成任务似的立刻扭头返回厨房。

吴鹏端着一碗手擀面放在了餐桌上，又赶忙拿来抹布擦干净了整个桌椅。

从来不挑食的彭路，挑起一筷子面条之后，肥肉的腥味加上半碗油，实在令她作呕。

吴鹏也看见了明晃晃的半碗油："算了，吃不下就别吃了，待会儿到了镇上看有没有卖饭的给你买点。"

"那你悄悄端出去倒了吧。"彭路把碗推给吴鹏。

吴鹏拿起筷子，端起碗直接往自己嘴巴里扒拉。

彭路傻眼了，这刚见两三面，彼此都不熟悉，吴鹏怎么这么不把自己当外人呢。

"别吃了，都是油。"彭路劝吴鹏。

"没事儿，城里人都吃瘦肉，我们村肥肉却比瘦肉贵，农民们认为肥肉油水大，招待客人有诚意有面子，没料到我妈买的这么肥，一点瘦的都没有。"几句话说完，吴鹏便把大半碗饭全都转移进了肚子里。

临走时，吴妈塞给彭路一个红包，彭路明白，这个红包是无论如何也不能要的，于是想尽一切办法拒绝。哪知吴鹏直接放进了彭路的包，直奔车旁。

几位邻家老婆婆出来旁观，凑到吴妈身旁问："这是你家儿子带回来的闺女呀？这车也是这闺女的吗？"

吴妈不动声色的一声"嗯"。然后走到车旁往里瞧。突然像发现新大陆似的用尖酸造作的声音喊着彭路问："你这车里怎么会有草帽？"

彭路认为自己车里放什么无须多和外人解释。吴妈看到车的虚荣膨胀和看到草帽的大惊小怪着实让彭路敬而远之，一时间，彭路不作任何理会。

吴妈执着地看着彭路等待回答，并再次用更为迫切的声音追问："你这车里放草帽做什么呢？"

吴鹏这下急了，赶忙上前拉住自己妈妈："别问了！"

吴妈很听吴鹏的话，站到一旁看着彭路和吴鹏上车，目送车子开走。

彭路降下车窗玻璃："阿姨，我们走了，您回吧。"然后加足油门离去。

这天晚上，粉蒲问彭路："你既然认为这个吴鹏不合适，怎么还拿回人家这么多东西，还要了人家妈妈给的钱？"

"人家非要给拿的，当时也没办法拒绝，你别担心，我已经想好了，这些东西都可以折合成人民币，然后双倍还给他。"

睡觉前，彭路在朋友圈发出了几张鹤岭山游玩的照片，正回复着几个闺密的评论，曲星打来了电话，这对于彭路来说，是个意外的惊喜。

曲星在电话那头认真且沉重地向彭路开口："彭路,你有勇气嫁给我吗？"

"情投意合，相互选择，为何要谈勇气。"

"因为我们之间有太多的不同，概括地说，就是价值观不同。"

"你我都是愿意担起婚姻责任的人。爱足够了，什么都不是问题；没有爱，一切都无从谈起。"

"能够遇到一个不在乎我一无所有的女孩，我真的很幸运也很感动，但……还是让我认真想想。"

"既然你没有想清楚，又为何给我打这个电话，我这样的年纪，已经经不起你的犹豫了。"

曲星一声长叹："我知道，可我是个男人，必须担当起更多的责任。先这样，挂了吧，容我认真地想清楚。"

彭路挂掉电话久久不能入睡，眼泪不知不觉浸湿了枕巾，为这个尴尬的年纪，为不得而知的命运，为现实的浮躁、内心的孤独，每一滴泪水都饱含着苦涩和迷茫。

　　温室里的花儿眺望窗外寒风露宿的草儿，花儿心生敬畏，佩服草儿的坚韧，草儿欣赏花儿的纯净善良，希望陪花儿一起成长。

花儿好开心，希望草儿搬进温室里，草儿拒绝了。

花儿伤心，决定随草儿去，草儿又犹豫了。因为草儿不知道自己能给花儿什么，尽管花儿什么都不要，草儿仍感愧疚。

草儿告诉花儿："我们之间有太多不一样，包括价值观，你真的想好要与我在一起吗？"

也许，爱情与婚姻，生存与生活，本就不是可以混淆的概念。那么多的不一样，需要多少勇气，又是否能够和谐长久？草儿是刚强的，亦是自私的，花儿累了，不是没有勇气，而是不确定，寒风来临时，草儿会不会为她脱下外套，仅此而已……

彭路将这段话发在了朋友圈，疲惫地睡了。

假期第三天，楼下邻居家独生女结婚，婚礼两头办。白韵莲穿好衣服，戴好帽子，着急下楼看。吴鹏又出其不意出现在家门口，比亲孙子还亲，扶着白韵莲下楼去看。

彭路从窗户望下去，那白韵莲还就拿出一副老态龙钟的架势来，倚靠着吴鹏的一条胳膊，紧紧抓着吴鹏的手，好奇地看着。

彭路摇摇头，只好下去，搀扶她老人家上来。

假期第六天，方林与张圆的大婚之日，彭路全程陪同，欣喜方林哥娶到了真正喜欢的人。

十月十一号，给彭路介绍吴鹏的老同学浩南结婚，彭路提前将两千元现金放进了信封，决定见到吴鹏之后归还给他。

酒店里，彭路随意在人少的一桌坐下，不一会儿吴鹏便凑在了彭路身边。

彭路板着脸，感觉丢人现眼，又不好多说什么。抬头的瞬间望见班里老同学聚了一桌，同学们正向彭路招手，彭路解脱一般加入了老同学这一桌，桌子刚刚满，大家相互问候，很是开心。

吴鹏走到彭路身后："没座了呀！"

彭路没理。

吴鹏已经挥手向服务员要了个小圆凳挤了进来。

"我们都是一个班的同学，那边有位置，你到那边坐，可以吗？"彭路忍无可忍、一脸怒气地对吴鹏说。

"呵呵呵，行，那你们玩儿。"吴鹏和桌上每个人都打了招呼，然后坐到了邻桌去。

典礼结束时，彭路将信封塞给了吴鹏，并向吴鹏郑重地说了声："对不起。"然后离开。

不承想，下午下班之后，吴鹏又出现在了彭路单位附近。一脸尴尬却又满腔诚意，战战兢兢却又勇气十足地对彭路说："我们家就我一个儿子，我以后可以生俩，一个跟你姓，或者上门也行，我不在乎这个。"

斩钉截铁，郑重庄严，像宣誓更像承诺，这确实是彭路相亲以来听到的最最扣人心弦的声音。

"你说什么？你再说一遍。"彭路看着吴鹏的眼睛。

"我说上门也行，我不在乎。我看到奶奶老人家特别羡慕楼下独生女的结婚形式，无非就是先上门再娶两头办，我甘愿做那个随你而去的草儿，咱们先去吃饭，总得找个地方坐下来慢慢说。"

彭路比任何一次都情愿地坐上那辆破旧的摩托。俩人来到一家西餐厅，选了间包间坐下来。

点餐之后，彭路轻轻地来了一句："我们家确实没儿子。"

"我们家就我一个，我完全能对自己的事情做得了主。我爸妈什么都听我的，我以后全听你的，你到了我们家，你说了算。"

这话听起来朴实悦耳，实在是动听。

"其实招不招女婿，我父母也都很看得开，只是希望今后能有个男孩儿随我姓。"彭路这样对吴鹏说。

"那就女孩儿随我姓，没问题的。"吴鹏非常地肯定。

"你爸妈不会有什么意见吗？"

"不会。"吴鹏依旧肯定。

"那你相信爱情吗？"

"相信。此刻我对你就是爱情。"

"可我不相信爱情，我只相信亲情。我讨厌将大把的时间耗在恋爱上，因为爱情和婚姻是两码事儿，爱情解决不了婚姻里的现实问题。我去你家也没见到你爸，与你妈也只有一面之缘，我不了解你父母是怎样的人，我希望你能如实向你父母表达我的意思，在他们不反对的前提下相互了解和交往，免得最终在父母观念这一关上卡住，浪费时间和感情。"彭路说完这番话，自己都觉得惊讶。在憧憬爱情的每一年，每一天里，都从未设想过自己会以这样的态度来面对一个并不喜欢的男生。

"我的家境虽然一般，但在村里来讲，也算是不错的，我爸在煤矿是合同工，眼下也有稳定的收入，我妈是个农民，俩人都不懒，都勤勤恳恳、努力致富。如果你和你的家人有什么疑虑，我可以让我父母过来一趟，你们面对面了解一下，免得你父母心里不踏实。"

"我的家庭你了解吗？浩南有没有跟你说呢？"

"浩南没说，我知道你有爸爸妈妈、奶奶和姐姐，我都见过了，其他的我一概不知。"

"你也从来没问啊。"彭路看着吴鹏因紧张而极其不自然的脸。

"我需要知道的已经都知道了,例如你从事的工作,你个性的善良,还有你骨子里的不物质,不轻浮,不会随意花男人的钱,这些已经足够了。"

"可我并不喜欢你。"彭路很直白地告诉吴鹏。

"这就是你的真诚可贵之处,我相信精诚所至、金石为开,我终有一天会打动你的心。"

这天晚上,彭路回到景苑,打断了正在唱《高原蓝》的国庆。

"爸,刚才和吴鹏去吃饭了。吴鹏有句话很打动我,他说他是独生子,以后可以生两个孩子,其中一个随我姓,或者他上门也行。"

国庆若有所思地走到沙发旁坐下来:"人家有这份心爸就足够感激。事实上没一个男人愿意当上门女婿,年轻的时候,爸也把这些看得很淡,也觉得无所谓,可随着年岁的增长,心智的成熟,心态会发生变化。人家父母是农民,养大一个孩子远没有我们这些工薪阶层容易,更何况人家还是家里的独苗,我们提上门的要求,显然是在欺负人家。无论和谁结婚,都给足人家男方面子,让人家风风光光娶回去,能抬得起头做人。"

"爸,我好多同学现在都两头办,女方从酒店或者婚纱店出门,男方从女方家启程迎娶,先在女方家里入洞房之后,再换双鞋去男方家。就多了个步骤而已。"

"多此一举,最后还不是到男方家里去了吗,那是自己给自己找心里安慰,自欺欺人呢。孩子跟咱个姓就好,其他的都没有多大必要。"

"好的,爸,我知道了。"

晚安前,彭路收到曲星发来的微信:"我想把未来交给命运,赌一把。也希望你能认真地考虑清楚。下周一早上八点,我请假在照城民政局门口等你……"

这条微信,彭路看完很不舒服。曲星究竟是把幸福交给了命运,还是把责任推给了彭路?彭路一字一句看着,心里堵得慌。

次日上午,彭路心事重重应付着工作,感觉千头万绪凌乱如麻。她想从父亲国庆那里得到一些启示。于是拨通了电话:"爸,曲星昨晚发微信说下周一他去民政局门口等我。"

"你认为这样做行不行？"国庆严厉地问彭路。

"好像太草率了。"彭路犹犹豫豫回答。

"你如果认为这样可以，那你转达他，结婚之后永远都不要见我。"

嘟……嘟……嘟……嘟……彭路拿着手机，国庆已经挂掉了电话。仅这一句，国庆便点醒了彭路，无须再为曲星左右自己的决定了，果断放弃吧。

周五上午，彭路正忙着工作，吴鹏打来电话："我爸今天休息，和我妈已经在来的路上了。"

"什么？怎么也没提前打个招呼？我这还上着班呢，也没提前和我爸妈说。"

"没事，一会儿中午的时候，叫上你爸妈到你家附近的酒店一起吃个饭，让老人们见一见。"

"你先挂了，我得先问下我爸他有没有空。"

彭路对吴鹏父母的到来感到猝不及防，紧急给父亲国庆拨过去电话："喂，爸，吴鹏说他爸妈今天过来见见你，已经在来的路上了，这怎么弄啊？"

"别着急，爸得先问问你心里怎么想，爸才能心里有数。"

"我还没来得及想，这次见面我认为就是简单的双方家长见个面，若大家都没有反对意见，我们再试着相处，若有所顾虑，就别浪费时间。"

"如果是这样的话你就转告吴鹏别让人家的父母来。如果来，这事儿我就要拍板决定，否则会让人家父母感觉被玩弄，不如不见。"

"人家已经来了，我怎么可能再叫人家回去呢，吴鹏说叫上你和我妈中午一起到酒店吃饭。"

"事儿可不是这么办，我没见到他家人，饭我不会去吃。他们应该知道事情怎么办，好了，就这样，你上你的班，中午我们联系。"

彭路更慌了，赶忙给吴鹏打电话："我爸要求先见到你的父母才能去吃饭。"

"知道了，我让我爸妈先去你家。"

吴鹏挂掉电话，和领导请了假，买上烟酒牛奶，接上父母，直达彭路的家。

吴妈没有进过城里的单元房，吴爸也从未见过叶家这样精致典雅的装修风格。两人刚一进门，便惊呆了。

国庆以茶待客，首先向吴鹏父母了解了家庭结构以及吴鹏父亲的工作性质，紧接着也简单介绍了自己的家庭成员。说到两个女儿的时候，国庆很自豪地对吴鹏爸妈讲："我的大女儿天生就是做生意的料子，而二女儿彭路，也很体贴，很懂生活，是个踏实过日子的好女孩儿。"

国庆恰到好处的谈吐气质，吴爸吴妈心悦诚服，半张着嘴巴，腼腆地笑着。

彭路坐立不宁，想到母亲粉蒲这一关还需要疏通半天，立即找邢主任请了假，飞快地往家跑，边跑边拨通母亲粉蒲的电话："妈，吴鹏爸妈都来了，在景苑跟我爸坐着呢，中午都去酒店吃饭，我现在回去，一会儿陪着你过去。"

"我都不在家住，你让人家爸妈来干吗！"

"我也不知道人家今天要来啊，行了，回家再说，你换身衣服准备准备啊。"

彭路慌慌张张地跑回家，母亲粉蒲一脸乌云。

"你们俩都没有正式交往呢，他爸妈就先来了，这叫什么事儿？"

"妈，两天前他自己提出他不介意上门，也不介意孩子跟咱家姓。还说他是独生子，以后可以要俩孩子，我一听觉得这人真干脆，思想不传统不古板。你说只要孩子的姓好沟通，其他咱还要图他啥呢，于是我也向他提出父母都不反对的前提下再交往，免得浪费时间和感情。可怎么也没想到，随口一说，话音刚落，他爸妈就来了，妈，你就赶紧换身衣服吧，否则我爸跟他们先过去了，再等你半天也不好呀。"

"就这样让我自己找门进去，我没吃过饭啊。"

"那，那，我给吴鹏打个电话，让他打个出租过来接一下。"

彭路陪着粉蒲在楼下等了半天，吴鹏还是没过来。

"这娃究竟靠不靠谱，说好了过来，这半天了不见人。"粉蒲本就不乐意，这下更是控制不住要发火。

彭路急忙再次给吴鹏打电话："怎么回事儿啊？"

"我正在找出租，还没找到，再等等。"吴鹏骑着破摩托慌忙地四处寻找。

"找不到，你人也先过来呀，不能让我们傻等哪。"

三分钟后，吴鹏终于出现了，县城街上罕见的出租小三轮跟在吴鹏身后，粉蒲很不情愿地坐上去，一路颠簸到了酒店。

国庆略微点了几个家常菜，菜已上齐。

吴爸拘束颤抖，目光飘忽，吴妈紫红色的毛衫映衬着铁锈红发胖的脸。

两人似乎要表达些什么，却只是左顾右盼地笑。

"看得出来，你俩也都是老实人，吴鹏呢，也是个踏实务实的孩子，和彭路两人的工作单位都在县城里，以后也能照顾到家庭……"国庆将见面的内容开了头。

"能能能，他现在住单位老替别人值班，结了婚他就不用替别人值班，下班就能回家了。"吴妈打断了国庆的话。

吴妈认认真真的出其不意，使得彭路和粉蒲的目光进行了简短的交流，然后一起看向国庆。

国庆拿起筷子，淡然自若地夹起菜，吃了起来，并没有要继续讲话的意思。

"我们已经买了房，但是还没拿到钥匙。新房在城边的上今村，就是让儿子结婚用的。说好的十月能拿到钥匙，现在又说元旦才能拿到，吴鹏，你改天再去问问，看这元旦到底能不能把钥匙拿到手。"吴爸话没说完，就已低下了头。

"后面几栋还正在建设中，咱报的是一号楼，主体已经修起了，元旦肯定没问题。"吴鹏充足的底气，好像自己就是房地产老板。

"期房就是这样，老板给你保证什么都没用，哪天把钥匙交到你手中，才作数。"说完，国庆再次用目光叮嘱吴鹏。

吴爸的笑脸立刻收了起来，只剩下紧张。

"上今那边离彭路单位远，关键是没学校。年轻人既要工作，又要照顾孩子，长期住那边的话路上耽误时间太多，退休养老的这类人住那边还行。"粉蒲紧跟国庆的节奏发表了自己的观点。

国庆放下筷子："看来房子还有待商量。"

"也可以结完婚先租个房子，然后我和彭路再一起商量房子的事情。"吴鹏抢先说。

这怎么说着说着就要结婚了呢，越说越急，越说越来劲儿呢，我能现在反悔吗，可是父亲有话在先，我不能丢他的面子啊。彭路心里泛起了嘀咕，又朝身边的吴鹏看过去，今天穿得好像还行，不至于难看到让人无法忍受，都说男人的相貌不重要，说不定真看久了也就无所谓了呢，先忍忍吧，忍忍吧。长这么大，能通过婚姻了父母一桩心愿，给自家留个后人，也还是值得的。彭路平静的表面下，开启了激烈的自我征服。

"那彭路爸，彭路妈，你们看我们是找个媒人来谈呢，还是咱们自己定这个事情，我也没问过俩孩子，他们是谁给介绍的。"吴爸战战兢兢地说。

"这些都是无关紧要的事情，细枝末节我也不太懂，你们随后和我老婆沟通细节。我家就俩闺女，你家就一个儿子，无论什么钱都是走个形式，图个开心，我们做父母的，争取把婚姻大事给孩子们办得圆满些。"

"那是那是，我们就这一个孩子，也想尽量往好了办。"

彭路头有些蒙，并且靠着潜意识继续让自己蒙着，她知道自己一旦清醒过来，大家谁都难堪。

从酒店出来之后，粉蒲对彭路感叹："人虽不是你想要的，但毕竟咱年龄大了，咱家这事儿一直都是这样，你爸一旦敲定了，就没人再敢反驳了。"

简单的一次家长见面，终身大事便被一锤定音。彭路总感觉这一切并不真实。下午，关系很好的同事一帆到档案室查阅资料，彭路如往常一样在电脑上搜寻着目录，突然间就忍不住失声流泪趴在了桌子上。

下班后，一帆出于关心，找彭路问清了情况。

小五岁的一帆为彭路擦去无奈的泪水，并感叹道："我要吸取你的教训，趁早谈恋爱，多些选择。"

次日一早，国庆接到了吴爸的电话。

吴爸问："今年农历有两个九月，您看孩子们的婚期定在前一个九月合适还是后一个九月好呢？"

国庆说："前一个九月是结婚，后一个九月也是结婚，不如紧紧凑凑准备，就定前一个九月吧。"

两天后，彭路给张圆打了电话，询问了婚纱照、婚庆的各项费用。完完全全按照张圆的程序重新来了一遍。

两个人刚刚还很陌生，顷刻间却要拍婚纱照。这种省略掉恋爱过程的新鲜感，只有经历过的人才会明白。

小时候对另一半的设想早已因为自己的不努力而变得越来越不切实际。可近几年来，总想象着遇到对的人之后要写首小诗，印刻在婚纱照上，如此，婚纱照才有灵魂和新意。而这会儿，仓仓促促按照固定模式上场，时间和感情都来不及。也曾想过要用最真挚的情感为精心养育的父母写下一段话，在婚礼上读给他们听，可无论是自己，还是父母，似乎都来不及沉下心来，慢慢倾吐，细细聆听。期待了好久马尔代夫旅行的蜜月时光，此刻经济没及格，时间也不允许。

拍外景时，摄影师带彭路和吴鹏来到了县城最美的森林公园，而此处公园，正是当年国庆付诸心血，引以为傲的绿化项目。

这个晚上，彭路把结婚的消息通知闺密凤仙："说好的你的婚礼我一定参加，怎料我的婚期比你还要提前两天，只能在电话里送给你祝福了。"

"彭路，我已怀孕三个月了，算是奉子成婚，所以，你的婚礼，我也只能口头祝福，无法亲临现场了。"

原来，这么多人的婚姻都掺进了无可奈何。

领证当天，吴鹏为彭路送上一捧鲜艳的玫瑰，彭路为吴鹏戴上她珍藏已久的手表。并在朋友圈拍照附文："谢谢老公送给我的玫瑰，为你戴上这块手表，从此，珍惜在一起的年年岁岁，分分秒秒，感恩缘分，创造幸福！"

李昊在评论区祝福，曲星却默默地在朋友圈写下："此情可待成追忆，只是当时已惘然。"

崔伟看到彭路发的朋友圈，一阵眩晕。从未听彭路提起过这个人，太意外了，立即打电话给彭路："你们什么时候认识的？"

"九月份认识的，当时觉得不合适，可到十月初的时候，又有过几次联系，然后很快家长见面就定下来了。"彭路拿着手机，淡淡地对崔伟讲。

"你这闪得也忒快了吧，你能说服得了自己吗？"

"慢慢去适应吧，婚后心无旁骛，有大把的时间把恋爱过程补上。"

"你这是对自己的不负责任。"崔伟有些激动。

"他会在天冷的时候为我脱下外套，一大早等在我家楼下送我上班，他可以包容我的坏脾气，在我不开心的时候逗我笑，他以最赤诚的方式出现在最最恰好的时间里，他就是我的选择，我的归宿。"

"那，我祝你幸福！"崔伟挂掉电话，方才意识到这么久以来，自己只是在游戏青春。

分分合合　亲情也挣扎

彭路出嫁后，在亲戚的劝说下，粉蒲住回了景苑。生活又回到了往常，洗衣、做饭、打扫卫生，用尽全力清理国庆和白韵莲许久未清理的橱柜、衣柜、储物柜、沙发套、卫生间，还有车库。与之前不同的是，粉蒲少了女儿彭路的陪伴。

白韵莲第一次对粉蒲说："你干活别那么拼命，慢慢来，别把身体累垮了。"

新婚第三天回门，粉蒲不忘和彭路抱怨："你不知道你奶奶和你爸俩人有多邋遢，我用了整整两天的时间，才收拾干净一半，晚上累得只能喝得下水，根本吃不下饭。"

"妈，那你慢慢做呀，我爸让你干了还是追你干了，你为什么要自己这么拼命然后又这么多抱怨呢。"

"你结完婚亲戚们都说让我住这儿别走，你姐也这么说。他俩把这家搞得这么脏，我看不过，也睡不着，不过你奶奶这回不知怎么的良心发现了，劝我慢慢干，别累坏了身体。"

"没人愿意伺候她，你回来她又吃上喷香的饭了，我都没见她心疼过自己儿子，她怎么会心疼你呢，妈，你咋这么傻！"

"你说得对，你奶奶只会心疼她自己，妈就是个伺候人的命，唉！"

彭路出嫁第六天，国庆早早起床准备去接彭路回家。穿好衣服吃过饭对白韵莲说了声："妈，我走了啊！"

"等等，俩人一起去！"作为母亲，作为婆婆，白韵莲第一次正经说话。

粉蒲梳洗完毕，赶忙跟上国庆一起出门。

山路弯弯，粉蒲坐在后排望向窗外，似乎生了彭纹和彭路之后，国庆与粉蒲俩人就很少像此刻这样单独处在一起了。弹指挥间，两个女儿都成家了，往后余生，终于卸掉了沉沉的枷锁，怎么高兴就怎么活。

国庆开口讲话："彭路答应过我,她结了婚我就可以和你离婚。"

粉蒲依旧望着窗外,没有一丝动容："彭路没有跟我说过,而且我也不会离。"

"看来只能上法庭了。"

"那就上法庭吧,你有曾花英,还有叶果,都能在离婚这件事情上帮到你。我的穷亲戚没一个有本事的,但是彭路结婚了,我再也不用为了孩子迁就你了。"粉蒲淡淡地说。

这话使国庆怒火上头,却又不寒而栗。想到一会儿要见到女儿女婿还有新亲家,国庆保持了冷静。

"你还记得咱俩结婚初期你对我说过什么吗?你告诉我曾花英是个奸臣,让我时刻警惕提防着她。怎么?她现在变好人了?"粉蒲调侃国庆。

国庆不语。

吴爸早早帮吴妈准备了几个菜,然后迎在村口,等候国庆和粉蒲的到来。

按照习俗,结婚当天只有男性长辈才可以送新娘到男方家。所以此次,是国庆第二次到亲家家里,而粉蒲却是第一次。

米饭还算温热,几个菜却已经凉了,国庆尝了口土豆丝:"这菜盐放多了。"

粉蒲也来了一口:"确实是!"

吴爸吴妈笑着说:"刚结婚这段时间,就是得多放盐,预示着今后相处起来有'盐发'(当地方言,对彼此有好感,处得来的意思)。"

"如果真有这个说法,那就象征性地来上一丢丢就好,这么一大盘,还吃那么多天,对身体一点好处都没有。"国庆讲。

"要不我再去炒个淡点的。"吴爸赶忙站起来。

"坐下坐下,已经做好了,就吃这个,要不一会儿孩子们走了,你俩不得吃两三顿啊。"国庆讲话满口的真诚。

吴爸又不好意思地坐下了。

"我们咸了淡了都能吃。"吴妈大口吃饭,边笑边说。

吴爸和吴鹏一个眼神盯过去,吴妈才想起了自己要少说话。

国庆和粉蒲亲自接彭路,彭路心里别提有多高兴。

荥州机场,彭路和吴鹏贴脸拍照并发朋友圈,配文字:"脱缰了!"

这真的是一次灵魂和身体短暂的双重解脱。

俩人坐着小船在洱海边悠然荡漾，登上圣洁的玉龙雪山，吮吸爱情之蜜，穿过石林，在阿诗玛化身石下留下纪念，最终来到西双版纳，普洱茶基地。

想起爱喝茶的国庆，彭路很想把这里最好的紫鹃买回去送给他。正巧国庆打来电话，叮嘱："一定记着给你公婆买些礼物回来，至于爸和你妈，都去过，也都见过，确实没啥需要的，旅途辛苦，没必要再给我们带东西了。"

"可是爸，我现在在普洱茶基地，听工作人员介绍，紫鹃是这里上等的好茶，对人体还有很多功效呢，我带几包回去给你喝吧。"

"说到茶叶，爸确实很喜欢基诺族的基诺茶，不过你们打个车快去快回也得大半天，如果时间来不及，就算了。"

彭路和吴鹏询问了当地导游，因下一站要去往打洛，时间不允许，最终只得自作主张，买下了紫鹃以表心意。

返程途中，彭路好似一只即将被拉回笼子里的小鸟，忧心忡忡。

"老公，如果能一直都在外面游玩该有多开心啊。这下子回去，我们住哪儿啊？"飞机上，彭路靠着吴鹏的肩膀，发起了愁。

"不用担心，回去我找个房子，先租一段时间。"

"好吧，反正丽苑的房子当时只收了一年的房租，不再续租就是了。"

回家后的半个月，吴鹏每天下班都带着彭路一起找房子。晚上，彭路还和粉蒲睡一张床，吴鹏则躺在地板上。

一天夜里，彭路和粉蒲聊天："妈，我记得我奶奶刚住进来的时候，逢人就说，她自己很懂事儿的，她至多住到我结婚的时候，可她现在明知我没地方住，依然没有回老房子的意思，伯父作为长子，这么多年了对我奶奶不闻不问，他们一个个，怎么就如此心安理得呢。"

"你还指望他们能良心发现啊。"

上班后的第一个周末，彭路值班，几个同事颇有兴趣地向彭路要结婚照片，兴致昂扬地围在一起看。

"彭路，你觉得这样的婆婆你以后能相处得来吗？"一个年长十岁的姐姐问。

"怎么了？"彭路很诧异。

"倒也没什么，就是一眼看上去就感觉没办法沟通。"

"我既不需要住她家房子，也不指望她给我干啥，能不能沟通不那么重要，他儿子跟她沟通就是了。"彭路淡淡一笑。

费尽千辛万苦，好不容易找到一个差不多的房子，吴鹏带彭路看过之后，决定先付一百元押金，然后回家，一起带着国庆过来参谋。

国庆走进这套房子之后，看到灰暗的水泥墙，一个旧衣柜，一张满是灰尘的木窗，久久地沉默。

彭路注意到，国庆失落的神情下狠狠地咽下了一股心酸："就半年的时间，你们白天还是回景苑，光晚上过来这里住，衣服以及日常用品就放家里，洗涮也在家里，这里啥都不方便，凑合一段时间吧。你奶奶的老房子我也考虑了，可是毕竟独家院，大冬天的进进出出容易感冒，彭路冬季抵抗不了寒冷空气，就别去那儿住了。"

三个人回到家楼下，国庆让彭路先上楼去。

"吴鹏，你带爸到你买的新房去看看。"国庆第一次提出去看吴鹏准备的房子。

"好的，爸。"

俩人来到了上今路边,停好车:"爸,就是这儿了! 我定的是一号楼三楼。"

沿着毛坯楼梯来到三楼，国庆从各个窗户朝外观看："这里的房子，也就这栋楼还行，三楼也还合适，你去问下售房部，这房子大约还需多久能拿钥匙。"

不问还好，这一问吴鹏心如刀绞般地疼："爸，售房部说这栋楼整个被一家单位买走了，其他几栋楼多数也已经被私人定走，说让我抓紧挑一个还没人定的。三年里，我已经交了二十万了，他们不能这样，我明天去找他们老板理论，当时说好的总价在二十八万左右，现在每平方米又涨了好几百，光个毛坯房就得三十大几万。"吴鹏愤世嫉俗地一顿牢骚。

"现在说这些没有用，你找老板也没用。这样，我们现在先回家，然后你和你爸妈商量一下，也和彭路沟通沟通，我们共同来想办法解决。"

作为岳父，这番话使得吴鹏顷刻间平静了很多。

这天晚上，彭路私下对国庆讲："爸，我没去看过吴鹏买的房子，我也不想往那边住。如果按之前二十多万价格来说，我觉得他们家还能承担得起，他爸妈以后住那儿也能帮忙照顾孩子。可按现在三十多万的价格来看的话，加上装修也得五十万，首先不值，其次他爸妈也没有更多钱，让我们自己还贷还住那么远，不如直接选个好地方，选在学校旁。"

"即使人家只能付得起二十万，咱也不能看不起人家，那二十万是他爸爸一个人做苦力攒起来的。现在你们俩是一个小家庭，遇到问题应该沟通商量，他最初报的一号楼还是可以的。"国庆一边思索一边这样对彭路说。

彭路立刻明白了，"一号楼还是可以的"意思就是国庆也没觉得其他楼合适。

彭路立刻找吴鹏商量："你把房子退了吧，剩下几栋好点的户型和楼层都被别人挑走了，三十多万买下来还得花十多万装修，不如直接买个学区房。"

"装修哪能花得了十多万，六七万就能打住，很多活我和我爸都能自己干。"吴鹏笑着哄彭路。

"什么？你们自己干？天哪，搞不成一个像样的家我可不去住。"彭路嘟起了嘴。

"行，我改天去跟我爸妈说先退了，价格涨了确实也让我觉得不划算，买的时候也没考虑到孩子上学的问题，你说得有道理，听你的。"

"哇，这么简单！"彭路在内心狂喜。她万万没有想到自己隐藏已久的退房想法，竟然不费吹灰之力便沟通成功。

彭路急切地想把这个好消息告诉国庆，刚敲开国庆房间的门，手机突然响了。

"彭路，你和吴鹏租下房子了吗？"彭纹问。

"刚付了一百元押金，这几天准备一些生活必备的用品，然后就可以过去住了。"

"房间里电视沙发都有吧？厨房设备齐全吗？卫生间洗漱方便吗？"彭纹继续问。

"姐，是一个多年未装修的房子，只有一个旧衣柜和一张破木床，什么都没有。爸说让我们白天就在景苑，光晚上过去住。"

"什么都没有，怎么住呀，正好房租还没交，就住姐这儿来吧，晚上我跟你哥回新房子去睡。就是安业上学远了些，不过也就半年时间，没多大关系的。"

"姐，我不想继续打扰你和安旭哥，我再想想吧。"

挂掉电话，国庆问："你姐的电话吗？"

"嗯，我姐说让我和吴鹏住她家，他和安旭哥去新房住。"

"这样问题不就解决了吗，她应该早点跟你说的。"

"爸，我没有觉得我姐应该为我做什么。结婚之前，我姐照顾我，收留我，本就不是应该的。结婚之后，这本就是吴鹏和他父母考虑的事情，可是他们也只是偶尔打个电话问问吴鹏房子租好了没有。"

"刚结婚，别还没过日子呢就开始评论人家的父母。他妈妈一个农村妇女，他爸还要上班挣那点工资维持生活，俗话说：'穷人的孩子早当家。'吴鹏人家能自己搞定的事情就无须麻烦人家的父母。"

"我也就这样跟你说说，谈不上评论他的父母。住我姐家当然什么都方便，可这不还是麻烦到咱们家，影响到我姐的生活了吗？这刚结婚他爸妈就什么都不管，他一个人搞什么定啊，他找的那房子不摆明了让我跟着吃苦受罪吗？"

"少些抱怨，多些理解。吴鹏条件不好，爸帮衬他干点副业，慢慢起步。你也别固执地非要按之前的习惯来消费，给他点时间，慢慢来，他会从内心去感激你的。对了，你找爸就是要说这事儿吗？"

"哦，我要说什么来着，我想想……"彭路一时间竟然忘了。

"想起来了，我跟吴鹏商量好了，他同意把他买房的钱退掉。"彭路接着说。

"退掉之后呢？"国庆问。

"没想过。反正我姐那里待五六个月之后，我就可以安心地住在丽苑了。"

"等吴鹏跟他父母都商量妥了再说吧，退了也行。"国庆戴上花镜，拿起了报纸。

"那我去睡了啊，爸。"

"好，你把门给爸带上。"

吴鹏正在卧室看着电视，彭路开门进来："我姐打电话说让我们住她家，她和安旭哥晚上回新房住。"

"行啊，空荡荡的小房子半年都要三千多房租，我们给姐姐五千吧。"吴鹏像军人宣誓一样，铿锵有力地对彭路说。

"得了吧，那是我亲姐，怎么可能跟我要房租。咱俩相亲之后本就没有恋爱过程，你也没有实质上的付出，结婚之后，更是便宜你了。"彭路高高在上望着吴鹏。

吴鹏开心地搂着彭路："我这老婆可是打着灯笼找的。"

接下来的半个月内，吴爸吴妈来过两次，国庆和粉蒲开车陪同，一起为彭路和吴鹏挑选合适的房子。整个过程，吴爸都战战兢兢，底气不足，吴妈一脸煤灰色，对彭路认为合适的房子表现出毫无兴趣的鄙视。

第二次看房之后，两家人又一起回到景苑吃饭。粉蒲一刻不歇直接进去厨房忙着。国庆在沙发中央坐下，并没有像以往一样打开电视。吴爸吴妈也坐在沙发一侧傻等着。

"妈，你咋也坐着？去厨房帮帮忙！"吴鹏提醒自己妈妈。

吴妈此刻突然变成一个无辜的孩子，傻乎乎地站起来，东张西望寻找厨房的方向。

走进厨房后，吴妈望着粉蒲发了半天愣："吴鹏让我过来给你帮忙，你需要我干啥你说。"

"不需要，我一个人可以，你去坐着吧。"粉蒲客气地对吴妈讲。

"那我就在这儿候着，出去我那傻儿子又要说我，也不知道养活快三十年了有什么用。不过话说回来，他懂得对彭路好就行了，他爸那工资就够我俩花，我们也不指望靠他。"吴妈坐在厨房一侧的凳子上满腹委屈地吐出这些话。

"呵呵。"粉蒲不答吴妈的话，感觉完全搭不着调。

吴妈坐着没意思了，又晃晃悠悠走进了客厅，悄悄地坐下来听国庆讲话。

"就买房这个事情，我想我们现在既然坐在一起，就认真地沟通一下，县城里五十多万的房子很难遇，少了六十万很难买到房子。这房究竟是现在买，还是你们先奋斗，有钱了以后再买，你们每个人都表个态，然后我们再综合一下意见，达成一致。"国庆拿出了开会的状态。

鸦雀无声，吴爸吴妈一时都闭紧了嘴巴。

彭路撒着娇："爸，我想有个属于我自己的房子。"

"你不着急发言，先听大家的意见。吴鹏爸，你先说说你的想法。"国庆瞬间严肃了很多。

彭路着实吓了一跳。

"应该让孩子们有个落脚的地方。"吴爸的声音小到连自己都听不见。

"但目前的实际情况是你们不具备买房的能力。咱丽苑还有一套房，独家院儿的，上下两层，你们两代人各住一层正好，离幼儿园、小学都不远，去哪儿都方便。你们也无须觉得是住在我家，闺女都给你们了。我的自然也是你们的，无须分得太清，你们看呢？"国庆的目光投向每一个人。

"我同意，先奋斗，再买房，趁年轻，退房的钱可以先用来投资，过几年赚足了钱，给彭路买个比咱家这个更大的房子。"吴鹏又开始许诺了。

彭路瞪着吴鹏长呼一口气，失望至极。

吴妈腼腆地笑一笑："你们商量吧，我又不懂。"

"让你去帮着做饭你咋又晃过来了！"吴鹏不好意思地跟大家笑笑，起身把吴妈推进了厨房。

"饭好了，饭好了，都过来端吧。"吴妈站在餐厅往客厅叫，粉蒲已经一手一碗将饭放上了餐桌。

"等等，那么今天我们就达成了一致，买房的事情先放下，东跑西跑光看也没用，静下心来先找赚钱的路子。"国庆说完，吴鹏马上举双手赞成。

"行，就这么定，接下来我想办法赚钱。"吴鹏说完，起身问国庆："爸，您到餐厅吃还是在这儿吃？在这儿吃的话我去给您端。"

"不用，大家都到餐厅吃。"

"奶奶，吃饭。"吴鹏叫道，吴妈已经第一个坐下呼啦啦吃了起来。

白韵莲不紧不慢走过来，关心地问："看房子累坏了吧？吃完再来一碗，吃饱。"

吴妈头也不抬吃得更带劲了，吴鹏很是难堪，吴爸在吴妈背后轻轻拉一拉衣服。

吴妈猛地抬头："咋啦？"

"都还没坐下呢，你一个人就先吃了。"吴爸不好意思地对大家笑，以示歉意。

"没事没事，自己家里，哪有那么多讲究。早点吃完还能多休息会儿，我这人习惯午休。"国庆给吴爸、吴妈台阶下。

饭后，吴妈东张西瞧，犯愁自己应该睡在哪个卧室。

吴鹏悄悄对吴爸说："你们回吧，或者去街上转转。"

对于不买房这个决定，彭路不能理解父亲国庆，内心有些怨气。

说好的丽苑让母亲粉蒲住，为何如今父亲又擅自安排给吴鹏，甚至还许诺给吴鹏的父母住。父母不住一起的日子，除了外人看起来不那么正常之外，母亲粉蒲的精神状态相对之前是要好很多的。父亲国庆怎么可以处处不顾及母亲粉蒲的感受，把任何值与不值的人都排在母亲粉蒲之前呢，彭路内心对父亲国庆有一丝抱怨。

彭纹得知国庆的这一决定，考虑再三还是给国庆打了电话："爸，彭路现在结婚了，应该有一个自己独立的生活环境，安居才能乐业。再说退房的钱加上咱家的陪嫁钱，彭路手头上足足有四十万。他俩还挣着工资，差个一二十万也不是多大问题，我也可以帮忙的。装修可以迟一点，但房子还是应该先买，想赚大钱哪有一帆风顺的，别赔了连个窝都没有。"

关于彭路的事情，彭纹的建议总是能够使国庆慎重考虑。国庆重新关注起了网络中介，并锁定范围，建议吴鹏最好也在景苑这一片选购房屋。

很快，吴鹏找到了一家不错的房子，国庆也很满意，且价格适中。

在国庆与房东的沟通下，定下了价格，办理了变更登记手续。

而在吴鹏一筹莫展，需要办理贷款，而处处找不下担保人的时候，吴爸、吴妈始终未曾出现，且没有一句关心问候。粉蒲看着年纪轻轻的吴鹏一人扛着压力，心想吴鹏若是自己亲儿子，自己怎忍心看他受这罪，靠不着父母的孩子，在遇到难题时着实让人心疼。粉蒲于是拿出自己积攒的工资，交给吴鹏，配齐了房子全款，不让两个孩子为钱犯难。

拿到了房子钥匙，吴爸、吴妈喜笑颜开，拿着三万现金送来，交给彭路用来装修。

元旦前夕，彭路意外怀孕了。气急败坏的彭路捶打吴鹏："我不要这么早要孩子，我还没有享受二人世界，房子还没有按照我希望的模样装修。这一切来的都太突然，完全不在我的计划内，为什么做好了避孕措施还是会怀孕！"

"你听我说，开年你都二十九了，都算大龄产妇了，再不生老人都该有想法了。"吴鹏这样劝说彭路。

"滚，我结婚又不是为了给你们家生孩子的！我的生活我自己做主，你凭什么左右我的人生计划，把你的意愿强加于我。"彭路一边埋怨吴鹏，一边劝慰自己：既然来了，就不可能不要，毕竟，生孩子，也如结婚一样，是父辈们人生观里迟早必经的人生步骤。

快过年的时候，国庆望着寒冬腊月天，想着有孕在身的彭路，终于决定把吴鹏叫来身边，交给吴鹏一把老房子的钥匙，并叮嘱吴鹏："原先计划着引导你搞个副业，现在彭路怀孕了，你还是先照顾彭路吧。这是我和你妈旧房的钥匙，地点就在你奶奶家门外。面积小，也很破旧，但地理位置优越，你想办法改动得整齐干净些，让你妈来做些小生意贴补家用。彭路奶奶年轻的时候，就在老房子开小卖部很多年，紧挨着学校，生意很是红火。当然了，你也不一定还要开小卖部，卖个早餐，或者炸肉丸、炸麻花都是可以的。"

吴鹏接过钥匙，内心充满了感激。当天晚上就和彭路商量："这是爸对我们的一片心意，我得尽快把房子简装一下。"

"我们现在连装修新房的钱都没有，我同意你干，但是你得先和你妈商量好干什么，那开饭店和干小卖部装修风格可不一样，你别盲目瞎装。"彭路给吴鹏提出了建议。

"要不咱们花个大几千，光把墙和地收拾平整了，然后先租出去挣着租金。"吴鹏问彭路。

"你为什么会有这样的想法？那我爸直接租就好了，你干吗还要拿着钥匙呢？"彭路对吴鹏投去鄙视的目光。

"要不这样，你给我妈打个电话跟她说说这事儿。"吴鹏嬉皮笑脸地说。

"挣钱还得求着哄着你们挣啊，你爱打不打。"

"那就先过完年再说吧，明年三月我爸合同就到期了，年龄也到了，煤矿就不再给续合同了，他跟我妈想好了干啥我再去装修，你看呢？"吴鹏问。

"当然可以，你自己决定。"

一个个冷飕飕的清晨，彭纹看着坐在摩托车后上班的彭路，心想父亲国庆的意思兴许是已经给彭路买了房子，吴鹏就该自己解决车子吧。可是彭路有孕在身，坐摩托既不安全，又容易受凉。彭纹几次查看自己买的理财产品，利息噌噌噌往上涨，一时赎回，还真有点舍不得。

彭路的妊娠反应越来越大，吃啥吐啥，白开水也喝不下，怀着孩子的彭路体重却在急剧下降。彭纹看在眼里，急在心头，终于和安旭商量赎回了一小部分理财，在大年前按揭买下了一辆奔驰。这样，之前的速腾便转交给了吴鹏，彭路默默收下彭纹的这份恩情时，彭纹正在为彭路有房有车无贷款感到分外开心。

2015 年的除夕，彭路第一次要与亲生父母分开，到公婆家中过大年。国庆不舍，打电话给吴爸："鹤岭没暖气，大过年的，孩子们回去既得挨冻，又没有好吃好玩儿的，不如把你俩接来，这里什么都有。"

"第一个年他们还是回来过吧，明年他们跟你过，我跟他妈没啥，我们无所谓。"吴爸想到村里的几户人家，生怕村里人说闲话。

国庆挂掉电话："你公公的意思是明年新房装修好了，就都不用回了。越是在村里，越是在意这个，没必要再跟他多说了。到那儿冷，多盖两条被子，但是晚上睡觉依然呼吸的是冷空气，戴口罩又没法睡，这个真没办法解决，而且得坚持两个晚上，初二才能回来。"

"要走就早点走吧，快七点了，路上弯多，天黑了不安全。"粉蒲给彭路收拾好了棉睡衣以及洗漱用品，再次叮嘱："洗脸刷牙的时候让吴鹏端个盆在家里，千万别在院子里，那样会感冒。"

"吴鹏，这里有两瓶好酒代我送给你爸爸，确实天黑了不安全，你们早点走，过年了，我也给小金鱼换换水。"国庆说着，已端起自己心爱的小鱼缸走进了卫生间。

彭路、吴鹏还没起身，卫生间里传来砰的一声，响亮而清脆。

吴鹏立刻跨进卫生间，三条红金鱼在玻璃渣子上扑腾。

"大过年的，怎么会这样！"国庆叹气地摇摇头，马上又转变态度，念叨着"碎碎平安，岁岁平安！"

粉蒲赶忙拿干净的新脸盆暂时安置了小金鱼。

吴鹏边清理碎渣子边对国庆说："爸，我出去给你买个新鱼缸吧。"

"过了中午，大街上就没人了，哪家店铺还会开门啊，你们回吧，别操心这事儿了。"国庆坐在沙发上，一脸的忧郁，嘴上虽讲着"碎碎平安"，内心却担心着各种不吉利。

"七点了，天都黑透了，早点回吧。"粉蒲再次催促。

"我姐一会儿就过来了吧。"彭路舍不得国庆和粉蒲，内心有一丝一毫的失落。

"快了，快了，一会儿他们就都过来了，热闹着呢。"

于是彭路起身："吴鹏，那我们走吧。"

无人应答，卫生间里没有人。粉蒲和国庆也纳闷，谁都没注意到吴鹏出门。

"你出去啦？"彭路打电话给吴鹏。

"嗯，我正好有个朋友卖鱼也卖鱼缸，我刚和他联系好了，他马上过去店里给我拿个新的，不然咱这样走了，爸心里会难过的。"

"你可真厉害，想不到你还有卖鱼缸的朋友，人家那儿有卖的跟爸用的这种一模一样的吗？"

"吴鹏去买鱼缸啦？怎么也没说一声。"国庆赶忙对彭路说，"告诉吴鹏，千万别拿大鱼缸，爸是火命，只能用最小的鱼缸养鱼。"

半个小时后，安旭和彭纹带着安业回来家里过大年，吴鹏紧跟其后，抱着个小长方形自循环生态鱼缸回来，手指上还挂着塑料袋，很漂亮的几条金鱼透过塑料袋和国庆打招呼。

国庆不胜感激："可以了可以了，你哥在这儿，我们自己弄，现在七点四十五，回去就快九点了，虽然晚些，但路上别急，慢点开，安全第一。"

吴爸望着国庆拿来的好酒，感觉备受尊敬，受宠若惊。没答应亲家国庆到城里过年，国庆竟然还有如此度量让彭路带着好酒随吴鹏回来。

"爸，你给彭路爸妈打个电话，问候一声，咱家冷，彭路爸妈舍不得彭路受冻，也舍不得大过年的跟彭路分开过。"吴鹏对吴爸讲。

"取暖炉已经烧好了，不行的话我先到邻居家借个小太阳让彭路烤着。"说着，吴爸已经跑向邻居家借去了。

"你去叫爸回来，怎么可以到别人家借呢，谁家不冷谁家不过年啊，就算别人借给你，背后也会说咱不懂道理的。"彭路着急和吴鹏说。

话音刚落，吴爸果真提着个小太阳回来了。

"爸，给别人家送回去吧，这样不合适。"彭路劝吴爸。

"没事儿，你不了解，这家养的是闺女，只有老两口在家。他们放着也是放着，又不舍得用电。"

彭路听吴爸这样说，内心蒙上了一丝难过。

"爸，你怎么说话呢？"吴鹏问。

吴爸好像意识到了什么，不好意思地笑一笑。

"闺女都在婆家过年，初二才回娘家呢，你说话该怎么说？"吴妈翻着白眼问吴鹏。

"我正在担心，我爸妈身边少了我，他们会失落、会伤心。"彭路望着吴妈的脸，认真地对吴妈说。

吴妈低头不语，吴爸拿起手机给国庆打过去电话："彭路爸，看晚会了没有呀？"

"看着呢，大女儿女婿都在，我代表全家给你们拜年了，你们跟俩孩子吃好喝好，过好年。"国庆乐呵呵地对亲家公讲。

吴爸一张笑脸不知所措地看看吴鹏，又看看彭路，接着问："你放过炮了吗？"

"你放过了，就等于我放过了。你那边红红火火，鞭炮齐鸣，我这边同时喜笑颜开，打心里为俩孩子、为我们共同的心愿和希望祈福。"国庆把话说得轻松而又沉重。

吴爸一时不知说啥好："你说得对，我不会说，不过心情你能了解的。吴鹏他妈去厨房端饺子了，孩子们歇一歇就可以吃饭了。"

"晚上提醒孩子们千万别睡烧炉子的屋，安全第一。不多说了，你们吃饭，新年快乐！"国庆将此次对话画上了句号。

"好好好！那我挂了啊！"吴爸的内心甜而慌张。

四个人围着取暖炉，彭路的一侧放着小太阳，炉上只有四碗饺子。那个二十寸的小彩电因信号不稳，时而呈现星星点点，很不靠谱地播放着春晚。

彭路想起了小时候回腰后爷爷奶奶家过年，那电视好像要比眼前的这个稍微大一点，爷爷奶奶年前要蒸很多馒头、油条、各式各样的供果。会准备很多蔬菜，也会买好一些水果，并在院子里的屋檐下搭个小秋千，让孩子们吃得开心，玩得尽兴。尽管那会儿很穷，但大人小孩都热情高涨，年味浓浓。可是眼前自己的公公婆婆，大过年的竟然除了四碗饺子，再无准备任何食物。这取暖炉子上，这空荡荡的房间里，和婆婆的脸色一样冷清。

"也许，人家家里向来就是这样过年呢吧，我若不适应，反而会让公婆觉得矫情。光有饺子也行，吃吧。"彭路的内心不断地自我劝慰。

一口下去，彭路忍不住又吐了出来，公婆异口同声地问："怎么了？"

"没事儿，我不小心吃了个面疙瘩。"彭路不好意思地说。

"哪有面疙瘩？个个里面都有馅儿，我做的我还不知道？"吴妈生硬地为自己辩护，且向彭路翻来一个白眼。

"这个我吃。"吴鹏将彭路吐出来的半个吃掉了，"里面有馅儿，不过皮确实太厚了。"

彭路用筷子拨开另外半个："你看，这饺子皮里面还是白色，没煮熟呢，你也不要再吃了，吃了会拉肚子的。"

"我们家没人会擀皮，从来都是用手捏饺子皮的，吃不下的话就别吃了。"吴爸维护着吴妈，温和地对彭路讲。

转头又对吴妈说："你去给彭路再做点别的。"

吴妈面容为难，脚步已朝厨房走去。五分钟后开门进来，彭路以为饭好了，可吴妈两手空空，面无表情地打开柜门，在柜底拿出一包方便面，再次朝厨房走去。

吴鹏急忙跑进厨房给彭路加了个鸡蛋，然后亲自端在彭路面前："在村里，方便面可是最好吃的稀罕饭，我把饺子吃完，也想来一包，妈，一会儿给我也煮包方便面。"

"你有手有脚的，还要指挥你妈呢，我还能往多大管你。"吴妈板着一张功劳比天大的脸对吴鹏说。

吴鹏笑得很难堪："那我自己去。"

一碗方便面，就是新婚之后在婆家的第一个年夜饭。

也许真是吴鹏说的这样吧，或许婆婆真的会认为年轻人都喜欢吃方便面，就这样将就着吃吧。只是一股心酸不自觉地从内心翻腾上头顶，彭路咽回了泪水，勉强露出了微笑。

初一，吴爸让吴鹏叫来了村里六七个年轻人到家来喝酒。吴爸买回了几样家常菜，放进了厨房。

吴妈随即把彭路叫了进来："彭路，你看这几个菜哪个和哪个炒在一起好呢？你帮我搭配开。"

"不知道，我没做过饭。"彭路诚实地对婆婆讲。

"我还以为你们城里人懂得多，没想到你还不如我。"婆婆冷笑着说。

彭路听到这话的时候恼羞成怒，转瞬又想婆婆就是个荒掉土地的农民，这样子说话可能并非有意，计较起来反而让人家觉得自己在无中生有呢。可内心着实不爽，一个五十出头一辈子专注做饭这一件事情的农村妇女，居然还要问一个刚进门的媳妇饭怎么做。

0 = 0

终究，吴妈像便秘似的切着菜，吴鹏和吴爸轮流招待着客人，一边抓紧跑进厨房洗菜炒菜。

这酒足足喝了四个多小时，四个空菜盆子也已放在桌上三个多钟头，每个人嘴巴里还在不停地嗑着花生瓜子。彭路在一旁百无聊赖，吴妈也因为切菜劳顿而在屋子里休息了整整一个下午。

傍晚时分，喝酒的男人纷纷离去，其间一位三十多岁的邻居，摇摇晃晃地倒在了院子里。彭路看着可怕，吴爸和吴鹏一起告诉彭路没事儿，这人喝的最少，是装的。十多分钟后，彭路实在看不下去了，叫吴鹏想办法把人送回去，吴爸犹犹豫豫地出门，回头告诉吴鹏："你们别管他！"

五分钟后，吴爸回家："他家人说了，就让他躺那儿，不管。"

"吴鹏，他家还有什么人啊？为什么不管呢？这是一条人命，地上如此冰冷，又是你叫人家来喝的酒，倒在咱家院子里，出了事儿你是要负责的。你跟爸不可以袖手旁观。"长这么大，彭路第一次见到了人性如此冷血的一面。

原本幻想，大年初一的这一天只要不待在自己家随那么多亲戚一起敬着奶奶，在哪儿都会像鸟儿一样自由快乐，可上天却用铁的事实告诉彭路，婆家更会带给她超乎认知范围、颠覆三观的失望。

初二的清早，亲戚刚走完一家，天空渐渐飘落了雪花。国庆站在阳台望向窗外，给吴鹏拨通了电话："你们那儿下雪了没有？"

"爸，飘了一点，不过基本感觉不到。"吴鹏对着电话讲。

"小心一会儿下大了，路上不安全。还有几家亲戚需要走？"国庆继续问。

"爸，还有三家，都在村里，放下就走。"吴鹏站在吴爸身边对国庆说。

紧紧张张，车越开越快。最后一家，只进到院子里，放下一桶食用油便了事。彭路不好意思这样匆忙，但吴鹏跑得快，她也就只好跟上了。

赶回县城之后，望着车窗外纷纷扬扬的大雪花，吴鹏自言自语道："幸亏爸提醒得及时，再晚个十来分钟，这么大的雪，开车走山路确实危险。幸好，我们赶回来了。"

只有国庆和白韵莲在家，粉蒲独自回乡下走亲戚去了。自己的原生家庭，每一天过得都要比大年初一真实。

初四这一天，粉蒲早起做好了饭，叫吴鹏和彭路起床之后过来吃。

正好赶上国忠家女儿叶力过来走亲戚，叶力放下一箱牛奶，国庆、粉蒲端茶又端饭，叶力匆匆吃了半碗。门铃又响了，进来的是粉蒲的外甥女小菲，同样放下牛奶："舅舅，过年好！听彭纹姐说您都考下驾照，可以开车了呢，您可真厉害！"

"嗯，是呢，自己学会了方便。"国庆得意地说。

"叔，我早上刚吃过饭，吃不下了，还要去我姨父家，就先走了。"叶力准备告别。

粉蒲赶忙从厨房出来留客，白韵莲也从卧室出来："这就走呢，没吃好吧？"

"吃好了，奶奶，你保重身体，我先走了。"叶力穿好了鞋，回头和所有人告别。

"姨，也别给我盛饭，我也还得走家亲戚，到了正好吃午饭。"小菲也急匆匆要走。

"哪怕就来半碗，姨都准备好了。"粉蒲又开始了挽留。

小菲一边换鞋，一边对彭路说："改天带吴鹏到姐家里玩儿啊。"

"舅舅，我先走了，有时间了我再过来看你和小姨。"小菲对国庆说。

"好的好的。"国庆客气地微笑。

关上门，家里又恢复了五口人的常态。白韵莲摇摇摆摆走到门口，仔细斟酌门口放的三箱牛奶。

"国庆，小力给我拿的是哪一箱？"白韵莲问。

国庆从沙发上起来，走到门口："这儿有三箱啊，这么说叶力应该拿了两箱，一个是看你的，一个是看我的。这两箱好些的奶就是叶力拿的。"

粉蒲一听，立刻从厨房走到门口："叶力给你拿的是这箱便宜的，这箱一百多的是小菲刚放下的，另一箱是我外甥昨天晚上过来放那儿的，压根就没动。"

白韵莲心知肚明地回了卧室。

"你那嘴巴张开，想咋说咋说，叶力拿的是啥？我心里能没数？"国庆反击了粉蒲。

"光我一个人在家，你说我瞎说我也认了，这还有仨人呢，你问问他们到底谁在睁着眼睛说瞎话。"粉蒲的音量瞬间又大了起来。

吴鹏不好上前去指对错，只能拉着粉蒲说："妈，算了算了，就几箱奶，没必要吵。"

白韵莲这时从卧室出来，站在粉蒲旁边："国庆说话的时候，你就不能少说几句吗？"

"他就是皇帝，也能跟他讲个道理吧，他一个男人眼粗，你昨天晚上总看见了吧。"粉蒲降低了音调对白韵莲说。

"我看见啥了，我啥都没看见。"白韵莲扭头回卧室。

国庆转身进卫生间，啪的一声关上了门。

"妈，你该干吗干吗，别搭理他了！"彭路真的看不惯一个已经做岳父的男人在自己的女婿面前，毫不掩饰自己对老婆的自私和狭隘。

白韵莲立刻从卧室冲了出来，指着彭路的鼻子吼："你说谁呢？啊，别理谁了！我告诉你，你这上梁不正下梁歪的东西，少调失教，你妈就教你这样跟老子说话呢！祖上就没有给你积德，怪不得你干啥啥不行……"

强悍的声音震颤了整栋楼，彭路的意志完全被恐龙复活般的阵势压得喘不过气来。吴鹏看在眼里，心急如焚，却又说不得白韵莲，更说不得国庆。

"彭路她是说让我别理她爸，她不是说你。她还怀着孩子，你跟她至于带这么大劲儿吗？"粉蒲忍不住为彭路辩解。

白韵莲根本不接粉蒲这茬。

国庆从卫生间出来一声不吭直接进了自己卧室。

这下好了，白韵莲的吼声如钱塘江的潮水一般一浪更比一浪猛。

吴鹏这时候接了个电话。三分钟后，吴爸提着好油好奶土鸡蛋，灰头土脸，极度恐慌地迈进了家门。

"你这大老远的得起多早等班车呢？"白韵莲恶毒的眼神依旧犀利，降了八度的音调依然雄浑。

粉蒲给吴爸端来一碗饭，用眼神告诉吴爸快点吃，别说话。

"嗯……，我……，早上就六点半一趟车，没赶上，坐别人顺风车来的。一会儿想带孩子们到市里再走几家亲戚，吴鹏他也没去过，不认识路。"

"哦，是这样的话一会儿就别坐班车了，开车去，那是咱自己家的车，方便得很，谁的脸色都不用看。"白韵莲所说的自家车是国庆正开着的晶锐。白韵莲并不知道彭纹已经把速腾轿车给了彭路。

吴爸一脸通红，饭扒进嘴里却怎么也咽不下去。

"彭路这闺女刁蛮不懂道理，你们可不能惯着她，该说的要说，该指正的要指正，否则让她横行惯了是要出毛病的。"白韵莲盯着彭路对吴爸讲。

吴鹏拿起水壶给白韵莲倒满水："奶奶，您这么大年纪别带这么大劲儿，别尽说气话了，喝水，喝水。"

国庆就坐在一旁陪着吴爸，吴爸压根不敢开口讲一句话。

此刻的彭路恨死了白韵莲，也恨透了父亲国庆。

粉蒲送彭路和吴爸出门的时候，顺便说了句："你们走亲戚就把这奶拿上，别再花钱买了，家里一下子也喝不了这么多，咱两家就别这么客气了。"说着，已经把吴爸刚拿的牛奶放进了电梯里。

晚上送走了吴爸，彭路告诉吴鹏："回姐姐家，我再也不想回景苑了。"

一进家门，彭路扑进卧室坐在床边不可控制地号啕大哭起来。

吴鹏心疼地抱住彭路的头："如果爸当时能说一句话，奶奶就不至于越吼越来劲。"

门外传来开锁的声音。

"一定是妈也回来了，别让妈看到你还在伤心地哭，我先出去，把卧室门给你关上。"吴鹏用宽大的手掌将彭路的眼泪抹掉。

"你俩在家呢，从妈那儿吃过晚饭回来的吧？我刚和你哥走亲戚回来，晚上准备和几个朋友出去聚聚，顺便回来拿个东西。"彭纹进门开心地和吴鹏说着话。

"哦，姐，还没吃呢，我去给彭路做点。"吴鹏微笑着，语气却低沉。

"彭路呢？"彭纹感觉一丝不妙，担心小两口吵架了。

"在卧室呢，姐。"吴鹏回应彭纹。

彭纹推开卧室门，看到彭路红肿的眼睛："怎么了？"

彭路还未开口，忍不住又哭了起来。

"吴鹏，这是怎么回事啊？"

"今天早上在景苑，奶奶骂了彭路一早上。叶力姐刚去，小菲姐也来了，各放下一箱奶走了，然后奶奶出来问爸哪箱是叶力拿的。爸一看门口放了三箱，就断定两箱贵点的是叶力拿的。妈和爸辩驳了两句，奶奶回卧室了，爸也进了卫生间关上了门，彭路看不下去让妈别跟爸说了，奶奶立刻就从卧室出来指着彭路破口大骂，一直骂到我爸来。"吴鹏边叹气边陈述。

"你爸也来了？"彭纹问。

"嗯，我爸是来叫我们俩一起去市里走亲戚的。"吴鹏说。

"她凭什么骂呀，都骂啥了？"彭纹气不打一处来，"她知不知道彭路怀孕了呢？"

"她咋不知道，前几天还当着我的面跟爸说属羊的要是个闺女可不好。"彭路抽泣着说。

"姐，人家骂的那话实在无法相信出自一个老人之口，正常人都骂不出那样的话，这彭路是亲孙女，也不是要的呀。"吴鹏感叹道。

"她那样在家撒泼要横，爸说什么了吗？"

"爸要能吭声气，奶奶就不至于没完没了了。姐，我今天可真是长见识了，奶奶真不是一般的老人。"

"我们处处容忍她，惯着她，巴结她，还不是为了让她别挑事儿，希望爸和妈能好好的。看来人善被人欺，她从来也不敢跟伯父一家人放个屁，人家一年看她一回，她还知道给人家端茶倒水、嘘寒问暖的。我们越是敬着她，越是把她供成了心肠歹毒的白眼狼。爸就是典型的愚孝，在爸心里奶奶至高无上，可在奶奶心里，除了自己，谁都没有。这个世界上真的很难找出第二个像奶奶一样自私的妈。"彭纹边说边徘徊在彭路和吴鹏面前，身体已然在颤抖。

"姐，你不是说奶奶对伯父一家还挺好的吗，是不是因为爸是上门女婿，所以……"吴鹏斗胆问了一句。

一声关门声打断了三个人的谈话，安旭洋溢着一张笑脸进来："你们仨都在呢，我等你老半天你怎么还不下去？"

"奶奶今天不分青红皂白骂了彭路一个早上。彭路还怀着孕呢，你说我这奶奶怎么可以这样。"彭纹哽咽了起来，忍不住流下了仇恨的泪。

安旭的笑脸瞬间乌云密布："奶奶她为啥骂你？吴鹏当时在不在？"

彭路此时手机响起。"你跟吴鹏回来了吗？"粉蒲关切地问。

"回来了，在我姐这边，不想过去了。"彭路对粉蒲说。

"不想过来就别过来了，你们走了，你奶奶接着骂妈还有你腰后爷爷奶奶，一直骂到下午四点多。你爸嫌吵，睡不着，两点多就出门了，四点多回来，你奶奶还气势不减，依旧在骂。"

听到这里，强大的仇恨变成了难以名状的力量在蹂躏着彭路的身体和灵魂，彭路用颤抖的手打开了手机扬声器。

"妈也真不想在这儿住了，可是这一走，亲戚邻居们又会说妈故意不伺候你奶奶，刚回来不长时间，又不能跟你爸好好过了。你跟吴鹏刚结婚，你也怀孕了，妈不想搞得你们心神不宁，不得平静。唉，她想咋的就咋的吧。"

"妈，咱哪儿舒服住哪儿，咱老为他们着想，可到头来呢，她哪怕能有一丁点儿的人性。别人家那当婆婆的再坏也不过跟媳妇处不来，哪见过这种跟亲孙女也如此恶毒的人。彭路这刚结婚的，要不你跟我住新房去，白天我们出去工作你还能出去公园散散步，晒晒太阳。比跟他们在一起心情好多了。"彭纹冲着彭路手机讲。

"行了，别废话了，都别为我操心，三月底丽苑就到期了，我住楼下，彭路和吴鹏住楼上。吴鹏妈来的时候，我就给你们做饭去。"粉蒲对彭纹说完，挂掉了电话。

"安旭，爸以后有什么事儿，咱该管的管，作为子女这是咱分内的事儿，但是奶奶，以后咱还是少操心吧。人家那儿子孙子都不闻不问的，咱一个孙女孙女婿老提心吊胆管个啥，不管她无非她也指着咱们骂。"彭纹用手拭去了两行泪。

安旭的心情也渐渐跌落谷底。

"刚才吴鹏问我，奶奶是不是对伯父和叶果会好一点，你刚来这个家你还不了解她。当年叶力和叶果上初中的时候，伯父抱着他俩的被子送到了奶奶家，因为奶奶家就在学校旁边，可没住几天……"彭纹擤了擤鼻涕。

"行了，咱能不能别老提以前的事儿啊，朋友们还等着一起吃饭呢，走吧。"安旭打断了彭纹。

"可没住几天，奶奶就骂他们早上没给人家倒尿桶，嫌他们上早自习吵到了人家休息。再后来，他们下晚自习回来以后，总没电，没办法看书，上早自习闹钟总不响，老迟到。爷爷是个没脑子的人，一辈子奶奶指挥他干吗他就干吗。有一天，奶奶让爷爷抱着叶力和叶果的被子去伯父家送，爷爷就送去了，可前脚回家，后脚伯父就又抱着被子送来了。于是爷爷就双腿叉开站在门槛上，双手挡在门框上，不让伯父进去。那时候奶奶还年轻，她伸出食指指着门外的伯父一顿臭骂，被激怒的伯父把爷爷扳过一边，冲进去直接抓住奶奶那根手指往后撇，直到奶奶求着放手，再也不骂为止。"

"那这么说来，奶奶眼里还真没有装得下谁，她心里确实只有自己。"吴鹏一声感叹。

"可不是，那会儿彭路还小，可我已经记事了。为这事儿，奶奶把爸也叫了进去，和伯父谈了整整一下午。最后伯父拿了个凳子坐在奶奶床边给奶奶揉手指，叶力和叶果也没再去奶奶家住过。"彭纹讲到这儿，安旭赶忙搂着彭纹走，生怕回忆无限痛，占尽当下的快乐时光。

整整一个月的时间，彭路再没有踏进景苑家门。

有天吴鹏回来，对彭路说："装修师傅说今天有个身材不高，体型偏胖，五十多岁模样的男人来新房看装修的进度，然后啥也没说就走了。"

"除了爸，还会有谁去看啊？"彭路望着吴鹏的眼睛。

"天哪，这么长时间了，光阳台上贴了几块儿瓷砖，爸肯定会嫌我进度慢，没效率的。"

"那你爸妈咋不闻不问不来帮帮忙呢？"彭路反问吴鹏。

一天后，国庆打电话给吴鹏，亲手交给了吴鹏五万块现金："你奶奶那天过分了，事后我也说她了，改天爸在酒店订桌饭，你们都去。"

吴鹏抱着五万块现金，像孩子抱着糖一样开心。回家后将钱放在床上："彭路，你看，爸多爱你，你还对爸耿耿于怀！明天去酒店吃饭喽，你必须去！"

四月初，丽苑的房子终于腾了出来，吴爸叫吴妈来帮忙做清洁。吴妈来了之后，两手背在背后，一脸的无辜和无奈，像极了一个学渣不情愿地被老师逼来做作业。跟在积极操劳的粉蒲身后，不停地叨叨："我老公特地交代我，不敢爬高处擦玻璃，怕我头晕危险，这么多活要干到什么时候，彭路和吴鹏下班回来让她俩干吧，我不敢使唤彭路，吴鹏会说我。你叫彭路干点活吧，这过日子的，她能啥都不干吗？"

"行了，不能干你就站在下面给我洗抹布递抹布，玻璃不敢擦你就把地板擦干净。"粉蒲干起活来雷厉风行，受不了吴妈在一旁啰里啰唆，痴手慢脚。

"这水桶里的水倒院子里还是倒门外呢？"吴妈依旧在慢慢腾腾地不断提问。

"倒厕所马桶里。"粉蒲站在梯子上擦着高处的玻璃。

"那你下来跟我抬过去，我一个人提不动。"吴妈站在不足半桶水的水桶旁，等着粉蒲下来。

走到厕所马桶边也就两步半，不足半桶水，你平时洗脸也端不动脸盆吗？粉蒲这样想着，感觉这吴妈故意在作，没办法合作。"这样，我把这水倒了，你就在厕所把马桶刷干净得了。"粉蒲下来倒完水又忙着爬上梯子擦玻璃。

吴妈从厕所跑出来："恶心死了,我可不能刷马桶。"

"好好好,那你去歇着,歇好了回家吧。不需要你干啥了。"粉蒲对吴妈说。

吴妈这次乖极了,稳稳坐在沙发上歇息了三分钟,然后拿起包包:"那我回了啊!"都不等粉蒲回话,大门哐啷一声响,人消失得无影无踪。

网上说,孕妈呕吐的现象会在三个月后缓解,可是四个月过去了,彭路只要听到或闻到吃的东西,依然会难受到绝望。

这天下班,厨房里正做饭的吴鹏听到彭路又要吐,赶忙跑进卫生间。

"我去给你倒杯温水漱口吧。"吴鹏说。

彭路抬头,看到镜子里涨得通红的脸,筋疲力尽之后用颤抖的手拿起纸巾,擦去被迫溢出在眼角的两行泪。

彭路接过温水,漱完口,吴鹏恳求说:"你就喝口水吧,不吃不喝怎么能行?"

一阵子工夫,彭路又无奈地将白开水全部倒流而出。

"老公,什么时候我的肠胃才能不用日日夜夜,不停地遭受剧烈呕吐带来的折磨呢?"绝望中的彭路问身边的吴鹏。

吴鹏把彭路的头放在自己的肩上:"会好的,不会一直这样的。"

彭路终于体会到,怀胎十月,是一场前所未有的对于身体和心理承受能力的双重考验。

国庆打来电话:"这些天身体怎么样?有没有去检查?一切都正常吧?"

"嗯,爸,都正常,不过还是什么都吃不下。"

"那就少量多次,不吃营养会跟不上的,想吃什么就买什么,不要怕花钱。"国庆吩咐。

彭路内心掠过一丝酸楚的幸福:"爸,知道了。"

此时的国庆,刚被单位派到村里担任第一书记不久。国庆挂掉电话,对身旁的老母亲白韵莲说:"刚到村里工作忙,这几天右眼皮又一直在跳,还老做噩梦,彭路真是让人操不完的心啊!"

"姐姐好几天没给我打电话问候了,也不知道她在忙什么,晚饭后,我想过去家里看看她。"彭路对吴鹏说。

彭纹开门，一脸愁容映入了彭路眼睛，彭路的心瞬间绷紧："姐，怎么了？"

"没事儿，进来吧。"彭纹从鞋柜里给彭路和吴鹏拿出替换拖鞋，然后转头去倒水，端水果。

"我哥呢？"彭路问。

"加班，没回来。"

气氛沉默了几分钟后，彭纹对彭路说："今后你和吴鹏若资金有结余，一定要存银行，存定期。姐买流金理财产品快两年了，这几天突然无法提现，网上有人说这是骗局，也不知道这钱还能不能要回来。"

"我周围也有人买，买五万、买十万的都有。"彭路说。

"放多少赔多少，估计全都打水漂了。"

"姐，你放进去多少？"

"从结婚到现在攒下来的所有钱，一百多万。"

"老天，那得想办法，至少得把本金要回来呀！"彭路感觉头顶炸了声雷。

"几天前，我刚知道的时候吃不下饭，睡不着觉，跳楼的心都有了，可你哥人家照样吃照样睡，跟没事儿人似的，这多少让我的心平静些，没有冲动做傻事儿。"

"神仙！"吴鹏来了一句。

彭纹苦笑："神仙都不见得有你哥淡然。"

说着，安旭回来了。看到彭路和吴鹏，依旧是春风般温暖的微笑。

"哥，那么多钱不知去向了，你咋一点都不急呢？"彭路问。

"急有用吗，只要人没出事儿，钱尽量往回要就是，但是要得回要不回，生活都得继续。老提在嘴上，挂在脸上，既解决不了问题，还影响家人心情，不值得。"安旭说完，下意识地看了看彭纹。

"你哥这样的心态也在感染着我，我只能一点一点慢慢来说服自己，接受现实，我真没有办法像你哥一样冷静。这事儿暂时不要对爸和妈讲，他俩能平静、安稳、不吵架就行。"

一个月后，彭纹焦灼惭愧的心渐渐平静下来。一天傍晚，彭纹和彭路在公园散步，彭纹发自肺腑地对彭路讲："每每遇到大事儿的时候，我总能从你哥身上感受到很多珍贵的品质，你哥虽辛辛苦苦打拼赚钱，但却从未把钱看在第一位。这一个月来，你哥天天都是笑脸，没有一句抱怨，我的内心也就渐渐舒展开来，放下了很多。倘若当时他和我一样急躁崩溃，难以承受，再说几句发泄和指责的话，估计姐真的就想不开跳楼了。现在想想，真要跳楼可就亏大了，房子别人住，钱给别人花，安业不得已还得认个后妈，比没了一百多万更亏。"

听彭纹这样说来，彭路揪紧的心也终于放松了。

大热天，即将足月的宝宝使宽大的孕妇裙高高隆起，彭路抱着肚子，喘着粗气，驱动意念支撑着大脑意识，尽可能快地往单位跑。

这是一个星期天的上午，领导加班过程中需查阅一些档案资料，吴鹏也因工作原因不在家。彭路接到电话第一时间步行赶往单位，丽苑距离单位的路程，平时需要十分钟，这回彭路跑得快，五分钟刚过，离单位只剩下十步路的距离，突然一阵剧痛袭来，彭路弯腰定在了原地，潜意识里提醒自己不能慌。

"彭路！"一个声音大老远的传来。

"肚子里是个小少爷还是小公主呢？"曾花英走近后捧着一张假惺惺的笑脸。

"还不知道呢？"彭路回应着笑脸，丝毫没有露出痛苦的表情。

"闺女儿子都好！"曾花英依旧一脸莫名其妙的热情。

"是呢。"彭路一边回应着，一边朝单位方向走了起来。

一定是刚才跑得太快，既然已经到单位门口了，再坚持一下就可以把档案给领导查完，不耽误领导的工作，这样想着，彭路稍作休息后坚持走进了单位。

临近中午，吴鹏接回了彭路。彭路躺在床上，内心错综复杂，矛盾激烈，太想卸下这份负担，又恐惧月子里坐牢一般的煎熬……总之，别无选择。

听着厨房里传来的炒菜声，顷刻间彭路眼眶发热，身为老公的吴鹏不仅让她感动，更让她心生怜惜。原本以为，独生子拥有父母更多的爱，可事实上，眼前这个男人，摸爬滚打，大小困难家务事，无一例外全都一个人在扛。亲生父母，是如何做到只管悠闲晒太阳，从没有一句关心与问候的呢？看来，还是将责任明确开来比较好，谁家的事情谁干，只坐享其成，毫不付出的婆家，又怎会懂得和珍惜自己的付出呢？

望着房间一角刚购置回来的孕妇待产包。彭路拿起手机，发出了这样的感慨：

一切都来得太快，以至于我刚刚适应一段生活，又要面临新的角色。青春，是一场稍纵即逝的美好；生活，是一场没有彩排的戏；岁月，不会等你把一切准备好，想明白再继续。难免措手不及，难免彷徨焦虑，只怕自己没有认真足够的准备而留有遗憾，担心辜负身边爱人的付出、亲人的期待。宝贝，你的每一次胎动都会让妈妈心情忐忑，谈爱与付出尚早，但这份责任已然清晰而沉重。

两个星期后，彭路不可抗拒，无处逃避，切切实实在产房体验了一把传说中的鬼门关。

产床上的彭路忍受着频频阵痛，潜意识里不停地提醒自己，最多也就几个小时，孩子她总会出来的，生产之痛总要过去，我还活着呢，没有太糟！

生完孩子后，彭路觉得自己的骨骼仿佛如钢筋防盗网被强行撬开一样，怪不得说生孩子伤筋动骨，大伤元气呢。

护士把孩子抱到彭路眼前："看看你的孩子吧！"

这一刻，想流泪。为独自承受，勇敢面对这一劫的自己所感动，但既已成为过去式，更应该庆幸才对。

吴鹏贴在彭路的耳边，悄悄告诉彭路："爸今天一直在不停地给我发短信关注你的情况，还送来了土鸡蛋。"

彭路翻看着吴鹏和国庆的短信对话，感受到父亲国庆丝丝缕缕、真真切切的关爱。她明白这几个小时，国庆更是如坐针毡、心急如焚，不停地在为产房里的自己加油祈祷。彭路的眼泪瞬间如决堤的海，模糊了视线，湿透了枕巾。

"好了，月子里不要哭，按照你说的，出院后我再请陪产假，我先去上班了。"吴鹏摸摸彭路的头。

"生孩子如承受非人的酷刑一般，直到孩子出生那一刻，我都坚强如钢没掉一滴眼泪，可看到爸爸发在你手机上的短信时，我终于忍不住哭了。我骄傲，因为我有强大如山的爸爸，也有细腻如流的妈妈。我痛苦，因为我生命中不可取代的两位至亲，永远给不了我内心的宁静。他们在长期面目狰狞的状态下撕扯着我的内心。我以为，婚姻是一种解脱，可以让我摆脱原生家庭的煎熬，可结了婚才明白，血浓于水，我无处可逃，爸爸和妈妈，永远都是我幸福的根基，是最爱我和我最爱的人。"彭路躲在被子里，依靠擦干眼泪的每一个瞬间编辑完成这条短信，发给了吴鹏。

彭路坐起身子，对准小推车里熟睡的女儿，咔嚓一声，发给了父亲国庆一条彩信。

下班时，吴鹏打电话给彭路："发给我一张女儿的照片，我去看看爸。"

"我已经给爸发过了。"彭路说。

"爸添加你为微信好友啦？"吴鹏激动地问。

"我用彩信发的。"

"哦，我都忘了还有这办法。"

出院前一天，吴鹏和国庆商量后，为宝宝写下了好多个不错的名字。

彭路拿着写满名字的一页纸很是纠结，她纠结的不光是名字用哪个最好，还有宝宝尴尬的生日，生于九月，只能晚一年上学，没有办法和大多数与她同龄的孩子同步入学了。

吴鹏开导彭路："这样也有好处啊，咱闺女以后在班里就是最大的孩子之一，可以做'领头羊'呢！"

彭路无奈地一笑："比闺女晚一年的都是属猴的，你见过羊在猴群里当头的吗？对于女孩来说，今后晚一年毕业，意味着有可能会失去一部分重要的人生选择机会，比如工作机会，还有选择配偶的机会，毕竟女孩儿最美好的年华就那么几年。"

"你这有点杞人忧天了啊。咱闺女健康快乐长大就好，其他的一切顺其自然。抓紧定个名字，我好去办出生证。"

"吴叶淊宁，这个名字怎么样？"彭路问。

"这名字爸起的，咱俩不谋而合。"

"那就这个吧。"

家乡的风俗，坐月子要整整一百天，怎么想都觉得即将要被关押入牢。尤其是鹤岭这样的深山里，没有年轻人，没有 Wi-Fi，没有汽笛声，也没有像样的电视。只有一张木床，四堵白墙。还有一张地狱一般痛苦、铁锈一般粗糙暗红的脸挂在婆婆头上。

月子第十天，彭路在朋友圈发表了这样一段话：

任何一个男人都不可能真正明白女人十月怀胎究竟付出和承受了多少，更不可能切身体会一朝分娩生不如死的痛苦。

第一次母乳喂养时钻心的痛，第一次在深夜被孩子啼哭声叫醒时的无奈。身心疲惫万般无助的时候，所有人都在围着孩子转。喝每一碗汤都冒一身的汗，衣服湿透一次又一次，来不及干孩子又哭了，来不及躺下又该喂奶了，你看着墙上幸福的婚纱照，身边除了孩子就是尿不湿、湿巾纸，顿觉婚前对婚姻美好的憧憬是多么简单和纯粹啊，哪会想到生育宝宝像历劫一般，如此难熬且无人可替呢。

女人，首先要学会认真地对自己好，才不枉父母的养育之恩和婚后你为身边的男人付出的一切。

刚一发出，点赞评论声便扎堆冒泡。从头看到尾，全是女人。

中秋团圆，万家灯火，彭路望着窗外一轮明月，竟为不能和爸爸妈妈在一起而掉下眼泪来。

孩子出生后二十多天的时候，趁粉蒲前一天刚走，国庆便带着一箱苹果、一袋肉丸、一盆饺子馅儿来看望彭路。

吴妈抱着孩子，表现出了前所未有的积极，露出了见到达官贵人般的笑容，这一刻，彭路觉得婆婆好虚伪。

"妞，你看，姥爷来看你了！"吴妈摇着孩子激动地说。

这一声"姥爷"如晴天霹雳，彭路诧异地望着吴妈，又看看身边的国庆。

国庆故作镇定，接过了孩子，并没有迎合吴妈的热情。

"我去看看还有什么菜，给你做点饭。"说着，吴妈出去了。

"你公公婆婆是不是不愿意让孩子叫我爷爷呀？这只是个称呼，他们要不愿意爸也不勉强。"国庆虽这样说，心里却为吴妈这句欢迎词凉透了心。

"这不是勉强，这是婚前吴鹏答应我的事情，也是我的底线。"

"你自己别去跟吴鹏爸妈讲这个事情。"国庆说。

"爸，我知道。"

"宝宝的小耳垂弯回来了，上面能放颗豆，预示着今后能聚财。"国庆望着手中的宝宝开心地讲。

彭路好奇地朝国庆的耳朵看去："爸，你的耳朵贴紧着脑袋，耳垂还很长，这样的耳型应该是最有福气的吧，还有寿命也是有遗传的，你一定能像我奶奶一样健康长寿。"

国庆喜在心里，眼睛望向窗外。

"你吃面呢还是吃大米？"吴妈从厨房传来喊声。

"手擀面！"国庆响亮应和。

"行，那我去擀面，想吃什么菜？萝卜白菜，还是豆腐豆芽？"吴妈接着喊。

国庆停顿了两秒："有肉吗？"

吴妈不再回应。

不一会儿，吴鹏的姑父骑着三轮车赶来，进去厨房一趟又走了。

"爸，刚才那位就是吴鹏的姑父，放羊的，前两天吴鹏给你拿去的两箱柿子，就是这个姑父帮忙从树上打下来的，人特别实诚。"

吴妈将一碗白菜萝卜肉丝面端进来，国庆夸赞："不错，我就好吃个面。"

吴妈出去以后，国庆对彭路讲："爸跟你婆婆要肉吃，目的是看她有没有给你备足有营养的食物。"

彭路瞬间鼻子酸楚，却只是微微一笑，看着国庆吃饭。

再后来，国庆几次到鹤岭看望彭路，吴爸吴妈抱着孩子，总会异口同声地说："妞妞，你爷爷来看你了！"

孩子，就这样顺理成章地来到这个世界，可彭路的内心却愈加怀念曾经的单身时光和青春岁月。

"老公，我在你家坐月子的两个月里，睡在漏风的窗户下，面对无情的脸，仿佛经历了一场人间地狱，这一回去，永远都不想再来了。"彭路发微信给吴鹏。

"知道你受了很多委屈，也看到你突然间成熟了很多。"

"迫不得已，被现实清醒了头脑，被生活磨秃了棱角，因责任懂得了担当，因为你，我开始试着理解婚姻。"

"我嘴笨，没你会说。"

"呵呵，老公，这两个月唯一让我欣慰的是我爸妈似乎挺平静的，虽从不一起来看我，但谁来看我都不会提及对方的不是，没让我伤脑筋。"

"你知道为什么吗？"吴鹏坏笑。

"为什么？"彭路极力思索。

"不告诉你。"吴鹏得意地笑。

彭路想了好久，只有一种可能，这个笨嘴的老公把自己在病房发给他的短信交给父亲国庆看了。

月子里的第六十天，因天气寒冷，彭路带着宝宝搬回了丽苑家中。

刚进家门，彭纹和安旭一个扫地，一个搬沙发调暖气。那一瞬间彭路觉得，待在这个暖暖的家，喂奶的时候能靠一靠沙发，有这么多人嘘寒问暖，还能吃上妈妈做的喷香饭菜，简直是一种莫大的幸福。原来，我一直设法逃离的家，竟然如此温暖又可爱。

"一种久违的生活状态，告诉我，其实自己一直都很幸福。"彭路发出了朋友圈。

凤仙在评论区留言："回家了吗？"

彭路回复："回家了，有种从地窖回到地面上的感觉。"

田娟看到后："哈哈，赶快调整心情哦！"

"妈不回景苑了，伺候那俩祖宗吃喝拉撒，不如在这儿照顾你和孩子。"

"你哪儿住着心情好，你就住哪儿，不过晚上你总失眠，我不想再影响你睡觉。你得答应我，晚上你睡楼上，我和吴鹏可以照顾好孩子。"彭路对粉蒲讲。

"彭路，吴鹏说你们回来丽苑住了，这就对了，大冬天的乡下太冷，正好，就让你妈在丽苑照顾你坐月子。出了一百天她也还能继续给你们帮忙，爸跟你奶奶都能做饭，不想做的时候外面也能买。所以呢就让你妈留在丽苑照顾你们吧……"国庆在电话里对彭路讲。

国庆的这番话彭路很难接受，男人真的是一种自私且绝情的动物，连自己的父亲也不例外。

吴鹏下班回家，彭路问："你今天跟爸通电话了？"

"嗯，爸给我打的，他说每次起床头都会晕几秒钟，在咱这儿也没检查出什么问题，想出去外面大医院看看。"

"爸一向对自己的身体格外重视，他想出去看你就请几天假陪他出去看吧。"

"我在网上看了一下，省医院可以挂下星期一的号，我直接开车跟爸去，很方便的。"

"你还是不够了解爸，他既然和你说出来，就一定是想到北京最好的医院好好检查检查，去省里的话，他根本就用不着给你打电话。"

"北京我也看了，排号排到两个星期以后了，爸现在担任第一书记，时间不确定，不知道半个月以后爸有没有时间。"

"也是啊，那这些情况你都详细给爸讲清楚，让爸根据自己的时间来选择医院吧。"

吴鹏专程跑去景苑："爸，北京排号排到半个月以后了，省城的话下个星期我可以直接开车和您过去，我随时请假，就看您的时间了。"

"接近年底，村里也是一大堆的事儿，半个月以后，还真不好说。算了，你和彭路就先好好照顾孩子吧，这事儿随后再说。"国庆讲到这儿，又接起了村委的电话。

半个月后，彭路电话询问国庆身体情况。

国庆很开心地对彭路讲："县里一名老中医给开了些治疗轻微脑梗的药，喝了一段时间，症状消失了，人也轻松了。"

"爸，你还这么年轻怎么会脑梗呢？"彭路不解地问。

"轻微脑梗。医生说爸这个年龄出现这种症状的人有很多，也属于正常，注意着就是了。"

"那行，没几天我就出百天了，下周我抱着孩子过去景苑玩玩儿。"

国庆见到了小孙女，严肃的面容掩饰不住发乎于心的喜悦，抱在怀里摸摸头发，摸摸小手，举高下蹲转圈圈，三分钟不到，就抱着小孙女笨拙地扭起了秧歌，扭得气喘吁吁，都不舍得坐下来歇息，只为小孙女的偶尔一笑。彭路趁国庆不注意，拿起手机咔嚓一声，拍下了这张浓浓的"隔代亲"。

国庆抬头望着彭路："拍照片可以，但是别随便在朋友圈晒，这些都属于个人隐私。"

彭路不好意思地笑笑，还是被国庆发现了。

"爸，村里工作能适应吗？"

"呵呵，爸这么大的人待在单位也挺多余，到村里担任第一书记倒是能给村里起到一个铺路搭桥的作用。村里有项目需要到政府机关办理手续，或者有好的发展思路需要政府提供支持的时候，爸可以在力所能及的范围内，帮助村里及时与政府部门协商沟通，少走弯路。"国庆脸上露出了一抹知足的笑容，笑容里写满了一个快要退休的老职工依旧能发挥余热的价值和幸福。

年，越来越近了，粉蒲一边照顾小孙女，一边忙着炸供果、炸肉丸，并利用繁忙中的间隙，独揽了楼上楼下的大扫除工作。

腊月二十五的早上，吴鹏刚刚出门上班，粉蒲在客厅拖着地，彭路正在卫生间梳着头。

吴爸打来电话："彭路，今年过年怎么弄呢？"

彭路一时语塞："爸，不是已经说好了，今年在我家过年吗？"

"在你家过年啊，那，我跟你妈怎么办呢？"

"这，那，你们，你们也来我家过年好了？"彭路吞吞吐吐。

"既然你这样说，那我跟你妈就去准备些东西。"

"不用，我妈都准备好了。"

挂掉吴爸的电话，彭路立刻给吴鹏打了过去："去年我爸亲自打电话叫你爸妈到城里来过年，你爸是怎么说的？"

"在谁家过年在我看来不重要的，咱以后年年都在城里过也没问题，今年咱俩就在景苑跟爸妈过。"

"可你爸刚刚打电话问我，他和你妈怎么办，他俩也要来我家过年。"

"好了，你放心，他们不来，我跟他们说。"

粉蒲站在卫生间门口，竖着拖把等彭路挂电话："你公婆说要来咱家过年啊，呵呵，挺逗的哈，咱家放着八十多的老人，过年还有你姐姐一家三口。他还真把咱家当成他自己家了。"粉蒲不解地摇摇头。

吴爸接到儿子吴鹏的电话，对身边的吴妈说："吴鹏不让去，这必定是彭路的意思。"

"是彭路爸说丽苑的房子也让咱住的，去年还打电话叫着让去，我也是这么跟村里人说的。这可好，你儿子听彭路的，彭路心眼多，不舍得让咱住人家的房子，咱俩待在家不得听村里人说闲话呀。"

除夕的晚上，国庆准备了一桌丰盛的美味，各色菜肴，各种水果坚果、果汁饮料，然后看着表，迫切而激动地等待女儿女婿还有孙子孙女回家。

粉蒲换好了衣服，彭路、吴鹏也开心地抱起了孩子。

"宝贝，这是你出生以来过的第一个年，好开心哦！"彭路望着孩子纯净明亮的小眼睛，感受到无限的美好。

粉蒲鼻头瞬间通红，两滴泪不可控制地滑落，拽紧了袖口，像孩子一样擦拭泪水，泪水却如雷阵雨般，在突然的号啕声中，倾泻不止。

彭路先是一愣，接着与粉蒲一同难过起来，如今自己已为人母，自然更能深刻体会粉蒲的不易。

"妈，别勉强自己，也别再考虑我和我姐，我孩子都有了，以后任何事情，你都跟着自己的心走，不想见的人就不见，不想做的事儿就搁浅吧，把尊严留给自己。"

"妈一想到要见你奶奶，全身上下都不舒服，妈似乎天生被她克，呜……呜……呜……"

"算了，妈，你别过去了，你是我爸的老婆，不是我爸的闺女，不必要什么时候都得顺着他。我们几个都住这里，他没过来和我们团圆都觉得是理所当然，我们不过去和他团圆咋就是大逆不道了。宝宝给你留下，我和吴鹏过去一会儿，然后早点回来陪你。"

"你把孩子抱过去吧，你爸他就盼着见孩子呢。大过年的，他肯定也想留你们住下，妈一个人在家没事儿，你们也不用急着回来。"

"妈，先考虑自己开不开心再考虑别人。好不好！活着，首先得自己对得起自己。宝宝就在这儿陪你过年，这样我爸就不会留我们住下。他有亲妈陪着，哪里会孤单。你一会儿帮我把孩子先哄睡，然后等我和吴鹏回来咱们一起看春晚。"

"彭路，咱不带孩子过去爸那边，我真的很不好意思。其实，你应该让妈去的，不过奶奶，确实连我都头疼，唉，怎么就如此矛盾。"吴鹏握着方向盘，侧过头来看彭路的眼睛。

开门的一刻，国庆大放光彩的眼神顷刻被削弱暗淡："怎么没带孩子呢？"

"留在丽苑陪我妈呢。"彭路毫不委婉，语气平和而坚定。

"爸，孩子睡得早，妈想早点哄孩子睡，本来计划着都过来呢。"吴鹏抢着为彭路的直截了当圆场。

白韵莲坐在沙发的正中央，眼睛一眨不眨看着电视，内心没有一丝内疚与失落。

气氛完全不像国庆预料的热闹与欢腾，桌子上丰盛的食物也随国庆的心情变得落寞。

彭路看穿了国庆被凉水浇透的心，顿时心生愧意，毕竟父女连心，国庆难受，彭路也会痛。可一边是妈，一边是爸，彭路始终都心如刀绞，难以平衡。

这时，门铃又响了，彭纹和安旭带着安业，一家三口整齐地进来。

"给老奶奶和爷爷拜个年！"彭纹对两眼直勾勾看向电视的安业说。

"爷爷新年好！老奶奶新年好！"前半句响亮悦耳，后半句马马虎虎。

"又长大了一岁，以后听话点，认真学习，少打游戏。"国庆开心地从卧室拿出两份红包，一份给安业，一份给彭路。

"爸，孩子没过来，就别给我们了。"彭路望着国庆的笑脸，那笑容里分明流露出一丝缺憾。

"孩子就是来了，她也不会拿呢，你给孩子拿上，都一样。"国庆将红包放在了彭路手中。

"安业，老奶奶不会挣钱，会挣的话也能给你点。"白韵莲坐在沙发正中，扬扬得意地自说自话。

安业扭回头，发现白韵莲的眼神完全在电视里，以为自己听错了呢，腼腆地看向安旭和彭纹，最终又回归电视。

"他都这么大了，还给什么压岁钱，你留着自己花。"彭纹剥开一个橙子。

"可不是，我能把我自己顾好，不给你们添麻烦就不错了。"白韵莲伸出手，接过彭纹剥好的橙子。

彭路面无表情，目不转睛盯着彭纹和白韵莲每一个动作和细节。彭纹轻轻眨了眨眼睛，只有彭路能了解彭纹此时的心情。

"你再给孩子一份不也还是我的钱吗，孩子们心意领了就是了。"国庆对彭纹和彭路笑笑。

电视里主持人讲："今晚是除夕夜，对于每一个中国人来说，这最后一天的最后一顿饭，真盼着能团团圆圆，和和美美！"

另一位主持人说："一家人在一块儿聊天、守夜，这是多么温馨的画面。"

只有白韵莲如大熊猫吃竹笋一般，享用着坚果，欣赏着春晚，沉醉在这个除夕夜里。

"团圆、和美、温馨"的字眼，只会一遍遍触痛彭纹、彭路心口的伤。

国庆听到这些美好的语言，也只是沉默。

门铃打破了这一刻的寂静："大过年的咋还有人按门铃，谁呀？"白韵莲惊讶的口吻里，轻易地流露出了心虚。

彭路心想，你心虚个啥，你也担心兔子急了咬人吗？你也知道这时候我妈不在不能叫团圆吗？

彭纹挂掉了听筒，按下了开锁键："叶果哥来了。"

白韵莲电击一般转身，扭头望向大门："今年怎么除夕就来了！快，快给你叶果哥准备拖鞋。"

国庆若有所思地等待着叶果进门，彭路的心情从不完美的缺憾变成一摊烂泥般的糟糕。

电梯停下，门唰的一声打开，叶果、叶果媳妇彩霞、叶果儿子以及曾花英个个满面春风，从电梯厢走出来。

"彭纹和彭路也在呢！"叶果的语气神态像极了主人回家问候客人。

"彭路，小宝宝呢？听说你生了个小棉袄呢！"彩霞眼里放着光，比亲姐姐更具有诚意和温暖。

彭纹拿出了四双拖鞋，又将每个人脱下来的鞋摆放整齐："小叶长高了不少，都成大孩子了。"彭纹与叶果都在客套。

安旭赶忙从客厅一角搬出摆在一起的凳子，围着茶几摆放，边摆边对叶果一家子说："你们沙发上坐，我们坐凳子。"

吴鹏赶忙腾出沙发拐角的位置："哥，你们坐！"

白韵莲望着一动不动的彭路："去拿几个杯子、热壶水，给你伯母还有你哥倒上。"

"我去拿！"吴鹏噌的跑进厨房。

曾花英一张满是褶子的脸，挂着像蜜一样甜而腻的笑。那笑一看就脱离天然，纯人工制造。

"彭路，你妈呢？"曾花英不怀好意地问。

国庆的表情有些僵硬，为彭路明显不愉快的脸，也为彭路面对这个问题时的尴尬。

"在丽苑帮我看孩子呢。"彭路说着，想起了怀孕后期在单位附近，曾花英莫名主动与她打招呼时的情景，那张笑脸跟今天的一模一样，让人浑身起鸡皮疙瘩，不得不怀疑她糖衣一样的皮囊里究竟安着什么心。

吴鹏沏好了茶，先倒给白韵莲和国庆，又分别倒给在座的每个人。

只有叶果媳妇彩霞真诚地表示感谢，并夸赞吴鹏勤快。叶果和曾花英一边抿着茶水，一边向吴鹏投来鄙夷的目光。

"国忠呢？他怎么没过来？"白韵莲问曾花英。

"哦，明天都有事儿，国忠在家准备待客的饭菜，做早了怕坏掉，所以今天晚上就我们过来看看你。"

彭纹与彭路的目光不自觉地汇集，然后下垂。

国庆在以平和的微笑掩盖内心的沟壑。

白韵莲本就淡然的眼神里看不到一丝失落："你还别说，国忠做的饭就是好吃，去年过年拿过来两斤肉丸让我尝，就是比买的好。"

彭路来不及张嘴巴，笑声已从鼻子里钻出来，赶忙止住，揉一揉鼻子。

"彭路，是真的，我爸做饭真没的说，各种调料的比例，包括火候都把握得十分到位。就连做完饭，洗碗都很讲究呢，我们洗完碗都是直接放进橱柜里，我爸就看不惯，还得再拿出来，用干布一个一个擦干才行。"

"哦，这么多年了，伯父也没给过我了解他的机会，我从不知道他是个这么细心的人。"彭路回应叶果。

叶果一时沉默。

"那是因为你们跟你伯父不亲，以后有空多跟伯父伯母走动走动，想吃什么提前给你伯父打个电话，让他给你做。"曾花英抢着说。

"就是嘛，你们平时都没人去看看你伯父伯母，还说没机会了解他，以后没事了多去家里玩儿。"叶果在曾花英面前，永远是个神气活现的跟屁虫。

彭纹平淡地笑笑，给曾花英加上茶水："来，伯母，这么多好吃的，都尝尝。"

"伯母又不是外人，不必让，自己来。"曾花英双眉紧锁露出奸笑。

"彭纹，你家安业呢？"曾花英问。

"咱们只顾着说话，卧室有电脑，一定是打游戏去了。"彭纹说着，把安业叫了出来。

"安业，这是你哥哥小叶，你们一起玩儿，别打游戏了。"

安业用陌生的眼神望着小叶，小叶腼腆地低下头。

　　叶果大笑："看我这儿子跟小女生一样，还害羞呢，完全属于内向型的，也不知道这性格以后步入社会可咋办。"

　　"天生一物，天养一物，各走各的路，都会活得好好的。"白韵莲抚慰起叶果来。

　　"叶力家的闺女，性格开朗，各方面都很优秀，正好和我家小叶成反比。"叶果继续说。

　　"安业，来，给你个压岁钱。"曾花英拿出一张崭新的百元人民币。

　　安业接过，望着彭纹说："谢，谢谢！"

　　"说谢谢奶奶，呵呵，孩子们一时想不起该怎么称呼。"彭纹赶忙提示安业。

　　"谢谢奶奶。"说完，安业把钱直接塞给了彭纹。

　　"小叶，姑父也给你个压岁钱。"安旭将一百元塞进了小叶的口袋。

　　小叶又开始脸红。

　　白韵莲起身去卫生间，又在卫生间门口停下叫国庆过去。国庆回卧室拿出现金，给白韵莲送进了卫生间。

　　"彭路，这是给你家小闺女的。"曾花英站起来，把一百块拿到了彭路身边。

　　"伯母，不用给，她那么小，不懂，也不在这儿，免了吧。"彭路将曾花英的手推回去。

　　叶果也站起来："拿着，这是哥给你家闺女的。"

　　"安业，这是舅舅给你的。"叶果也给了安业一份。

　　电视上，佟铁鑫、杨洋正在深情演唱歌曲《父子》。

　　"叶果，时间也不早了，我们回吧？"彩霞说。

　　"奶奶，叔，你们接着看春晚，我们该回家了。"叶果说着，站了起来。

　　"不再坐会儿吗？"白韵莲客气挽留。

　　"奶奶，明天我要回娘家，就不过来了。"叶果媳妇拉上儿子小叶，准备要撤。

　　国庆将压岁钱塞进小叶手里，小叶说了声"谢谢爷爷"。

　　"哇，这回会说句话了！"叶果惊讶又开心。

　　"这是老奶奶给你的。"白韵莲也塞给小叶。

　　"谢谢老奶奶。"小叶已随曾花英走出了门外。

趁叶果还在换鞋，彭纹凑近彭路："你也得给人家儿子压岁钱！"

彭路突然想起结了婚就是大人了，赶忙掏出刚刚接过的一百元，塞进小叶口袋。

"这是在还吗？"曾花英站在电梯门口，用极度刺耳的声音开着玩笑问。

相互再见之后，家里又恢复了小窝的真实与温暖。彭路觉得，假惺惺的寒暄好折磨身心，如果母亲粉蒲和宝宝都在该多好，我们才是血肉相连的一家人。

次日大年初一，所有的亲戚都按惯例又聚集在国庆家，看望白韵莲。没有人当着国庆的面问粉蒲为啥不在，每个人都心知肚明，但每个人都会带着疑惑问一句国忠怎么没来，国庆挨个回答，昨晚来过了。

国庆拿出好酒，和大家讲起彭纹红火的生意，还有彭路已经安妥了家，购置了新房。

亲戚们个个识大体，很给国庆面子，认真听着，认真回应。

冗长的午饭过后，所有的亲戚都走了。

"唉！到底是年龄大了，支应这么多人，光说话都挺累的，我得去歇会儿了。"白韵莲摸摸撑得圆滚滚的肚子，懒洋洋地抬起坐在沙发上的屁股。

"行，你去睡吧，我不睡了，不然晚上睡不着。"国庆讲。

白韵莲迈着猫一样轻盈的步伐，走到门口，将亲戚们带来的纯牛奶、食用油依次提进自己的卧室。

"奶奶，我来。放哪儿？您说就是了。"吴鹏积极帮忙，将亲戚带来的所有东西全部搬进了白韵莲的卧室。

"1，2，3……一共是九箱奶，三桶油。"白韵莲边数边嘀咕，"呵，年轻人就是劲儿大，我老了，不中用了。"

"哪有，奶奶，我们村那些六十岁的老人脑子可没您好使。"

"好了，把门给我关上。"白韵莲对吴鹏说。

"明天，你俩回鹤岭走亲戚呢吧？"国庆问。

"嗯，是呢，不过明天晚上就回来了。"彭路说。

"那过了这两天，你们走完亲戚就把孩子抱过来玩玩儿。"

"行，爸，她可听话了，有时候睡醒了都不哭，瞪俩小眼看着天花板笑呢。"彭路一提到孩子，精气神便来了。

"是吗？"国庆想象着小宝贝可爱的脸，情不自禁地咧嘴笑。

初六晚上，彭路对吴鹏说："我答应爸走完亲戚就抱着孩子过去玩的，可是明天你就该上班了，只好等元宵节你放假的时候去了。"

"你一个人也可以推着车过去啊。"

"不想，一个人过去都不知道跟爸聊啥，没多少话可讲。"

"那行，元宵节一定记着过去，别让爸凉了心。"

正月十三的晚上，粉蒲兴高采烈地对彭路讲："明天妈的老同学聚会，你们自己带一天娃，妈把饭给你们准备好，你们到点热一热吃。"

"不用了，妈，明天我和吴鹏带孩子去看看我爸，我爸他想孩子好久了。"

"也行，那妈就不给你们准备饭了。"

彭路拨通了国庆的电话，国庆告诉彭路："明早爸要出去一趟，你们下午过来。"

"好的，爸。"

没有粉蒲照顾的小宝宝突然哭个不停，忙坏了吴鹏和彭路。推车、喂奶、举高高，宝宝依然号啕不止。

"吴鹏，好像有人在敲门，你去看看，也可能是我的幻觉。"

吴鹏慌忙放下手中的奶瓶开了门，吴妈从天而降一般站在大门口，提着两斤小麻花，穿着一双已磨歪了的方跟高跟鞋，不紧不慢走进客厅，麻花往茶几上一放，便劳苦功高地坐在沙发上，一动不动盯着正在忙活的彭路和吴鹏看。

哭闹中的宝贝显得异常烦躁，摇着脑袋很是排斥吴鹏手中的奶瓶。彭路一只手伸进尿不湿里，才意识到宝贝是拉臭臭了。

"吴鹏，得换尿不湿，再拿一个。"

"哦，好！"

"还有卫生纸和湿巾。"彭路把孩子放进卧室床边，脱下裤子解开尿不湿。

吴鹏又慌忙去客厅茶几下拿湿巾："妈，你干吗来了？一屁股坐这儿，也不进去看看孩子。"

吴妈无可奈何地站起来："我从街上过来，怎么也没见耍十五的呢？几点开始演呢？彭路你常年在城里，肯定知道吧。"

彭路回头望见双手背后的吴妈，像完成任务似的挺直着腰杆站在自己身后，吴妈的眼睛里只有对街头文艺的迫切期待，至于床上咿咿呀呀的宝宝，完全置若罔闻。

"尿不湿换好了，你给孩子穿裤子吧。"彭路冷若冰霜地对吴鹏说完，起身走人。

不出所料，出门不到五分钟，手机便疯狂地响起。为了不让吴鹏给自己家人打电话，彭路只是将手机调成了静音，并没有关机。

大街上人流攒动，车来车往，谁不是在用尽全力去奋斗，去生活。刚过五十的婆婆，不种地、不干活、不工作，甚至懒于洗澡讲卫生，懒于关心和牵挂儿孙……

没有办法去想象婆婆究竟是怎样的人，彭路心目中的农村妇女是勤劳质朴的，可遇到的婆婆却完全颠覆了农妇的美好形象，婆婆竟然把无知当高傲，把懒散当幸福，把儿媳妇家的物质基础当作高枕无忧的资本，简直不可理喻。深深的绝望如一把冰凉且无情的钢刀直插彭路的内心深处。本以为陪房陪车会得到婆家加倍的疼爱与重视，可偏偏事与愿违，遇上了不值得的人。

"你好歹进来先问一声孩子怎么了，抱抱孩子，你这样子以后还让不让孩子叫你奶奶呀！我要是彭路我也生气！快过来给孩子穿裤子，我还得找彭路呢！"吴鹏对吴妈说。

"我把你养到二三十，你连个人话都不会说，把你养大，是为了给你当孙子训呀。"吴妈犹犹豫豫将放在背后的双手自然垂直，接着又作秀一般把手慢腾腾伸向孩子的裤子，终于一把抓住了孩子的腿，套上裤腿使着蛮劲儿往上拉。

"你不想见我妈的话，她走就是了，你回来吧！"吴鹏发微信给彭路。

"妈，要不你回去吧，彭路肯定是不想见你。"吴鹏对吴妈说。

"我也不是急着要见你们呢，是彭路爸当初说这房子是他的，也就是我们的，我跟你爸也可以住。村里人都知道我来城里看十五的街头文艺，你让我怎么回。"吴妈翻着白眼跟吴鹏赌气。

"怎么来的就怎么回，别啥事儿都不干，还净找事儿！"吴鹏极力压制着怒火，声音还是不自觉地提高了八度。

"我一个人走走，家里憋屈的慌！"彭路微信回复吴鹏。

吴妈可怜巴巴地拿出一个小塑料袋，将带来的小麻花拿出一些。铁锈红的脸上蒙上了一层冰霜，带着一副要与吴鹏决裂的凛然之气摔门走人。

“你回来吧，我妈走了！”吴鹏无奈地给彭路发出了微信，然后望着床上挥拳蹬脚咿咿呀呀的宝宝，内心深感空洞无助。

下午，国庆抱着肉嘟嘟的小孙女在客厅转圈圈，怎么看都看不够的小孙女让国庆忘记了颈椎痛、肩周炎。一颗牙没长的小宝宝看着爷爷咯咯咯地笑，时不时认真地噘起小嘴“哦”“哦”“哦”和爷爷对起话来。

“爸，明天我们一起带着孩子去街上看文艺表演吧，让孩子感受一下节日气氛。”彭路望着爷孙俩开心地说。

“想看的话，在家里电视上看多好，天冷人多，孩子太小，别去凑热闹。”国庆说完，又想起了吴鹏爸妈，“对了，你婆婆一个人在家，她也没啥事儿，你们打个电话叫人家来城里看街头文艺呀。”

彭路不语，静静藏起心中的苦楚。

“爸，我妈她不看，她对这些不感兴趣。”吴鹏回应国庆。

晚饭过程中，孩子睡着了，国庆和吴鹏在餐桌上谈起了工作，并聆听了吴鹏关于今后个人发展方向的想法。

白韵莲走到床边看看宝宝：“长相完全随吴鹏了，一点儿没随彭路。”

晚饭后，孩子依然睡得很香，国庆恋恋不舍地看着孩子：“这么听话，不哭不闹的，要不你们就在这儿住几天。”

“爸，住几天可以，可孩子的东西太多了，今天没带全，得等下次全部收拾好才行。”

“那既然要走，爸就不留你们了，有孩子，别走太晚，路上注意安全。”

晚上，彭路给孩子换睡衣时发现，孩子的胯部有一道指甲的划痕，已经结了血痂。

次日一早，粉蒲如往常一样为女儿女婿做好了早餐，小心翼翼地将早早醒了的小宝宝放在推车里摇。一个来电铃声却毫不留情地吵醒了吴鹏和彭路。

“喂，吴鹏妈，有事儿吗？”粉蒲接起了电话。

“我昨天早上去你家，彭路扭头就走。吴鹏不让我在那儿待，说彭路不想见我，我都跟村里人说我到城里看街头耍十五了，彭路搞得我羞愧难当，不得已只能到吴鹏爸工作的地方来。”吴妈带着满腔的委屈和怨气向粉蒲告状。

"俩月了，我也就昨天一天有事儿不在，他俩半夜照顾孩子也挺辛苦，放假了，我想让他们多睡会儿，醒来以后我问问情况再说，你看呢？"

吴妈使性子直接挂掉了电话。

"呵，这么大人了咋这样呢！"粉蒲冲着手机讲。

"我妈好像在接你妈的电话，你起来给你妈打个电话问问她啥事儿。"彭路催吴鹏。

"你去问得了，我再睡会儿。"吴鹏翻个身继续睡。

"你妈一年都不给你打一个电话，她跟我妈有啥好说的呀！"彭路蹬了吴鹏一脚。

吴鹏火速起床，刚打开卧室门，粉蒲开口了。

"彭路，你也起来，吴鹏妈刚打了个电话，有件事情我得问问你俩。"

于是彭路穿着睡衣坐在了沙发上。

"你婆婆说昨天早上人家到家来了，你不想见人家，人家只好走了，村里人都知道人家来看十五的街头表演，人家羞得没法回去，只好去吴鹏爸工作的地方。你为什么不想见人家呢？"

粉蒲开诚布公的问话方式使得彭路和吴鹏刹那间无一不尴尬。

"妈，从我落下一身月子病，离开鹤岭到现在，我婆婆一句问候都没有过，突然连声招呼都不打就直接来了，来了便坐在沙发上看着我们忙，连个卫生纸都丝毫不准备递一下，好像这孩子跟她没关系似的，你咋就不问她为啥吴鹏让她走了呢！你当吴鹏的丈母娘，你有这样对过吴鹏吗，何况她是吴鹏的亲妈呢！"

母女俩气急败坏的对话每一句都像利箭一样刺向吴鹏的心肺。吴鹏气急败坏，拿起手机，给吴妈打过去电话："你一天到晚闲得慌，没事儿拿着手机也得找点事儿是不是，改天把手机扔掉，省得给你交电话费你还搅和得所有人都不得安宁。"

"吴鹏啊，你这孩子，怎么跟你妈说话呢，你说你妈刚给我打完电话，你再这样打过去，你妈该对我有意见了。"粉蒲责怪道。

吴鹏坐在椅子上，只呼气不吸气，眼神里灰暗的光，写满了深深的无可奈何。

世事无常　亲情永恒

元宵节后，很快进入了二月下旬。一个周六的早上，吴鹏接到国庆电话，早早地开车同国庆前往市医院就诊。

恰巧这天，天命前来探望粉蒲，粉蒲为这个表姐夫做了一桌好饭。吃饭过程中，天命若有所思地望着彭路："路啊，有些话姨夫想对你说。"

"但说无妨，姨父。"

"你爸这人吃软不吃硬，你和吴鹏应该经常过去看看你爸，给你爸说点儿暖心窝的话，也和你爸讲一讲你们刚结婚的难处。如此一来，你爸自然会给你们提供经济上的帮助。"

"不会的，姨父，我爸的钱我爸自己花就是了，他主动给的我可以要，但我决不会开口和我爸要钱。本来出嫁的闺女，经济生活就该依靠自己的老公，何况我爸妈给我买了房，我姐还让我有车开，我自己也有收入，如果依然需要我爸给我提供钱，那我找老公做什么。"

"姨父不是这个意思，你没听明白，你爸身边一定有专挑好听话讲，欺骗他钱财的人，与其被别人哄骗走，不如给你呀，你爸他哥家是不是有个儿子呀？"

"嗯，有个，以前都不来往，这几年觉得我爸有用，走得近些。"

"你们跟你爸离得远，就给人家走近的机会了！所以呢，听姨父的劝没错，对了，你家吴鹏今天怎么没在？"

"一早国庆就给吴鹏打电话，让吴鹏开车跟他去市里体检了。他那人，一点小痛小痒看得比天还大，对自己格外重视，不像我，糊里糊涂瞎活。"粉蒲急忙抢话。

"没事儿，姨父，我爸就是最近胃有些不舒服，他想去看就去看看吧。自己知道珍重自己多好，至少不让我和我姐多操心。不像我妈，成天到晚念叨着不舒服，就是不去医院看，我跟我姐急死也没办法。"

　　吴鹏给国庆挂了内科门诊，国庆和医生详细描述了症状：晚上失眠，早上头晕，全天恶心，食欲不佳，胃的疼痛反射在背部，需靠皮锤捶击打嗝后才有所缓解，并表示想做一个无痛胃镜。

　　医生给国庆开了一些胃药，并告知国庆无痛胃镜需要提前预约，麻醉师星期天休息。

　　于是国庆果断做了普通胃镜。

　　胃镜显示一切正常，医生建议回家吃一段时间药观察情况。

　　三天后，国庆又给吴鹏打电话，感觉吃药没效果，想再去见一次医生。

　　彭路抢过电话："爸，那药已经开上了，怎么也得吃一星期再看呀，才三天你就着急，再换一堆药的话，也还是得多吃几天才能看到效果呢。频繁地换药或者换医生是见不到效果的。"

　　"那行吧，那就再吃两天。两天之后要是还不见好转就立刻再去找医生。"国庆挂掉了电话。

　　两天之后，吴鹏开着车又和国庆奔向了市里，找到了同一位医生。这次医生推断可能是内分泌紊乱，给换了一堆药，并叮嘱至少要吃够十天才能见到效果。

　　吴鹏帮国庆取了药，载着国庆匆匆返程。

　　"你爸从来也不生病，偶尔不舒服一回，也想让你去看看他，妈给你看着孩子，你过去看看他吧。"粉蒲对彭路说。

　　彭路风驰电掣般跑到景苑家，国庆和吴鹏也是刚刚进门。

　　茶几上放着一塑料袋药。

　　"这么多？"彭路问。

　　"嗯，医生说得吃十天才能看到效果。"国庆用皮锤有节奏地捶着后背。每捶几下，便能打出一个响嗝。

　　"爸，我来给你捶吧。"彭路坐在了国庆身边帮国庆捶起背来。

　　"不行，你掌握不住，还是我自己来。"国庆又拿起了皮锤。

　　"话说人吃五谷杂粮，哪有不生病的，不过还是得找对了医生，对症下药才能药到病除。"一旁优哉游哉的白韵莲吃着坚果说。

"今年虚岁六十，到了这个坎上，多多少少要有个小病小灾，也很正常，听医生的就是了。我这身体不会有太大问题，可是彭纹一百多万打了水漂，实在是个难以承受的事实，好在安旭没有因为这个事情和彭纹争吵。哎！俩孩子辛辛苦苦做点生意不容易，到头来竹篮打水一场空，真是气死人哪！"国庆捶着后背说。

"你听谁说的？"彭路惊讶地问国庆。

"单位几个同事已经知道了，你姐赔得比谁都多，前几天我特地给你姐打了个电话，事已至此，我也没敢多问。"

一旁的白韵莲完全是在听别人家的事，事不关己，悠然自得。

隔日清晨，国庆讲话突然沙哑，自认为是做胃镜用的管子伤到了声带，便自己出门买回了一盒咽喉片。

六天后，国庆依旧夜不能寐，他独自找到县里一个知名的老中医。

老中医给国庆把了脉，开了一些中草药，并在国庆腹部埋了线。胸有成竹地对国庆说："不是多大问题，喝几天药自然就好！"

一瞬间，国庆感觉吃了颗定心丸，为遇到良医而感到无比幸运。

当天傍晚，安旭因生意上的事情需要找国庆指点迷津，下班后买了些好吃的直接开车来到了景苑家里，这一来，才知道国庆已病了好多天了。

国庆指着茶几上的一堆药，用严重沙哑的声音告诉安旭："这些药我再坚持吃四天，若仍无效，直接扔掉。中药两天后开始喝，以防好了之后不知道哪个医生的药起到了效果。"

一辈子讲话掷地有声的国庆此刻突然声音嘶哑，安旭不由得心生怜惜，懊悔自己没有常来看望岳父，愧疚自己没能亲自陪岳父去看医生。

"爸，去县里两三回都没有确定病因，不如我回去和彭纹商量一下，尽快腾出时间陪你到外面大医院看看，找清楚了病因咱才能踏实治疗。"

"既然要到外面去看，不如就直接到北京的大医院，吴鹏说网上挂号都要排到两个星期之后，住院估计更紧张，我先联系一下我的老同学，看看他们能不能帮得上忙，不先找好关系，去了也是干着急住不进去呀。"

"行，我回去也问几个医生朋友，兴许他们能给介绍一个北京的医生。"安旭认真地对国庆讲。

当天晚上，彭纹给彭路打电话："听你哥说爸生病了，还挺严重，声音都哑了，吴鹏跟爸去了两趟市医院也没检查出病因。你哥说他想带爸出去看看。"

"姐，声音嘶哑是因为做胃镜时管子损伤了声带，至于失眠我觉得这么大人可能都这样，妈不也失眠吗？睡不好，自然就会头晕恶心，食欲不佳。都不是什么大问题，不过爸想出去看看，咱就带他出去看看吧。去了大医院，他也就放心了。"彭路说。

接下来的几天，安旭询问了几位医生朋友，以及曾陪家属到北京看过病的邻居。大家纷纷劝安旭，像你爸爸这样没什么大病的，就是到了北京，医生也不会同意你住院，北京那医院里，住的都是需要救命的病人。

一位医生朋友劝说安旭，省一院的医疗水平就足够过硬，你先去检查病因，检查出来，有必要去北京的话再去也不迟。

与此同时，国庆也给自己常年在北京的几个老同学打了电话，回话几乎是一样的："在没有确定你需要手术之前，北京的医院是很难住进去的。可以先在省级医院做个检查，然后再选择下一步到哪里治疗。"

国庆一辈子没住过院，听安旭和几个朋友这样一说，也同意先到省医院去检查。

正好，彭纹的中学班级群里有位就职于省一院的老同学，虽多年没有交集，彭纹还是联系了这位同学请求帮忙。

老同学正在美国进修，虽远隔千里，还是很有诚意地给予了帮助。首先帮彭纹联系了自己所就职的省一院，且回复彭纹，目前没有床位，不过可以先住在附近的宾馆挂门诊号做检查，等个三五天，一有出院的就可以给彭纹父亲安排住下。

彭纹和安旭沟通之后，立即告知了父亲国庆，并决定第二天一早出发。

三人出发前一晚，彭路独自跑到景苑，想帮国庆整理必要的生活用品。国庆表示，已经准备好了，都在床头柜上的背包里。

那是平日里国庆参加驴友团活动时的双肩背包，天蓝色。彭路很好奇：需要换洗的背心内裤，秋衣秋裤，加上一身外套，还有洗漱用品，这么多必要的东西是如何装进去的。

彭路走进国庆的卧室，打开背包，两个烤干的本地枣糕映入彭路的眼帘，使彭路可笑又不解。再往下，才是背心内裤，洗漱用品。

"爸,你带干馍馍干吗呢,替换的羊毛衫或者秋衣秋裤总得拿一身吧。"彭路顺手拿出了装着干馍馍的塑料袋。

"你别动,这馍馍在路上吃,衣服也不用拿那么多,去几天就回来了。"国庆又显现出惯有的固执。

出发当天,国庆抱着准备好的蓝色背包上了大女儿彭纹的车。彭路站在车下,看到自己心目中一直高大的父亲此时却像个可怜的孩子,父亲的身边究竟缺少了谁?是一个有着血缘关系,可以放心依靠的儿子,还是一个相伴左右,可以给予体贴和温暖的妻子呢?总之这两个,父亲都没有。望着远去的车,抬头望向窗户,那个让父亲国庆无限感恩、满心骄傲的高寿老母白韵莲,此刻,依旧在看着电视,吃着坚果,喝着茶水。

回到丽苑,粉蒲也在匆忙收拾东西:"午饭妈给你做好了,到点放进微波炉里热一下。妈还得早点过去你姐家给安业准备午餐,下午安业上学后妈还可以回来给你看会儿孩子。"

"妈,我爸喜欢吃干馍馍吗?他居然在包里放了两块干馍馍。难道他最近真的什么都吃不下,又怀念起干馍馍了?"

"他那人就是不左就右,少有正常的时候,妈走了啊!"

第一天晚上,彭纹给彭路发微信:"在一家环境不错的酒店住下了,爸住隔壁,晚上和爸在外面吃了烤鱼。明天到医院找医生给爸做检查。"

第二天下午,彭纹发来语音:"待会儿我把老师布置的作业截图给你发过去,今天在群里被老师批评了,昨晚安业的作业有一项没有完成。不行你和吴鹏带着孩子也住姐那儿,这样你每天晚上可以给安业检查检查作业。"

第三天下午,彭纹发回作业的同时,开心地告知彭路,爸下午刚刚住进了病房,医生让做了个喉镜,结果还没出来,昨天一些常规检查医生也没说什么,应该都正常。

第四天,彭路只等来彭纹发回的作业。

安业睡后，彭路发给彭纹几条微信询问情况，可彭纹始终没有回。

凌晨 12 点，彭路隐约听见吴鹏的手机铃声响了几秒。紧接着，吴鹏又拨了过去。

"喂，姐，什么事？"

"彭路和妈睡了吗？"彭纹的声音在颤抖。

"睡了，妈和安业睡在大卧室，彭路和孩子睡了一间，我一个人睡在小卧室呢，姐，怎么了？你慢慢说。"吴鹏低声细语和彭纹对话。

"今天，一个查房的老医生，发现爸的脖子下，有肿块，建议爸去拍个胸片。结果一出来，医生说，爸得了肺癌，并且八成是，晚期。医生建议我们尽快转去肿瘤医院，这个事实，我不敢让爸知道。"彭纹已哽咽到说不出话来。

被震惊到的吴鹏愣愣地等彭纹调整心情。

"我不忍心告诉彭路，担心她承受不了，可是这个时候，你们也有知情权。明天你再和彭路说，先告诉她可能是肺癌，不确定，让她有个接受的过程。"彭纹抽泣着。

"姐，也有可能医生误诊了呢！"吴鹏一时不知该说什么好。

"总之，不论医生下什么结论，我们都要想尽一切办法救治爸爸。你一定要提醒彭路冷静，我从下午知道结果到现在，没有让爸看到我流一滴眼泪。我跟爸说，没事儿，就是脖子上长了几个良性的肿瘤，需要转到肿瘤医院去。"

"姐，现在你们在哪儿呢？"吴鹏问。

"在肿瘤医院附近的一家破旅馆先住下了，隔音也不好，所以我只能出来外面给你打电话。肿瘤医院也没床位，住不进去。我那中学同学给了我一个肿瘤医院郑医生的电话，让我有什么情况直接联系郑医生，我已经联系过了，急也没用，只有等。"

"姐，我们也过去一起陪着爸吧。"吴鹏说。

"千万别，至少这几天先不用来，全都来了，爸肯定会多想的。再说现在都还没住进医院去，爸住进医院以后，妈先来，明早我再打电话告诉妈，你切记一定要安抚好彭路帮她控制好情绪。姐跟你先说到这儿，你哥一个人陪在爸身边，他在给爸捶背，我出来也没告诉爸。"

彭纹回到旅馆房间，国庆对正帮自己捶着背的安旭讲："以为只是普通的小病，没想到竟然和肿瘤挂起钩来，太可怕了。"说着，国庆的眼睛望向刚进门的彭纹。

彭纹的眼睛受到惊吓立刻挪向了安旭。

"没事儿的，爸，良性的都能治愈，住进去医生说怎么治咱就怎么治……"安旭赶忙开口打消了彭纹的慌张。

"幸亏是良性的，我自己怎么就没发现这脖子上长了这么多肿块，还以为做胃镜的管子损伤了声带，原来是肿瘤压迫到声带了。看样子三天五天是回不去了，你歇歇，爸自己来，这么晚了，你们休息好才有精力给爸找医生看病。"

"我来吧，爸。"彭纹坐在国庆身后捶了起来。隔壁房间的电视声音突然调大了分贝。国庆疲倦的目光中瞬间夹杂进去更多的忍耐。

"爸，我们开车找家舒适的酒店吧，你睡舒服点，带您出来看病，不能让您住这样的地方。"安旭尊敬诚恳地对国庆说。

国庆侧过身子看着彭纹："爸已经折腾你们好几天了，这大半夜的，钱都付给旅店了。"

刹那间，彭纹看到了国庆内心的无助和渴盼，一辈子刚强、果敢又独断专行的国庆，此刻在女儿女婿面前，却像个迟疑不前的孩子。

"爸，穿上鞋，咱走吧。"彭纹弯腰给国庆穿上了皮鞋。

这一刻，国庆坚硬的心田淌过一丝温暖而酸楚的细流，来不及自责和懊悔，已然中年的彭纹在国庆面前直起了腰身，国庆匆忙起身却低垂了眼睑。

"房费就不必跟人家多说了，我去退掉钥匙，把车开过来。"安旭收拾好东西先出了门。

彭纹陪着国庆上了车。

彭路屏住呼吸，仔细听隔壁卧室吴鹏的声音，似乎已经挂掉了电话，一种不祥的预感袭来，彭路急切地想知道究竟发生了什么。她给熟睡中的宝宝盖好了被子，轻轻地关上门，来到了吴鹏卧室。

"刚才是姐给你打电话了，对吗？她说什么了？你快告诉我。今晚我发的微信姐一条都没回，我给安旭哥打电话，他说忙，随后再说。"

"是姐给我打的电话，姐说爸今天拍了个胸片，医生说肺部好像有个点点，看不清楚，需要转到省三院做进一步的检查才能确诊。"吴鹏眼皮打架，脑子却在急速思考。

"肺部有个点点是什么意思呢？你跟我说清楚一点好不好。"彭路听得一头雾水。

"医生都没有明确，我又怎么知道，去睡吧，耐心等医生的最后结论。"

"那点点需要怎么治呢，为什么要转去省三院，就转到省一院相应的科室多方便，现在爸是在省一院还是省三院呢？"

"不清楚，姐没说。姐光说今天跟爸做检查太累了，看到你微信的时候已经太晚，怕影响孩子休息，所以打电话告我一声。"

"如果真的只有这几句话，用不了这么长时间的，我不傻。"

"听话，去睡吧，太晚了，天亮以后有了结果再说。"

彭路问不出真相，只好自己在手机上查。"肺部点点"，网上的解释是"考虑结核钙化"。也有很多人问，肺部白点是癌症吗？这让彭路的心瞬间绷紧。再查"省三院"，才知道省三院就是省肿瘤医院。彭路的手开始颤抖，她在搜索栏里输入"肺部肿瘤"四个字，文章的解释让彭路的精神世界瞬间崩塌了。

彭路重新跑进吴鹏的卧室："爸是不是得了肺癌，我在手机上查了肺癌的症状，和爸目前的反应基本相似，网上还说，像爸这种出现明显症状的说明已经转移，是晚期了。"

吴鹏慌忙坐起来："大半夜的，你别乱猜了，咱等医生的结果行吗？"

"你睡吧！"一种生死边缘的绝望与恐惧凶猛地向彭路袭来，彭路无助地回到女儿身边，边查阅手机，边擦拭不断挡住视线的泪水。"肺癌能否治愈""肺癌还能活多久""如何有效延长肺癌患者的生命""肺癌患者奇迹生存的实例""国内治疗肺癌的最新技术"……

彭路不停地深呼吸，用尽力气擦拭不听话的泪水，然后拨出了彭纹的电话，她迫不及待地想把刚刚看到的每一线希望第一时间告知彭纹，却在第二次传来连续嘟的声音时，恍然看到此刻已是凌晨三点半。一时间，彭路又赶忙挂掉了电话。还有三个小时天就亮了，想到安旭和彭纹在父亲身边鞍前马后那么辛苦，彭路又不忍心在大半夜添乱了。

彭路真的希望是自己多想了，天无绝人之路，总会有办法的。

刚刚睡着一会儿的国庆听见彭纹手机的声音，又睁开了眼睛，看到彭纹依旧坐在身旁："你咋不去睡会儿？谁给你打电话呢？"国庆问。

"哦，爸，我省一院那位同学她不是在美国进修学习吗，估计人家这会儿正好有时间关心一下我们，电话拨通了才想起时差，所以又挂了吧。"彭纹这样和国庆解释。

"从咱照城走出来的学子能到美国去进修，真不简单。距离太远，咱也没办法请人家吃个饭表示感谢，等人家回来，一定要好好谢谢人家。"国庆说着，起身拿皮锤捶起了后背。

"爸，我来给你捶。"彭纹扣下手机给国庆捶起了背。

"安旭睡着了吗？这几天辛苦他了。"十多年来，国庆第一次关心安旭。

"爸，他睡着了。"国庆简单的一句关心，彭纹的内心奔涌起难以平息的浪潮。

恍惚间，彭纹觉察到国庆的脸色暗淡黑紫，目光无神。刹那间内心又惊慌失措起来。

"爸，皮锤给你，我去趟洗手间。"

关上卫生间的门，深知这个点打扰医生很不合适，彭纹还是不顾一切给郑医生发了短信："郑医生，我和我父亲住在酒店，他现在面色发黑，眼神无光，我内心十分焦急，求求你想想办法，把我父亲安排进医院吧，我带他出来看病，万万没有想到这么严重，还一直让他住在酒店里等，希望你能理解做子女的心。"

凌晨五点，郑医生打来电话："普通病房实在没有，顶层有间家化病房，设施全，舒适度高，但相应的价格也贵很多，你们要不要住？"

"住，住，我们这就过去，谢谢郑医生。"

天还未亮，三个人已经在这个夜里进行了两次辗转。

护士给国庆输上了液体，安下心来的国庆终于睡着了。

"刚来那一晚，咱俩还高高兴兴地吃烤鱼，谁也没注意到爸根本吃不下，也没问爸究竟想吃点什么。爸一住进省一院的病房里，咱俩晚上就出去酒店睡了，和爸一个病房的人告诉我爸整晚上几乎就没睡，我都没当回事儿。好好的，怎么突然就宣判了呢？"彭纹靠在安旭的背上默默流泪。安旭背对着彭纹，低垂着头坐在楼道长椅上。

"彭路估计已经知道了，昨晚给我响了两声电话，我不敢给她回，我好怕听到她哭。一会儿天亮了，我亲自告诉妈，你拿爸的身份证、医保卡抓紧办理住院手续。还有，你去和郑医生沟通，要给爸用最好的药，要想尽一切办法给爸治疗。顺便问问郑医生，爸的病，到了北京有没有更好的办法，如果有，咱就抓紧带爸到北京去。"

"事情我都知道怎么办，你想好怎么跟妈说，今天你就陪在爸身边照顾他，其他的全都交给我，放心吧。"安旭揉一揉疲惫的双眼，温和地对彭纹说。

"你太累了，先进病房休息一会儿吧，我去找餐厅，办张饭卡，顺便买个不锈钢饭盆，让爸打饭用。"

"刚过六点，你快下楼给妈打电话吧。"安旭站起身，摸摸彭纹的短发。

彭纹摸摸口袋里的手机，起身要走，手机疯狂地响了起来。赶忙切换静音模式："是彭路，我下楼跟她说。"

"喂，彭路，爸刚住进省三院，这是咱省里最好的肿瘤医院。"彭纹没等话说完，瞬间哽咽了。

"姐，医生怎么说？确诊了吗？"彭纹的抽泣让彭路难以撑住最后一丝希望，绝望的眼泪倾泻而出。

"肺部肿瘤，已经有转移。转移到什么程度还需做进一步的检查，哭没有用，我们得接受事实，现在唯一能做的就是多给爸陪伴，尽可能地让他开心。"

最后一丝幻影瞬间破碎，彭路彻底崩溃，号啕大哭，一时间完全忘记了身边的宝宝。

彭纹劝彭路："换谁都没有办法接受这样的事实，但越是这个时候，我们越要相互鼓励，彼此支撑渡过难关，你听姐的话，先在家调整心情，确保见到爸不会情绪激动，再来也不迟。今天早上五点多爸刚住进医院，连续几个晚上没睡好，住进来可能心里踏实了，很快就睡着了。"

"嗯，姐，我听你的，可是我想让爸去北京，到了那儿一定有好的办法。"

"出来看病没有你想象的容易，你可以先在网上查一查，看看北京有什么先进的治疗技术。八点你哥就可以见到医生，我们先听听医生怎么说，你也可以把网上查到的好办法发过来，我们一一咨询医生，如果北京真的有更好的办法，我们当然要去。你在家照顾好宝宝和安业，我一会儿给妈打电话，妈先来。姐这些天深切体会到，我们做子女的再怎么尽心，也填补不了爸心灵的空缺，做不到夫妻之间的无微不至，人在病倒的时候，最需要的是另一半。"

彭路的大脑里昏天黑地，她撸了把鼻涕，用尚存的一丝意识含混不清地对彭纹说："我知道了。"

彭路一下子晕倒在床上，压到了小宝宝的腿，惊吓中的宝宝哇哇大哭，彭路听见遥远的地方似乎有个吵闹的孩子……

"彭路，彭路，你压到宝宝了！"吴鹏将彭路拉了起来。

粉蒲悄悄起床，希望安业再多睡一会儿。就在粉蒲轻轻拉上门的刹那，手机响了，她赶忙接听，担心吵到孩子们。

"喂，彭纹，我正准备给孩子做饭呢，这么早给妈打电话，什么事儿呀？"

"妈，我爸是肺癌，晚期。"彭纹想好了一大堆话，可这一句之后，再也说不上来。她已经做好了顶天立地的准备，精神的支架却在这一刻轰然坍塌，汉子一般的彭纹此刻终究忍不住心口剧烈的痛，任泪如雨下。

粉蒲呆若木鸡般拿着手机，蠹立在原地，与她争吵了一辈子的男人，此刻又惹她泪湿眼眶。

许久，电话那头，彭纹带着抽泣说："妈，你来吧，坐直达省城的大巴，快到的时候给我打电话，安旭顾得上就过去接你，顾不上你就打个车过来。"

"你们不用接妈，妈收拾好就去车站，到了自己打车。"

挂掉电话，粉蒲坚定地走进厨房，用最快的速度给安业做了碗拌汤，然后推开彭路卧室的门："吴鹏，送妈回景苑。彭路，妈要去省城照顾你爸，你跟吴鹏自己做饭，照顾好俩孩子。"

"妈，我爸是晚期！"稍稍平息一些的彭路再一次痛哭。

"别哭，别吓着孩子。"粉蒲语气严厉，动作迅速，她打开了行李箱，收拾起彭纹和安旭的换洗内衣。

"吴鹏，孩子交给彭路，你去叫安业起床，然后送妈过去景苑，我得给你爸拿几件衣服。"

"妈，我不能接受！"彭路撕心裂肺地哭喊。

粉蒲拿抽纸擦掉彭路的眼泪和鼻涕，一边擦着，一边忍不住抿紧了嘴巴，一半眼泪咽回去，一半眼泪流出来。

小宝宝有感应似的又哇哇大哭起来，彭路已深陷绝望的泥潭，毫无心思顾及身边的宝宝。

粉蒲冲好奶粉，抱起孩子喂，小宝宝喝饱便很理解此刻彭路的伤心，不哭不闹躺在床上玩手指。

粉蒲拿钥匙打开了景苑家门，正在独自包饺子的白韵莲问："你过来有什么事儿？"

"给国庆拿衣服。"粉蒲匆忙走进了国庆的卧室。

"他需要长时间住院吗？检查出来什么病了？"

"还没有，就是要住院检查，所以才需要拿些衣服。"

"你这拿上衣服，是要上去省里陪他看病吗？"

"对。"

"国庆出去几天也没给我打个电话，原来是还没检查出来啥情况呀。那你收拾吧，吴鹏也跟你一起去吗？"

"他只把我送到车站，他不去。"

"哦，那你到了以后能找到国庆住的医院吧？"

"打个车直接过去就行，收拾好了，我该走了。"粉蒲合上了行李箱。

"你走吧，到了告诉国庆，有了结果给我打个电话。"

粉蒲坐上了通往省里的大巴，车子穿越隧道，跨过田野，一路疾驰。粉蒲靠在车窗边，窗外景物飞速倒退，不禁忆起二十岁那年，与国庆结婚时的情景，想来人生如白驹过隙，三十五个春秋眨眼间已从指尖滑过。一滴泪落下，仿佛电视剧的片尾曲伴着拍摄花絮，即将到了曲终人散的时候。

粉蒲抹掉眼泪，那些算命的都说国庆能活到八十有余，自己觉得人生煎熬从来也没有信心能活得比国庆久。这突如其来的病魔，莫非老天也看不下去国庆在家里的嚣张跋扈？往事一幕幕，争吵、冷战以及白韵莲的煽风点火、挑拨离间便是三十多年婚姻里硝烟四起的主旋律。如今，国庆已时日不多，好好坏坏，夫妻一场，剩下的日子，努力平静些吧，好让国庆在爱与幸福中离去，让女儿们在悲伤中感受到一丝慰藉。

等候在医院门口的安旭从出租车上帮粉蒲拿下了行李，俩人一起乘电梯去往住院部顶层，粉蒲长呼一口气，安旭仔细观察着粉蒲的脸，生怕粉蒲见到国庆会撒一肚子怨气。

国庆知道粉蒲马上就到，故意侧躺闭上了双眼，一副誓死不屈的姿态。

"妈，你来了！"彭纹突然热泪盈眶。

　　粉蒲二话不说，拿起盆接满了热水放在床边地板上："别吵到你爸，等他醒了，妈给他洗洗脚。你们也都辛苦了，妈来了，你们就休息会儿吧。"

　　"哎哟，哎哟哟。"国庆发出了痛苦的呻吟。

　　安旭赶忙扶起国庆，捶起了背。

　　"你告诉妈捶哪儿，妈来。"

　　粉蒲用心用力给国庆捶着，国庆并没有排斥。

　　"好些了。"国庆说。

　　"我把你袜子脱掉，洗洗脚吧。"粉蒲娴熟地脱掉了国庆的袜子。

　　国庆如孩子般幸福地将双脚伸进盆里，双脚的温暖，顷刻间遍及全身，出来这么多天，国庆第一次感受到这样的温度。

　　"叶国庆家属！"

　　"我是。"

　　"跟我来，"医生领着粉蒲来到办公室，"你丈夫在做骨髓穿刺之前，需要亲属签字。"

　　"好的，我签。"

　　回到病房，国庆终于开口了："医生叫你做什么呢？"

　　"你做检查需要签字。"粉蒲说。

　　"哦，医生叫你签什么，你就签什么，不要犹豫，排队的人太多了。"国庆打开了话匣。

　　"我知道了，洗完脚舒服的话，我再给你洗洗头吧，一看就好多天没洗了。我把门窗关好，洗完用热风给你吹干，你看行不？"

　　"不可以的妈，万一感冒了怎么办？"彭纹双眼投射出坚决制止的紧张光芒。

　　"安旭刚出去干啥了？叫他别冷不丁地开门进来就行，应该问题不大。关键是怎么洗，到卫生间弯下腰估计恶心得不行。"国庆看看彭纹，又看看粉蒲。

　　"这张床这么宽，你横躺下，我把这个凳子放在盆下，你仰面把头放进盆里，这样正好，和你在理发店里洗得一样舒服。"粉蒲说着，将盆放在凳子上比画着给国庆看。

　　"可以呀，那就开始洗吧。"

　　彭纹赶忙给出去买饭的安旭打电话："你给妈买些不容易凉的饭，买回来先在楼道等一等，别进来，妈要给爸洗头呢。"

"不敢洗头，别感冒了！"安旭刚说一半，彭纹已经挂掉了电话。

就这样，粉蒲先后给国庆换了四盆水，用了二十多分钟才把头洗干净并吹干。

"妈，安旭把饭放在楼道，估计已经凉了，医生让安旭下楼给我爸拿药了。"

"没事，凉了也能吃。"粉蒲端着一杯热水，轻轻地关上了门，坐在楼道里，吃起了炒饼丝。

好多天了，国庆从未像今天这样清爽舒坦。国庆踏实安心地躺在床上，彭纹听到微微的鼾声，轻轻为国庆拉起了窗帘。

彭路抱着宝宝给吴鹏打电话："准备给安业做什么菜呀？家里有西兰花和土豆。"

"你把电饭锅插上电源，我早上已经把大米和水都放好了，我下班回去做，来得及。"

彭路把宝宝放在小推车上，360度旋转电饭锅，终于找到了电插口，准确无误地插好了，宝宝在小推车里好奇地看着，不哭不闹。彭路又赶忙拿出两颗土豆清洗去皮，这些动作对于几乎没有干过家务且笨手笨脚的彭路来说，简直手忙脚乱，还好，两颗土豆完好去皮，并没有伤到手。看看表，离安业放学还有二十分钟，彭路一边看着宝宝，一边慌忙地拿起菜刀，试着切起土豆来。几刀下去，胳膊酸溜溜的痛，土豆也太厚了，宝宝伸着两手哼唧着要抱抱，彭路不得已又放下菜刀，洗手抱起了孩子。

"宝贝，你看妈妈剥蒜吧，大蒜切好后放置十五分钟，可以杀死癌细胞的，妈妈昨晚在手机上看到的。"说着彭路再次把宝宝放进了小推车里，果皮篓放在小推车旁，蹲下来一边拨一边陪宝宝聊天。

安业进门，喊道："姑姑，我饿了。"

"稍等，你姑父回来马上给你炒菜。"

"那你不能先炒吗？"

彭路被这句反问羞红了脸，在下一辈人面前，彭路真的不好意思说自己不会做饭。

"那你帮姑姑看会儿宝宝，姑姑现在就去做。"

吴鹏进门，带回了现成的红烧茄子："来，这个让安业先吃着，我给他盛米饭去。"

吴鹏掀开了电饭锅，米还是米，水也还是水。"彭路，你怎么没按煮饭键呢？"

彭路望着一锅还没煮的生米饭，愧疚至极："老公，这是我第一次用电饭煲，下一次我就知道怎么用了，你带安业到附近饭店吃口吧，这个恐怕来不及了。"

"不用，姑姑，我看会儿电视，先吃块儿面包垫垫就行了，你做好了叫我。"

下午，宝宝睡着了，彭路赶忙扫地洗碗，准备晚餐食材。安业回来后，彭路检查作业，洗袜子内裤外加喂奶。安业睡后，吴鹏抱着宝宝，彭路终于可以给彭纹打个电话。

"姐，爸今天做了什么检查？都怎么样呢？"

"医生说肝脏上也有转移。"

彭路不自觉地握紧了拳头："姐，我今天在手机上看到的，肺也可以移植，要不我们也试试看，如果肺移植了，肝脏上的肿瘤再做手术切除掉，淋巴上的也做手术切除掉，爸不就有救了吗？"

"你简直在异想天开，就算真有这项技术，也得有合适的肺才能移植，医生说爸只有三四个月的时间，等不及的。"

"万一等得及呢，你得把所有能想到的办法都和医生提出来呀，我愿意把我的肺割一半给爸用。"

"行了，你跟孩子早点睡吧。"彭纹听傻妹妹这样说，一股心酸涌上心头。

彭路不理解，彭纹为啥要挂掉自己的电话，彭路是认真的，她真的听说过肺割去一半的老人十多年后还活着的。她只是觉得这个想法暂时不能和吴鹏商量而已，可是彭纹为什么也不认真考虑呢。

彭路再次拨通了彭纹的电话。

"你别想没用的，早点和孩子们睡吧。"彭纹严厉地对彭路说。

"姐，我还没说完，我还有在网上看到的其他办法，比放疗化疗要好得多，叫生物免疫治疗，就是把体内的好细胞取出来培养增殖，然后再放回去对抗癌细胞。"

"好的，这个办法一会儿就打电话问问医生。"

"还有还有，姐，还有一种叫靶向治疗，就是打靶的'靶'，网上说这种药物只会杀死癌细胞，不会伤害好细胞，你也可以问问医生。"

"这个应该能行，医院楼道的宣传栏里也有看到，姐记下来了，一会儿一块问问医生。"

"好的，姐，那你们休息吧。"

"幸好妈来了，我跟你哥晚上还能睡会儿。这个星期爸每天早上都有安排的各种检查，检查完输上液体，到晚上两三点才能完，我跟妈轮流给爸捶背，你哥跑上跑下忙不完的事儿，姐决定明天问问医生普通病房有没有人出院，有的话把爸转到普通病房去，把钱省下来用最好的药。妈来了之后，爸精神也不错，姐不相信医生给爸断定的期限，我们要做好长期抗癌的准备。"

"嗯，爸一定能战胜病魔，我们一起加油！"

姐妹俩挂了电话，各自抹起了眼泪。

宝宝睡着后，彭路第二次试着添加国庆微信，第一次应该是在两年前，国庆并没有同意，而这一次，国庆很快便通过了。

"爸，睡了吗？"两行泪不听使唤地落下来。

"还没有，晚上还是不停地要起来，背还是疼，每次捶一阵子，才能睡一会儿。"

彭路擦掉泪，努力地看清楚父亲国庆发来的文字，恨不得替父亲承受肉体的痛苦，感觉自己真的好没用。

"爸，我也想去陪陪你。"

"不可以，这里已经有三个人，够了。好好照顾孩子，至少要给孩子吃一年的母乳。"

彭路知道耿直的父亲纵使内心千般苦，和自己还有姐姐彭纹讲话时也很少用修饰词语，更不喜欢儿女情长的煽情字眼。

"爸，我爱你！"长大之后再也没对父亲讲出过这句话。此刻，彭路只怕压在心底，变成遗憾。

国庆没有再回复，彭路也没有再打扰。

夜，那么长，彭路想象着后背疼是怎样一种痛苦，父亲国庆睡不着，自己又怎么能睡着呢。彭路也想起了母亲，几天了，不知老失眠的妈妈有没有时间睡会儿觉。

天亮之后，彭路给粉蒲打过去电话："妈，你可不能没日没夜的操劳，你也要注意自己的身体，每天晚上能睡会儿吗？"

"有时候也能眯会儿，可你爸一看见我合眼就叫我起来给他捶背。不过妈发现你爸突然知道心疼你姐了，每次你姐睡着后，你爸不仅不舍得打扰，还会提醒妈和你哥都安静下来。"

"我爸他终于知道我姐不容易了……"彭路竟哽咽得说不出话来。

"活了大半辈子了，临走呢才醒悟过来！"粉蒲正准备接着说，一股道不尽的酸楚堵在了喉咙里。

彭路急忙转移话题："妈，昨晚我在手机上看到了一篇不错的抗癌文章，里面有讲如何通过物理方式有效杀死癌细胞，比如每天要晒十五分钟的太阳，比如双手不停地摩擦背部，使背部温度升高，因为癌细胞在高温中会死亡。待会儿我把文章发在你手机上，你照着文章里写的方法去做，咱也一定能创造奇迹。"

"昨晚你姐打电话问医生了，就是你在网上找的那些治疗方法，医生好像不建议你姐做，不过你姐一早又去等在医生办公室门口了，现在还没回来。"

"那妈，我爸在你旁边吗？"

"离得远，他听不见，你哥在排队，你爸坐在过道椅子上等。每天检查的时候你爸他都会看楼道里的宣传栏，这医院里哪哪都写的是早发现早治疗，你爸他那么聪明一个人，这会儿装起傻来，医生每次叫我签字，你爸也不多问我签的啥。昨天下午好好的竟跟我开口说叶果有借他的钱，还有你爸插队时候认的那干兄弟也有借他的。"

"那就都要回来治病呀，借了多少？"

"你爸说他那干兄弟一直在还，目前只剩下五千块没还完。至于叶果，你爸只说了半句话，他不说，妈也不想问，问了担心他对自己的病情起疑心。你爸知道你姐的钱全部赔在理财里了，也知道你姐给他用的药，还有住的这大病房，大多数费用都不报销。"

"妈，你说得对，我爸他心里肯定有数，再说我爸现在需要的是救命钱，叶果又不是不知道，这个时候，但凡是个人都会主动还钱的，他们私下里会解决，咱们就不操这心了。至于那没还完的五千块，人家既然一直在还，肯定是真没有，咱也没必要追人家，要回来也不够干啥，你说呢。"

"妈也这样想，你姐多次叮嘱妈别提钱的事儿，担心你爸过分忧虑自己的病情，影响心情和病情。妈来的时候，带了两万现金，前天刚给医院交了一万，你爸他也知道。"

"妈，你还不了解我爸，他不会打无准备之仗的，他自己肯定带了钱。实在不够的话，我的信用卡也能透支好几万，你们一定得跟我说啊。"

"不用你掏钱，你挣的那俩，能顾得住自己就行。你爸确实有拿的，在他卡里，一个挺吉利的数字，六万，交给你姐了。你姐压根儿没舍得动，全都自己垫上了，妈跟你先说到这儿，医生喊你爸名字了，先挂了啊！"

"好。"彭路挂掉电话，匆忙抱起孩子喂奶，孩子总是推开乳房来回摇头，彭路这才意识到自己的奶水越来越少且颜色变青。彭路傻傻地看了好一会儿怀中的孩子，才突然意识清醒，放下孩子去冲奶粉。

彭纹从医生办公室出来，面无血色，目光无望，楼道里匆忙的医生，紧张的家属，还有放弃治疗匆匆推出医院的病人……刹那间仿佛如虚像一般，在视线里若隐若现……

彭纹猛冲进楼道一侧的公共卫生间，关起门来，任泪水倾泻。

顷刻，彭纹拿出手机，编辑短信，发送给了妹妹彭路。然后迅速抹干泪痕，收拾起心情，回病房打水，下楼买饭。

刚冲好奶粉，短信提示音响了，彭路拿起手机，看到彭纹发来的几条短信：

"爸得的是低分化的肺腺癌，医生说任何办法都只会是徒劳，不建议我们倾家荡产做没有意义的努力。刚住进来的时候，你哥就试图给过郑医生一次红包，但他坚决不收，说谁的父母得了这样的病做孩子的都很煎熬，他能理解，不收红包也会全力以赴。由此可见，郑医生的人品和医德值得信任。"

"最终郑医生同意让爸做一个基因检测，但是他说希望不大，女性基因突变率远高于男性，而且靶向药很贵，即使吃了有用，也只是延长几个月的生命，因为用药半年后很可能产生耐药性。"

"这个时候，还好你哥放下生意自始至终陪在姐身边，还好有你这样一个妹妹和姐一起分担哀愁，无论何时，你都是姐最亲的妹妹，我们的心永远在一起，有你真好！"

泪水滴落在手机上、奶瓶上、地上。彭路不知道该用什么样的文字来回复彭纹，她甚至不知道如女汉子一般的彭纹也会有绝望和凌乱的时候。她不相信父亲会走投无路，没有希望，她也从未发现过彭纹如此脆弱的一面。她心中钢铁坚强的父亲怎么会挺不过去？从不认输的彭纹又怎么会没有办法呢？自己真无能，出钱没有，出力又有个拖油瓶，找关系举目无望，连身边的公婆都一丁点儿用处没有，当初要是找个门当户对的，叫一声爸妈至少也有人说句宽心的话，可自己咋就偏偏这么没用，干啥啥不行，连三餐都给安业做不好呢。

"姐，我除了能在家照顾安业，默默为爸祈祷之外，好像什么都做不了，可是咱们不能坐以待毙。爸的生活热情，求生欲望那么强烈，他一定可以靠不屈的意念创造奇迹。"

"快中午了，我就不用回病房了，和你们一起到餐厅吃了再回吧。"国庆对身边的粉蒲和安旭说。

"也行，爸，我打电话跟彭纹说一声。"

餐厅里就餐的人密密麻麻却出奇安静，只有窗口里卖饭的厨师偶尔吆喝几声，上百张面孔，却难以看到一抹微笑。

"怎么还有二十多岁的孩子也住肿瘤医院的？"国庆望着不远处一位身穿病号服的年轻小伙子感叹道。

粉蒲想说点什么，看到把饭端过来的彭纹，又把话咽了回去。

"一个人在病房，总想不通咋就得上了这病，看到这些拄拐的，做轮椅的，还有这么年轻的孩子，突然觉得自己应该充满信心去战胜病魔了，至少我能走能跑能思考，没躺床上变成无用之人。"国庆的目光从彭纹和安旭脸前滑过，最终盯在了粉蒲脸颊上。

"你说我这样想有没有道理？"国庆问粉蒲。

"这样想就对了！"粉蒲放下筷子对国庆的态度表示肯定。

"爸，好多病人的家属放下了工作就没有办法交上医药费，拿起了工作就没有办法给予生病的亲人陪伴。你虽然病了，但是工资可以使你踏实看病，正好我妈也退休，能全身心陪伴照顾你。我和安旭是生意人，能挣钱，还自由。所以你看，尽管是遇到了些小病小灾，但我们既不用担心钱，也不用发愁病床前人手不够，我们依然是幸运的。你不是一直都想去美国看看吗？等你病好了，我和安旭给你和我妈报个团，你带着我妈一起去吧。"

"再等等吧，明年就退休了。"国庆很郑重地对彭纹说。

"你慢慢吃，不着急，我们等你。"粉蒲吃完，国庆的饭几乎没动。

"不行，吃不下去，刚才看你们吃得香我不好意思说，真是饭到嘴边就恶心，咱回吧。"

"我正好拿着饭盆，我再去给你买碗粥，回去慢慢喝。"彭纹匆匆朝卖玉米粥的窗口跑过去。

"喝绿茶、吃蔬菜水果，补充维生素 A、维生素 C、维生素 E，药品保健品有硒维康、灵芝孢子粉、西黄丸等，每天坚持晒太阳。"彭路一手拿着手机，一手拿着笔，边查边记。

记好之后拍照发给彭纹，这是国庆离开家的第十六天。

"爸的体重一共掉了二十斤，相对刚来医院的时候又少了八斤。今天楼下有个床位，就把爸转下来了，两人间病房，费用可以报一部分，姐想把钱省下来给爸用最好的药，姐也不知道不让你们来对不对。等到这个星期五检查结果就全都出来了，医生会开出相应的化疗药物给爸化疗，进口药痛苦相对小些，我和你哥已经跟医生沟通过了，给爸用进口药。"

"化疗"这个名词，听起来好可怕，但彭路并不真正了解。她立刻在手机上百度，才恍然明白化疗就是往身体里输入毒药，杀死癌细胞的同时也杀死了好细胞，并得知，很多癌症晚期病人，选择化疗后，病情会急速恶化，大大降低了后期生活质量。

彭路颤抖着手回拨了彭纹的电话："姐，现在说话方便吗？"

"方便，姐在医院附近租了两间房，买了锅碗瓢盆，也买了米、面、油、纯净水，爸这几天就想喝点小米粥和玉米面糊糊，租房以后我就亲自给爸做饭了。"

"姐，我打电话是要告诉你千万不可以给爸化疗，你翻开手机看看，化疗不仅增加痛苦，还会降低生活质量，缩短生存时间。"

"不能光看网上。不化疗怎么办？眼睁睁看着爸不救吗？你不在医院里，感受不到医院的氛围以及爸病情的严重。三天前医生当着爸的面提到了化疗，爸不但没有排斥还很积极地点头表示愿意配合医生治疗。这么多天了，一直在检查，爸自己也很着急，好不容易等到可以化疗治疗了，爸满心希望和期待，我们不可以在这个时候说不治了，这会打击爸抗击病魔的信心的。"

彭路自知大事面前自己做不了主，多余的说服不仅起不了作用，还有可能伤到姐妹和气。彭路在沉默中心急如焚："你确定是星期五化疗吗？"彭路问彭纹。

"星期五检查结果能全部出来，医生会诊后出化疗方案，也很有可能是下个星期一，医生周末休息两天。"

"好的，我知道了。"

彭路挂掉电话，给孩子喂饱奶。然后一个人推着孩子一家药店一家药店问，西黄丸买上了，硒维康买上了，灵芝孢子粉每家药店都没有，其中一家老板承诺，可以从省城往回发货，彭路感谢之后离开了。

晚上，彭路翻着日历，明天农历二十三，诸事不宜，忌远行，忌看病人。那就后天吧，周五出发。

吴鹏完全支持彭路的决定，他通知自己妈妈周四早上来接孩子，并告诉彭路："两天前我已找你们单位领导把假期给你续到了四月中旬。"

彭路不胜感激。

次日，彭路等来了彭纹家婆婆，交代清楚了安业的作息时间，安排好了帮忙检查作业的邻居，接着收拾好奶粉、玩具、衣物，把宝宝交给了自家婆婆。吴鹏也和领导请了休假，并从信用卡里提出两万元现金。

等一切就绪，彭路打电话给彭纹："姐，孩子们都安顿妥了，明天一早，我和吴鹏就去看爸。"

"今早接近中午的时候叶果刚来过了,你们要来也行,可是宝宝怎么办？你抱她一起来还是？"

"我决定给孩子断奶，已经让我婆婆抱走了。"彭路坚定地对彭纹说。

"你既然决定了，姐就不多说什么了，今天叶果来的时候，姐专门提前交代他不可透露爸的病情，可他还是一把鼻涕一把泪，像演戏一样，很虚伪的那种，他哭，爸也痛心一起哭。一开始他说自己是专程开车上来看爸的，还想留下照顾爸，后来接个电话，又说一早坐朋友顺风车上来的，朋友办完事就要回去，不好意思让他朋友等，于是匆匆忙忙走了。可是爸感动得不行，人都走了还一遍遍念叨：'叶果可是专门开车来看我的，伺候我可不是人家的事儿，人家能主动说出来，咱都应该心存感激。'唉，姐不想去评价人家叶果，人家无论为什么来，怎么来，来了都比没来强。咱就光说咱爸，到现在怎么还糊涂，倘若无利可图，人家什么时候看过他呢。只有咱俩亲生女儿会抛开所有包容他，不惜代价救治他、陪伴他，可是在爸眼里，反而把外人看得更重要些，咱做女儿的怎么为爸付出都是应该的，但是爸却总是让我们心凉。"

"姐，今天这日子，本就不是个好兆头，算了，反正这也是迷信。你和妈需要带什么东西发在我手机上，我今晚一并收拾好。"

深夜里，彭路被奶水涨痛，不得不起床挤出乳汁。想到宝宝此刻找不到妈妈，吃不到母乳，号啕大哭的模样，彭路又一番肝肠寸断，撕心裂肺。

宝宝，你一定能理解妈妈，你和妈妈一样，希望爷爷能好好活着，对吗？

去往省城的路好远好远，彭路一路上都在努力调整心情，可那匆匆而过的一草一木，一不小心就惹她心酸流泪。老天，你有什么道理可讲！

五个小事后，吴鹏和彭路到达省三院。

揣着一颗无比忐忑且焦急的心，彭路和吴鹏乘坐电梯来到了病房。国庆那颗炯炯有神的眼睛望着刚进门的彭路："你姐你妈都还没有吃饭，我们都在等着你俩。"

那一双眼睛，望着彭路从出生到结婚，从来都充满着期待和惊喜，那一副面庞，已然不再年轻却依然威严端庄，彭路瞬间绷不住酸楚的泪水，赶忙走进了卫生间。

转过头，国庆对同一病房的病友及病友家属说："这是我家二女儿和女婿，今天，全家都到齐了。"

彭路深呼吸后，重新站在国庆面前："爸，你中午想吃点什么？"

"我顶多喝半碗粥，走吧，出去晒晒太阳透透气。"国庆很利索地下了床。

"叶国庆家属，这是你的住院清单，需要续费了。"护士交代。

"好的好的，下午续费可以吗？"彭纹问。

"今天一天都行。"护士转身进了另一间病房。

"你哥昨天感冒了，今天他待在出租屋里没来病房，下午你哥去续费，咱们先下去吃饭。"

彭路挽着国庆，粉蒲和彭纹跟在其后。

"病房里你看到的那位叔叔是肺癌，做了手术，那可是很可怕的大病，没办法，病房紧张，没得选，只能住这儿，可是爸一看见他吃饭就恶心难受，他一天吃得可真多呀，啥都能吃下。"国庆边走边和彭路说。

"宝宝呢，你上来孩子怎么办？"国庆继续问彭路。

"跟我婆婆回乡下了，我决定给她断奶了。"彭路回答国庆。

"正常情况下，应该给孩子吃够一年母乳的。"

走出医院大厅："咦，吴鹏呢？"粉蒲疑惑地问。

吴鹏气喘吁吁跟上来："妈，我去续费了。"

"单子都留着，爸谁的钱都不花，回去都给你们，"国庆感激地对吴鹏讲，"饭店我就不去了，你妈和你们出去吃，我跟你姐回旅店做点儿，中午就在旅店休息，病房里一整天开着灯，邻床的病人还总是在吃，我也没法睡。"

饭后，彭路匆匆和粉蒲回到旅店，两间简陋的房间里，一间床上坐着国庆，一间床上躺着安旭。

"彭路，你和吴鹏来啦？"安旭拖着很重的鼻音开口。

"天哪，哥，你感冒怎么这么严重啊。"

"谁知道呢，突然就感冒了。"

"姐，爸今天还检查吗？"

"检查全都结束了，不知道今天下午还用不用输液，明后两天医生放假，估计周一医生才能给方案开始治疗。"

"那要不你和我哥回家一趟吧，回家好好洗个澡，睡个觉，下周一你们再来，这里有我和妈，还有吴鹏呢。"彭路对正在洗碗的彭纹说。

彭纹想了想："确实也行，这两天医生暂未安排。"又低头擦碗，决定征求一下父亲国庆的意思。

"国庆，你看呢？要不彭纹和安旭回去一趟，洗洗衣服洗洗澡再来，你说呢？"粉蒲替彭纹问出口。

国庆的眼神流露出些许犹豫，但依旧爽快地说："行，要回去就抓紧时间走，不然回去就天黑了，安旭一个人开长途可要当心。"

"爸，你放心，需要跟医生沟通什么我和彭路也都可以。"吴鹏宽慰国庆。

"爸，那我们收拾东西回去一趟，周日下午就来了，你放心，真有需要的时候我在电话里也可以和郑医生沟通，就两个晚上，回去换些衣服就来了啊！"

"好，你们回吧。"国庆给了彭纹一个肯定的眼神，目光中充满了理解。

"彭纹的包还锁在病房柜子里，还有一条被子需要拿回去，要不我现在过去病房，拿上以后直接送到地下停车场。"粉蒲说着，便先走了。

"妈，我帮你拿。"吴鹏追了出去。

彭路到安旭的房间里帮忙收拾行李箱，安旭关上门问："爸怎么跟你们到这里来了呢？"

彭纹正好推门进来，安旭再次关上门。

"爸说一看见同病房的那个病人吃饭他就恶心，而且病房里灯老亮着他也没法睡。"彭路对安旭讲。

"顶层那间病房爸住着挺好，你姐非要转下来，不行再和医生说，还住以前那间家化病房。"安旭表示对彭纹的这一决定很不理解。

"那里是舒服，可是一晚上六百还不报销，我是想把钱省下来给爸用最好的药。"

"啥事情不能省，你非得在住院这事儿上省！以后不该花的少花就是了，你挣钱是为啥呀？"安旭一句句反问彭纹。

"关键是咱现在手里没钱，钱都赔理财里了，如果最好的药能多维持爸几年，我们何必把钱浪费在病房上呢。"

"你俩别说啦，小心爸听见，我和吴鹏带了信用卡，可以先用着，真不行就把爸的钱用上，既然已经转到两人间了，就别来回转了，先问问医生还需要住多久再说，好吧。"彭路望着安旭和彭纹忧虑的脸。

"别用信用卡，钱的事儿你们别管，我明天回去结几家账，钱没有问题。"安旭清清嗓子，拉上了行李箱。

"爸，您休息会儿，我们走了啊。"安旭戴上口罩和国庆告别。

"爸，周日我们就来了，你踏实休息！"彭纹再次和国庆强调。

"好，我知道了，路上注意安全！"国庆的目光里流露出对彭纹的依恋和不舍。

彭路坐上床给国庆捶背，国庆反复对彭路说："没想到会和肿瘤挂上钩，好可怕，这些天累坏了你哥你姐，他俩轮流捶背，哪个都没休息好。"

"爸，放轻松点，你的肿瘤是良性的，会好的。"

"幸亏是良性的，要是恶性的，那还了得？"

"爸，你看宝宝这些天又长大了呢。"彭路掏出手机，岔开话题。

"说断奶就断奶啦，不知道孩子晚上有没有哭。"

"什么时候断都得哭两天，必经的过程，再说我上了班喂奶也不方便。"

"咱俩光顾着说话了，也没去送送你姐，要不你给你姐打个电话，看她走了没有，没有的话爸出去送送。"

彭路分别拨了彭纹和安旭的电话，都无法接通。

"一定还在地下停车场，"国庆突然从床上下来，火速穿好了鞋子，"跟爸去送送你姐。"

从出门到医院的路上，风呼呼吹起了国庆的鬓发。国庆走得飞快，彭路紧张地小跑跟在后面，都没能搀扶着他，彭路明白，国庆是担心他来不及目送安旭和彭纹回家。

走进医院大门，国庆站在喷泉池边急切地望着一辆辆排队驶出的汽车，他望了好久。彭路有意站在风吹来的一侧，担心国庆感冒，却无意间发现，国庆的眼里，已噙满了泪水。

等了好久也看不到彭纹的车子，国庆眼神渐渐变得失望，彭路疯狂地轮番拨打安旭和彭纹的电话，终于打通了，国庆的目光顿时又有了期盼。虽然信号不好，但彭路听见彭纹说车子还在地下车库口堵着。

安旭的车终于排在长长的队伍里开了出来，彭纹远远地看到迎风等候的国庆，不假思索地从副驾驶位跳了下来。

"爸，没事的，我就回去两天，洗个澡换身衣服就来。"彭纹看到国庆眼中闪烁着泪花。

国庆频频点头，有些哽咽："快上车吧，后面的车在按喇叭。"

彭纹的目光一刻不离国庆，直到车子越走越远。

出乎预料的是，郑医生为了不耽误病人时间，周六早上主动到医院加班，和颜悦色与国庆商量："我们开始化疗吧？"

国庆像看到了救命天使，频频点头。

化疗开始，国庆痛苦难耐，豆大的汗珠擦了又流，彭路看在眼里，心如刀绞。她最终没有阻止医生化疗，她不想使国庆期待的眼神变得灰暗，又无法面对国庆化疗时的痛不欲生。

彭路努力地给国庆按腿按脚，尽量分散国庆的注意力，粉蒲一遍遍用毛巾为国庆擦拭滚落的冷汗。化疗结束后，彭路给彭纹打电话，讲述了父亲国庆分秒煎熬的化疗过程，彭纹心急如焚，挂掉电话又坐上了开往省城的大巴。

彭纹刚到就找郑医生询问了基因检测结果、靶向治疗的可能性。医生的回答是否定的。

当晚凌晨一点半，国庆所有的液体输完，顿觉病情减轻，信心倍增。说想下地走走，还想喝些玉米面糊糊。

"我会，我回去做。"吴鹏立刻奔回旅馆里做国庆想喝的玉米面糊糊。

粉蒲给国庆换下湿透的衣裳拿去洗。

彭路陪着国庆在医院长长的走廊里走着，每一步都沉重而深刻，彭路一刻都不敢往后想，但她知道时间的脚步从不会停下。

国庆经过护士站，有意识地测了体重，然后对着彭路说："已经瘦了二十多斤。"

彭路默默听着，她想，父亲对自己的病是明白的。

"爸，回去吃药吧，我给你带的那些药，都是增强免疫力的。"

"好。"

很多颗大大小小的药粒从彭路手心放在了国庆手心。

一向事事都要搞得一清二楚的国庆此刻什么都不问，直接吃下了所有的药。

彭纹一刻不停地盯着手机，偶尔出去打个电话。

吴鹏端来了热乎乎的玉米面糊糊，国庆喝了整整一碗。

"真舒服，好久没这么痛快地吃碗饭了！做得真不错，这就是爸想要的味道。凌晨两点半了，你们回旅店休息，这儿留你妈一个人就够了。"国庆露出了久违的笑容。

回旅店后，彭纹失望地对彭路说："爸没有基因突变，医生说吃靶向药也没用，但姐还是想试一试。爸住院期间，姐添加了一个微信群，群里每个人都是肺癌患者的亲属，相互交流可取的办法和经验。今天在朋友圈看到一个女孩说她给妈妈买的靶向药刚到，妈妈就去世了。姐已经在想办法联系她，一定要把她的靶向药买回来让爸试试。"

"行啊，可是她在哪儿，人家处理完母亲的后事再给我们邮寄的话，我们会不会等好多天。"

"那没办法，只能尽量让人家快点，好多医生朋友我都联系过了，这药很难搞到。"

天亮以后，医生通知可以出院了，国庆坐在靠墙的沙发上讲："昨晚我做了个梦，梦见自己得了癌症，医生用一根很长的管子从我的喉咙直插到胃里给我治病，还梦见了果良，他用扁担挑着苹果来看我。我现在想啊，那根管子直插胃里应该是对症下药的意思。果良名字中的'果'和我的'国'谐音，所以梦里的果良代表着我自己，而'良'指的是良性肿瘤，苹果则寓意平安吉祥，所以说这个梦一定是个好兆头。"国庆说着，目光巡视病房里每个人的神情。

"这梦不错，病一定会好！"粉蒲为国庆鼓劲。

国庆信心十足，与病房里另一位患者及家属握手道别，粉蒲和彭路站在国庆身后，微笑着鼻子就酸了，粉蒲跑进了卫生间，彭路走出病房胡乱地揉眼睛。

"彭纹，给你伯父打个电话，告诉他：爸下午到家，让他早点把你奶奶接过去。"

五个小时的长途颠簸，终于到了家。粉蒲搀着国庆乘电梯进了家门，沙发上坐着白韵莲，还有叶国忠、曾花英和叶果。国庆提起精神径直走进自己的卧室，啪的一声锁上了门："你别出去了，我想休息会儿。"

吴鹏从后备厢里一趟趟往楼上搬东西。白韵莲有种被忽视的挫败感，国忠、花英也感到很意外。

"不是，这啥意思呀，进来一句话都没跟我说，我就是等着想问问国庆啥情况。"白韵莲朝着彭纹急起来。

"我妈一个人把这家都搅和乱了。"国庆躺下来，对陪在身边的粉蒲说。

粉蒲瞪大了眼睛看着国庆，意外到以为自己听错了。

"奶奶，我爸他身体虚弱，又坐了五个小时的车，累了，想安静地休息会儿。"彭纹忙着解释。

"好人坐那么长时间车也累得够呛，何况是刚化疗完。去收拾你的东西走吧，过段时间他头发还会掉光呢。"曾花英一脸烦躁嘟囔着白韵莲。

"妈，你别多说话，收拾东西就是了。"叶果回头看看彭路，很是不好意思。

"什么，头发还会掉光，那还能长出来吗？"白韵莲似乎有些紧张。

"没事儿的，奶奶，能长出来，我爸会好的。"彭路板着脸投给曾花英警告的目光。

"我说你别等，你偏要等，一辈子啥事儿都由着你，改天你也去化疗化疗试试，你就知道是咋回事了，别老问，我们也给你讲不清楚。"国忠埋怨起白韵莲。

白韵莲瞬间拉长了脸，闭紧了嘴巴，沉着脸一股劲儿地收拾东西。

"太多了，叶果那车哪能给你拉下这么多东西，把你必要的生活用品带上就行，储物箱里的衣服先摞在阳台上，随后让安旭给你送过去，人家车大能放下。"曾花英每一句谈吐都充斥着尖酸刻薄的气息。

彭纹听着很不舒服，父亲国庆危在旦夕，曾花英没有一句体谅和关心也就罢了，几个储物箱还要指使安旭去送，安旭为父亲的事儿忙得焦头烂额，生意都无暇顾及了，这些闲人，头一回管奶奶就把自己当圣上下旨了。

"要不这样，光拿这几天穿的衣服，天热了我再回来拿单衣，到时候顺便把厚的再送回来，你家也给我腾不出这么大地方。"白韵莲和曾花英商量。

"行行行，随你便。"曾花英不耐烦地讲。

"吴鹏，伯父下楼和你一起拿东西吧。"国忠看着一趟趟来回跑的吴鹏，终于不忍心无动于衷。

"最后一点了，我一个人能行。"吴鹏说着又按电梯下去了。

国忠将锅碗瓢盆统统提进了厨房："剩下的伯父也不知道放哪儿合适，你们自己收拾吧。"

接着叫花英和叶果："咱们这就走吧，走了好让国庆休息。"

"走走走。"叶果提着两大包东西，国忠抱着一箱衣服，花英跟在白韵莲身后，一起进了电梯。

"奶奶，你们路上小心，我们有空了就过去看你啊！"彭纹等电梯门关上，才合上了家门。

"你给我做口稀饭吃吧。"国庆对身边的粉蒲说。

"行，你想吃什么？"

"酸菜拌汤。"

"那你稍等会儿，元向家里今年有腌的酸菜，我让吴鹏过去拿一些回来。"

"嗯。"

"吴鹏，你骑车快，过去你元向哥家里要点酸菜回来，你爸想吃。"

"好的，妈，我这就去。"

彭路轻轻走进国庆卧室："爸，医生说了，你这病应该多吃新鲜蔬菜水果，腌制品对身体不好，咱不吃，你听话好不好？"

"好！"

"那你再想个喜欢吃的，我让我妈给你做。"

"不吃了，什么都不想吃。"国庆说。

国庆还是和从前一样的倔强，彭路一点办法都没有。

"那就吃酸菜拌汤吧，少吃点也没事儿。"彭纹担心国庆不吃饭，赶忙拉出了彭路。

接下来的日子，粉蒲每天做给国庆想吃的饭菜，彭路则挽着国庆在家附近晒太阳。

国庆的体力一天不如一天，喉咙依然嘶哑，晒太阳的时间总会提起彭路和彭纹已经过世的腰后爷爷奶奶，一些不堪回首的往事依旧耿耿于怀。

这天，彭路又挽扶着国庆散步，国庆用嘶哑的声音对彭路讲："你妈那老家，是个狼不吃的鬼地方，将来爸可不要去，爸费那么大劲给你城里爷爷奶奶找坟地，不光是为了他们，也是为了自己，为了你们，所以，将来爸下世的时候，你得成全爸的心愿。"

"爸，你说啥呢，你这病能好。"彭路极力回避国庆的话题，不单是阻止国庆往坏处想，更因为彭路没有办法答应国庆，去更改并失信他当初对粉蒲的承诺。

"一听化疗，谁不知道是咋回事呢！"国庆自言自语。

彭路沉默。

"这次生病住院，我没想到安旭和吴鹏对我这么好，像对待亲生父亲一样好。尤其是安旭，这么多年爸也没有好好待人家……"说到这里，国庆突然哽咽了，"可是无论啥事，人家总能和你姐有商有量，俩人心往一处想，劲往一处使，相互不埋怨、不指责，也不拘小节，尽管你姐搞丢了一百多万，可安旭不但不生气，还能保持好的心态，宽慰你姐。人家俩这日子，只会越过越好，钱没了，也不过是小坎坷而已，不当回事，也就不是啥事儿了，用不了多久，安旭必定还能挣回来。我们做父母的，看到人家俩相互理解，相濡以沫地过日子，心里真高兴，真踏实。将来的日子里，我对待俩女婿也要像对待亲儿子一样，他们遇到困难的时候，我也要尽全力去关心和帮忙，要把关系处成真正分不开的父子关系。"国庆说这番话的时候，目光中投射出一种对美好家庭生活的无限期待。

而彭路，却不忍直视国庆的目光，此刻国庆憧憬的生活，何尝不是全家人多年来梦寐以求的和谐美好。但是亲爱的父亲，为什么没有早一点明白，让家人少一些心痛和无奈，多一些陪伴和温暖呢？

初六在当地人心里是适合看望病人的日子，粉蒲娘家的亲戚以及安旭和彭纹的几个好友不约而同地前来探望国庆。

就在这个早上，粉蒲突然带着哭腔严肃地对国庆说："不到说这个的时候！"然后眼里噙满了泪水，匆匆从国庆卧室走出。

彭路上班后，安旭和彭纹带着国庆去做第二次化疗。一路上，国庆躺在后排一直枕在粉蒲的腿上。

彭路和彭纹，一边为国庆的病百般焦虑，一边又感受着做梦都想要的家人团圆、彼此温暖。

这次化疗之后，国庆的身体大不如前，他已无法独自散步，体重急剧下降，脾气变得浮躁起来。

宝宝回家待了两天，无忧无虑地在学步车里尽情跑，尽情笑，可每次国庆伸手想摸摸宝宝的时候，宝宝都会歇斯底里地哭，国庆一次次泪往心里流。几个月的宝宝总哭着面对身患绝症的国庆，哭声使得家里每一个角落都充斥着绝望和无力。

安旭和彭纹找人定做了棺材，要了最好的柏木板，请了资深的木匠。

每一个晚上，彭路都会准备一盆热水，感谢老天留有这样的机会，让自己坐在父亲面前为他洗脚、尽孝。

第三次化疗的前两天，安旭和彭纹已借好了商务车，准备让国庆躺在车里前往省城医院。

可就在即将出发的前一晚，粉蒲在帮国庆洗澡之后，发现国庆的左腿突然不受控制，迈不了步。一丝不挂的国庆在卫生间里急眼了，恐惧地喊："这是怎么回事？"

310

守在卫生间门口的彭路不知国庆发生了什么，一时间顾不了那么多，直接打开门冲了进去。

"你咋进来了！"国庆看到突然冲进来的彭路万分羞怯和紧张。

粉蒲大汗淋漓地将国庆的一条胳膊搭上肩，搂紧国庆的腰："你出去吧，妈不行再叫你。"

为了父亲的尊严，彭路又慌忙关上了门。

"该上路了！"国庆在卫生间里自嘲。

"别瞎说，腿不能走了我也能伺候你，我什么苦都能吃，但是你自己不能放弃。"粉蒲用最后的精神稻草强撑着对国庆喊出这样的话。

终于把国庆挪到凳子上坐下，粉蒲赶忙给国庆穿上了背心内裤，国庆哭得像个孩子。

彭纹联系了郑医生，并照郑医生的嘱咐抓紧带国庆到县医院做了脑部核磁，结果又一次让家人沉重，肿瘤已经转移到了脑部，医生提醒彭纹随时注意意外情况。

征得国庆同意后，彭纹立刻安排国庆住进了县肿瘤医院，靶向药终于寄回来了，彭纹第一时间给国庆服下，粉蒲又开始跟着国庆没日没夜待在了医院。

住进县肿瘤医院的第一天是个周日，因空病房不少，彭纹和安旭征得医生同意后，将国庆安排住进了两人间，然后忙着开车回家拉钢丝床。彭路则留在医院和粉蒲一起守着国庆，吴鹏跑去单位提前做完了周一的紧急工作并和领导了请了一天假。

这个下午，正输着液的国庆说要上厕所，彭路摆好了拖鞋，提起了药袋，粉蒲异常吃力地将国庆从床上抬下来，可国庆完全站不稳，粉蒲用力搂住国庆往卫生间挪，几秒钟的工夫，国庆和粉蒲脸颊上都滚下了豆大的汗珠。

"你用力踢你爸的脚。"粉蒲声音在颤抖，她在用一米六的身高，一百斤的体重支撑着只剩一百三十斤的国庆。

彭路用力蹬国庆左脚的后跟，可完全无济于事，粉蒲立在原地已浑身湿透，国庆支撑得疲惫不堪。粉蒲抿紧嘴唇，用超人的毅力艰难地将国庆挪到了墙边靠住，喘着粗气对彭路说："把药袋给妈，给你哥打电话。"

彭路抖着手拨出了号码："哥，你快来，我跟妈抱不动爸，爸要上厕所。"说着，彭路就哭了。

彭纹抢过安旭手机："还不赶紧去叫护士，去别的病房找人帮忙，我们就是飞过去，也来不及呀！"

痛苦中的彭路瞬间被点醒，疯一样地跑出病房，大概因为星期天的缘故，值班护士一时间找不到进了哪间病房。荒凉的楼道里，突然出现了一个端着水杯的老头儿。

"大叔，帮个忙吧，我爸腿不会动了，他需要上厕所。"彭路的眼泪不听使唤奔涌了下来。

大叔若有顾虑，可还是跟着彭路走进了病房："这样，我帮你们拿液体，你俩帮他前进。"

"行，谢谢你啊！"粉蒲万分感激。

粉蒲提醒国庆："有知觉的那条腿要用力支撑，我喊一二，彭路就在下面推一下你的左腿，我们一起听口令配合好，加油！"

国庆用力发出了一声："嗯！"

每一声"一二"中的艰难前进，都让蹲在国庆脚边的彭路倍感人间之难，绝望之深！

国庆坐在马桶上的时候，羊毛衫已经完全湿透了。粉蒲来不及喘息，顶着一头凌乱的头发接过液体，挂在了墙壁挂钩上，双臂伸过国庆腋下，国庆像孩子一样，死死靠在粉蒲怀里。

彭路将卫生间门轻掩上，留给父亲国庆最后的尊严，并且不停地感谢大叔："您稍等一下，再帮我和我妈把我父亲抬回床上去。"

此时，正巧国庆的一位小时同学得空进来探望，他搂起国庆的腰，和粉蒲一样的动作，却比粉蒲得力很多，护士也正好进来送新液体，帮忙提起了吊瓶，粉蒲慌忙将床单整理平整，国庆终于在大家的帮助下稳稳躺上了床。护士很温暖地一遍遍叮嘱："下次有困难直接叫我。"而国庆的这位小时同学，正好在这家医院里做保安。

那一刻，彭路恨自己没用，楼道里遇见的大叔和父亲幼时的同学，烙在了彭路心里，彭路将一辈子铭记于心。

彭纹和安旭赶到病房以后，粉蒲和彭路抓紧出门买回了坐便椅。

次日一早，吴鹏乘大巴再次前往省肿瘤医院，拿回了国庆所有的病例资料。

一周后，国庆的左腿突然恢复了知觉，动了起来，全家人含泪欣喜。

"看来这个药对爸有用，那就坚持吃，爸，你再动一动给我们看。"彭纹轻轻掀起国庆的被子。

国庆用力将左腿抬得老高，像蹬自行车一样不停地动。

"我们看到希望啦。"彭路喜极而泣！

国忠带了三个包子来看国庆："不知道你想吃什么，带多了你也吃不下。"

"我今天想吃鱼。"国庆说着，又动起了左腿。

"好嘞，我去买。"彭纹一溜烟地跑去饭店。

国忠望着国庆的左腿："真神了，这真是个奇迹，美国人是用啥把这药做出来的，看来还是彭纹有主意！"

不一会儿，彭纹带回了香喷喷的鱼。

"这会儿又不想吃了，怎么办？一会儿吃行吗？"国庆像个怕被责怪的孩子。

"行，爸，你想吃的时候我再给你热，你要是想吃别的，尽管告诉我，摩托车放在楼下呢，买啥都是一会儿工夫，很方便。"

"你今天骑着车呢？爸感觉想吃铁锅炖菜，可是买回来也不知道能吃多少，还把你折腾得来回跑。"国庆说着，又差点抽泣起来。

"可以的爸，根本不用我跑，你常去的那家铁锅炖菜可以送餐上门的，我打个电话，他们一会儿就到。"

"那你把鱼拿出去吧，爸闻着不舒服。"

"我就先回了，过些天再来看你，你听彭纹的话，一定能好。"国忠起身出了门。

彭纹端着鱼出门送国忠。

国忠停下来，和彭纹说："你奶奶这段时间又在家不得安生了，闹着要我带她来医院问你爸后事怎么办，你也知道她会怎么说。伯父斩钉截铁地告诉你奶奶：'你要是能去照顾国庆，我可以带你去，但你想去挑事儿，这忙我可不帮。为了给国庆看病，粉蒲日夜守护，多久没睡个整觉。彭纹、安旭不惜代价，放下生意，带国庆出去看病，还给国庆用最好的药。彭路的孩子刚几个月就断了奶。你去了啥忙也帮不上，还要乱指挥，你把国庆一家人心搅乱了，你能伺候国庆吗？你把国庆气得上不来气了你能付得起责任吗？你是当妈的,你儿子躺病床上,你有钱拿钱,有力出力,不出钱不出力也没人指责你,可你别唯恐天下不乱,没事找事。国庆有彭纹、彭路俩闺女,后事人家姐妹俩会安排,其他人谁也做不了主。'说完啊,你奶奶好几天不理我,你爸惯着她,我可不惯她。"

"伯父,你说得有道理,我们都忙着给我爸看病,无暇考虑这些问题。既然靶向药让我们看到了希望,我们就决不放弃,我爸一定会好。"

国忠点点头:"你留步,伯父走了。"脑海里又浮现出花英提醒自己的几句话:"你可不能由着你妈去管国庆人家往哪里埋,你就告诉她人家有俩闺女,这事儿谁也管不着。老房子虽然写过分纸,但是还没有盖章,而且上面也明确写了为你爸妈养老送终才能继承,否则继承人或者继承份额还可以更改。国庆毕竟是上门女婿,他这一走,给你妈养老送终的人可只剩下你了!"

人来车往的马路边,国忠蹬着自行车,突觉前方似看不到出口的黑洞。

晚上,叶果带了水果来看望国庆。

"叔,也不知道你想吃啥,给你带了些草莓和樱桃。"

"我爸今天吃了铁锅炖菜呢,慢慢地,病就会好起来!"彭路握着国庆的手,很有信心地对叶果说。

叶果的目光从半信半疑到扑朔迷离,面容从拧巴的惊喜回到惊喜的拧巴:"听我爸说叔吃了美国的靶向药,药呢?给我看看吧。"

彭纹正犹豫,彭路灵机一动:"叶果哥,我姐只买了半个月的量,很珍贵,怕跟乱七八糟的药一起放在病房我妈疏忽大意搞错了,我姐就把靶向药放家了,每天只拿一颗来亲自喂我爸。"

"哦,也是,不过我听人说可以买到仿版的,价格也很便宜,药效是一样的。"叶果吞吞吐吐,脸色羞红。

彭路弯下身子抱着躺在床上的国庆:"爸,没事啊,我姐还有厂子,你和我妈还有工资和两套房。你只要配合好好吃药,我们就一定能好。"

"嗯!"国庆很努力地答应。

"叶果哥,听说你炒股挣了不少钱,准备换奔驰了?"彭路顺势引开了话题。

"这两年炒股,不赔就是好的了,哪能挣那么多呢。再说了,哥就是挣了钱也不会换掉QQ车的,别看你哥那奔驰大,他那车能拉下的东西我那

QQ 都能拉。"

彭路和彭纹对视一笑。

"你们别笑，是真的，我那车座位放平，还拉过冰箱呢。好处还不只这些，省油省钱，体积小钻空子方便，蹭一下一点都用不着心疼，奔驰换个保险杠大几千，我那车就二百。有段时间，我车后保险杠松动破烂，我是真想换了，可也不想自己掏二百块，于是计划着在路上找个结实的好车来个亲密接触，这样想着，还就真逮着好机会成功了呢。我跑在一辆路虎前面一下子急刹车，给他来了个措手不及，一切都在我的掌控之中，人家的保险杠啥事儿没有，我的直接掉地上了，他二话不说，掏钱走人，我的目的也达到了。但凡我的车再稍微贵点，人家掏钱可就没那么痛快了。"

"这不就是手机视频上那些碰瓷讹钱的吗？"粉蒲望着叶果，一句直白地反问。

叶果瞬间无语，两只小眼睛瞪着粉蒲，只差翻白眼了。

"我就是想找有意思的事儿聊聊，转移一下我叔的注意力，帮他减轻痛苦。"

好景不长，国庆的腿只动了两天。药含在嘴里，很难咽下去，可想到女儿彭纹的良苦用心，想到这是活下来的唯一希望，还是努力地吞咽。

"今天周末，一会儿彭纹来了以后她和彭路俩人陪你一会儿，我回家洗个澡，换身衣服，换双鞋，好不好？"粉蒲凑在国庆耳边轻声地问。

"去买身新的吧。"国庆皮包骨头的眼眶里流露出孩子般真诚的眼神。

"我可没你会享受，啥东西都只选贵的，我选的衣服既便宜，又好看舒服。"粉蒲转过头去，突然想起年轻时候，国庆每次出差都会从大城市为她买回几身漂亮的衣服裙子，这些年冰封的爱情，居然在顷刻间融化，变成滚烫的泪水，滋润出宽容，滴落出释怀。

粉蒲刚走，国庆摸摸脑袋，涩涩的，一些头发又新长了出来："给爸剃头吧。"

"行。"刚忙活着收回已晾干床单的彭纹回应国庆，顺便拿起了剃须刀。

"疼，彭路之前给我剃过两次，她能掌握好。"国庆皱着眉头说。

"行，那我来。"彭路接过剃须刀在国庆头上转动起来。

"不行，还疼，估计刀片钝了，你们扶我去理发店剃头吧。"

"爸，刀片钝了，我们可以再买个新的，只有这个才安全方便，你要出去我俩也抬不动呀。要不这样，我去理发店叫个师傅来给你剃头，怎么样？你稍等会儿。"彭路自以为想了个好办法。

国庆忙说："你不懂，没人愿意来医院剃头，来了也要比外面贵很多。"

彭路似懂非懂，但很清楚自己说错话了。

彭纹赶忙出去打电话给安旭："回家把你最好用的剃须刀拿来，让爸用。"

半个小时后，彭路用安旭拿来的新剃须刀为国庆剃光了头。

"用毛巾多擦几遍，擦干净，爸还想剃剃胡子呢。"国庆满意地说。

"好了，爸。"彭路将清洗干净的剃须刀递给国庆。

"扶我起来，我要到卫生间照着镜子才能剃。"

"爸，你腿动不了怎么到卫生间照镜子呢？"彭路下意识地与彭纹对视，感觉国庆在很认真地讲迷糊话。

"你俩扶着我不就可以了吗？"国庆的眼神依旧像无辜的孩子。

"我俩扶不动你的。"彭路无奈地告诉国庆这个残酷的真相。

国庆思考片刻："那你打开手机相机自拍功能，对着我的脸，我就可以了。"

"天哪，爸，你太厉害了，我们都想不出这么好的办法。"彭路突然又为国庆的乐观与幽默感动。

"呵呵，办法总比困难多，这句话不光适用于工作，也适用于随时随地的生活，哪怕是身体躺倒在病床上，精神和意志也不能因此而屈服！"国庆既在给自己打气，也在给俩女儿打气。

彭路帮国庆举着手机，彭纹在一旁准备着热毛巾，俩人望着一边讲道理一边剃胡子的国庆，突然觉得父亲温暖又可爱。

剃完了胡子，国庆已经体力不支，彭纹捧着国庆的脸小心地擦起来，国庆问："你妈呢？"

"爸，我妈回家一趟，一会儿就来呀。"

没等彭纹说完，国庆已经睡着了。

粉蒲返回病房的时候，国庆刚好醒来，他望着干净利落，换了身衣服的粉蒲，顿觉赏心悦目，美得落落大方。国庆转过头透过窗帘的缝隙望向窗外，想起自己年轻时，也曾对眼前这个女人一见钟情，赴汤蹈火，义无反顾，甚至不惜放下男人的尊严，跳门槛做了上门女婿，以至于这一辈子的时光，全都输给了内心的不平衡。

"国庆，转过头来呀，看我这双鞋，你猜猜多少钱？"粉蒲抬起右脚上的平底白色仿皮单鞋，等着从来不买便宜货的国庆判断出一个好价钱，很期待国庆的判断与鞋的实际价格之间巨大的差价，这不仅会让粉蒲感觉物超所值，从事实上自己赚了，也会打心底得意自己聪明过人。

国庆瞟了一眼："你能买什么好东西，顶多二十块，我还不了解你。"

粉蒲显然失望落空，不过依然不忘强调："你猜得不对，我这鞋十块钱。每次见到单位退休的老职工，她们都以为我这得要一百多呢。"

"一百多也买不到啥好鞋，你舍不得穿千把块的，至少也买个三五百的呀。"

"哼，三五百块我也不花，我这十块钱的就挺不错。"

"活着别太委屈自己！"

粉蒲抬起头，惊讶的眼神望着床上的国庆："邻居给了些桑葚汁，还说她家男人喝了桑葚汁病好了很多，我也喂你喝点吧。"

"行！"国庆立刻答应了，"让彭路出去吃饭吧，回来再给你带点，让彭纹也回家吧，回去休息会儿，照顾好安业。"

"今天怎么舍得让俩闺女走了呢？那彭纹你回吧，彭路跟你姐一块儿下去，想吃什么就去吃点什么，不用给妈带，妈在家把冰箱里冻的饺子煮着吃过了。"

"丽苑的冰箱里吗？放了三个月了吧。"国庆问。

"差不多吧，过年做的。"

听粉蒲提起了过年，彭路和彭纹内心咯噔一下，担心国庆伤心。

下楼后，彭纹发动了摩托，却迟迟不走。叮嘱彭路这段时间辛苦些，因为感觉父亲国庆的状况越来越差，彭纹必须得抓紧时间回乡下监督木匠做棺材了。

正准备走，彭纹又迟疑了："彭路，你说爸都病成这样了，每天花销这么大，叶果看在眼里，还钱的事儿却只字不提，一分不拿，怎么讲都说不过去啊。那天伯父来的时候，我本想提一提这事儿，又听伯父提起了奶奶，心想算了，平静为好，不能给奶奶出乱子的机会。我想伯父应该不知道叶果有和爸借的钱，不过伯母肯定知道……"

国庆咳嗽，粉蒲拿起枕边的透明塑料盒接痰。黑红色的痰惊吓到了国庆自己："是血吗？"

"不是的不是的，是刚喂你的桑葚汁。"粉蒲也吓出了一身冷汗。

"哦，不是就好。上次和你说的事儿我还是想和你商量一下。"

"什么事？"

"我存的那些钱。"国庆顿时又泪眼汪汪。

"亲戚们来看你那天，你不是叫几个年轻人写好了吗？"

"写好了，是平分的，我现在想给彭纹多分点，我看病的钱都是彭纹出的，而且彭纹还搞丢了一百多万。"国庆盯着粉蒲，落下了一行泪。

"她花的医药费给她除出去，那一百多万是她自己搞丢的，怨不得谁。该平分咱还平分，彭路还小，刚成家，她要有钱的话她也会给你花，是不是这道理？"粉蒲平和地与国庆商量。

"行，你认为应该平分，那就还平分吧。"国庆右手的大拇指和食指又不停地搓动起来，似乎在思考着什么。

"你这动作老让我感觉你在数钱，想啥呢？"粉蒲问。

"输液输了好长日子了，感觉意义不大，我想回家休息两天，洗个澡干干净净的，担心臭了，连医生和护士都不愿意进来。"国庆向粉蒲投去期待的眼神。

"我每天给你洗脸洗脚，擦拭身体，扶你起来刷牙，怎么会有味道，别胡思乱想。不过，回家洗个澡人就清爽了，就是不知道医生同不同意，一会儿彭路回来我去问问吧。"

彭纹和安旭把刚做好的饭菜端上桌，手机便响了，一看是粉蒲打来的，彭纹慌忙放下手中的盘子接起电话："妈，怎么了？"

"你们吃过饭了吗？"

"正准备吃呢。"

"你爸想回家好好休息休息，也想回家洗个澡，妈刚请示了医生，医生同意了。"

"也行，家里舒服，我和安旭抓紧吃口饭就过去了。"

"不着急，你们慢慢吃，把安业安顿好。"

挂掉电话，彭纹和安旭狼吞虎咽扒拉了几口饭，给安业留了钥匙，并告诉他两点半的时候自己到楼下的辅导班做作业。

国庆用期待的神情望着收拾衣物的粉蒲。

彭路到护士站借来了轮椅，并通知吴鹏赶往医院。

吴鹏先坐上车后排中间，彭路扶好车门，安旭抱腰、粉蒲抱腿将国庆小心翼翼地放进车厢，吴鹏接住并支撑着国庆的上半身。接着粉蒲将国庆的双腿也交给安旭，安旭上半身弯进车厢里，与吴鹏一起以国庆的腰部与大腿为支点稳稳地将国庆抬起，一点点挪正坐好，安旭撤出。彭路从副驾驶位向后排伸手扶着国庆，彭纹双腿立于车外，上半身弯进后排支撑着国庆以防倒下。粉蒲迅速换下吴鹏，彭纹和粉蒲分别坐在了国庆的一左一右，安旭开车，吴鹏骑摩托跟在其后。这样分工明确、配合默契的操作已经是二次了，第一次是在来医院的时候，谁都没掌握窍门，国庆经受了好一番折腾。然而这回，效率明显高了很多。

国庆靠在粉蒲的肩上，面色潮红，毫无表情。彭纹握着国庆的手，每一次咳嗽，粉蒲都会拿起准备好的小痰盂接着，彭纹则在一边用餐巾纸为国庆擦嘴巴。

车子到了家楼下，下车又是全家合作的一次考验。

"抓紧上楼吧，最好别让同一单元进出的邻居们瞧见。"坐在轮椅上的国庆对粉蒲和孩子们说。

可是电梯外的五步楼梯并没有想象中容易，本以为强壮的安旭和吴鹏两人直接抬着轮椅就可以上去，可国庆无力独自撑稳上半身导致了重心不稳，惊险中安旭和吴鹏赶忙放下了轮椅，全家都吓出了一身冷汗。吴鹏决定背起国庆，可起身时，国庆喊疼，于是这一招又放弃了。最终彭纹、彭路先将轮椅抬上电梯，安旭抬着国庆的上半身，吴鹏抬着腿，粉蒲托着国庆臀部才好不容易解决了五步台阶的难题。

这个过程，又一次深深触痛了彭路的内心，她感激身边的吴鹏和安旭哥，瞬间对家里的这两位男人产生了敬意。她想放下月子之苦，释怀婚后的一切不如意，她决定用最真挚的爱和最真诚的心来对待自己的老公以及自己的婚姻。她甚至决心一定要个二胎，否则日后自己或吴鹏病倒时，仅有的一个女儿又该如何面对。她不能理解，电梯为什么不设计为平地而起。多出的几个台阶，给多少家庭在最脆弱的时期平添了无助和绝望。

　　回家的一天半里，床到沙发再到卫生间，粉蒲与吴鹏还有彭路三人合力，将国庆倒腾了好多回。累的时候，国庆想躺卧室床上好好休息，精神稍好一点的时候，便想在客厅沙发上躺会儿，边看粉蒲忙碌，边说说话。粉蒲将几个靠枕分别垫在国庆的颈椎、腰椎还有臀部作支撑，让其侧躺着可以轻松看到家人和电视。可是控制不好大小便的国庆总是没办法等到家人将他扶起就已经拉在了裤子上、沙发上还有床上，以至于精疲力竭的粉蒲不得不一次次重新将国庆转移至卫生间里清洗身体，还有沙发被褥也得一并清洗。

　　拆换床单被褥时，一本工作笔记从国庆的枕头下浮出。彭路匆忙翻看，想从中找出关于家人和亲情的字眼，可是密密麻麻的每一页，都完完全全是工作的详细记录。

　　原来担任第一书记后，国庆一如从前般严谨和认真。从后往前翻，突然发现，尾页上清晰地写了这样一段话："倘若我能活到八十岁，必定到黑虎庙烧香还愿，并捐款两万元；倘若能我能活到八十五岁，捐款五万元。"

　　一种无能为力的失落感如利剑一般直插彭路的头顶，如果这个世间真的有神话，如果寿命能相借，能抵消，彭路不惜生命的代价，也愿意换取父亲的长寿。

　　周一的早上，安旭和彭纹又将国庆送往医院。途经美丽的森林公园，粉蒲对身边的国庆说："你这辈子，为咱县城的绿化事业做出了不小贡献呢。"
　　国庆望向车窗外，眼之所及皆是过往。

　　医生护士也心疼起了没日没夜操劳的粉蒲，多给了粉蒲几条床单用来备用。

　　彭路人在单位，心却像热锅上的蚂蚁，急切地等待下班，又担心时间过得太快，离别的脚步太过匆匆。极度矛盾中，几次冲动想请个长假，内心却坚信父亲国庆还能撑得久些，想把假期留在父亲最需要的时刻。

　　这天中午，彭路打摩的飞奔向医院。彭路刚进病房，粉蒲就将食指竖于嘴前，盯着彭路："嘘！你爸今天早上挺乖的，医生给开了止疼药，吃了之后，整整睡了三个小时呢。"

"咳……咳……"国庆被痰给呛醒，粉蒲赶忙拿起痰盂。

睁开眼睛吐痰的瞬间，国庆看到了彭路。

紧接着闭上双眼，又进入了嗜睡状态。

三分钟后，国庆闭着眼睛讲："彭路，你监督并配合安旭，给我办理出国手续，要抓紧时间，现在就去。"

口齿逻辑都很清晰，却又不切实际。彭路怀疑国庆在说梦话，又似乎不像梦话。

粉蒲靠近国庆的脸："你醒了吗？"

国庆睁开眼："我吩咐彭路去做事，你们听清楚了吗？"

"爸，你现在腿不会动，怎么出国呢？"

国庆的梦瞬间被彭路的话击得粉碎，国庆沉默了片刻："你和你哥搀扶着我，把轮椅也带上，问题就解决了。"

"那把我也带上吧，我也想到美国去看看。"粉蒲开玩笑地对国庆讲。

国庆很认真地思考了片刻："就是不知道目前的形势能不能带你，你可知道办理我一个人的手续都很不容易。"

"看来怎么伺候你你都是个自私鬼，自己起来走吧，我才不稀罕跟你去。"说着，粉蒲躺到另一张病床上背对着国庆生起了闷气。

一旁的彭路突然又不知所措起来："爸，你惹我妈生气了，谁伺候你呀？"

"等我好了我好好伺候你妈。"国庆答非所问地回应彭路。

"你躺床上动不了了才想起要伺候我妈，早干啥去了！"彭路略带埋怨地对国庆讲。

国庆闭口不言，久久沉默，直到彭路离开病房去上班。国庆才开口对身边的粉蒲讲："唉，彭路不懂，这人老了，就谁也离不开谁了。"

彭纹、安旭看着安业进了校门，便抓紧时间赶往腰后村。

"今天漆匠去了吧？得交代他把'暗八仙''寿山福海'以及'桃榴寿果''古琴古画'都画得细致些。"彭纹坐在副驾驶位边百度边说。

手机猝不及防地响起，白韵莲来电。

"天哪，奶奶这是又要干吗？"彭纹望着手机屏幕，心跳加速。

"她肯定是要去看爸，你先想好怎么说再接。"安旭下意识地把车停靠在了路边。

彭纹终于按下了接听键："喂，奶奶。"

"你们就不准备让我去看看你爸吗，我是他妈，你们怎么也该对我有个交代吧！"

"不是，奶奶，都这个时候了，您还是张口就抱怨。我们全家人都在竭尽所能，争分夺秒，放下工作、孩子给我爸看病，不知道您哪儿不满意，打个电话都不能好好说话。"

"你们现在过来接我去看你爸！"白韵莲的语气稍微平缓了些。

"奶奶，我们现在有事，正和医生讨论我爸的病情呢。"

"你要是不来，我就给彭路和吴鹏打电话。"

"奶奶，没说不去，你也得等我们和医生说完话再去不是？"

"那赶快啊，我衣服穿好了，帽子也戴好了。"

"掉头吧，真是啥时候都不能让人省心。"彭纹叹气。

国忠打开门，看见彭纹和安旭进来，不好意思地解释："叶果车坏了，要你奶奶等等，她偏要给你们打电话。"

"车坏半个月了也修不好吗，我看你们就是诚心不让我去！"白韵莲使足力气抱怨。

"行了，彭纹和安旭都挺忙的，人家既然都来了，你就赶紧走吧，别废话了。"国忠有些不耐烦。

白韵莲刚上车，便问彭纹："你爸有没有交代他的后事怎么办？"

"安旭，停车。"一个急刹车后，车子缓缓停在了路边。

"奶奶，你去可以，可咱说好了，一句泄气的话也不能讲，我们可都是攒成一股劲儿，给我爸用最好的药，不惜代价给他看病的。我们只有一个念头，就是把病看好，他可是你亲儿子，你就不能念他点好吗？"

"我当然希望他能好，我是说万一……"

"没有万一，我爸活得好好的，压根就别往那里想。"彭纹坚决而果断。

白韵莲顿时哑口无言。

进去病房，白韵莲在距离国庆床尾一米处的凳子上坐下。

"爸，我奶奶来看你了。"

国庆用尽力气猛地抬起头望向脚头的老母亲："妈，来啦？"

　　白韵莲没有答应，而是将目光转向粉蒲小声地问："国庆的头发是剃了吗？"

　　"对，剃了，他经常叫彭路给他剃头。"

　　气氛凝固了两分钟，病房里出奇宁静。"我累了，你没啥事儿就让彭纹送你回吧。"国庆突然用尽力气对白韵莲讲。

　　白韵莲继续静坐了几分钟，然后对彭纹说："你爸想休息我就回吧，我坐这儿也没啥事儿。"

　　这几分钟的平静令彭纹和粉蒲无比惊讶，彭纹以为一个八十多岁的老人会无法接受不足六十岁的儿子躺倒在病床，以至于难以承受这最后的母子相见，哭天喊地，声嘶力竭。粉蒲以为白韵莲会抓住国庆的手捧起国庆的头，心受重创，痛不欲生。

　　可是白韵莲面对自己的骨肉，像是隔岸观火的外人，从进病房到走，都未曾接近国庆。

　　"我妈走了？"国庆睁开眼问粉蒲。

　　"走了，你安心睡觉，她还有你哥，你目前顾好自己就行，别多操心。"

　　"不操心不操心，我妈根本就不用我操心，人家不光身体好，心也大得很，人家活到一百岁没问题的。我跟人家可没法比，我连七十岁也活不到。"

　　"别瞎说，顶多就是好不利索，拄拐也好，坐轮椅也好，我做饭，你吃饱，咱俩挣的够咱俩花，不再去为孩子们操心了。"

　　"行。"国庆眼神中依旧有期待。

　　周五的中午，彭纹叫彭路回家一趟，姐妹俩一起按照国庆的嘱托打开了保险箱。多少年来，国庆开保险柜的时候从来没有人敢接近，保险柜里的东西，自然便是家里最神秘的物件。

　　几个厚实的档案袋，封皮上都写清楚了袋子里的物件名称，彭纹和彭路一一掏出过目：父母的结婚证、医保本、工作证、见义勇为证；父亲的知识青年下乡证、东方红学校毕业证；姐妹二人的准生证、小学到大学的毕业照以及毕业证；房产证、房产协议、分纸；还有粮票、几张一分钱、几个字钱，以及让彭纹和彭路拿在手中颤抖落泪的十万元借条，写借条的人正是叶果。

　　"爸把这么多钱借给叶果又有何用，最终病了，除了自己的老婆孩子，还能靠得住谁。住进医院快仨月了，人家压根就不提还钱，咱也不必去评判人家的道德底线，这事儿还是怪咱爸，总防着家里人，相信外头人，好在还有欠条。"

一张两年前的银行卡，包在白色复印纸里，打开后发现，这张纸是彭纹和彭路姑父的身份证复印件，彭纹隐约感觉不对："爸告诉我保险柜里没有银行卡，他会不会把这张卡忘记了呢？"

"那你下午过去医院一趟问问爸吧。"彭路说。

"我从来都不想当爸的面去问关于钱的事儿，他健康的时候我都没主动要过他一分，病了，就更不想去问他钱的事情。他拢共就挣这仨瓜俩枣，能走能跑的时候既怕妈知道，又不舍得给我们，一心就想着退休后周游世界呢。不过，哪怕他一分不挣，或者把自己挣的都花完，咱们做女儿的都会不遗余力地去尽孝，只是，悄无声息地借给叶果这么多，躺在病床上才明白不值得。"

"这张是什么？保险单，姐，你看一下。"

"稍等，我给你哥打个电话，让他下午拿这张卡去银行问一下，先看看这里面有没有钱，没钱的话好说，有钱的话又是麻烦事儿。"

彭纹接过保险单，粗略地一看："那天亲戚朋友来看爸的时候，爸叫人给他代写了一份遗嘱，你还记得内容吗？"

"不就是啥都给咱俩平分了吗？"彭路一脸惘然。

"遗嘱上写了个理财保险，说的就是这。去省城的前一天爸还让我往这个卡号上打了十万块现金，我当时都不知道用来干吗，这下明白爸为啥除了六万块，一直没再自己拿钱看病了。原来爸把钱全都买了理财保险，按约定交足五年钱，十年头上取现分红，而现在正好五年，只是刚刚交完了所有本金。现在看来，爸的每一项计划，都是在为幸福晚年做准备。"

这天晚上，彭路躺在病房的钢丝床上久久难眠，彭纹发来微信："爸今天吃了多少？睡着了吗？"

"姐，妈说爸只吃了止疼药，饭几乎没吃。妈还说，爸的左腿左脚微微肿起来了些，不是好兆头。"

"那你和妈轮流睡，时刻注意着爸。"

"知道了，姐，那张卡上有钱吗？"

"有，不多，但是不知道密码，卡是姑父的名字。"

"明天问问爸吧。"

"行，不过姐估计爸也不一定能记得。唉，重要的是把爸照顾好，做好我们该做的，其他的，顺其自然吧。明天一早姐给爸炖点鱼汤送过去，妈也睡了吗？"

"闭着眼睛呢，应该睡着了。妈白天太辛苦，夜里我一个人看着吧，反正明天也不上班。"

五月下旬的天气，并不燥热，清早七点多钟，阳光已饱含热情地穿过窗帘的缝隙。

粉蒲拉开窗帘，阳光盖满了国庆的整个身体。

"爸，你看，阳光多好，今天是个好天气。"

国庆转动眼珠朝窗外望去："昨晚鬼哭狼嚎，异常可怕，我梦见'老大'的哥，他说让我把他儿子的病带走，于是，我和他搏斗了整整一个晚上。"

"'老大'的哥是谁？"彭路问。

"你爸一个同学叫'老大'，他的哥很早就过世了。"粉蒲赶忙跟彭路眨巴眼睛，想岔开话题。

"那他儿子啥病？"彭路降低了音调问粉蒲。

"尿床，他儿子得了怪病老尿床。"国庆声音沙哑无力，却很清晰地回应了彭路。

吴鹏送来了豆浆："爸，少喝点吧。"

"一会儿我姐还会送鱼汤来，爸，你要是想喝鱼汤就等等，想喝豆浆我就喂你。"彭路在病床边，俯下身子对国庆说。

"现在好像喝不下，你们先吃吧，一会儿爸都喝点行吗？"国庆望着彭路，语气里满是商量。

"行，你什么时候想喝我们就什么时候喂你。"彭路摸着国庆的手，"爸你把手放被子里吧。"

"别动，疼！"国庆突然龇着牙对彭路喊。

高乐很意外地在此刻来电："彭路，我昨晚做了个可怕的梦，梦见你掉进了水里，我担心你淹死，拼命地救你，被梦吓醒后我出了一身冷汗。你没事儿就好，你爸爸现在什么情况呢？"

"好几天了，我爸几乎吃不下饭。"彭路拿着电话在楼道里抹起了眼泪。

"别哭，彭路，我也帮不上什么忙，我想说，尽心尽力吧。我们，我们，怎么说……"高乐顿了顿，"我们确实没有办法，不耽误你时间了，好好陪你爸吧。"高乐也哽咽了。

七点四十分，彭纹提着保温桶匆匆进了病房："爸，我炖了点鱼汤，味道清淡，你尝点吧。"

粉蒲垂下头问国庆："喝吗？"

"想喝，可是喝不下，再等会儿吧。"国庆轻轻对粉蒲说。

"昨晚几乎没睡，刚过六点就起床炖汤了，心情烦躁又训了安业一顿，刚把他打发去辅导班，所以早早炖好了汤，却来迟了。"彭纹坐在彭路的床上叹气说。

"你烦躁也别把气出孩子身上啊。"粉蒲说。

国庆也认真听起了对话。

"唉，凌晨三点左右做了个梦，梦里尖叫，自己吓醒了，也把安旭吵醒了，然后一晚上都没敢再睡着。也不知道该不该说，可老话说梦说出来就不灵验了，所以就说说吧。"彭纹吞吞吐吐，眼神不停地在粉蒲和彭路之间徘徊，有意地捕捉国庆的反应和神情。

"我梦见我爸掉进了深水里，我奋不顾身下水营救，水顷刻间变得浑浊乌黑，我越挣扎水越浑浊，我在绝望中尖叫，醒来发现一身冷汗，安旭也被吓醒了……"

彭路立刻回忆起高乐刚才电话里的描述，高乐也做了相似的梦，可彭路并没有讲出来。

护士进病房挂上了液体，递给粉蒲一张医生写的字条，并交代拿着这张字条到一楼做个脑核磁。

于是，吴鹏推回病房一张带轮子的窄床，全家人合力将国庆抬上窄床推进了电梯。

身处一楼，微微能感觉到冲门风，粉蒲下意识地将国庆的被子塞得严丝合缝，并站在国庆头前挡风。彭路与粉蒲一起站在国庆头前，慢慢地弯下腰对国庆说："爸，进去以后坚持一会儿，别乱动，很快就出来了，好吗？"

"嗯。"国庆言不由衷地回答，内心并不想进去。

彭纹央求工作人员："我爸爸下来一趟不容易，能不能先给他做？"

工作人员回应："今天病人已排满，明天放假，周一早上你早点儿下来第一个做吧。"

无奈，国庆只得先回病房。

进入电梯的刹那间，国庆突然呼吸急促，眼睛瞪大，拼劲了全力向守护在身旁的家人喊："快点！"

全家人开始慌张，彭纹急忙伸手为国庆抚心，并用颤抖的声音安慰国庆："爸，别怕啊，马上就上去了，医生都在。"

"嗯！"国庆在急促的喘息声中回应出强烈的求生意志。

彭路和粉蒲望着国庆恐惧的眼神，终于忍不住流出泪水。

等不及电梯门完全打开，吴鹏和彭路边推国庆边喊叫医生，彭纹冲出电梯跑进医生办公室，粉蒲跑向了护士站。

医生抱着血氧监测仪迅速奔进病房，彭纹不忍国庆呼吸困难，将国庆的上半身缓缓抬起，自己支撑于其后，并将国庆的头抱在怀里。

医生将指夹夹在了国庆右手指，显示屏上的数字是65。

"不行，血氧过低。"医生平和地讲。

"什么意思，还有什么办法吗？"彭纹一边给国庆抚心，一边用祈求的眼神望着医生。

"没办法了。"医生面对着国庆和彭纹，诚实而又无奈。

粉蒲抓住了国庆的左手，国庆半张着嘴巴费力地呼吸。

"别怕，爸，我们都在呢，咱回家吧？爸！"彭纹在绝望的深渊里和国庆商量着回家。

"嗯！"国庆拼尽力气答应了彭纹，眼里溢出了最后一滴泪。

彭路有太多的话想对父亲国庆说，感恩父女一场，感谢父亲给予的一切，理解父亲的不容易，原谅父亲所有的错……

彭路终于扑到国庆身边，将脸紧紧地贴在国庆脸上，她想要给国庆传递温暖和陪伴，让国庆在爱的呵护中离开人世间："爸！我们都爱你！"彭路在国庆的耳边将所有的话凝结为这一句。

国庆听到了，尽管彭纹已将他的眼睛合上，呼吸也渐渐微弱，但国庆依旧用体内残余的力量沉重地回应身边的亲人："嗯！"

彭纹依旧抱着国庆，流着泪打电话给安旭："爸已经不行了，快回腰后拉棺材，无论如何今天都得把棺材拉来。"

粉蒲手抖腿软，打电话求助自家的两位姐姐将准备好的寿衣即刻送来并帮忙给国庆穿上。

"等你爸回了家，邻居们就不能随便进家门了，你赶快先打车回去，找人帮忙把客厅里所有的东西全部转移进一间卧室。门板在二楼，白衣也在二楼，给你爸搭起草席，好让他回家……"焦急万分的粉蒲抹着眼泪吩咐彭路。

吴鹏联系好了医院的救护车。

彭路独自一人跑出医院，川流不息的大街在彭路眼中混沌而灰暗。耳边有个声音在拼命地警醒她不能倒下："回家！回家！父亲要回家！"

从邻居家里凑不齐四个木凳，只好借来四个相同的塑料高凳，然后艰难地爬上二楼，准备扛下门板，可扛不起，浑身上下越发抖得厉害，彭路再次提醒自己，先找白衣，抓紧做自己能做的。

粉团和粉容这天正好都在社会家，一起乘坐出租十分钟内便赶到了医院。见粉蒲已六神无主，赶忙拉起粉蒲，支撑着她一起为国庆换上了寿衣。

彭纹和医生要来了氧气袋放置于国庆身上，吴鹏与工作人员合力将国庆抬上了救护车。

"你骑摩托先回，家里的事儿彭路一人搞不定。"彭纹红着眼睛对吴鹏说。

安旭打电话给自家父亲："爸，彭纹父亲去世了，这回家以后怎么办？是不是得找个帮忙的人？你有认识的吗？我这也来不及去找啊。"

"爸有认识的，不过来不及商量价钱了，我马上联系然后亲自带人过去。村里还有几个专业抬棺材的，我把电话给你，你赶快联系。"安旭父亲正陪伴在九十三岁，奄奄一息的老母亲身旁。

彭纹打电话给在村里当书记的表哥："元向哥，我爸走了，你在村里多找几个力气大的男人，再找辆工具车帮忙把棺材给拉来吧，价钱你也帮我谈好，然后发我手机上就行。"

"什么？舅舅走了，这……这……这……我打电话给你找几个人，可我现在不在村里，这还得有个自己人在场不是。"元向越说越急。

"我叫安旭回去吧。"彭纹匆忙挂掉电话。

正准备给安旭打过去，安旭先一步打来了："帮忙的人我爸去给找了，一会儿他直接带人过去，我现在开车去接几个抬棺材的。"

"别，你抓紧回腰后，元向哥正在帮忙联系车和人，你看好，别把棺材磕碰了，然后带路，人家好抓紧往回送。"彭纹匆匆挂了电话。

"伯父，我爸刚走了，奶奶在你跟前吗？"彭纹两行泪不自觉地滑下。

"在，你不用再给她打了，伯父准备一下，这就过去。"国忠放下了手机。

"看来你今天早上给我分析的梦没错，你八十多岁的人，脑筋比我这六十多岁的反应都快。"国忠边等花英换衣服边拨通了叶果的电话。

"早上我说你的梦预示着手足分离，难道国庆怎么了？"白韵莲提着一壶热水正要往杯子里倒，突然站住，盯着国忠问。

"喂，叶果啊，彭纹刚打电话你叔走了，我骑车带你妈过去，你也赶紧过去吧。"

"叫叶果回来接我。这么大的事儿你半天没正经跟我说一句话，你妈我还活着呢，你把我当什么了！"白韵莲情绪失控，冲国忠吼了起来。

"行了，你这么大年纪，国忠也是担心你承受不了，怕把你气着。"花英帮国忠解围。

"再怎么说国庆也是我儿子，是国忠的亲弟弟，我这当妈的还没死呢，说啥我也得去送送国庆。"白韵莲的怒气中已然流露出哀伤。

"要去你自己去，出门就能打车，别麻烦小果，那边人刚走，忙得一团糟，你这边要再出个啥事儿，人家彭纹也顾不上管你，你不听劝，也别把责任讹我们身上。"国忠面红耳赤起来。

白韵莲被气得说不上话来，手一抖，一股热水烫在只穿着拖鞋的脚面上，疼得直叫唤。

"我说什么来着，你这就叫没事儿找事儿，顾不上跟你废话，我们得走了。"国忠和花英掩门而去。

"叫叶果给我买药送回来！"白韵莲冲着门外喊。

曾花英打电话给叶果："你奶奶自己不小心把热水洒脚上了，就一点点也不要紧，她要是给你打电话可不能理她，你叔都走了，今后我们可不惯着她。"

"妈，我心里有数的，让彭纹给她买呀，看我叔走了谁还理她。"叶果一声冷笑。

挂掉电话，花英坐在摩托车后对国忠说："叶力回来一趟一个小时，就别让孩子麻烦了，确定了入殓时间再通知孩子就行。"

"能行。"国忠发动了摩托，加起了油门。

吴鹏铆足了劲儿将电视柜、玻璃茶几用力推进卧室，又独自扛起沙发，叠放于茶几上。接着五步并作两步，飞奔上二楼，扛下了旧门板："你把凳子摆好，我把门板放上去。"

"摆在哪个位置，一定有讲究的，可我们都不懂怎么办，我记得小时候我腰后爷爷去世时，躺的那张木板上还有铺的秸秆，爸马上就回来了，什么都没准备好，咱俩还能做点什么呢？"彭路用手抹去两行泪。

"放心，我认识的那些养殖户家里都有秸秆，我现在就去跟他们要些回来。"吴鹏说着已经跑出了门外，发动了摩托。

彭路拿起笤帚打扫起了好久没回来过的屋子，心想，爸，你有两年多没回过咱丽苑这家了吧，我妈把楼下装修了，我给你打扫干净，你回来好好看看啊。

两分钟后，大门外传来一群人嘈杂而急促的商讨声。彭路慌忙跑出去，安旭的父亲带着两个陌生的男人，正一起往回抬国庆，吴鹏也赶忙上去搭手。

粉蒲高举着液体，带着哭腔说："国庆，回来了，啊！"

"爸，到家了，准备进门了！"彭纹一直在陪身边的国庆说着话。

阴阳先生进屋看了方位，然后大家按照先生的说法头东脚西将国庆放上了门板。

"在场的闺女女婿侄儿外甥都听好了，抓紧穿好白衣。"帮忙先生一声令下。

粉蒲慌慌张张说："稍等等，什么都没准备呢。"

安旭的父亲安抚粉蒲："这会儿需要的几样东西我顺路都买好了，先让孩子们按丧事流程进行吧。"

叶果及时赶到，国庆的堂兄叶明带着两个女儿匆匆赶来，粉蒲的外甥女也赶来了一位。

"俩闺女切记不要哭，哭了你爸就不能安心走了。"先生强调。

七人着白衣刚出大门，彭纹就已经瘫跪在地上泣不成声："我没有爸爸了，呜——呜——我爸爸还这么年轻，呜——呜——"从小到大都没哭出过声的彭纹顷刻间哀号起来。

这一刻所有人都忍不住眼泪，彭路也已痛哭流涕，邻居们有的好奇出来旁观，有的推开自家窗户一看究竟。叶明家的两个女儿拖着瘫软的彭纹来到路口，彭路跪在地上，彭纹撕心裂肺的哀号声冲击着每一位旁观者的心肺，姐妹两个的精神世界天塌地陷。

安旭带路拉回了棺材，看到彭纹、彭路身着白衣跪在路口哭泣，直接跳下车为岳父国庆磕头。

棺材刚涂了白底色，还未干透，漆匠告诉彭纹来不及涂清漆了，干个两三天得赶紧上红漆。

彭纹满心的遗憾夹杂着无奈，本想尽心尽力为父亲做到最好，可是天不遂人心。

"唉，这么年轻，真是可惜。""你婆婆今年多大来着？真没办法，咋就成了白发人送黑发人。"亲戚们纷纷表示惋惜。

"该死的不死，不该死的死了，由不得人。我婆婆今年八十四，俗话说，七十三八十四，阎王不请自己去，你们看，人家还活得好好的，国庆却先走了。"曾花英横眉竖眼和几个亲戚嘀咕着，亲戚们听到这话纷纷尴尬地转身。

彭纹忙着预算亲戚总人数，好买回足够的红白布料，突然看到白韵莲来电，心想这下找不到任何借口了，人之常情，非得把白韵莲接来不可。

"彭纹啊，奶奶拿着水壶不小心把开水烫到脚上去了，你伯父伯母接到你电话就忙着走，刚给他们打电话他们也没顾得接，估计你那儿人多他们没听见。"

"奶奶，你的脚现在怎么样了？要不去医院看一看吧。"彭纹关心地问。

"起了个小水泡，我涂了点牙膏，去医院就算了，你们都挺忙的。可我担心感染，你去给我买个治疗烧伤的药，然后交给叶果，让他回来的时候给我捎上。"

"行，那你在家当心，我给安业买药已经有经验了，保证给你买上好的，涂上第二天就见效。"彭纹挂掉了电话，对面坐着的叶果，正拿着手机，装腔作势。

"奶奶刚才也给我打电话来着，都这么忙，没事找事儿，谁顾得给她买。"叶果若无其事地说完，便走开了。

"彭路，你去告诉吴鹏，让他跑趟药店，姐把药名给他发微信上。"彭纹边说边发，发完又忙了起来。

彭路楼上楼下找不着吴鹏，于是跑门外去找。叶果正在路旁打电话："刚才人家俩闺女都在旁边，所以没法和你打电话说……嗯……人现在已经死了……"一扭头看见了彭路，不好意思地对着电话讲，"先这样，挂了吧。"

"叶果哥，你看到吴鹏了吗？"彭路问。

"没有，你需要干吗跟哥说。"叶果有些慌张。

"不用，我给他打电话吧。"

吴鹏正骑着摩托往回拉一大捆秸秆，接到彭路的电话，又匆匆赶往药店。

安旭用粉蒲手机挨个拨通国庆单位领导以及国庆生前好友的电话，粉蒲一遍遍重复着同样的话，直到泪水流干，眼睛已看不清任何东西。

"妈，你什么都不用操心，保重好身体要紧。我直接对接帮忙的先生，人家说怎么办，我们就怎么办，没考虑到的，你提醒我就是。"安旭劝慰粉蒲。

先生把写好的字条交给彭路后，便匆匆和安旭出发，回腰后选坟地了。

彭纹算好红白布尺数写在纸上，拿出一千元现金一并交给彭路："钱统一从姐这里出，你和吴鹏别垫钱。"

买回了红白布、香、黄纸、金箔纸等所有需要的东西，亲戚们量着尺寸剪开布，做起了白衣，叠起了元宝。

吴鹏将药交给了彭纹，彭纹递给了叶果。

"叶果哥，你把这药给奶奶捎回去吧，安业用过，很管用。"彭纹对叶果说。

叶果随意接过并装进了口袋，眼睛不停地捕捉彭路的一举一动。

彭路走进了满是家具沙发的卧室，正要推开与其相连的另一间卧室门，不料门轻掩着，缝纫机嗒嗒作响。曾花英对身边的国忠说："你妈看见咱家的电动缝纫机好用，就叫我给她一个，她咋那么眼馋呢？脚烫了，抹点牙膏就是了，那么娇气，咱们可不惯她。"

"我刚看见彭纹拿了个药交给了叶果，让叶果帮忙捎回去，很可能是彭纹买的。"

"人家愿意买让人家买，咱可一分钱都不给她花。"

彭路伫立于卧室门前，心想妈妈被奶奶欺负了半辈子，也从未对奶奶有过如此尖酸刻薄的言语和行为。爸爸，你听到伯父伯母讲的这些话了吗？如果人家一家真的不愿意养奶奶，我和妈妈还有姐姐三个人也绝不会不管奶奶，奶奶没你撑腰，想必也不再蛮横生非欺负我们了。

粉蒲将彭纹叫到一边，对彭纹说："就把你爸埋进腰后老坟地吧。"

"妈，老坟地交通不便，路那么窄，又那么远，这个季节，杂草丛生，棺材都抬不进去，你可看到早上抬棺材的八九个老爷们费了多大劲。这还是水泥路，坑坑洼洼的土地里，平车都过不去，棺材怎么进？思想放开些，别老固执着，你尽心尽力管好我爷爷奶奶，我爸的事儿，就交给我们做主吧。"

"你爸这棺材，确实不容易过去，可是我闭眼之后，谁还去给你爷爷奶奶上坟，他们没人管，不就成孤魂野鬼了吗？"

"妈，我们肯定会一直给爷爷奶奶上坟的，可是再往下一代就不好说了，谁还能考虑那么长远呢。"

彭纹家的对门打来电话，说中午安业已在家里吃过饭，睡了午觉，并送去辅导班了。彭纹这才想起看一下时间，已经下午了，赶忙发微信让老师帮忙转告安业，下课后自己回丽苑。

夜幕降临，安旭仍在抓紧时间选地，彭纹陪着粉蒲含泪接受亲朋好友以及领导同事的慰问。

待人群散去，叶果心神不定地将彭纹叫到一边，吞吞吐吐地问彭纹："你爸有交代你们什么吗？"

"该交代的都交代清楚了。"彭纹盯着叶果无从安放的眼睛。

"哦，那你爸外面的债务都要回来了吗？"叶果试探起彭纹。

"只有你这儿和我爸那干兄弟那儿两处。"彭纹依旧盯着叶果的眼睛。

"哦，叔跟你们怎么说的呀？"叶果的神情瞬间严肃起来。

"你那儿十万，还有三四个月到期，不过昨天我爸还在病床上提起，说你一定会先还回一些来让他看病的。"

叶果的脸立刻通红且拧巴："确实是准备还的，可怎么也想不到叔走得这么快。当时，当时给叔，还写了张借条。"叶果的内心瞬间泛起波澜，"忐忑"二字挂在脸上，一手拿着手机，眼睛在手机和彭纹之间犹豫徘徊。

"哥，人已经走了，这事儿就先放一放吧。我爸只有伯父一个哥，就你这么一个侄儿，明早我们一起去给我爸定块儿地，时间紧迫，还得让安旭抓紧找人打坟呢。"

"行。"叶果赶忙顺台阶下。

晚上，彭纹、彭路、安旭和吴鹏四人披麻戴孝，为国庆守灵。

彭路望着一动不动，不再言语的父亲国庆，早上在医院的最后时刻又浮现于眼前。还有小时候父亲每晚为自己检查作业时的情景；小时候每一次晚安前父亲的吻；小时候的夏天，她与父亲一起到池塘边捞鱼；到游泳馆游泳……小时候的一幕幕，仿佛还在昨天。可此刻的父亲，近在咫尺，却阴阳两隔，再无声息。土纸在火盆里燃烧殆尽，扬起的灰末沾在泪水上，好似父亲的手，来为她拭去泪水，告诉她要坚强。

次日天还未亮，安旭便开着车，载着彭纹、国忠还有叶果一起去看坟地。

彭纹很快相中了一处背后有靠山左右似扶手，远望如躺椅一般的地方。站在公路上，彭纹朝看好的地方指过去，征求伯父国忠的意见："伯父，你看，前面这块儿地看起来像不像躺椅啊？你觉得怎么样呢？"

"我也觉得不错。彭纹，你还真是有眼光，在伯父眼里，你一直都不过是个小闺女，可这次你爸从生病到现在，伯父发现你这办事能力和效率还真是不一般，看来印刷厂生意越来越好也离不开你经营有方啊。"

"这些年生意上的事情一直是安旭在打理，我一个女人做生意有诸多不便，没有安旭可不行。叶果哥，你觉得这块儿地怎么样呢？"彭纹接着征求叶果的意见。

"你们觉得好就行。"叶果心神不定地回应。

"那，都没意见的话，我们就在村里找个亲戚去和地东家谈，尽快谈妥就可以通知工人打坟了。"

返程的路上，国忠在车上对彭纹感慨："这块儿地真不错，离七乙口也挺近，伯父在七乙口工作了一辈子，以后就在那边选块儿地，还能望见你爸呢，多好。"

"那我奶奶和我爷爷的坟地谁去呀？"国忠的话使彭纹惊讶不已，不过，彭纹也只是淡淡地问了一句。

"谁愿意去谁去，反正我不去，做小孩那会儿就盼着能脱离你奶奶，死了可不要还跟她在一起受憋屈。"

彭纹心头稍稍掠过一丝快感，很快又被无尽的哀伤所淹没。

两天后，入殓时间到了，国庆被众人抬进棺材，粉蒲忍受着撕心裂肺般的痛，彭纹、彭路跪在棺材旁肝肠寸断。

按照旧俗，彭路必须站在国庆头前，将手伸进棺材揭去国庆的蒙脸布。

彭路最后一次摸到了至亲至爱父亲的脸，只是，在防腐针的作用下，这张脸已然冰冷如石，即使心碎一地也不得不将蒙脸布拉出。

次日封棺之时，国庆的同辈兄弟起锤钉钉，可国忠迟迟没有出现。时间不可拖延，安旭的父亲拿起锤子，砸下了第一锤，粉蒲的哥哥、姐夫也亲自顶了人数。

"爸！"永别前的呼唤回荡在天地间……"躲一躲，躲一躲钉子啊……爸！"彭纹、彭路眼里噙满泪水，歇斯底里地提醒着父亲国庆。

父亲一定还在的，并且一定能听到的，因为我的心依旧能感受到父亲的无助，彭路这样想。

按照当地风俗，在新坟地下葬，时间须赶在太阳升起之前。于是出殡当天，时辰定在凌晨三点半。安旭和彭纹住处整栋楼的男主人全都前来帮忙和送行，一些要好的社会朋友也都主动赶来帮忙，安旭和彭纹打心底里感激每一位亲邻好友。

所有人都在通往地头的路口下车，十多个大男人将棺材从工具车移到平车上。彭纹、彭路以及所有的女人们跪在路口。安旭和吴鹏义不容辞担起儿子的责任亲临地头覆土下葬。

百米之外，花圈纸扎纷纷进入马道，烈火腾起，路口的女人们，早已起身聊天观望，只有彭纹和彭路跪趴在黄土地上，纵使喊破嗓门，泪流干，再也没有人回应姐妹俩这声痛断肝肠的"爸爸……"。

一群燕子结对飞过，天空未留下任何痕迹……

纵使身陷沟壑　也要仰望光明

"明天头七，咱们给爸烧纸前先去看看奶奶吧，咱们也都为人父母了，应该体谅奶奶白发人送黑发人心里的苦。爸在的时候，奶奶确实不是个省油的灯，现在爸不在了，想到奶奶孤苦伶仃，却也挺让人心疼的。"彭纹边准备白衣白鞋，边对彭路讲。

"姐，明天正好也是爸的生日，爸都没坚持到生日就走了，我订了蛋糕，明天给爸带去吧。奶奶那儿，我跟你去，不过心里依然觉得要翻山越岭，需要先征服自己。"

"奶奶那人明白得很，爸不在了，她不会再用以前的态度来对待我们了，她还要为自己的将来留后路呢。"彭纹安慰彭路。

四人一早买好了东西来到伯父七乙口的家楼下，彭纹拨通了白韵莲的电话。

"喂，奶奶，你在家呢吧？我和彭路过来看看你。"彭纹边走边说，吴鹏和安旭提着东西跟在其后。

"我早就死了，我哪里还有家，我住在荒山野地呢！"喱啷一声，白韵莲把手机摔在了茶几上。

"又不知道犯啥神经了，接起电话就恶声毒语，说自己住在荒山野地呢。"彭纹停住脚步，对身后的三个人讲。

"那我们回吧，晾她一段时间，我们来得太早了。"彭路表示想撤。

"等等，我给伯父打个电话，他现在是家里主事儿的男人，再说伯父也不是不讲理的人。"

说着，彭纹又拨通了国忠的电话："喂，伯父，你在家吗？"

"今天正好有事儿出来了。"

"伯父，是这样，我们几个现在在你家楼下，想上去看看奶奶，可她接起电话就朝我嚷嚷，我也不知道还敢不敢上去，所以先给你打个电话。"

"呃，伯父现在在酒店，今天同学聚会呢，一时半会儿也回不去，我能理解你奶奶此刻的心情，毕竟下葬你爸的事儿你们没有事先征求你奶奶的意见。就这样吧，人多，电话里伯父也听不太清楚。"

彭纹听着电话那边传来的嘟嘟声，顷刻色变，无奈地说："伯父的话全变了，他这人没什么主见，在家里被伯母拿捏久了，既当不了家也做不了主，我们也不指望他了。咱们既然来了，就上去吧，不过彭路你记住，爸葬腰后这件事儿，奶奶无论说多难听的话我们都忍着，别跟她针尖对麦芒，爸毕竟是人家儿子，人家有怨气也正常。"

四个人战战兢兢提着大包小包上了楼。

曾花英刚给了开了门，卧室里的臭骂声就劈头盖脸地砸出来："你们一个个什么东西，眼里还有我这个当老的吗，我还没死呢，你们问都不问就把我儿子给葬腰后去了，以后我想给我儿子烧张纸都去不到坟地。"白韵莲坐在卧室床边往腿上提着雪纺大宽裤，一边往客厅投来象征权力且杀伤力极强的眼神。

"奶奶，我们姐妹俩陪着我妈给我爸治病、送终，也很不容易，我们一直都在全力以赴。您是亲妈，心疼儿子我能理解，可我俩也是亲闺女，那是我们亲爸，我们的心也一样痛啊。我爸一走，我妈也累得浑身毛病，家里乱得一团糟也无心收拾。昨晚我妈交代我们得空过来看看您，今天头七，我们计划着早点起，看完您再去烧纸，可这刚进门，就被您莫名其妙地骂了。奶奶，我爸走了，我俩也还是您的亲孙女呀，我们没爸了，您就一点怜惜之心都没有吗？"提到国庆，彭纹忍不住落下了眼泪。

白韵莲从卧室来到客厅沙发坐下，余光扫过彭纹、彭路，依旧面不改色，毫不动容。

"都可怜，都可怜。你奶奶白发人送黑发人，你们做小辈的更应该多些理解，毕竟国庆是人家亲儿子。"曾花英说。

"你爸费那么大劲选坟地，为的是什么！不就是为了他闭眼后能安葬在那里吗，他也一定跟你们表明过自己的意思，你们不会不知道。"白韵莲接着吼。

听到这里，彭路心里很不是滋味儿，不过彭路明白，白韵莲虽有苦楚，却更是以此为借口来打压她和彭纹，以一贯的行事风格来宣告她依然是家里的王。

"奶奶，我爸从来没跟我这样说过，我在我爸临终前问过他，回腰后，行吗，我爸答应我行。您也去医院看过我爸，他有交代您后事吗？这后事就是交代给后人去办的,给我爸养老送终，就是我和彭路的事儿，您说对不对？"

"去医院的路上，你就交代我不能说泄气话，你说你爸吃了最好的药就能好，我哪儿还敢说呀！"白韵莲只知道彭路是个冲脾气，从来都不知道彭纹能在她面前逻辑清晰，一口气讲这么多话，彭路反倒闭口不言了。

"奶奶，我爸已经安葬了，就让他入土为安吧，我们现在争论这些还有什么意义。您年龄大了，享受好生活，想吃什么想穿什么想去哪儿看看，随时给我们打电话，我们也都有能力赡养你，这样不好吗？"

"我脚下都没人了，你跟我说争论这些没意义？"白韵莲下意识地观察了曾花英的脸色。

曾花英与白韵莲的目光汇集之后迅速离开，走进了卫生间。

"奶奶，我不希望我们争论这个话题，是不想让我爸的灵魂得不到安息。伯父去医院看望我爸时，叶果哥去医院时，从来没有人跟我转达过您在这件事情上的意见。包括我爸去世的当天，您打电话让我给您买药，也没跟我提过此事。为什么我爸下葬以后，我们带着一片孝心来看您，您才表明您的意思呢。"

卫生间的门没关，曾花英显然听得很清楚，白韵莲朝卫生间的方向瞅去，一时无语。

彭纹紧接着说："奶奶，我也是妈妈，我也有儿子，我能理解您的心情。我爸这一走，咱们谁心里都难以承受，咱们应该彼此安慰、相互温暖才对。我们没有太多时间，还得赶着去给我爸烧纸，您保重好自己，过几天我们再来看您。"

"你们开一辆车来的吧？"白韵莲显然已被彭纹折服。

"不，开了两辆车，您有东西需要带给我爸吗？我们的车应该还能放得下。"彭纹诚恳地问。

"我就是问问，你们既然一起去干吗要开两辆车呢？"白韵莲找话给自己台阶下。

"不是一起走的吧？"花英起身相送，顺势插话。

"伯母，主要是拿的东西多，一辆车放不下。"彭纹回应。

"有啥可拿的，呵呵，都去吧。"曾花英的笑声里有几分热讽，还有几分幸灾乐祸。

　　四个人在地头换上白衣，一位坐在轮椅上晒太阳的老人，静静地望着安旭和吴鹏拿着水果、蛋糕、元宝、鲜花等祭祀用品走下坟地，又默默看着彭纹和彭路跪在地头。

　　"如果爸能活着，哪怕一直坐在轮椅上也好，留点时间让我们多尽些孝心，也让爸的心平静下来，好好体味和珍惜亲情。老天就是这样捉弄人，爸才刚刚明白这些就走了。让我最最不解和寒心的是，从头到尾我都没有看到奶奶流一滴眼泪。"彭纹跪在路口，边烧土纸，边对身旁的彭路说。

　　下午，国忠回家。花英和白韵莲似乎正在商量着要事，被突然进门的国忠给打断了，接着婆媳二人回屋关上了卧室门。国忠并不好奇也没多想，没有话语权的国忠憋屈习惯了，也挺享受简单，直接走进厨房做饭去了。

　　晚上，白韵莲埋怨国忠出去一天也没记得给她交话费。

　　国忠当即反驳："县长一个月也打不了二百块话费，你啥业务没有，谁能供得起你，二百块都够我半年零花了，你那手机不还能接吗，等下个月有活动了再说，给你换个套餐。"

　　"唉，国庆真是把我给坑了，我指着他给我养老送终呢，结果他半路把我撂下先走了。"白韵莲当着国忠的面唉声叹气。

　　"不对不对，怎么叫国庆把你坑了呢，分明是你把我和国庆给坑了。你没跟我俩商量就把我们生下来，凑合养到我们会吃饭走路就不咋管了，我们十几岁就完全靠自己活。成家以后我终于跟你分开了，国庆还跟你住得近，两口子还得接着管你，国庆条件好了买上新房还得让你先住。他这一走，我又不得不养你，你说你胡乱养我们十几年，我们就得养你几十年，到底谁把谁给坑了呢。"

　　白韵莲满肚子恼火，跟国忠讲不出道理，也没法好好说话。花英也在一旁暗自窃喜，白韵莲只好独自回卧室静静待着。

　　彭路每天下班打开门的时候，都会看到粉蒲在翻看着国庆的照片发呆。

　　每一个晚上，彭路都会紧紧抱着对父亲国庆的思念，含泪而睡，睡眠很浅很浅，夜夜都在和父亲拥抱痛哭，不忍离别。渐渐地，彭路开始期待深夜，恐惧天亮。

腰后老房院子里，枯瘦嶙峋的国庆靠在屋檐下的墙角抱着宝宝浠宁。

"爸，我来抱吧，您等身体恢复了再抱孩子。"

国庆不语，却并不松手，他想用尽所有的力气，多抱会儿孙女浠宁……

手机闹铃打断了父女相见，彭路关掉闹钟，赶忙闭上眼睛，只为和父亲多待一会儿。可国庆连声招呼都没打就消失了，泪水浸透了枕巾，一旁的吴鹏依旧在鼾声阵阵。

早饭，和从前一样，一张桌子三个人，气氛却冷清恓惶。粉蒲憔悴的面容中，疲惫的眼睛空洞无神。

见吴鹏和彭路即将吃完上班，粉蒲终于开口了："昨晚梦见你爸了，他还是生病时的模样……"

"哦……"彭路本想告诉粉蒲自己也梦到了，却不忍平添粉蒲的悲伤。

"在一个洞口，你爸要我背着他进去，我背着背着，越走越黑，只记得你爸说'少一个章，没盖章'，然后我就醒了。"粉蒲含混不清地讲着梦境。

说者无心，听者有意："妈，我们先走了。"

路上，彭路暗自在心底想，那天和彭纹打开保险柜的时候，看到过父亲存放于其中的祖房分纸，最后一句写着盖章有效，可分纸从头到尾并没有盖章。莫非，父亲是担心分纸起不到原本的效力，或是遗憾生前没有把这件事情处理妥当，担心给我们造成麻烦……

办公室新移交的档案堆积如山，每一份彭路都要定睛看好多遍，才能勉强记下内容，前一秒刚按内容分类，后一秒又忘了按保管年限分，彭路使劲儿地拍拍头，提醒自己："撑住，精神不能分裂，不能游离，更不能垮掉，还有妈妈以及幼小的孩子，责任未尽，多难你也得撑住。"

"叶姐，领导现在需要几个项目档案，我给你发手机上，你赶快找出来我去拿。"一帆打电话说。

刚挂掉电话，古城复兴项目部的一位同事又打来电话："彭路，我和几个同事刚刚去你奶奶家测量房屋，正好你奶奶的大儿媳在家，家庭成员这一栏里她只写了你伯父一个人的名字，我多了句嘴，让她把你爸的名字也写上，她就把我们几个连轰带骂赶出来了。唉，本想替你说句话，结果还挨骂了，你要是想补偿我顿大餐我决不反对。"

"那我奶奶呢？她自己会写字儿，用不着我伯母给她写呀，我伯母不写我爸名字我奶奶没说啥吗？"

"哦，对了，你奶奶拿出了房产证给我们看，房本上是你奶奶的名，你奶奶说只要她睁着眼，谁都不给，全都是她一个人的。"

"这话说得对。"彭路拿着手机说。

"忘了问你，彭路，你这伯母是干啥工作的呀，忒泼了！现在不过是先摸个底，离拆迁还早呢，她至于嘛！"

"退休教师。"

"哎呀妈呀，这样的人也配当老师呀。"

见一帆推门进来，彭路赶忙和电话那头解释，然后挂掉了电话。

"一帆，有事儿吗？"

"档案找出来了吗？"

彭路突然想起一帆要的档案，赶忙对照微信查找。

"叶姐，你看起来好疲惫，眼神也不太对，我真心心疼，但又爱莫能助，真的希望你能坚强起来。"

"一帆，我们每天都把大量的精力花费在令人焦头烂额的工作上，回家就像泄了气的皮球，疏于对亲人的陪伴和沟通，这是一种本末倒置的人生理念和生活状态。我爸生病之后，我终于明白了一个道理，唯有对家人的爱和陪伴，才是每一个凡夫俗子生命中最重要且最有意义的事。"

"我没有经历过，体会不到你现在的感受，但你还有妈妈和女儿，就算为了她们，你也得让自己好好生活。你开心了，你爸爸在天上才能安心，你说呢？"

"我知道，道理我都懂，但我需要时间。这些是你要的档案，做个登记吧。"

一帆刚走，彭路又接起电话："喂，姐。"

"伯母五分钟前给我打电话说要找我谈谈，我跟她说爸刚走，人情往来上的好多事情都还没有处理完，有什么事儿先在电话里说，结果五分钟后她又来电话说她和伯父俩人都去过我单位了，我没在。姐越来越觉得不对劲儿，伯母根本不是个善茬，防不住她要找啥事儿。"彭纹一头乱麻，语无伦次。

"伯父居然也跟着她一起去你单位吗，他们要谈什么问题？现在走了没？"彭路问。

"哦，他们只说要见我，没说要谈什么，我告诉他们我那单位都快破产了，去了也没人接待他们，他们说那就去丽苑找妈谈。不行，妈那直肠子根本就不是伯母的对手，我们现在都得回去。"

"行，我去请假。"

二十分钟后，彭路喘着粗气跑回了家，粉蒲在院子里择豆角，一边坐着国忠，一边站着曾花英。

"伯父，你们来啦，屋里坐吧。"彭路客气地说。

"屋里坐吧，我这豆角也择完了。"粉蒲起身。

"这才十一点，你就下班了吗？"花英一脸阴笑地问彭路。

"没呢，知道你们要来，特地请假回来陪你们坐坐。"

话音刚落，彭纹风风火火开门进来："伯父，什么事儿呀这么急。"

"是这样，今天早上起床后你伯母提出一个问题，她说我俩也都是往七十数的人了，你爸这一走，眼下我们虽还能伺候得动你奶奶，可万一我们哪天伺候不动了，这个重担就完全落在叶果一个人身上了。伯父想啊，叶家就叶果一个孙子，他不管谁管，这就是叶果的责任对不对？"

"伯父，你想和我们谈啥？我和彭路都在，你直说。"

即刻，安旭和吴鹏也同时进了家门。

"这阵势，是要打架吗？我俩皱巴巴的老人，可打不过你们四个，要是打架，我先趴下认输。"曾花英半开玩笑半认真地说。

"伯母，伯父刚刚一番话我完全听不明白，你这样一说我更茫然了，你们今天这么急匆匆来，又是单位又是家里的，到底是要表达什么意思？都是一家人，直说无妨。"彭纹心似明镜，却并不主动引出话题。

国忠和花英一时语塞，一分钟的尴尬过后，曾花英支支吾吾讲："你爸这走得仓促，也不知道后事有没有跟你们说清楚，反正对你奶奶没有交代一句话。"

"人临终之际，都会首先考虑到自己的孩子，至于我奶奶，我爸也想过了，奶奶她有自己的房子，我们会给她办理抚恤金，加上各项老年人补贴，她一年下来也不少领钱，足够她花的，生活上其他方面的需要，我们随时都可以管，我们会辅助伯父替我爸爸尽孝。"

"意思是你爸已经把财产给你们做了分配？"曾花英更深一步试探。

"是的。"彭纹简明扼要地回答。

"怎么分配的呀？你家这两套房哪套是你的呢？"曾花英刨根问底。

"丽苑这套给我了。"彭纹如实回答。

"那彭路呢？"曾花英终究问出了重点。

"景苑的房子、奶奶门外那小屋以及我爸继承奶奶的祖业部分。"彭纹镇定地等待曾花英的反应。

"你爸继承的是哪部分？"曾花英心知肚明阴阳怪气地问。

"伯父，写分纸到现在也有二十多年了，那时候我还小，不清楚你们大人的事儿，不过写分纸的时候你和我爸一定都在场吧？"彭纹把目光转到了国忠身上。

"对，都在场，房子是分过的，伯父这人对你们公公正正，是啥说啥，绝不昧良心。当年，你爸你妈结婚后没地方住，于是你爸就找相关部门批地办证，把你奶奶门外的厕所和煤池修成了两间房。分家那年，老房子还只有土地证，几年后政策要求统一办理房产证，你爸为了省事儿，就把他外边那两间和你奶奶的房子办成一份房产证登记在了你奶奶名下。现在虽然你爸不在了，但是伯父对你俩，还说和你爸在时一样的话，伯父就你爸一个兄弟，伯父决不会独吞。"

"分纸上是咋写的？"曾花英望着茶几问。

"我爸都走了，我们也没心情去细看分纸上咋写的，上一辈人决定好的事儿，我们照章行事便是。"彭纹一边说着，一边用余光扫过国忠和花英的脸。

国忠低着头，悄悄抬起眼捕捉曾花英的脸色。然后将目光转移，望着彭纹说："是这样，当时你奶奶写分纸的时候，留了一手，最后写着分纸盖章有效，但是没盖章，还强调了我和你爸都对她养老送终的前提下才享有各自的继承部分，如有一方不对她尽赡养义务，她则有权收回自己的房产。"

"伯父，你这话的意思是——"彭纹并没有多讲。可一旁的粉蒲面容改色，有些按捺不住了。

"伯父也没啥意思，就是分纸上有这么一说。"

彭纹用眼神将粉蒲按住，亲自说："我爸活着的时候，他对爷爷奶奶所尽的孝心无须我说，人尽皆知，直到生命的最后时刻。我爸现在走了，我俩作为孙女，也还是愿意替我爸尽孝，辅助伯父您赡养奶奶，如果有天伯父你干不动了，不用伯父说，我会和彭路接替我爸的责任，传承我爸的孝心，义不容辞地照顾好奶奶，绝不会像你们所说的那样，赡养奶奶的重担由叶果哥一人来扛。我的生意能有今天的模样，靠的是诚信、人品。所以伯父，你大可以放心，无论奶奶对我如何，既然我爸走在前面，我对奶奶就有一份责任。"

"彭纹，你说的这话真好，格局高，不愧生意做得大，伯父心服口服。"国忠竖起了大拇指。

一旁的曾花英皮笑肉不笑："你既然要替你爸尽孝，那我们今天就说说怎么照顾你奶奶吧，是按月轮流照顾呢，还是按季度轮流赡养？"

"国庆养活妈整整七年了，这人刚走，坟地还没放凉呢，你们就来问我妈怎么办。好，要谈这个问题也行，你们把亲戚们约齐了，大家坐下来都给个意见。"忍了半晌的粉蒲终究还是站起来爆发了。

"妈，你冷静冷静，我们来谈，你别管了。"彭路起身将粉蒲拉进了卧室。

国忠和花英的脸色瞬时很不好看。

"伯父，明天我爸才二七，就我个人而言，内心里还是不愿意接受这个事实，总觉得我爸还在，不忍心注销他的个人信息，更别说我妈和彭纹她们该有多痛苦，我爸就你一个哥，相信你心里也不是滋味儿吧。单就照顾奶奶这个问题，这个时候你们既找单位又找家，找完彭纹又找我妈，未免不合时宜，小题大做了些！至于奶奶的房子，人家睁着眼，就一直是人家的，是不是这个道理？"安旭棉软的微笑使花英针尖一般的内心一时间找不到麦芒，国忠徘徊不定的心也在顷刻间找到了出口。

"安旭，你说的这话有水平，你奶奶睁着眼那就是人家的。事实上拢共几间破房，别说你跟彭纹不在乎，就伯父这挣一辈子死工资的也不惦记，一家人，和气最重要。伯父今天也把话给你们说透，你爸虽走了，房子还按他在来分，二一添作五怎么样？伯父说的都是真心话，但凡一句有假，让雷给劈死。"国忠直起身子指着天，像发誓一样虔诚。

花英始终低头倾听，没多说一句话。

"好啦，伯父伯母就不打扰你们了，我们回吧。"直到出门，彭纹和安旭一直在和国忠寒暄告别，花英始终没抬头说一句话。

当晚，叶果找到彭纹，诚恳地请求彭纹将借条期限更改，多宽限几年，并把利息免去。

"哥，我们是一家人，手头没有慢慢还也无妨，这些都可以坐下来商量，利息也无关紧要。做人，亲情比钱重要，做生意，道德比利益重要，这是我一贯坚持的原则。无论大人之间有什么恩怨，过去的都过去了，希望今后我们之间能有一个正常的亲人关系。"

欠条改好了，叶果告别时特地叮嘱彭纹这笔钱不要让国忠知道。

次日上午，安旭和吴鹏带着姐妹两人给国庆烧二七纸。

临近中午，四人一起回丽苑。刚一进门，鞋子都没换好，粉蒲就从厨房跑出来："我一直觉得你伯父是个好人，可背后干的都不是人事儿，想钱想疯了，太不要脸了！"

四人慌张换鞋，连安旭也皱起了眉头："妈，咱别骂人家，骂了也光我们几个能听见，人家又听不见，你只说事儿就好，说吧，又怎么了。"

"刚刚你爸单位打来电话，说你伯父伯母去单位要丧葬费、抚恤金了，你爸单位的人不认识他们，他们也提供不了任何关系证明，所以先让他俩走了。这俩人咋这么不要脸啊，我们自己都还没去，他们算哪根葱，真不嫌害臊。"

"还有这事儿啊。"安旭深思了片刻，感觉曾花英总是出其不意，事情并没有想象中简单。

"人家豁得出去老脸，我们还担心爸的同事看笑话呢。单位人议论起来，必定会说爸刚走，哥嫂就急着来要钱了。"彭纹也在饭桌旁朝安旭和彭路嘀咕。

"下午，我打个电话问问情况再说吧，先吃饭。"安旭说。

"姐，古城复兴项目组有个我之前的同事，昨天早上打电话说他和几个工作人员到奶奶家去摸底量房，伯母在家庭成员一栏里只写了伯父一个人的名字，我那同事多了句嘴，就被伯母给轰出来了。"

彭路话音刚落，彭纹眨眼示意别再多说。粉蒲端来了最后一盘菜，一家人开始吃饭了。

"让你爸看看他这一家子都是什么人，他把人家看得比他自己家人还重，人家压根就当他是个傻子。"粉蒲带着满腔怨气，彭纹、彭路默默听着。

饭后，彭纹把彭路叫到二楼，告诉彭路："叶果昨晚重新写了张欠条，延长了还款期限，也免去了利息，可是现在想来，我答应叶果有些草率了。伯母这些天的举动，意思已经很明了了，他不想让我们继承奶奶的房子，想独吞呢。"

"姐，她们能找你单位，能找妈，还能跳过我们亲自去爸单位，毫无道德底线可言，我们还对叶果仁慈什么呢。你可别忘了，爸生病之后这钱叶果只字未提，一分没还，我们就是再好说话，也不能让他们觉得没爸的闺女怎么拿捏都行，不为自己争什么，也要为爸争这口气。"彭路强烈表明了自己的态度。

"我也意识到我昨天考虑欠妥了，可是已经同意人家这样打欠条了，再反悔，姐就失信于人家了。"彭纹感觉自己走错了这一步，骑虎难下。

"姐，说起来确实是一家人，但人家做的每一件事儿都没把爸当亲人，我们还敢相信他什么呢？改天去叶果公司把爸的理财取出来，咱给别人完成任务，别人还领咱个人情呢，存他这儿，他这人品也不靠谱。"

"那下午咱俩先去景苑把爸当时和证券公司签的合同拿出来。"

"好的，姐。"

彭纹和彭路第二次打开了保险柜，找到了国庆与证券公司签订的理财合同。

投资者姓名：叶国庆。

风险承受能力为：稳健。

投资品种为：债券、货币市场基金、债券基金等固定收益投资品种。

投资期限为：一年。

这一切都符合叶国庆保守稳妥的理财风格。

"你说咱爸都干点什么事儿呀，既给人家借钱，又给人家完成任务，还给人家做保险的朋友也完成任务，唯独躺在病床上的时候才活明白了几天。现在好了，一辈子挣的几个钱让别人一清二楚，搞得咱俩如此被动。"

彭路默默听着彭纹抱怨，没发出只言片语。

姐妹俩拿着合同以及叶国庆的银行卡来到了证券公司，一查卡上余额只有三千余块，立即要求柜员打印所有流水。柜员回复只有本人才能打印，彭路解释，叶国庆是我们的父亲，半个月前已去世……

叶果闻声从办公室出来，对彭纹和彭路的到来倍感惊讶，伴随惊讶的是无从解释的不知所措以及有同事在场的极度尴尬。

"你俩过来啦？"叶果面肌抖动，内心忐忑，"需要查什么你们尽管查，但实际上你们查的是我的钱，不是你爸的。不过无所谓，你们尽管查，查完之后我们去外边找个地方详细聊。"叶果故作镇定，却欲盖弥彰。

"我们要打印流水。"彭路淡淡地说。

"哦，自助机上就可以，密码我来告诉你们。"叶果显得很主动。

"不用，我爸对我们都交代清楚了，自助机上已经看过了，只能显示出三个月的流水，我们现在要打印全部。"

叶果瞬间慌张起来："你爸他，怎么跟你们说的？算了，细节一会儿出去聊，小刘，你先给他们打印一下流水。"

"按规定，你们得提供卡主死亡证明，以及你们与其关系证明才可以打印，不过，看在叶果的面子上，就给你们免去烦琐手续了。"柜员小刘说。

十多分钟过后。"一般两年的流水也就几页，这都十多页了怎么才打印了一年的呢。"柜员小刘有些不耐烦，但还是硬着头皮继续操作。

半小时后，柜员小刘交给彭纹和彭路厚厚一沓流水明细。

"我的天，这是谁的神操作能把十五万的理财变为股票炒成三千块。"彭纹一手拿着合同，一手翻着明细。

"彭纹，公司里有些话不方便讲，我们出去说。"叶果恳请彭纹另找地方。

走出公司大门，彭纹先开口了："叶果哥，我爸说得很清楚，他买的是保本理财，合同也在这里。我爸不会炒股，也从不碰股票，所以这高频率的进出操作，显然是你在我爸不知情的情况下，蓄意所为。"

"你爸是知道的，呃，不……"叶果刚开了个头，彭纹手机响了。

"喂，妈，我在外面有点事……"

彭纹话未讲完，电话那头的粉蒲已开始破口大骂："那曾花英就是个丧门神，根本就不是人做的……"

"妈，你光说怎么回事。"彭纹下意识地离叶果远了些。

"法院刚刚给我打电话，白韵莲把咱仨人告上了法庭，叫我去拿传票，我正走在路上。这从头到尾都是曾花英和叶果俩人的馊主意，你奶奶她再坏也想不出到法院去告咱们……"

"好了，好了，你等着我跟你一起去。"

彭纹匆匆挂掉电话，头也不回地甩下一句："我有事儿，先走了。"

叶果沉默了片刻，顿时多了七分洒脱："既然你姐走了，我就跟你说一下情况吧，你回去之后转达你姐就是，也省得我跟你们一个一个解释。"

彭路没有对叶果的态度表示任何不满和反驳，只是心底默默地想，你胡编乱造的解释我也懒得记下，更不用说转达，让录音机听你编吧，回去给彭纹听个原版岂不更好。

"起初你爸是说要买保本理财来着，可你也知道，保本的收益小，然后我又和你爸商量着把这钱用来炒股，挣了算你爸的，输了就算我的，你爸不是很放心，正好又赶上股市低迷，我炒了一段时间确实赔了些……"叶果的目光开始迷离，声音不由得颤抖起来。

"后来我想，我得对你爸有个交代，于是我就找了两个朋友，一人借了十万，一人借了五万，还给你爸了。所以说，这个账户虽是你爸的名，但里面的钱早已跟你爸没关系了，包括那剩下的三千多，也是我的钱，不是你爸的。"

叶果游离的目光来回地划过彭路的脸，本以为彭路会做出激烈地反驳，可彭路只是低头翻来覆去摸着手机。

叶果忐忑的心又稍稍放松了警惕："平日里，你们都觉得哥挺忙乎的，事实上，挣的供不住赔，赔了也不想跟你伯父伯母讲，不想让他们操心。只有你嫂子知道哥过的什么日子，她跟着我，没享福，还老担惊受怕，没有安全感。可是没办法，入了这一行，哪个能不碰股票，谁不是用家里人的名字开户炒股。说来也挺后悔，这事儿一开始我们经理也知道，说我胆子太大，劝过我，早知道听经理的话……不过现在说这些也没用。"未得到一句回应的叶果自说自话起来，却不自觉地露出了原形。

"总之，你回去跟你姐说清楚，事情就是这么回事，你爸的钱我已经还给你爸了，我是在用我的钱炒股，不知你听明白了没有。"叶果望着一言不发的彭路，越发惊慌起来。

彭路抬起目光，盯着叶果许久。

"你……你……你还有什么不明白的，你说。"叶果语无伦次地问。

"你借我爸那十万，不是我姐一个人的钱，我和我妈都有份，我姐同意延长你还款时间，我和我妈不同意，我姐同意你省去利息，我和我妈还是不同意。"不谙世事的彭路此刻如有神灵指导，把握住了能使叶果更改欠条的最佳时机。

"不，我就是信任你姐，信任你们姐妹俩的关系，所以才把欠条改成她的名，这刚改你们又不认了，我以为你俩关系挺好，没想到你跟你姐也要争这几个钱。彭路呀，我劝你心胸放宽些，你姐挣得多，她怎么可能跟你计较这些小钱。"叶果停顿了几秒，以为彭路会罢休。

彭路淡定地盯着叶果的眼睛，本就心虚的叶果内心更加凌乱了。

"再说了，我改成你的，你姐又不同意咋办，你们姐妹俩都商量不妥，这不是叫我为难吗。"叶果终究没有沉得住气。

粉蒲和彭纹两人在法院签字画押，领回了三份传票。曾花英为原告白韵莲的委托诉讼代理人。

诉状中写道，叶国庆死后，粉蒲和彭纹、彭路三人霸占了所有遗产，白韵莲作为第一继承人，请求法院依法予以分割叶国庆生前理财保险、两套房屋及屋内家具家电、斯柯达轿车，以及死后丧葬费、抚恤金、公积金……

国庆离去的阴霾仍充斥在家里的每一个角落，此刻又收到法院传票，屋漏偏逢连夜雨，母女三人转眼间被曾花英逼向了倒悬之危。

以婆婆之名，被姚娌告上法庭的粉蒲怒发冲冠，一时间拿着手机给亲戚一通乱拨，恨不得将国忠与曾花英的所作所为昭告天下，让所有人都来评评理。

"妈，你别一遇事儿就先通知这个通知那个，没有用，就算找亲戚，也不能你这样跟小孩告状似的。我料到了他们想独吞我奶奶的祖房，却万万没想到他们会对我爸的理财保险也动起了念头，更想不到的是，他们会把我们告到法院，既然撕破脸了，那就谁也不认谁了。"彭纹对粉蒲说。

"人家自始至终就没认过你，你才看清楚呀，你怎么那么傻。"粉蒲边哭边喊。

"行了，你先把自己平静下来，有事儿我们就得面对，我跟安旭三十多岁的人了，完全能把这事儿扛下来，你该吃吃，该喝喝，啥都别管，事情总会解决的。"

"人家都把我欺负到法院去了，你叫我怎么能吃得下？怎么能不管？"粉蒲扯着嗓子朝彭纹发泄。

"那你不吃不喝问题就解决了吗……"彭纹说到一半，手机响了。

"姐，叶果哥给你打的欠条在哪儿？"彭路拿着手机背对着叶果。

"就在我包里。"

"我还在叶果公司楼下，你拿着欠条过来。"

"行。"为不引起粉蒲注意，彭纹没在电话里多问，告诉粉蒲说要出去一趟，便拎起包走人。

彭路转身面对叶果："我姐马上到，现在我给我妈打电话，这次仨人都在，咱们一锤定音。"

"咋的？彭路，那欠条上我都按上手印了，你们说改就改，这是对我的不尊重，我感觉你们在侮辱我。"叶果虽急，却底气不足，并不强硬。

"叶果哥，要不这样，你也给伯父打个电话，让他也做个见证人，我想我爸对你的恩情不光应该只你一个人心里有数，毕竟现在钱还没还。"彭路戳中了叶果的软肋。

"他那么大人了，你把他气着你能负得起责任吗？也别叫你妈过来，我又不是不认，这点钱就别让老人参与了，你姐不是要过来吗，这次你们姐妹俩可商量好，我就是再好说话，也不能被你们一再玩弄。"

彭纹在证券公司附近的文具店前停下摩托，买了新印泥和纸笔，一并装进了包里。

"你姐还真过来了。"叶果朝正在停车的彭纹望去。

彭纹一脸春风朝叶果走来："叶果哥，真不好意思，本想着把欠条给彭路看一下就行，结果彭路有不同意见。也确实是我疏忽了，应该提早和彭路商量一下的。"

"我以为你们姐妹俩关系不错，你能做得了主，看来你的面子在彭路面前也不好使。"叶果故意用挑拨的语言来打压姐妹俩的气势。

"关系一直都挺好，只是我第一次处理这样的事情，考虑欠妥。"彭纹依然一张笑脸。

"叶果哥，我一直都很尊重我姐的意见，我同意延迟还款期限，利息也可以省去……"

"那你还要我来回改什么欠条。"叶果有些沉不住气，反问起彭路。

"但是体现在欠条上的，除了名字都不可以改，还款日期还按你和我爸约定的写，也就是说还有三个多月就到期了，利息也得写上。"

"再三个月我肯定还不了，当时你爸答应过我还不了就慢慢还，那是欠条上先写了一年的期限，谁知一年还不到，你爸就出这事儿了，要不然也不至于跟你们在这儿废话。"言语间，叶果又开始怨天尤人。

"叶果哥，想不到你如此忘恩负义，我爸住院期间你分文未还，走后你又立刻过河拆桥。"彭路不客气地对叶果撂出这句话。

"恩情还在，我记着，但是现在你割了我脑袋我也拿不出这多钱。算了，彭路，你说吧，你要我怎么写我就怎么写，你满意为止。行吧！"叶果不耐烦地讲。

"除了名字改成我姐的，其他一个字都不能动。"

彭纹边往外掏纸笔，边说："按彭路说的写吧，就写彭路的名字。"

"别，那就写我妈的名字。"彭路说。

"说好了不让老人参与，你俩快决定写谁的。"叶果拿起笔问。

"写彭路的吧。"彭纹说。

叶果望向彭路征求意见。

"行，那就写我。"

三个人来到彭纹摩托车旁，将纸放在摩托车上，写好了欠条。彭纹又掏出印泥，要求叶果按上手印。

叶果将食指按上了印台，抬起后停顿了片刻，对彭纹说："那十五万我已经和彭路讲清楚了，虽是用你爸的名开的户，但里面钱是我自己的，跟你爸没关系，彭路已经听明白了，我没必要再和你讲一遍吧。"

"叶果哥，你非要这样说的话……"彭纹的脸色瞬间严肃了起来。

彭路下意识地拉紧彭纹的衣袖，并抢话说："那十五万随后说，此刻我们先把这件事了了。"

叶果自知心虚，又见势不妙，看看已印红的手指，无奈地按在了欠条上。

"这下你们放心了吧，你哥我从来都揣着良心好好做人。换做别人，你爸一走肯定不会给你俩还钱，我认是因为我人品正，更因为叔对我不薄，我不能昧了良心。"叶果像极了要为自己高歌一曲的大善人。

"叶果哥，刚刚我走，是因为接到法院电话，拿传票去了。起诉状上写着，奶奶要分割我爸的遗产，包括房子、家具家电、车还有保险，唯独没有写证券公司的理财。"彭纹说着打开了包。

正准备拿出传票，又合上了包："算了，你不需要我拿给你看，怎么回事大家心里都清楚，你妈是委托代理人。"

彭纹的话如雷炸耳，一时间，彭路像被雷电击中的木偶，昏头涨脑，眼前发黑。

叶果俩眼珠子比一休转得还快，脸上泛起一丝快感，只差没有笑出声来。稍作掩饰之后，叶果开口了："你们又不是不了解奶奶，奶奶什么事儿都做得出来，奶奶一声令下，家里谁能劝得了，又有谁敢不听呢。"

"叶果哥，一个星期前，伯父伯母到我单位找过我，接着又到家里找我妈，这也是奶奶让他俩去的吗？只怕奶奶人在屋檐下，身不由己了。"彭纹看似镇定，身体已明显在颤抖。

"你这话说的，硬生生把咱兄妹间的关系推了好远。要不这样，我回去尽量帮你们劝劝奶奶，虽然这难度很大，可谁让咱们是一家人呢。哦，对了，彭路呀，你回头把那卡上留的三千多块给我取出来，不给我也行，就当我先还你的一部分。"

彭路如梦初醒："走吧，姐，别再多说什么了。"

"叶果哥，不用你帮我们劝奶奶，我们虽没经历过官司，但我们经历过生死离别。我爸都走了，钱又算得了什么，谁有什么企图，法官心里会有杆秤的。你倒是应该清楚，把我们告上法庭，对你又有什么好处。"说完，彭纹发动摩托，带好彭路，头也不回地离去。

"奶奶做的事情，你们怎么能把账算在我头上呢？"叶果对着彭纹和彭路的背影喊。

晚上，姐妹俩重新听了完整的录音，并等回了安旭和吴鹏。

"姐，愚者千虑，必有一得，你看老天还是公平的，我今天至少让叶果把欠条给改过来了，三个月后，他不还钱，我们也可以起诉他。"

"这样的起诉状法院不觉得好笑吗，天底下哪有当奶奶的起诉自己亲孙女的？明天找个推土机停老房子门前，她们要不撤诉，我们就把老房子推平！"吴鹏手拿传票，龇牙咧嘴。

"吴鹏，作为公职人员，以后这种不解决实际问题的气话少说，外人听见了，对你自己也没有好处。眼下，我们几个得抓紧见到奶奶本人，当然了，我们心里清楚，奶奶也不是个省油的灯，她但凡是个正常的老人，事情也不会往如此极端的方向发展。可我们还是得当面跟她谈，要让她看清楚伯父这一家子人的所作所为，也得问清楚她的真实目的。我们把我们该说的话说完，再做决定。"彭纹很镇定地为此事做了下一步计划。

"奶奶住伯父家，我们根本没有机会和她单独谈话。"彭路一声叹息。

"不一定，以我的分析来看，奶奶很有可能已经住回了自己家。你们想啊，古城复兴工作人员这段时间正在测量房屋，伯父伯母必定会跟奶奶回去看着房子。住七乙口太远，去法院告我们都不方便，城里的老叶家院更不行，条件还不如奶奶家好。"

"有道理，肯定住回她自己家了。"安旭对彭纹的分析表示认同。

"那现在就去。"急脾气的吴鹏已经站了起来。

夏日的夜，老城区的街道上，只有路灯安静地矗立在两旁，偶尔有行人经过，很快又变得寂静。

临近白韵莲的屋子，彭纹和彭路不约而同地停下了脚步。

"怎么不走了呢？"吴鹏问。

"唉，连我想到要见你奶奶都觉得心里犯怵，还要加上你伯父伯母，咱们四个很难对付人家仨。"安旭叹气。

"别怕，进去以后咱们根本就不用理伯母，亲孙女找奶奶，她一个外人算哪根葱，她说啥咱都别接话，咱不认得她。至于伯父，咱还得反问他，爸刚走他干的这都是啥事儿。"彭纹深吸一口气，接着说，"以前我们在奶奶面前不敢说话，老怕被爸训，现在豁出去了，说错了也不怕。安旭，你去路口那小卖部买箱奶，万一那门口有乘凉的老邻居，七嘴八舌的，我们不能在外人眼里落不是。"彭纹身挑重任，全盘考虑。

安旭买来了牛奶，四个人来到白韵莲家门口，屋里没有灯，门外果然有两个老婆子。

彭纹走近破旧的门板仔细瞧了瞧："屋里一定有人，外面没上锁，里面插着门闩，敲吧。"

话音刚落，吴鹏啪啪啪敲了三下铁环，屋内没有任何回声。

砰砰砰，彭纹又来了三下："奶奶，开门，我们来看你了。"

"你们不用看我，我睡了。"白韵莲终于吭气了。

"你睡了叫我伯父出来开下门呀！"彭纹朝窗户大声说。

屋里好一会儿又没了动静。

"奶奶，家里就你一个人吗？要是只有你一个人，我们就更放心不下，不能走了。"彭纹用力推了下木门，两扇门中间立刻露出巴掌大的门缝。

"走！去找伯父问问，他是怎么照顾奶奶的！这房子多少年没住过人，门都坏了，他是怎么狠心让奶奶一个人住这儿的！"吴鹏朝着门外的俩老婆子大声说。

俩老婆子见势不妙，纷纷离开。

彭纹将手伸进去推动门闩，右半扇门居然神奇般地倾倒，接都接不住。

"你看你，就不能稳点吗？"安旭望着倒下的门，一脸犯愁，小声地嘀咕彭纹，生怕屋里的白韵莲听到。

"你俩想办法修好，我和彭路先进去。"彭纹吩咐完，径直走进了院子。

彭路铆足了勇气跟于其后。

掀开门帘，彭纹轻轻叫了声"奶奶"，白韵莲在惊慌中掀开上半身单被，只穿着白色背心，光着双臂，托床坐起。月光从窗户照进来，打在白韵莲凌乱的银发上，漆黑的老屋里，孤独的白韵莲显得苍凉而恓惶。

彭纹不禁动了恻隐之心："奶奶，衣服在哪儿？你先披上衣服，小心着凉。"

"你们就这样硬闯吗，要不是法院通知你们，你们才不会大晚上的想起我来。"

彭纹拉起白韵莲的被子，包住了白韵莲的上身。

"彭路，去找开关，把灯打开。"彭纹拿起了白韵莲的衣服。

"我不披，你不用担心我，我想我八十多岁的人了，政府怎么着也得让我活下去。"

"奶奶，您干吗老要这样说话呢，谁不管你了，这不又来看您了吗？给我爸烧头七纸时去看您，您就冲我发莫名的火，这二七纸刚烧完，您又一纸诉状把我们娘仨告法院了。奶奶，我爸这一走，您也打算跟我们断亲吗？什么话不能直接跟我们说，什么问题不能解决，您非要把我们告法院呢？可我们还是您的亲孙女呀，都说血浓于水，您怎么就忍心对两个刚失去父亲的亲孙女下此毒手，在我们的伤疤上撒盐呢？"彭纹给白韵莲披上了衣服，并在白韵莲床边坐了下来。

"你爸都没有埋在我的脚下，我哪还有他这个儿子。"白韵莲依旧抓住这条不放。

"奶奶，这话我听得很不舒服，难道我爸没埋在您脚下，您就不认他是您儿子了吗？"彭纹的声音痛并颤抖。

"不认了，他已经不是我儿子了，是我的儿子就得埋在我的脚下。"白韵莲风轻云淡地对彭纹说。

彭路感受着彭纹的痛与绝望，忍无可忍地对白韵莲说："是你把我爸招出去的，你现在又说他不是你儿子，我爸招出去三十年了，你怎么今天才知道他不是你儿子呀！"

"你空口白牙凭什么说你爸是招的，有什么证据？你拿得出纸质凭据吗？"白韵莲瞪大眼睛冲彭路嚷。

"行了，彭路，你坐下好好说话。奶奶，您也平息一下，您是做母亲的，我们是做女儿的，我爸过世，我们心里一样伤心一样痛苦，为什么要针锋相对，去计较我们出生之前的是是非非呢？我腰后爷爷奶奶走得早，这事儿死无对证。但是奶奶，无论我爸埋在哪儿，您都不能说他不是您儿子呀，这话说的，我真替我爸寒心。"彭纹忍不住落下两行泪。

"儿死断心肠，娘死哭三场，你们过了这阵子都能回到正常的生活状态中。我一把屎一把尿将他拉扯大，到头来白发人送黑发人，连他埋哪儿了都不知道。"白韵莲虽气势不减，却眼睑下垂。

彭纹不由得一手抹眼泪，一手抚着白韵莲的背，身为有儿子的母亲，彭纹能感受到白韵莲此刻的心情。

"奶奶，我们给我爸选的坟地位置不错，当时伯父和叶果哥也去看了，一致认为很好，要不改天我带您去看看，以后您什么时候想我爸了，我随时带您去看他。"

"我不去，你们把他埋腰后了我去看个啥，除非你们把他埋到我的坟地。"白韵莲抬眼观察了彭纹的神情。

"什么！奶奶，我爸都入土为安了还能再挖出来吗？您愿意他在九泉之下不得安息吗？"彭纹放下了抚在白韵莲背上的手，此刻彭纹觉得白韵莲骨子里的自私即便关联自己儿子都没有一丝改变。

"要不然呢？"白韵莲反问。

"没有这个可能，我不会由着您胡来。"彭纹没有给白韵莲留下一丝幻想的余地。

"所以我不得已才向法院递上诉状，法律总会给我一个公正的说法。一年判不下来我等两年，两年不行我等五年，等十年，最坏的结果，无非我死在法庭上，可只要我还活着，这口气就得争回来。"白韵莲在绞尽脑汁回忆曾花英教她说的话。

"奶奶，您八十多高龄都有力气打十年官司，我们都才二三十，有力气打三四十年官司呢，老说气话有意义吗？再说，我都不懂那诉状怎么写，官司怎么打，您八十多了，没人背后操纵，您自己会打官司？"彭纹揉一揉困倦的眼睛。

"这就是我自己的意思，我虽年纪大了，但头脑不傻，还没到任人摆布的时候。"白韵莲的脑子依旧清醒。

"奶奶，您毕竟八十多岁高龄了，我们盼着您活过百岁，也不过就十几个年头。无论从亲情上讲，还是从能力上来说，我们都有这份心愿，且有这样的能力来配合伯父赡养您。奶奶，哪天您要病倒了，您真准备指望我伯父伯母，不需要我们管了吗？我爸住进医院这几个月，我妈加我们四个年轻人都心力透支，筋疲力尽，我可是深有体会。"彭纹边说，边看着白韵莲的眼睛。

一语戳心，白韵莲垂下眼睑不做任何回应。

安旭和吴鹏买来了钉子正在钉门。

"谁在门外？钉啥呢？"白韵莲刹那间提高了警惕。

"是安旭和吴鹏在外面给您修门呢，您那门历经百年风霜，不中用了，散架了。您放心，他们一定能给您修好，修不好的话就换个新的。"彭纹望着白韵莲的眼睛。

"我敢肯定，当你不能自理，身边真正需要人的时候，能放下生活和工作，不计得失陪在你身边的只有我们四个人。两个孙女婿你虽没看在眼里，但你需要的时候，肯定比你亲孙子强。这一点也是我爸临终前最深刻的体会，我爸亲口对我讲，没想到两个女婿对他这么好，以后的日子里，他也要将两个女婿当亲儿子对待。只是可惜，再也没有以后的日子了。"彭路平静之后，真诚地对白韵莲讲。

"你们既然这样说，那我再考虑考虑。"白韵莲的内心被触动了。

"走，咱们一起去找伯父，问问他怎么能让奶奶一个人住这儿，晚上有需要的时候，身边没人怎么办，他负得起责任吗？"吴鹏修好了门嚷着冲进了屋。

"你伯父伯母一直都在，今晚有事儿回去一会儿。"白韵莲赶忙替国忠一家打掩护。

彭纹投给吴鹏和安旭一个眼色，示意刚进门的安旭和吴鹏安静坐下。接着对白韵莲讲："奶奶，我伯父伯母做的一些事情我不去评价，不过我可以说给您听听，让您有所了解。前些天我伯父伯母俩人去我单位找我，没找到，接着又着急忙慌地跑我家找我妈，我听人家俩的意思重点是在您这房子上，我的态度是，您活着房子就是您的，分纸也是写过的，日后无论是按分纸来，还是您另行分配，都行，我们几个没任何企图，也不会在您这房子上动脑筋。"彭纹停下来，等白韵莲的反应。

"我不知道他们去找过你们，至于这房子，也有可能最后找个保姆，就把房子留给保姆了。"白韵莲镇定自若地讲。

"您这样说我很支持！奶奶，财产不是靠争来的，人都得对得起良心。昨天我爸单位给我打电话，您猜怎么回事儿，我伯父伯母俩人跑我爸单位去要丧葬费、抚恤金了，奶奶，您听了觉得可笑吗？"

白韵莲一脸惊讶，很快又故作平静："我不知道这事儿，不过这个家，谁是什么样的人，我心里跟明镜似的，清清楚楚。"

"奶奶，您看，这是叶果给我爸打的欠条，他去年借走我爸十万，我爸生病期间，他没有还一分钱，后面几张照片您看不明白，大致意思是，我爸给叶果完成任务，在叶果公司存钱理财，结果叶果第二天就把我爸所有的钱炒了股票，现在基本赔光了。更令人发指的是，叶果竟然编造故事情节撒谎说这钱是他的，因为感觉对不住我爸，所以找朋友借了现金还给我爸了。"

白韵莲认真看着手机上的欠条说："这事用不用我帮你们问问？欠条我清楚了，不过你说的理财和炒股我不明白。"

"奶奶，我们先自己解决吧，不把您夹在中间为难。去法院也不是您的意思，我们心里还能不清楚吗，可是您看，人家既欠钱又坑我爸的，我们都还顾及亲人关系没找他们理论，他们却倒打一耙，把我们告上法庭去了。"彭纹将手机放回了包里。

"诉状是我写的，跟他们没关系，你也不要去记恨他们。欠条的事儿你既然不让我管，我就暂且不跟他们提，装作不知道也有好处。今天话说开了，我这心里也舒坦些，我八九十的人了，要那么多钱既花不完也带不进棺材去，这口气顺了，怎么都好说。改天我去把诉状撤回来，今后你们有事儿没事儿，常来看看。"

"奶奶，您看这多好，我们永远都是一家人。十二点多了，我伯父伯母还没回来，要不今晚我陪您睡吧。"彭纹说。

"不用，你们都回吧，灯关掉，门关好。放心，这里安全着呢，明天我去撤诉。"白韵莲最终承诺。

五天过去了，彭纹、彭路并没有收到撤诉通知。彭纹找到了果良叔，讲清了事情原委，请求帮忙。

果良叫来了曾经跟国忠都住叶家院的两位亲戚，一起看望白韵莲并解决此事。

在大家的劝说下，国忠终于羞愧难当，埋怨花英一意孤行，非要把家里的事情搞到法院去。

八天后，粉蒲母女三人收到了撤诉通知，终于松了口气。

彭纹提醒粉蒲，以曾花英的性格，在钱财面前不会轻易罢休，咱们不得不抓紧时间办理死亡证明，到单位办理丧葬费、抚恤金，关键是还得尽快去保险公司取出钱。

七月天，母女三人压着心头的阴影忙完了国庆走后各项事宜的办理，每一次签字，母女三人都泪湿眼眶。

"姐，叶果赔掉的那十五万怎么办？"彭路问彭纹。

"我找人问过了，如果我们按"证券法"追究叶果责任，那么叶果必定会受到处分并丢掉工作，我们不能这样做，利弊姐都想过了，假设事情闹大的话，万一妈知道了被气个好歹，更是得不偿失。所以这事儿先放着吧，人家要真心耍赖，我们就做好认栽的心理准备，有借条的十万块他总得还，多一事不如少一事，我们若坚持要回那十五万的话，人家肯定立刻又把咱们告到法院去。所以呢，度量大些，他要是过得比我们好，哪还有心思想着讹我们的钱，我们应该庆幸，我们过得比他好。"

八月天，艳阳高照，彭路的脸上却始终没有微笑。两点一线的工作生活，每一个路口，每一处角落，无不勾起彭路对父亲国庆深深的思念。

没有经历过精神重创的人，不足以谈崩溃。车来车往一切如常的街道上、家门口，彭路无一刻不幻想着父亲的出现，彭路不知道还需要多久，自己才能振作起来，撑起头顶一片天，但彭路清楚，绝不能垮掉，且必须摸索出人生的方向，因为父亲在天上看着，孩子纯真的眼神在期待着。

一天夜里，吴鹏被家附近烧烤摊的香味诱惑，忍不住坐下来解馋。

啤酒倒进杯里，涌起了白色泡沫。

"来，咱俩碰一杯。"吴鹏说。

彭路望着一杯子啤酒，再也找不回曾经闲情逸致的心情，自从父亲躺进坟里，彭路的精神世界便残缺空洞，无时无刻不在痛……

两行泪落下，双手赶忙挡住眼睛擦掉，因为周围每一个人都会投来异样的目光，却不会有一个人能理解。

"要不你别喝了，我喝。"吴鹏已习惯了彭路的眼泪。

彭路端起酒杯，一口闷："你看，我多坚强，即使面对亲人离世，家庭变故，我也依然能勇敢地直面生活。你知道是什么支撑着我没有倒下吗？"

"是什么？"吴鹏摆正身姿，认真聆听彭路接下来的话。

"是为人子女以及为人母的责任。"彭路看着吴鹏的眼睛。

"你知道现在唯一能给予我安全感的又是什么吗？"彭路接着问。

吴鹏拍拍自己的胸脯，很爷们儿地说："是我！"

彭路摇摇头："我相信你是真诚的，但即使人心不变，也还有世事无常。如果你想听真心话，请不要介意我的直白，目前唯一能给予我安全感的是我爸爸留给我的房子、车还有钱。"酸楚的泪再次轻易从彭纹脸颊滑落，"唯独这些东西，让我有时间慢慢疗伤，让我有勇气等自己一点点坚强，让我有底气告诉自己希望还会有，只是暂时迷了方向，也唯独这些东西，让我在最脆弱的时期熬得起生命的黑暗。当然，我很庆幸，身边还有你，谢谢你。"

吴鹏沉默良久。

"你也是做父亲的人了，我希望你能逐渐强大，在女儿成长的过程中，不断为她积淀精神力量，并为她积累必要的物质财富。有精神和物质做基础，她才能在人生低谷时，依然仰望星空，寻找光明和希望。"

吴鹏双手握着杯子："会的，我会努力！"

转眼间，中秋越来越近。彭纹接连数天都做国庆爱吃的排骨、牛肉、肘子，做好后，先朝国庆埋葬的方向敬上一碗。

粉蒲穿上了压箱底多年的黑蓝色长裙。

"妈，好漂亮，这条裙子一眼看上去就很高档，你终于舍得花钱打扮自己了。"彭路望着漂亮的粉蒲，感觉眼前一亮。

"这是 2010 年我和你爸去台湾旅游时买的，都放过时了。"

"我爸在的时候你咋不穿呢？"

"每天家务缠身，穿上这不方便干活呀。"

"吴鹏，中秋时候，爸就够百天了，我想去坟前看看爸。"

"好的，我陪你。"

三天后，中秋如期而至，宝宝却因发烧整宿没睡，直到天亮，烧才退些，哄孩子睡着，已接近中午了。

下午，彭路抱孩子看过医生，买了药，已是四点多钟。

"妈，你帮我看孩子，我和吴鹏想出去一趟。"

"行，宝宝已经好些了，你们有事儿就去忙吧，晚上早点回来。"

吴鹏带上彭路，路上匆忙买了月饼、水果，还有香和土纸。

来到坟前，太阳已经打算下山了。

那突起的坟头，冰冷的坦然，像一切都没发生过。

彭路失声痛哭，准备了好多好多想对父亲说的话，此刻却被悲伤浸透了内心，被风凌乱了思绪。

吴鹏像往常一样插好香，尊敬地磕仨头。彭路含泪望着吴鹏，从父亲国庆生病到治丧，再到此时此刻，彭路才深切地理解了父母这一生，为什么总把没有儿子当遗憾。

天色渐晚，回程的路上，彭路问吴鹏："上坟有什么讲究吗？我好像没听说过有在黄昏上坟的，咱俩没考虑周全，但愿不会影响到爸在另一个世界的生活。"

"心诚则灵，别想太多。"吴鹏这样安慰彭路。

"十一"假期刚过，粉蒲母女三人再次接到法院电话："这里有白韵莲起诉你们三人遗产纠纷一案，请你们尽快到法院来拿传票。"

"我们一让再让，他们却咄咄逼人，不知羞耻。好话已说尽，他们告，我们就应！"彭纹怒火中烧。

接下来的日子，安旭找了多家律师。律师一致认为，叶国庆所立遗嘱属于代书遗嘱，而代书遗嘱必须有两个以上见证人，且见证人之一为代书人。但叶国庆所立遗嘱因代书人不是三位见证人之一，法院不一定予以认可。保险方面，叶国庆未在合同中指定受益人，倘若遗嘱不被认可，保险因属理财性质将会判定为夫妻共同财产，白韵莲也将平均分割属于叶国庆那一半的四分之一，也就是总额的八分之一。

　　且不说结果如何，单是律师索要的律师费，就让人瞠目结舌。

　　四个人又开始商量，是硬着头皮打这场官司，还是专程上门，再试着找一次白韵莲。

　　彭纹表示："这次肯定转移地方了，伯母成心要告我们，自然会把奶奶限制起来，上次她疏忽了，这次她绝不会让奶奶轻易见人。奶奶本性自私，爱挑事端，再加上伯母的强压，伯父的不当家，说也白说，没用。"

　　彭路说："欠条已经到期了，叶果只还过两次两千块，我们也可以起诉他一次性偿还。"

　　吴鹏咬牙切齿："还等什么，明天就去告。"

　　"要不这样，我们再去跟奶奶谈一次，如果不行，就立刻起诉叶果，你们说呢？"安旭问。

　　"要去你去，我真不想再见那一家人。"彭纹恨之入骨地说。

　　"我也是。"彭路跟上。

　　最终，安旭和吴鹏两个女婿提着牛奶先到了白韵莲家，门果然锁着。

　　又来到伯父伯母七乙口的家，也没人。

　　费尽周折，终于在叶果家见到了白韵莲，好在只有白韵莲一人在家。

　　安旭和吴鹏进屋坐下："奶奶，这事儿都说好的，您怎么又把我们告上法庭了呢？"

　　"我也是听别人讲了才明白，癌症病人都是被气死的，不然我到现在还蒙在鼓里，我说呢你爸健健康康一个人，怎么好好就得肺癌了呢。"白韵莲对两位女婿一脸不屑。

　　"奶奶，医生都说了，这和我爸三十年烟龄有关，和遗传基因也有关，我爸的两个舅舅也都是这个病，你心里很清楚的呀。"吴鹏解释道。

　　"可你伯父不好好的吗？再说了，你们凭什么招呼都不打就把我儿子埋去了腰后，你们眼里根本没有我这个当奶奶的！"

　　"奶奶，该说的话我们都说过了，该办的事儿我们也都办了，抚恤金我也及时给您跑下来了，对待您，我们尽到了做孙子的本分，无愧于心。您反反复复以这个理由告我们，我们就只能认了，不过即便是对簿公堂，您也还是我们的奶奶，这层关系改变不了，只要您需要，我们什么时候都必须管你。"安旭如此对白韵莲讲。

　　"对簿公堂我也还是你们的奶奶，你这话说得没错。"

　　不过这次来不是求您撤诉的，而是来通知叶果，欠款和理财这两部分钱，我们也会将他起诉法院，不再对他客气了。"安旭说完起身准备走。

　　白韵莲拿出手机："你俩等等，我给叶果打电话叫他回来，你们之间的事你们和叶果当面说，我传达不清楚。"

　　十分钟后，曾花英和叶国忠一起回来，叶国忠客气之后，慌忙回卧室且关上了门。

　　曾花英尽显泼妇本色，指着安旭和吴鹏的脸破口大骂："你们取走了你爸全部的保险金，你们还有脸上我家的门！彭纹和彭路怎么不来，她俩办了亏心事，没脸来！派你们这俩救兵，你们算哪根葱，我跟你们说得着吗！尤其是吴鹏，你这山沟沟里蹦出的娃，见钱眼开了吧，急着要还房贷呢吧！"

　　"今天奶奶在，我就不跟你一般见识了，但我有必要告诉你，我不仅没房贷，我还不用打欠条。叶果就不一样了，他欠我爸的钱，我们法院见！"吴鹏憋回了暴脾气，瞪大眼睛对着曾花英讲。

　　就在此时，叶果飞一般地跑回家里："我借的是我叔的钱，我自始至终没借过你们一分钱！我不欠你们任何人！你们想怎么告就怎么告！我攒够了钱，哪怕给我叔烧坟地也不会给你们！你们休想从我这儿得到一分钱！奶奶只有我一个孙子，只有我一个继承人！你们别听到房子要拆迁了就假惺惺地来看她，她以后只能靠得着我一个人！"叶果气焰嚣张，像极了叛逆期的孩子。

　　"你把话说得太满，你可别后悔。"安旭平静地警告叶果。

　　国忠一听受了一惊，慌忙从卧室跑出来："伯父跟你们说句大实话，你爸去省城看病的时候，我拿了一万现金给他，伯父多年来就攒了这些私房钱，全给你爸看病用了。"

　　曾花英扭头指着国忠骂："你可真行，真有你的！"

　　"他们拿了钱也不会领情，全当喂狗了！从此以后我家和你家没有任何关系，奶奶也没有彭纹、彭路这样的孙女！你们别再登我家的门，所有的事儿都到法院去说吧！你们快滚，这里不欢迎你们！"叶果张牙舞爪，像极了丧心病狂的野蛮之汉。

　　安旭和吴鹏起身出门："奶奶，我们走了！"

　　曾花英提起牛奶扔出了门外："把你们的东西拿走！"

　　"牛奶是拿给奶奶的。"安旭依旧平心静气地说。

"给你奶奶拿的，那可以留下。"一瞬间的工夫，曾花英又亲自将牛奶提回了门里。

安旭、吴鹏刚下一层楼，楼上又传来曾花英恶毒至极的声音："回去转告你妈，她活该断子绝孙！"

"哥，我不能眼睁睁受这气，让我给她一耳光！"吴鹏转身往回返。

安旭一把拉住吴鹏："你跟这种人何必动气，明天到法院起诉就是了，刚刚的事情全都忘掉，回家！"

次日，安旭找到了律师，写好了起诉状，由彭路递交法院。

"叶果公司的理财也得一起告，立刻，马上。"吴鹏心急火燎。

"不能急，咱的目的是解决问题，还爸一个公正，一个真相。不是为了赌气，更不必冤冤相报。不要因为家里的事情牵扯到不相干的人。"彭纹镇定地说。

"那他们活该，老替他们想，咱这事情怎么解决。"小八岁的吴鹏火气比底气旺很多。

"明天我找他们领导谈谈，最好能私了，这样对双方都有利。"安旭传递给吴鹏成熟从容的眼神。

次日晚上，彭路和吴鹏来到彭纹家。彭纹说："这里有封奶奶亲手写的检举信，是叶果发在他经理手机上的，经理拿给我看时，我顺便往我手机上发了一张。你们看，奶奶举报彭路对她横眉竖眼，不给她饭吃。她在咱家住的几年里，常常吃剩饭，遭冷眼，战战兢兢，没过一天好日子……"

四个人望着白韵莲的亲笔字迹，全都无语了。

"让她去告吧，给谁一看，都知道他们在恶意生事。"彭路叹气说。

"即便是被逼迫，她们也不可能刀架在奶奶脖子上吧，所以说奶奶本身就是个没有底线，唯恐天下不乱的人。"

"我们找证监会来解决吧。"吴鹏提议。

"先别，我们找上级公司，试试看什么情况再说。"

市级证券公司经理处理此事件过程中问彭纹："你爸原先购买的保本理财一年有五千左右利息，叶果有没有跟你爸提起过利息呢？"

"两年时间，他一共给我爸转过一万，卡上流水都可以看出来。"彭纹说。

"那这事儿就很明了了，你爸投资了保本理财，结果办理之后第二天叶果就擅自拿这些钱炒了股票，这个流水也是不正常的，任何一个人炒股都不会有如此频繁的交易，很显然叶果是为了获取交易费。可他怎么这么大胆呢？身为业内人士，叶果应该明白这样做的后果。"

"我们不懂你们的行规，我们只是要讨回我爸的钱。"彭纹说。

"明白，这事儿我会认真调查，尽快给你们一个答复。"经理承诺。

一周后，叶明伯伯打电话给彭纹："你奶奶叫你和彭路到叶果家坐下来协商一些事情。"

"叶明伯伯，也叫上果良叔吧，亲戚少了，我们是协商不成的。曾华英对我们娘仨起诉撤诉再起诉，为这事儿我们找奶奶说尽好话，已经不是一次两次了。"

"行，那伯伯就再多叫几个亲戚。"

亲戚和家人聚在一起，已经过四个多小时的彻夜长谈，曾华英依旧难以表态。亲戚们在煎熬和无奈中离开，最终只剩下果良一人，还有曾花英叫来的年轻律师。

谈到证券公司的理财时，果良下意识地抓住彭纹的胳膊，示意此事算了，只能你们吃亏，否则再谈三天三夜也达不成协议。

彭纹认同果良叔的想法，于是略过了此事。但彭纹要求，老房子的继承得摆到台面上来说，免得日后仍然有矛盾。

叶果随即扔出一句话："都知道你爸是招出去的！"

白韵莲瞪了叶果一眼，叶果将后面要说的话憋了回去。

国忠终于坐在了大家伙面前开口讲话："叶果的意思是，分纸上你爸划分得多些，伯父的稍微少些，现在想征求大家意见，看能不能平均分配。"

"爷爷的祖房给你们了，奶奶的房子是你们当时说好的，你不满意，我爸在的时候就应该提出来。"彭纹讲。

"你提你爷爷的祖房干吗，那本来就是我们的！"曾花英在客厅里来回踱步。

"你就不能说句话吗？你就不能公平点吗？凭什么我们既得管你，还得少分呢？"曾花英冲白韵莲撒气。

"东大西小，你自己挑的，那分纸写好了，能随便改吗？"白韵莲当着所有人，冲叶国忠发起火来，一时间差点背过气。

这一刻，彭纹又为白韵莲感到酸楚了，彭纹不停地抚着白韵莲的背："奶奶，你平静平静，这么大人了，经不起这样动怒的。"

安旭赶忙倒水，果良为了控制局面，让大家都别再说了。好一阵子过后，白韵莲才缓过气来。

国忠双手拍案，鼓起壮士断腕的勇气和决心说："就按你奶奶说的办，还按分纸上写的分。"

"你早该这么说了。"白韵莲长叹一口气。

"我真佩服奶奶的大度，保险金近二十万的数额奶奶居然都舍得放弃，就看你们以后怎么报答奶奶了。"叶果心存不甘。

"你们得去叶果公司说清楚，这钱叶果还过了，帮他恢复工作。"曾花英对彭纹讲。

"这不律师也在这儿吗，律师把协议写好，我们回去一个人，马上拿来分纸。分纸盖章，按手印，协议签字按手印，明天双方都去撤诉，这事儿就算了。"彭纹果断地讲。

"都这么晚了，你果良叔也在这儿，承诺都算数，今晚先让律师写好协议咱们签了，随后分纸签字盖章也不迟，别耽误律师和你果良叔等太久。"曾花英讲。

"我们没关系的。"果良和律师异口同声地说。

"你看这时间都过了凌晨两点了，我是真不好意思让你俩也跟着我们一起耗时间，大家也谈了这么久了，要不今晚就先口头达成一致，谁都别打疲劳战，明天律师写好，我们也拿出分纸，再各自签字按印就行。"曾花英坚决不立即执行。

散场时，曾花英私下对彭纹说："钱叶果会慢慢还，你们要帮他恢复工作，前两天我气头上说了些不中听的话，你们可别往心里去，以后常来玩儿。"

"好的，伯母，问题解决了对大家都好。"彭纹说。

"那你明天先去把诉状撤回来！"曾花英提醒彭纹。

"伯母，协议签了就立刻撤诉，来得及。"彭纹说完，告辞走人。

夜半三更，长达七个小时之久，如登天之难的家庭谈判终于有了向好的发展。

次日，叶果拿着律师写好的协议送到了彭纹家，要求彭纹签字。

彭纹过目，第一条便是：经双方协商，白韵莲名下房产全部归白韵莲个人所有，白韵莲下世后双方按分纸继承，白韵莲有权根据双方赡养情况以及自己意愿立遗嘱分配遗产。

第二条：经协商，白韵莲暂时由大儿子叶国忠单独赡养，彭纹、彭路一方每年支付叶国忠 5000 元，作为半年的保姆费。

第三条：叶果所欠叶国庆的十万元，分七年还清，还款打在叶彭路账户上。

第四条、第五条……

第八条：本协议签字生效后，双方撤诉，且不得再以上述事由起诉对方。

"你请的这真是个好律师，全方位为你们策划，考虑得严丝合缝，还要留给你们日后周旋的余地。"

"律师写好后，我们念给奶奶听了，奶奶都说写得没问题，你咋这么废话呢。"叶果不耐烦地说。

"还款约定没有按口头协议来写，我们同意不要你利息，让你分七年来还，但必须写上七年还不了的话，我们有权索要利息并上诉你，这怎么只写了前半句，没把意思表达完整呢。最重要的一点，说好的分纸要拿出来签字盖章，你们依旧在蓄意避开这一环节。"

"你签不签吧。"

"你们不是成心和解，我没办法签。"

叶果扔下协议，扬长而去。

"两天前我做了一个梦，梦里爸说，叶果说好的要还钱，怎么可以不还了呢。"彭纹对身边的安旭说。

"你从来不迷信的，爸走后，却也总是不由得将梦与现实联系起来。"安旭抚摸着彭纹的短发。

弹指挥间，迎来了 2017 年的三月天。

开庭日子到了。

白韵莲亲自出庭，且聘请了法律援助律师。曾花英作为委托代理人，也坐上了原告席。叶果一手拿水杯，一手提暖水壶，当着法官的面，将白韵莲照顾得无微不至。

曾花英写字条提醒原告律师质问被告三人的代理律师："为何被告无一人亲自到庭？"

被告方律师回答："我方彭纹、彭路均为原告白韵莲的亲孙女，与亲奶奶对簿公堂，二人于心不忍，特此委托我全权代理。"

审理过程中，叶国庆遗嘱代书人、见证人依次上场做证。

当法官问起原告本人有什么话要说时，白韵莲将耳朵紧贴曾花英的嘴巴："你说响点。"

白韵莲强调，之前自己与二儿子叶国庆共同生活，儿子对自己很是孝顺，但媳妇粉蒲以及孙女彭路常常给自己吃剩饭，有时不给饭吃，常年饥一顿饱一顿的生活，使得身体和精神都备受折磨。如今二儿子刚走，三人又霸占了儿子叶国庆所有遗产，使得自己老无所依，八十多岁高龄，无奈走上维权之路……

次日，彭路与叶果民间借贷纠纷一案开庭，曾花英与叶国忠陪着四十多岁的叶果一起出庭。

原告方彭路依旧委托律师一人出庭，诉请判令被告叶果还清本金及利息，并按银行同期贷款利率支付逾期利息，且承担本案的诉讼费。

同年六月底，彭纹和彭路经与证券公司协商，最终达成一致，由证券公司先行垫付该补偿金十四万元。

2018年四月，白韵莲单独就保险纠纷一事将彭粉蒲母女三人告上法庭。又于五月初撤诉。

清明时节，彭纹和彭路来到叶国庆坟前。

一阵清风拂过，彭纹跪下来轻轻地说："爸，你跟我妈计较了一辈子，战争了一辈子，贫穷的时候摩擦不断，稍有点闲钱又相互猜忌，最让我无法理解的是，你宁可相信外人，也很少相信自己的女儿女婿。临了躺在病床上，日夜伺候你、陪伴你的人是你的结发之妻，是我妈。为你操心奔忙，为你心痛落泪的人是你的俩亲闺女，我和彭路呀。你终究是活明白了，可为何刚刚明白就走了呢。你在的时候，我们被奶奶压迫，你走了，我们还要被奶奶和伯父一家子欺负。爸，你这都干的什么事儿啊，别人家的女儿都是爸爸的娇闺女，无忧无虑的，我和彭路，何时才能解脱祖辈给我们套上的沉重枷锁呢。"

风扬起一缕尘土，彭路跪在彭纹身旁："姐，爸那么期待我们来看他，我们就静静待会儿，别再抱怨，让他在另一个世界安宁吧。"

五月底，白韵莲就保险纠纷一事，再次起诉至法院。

七月初，法院下达判决，叶国庆保险本金及利息的八分之一判给了白韵莲。

十日后，安旭拿着上诉申请书递交法院，与同样上诉的曾花英狭路相逢，撞了个正着。

八月，彭纹生下二胎，依旧是个儿子。彭纹坐月子的一百天里，彭路第一次清醒地意识到，今后遇事，自己得动起脑子来，得有所担当了。彭纹不是超人，她只是超负荷承担了所有。

彭纹拜托彭路："一定要帮姐做好妈的思想工作，我家老二必须姓安，这是我个人的主张，我婆婆以及你安旭哥都无所谓孩子跟谁姓，但我不愿意我的两个孩子在成长过程中感觉有所区别，更担心他们长大成家后因此而产生矛盾，所以，无论如何姐都不会同意两个儿子姓两个姓。"

中院开庭之前，彭路想，这一次，站出来与白韵莲碰个面吧。好久不见，说不定白韵莲在看到自己的时候，会心生悔意呢。

很意外，这次开庭，只有曾花英和律师两人参加，叶力一人旁听。

退庭时，法官问彭路："你奶奶之前一直由你爸一人赡养吗？"

"是的。"彭路回答。

"一直是两家轮流赡养。"叶力向法官撒谎，曾花英有意向法官补充些什么，叶力担心多说无益，紧急呼叫曾华英走人。

彭路清楚地看到叶力朝审判席上其中一名法官友好道别。

2018 年十月，中级人民法院改判，白韵莲得到了叶国庆保险本金及利息的四分之一。

同年年底，白韵莲就叶国庆遗留的两套房屋向法院提出了依法分割的诉讼请求，并请求法院将开庭日期定在次年气温回暖的四月天。

收到法院传票后，彭纹、彭路四人随即拟好诉状起诉白韵莲、叶国忠，要求依法分割白韵莲、叶有亮共有房产。

2019 年五月，法院判决白韵莲继承叶国庆丽苑独家院二楼南面卧室一间。判决彭粉蒲三人继承旧城中心老房子北房背后原先由厕所改修的房屋及小院的一半（该房屋及小院起初为叶国庆和彭粉蒲婚后修建，且登记在叶国庆名下。1992 年政府发放新的房屋所有权证书时，叶国庆一并登记在了白韵莲一人名下）。

2019 年夏日的一天，粉蒲在逛街时遇见了婆婆白韵莲，白韵莲拄着拐杖蹒跚而行，步伐明显不如从前矫健了。粉蒲上前搀扶，送白韵莲到家附近的路口。

白韵莲难为情地客套："你到家里去坐坐吧。"

"不远了，你自己慢慢走回去，要是让曾花英看见我送你，你得挨骂了。"

2019 年十月，叶有亮二弟祭祀二十周年，想到三年多来，为了不让母亲粉蒲生气，很多事情母亲并不了解，万一碰到了曾花英，她又完全不是人家的对手，于是彭纹代表粉蒲去见了家族亲戚。

饭桌上，果良起头说："彭纹啊，在座的这一大家子人，你是晚辈里混得最出色的一个，叔佩服你。你的为人、你的能力大家都有目共睹，所以说生意做到这般程度，你的成绩是你应得的。叔还想多问一句，家里的事儿，后来是个啥情况啊？"

彭纹淡淡一笑，望着对面坐着的叶国忠说："伯父，面对你的这一刻，我依然感觉你是亲人，尽管我爸在的时候，我们也不常来往，但毕竟血浓于水。刚刚果良叔问我，家里的事儿是个啥情况，今天，正好你也在这儿，伯父，官司打到今天，该有结果了吧。钱、保险、房子，能分的你们都分完了，接下来也没得告了吧。可叶果欠我爸的钱，至今没还呢。"

叶国忠满脸羞红，亲戚们一脸惊愕。

"什么？不是光第一次打官司要了些钱吗，怎么还有保险和房子，那房子可是国庆和粉蒲一分一分攒出来的。遗产都是留给儿孙的，哪有老人跟儿孙争财产、争房的呢。国忠啊，妗妗她是没地儿住，还是没钱花呀，她要那么多钱干吗，多伤孩子们的心啊。"叶有亮的侄女心直口快地说。

"我们只听说叶果工作丢了，今天才知道这怨不得彭纹呀。"叶有亮外甥说。

"我们只是在不得已的情况下，拿合同向证券公司要回了属于我爸的钱，我们不希望叶果失去工作。"

沈学文在一旁竖着耳朵："压根就没听说，不知道国庆哥走后，孩子们经历了这么多。"

"钱一共判走多少？"果良问。

"连本带利，二十多万。"彭纹回答。

"二十多万，呵呵，没人伺候的话把妗妗送我这儿来，两万就够了，我能伺候的跟国庆哥一样好。"果良有意说给国忠听。

国忠长叹一口气："彭纹啊，不知你信不信，你奶奶办的这些事儿压根就没让我知道。当然，你伯母和叶果都参与了，人家三个商量任何事情都不让伯父知情，索性，我也不想知道。前段时间你奶奶还在家发疯似的叫叶果回来，说要给叶果写遗嘱呢。你奶奶那人，从年轻到现在就没消停过，那双手往脸上一抹，干脆不要脸了，啥事儿都能做出来，谁都拿她没办法。"

这番话出口，在座的每一位亲戚愕然，六十多岁的国忠竟然如此评价自己的老母亲，且始终扮演着最无辜的角色。

叶国忠不觉其然，继续说："连你爸走了都没把你奶奶气着，还有啥事儿能真正让你奶奶放心上呢，人家可心疼自己了，谁都不必操心人家。我给人家做好饭端到人家面前，人家嫌不好吃，放下碗自己就重新去做了，身体啊，好得很！当然了，所有这些事儿你伯母在其中都没起到好作用，她并不具备做人的道德操守，加上你奶奶这个搅屎棍，全家只能乱成一锅粪。"

"这都三四年了，叶果借国庆的钱怎么能一分不还呢？"叶有亮侄女又问。

"伯父，你知道叶果为了逃避债务，和他老婆彩霞假离婚了吗？"彭纹不仅是在问国忠，也是在让亲戚们听。

"离婚这事儿我还真不知道，叶果和你伯母都丧心病狂了。"叶国忠捂着脸说，"人在做，天在看，叶果丢了工作，又寻思着开饭店卖杂格，干了一年多，每天也卖不出去几碗，我还得起早贪黑给他干活。我跟他讲，善恶终有报，种什么因得什么果，他现在已经遭到报应了。"

"那你们两家相互抵销算了，谁都别给谁钱了，这样行吗？"亲戚们问。

"我们主动提出过这样的解决方式，法院也一次次做过我伯母的工作，可是行不通。我们仨都有工作，虽然我单位不景气面临破产，可毕竟我做生意还要面对社会各行各业的人，正所谓，光脚的不怕穿鞋的。人家不仅不还我爸的钱，还要再讹我们一大笔。"彭纹说。

"国忠哥啊，你退休工资也不少吧，不够你花吗？"果良问国忠。

"我能花多少，一年五百就够了，可叶果是个无底洞，一辈子都填不起来。"

听故事至此，沈学文端起酒杯敬向彭纹："彭纹啊，事情已经到这份儿上了，姑父只能跟你说一句，顺其自然！姑父干了，你有孩子，就以茶代酒吧。"

彭纹手捧茶水起身感谢学文姑父："没事儿，姑父，好在只是钱的事儿，我刚好有这个能力挡此一劫，护我妈和彭路周全，只要家人能安宁幸福，破点小财没什么大不了。人生哪能一路平坦，对于我和彭路来说，这是一场经历，更是一种成长。"

回家后，彭纹回忆着当天餐桌上的对话，与安旭闲聊起来："今天我和亲戚们当着伯父的面说了这么多，估计他回家也很难再忍着不吭气了。不过，也不对他抱什么希望，他的家人即使不听他的话，也毕竟是他最亲的人。"

"咱开开心心过咱的日子，不去揣摩他们家的事儿。不再把这些破事儿放心上了，一辈子不长，为这些事儿影响心情不值得。"安旭对彭纹讲。

一个月后，曾花英拿着自己胜诉的三份判决书气势冲冲来到彭路单位。恬不知耻地在每一个办公室里撒泼耍野，横眉竖眼扬言要见所有领导，在全局上下诋毁彭路名声，蓄意给彭路制造舆论压力。

事后，不少同事悄悄问彭路："你伯母咋这么蛮横？她是做什么工作的？"

彭路总是淡淡一笑："她是一名教师，退休好多年了。"

"这样的人，也配当老师？"同事们总会来一句这样的疑问。

冬至前夕，彭路在梦里又见到了父亲国庆，国庆坐在椅子上抬起脚让彭路看，脚掌心很干净，脚后跟却像被沙石磨糙了皮，黑乎乎一片，很叫人心疼。

梦醒后，梦里的一幕已如烙印一般深刻于彭路心底，虽无对话，但彭路总觉得父亲国庆在向她提示着什么，不由得想到，十月初一祭奠父亲时，安旭曾在花圈店为父亲买过一套棉冬衣，那双鞋子还没有一只手掌大，父亲穿上去，一定不够大吧。

于是，当周周末，彭路买了双41码的黑色运动鞋，还有袜子鞋垫，埋在了国庆坟前。

"爸，你生前对叶果全盘托出，信任有加。可走后的这几年里，坟前除了女儿女婿、结发之妻，不曾有一人来祭奠。爸，往事都随风去了，女儿只记得你的好、你的笑，只希望你在另一个世界平安健康。"彭路在心底默默地对父亲国庆说。

2020年年初，受疫情影响，安旭也如所有生意人一样，经历了一段萧条低迷的日子。但在国家有力的防疫政策下，当地疫情很快得以控制，加上政府对中小企业的帮扶政策，安旭的厂子很快扭转乾坤，生意又跨上了新台阶，踏上了新征程。

粉蒲住在彭纹家帮忙照顾孩子，一次打扫房间的过程中，无意间看到了一沓厚厚的判决书。

"原来理财保险分给曾花英这么多呀，连咱家房子也判给人家一间。怪不得丽苑的一位老邻居跟妈说，有段时间你奶奶拄着拐杖天天在咱家门口张望。你们怎么不告诉我呢？"粉蒲问彭纹。

"妈，倘若判决书一下来我们就拿给你看，你必定又吃不下、睡不着、想不通。晚一点让你知道，你隐隐约约已经有些心理准备了。再说事情都过去了，也就不必那么纠结了。结果是啥都不重要，老天是有眼的，你看安旭的生意越做越大，我们根本没时间怨恨曾花英和白韵莲。改变不了的事情就接受吧，让别人讹钱总比讹别人钱好，她过得不如我们她才会想方设法来讹我们。而我们，是要把精力放在赚钱上的。遇上小人，惹不起就躲，躲不了也只能顺其自然，再说了，我奶奶千年的狐狸精着呢，不会让曾华英他们轻易得逞的。"

2020 年年底，曾花英望着老房子周围全都被征收的房子，贪婪的内心驱使她再一次奔赴法院，要求执行局对房屋判决立刻执行。

安旭接到法院电话后，表明希望通过法院与曾华英沟通，两处房屋可以相互抵销，如果曾华英不同意的话，我方也将同时执行老房子的生效判决。并请求法院，通知叶果本人到法院一趟，并提醒他还钱，因为我方当事人无法得知叶果本人现在在哪儿。

曾花英一如既往，本能地拒绝了法院的协调，挂掉电话后，又似乎感觉亏掉了什么。老房子判给彭纹、彭路的部分，不仅比丽苑二楼一间卧室要大几平方米，还能获得宅基地的补偿款。这样一想，曾花英顾不上细算，又立刻拨回了执行局电话，表示同意将两处房屋抵销。至于叶果，曾花英以生病为由，表示儿子无法亲自到法院与法官相见。

2021 年的除夕，彭纹与彭路携家人与粉蒲共聚一堂，初三年级的安业一手拉着六岁的浠宁，一手拉着三岁的弟弟给粉蒲磕头拜年。粉蒲陶醉在儿孙承欢膝下的天伦之乐里，流下了幸福的泪。

"妈，这几年咱家经历了这么多事儿，一开始我认为老天不公，痛苦万分。可是现在想来，这些经历对于我和我姐来说，是一种被迫的成长，更是今后人生的财富。你看，孩子们各个健康可爱，我姐有人爱，有钱赚。我也在只争朝夕，朝梦想努力，我们已经拥有很多了，你说呢，妈！"彭路轻靠在粉蒲的肩膀上说。

"是啊，只要你们都平安健康有奔头，妈还有啥不知足的呢，无非就是钱的事儿，给你奶奶也好，给曾花英也罢，这事儿翻篇了。"粉蒲洋溢着笑脸。

"你啥梦想啊，又痴人说梦，想着当作家啊？我告诉你，辞掉工作坐在家，就是'坐家'啦！"吴鹏始终认为彭路在异想天开。

"吴鹏说得不对，妈支持你做自己喜欢做的事儿，写书又不是非法融资，不影响家庭也不影响任何人，有积极的人生追求，是好事儿！"粉蒲给彭路加油鼓劲。

"对了，妈，我还有个好消息要告诉你，之前我投在理财里的钱回来一部分了啦。"彭纹开心地说。

"是吗，太好了，值得庆祝呀。不过吃一堑长一智，以后可不能再贪图高利了。"粉蒲提醒彭纹。

"知道了，妈，以后只存定期，而且要存在两个儿子名下，我们经历的事情不能在孩子身上重蹈覆辙了。"彭纹说。

"谁家还会有这样奇葩的事儿啊！"安旭问彭纹。

"多得去了，哥，网上相似的案例多了。"

"这事儿打住不提了，今后我们做好自己，过好日子，干好事业，教育好孩子，美好而有意义的事情太多了。人生不过短短几十年，别再把时间浪费在不值当的人和事上，谁都不再提这事儿了，今后我们每年都挤出一些时间，陪妈出去旅旅游，散散心，多好！"安旭提议。

"好，所有的不开心都随风去吧，我们开开心心过大年！"说着，彭路给每个人倒上了红酒。

"你也赶紧生个二胎，还姓吴的话更好！"吴鹏悄悄凑在彭路耳边说。

"做你的白日梦去吧，你都只差跟我姓了！"彭路在吴鹏耳边回敬他。

一家人举杯欢庆，粉蒲笑着，眼眶却不自觉地湿润了。

2022年大年初二，彭路到舅奶奶家替父亲走亲戚，舅奶奶称有话要讲，拉着彭路在沙发上坐下。

舅奶奶沏上茶，语重心长地问彭路："你妈妈最近可好，她现在单独住还是跟你们住呢？"

"舅奶奶，妈妈单独住，生活得挺好，退休的老同事，还有老同学都有建的群，时不时约着一起出去玩儿呢。"

"挺好，挺好，退休了就该快快活活地活。"舅奶奶眼神恍惚。

"你给舅奶奶留个你家地址，我一个人闷得慌，哪天去找你妈妈聊聊天。"

"我还是给您留个我妈妈的手机号吧，您年纪大了，想到家里去的时候打个电话，我妈接您就是。"

"身边好多六七十岁的身体都不如舅奶奶我呢，公交车我天天坐，比你家远的地方我都要去呢，不需要接，我自己能行！"

"真厉害，您这精神气可真棒！"彭路投去赞赏的目光。

"彭路啊，你舅爷爷走得早，他走后，我和你奶奶就再无交集。她的事情我从不愿过问，因为年轻的时候，在我和你舅爷爷的婚姻中，她做了太多挑拨离间的事情，当然，年轻时的事情就不再提了。你爸走后，你们家的事情也都因你奶奶而起，这我也都清楚，你妈妈若是记恨你奶奶，我是能够感同身受，完全理解的。"

"舅奶奶，我爸爸在的时候，我们和我妈妈都恨过我奶奶，但现在不那么恨了，更多的是怜惜，还有心底里抹不去的一丝心疼，她不是一个好奶奶，也不是一个好婆婆，但她是我爸爸的母亲。争遗产也好，上法庭也罢，这都不是她一个八九十岁的老人能够想到和操办的事情，她也有太多无奈的成分。"

舅奶奶如鲠在喉，只是频频点头。

"彭路啊，实不相瞒，年前腊月二十八，你奶奶用你伯父的手机给她的侄儿外甥都打过电话，命令侄儿和外甥俩人到七乙口去见她。"

"奶奶她现在打个电话都需要借用伯父的手机啊，我爸爸在的时候，奶奶的手机是用来聊天听音乐的。"

"结果，一个侄儿，一个外甥，只好一人提着一箱奶去见你奶奶了。"

"奶奶她身体可好？"彭路问。

"好得很，一顿能吃满满一大碗面呢，自己做饭都不成问题。"

"那就好！"

"她叫去侄儿外甥，说她被曾花英玩弄了，法院判给她的那部分钱全部在曾花英手里，老房子的拆迁委托书也早早地按曾花英的意思写了，不仅委托人是曾花英，连房产证也在曾花英手里，半年多了不见曾花英的面，叶力和叶果也从未到七乙口看过她。她用你伯父手机和曾花英通过电话，曾花英明确表示，要么你伯父放弃赡养你奶奶，要么她就和你伯父离婚。你奶奶回怼她'离婚是你们自己的事，我不管，但我的钱你得给我'。可是一提钱曾花英就不再搭理你奶奶了。"

"我和姐姐一开始就明白奶奶只是曾花英的一枚棋子，曾花英就是利用我奶奶一步步把事情做绝，目的就是钱和房。所以姐姐专门分几次把钱打给了法院，最后一次，正是去年春天。曾花英不出所料，钱一到手，立刻翻脸。"

"离婚只是虚张声势，眼看都七十的人了还离什么婚。不想管你奶奶是真，这一点你奶奶自己很明白，你伯父年轻的时候就跟你奶奶性格不合，现在两人在一起更是天天吵架。说来也怪，你伯父在旁人面前挺懦弱，唯独跟你奶奶吵起架来当仁不让，毫不退缩。"

彭路只是听着。

舅奶奶接着说："这次你奶奶叫侄儿外甥过去，通知俩孩儿自己已经没人能靠得住，没人管她了，要侄儿和外甥俩人今后想办法负责她的生活。我这儿子牛二当时就问你奶奶：'姑姑啊，你说你放着亲滴滴的俩孙女不疼，非把人家们送到法院惹得臭烘烘，现在叫我们来这算怎么回事呢？我们俩一个五十多了，自己家里一堆事儿，一个快七十了，自己都照顾不了自己，怎么管你啊，你这儿还放着自己的亲儿子呢！'你奶奶的外甥当时更直截了当，说你把钱给谁了，你就找谁管你，我自己家还放着病人等我回家呢。然后他起身就走了，你奶奶无奈地叹着气，挥挥手说'都走吧！'。"

"舅奶奶，三年前我妈妈在街上碰到过我奶奶，她把我奶奶搀扶着送到了家附近的路口，打那之后，我们就没再见过我奶奶，也没有她的联系方式了。伯父他们不愿意管奶奶，我们管，奶奶毕竟是我爸爸的母亲，我们母女三人谁都不会看着她流落街头，钱和房我们也不再争了，叶果借我爸的钱我们都不指望要得回来，我们这个时候赡养奶奶，只图问心无愧。"

舅奶奶再次频频点头，昏花的眼睛里闪烁着晶莹的液体。

"彭路啊，你的这番话，讲得句句是理啊，回头舅奶奶亲自跟你妈谈谈，问问你妈的意思，你和你姐姐都有孩子，还要工作，我还是应该跟你妈见个面。"

"不用了，舅奶奶，姐姐和妈妈跟我的想法必定是一样的，她们都不会看着奶奶走投无路，您放心，就是仅仅靠我一个人的力量都足矣把奶奶照顾好，大不了我花点小钱在小区里找个老太太，专门在我上班的时间陪她聊天。"

两个星期后，正月十七的正午，吴鹏和彭路正开车前往市里送女儿参加讲故事比赛，舅舅社会打来电话，结结巴巴语无伦次地说，早上送孙子到幼儿园后，返家途中遇到了一位村里的老乡，老乡的姐夫在城里干了多年的阴阳先生，老乡说，老乡说……

"哎呀，舅舅，你直说好吗？我在高速路上呢！"

"这老乡说你奶奶昨天去世了！你伯父已经找过这位老乡的姐夫定好出殡的日子啦！"

"这是真的吗？"彭路难以置信。

"舅舅也是听人家这样说的，真假就不知道了，所以先告诉你。"

彭路久久沉默……

"舅舅的电话啊，啥事啊？"吴鹏问。

"奶奶走了，昨天走的！好蹊跷啊，昨天正好是奶奶的生日！"

"舅奶奶不是说前几天还能吃能睡能干活吗，怎么走的？当时谁在现场？"吴鹏火急火燎地追问。

"首先，这件事情没有任何亲戚通知我们，所以并不确定真假；其次，我需要给姐姐打个电话，跟亲戚们确认一下情况。"

"那你快跟姐说。"

彭纹听完彭路的电话，内心五味杂陈，亲戚们为什么没人打个电话通知一声呢，亲戚们应该不好开这个口吧，毕竟人已经不在了，多一事不如少一事；我和彭路怎么去呢，老屋以及老屋里的人和我们还有关系吗，都一次次对簿公堂了还谈什么亲情，可是内心为何会痛呢，那个人毕竟是爸爸的母亲啊；去了又能怎么样呢，问清楚伯父奶奶是怎么走的，还是强忍着所有的委屈磕个头替爸爸尽孝呢？

终于，彭纹拨通了果良叔的电话："叔，听一个并不熟悉的外人说我奶奶走了，不知道是真是假，所以问问您。"

"是真的，昨天在七乙口走的，昨晚我才知道，我是直接赶到你奶奶家的，到的时候，人已经盖严实了。听你伯父说前天晚上你奶奶吃完饭就去睡了，昨天早上一直没起床，发现人没了后就直接找车拉回城里了。"

"可是奶奶她前些天还好好的。"

"彭纹啊，年初三我还打电话要去看你奶奶的，曾花英拒绝了，不让去。昨晚几个亲戚到你奶奶家，没待几分钟就都走了，大家心里跟明镜似的，跟你伯父伯母更是无话可说，但是事情已经这样了，多说无益。你跟彭路去不去都行，我要是你们，就不去了。"

正月十七的夜里，彭路心乱如麻，几年来的心酸在脑海回放。

吴鹏猛地起身："疑点颇多，他们没有道德底线，趁未安葬，抓紧报警。"

"我也想到了，但是第一现场已经没了，九十岁的老人无论何种方式离去，大家都会觉得正常。年轻人气急攻心都会血压升高，何况九十岁的奶奶呢。"

"什么事儿能把她气着呢？爸走了她都好好的。"

"这次不一样的，这次她被曾花英骗走了所有财产，还要面临被抛弃无人管的生存危机，她看不到一丝生的希望了。"

"你不是跟舅奶奶说你会养你奶奶的吗？"

"你动动脑子好不好，奶奶住七乙口，不是城里，舅奶奶总得找机会才能传达得到。"

彭纹睡不着，安旭一边说着不理解一边劝慰。彭纹的手机在此刻响起，接起电话，醉醺醺的牛二在电话那头喊："彭纹啊，哥这心里压着块儿大石头，憋得哥喘不过气来。我姑姑那么好的身体，活一百岁都不成问题，妈的被曾花英给活活气死了！你奶奶就是再不好，也不该这么走，哥就这么一个姑姑，哥现在就要你一句话，只要你去你奶奶那儿，哥就为你们仗势跟他们干，要是人不够，哥去给你多叫几个！"

"牛二哥啊，我心里也堵得慌，昨天正月十六，正好是我奶奶的生日。"

"可不是，正好是姑姑的生日，这曾花英就该天打五雷轰！"

"哥，我去也不安，不去也不安，怎样都为难啊。"

"你去不去哥都理解你，哥要是你，哥也不去。哥难受，出来借酒消愁。"

白韵莲出殡的第二天，姐妹两人来到坟地前："奶奶呀，若不是我爸多年前给您打好了坟地，您现在埋哪儿我们都不得而知了。这辈子遇见您我们遭了好多罪，但还是替我爸给您磕个头吧。俗话说，虎身犹可近、人毒不堪亲，不知您是怎么走的，但一切都是您自己造成的，怨不得谁，我们姐妹俩问心无愧了。"

转眼间，草长莺飞二月天，春暖花开的季节，彭纹、彭路带着妈妈和孩子，还有各自的老公一起在依山傍水的村庄里露营野餐，孩子们天真烂漫的笑声如流水般欢快清澈，粉蒲与孩子们嬉戏奔跑，她像一个活泼淘气的大女孩。蓝盈盈的天空下，彭纹、彭路、安旭、吴鹏举起饮料开怀畅饮，每个人内心都发出同样的感叹：

生活简简单单，平平静静，真好！